灵魂之歌

胡延清 [著]

作家出版社

人的灵魂，思想、精神、情感、追求，或砺为天使或嬗变魔鬼；灵魂亦可蜕化，不是天堂逆转地狱，就是地狱涅槃天堂。

　　生殖、发育、遗传、变异和进化，是生物生命灵魂的定律。动植物皆如许轮回，天造地设赓续永恒，安然捐躯福祉人类。

　　文字书写灵魂，领悟生命真谛。这部散文集就是一个缩影。

——作者题记

目录

艺洋拾贝

风物名胜

生物世界

科苑揭秘

附　录

引子　鲜活的生命灵魂

被誉为"美国文明之父"的爱默生说："世界上唯一有价值的东西就是一个人充满活力的灵魂。"

那么，这"充满活力的灵魂"究竟是什么？我想，应当是如皓月之明的思想，若清风之扬的精神，似春阳之暖的情感。

人的灵魂，是最具思想力、行动力、创造力的源头活水。如拿破仑所见，"成功离不开思想与宝剑"。然而，也最具变化性而"朝如青丝暮成雪"，若弥尔顿所言："心灵是一个特别的地方，在那里可以把天堂变成地狱，把地狱变成天堂。"

"世间一切事物中，人是第一个可宝贵的。"我的认识，人的思想、精神和情感凝聚而成的灵魂，是主宰文化、文学、艺术的灵魂，可能动和谐生物的灵魂。人类的思维能力，主导文化、文学、艺术的创新潜力，自然界生物的生命活力，相互启迪彼此影响，是集合造就神韵曼妙的精神产品和琳琅满目的物质产品的生产链，而人类是能匠意统揽这个生产链的总设计师。这个生产链在中国文学界最早诞生的精神产品，就是中国文学开山鼻祖、第一部诗歌总集、诗歌现实主义的源头《诗经》。

在我半个多世纪的人生辗转演绎生活之间，摆渡南北，主要生存在西北大漠地带和华南沿海地带，从事科技宣传、媒体采编和社科研究等工作。在两个不同的生态地带，历经风雨吹打的磨砺与披荆斩棘的淬炼，汲取文化底蕴养分的润泽和接受文明礼仪元素的陶冶；热爱自然、热爱生活，亲近"三农"、亲近实际，学研生物、学研生态，访谈民生民情、访谈精英人物。喜好文学吟风弄月，讴歌大漠风韵大海情。

在岗时忙里偷闲，主要是紧紧围绕对历史、社会、时代、文化和时政热点话题的思考，通过访谈调研取材，写作厚德载物、蕴含深邃的回忆性抒情散文，歌咏时代、弘扬典范的纪实抒情散文，触目感怀、咏物言志的写景状物抒情散文；在做记者时期，侧重采写新闻性文学性强、有社会影响力的党政首脑和科教中流砥柱灵魂人物的纪实散文、特写等，伸张公平正义，颂扬清风正气，促进社会和谐；深受《诗经》天籁灵动美妙韵律的绿色植物诗歌的熏陶和感染，钟情学研自然科学知识的积累，潜心灵魂生物的生态散文、知识散文的写作，借物喻人、托物言志，抒发思想情怀，颂扬精神风貌，传播生态兴则文明兴、生态衰则文明衰的真谛；随着工作接触面的扩大和兴趣拓展，开阔散文视野，笔触伸延到书画艺术等其他领域对先驱贤达及其成就的写作；在卸下烦冗的暮年，追溯生活积累，将过往若干"史、地、事，人、情、文"素材进行艺术虚构，拾韵寄怀尝试长篇小说的创作。珍惜时光、眷恋文学，拾韵不辍、怡情养性。阅读和创作文学最能给人以生命的活力与向往。文学创作成为夕阳岁月的一种风雅精神的追求，收获不尽的喜悦、温馨和充实。

中国作家协会主办、在中国文艺界拥有权威地位和深远影响的《文艺报》，2020年7月1日发表资深小说家、百万级畅销书专业作家唐达天先生题为《抗战波涛中一朵传奇浪花》的长篇文学评论，对作家出版社是年1月出版的我创作的长篇小说《腾格里传奇》给予充分肯定的评价和赞誉，备受鼓舞和激励。

2021年8月11日，《文艺报》又刊发文化人士傅乐平先生题为《一片丰茂绿茵的散文田地》的文学评论，对作家出版社2014年9月推出的我的散文集《人事文情》予以热情评价和赞许。之前的2020年12月18日，主流央媒《中国改革报》也曾以整版并茂图文对这部散文集作了较高的评价。这使我始料未及，在六七年前诞生的一部旧作竟仍有"余热"，引起读者和评论人士的注目及权威媒体的褒奖，惊喜交集很感动。

说心里话，有点忐忑不安，我的作品没有评论的那么好。两报刊发文章授予我难得的精神慰勉，为创作注入了勤奋的活力。

这部由纪实散文、生态散文、知识散文结集而成的《灵魂之歌》，以铸造真善美灵魂、弘扬爱国主义和保护自然生态为主旋律，着力描绘塑造不同时代富有新意的人物画、生物画和风物画——歌颂丰沛淳厚蕴含深邃的史与事，称道人物状物感人至深的爱与情，赞扬特色生物贡献人类的功与益。旨在展现不同时代的先锋模范人物的时尚思想、大公精神、炽烈情感、充满活力的昂扬风貌及其热血灵魂；凸显独具一格的倔强生物孕育芳华、情通人性、守护生态、无畏无私的气宇风骨及其神韵灵魂。春风化雨、润物无声，着意揭示他们与它们生命中的那一轮旭日，那一团明月。

在这里，从本书生命体验、人物素描、史海钩沉、艺洋拾贝、风物名胜、生物世界、科苑揭秘七个组合，共一百多篇作品中，举隅推崇麟角人物之大雅春风，崇尚瑰宝生物之吉光凤羽。

可以说，这部书里跳动着我所颂扬的人物、生物鲜活的生命灵魂。

精神是一个民族赖以长久生存和兴旺发展的灵魂。唯有强大的精神灵魂，才能支撑中华民族岿然屹立于惊涛骇浪之中。《凤凰涅槃中华魂》一文，描述了庚子之春新冠病毒突如其来猖獗逆行时，听党话跟党走的灵魂人物——一队队临危不惧的白衣天使，一支支视死如归的救生队伍，一批批共产党人和中流砥柱奋勇向前，果敢穿越生死之界，在武汉、湖北抗疫主战场，在华夏大地瘟疫肆虐的各个角落，以血肉之躯与看不见的病毒短兵相接，零距离地展开守护人民生命的生死搏斗，不遗漏一个感染者，不放弃一位病患者，遏制疫情蔓延势头，打赢疫情防控阻击战，书写了以平凡拥抱伟大、用奉献温暖社会的壮丽史诗。那些以生命赴使命，用大爱护众生，"思奋不顾身，而殉国家之急"的英雄儿女，默默无闻地倾尽了无疆的大爱大情，耗完了生命的全部元素，不幸罹难诀别人世。他们在弥留人生的一瞬间，留下的那一抹淡淡的微笑更像是殷殷哽咽：我轻轻地走了，但愿轻轻地带走一切纷繁侵扰，给江东父老和兄弟姐妹们留下永久的安逸、悠闲和团圆。他们以惊天地泣鬼神的英勇壮举，彰显出惊世骇俗的伟大精神灵魂，永留清气在人间。

与此同时，也记叙了长城内外、大江南北，千千万万甘心情愿的志愿者——吹哨人，医生，护士，科学家，专家，学者，科技人员，将军，战士，退伍军人，警察，武警，记者，演员，私企员工，大学生，清洁工，社区保安，离退休人员，外卖小哥，待嫁新娘，的士司机，耄耋老人，红领巾……砥砺前行、铸成洪流，抱危揽厄、拯救苍生，无畏无私贡献自己的智慧和力量。

英烈伟大的灵魂高贵的心宛如不息的骄阳、皎月、明灯和火焰，人民群众挺身而出战疫凝聚的大公大爱大勇，万千金色灵魂所迸发出的灿烂光芒，陡然撼动了人们精神世界的蜕变：凤凰涅槃中华魂！百姓口碑传播久违之声："疫情无情人有情，战疫重生中华魂。人性的真善美回归了，国人的精气神浴火重生了！共产党人的精神谱系重建起来了！"最终诞生了"生命至上、举国同心、舍生忘死、尊重科学、命运与共"的伟大抗疫精神。

万紫千红春色美，庚子春光别样美。阴霾虽折姹嫣美，天使逆行抗疫美。群芳斗魔传奇美，血染荆楚极致美。国色钟南山真美，芙蓉国里春晖美。这些已经写进建党百年芳华历史的闪光诗篇，是我们党进行党史教育最为鲜活生动的极好教材，使我们懂得："一切向前走，都不能忘记走过的路；走得再远、走到再光辉的未来，也不能忘记走过的过去。"

阅往疫情，来势如暴风骤雨，洗礼人间的万千灵魂；回望战疫，救生命于存亡之界，是一部血染的教科书。书中还收入了《武汉抗疫波涛中别样唯美的浪花》等战"疫"题材作品。

一个科学家的思想灵魂，决定了一个科研项目的成败乃至全中国无数百姓和全球数百万人的生死命运。不曾料到的是，一个科研项目的发轫研究及其主持科学家的成长背景，竟与中国第一部诗歌总集《诗经》盘根错节而息息相关。

《诗经》与绿色生物有着千丝万缕的情愫。三百一十一篇除有篇名无文辞的六篇笙诗，在三百零五篇诗歌作品中，出现的植物名和描写植物的达一百五十三篇。以绿色生物"赋、比、兴"，弦乐抒发精、气、神，讴歌雅颂真、善、美；睹物思人、寄意于物，委婉细腻、百转千回，风情万种、荡气回肠。

《诗经》深刻影响了春秋诸子百家和汉赋、唐诗、宋词等中华民族传统优秀文化文学，尤其是陶染成就了历代无数的诗豪词杰。那么，《诗经》究竟是怎样的钩深极奥、神秘莫测？它涉及了华夏大国哪些民族，哪些地域和领域，哪些题材和内容，哪些人物和器物？它蕴含着多少弥足珍贵的非物质文化遗产，沉淀了多少宝贵的精神财富，藏匿着多少中国文化、文明、文学的传奇神秘密码，留给了子孙后裔多少深远淳厚的文化瞩望、文明寄托、文学期待？在文化文学领域从事诗经研究的专家学者，探索研究弄清楚了吗？

被称誉为"诗魔"、唐代三大诗杰之一的白居易，深受《诗经》熏染，其诗作勃发强烈的现实主义精神，几经写草喻人，寄意于物。其中，七言绝句《哭师皋》留下了犀利明快、歌树颂草的诗句："萧萧风树白杨影，苍苍露草青蒿气。"

《诗经·小雅·鹿鸣》曰："呦呦鹿鸣，食野之蒿。"广播深远，尤其影响中医药学。东晋时期的著名中医药学家葛洪，总结医疗临床实践经验，深谙"食野之蒿"之药效，在其著作的中国第一部中医临床药典《肘后备急方》中，记载了颇有权威价值的医疗文书："青蒿一握"。

《诗经》传播弘扬千百年。中国科学界的灵魂人物之一、中国中医科学院首席科学家、终身研究员兼首席研究员，青蒿素研究开发中心主任屠呦呦，从出生起，就聆听父亲用《诗经》诗句"呦呦鹿鸣，食野之蒿"的祝愿教诲，领受诗言"蒿草青青，报之春晖"的砺志瞩望，优雅别致的名字亦来自"呦呦鹿鸣"，幼小的心灵深受影响；自大学毕业起始，一生探索研究青蒿草，揭破了这株小草的神秘密码，发明了中国中医神药青蒿素，拯救了全球数百万人的生命。她作出的卓越贡献，最终斩获 2015 年度"诺贝尔生理学或医学奖"，在共和国七十华诞时荣膺"共和国勋章"，被人们誉为"青蒿素之母"。

青蒿济世，诗经之光！杰出的科学家屠呦呦"悬壶济世救苍生，清香万里满乾坤"的思想和精神灵魂深深感染了我，思维琢磨一年多的时光，精心调研和构思，创作了散文《"青蒿素之母"礼赞》。

在本书中，显示的不同文字、记述的不同时代的科学家灵魂人物还有，《为中国自由基化学填补空白的院士》刘有成教授，《科教战线一颗明亮的星辰》中国工程院院士牛憨笨研究员，《丰硕成果造就的兽医药物学家》赵荣材研究员，《用特殊材料做成的"严专家"》孙智泰研究员等。

书香袅袅，韵味深深。再度悦读美国著名记者、作家埃德加·斯诺创作的《红星照耀中国》，像是触感当年苏区红都岁月的温度，延安精神暖，寸寸唤初心，令人感奋和神往。在偌大的中国，八十多年来这部绽放着熠熠光芒，描绘 20 世纪 30 年代红色延安革命和人民领袖毛泽东的纪实文学经典，几经翻译、出版和发行无计其数，教育、感染和影响了由作品诞生时的四亿人，增加到现在的十四亿人；尤其是作品深阔醇厚、缜密严谨的文学特质与审美价值，根深叶茂、流金溢彩的文化精神和人文精神，深深打动了"80 后""90 后""00 后"至"10 后"，一代又一代青少年的心灵，成为享有盛誉、家喻户晓，魅力无穷、影响深远的精品灵魂文学；这部现实主义红色文学，先后被译为二十多种文字，发行遍及全球的各个地方和角落，一直是国外专家学者和有关机构研究中国共产党、中国革命和中国问题的首要书籍，也是在许许多多的国家始终热销不衰的中国文学读物。

这部作品何以能够产生？红星何以能够照耀中国、照耀世界？作品塑造累积的丰满人物、丰沛故事、丰茂元素的思想信仰内涵，及其雄浑深邃的文学底蕴和无穷无尽的艺术感染力之源头根脉何在？在中国白区至暗的 20 世纪 30 年代，凡是欲去红区延安的任何人，都面临着国民党设置的种种严密封锁和危难艰险，加之当时西北地区流行天花、伤寒、霍乱、斑疹伤寒和鼠疫疾病，将遭遇的危机与厄运可想而知。斯诺去延安苏区，是谁保护他安全抵达目的地？斯诺到达延安后，他是毛泽东会见的第一个西方记者，特别重视给予特殊的礼遇，安排斯诺到自己居住的简朴窑洞里，先后花费了数十天日子的宝贵精力，给他讲述与之交谈，常常从晚上开始持续到次日凌晨两三点钟。在地理偏僻被国民党军队铁桶般封锁的小块苏区地盘，毛泽东用真诚坦荡、清澈透明的语言，叙述革命史，笑谈天下事。第一次完整地讲述红军从无到有发展壮大的历史真相；第一次真实地讲述创建延安红色革命根据地陕甘宁苏区的背景、历程，实施的方针政策及中共、军队和民生等现实状况；第一次公开讲述中共对即将爆发的抗日战争的种种预见；第一次对中共与共产国际及苏联的关系坦荡地做出客观中肯的评价；第一次开诚布公地讲述他个人的生平梗概。彼此深入叙谈和广泛交流，由衷诚挚地回答美国记者提出的种种问题。以至斯诺历时四个月遍访陕甘宁边区的采访活动等。凡此种种，《红星照耀中国，也照耀着世界》一文做了较为详尽扼要的敷陈，也叙述了自己的感受和体味。

描述记叙红色经典文学作品的散文还有《烽火中问世的〈沁园春·雪〉》。

艺术灵魂的巨大感染力，足以让人们产生强烈的情感共鸣而陶冶心灵。书中记述的驰誉于世的敦煌莫高窟第二百五十四窟壁画名作《萨埵那太子舍身饲虎图》，浓墨重彩展现出一个古人慈悲为怀、大义献身的善良灵魂。长期以来，由于传播久远，吸引着络绎不绝的广大中外游客前去观赏，让人们镂骨铭心。我曾多次在该窟凝神静气地欣赏画在主室南壁的这幅北魏壁画，虽因画作年代久远，画面不那么清晰，然这幅作品构思艰深意境精邃，艺术表现的深层意蕴深刻，加之画面运用色彩渐次浓淡的精妙晕染法，极具立体感，表现力、穿透力很强，特别刺激感官，每次都让人热血沸腾不能自已。壁画描绘的是释迦牟尼佛的前世萨埵那太子，在登山游玩狩猎时，目睹山崖下一只饥饿异常濒临死亡的母虎及其欲食虎崽子的窘境，瞬间大发慈悲心，毅然决绝地跳下崖去，舍身饲虎救生。看着饿虎啖食萨埵那躯体的恐怖惨烈图景，仿佛是撕着我的心，令人浑身发颤唰唰掉泪。这幅惊心动魄的敦煌壁画震撼人心，成为舍生取义死而后已的千古绝唱。别具匠心的古代北魏艺术家创作描绘的这幅壁画，俨然是颂扬浩气凛然视死如归的不朽仁义之心的一首灵魂之歌！

　　"一个崇高的灵魂是从所有的举动中透露出来的"，裴多菲的真知灼见，鞭辟入里。《常书鸿精神永生》所描写的"敦煌守护神"，就是"从所有的举动中透露出来的"崇高灵魂而轰动中外艺术界的一位艺术家。当年，常书鸿在艺术之都巴黎的事业如日中天，已功成名就，有被社会尊重的显赫地位，有稳固不菲的经济收入，有美貌佳丽的才女妻子，生活优渥舒适，日子过得很滋润。当时，这个而立之年的青年才俊，偶然看见一本图册，发现了位于祖国大西北灿烂的敦煌石窟建筑、彩塑和壁画艺术，内心顿时百感交集，激情波澜汹涌，思想观念和情感世界即刻嬗变，灵魂摆渡：祖国于他，是人生的归宿；敦煌文化艺术于他，是魂牵梦绕的神灵；去守护、研究、弘扬莫高窟艺术于他，才是大有作为的崇高事业。仿佛之间，他深切感觉西汉时的敦煌在向他招手，万里之外的莫高窟圣地呼唤着自己。艺术家的意志笃定：心归祖国，心归敦煌，唯有心归莫高窟，才是自己心系的文化艺术生命之根。于是，他毅然打破恬静和美的生活，决然告别世界艺术之都，别离一时难以同行的妻女，满怀朝圣东方祖国、朝圣大西北敦煌、朝圣莫高窟艺术的大爱深情，义无反顾地独自踏上了归华之途。当他越过千山万水、闯过千难万险回到祖国，辗转于北平、重庆，几经周折争取机遇，才到达目的地。他看到的却是风雨飘摇中满目疮痍、在风沙瀚海里的土镇敦煌，面对的竟是四百多年无人问津、颓废不堪的莫高窟。然而，常书鸿透过衰颓败落的表象，深切感悟到了这颗蒙尘良久的"丝路明珠"的熠熠光芒。他铁心铁意，决绝死扎在这里，弘扬光大萨埵那太子慷慨以死舍身饲虎的大无畏精神，舍弃一切抢救莫高窟艺术，守护祖国的这座伟大的民族艺术宝库。

　　天地可鉴，日月可表。常书鸿从 1943 年 2 月到达敦煌，便一头扎进莫高窟，潜心笃志砥身砺行，投入肉体与灵魂、汗水与血泪、青春与芳华、爱情与智慧，开创守护与管理、研究与弘扬莫高窟艺术的事业，坚如磐石坚守石窟，像一面迎风不落的旗帜，在敦煌这块圣地高高飘扬。一生倔强，一世光明，一代大师，一路辉煌，坚守煎熬了筚路蓝缕、坚苦卓绝的四十年人生苦旅，坚强度过了升腾跌宕、宠辱无惊的四十载艰辛岁月，创造出忠诚祖国、忠诚人民、忠诚艺术而绽放不朽华光的杰出成就。人们没齿难忘，在常书鸿最悲惨的时候，是敬爱的周总理发声保护了他，避免了艺术家面临陨落、天赋被埋没的危厄命运。可以说，他是第一个敢吃螃蟹的人，第一个实心塌地、始终不渝，鞠躬尽瘁、呕心沥血，奠基守护、管理、研究和弘扬莫高窟艺术的"敦煌保护神"，是奠基敦煌学的先驱者之一，且全力促进敦煌学研究席卷海内外的大功臣。常书鸿创立的奇勋伟绩连同他烁烁发光的灵魂永垂青史。

本书推崇的中国艺术界灵魂人物的篇章还有，《"一代女神"王丹凤》《走近大师刘文西》《"奔跑中的艺术家"刘人岛》等。

《一代宗师费老的精神和爱情》通过与我崇敬的费孝通先生的交往过程，记述了这位著名社会学家青年成名、一生追逐事业的不朽灵魂和永恒精神。

"一个勇敢而率真的灵魂，能用自己的眼睛去观察，用自己的心去爱。"罗曼·罗兰如是说。一对夫妻在濒临生死危难之时，可见证"本是同林鸟"的感情灵魂，是同甘共苦、共渡危艰，还是情浅义薄、抛弃一方。这篇散文披露了费老曾给我和友人讲述，他与新婚燕尔的妻子面对灾害患难与共、妻子不顾一切英勇救他被山洪卷走，悲伤而又崇高的爱情故事。

三十年代费老在燕京大学读书时，邂逅同校学友成为爱人的王同惠。他满怀深深眷恋的心情谈道："求知治学的共同追求，让我们走到了一起，她成为我生命中的爱妻。1935年夏天，我在清华大学社会学系读研毕业前夕，导师吴文藻让我去广西参与一个民族调研课题，须先到大瑶山进行实地调查。王同惠认为这是个千载难逢的机会，可以检验我们学到的社会学知识，其实她更想陪同我一起前往。出发前，我俩在燕京大学未名湖畔举行了简朴而圣洁的婚礼，证婚人是燕京大学校长司徒雷登先生，导师、社会学家、作家冰心的丈夫吴文藻先生见证了我们的婚礼。婚礼一结束，我们便踏上了去大瑶山的路途。在大瑶山深山森林跋涉中我们迷了路，而我又不幸误入瑶人设下的捕兽陷阱，整个人被木石压着，双腿被兽夹牢牢钳制动弹不得。王同惠勇敢地跑出森林求援，没料到突如其来的山洪把她卷走了。直到次日傍晚，有人发现了我才得救。第七天，在友人的帮助下，我们在湍急的山涧找到王同惠的遗体，我痛苦地把她埋葬了在大瑶山里。我们短暂的婚姻期只有一百零八天，她不幸遇难。是她用自己的生命换回了我的生命，让我死里逃生。"后来，费老用他们在大瑶山调查搜集到的资料，整理撰写《花蓝瑶社会组织》一书，出版时署名为王同惠。再后来，费老去了英国留学，二十九岁时出版了轰动学界的代表作《江村经济》，他用英文创作的这部学术著作，被其导师、世界人类学泰斗马林诺夫斯基称为"人类学实地调查和理论工作发展中的一个里程碑"。书的卷首语是费老的亲笔字：献给我的妻子王同惠。

以后，费老又邂逅了心仪深爱的女子……

清明清明，清朗明净。春意盎然，四野清新。万物勃发，吐故纳新。诞生于周代、迄今已有二千五百多年的清明节，介于仲春与暮春之交，在二十四节气中和冬至唯二既是节气又是节日。是气候节气与人文含义融合的一个吉祥日子；也是亲近自然、踏青游春与春祭礼俗、扫墓谒祖两大礼仪交汇的一个肃穆日子；清明节与春节、端午节、中秋节并称，又是华夏四大传统佳节之一的喜庆日子；百善孝先、扫冢祭祖，缅怀追思、祭祀黄帝，更是蕴含理德家国、民族大义，足以调动统一人们情感、意志和行动的一个特殊日子。清明节的深远来历、厚重身份和丰茂韵味，构成了它的浑厚底蕴——文化的力量、信仰的力量和科学的力量，涵养深化了中国人的节日情怀，成为一种积淀深邃，让人梦魂牵萦"欲断魂"的情结。

古老的东方有一条龙，龙的故乡在中国大西北黄陵。我们是华夏民族的炎黄子孙。祭奠黄帝陵，悠悠九州情。清明祭祀黄帝，千古沿袭，世代绵延，是天下中华儿女"溯源、寻根、凝心、铸魂"的传统盛事，旨在亲睦九族、和谐万邦，消灾弭祸、复兴国运。国家从来都高度重视且切实办好这件神圣庄严的礼仪大事。2020年清明时节，正逢全民紧张抗疫，尤其是武汉保卫战激战正酣，庚子年清明节依旧在黄帝陵举行公祭轩辕黄帝的典礼，礼仪活动照常有序进行。

今朝辛丑分外美，千红万紫报春晖。2021年，山河壮丽，华夏鼎盛，人民豪迈，前程似锦。是中国历史长河中具有里程碑意义的熠熠生辉的一个坐标之年：建党百年创伟业，世界大党庆华诞。百年圆梦达小康，精准脱贫凯歌扬。五年规划振人心，踔厉骏发展宏图。党史教育守初心，伟大复兴新征程。寻根溯源、祭奠始祖，辛丑年在黄帝陵举办公祭轩辕黄帝活动的意义重大。清明前两天和节日，我都在线上极目迥望黄帝陵景区的崭新气象和清明公祭活动的盛况全程。桥山之巅，圣地黄陵。峰峦叠翠，沮水清澈，"古柏千丛迎赤子，心香一炷祭轩辕"。整个黄帝陵环境面貌修葺焕然一新，全景区呈现出气势恢宏，磅礴浩荡的神圣壮观景象，公祭活动的氛围格外庄严肃穆、清幽静谧，彰显出习近平总书记"黄帝陵是中华文明的精神标识"论断内涵的深邃气息，隐透出一种不同于往年的清新元气：以史鉴今，资政育人。知史爱党，明史爱国。弘扬中华文化文明，彰显民族自强。传承祖烈红色基因，赓续中国精神谱系。砥砺奋进勇担重任，推进伟大民族复兴。那恢弘的场面和神圣的况味动人心弦难以忘却……

我曾两次去陕西黄陵县境内的桥山拜谒黄帝陵。追思过往去黄陵、延安和西安查阅资料，悉心探讨先祖黄帝生平和请教史学家，研习撰修，几易其稿《清明黄帝颂》，2017年清明节发表于自媒体，即日被搜狐网置为"搜狐首页·历史"迄今。2021年清明节细腻观察公祭盛况再度润色，形成歌颂黄帝、承古纳今的四字骈文同题散文，收于本书。

　　舒曼说："艺术家的天职是把光亮灌注到人心深处。"历史的维度，铸就了旷世艺术传播全球的天然风韵灵魂。五百多年前，油画《蒙娜丽莎》震撼全球画坛，它那熠熠的丹青韵光，迄今依然触动着人们的心灵。这是欧洲文艺复兴时期的伟大先驱，誉满全球的美术家、科学家、发明家、博学家达·芬奇，秉持"艺术就是对自然的模仿"，反映自然、胜过自然的现实主义理念，运用绝妙深邃的黄金比例分割、艺术＋科学的创新绘画方式，淋漓尽致地挥洒"无界渐变着色法"的奥秘之笔，极具精确地把握艺术精粹与含蓄的深沉关系，创作的在世界美术界享有极高盛誉、代表艺术家最高艺术成就的经典作品，彰显了欧洲文艺复兴时期思想文化运动的美学思潮的一个缩影。这幅绘画"把光亮灌注到人心深处"，为人们读懂那时欧洲资本主义的勃发上升、新兴资产阶级的革故鼎新，打开了一扇"艺术审美之窗"。

　　达·芬奇推陈出新的代表作，为世界画坛留下了一个气若幽兰、灵秀天成的女性形象。尤其是蒙娜丽莎外表极致风韵的典雅气质与内心极具丰茂的情感世界完美融合呈现出的含蓄微笑，宣扬了"美是和谐的固定形式"的美学思想，开创了"绘画是以科学为基础的艺术"新时代，推进了文艺复兴时期思想文化运动的高涨。撰写《达·芬奇传》的美国传记作家沃尔特·艾萨克森，评价达·芬奇的作品说："科学和艺术成了婚，哲学又在这种完美的结合上留下了亲吻。"

　　我喜欢欣赏绘画艺术，对邂逅经典的机会不会轻易放过。曾两度随团旅游艺术之都巴黎，都坚毅地忍痛割爱，离团放弃其他游乐项目，去卢浮宫专心致志地瞻仰《蒙娜丽莎》。作为一个观众，对达·芬奇和他耗费四年时光、潜心贯志创作的这幅作品萌发一种卓殊的神圣、庄严和厚重的情愫；非常认同艺术家的观点："因为绘画依靠视觉，所以它的成果极其容易传给世界上的一切时代的人，眼睛能把整个世界的美尽收眼底。"

　　自幼酷爱绘画、十多年来照着图片临摹过三千多幅《蒙娜丽莎》的青年艺术家、文学博士石磊先生，是达·芬奇及其绝代之作的一个真正知音。纪实散文《石磊探索卢浮宫旷世名画〈蒙娜丽莎〉》，记述了他深入细腻地探索油画真迹，得到情真意切的艺术感悟和领略艺术家精湛画技的深刻收获的始末过程。他认为，达·芬奇凭借登峰造极的艺术天赋和独步天下的学术造诣，创作的这幅油画代表作，莹显出一种黄金比例分割精确的感官大美，一种运用科学数学哲学的深邃大美，一种构图透视色彩绝妙的奇特大美，一种人景灵肉和谐统一的神韵大美，也是一种艺术品质审美价值的极致大美。

你知道吗？达·芬奇在《蒙娜丽莎》中，是怎样运用 0.618 黄金分割比例的，油画中究竟隐藏了多少神秘莫测的 0.618……

一个人的思想灵魂决定着自己的成败与得失，同时也彰显出一滴水可以映现太阳，伟大出自平凡、平凡造就伟大的真谛。在《在那遥远的地方诞生的"西部歌王"》里，联合国教科文组织"东西方文化交流特殊贡献奖"得主，命运多舛、历经沧桑，曾几度身陷囹圄，直到六十九岁时才被恢复正常公民生活的王洛宾，听见歌声就忘掉了一切烦恼，将自己的坎坷人生悲情生命看作"美丽的音乐"，而投入火热的生活；在《工作在母亲河怀抱里的人》中，"全国少数民族地区先进科技工作者"阮亚寿工程师，从家乡厦门的水产学校毕业后，志愿来到几千里以外气候极为恶劣的黄河首曲之地甘南码曲，满怀"我工作在母亲河的怀抱里真幸福"的豪情，二十多年间在浪里行船，从事艰苦的水产捕捞和养殖工作，贡献了全部智慧和力量。"文革"中，他被诬陷打成"反革命骨干分子"，错捕入狱劳改，身心遭受严重摧残。平反出狱后，他却毫无怨言，一心忘我苦干，发奋抢夺失去的时间。这两个在不同领域的奋斗者，纯净纯粹纯挚的精神灵魂何以异曲同工如出一辙？是因为在他们无私无悔的心灵里，人民和事业至上，为人民创作艺术，为人民努力奉献，比什么都重要和快乐。他们虽曾身入囹圄，但对党的信念、为人民服务的信念却没有丝毫动摇；党和政府给他们平反昭雪，则怨气一扫而光，唯有开动机器、甩开膀子继续奋斗。

"我的灵魂在百音交响的竖琴中，将比我的遗骸活得更长久。"普希金的这句自豪之言，用以比喻沙漠人、治沙人和沙生植物的精神灵魂，是最具深刻的真实写照。长此以往，华夏国里最苦的人莫过于沙漠人即沙区人民，最苦的职业莫过于治理风沙的科学工作者，最抗逆却又缺少关爱的生物莫过于沙生草木植物。纯朴与耐劳的沙漠人，坚毅与淡泊的治沙人，他们是手挽手肩并肩勠力拼搏的同路逆行人，长期在充满艰辛、艰难、艰险的逆境中，腿肚子不抖逞英雄，腰杆子不弯显傲骨，泪水汗水散发芳馨，栽植挡风堵沙的沙生植物，犹如大漠中奔腾不息的滔滔江河——这是他们的精神灵魂所折射出的可贵本色；坚韧强悍的沙生植物，风吹不折，沙打不倒，暴晒不屈，寒冻不死，替沙漠人守护家园，让治沙人研究利用，宛若瀚海里的巍巍绿色屏障——这是它们生命灵魂的天然本性。他们和它们英勇大勇智勇，播绿护绿扩绿的鲜艳旗帜永远不倒；坚定坚强坚毅，斗风斗寒斗暑的鸿鹄之志永久不衰；雄气骨气血气，抗盐抗碱抗恶的铁打意志永恒不变。《感悟沙漠生态的灵魂》使我体验至深：沙漠人、治沙人筚路蓝缕、奉献一切的精神灵魂，沙生植物傲视风沙、赢胜艰难的生命灵魂，乃车之双轮、鸟之两翼，成为保护自然生态环境、建设沙漠绿色家园的强大精神支柱和物质力量。唯有沙漠人吃苦耐劳的劳动精神，治沙人攻坚克难的科学精神，沙生植物倔强搏击的生命精神，凝神聚力顺应沙漠灵魂，打造人与自然和谐共生发展的格局，富有成效地治理肆虐的风沙，钳制沙尘暴的危患，才能形成生态内的良性循环，走上绿色发展和可持续发展之路。实现天地人和，大自然则会反哺人类，护佑沙区，哺育沙民，造福沙乡。

千姿百态的生物，是人类敬畏和尊重的自然生命。学研丰富的生物知识，汲取天然生物的多元文化内涵和精神营养，对于任何人都须臾不可或缺。特别是生物中的那些灵魂动植物自强不息、勤能补拙的精神风貌，如同灵魂人物一样，具有激励思想、鼓舞精神、洗礼人心和教育人格的力量。正如柏拉图所说："知识确实是灵魂的食粮。"让我们能站在知识及其内涵的云梯上，看更为广阔而富有意境的风景。本书收入的描写生物、风物名胜和诠释科学的知识散文数十篇，多数发表在《人民日报》《人民日报·海外版》、新华社媒体、《光明日报》《经济日报》《解放军报》《科技日报》《工人日报》《农民日报》《中国教育报》《中国科学报》等权威央媒上。

"塞沙茫茫出关道，骆驼夜吼黄云老。征鸿一声起长空，风吹草低山月小。"凡是乘骑过骆驼的人，无不对"瀚海之舟"这个沙漠里的灵魂动物肃然起敬。自古至今，它就是大漠戈壁荒滩地带载人驮物的主要交通工具，沙区人民生产生活和沙漠科学家可靠的工作"助手"。笑迎风沙作祟、寒暑无度的严酷生态环境，性情温顺通达人性，跋涉沙漠旷日持久，能耐饥渴、勤劳务实，坚韧不拔、砥砺前行，是骆驼独有的特征。它的身体具有调节温度的奇特功能，无惧酷暑严寒；在沙暴极冷时，毛茸茸的腹下犹如温暖的"港湾"，会保护主人避风御寒；它浓厚的眼睫毛是挡风避沙保护眼睛的"卫士"，鼻子里的瓣膜亦可阻拦沙石进入鼻孔和气管；身体和驼峰是贮足水分食物的"水库""粮仓"，肝脏能将尿反复循环很少排尿，呼吸次数少可减少水分消耗。骆驼昂扬远征旅途，毫不懈怠，不吃不喝足够维系几十天日子。

农人、田野、耕牛，天然合作辛勤耕耘，汇成了气势恢宏的"春光曲"，描绘出深情如诉的"田园诗"。作为农家灵魂畜种的牛，竭力耕耘，负重驮运，奉献肉奶，在农牧业生产和农民日常生活中的作用举足轻重。闻名于世中国独有，素有"高原之舟"美誉，整天埋头苦干只图一口青草，付出皮、肉、奶、毛、角、骨、蹄、尾、内脏、粪便等，贡献浑身宝的甘肃天祝抓喜秀龙草原出产的白牦牛，是牛中稀世种类。用白牦牛毛和细羊毛混纺而成的特等双面大衣呢料是我国衣料中的贵重物品，早在 20 世纪 60 年代就名动国际市场。1964 年国家主席刘少奇出访巴基斯坦时，特赠巴基斯坦总统的一块呢料，就是我国纺制的首相呢。

牛的精神、牛的风格，是中华民族的传家宝。鲁迅"俯首甘为孺子牛"的名句，毛泽东"做无产阶级和人民大众的'牛'，鞠躬尽瘁，死而后已"的教诲，永远是国人的座右铭。牛，白昼担当农家重负辛勤劳作，宅心仁厚竭尽全力；黑夜心静如水安之若素，躺卧在大地的怀抱。憨厚笨拙而平凡，创建了伟大的孺子牛精神，成为中国人民世世代代信奉和传承的思想灵魂。

千年不死生命强，千年不倒树神威。千年英雄是胡杨，千年不腐铸文明。沙生植物胡杨，勇立瀚海、拔山举鼎，威武雄壮、独树一帜；傲骨雄奇，风沙恐惧，暑寒骇怕，盐碱生畏。长着不死一千年，死后不倒一千年，倒下不腐一千年，是抗风固沙被称誉"第一英雄"的树种。

早年包兰铁路的安全受到肆虐风沙的威胁，科学家在沙漠中发现了勃然活旺、蔚然成林，无畏无惧飓风流沙的沙生植物梭梭。于是，国家投资，科学家组织和指导群众广植梭梭，挡风固沙，几年后包兰铁路上的列车在梭梭林密布的绿洲之中安然奔驰。一首民歌伴着呼啸的列车尽情欢唱："风沙狂我气昂昂，梭梭挽起铁臂膀。沙尘暴逃得远远，包兰铁道一路畅。"

原来，胡杨、梭梭是具有倔强性格和超凡本领的一对灵魂"枭雄"。它们的根系深扎沙漠荒漠中，生长迅速，萌蘖性强，植冠发达密集，生命力雄悍强势，挺竖起三四米高的坚毅身板，活脱脱的犹如血气方刚的"彪形大汉"，在大漠英武抗逆，充当田园村庄和铁路公路的忠实"保护神"。沙生植物肉苁蓉，自个没有叶绿素，不能制造养分，梭梭甘心情愿让肉苁蓉把根连接在自己的根系上，用自身的养分供应满足被人们称为"沙漠人参"的肉苁蓉。胡杨、梭梭与世长辞以后，还牺牲自己的"残骨"，以极佳的燃质，充当沙区百姓的"活煤"。

你知道吗？在庞大的生物界，也有无数建功厥伟的"专家""学家"和"科学家"。比如，在神秘莫测的地层中，沉睡着丰富珍贵的矿藏。在广袤无垠的大地下，哪里蕴藏着什么金属矿石矿物，储存量有多少呢？勘探矿藏，地质科学家当然是行家里手，绿色植物中也有诸多天生的"地质学家"不容轻视。这是因为，各种植物的发育生长，不仅嗜好氢、氧、碳、氮、磷、钾、钙、镁、硫、铁十大元素，而且喜爱铜、钼、锰、锌、钴、钽、硒、硼等众多微量元素；不同的植物所需的微量元素不尽相同，而且都是依靠自己的本领在土壤里吸收。科学家已从植物的体内几乎找到了所有的元素。因此，在千姿百态的植物大家族中，便涌现出能够吸取各种金属元素的"高手"，它们自然而然就成为"找矿专家"。拿钽元素来说，因其稀有，加之其常常与铌元素"抱成一团"，不容易分离提炼，在贵金属中就显得极为珍贵。特别喜欢钽的"牧草之王"紫花苜蓿，体中则富含钽元素。难能可贵的是，它不但会吸钽元素，还可将土壤中共生的钽与铌分离，只吸取钽而不吸收铌。这就说明，在紫花苜蓿生长的地层中，往往埋藏有钽矿或是较为丰富的钽含量。

植物中"探矿学家"的能耐非凡。欲想找到金银矿吗？去找忍冬丛、向荆、野蓼子生长茂盛的地方；铜矿何处有？生长在海拔二百至三百米的山坡路旁，生机蓬勃的海州香薷在向人们招手；车前草、堇果深情呼唤，我们这里有锌矿呀；艾蒿、石松兴旺生长的地方，往往埋藏着锰、铝矿；磷的富有之地，常常在丰茂的铃形花脚下；郁郁葱葱丛生连片的马齿苋生息之地，可能是汞的"仓库"……

天地无情人有爱，乾坤天道自分明。生灵万物没穷尽，生命沉淀有精神。人们相信，多姿多彩的生物的生命天性和聪颖天赋，必将赢得文学家的垂青，让更多的动植物精灵进入文学作品，展现它们闪烁着的文学、美学与科学的价值之光，增添中国特色社会主义文学没有穷尽的活力和魅力。

"人民是文艺之母。""源于人民、为了人民、属于人民，是社会主义文艺的根本立场，也是社会主义文艺繁荣发展的动力所在。"我们要高唱弘扬灵魂之歌，赓续百年红色文学的精神血脉。回眸经年，苍穹万里，汲古润今勤拾韵，一往情深；晚暮侠骨，百年内外，青山不老喜吟风，丹心一寸。

由衷地感谢作家出版社推出我的第三本书。特别感谢责任编辑张平老师所付出的心血，编审、终审林金荣老师给予的宝贵指教和支持。还要挚谢中国文联全委会委员、甘肃省文联主席王登渤老师和中国作家协会全委会委员、甘肃省作家协会常务副主席滕飞老师给予的指导与勉勖。也谢谢妻子的尽心相助。

这些文字片断，作为引子，是为序。

生命体验
SHENGMING TIYAN

大漠风韵大海情

公元二千零一十四年。莫道四月芳菲尽，岭南木棉一抹红。

暮色降临，风清恬静。细阅审酌，忙完即将付梓的一期内刊。起身呼出一口气，舒展了一下筋骨，觉得轻松了许多。

推窗望去，视野开阔通透。华灯璀璨夜如白昼，流光溢彩辉映万家灯火，给鳞次栉比的现代化楼宇披上了五彩霓裳，空气里弥漫着淡淡的芬芳馨香气息。

高瞻远瞩，天际酡红如血，彩霞映着夕阳。蓦然回首，东隅已逝岁越甲子，延期退休多年，甘愿继续承担重负，潜心学术研究，仍一旬一期地操弄文章事。个中欣喜伴苦涩的滋味，唯有寸心才感知。

点滴成江河，行远必自迩。半个世纪辗转之间，摆渡华夏南北，主要生存视事于大自然两个最具代表性特殊性的生态高地：一个是浩瀚的大漠地带，心系瀚海驼铃声，为沙漠嬗变绿波席卷劲吹号角；一个是汪洋的沿海地带，魂牵南海风雷激，为粤疆湾区大展宏图添砖加瓦。生命历经风急浪高与火热生活的洗礼和激励，灵魂汲取不同地域的文化底蕴与文明礼仪的元素润泽和抚慰，应天顺人接地气，人与自然相融合，深情眷恋风光独特、天然风韵的大漠与大海。

刹那间，心潮起伏百感交集，生命的浪花在心间飞溅！笔端不禁跳出几行文字：

一漠风韵，一海风情，一路风雷。东西阅尽千百度，淡看南北月与云。红尘阡陌铸心灵，壮怀扬魂吟大风。

一池清墨，一生情愫，一腔碧血。瀚风海涛浪淘尽，敢泳潮头顶逆行。轮回皆唱锦绣曲，韶华已逝无怨悔。

这些油然而生发自内心的自由句式，情真意切地表露出转战南北地域，荆棘载途的轮回文字人生；热爱生活，崇尚事业——坦荡思想的一缕诗意，乐观精神的一丝情韵，炽烈情感的一抹相思，鲜活灵魂的一绺况味，"大漠风韵大海情"的一种旷达。

感恩大漠的磨砺与大海的洗礼。青年时代挚爱"三农"一往情深，驼背听风瀚海历练，诗经陶染种学绩文；喜爱文学的夙愿，在卸下烦冗的桑榆暮景得以践行而慰藉心灵。

追忆似水年华，人生稍纵即逝。

我生命的源头，在千里大西北风沙线上黄土阡陌、大漠残垣的腹地深处。曾经的陕甘宁红色边区那颗红星永藏心灵，是指引和激励我魂魄跳动的根魂血脉，启迪和孕育我文字灵感的厚土沃壤。

哀哀父母，生我劬劳。出生于梓里凉州，坦然如砥，一路走来，生息成长于故乡小城武威、省会兰州、首都北京、特区深圳四座城市，倍感凉城的温柔、金城的温情、京城的温暖、鹏城的温馨，都是我心怀感恩、同样敬恭的桑梓。《诗经·小弁》告诫我们："维桑与梓，必恭敬止。靡瞻匪父，靡依匪母。"父母与四城，犹如生命中须臾不离的阳光、皓月、明灯和火焰。

秉持良善正义之心，堪为儿女楷模的父母，举案齐眉深恩爱，琴瑟和鸣永同心。清贫幸福度一生，精神富贵过一世。父亲，坚毅，严谨，厚重，伟岸，暮年身患绝症，强忍痛苦，缄默无声，在备受煎熬中辞谢八十八岁的生命；母亲，善良，淳朴，慈祥，宽容，迟暮健康快乐，谈笑风生，怡然自得，在天伦之乐的欢愉中已度过八十七岁的华诞。双亲的尊严、善良和勤奋，镌刻于我的心骨，是生生不息的无尽阳光，源源不断的血脉力量。

少时家道贫寒，食不果腹，然父母持家有方，治家从严。父亲注重一个"学"字，教诲我功夫集注在学业，发愤图强勤读书，饱学多识求成器；母亲除认同父亲的期待，还看重一个"苦"字，教育我念书不忘劳动，吃苦耐劳长品质，能经受风雨。恩重如山的父母，殚精竭虑操碎心，言传身教看长进，是我和姐弟妹最好的良师益友。谁言寸草心，报得三春晖。

十年树木，百年树人。忆少时，镂骨铭心的母教父育故事，没齿难忘。

母重身教，遗传基因。穷人的孩子早当家。在20世纪的三年困难时期，甘肃是重灾区，黎民百姓饿肚子，我的家人也肚子饿。我总是饥肠辘辘、空腹咕噜叫，饿得人心发慌。春夏逢星期天，妈妈总带着姐姐和我跑到城外荒郊挖野菜。暑假时，安顿姐姐留家照顾奶奶和弟妹，妈妈带着我奔向远处乡村，在收获过庄稼的田地"大海捞针"，寻觅鲜见的麦穗儿，扒抄潜藏的洋芋萝卜头，挖野菜采野果，多少添补点吃的东西，一家人总算苟延残喘活下来。有次暑假，妈妈带着十岁出头的我，跟着众多的拾荒者，跑到山丹大马营军马场，也就是后来拍电影《牧马人》的地方，白天寻拣麦穗，抄挖萝卜洋芋头，采野菜羊胡子，夜间露宿荒野。有天夜里阴雨连绵，母子同披一块旧布挡雨，而冰水很快浸透衣衫，冷风袭身冻得人瑟瑟发抖难以入睡，只能硬撑着。冷不丁，我从袋子里抓了一点千辛万苦拣到的一些麦穗搓出来的麦粒儿，放嘴边闻闻，感觉香气扑鼻，望着妈妈不敢吃。妈妈见状，赶紧塞给我一个萝卜头："吃点充充饥，这点麦子留给在家眼巴巴等着我们的奶奶和姐弟妹妹吧。"当时，我立马明白了，儿饿了妈能给萝卜头吃，真是饥荒人家的穷孩子过着好日子，便赶快把手里捏的麦粒放进袋子里。"儿子，你唱唱歌，身体能生点热气驱驱寒"，我听妈的话，也为哄妈妈高兴，吼声反复唱着当时正走红的革命战争题材歌剧艺术影片《洪水赤卫队》主题歌《洪湖水浪打浪》中仅记住的两句歌词："洪湖水呀浪呀么浪打浪，洪湖岸边是呀么是家乡啊……"我问妈妈："儿子唱得好听吗？"妈妈的泪水夺眶而出，连声说："好听！好听！"半晌，她哽咽着又道："儿子，这就是咱们的命啊。我们母子能撑住，全家人就都能撑住，活着就是幸福。"我听着，禁不住扑进妈妈怀抱，风雨中母子失声痛哭不已！虽然天冷哭声悲苦，我们母子的心却热了起来。类似的事儿举不胜举。都是妈妈身教历练儿女，长子女逾越艰难困苦的骨气。

母亲以母性所决定的"博爱之圣"的善良天性，一生为我付出了太多的心血。岂知为儿长大后，数十年工作在外地，起初每年能回一两次家探视父母，至后渐行遥远，一两载才返乡与双亲团圆一回。父亲作古对我的打击很大，更加眷恋母亲日胜一日，妈妈亦牵挂儿子期盼团圆。是年早春曾作《母子情咏》，寄托思母之情。

儿眺黄河岸，母望香江旁。千里流水寄情思，常依在梦里。
望月思慈母，心潮逐浪高。浑身流母万滴血，滴滴润魂魄。

父传典范，赓续血脉。做公职人员的父亲性格内向，平时少言寡语，习惯用眼神传递严父的内涵深意，引导感育儿女的童心。记得我读初中时，在外地工作的父亲，有一天回家来，破天荒地开口，正儿八经地给我讲述了北宋名臣、名满天下的思想家、政治家、文学家范仲淹"划粥断齑"的经典，一直铭记于心：范仲淹幼时命运悲惨，年少失怙，家道败落，孤儿寡母生活无依，其母谢氏便携儿改嫁，给江南为官的朱文翰为妻。朱氏为官廉洁，家境清苦，住房拥挤，孩提时代的范仲淹便借住寺庙一寓。他志向远大、发奋苦读，追求学问、勤勉上进。少年时安贫乐道，生活一直过得很俭朴，自己做小米饭，一次煮上一锅，待冷却凝固后用刀划个十字为四，一顿食一块，拌点咸菜末，吃得津津有味。刀在石上磨，人在世道练，不负好时光，自强不懈怠。范仲淹喜好诗词歌赋，潜心研究典籍《易经》《左传》《史记》《战国策》等，学术成就不凡，成出类拔萃的青年才俊，晋身仕途为国家栋梁之材。他倡导践行"先天下之忧而忧，后天下之乐而乐"的思想，引领仁人志士注重节操；他在朝为官、政绩卓著，挂帅戍边、屡建殊功，进取文学、成就突出，旷世之作《岳阳楼记》流芳千古；他感念继父养育之恩德，常思以图厚报，彰显出难得的人格操守。范仲淹实为弘扬儒家思想、忠实践诺力行的标杆，中国古代文明史上流光溢彩的一个先贤圣哲。思想深邃、内敛沉稳的父亲，给我讲完这个历史故事，再未多说一句话，却宛若在我的心灵点亮一盏灯，那闪烁着古代贤哲人文精神灵魂的光芒，指引着我前行的路。

2011 年 7 月 13 日，坚韧、坚毅、坚强了一生的严父撒手人寰，我们兄弟姐妹五个一吐敬畏、敬重、敬爱了一生的心语，由我执笔写下了《我们的父亲》：

> 我们的父亲
> 巍峨不倾，和谐家庭
> 他是撑家的一座山
>
> 我们的父亲
> 流水不枯，衍生后代
> 他是传嗣的一条河
>
> 我们的父亲
> 青翠不褪，遮风挡雨
> 他是护家的一棵松

我们的父亲
百折不挠，引领儿女
他是指路的一盏灯

我们的父亲
深情博爱，神韵不息
他是盈心的一首诗

我们的父亲
阅读不尽，教诲子孙
他是育后的一本书

母亲携儿拾荒身教言传，父亲采用经典为子砺志。呕尽沥血，深情瞩望。承父坚毅，继母良善。青衿之志，履践致远。

文字苦旅，一生艰辛。党政军科文，县地省京深。媒体深躬耕，秘书侍官员。中年勇搏战，岁秋淬炼魂。晚暮爱文学，拾韵醉夕阳。

举头三尺有神明，天地之间有正气。党播东风润我心，拥抱时代同步行。充满活力的精神灵魂铸造于厚德载物的土壤。在悠悠岁月里，劳动精神，工匠精神，老黄牛精神，革命传统精神，井冈山精神，苏区精神，长征精神，遵义会议精神，延安精神，南泥湾精神，抗战精神，西柏坡精神，抗美援朝精神，王铁人精神，雷锋精神，焦裕禄精神，"老三篇"精神，"两弹一星"精神，抗震救灾精神，抗洪抢险精神，抗击"非典"精神，改革开放精神，特区精神，拓荒精神，创新精神，载人航天精神，爱国主义精神，伟大复兴精神，如大江大河般源远流长，日日月月年年，无不熏陶感化、盈润哺育着我，给我注入前卫、先锋、时代的思想观念、精神

青年时代的作者

活力和情感芳华；构建共产党员的精神谱系，用为人民服务的价格导向，时刻把握灵魂一念取向，秉持和坚守"美好天堂"，远离和鞭挞"罪恶地狱"，爱党爱国爱人民，爱真善美爱进步，以务实坚守初心，用平凡履行使命。

人生况味最苦短，回眸一笑五十年。摆渡南北，有清明盛世的奋进，也有苦难岁月的蹉跎；有步履阳光大道的收获，也有勇闯独木小桥的惊魂；有柳暗花明绝处逢生的机运，也有山重水复荆棘密布的艰险；有陇上春风杨柳的慰藉，皇城杏花春雨的滋润，南粤姹紫嫣红的馨香，也有西域祁连冰雪的逆侵，燕京阴霾沙暴的袭击，鹏城酷暑湿热的煎熬。所有这些，都是人生征途的得益与长进，不可或缺的境遇与历练。真本领大智若愚，退一步格局高远。向"西部歌王"王洛宾先生看齐，眼见光明、耳闻歌声则忘却一切烦恼，将坎坷悲伤看作"美丽的音乐"。倘若"心有惆怅千千结"，不啻"朝如青丝暮成雪"。自古人生最忌满，半智半愚半圣贤。

精神乐观最倔强，爱拼才有新境界。新时代解放思想，莫过于用超越传统的胆识挑战自我，敢于打破常规哲学创意中年人生。壮年申请从京调深，是跟随多年的部级领导批准且亲自送我来深，将人交给市长。良好的背景可望稳顺发展，而思谋笃定，特区是个英雄不问出处，天上不掉馅饼，是骡子是马拉出来遛遛的地方，再说来到市场经济的试验地，总要赴考，人生结局看中年。强劲自我，毅然舍弃所谓的拥有，决然打碎"铁饭碗"，释放生命资本奋力一搏。不思保险未来勇断后路，不图风光无限自食其力，物色敢在潮头唱大风的勇士，组合精悍的研究团队，扑向学术竞争激烈的时代社会科学前沿。面对切断薪金没有经费的严酷现实，唯有思维敏锐一颗淡定的心，接受严峻搦战，豁出去自强不息。没有黑夜，岂有黎明。漩涡摸石，深自砥砺。背水一战，不死即生。夕惕不息，仄不暇食。出租屋，自行车，方便面，甘于清苦恬淡；啃骨头，涉深涧，闯暗瞧，如履薄冰过河。几多淘沙，洗尽铅华。几多垦荒，热血丹心。几多躬耕，砥志研思。几多周折，探源索珠。

时代是思想之母，实践是理论之源。我们着力探索一条路子：以习近平新时代中国特色社会主义思想为指导，清醒面对世界百年未有之大变局，胸怀中华民族伟大复兴的战略全局，从历史长河、国际风云、时代大潮的演绎机理，探究中国和世界社会发展的历史与现实的嬗变规律；拨正社会科学学术研究的方向，坚持社会主义的道路自信、理论自信、制度自信、文化自信，汲取高层智囊智库研究成果的营养；联系深圳实际，围绕民生福祉和高质高效发展这个主题，认识和研究与之息息相关的改革、开放、政治、法治、经济、文化、教育、科技、创新等发展变化的广度、深度和难度，从中抓准热点、焦点、重点、盲点和人民群众的关注点，理清其历史根源和主要现实因素，不断产出具有前瞻性、系统性、指导性、科学性和可操作性的战略决策参考信息。一份有理论含量、有警醒作用、有启示思考价值，在领导层、决策层有影响力的信息内参，把思想之舵，守信仰之基，供精神之钙，发挥了有生命力的作用。

不畏中年危机打碎"铁饭碗"，让精神与灵魂碰撞，思想和意志在市场经济的淬炼中重植生命。看似寻常最奇崛，成如容易却艰辛。感恩深圳底蕴丰厚的特色文化，即拼命苦战的拓荒牛文化和"时间就是金钱，效率就是生命"的效率文化，给我强势观念的激励；敢为人先、追求卓越的特区创新精神，给我刚毅恒久的力量。

起承转合，南北躬行。千磨万击，任尔沧桑。轮回年华，苦旅人生。"手捋六十花甲子，循环落落如弄珠"，有些许感悟、感受、感言。

一生一支歌，一曲唯心独醉。要强必备厚德载物与大智若愚两种品质。把冤屈的苦泪吞进肚子里非弱乃刚。没有度过黑夜不会珍惜黎明。上天堂还是下地狱，灵魂一念决定命运。命运的底牌永远是从零开始。英雄也没有永久的免费午餐。凭原生态创造未来，现实不相信眼泪，生活不怜悯弱者。转身裸退讳莫如深，优胜劣汰无一而终。勤鸟先飞，苦耕无欺。反躬自省，守正补拙。有时必须放弃才会有新的开始和拥有。当意识到落伍时唯有浴火重生。不能面临死亡才想起梦想。宽恕别人就会解脱自己。

一生一个梦，一次圆梦之旅。美梦成真就是付出什么心获得什么果。洞察自己生命的本质，开掘自身的活力资本。唯有心灵干净就会获得人心、机遇与进取。信誉赢得信任。丢失了信誉难以弥补。不情愿还得接受，不甘心也得忍受，这是一种坚强和清醒。任正非敬畏冬天，华为永远有春天。人心不胜寒。最好的"朋友"往往不胜寒。人生不求全。再完美的生活也会有残缺。铭记和感恩在落难时救助过自己的贵人。积德行善而神明自得。决不与恶人为伍。远离龌龊小人。

一生一世悟，一求人生真谛。只有承受过苦难，才能从最深处升华。人可以不成功，然不能不成长。发展是人生第一要务。交净友用对人是第一要素。守护尊严，决不在鄙视中寻机遇；守护气节，决不在投机里求发展。获得眼力、心力、定力，拥有血气、骨气、底气，修成自强、自立、自信，算是打开成熟人生之门。吝啬鬼难有朋友圈。钱买来的感情终究会毁灭。生活没有参照物，进退去留心自知。亮剑敢当扬正气，静水流深守净土。

一生一瞬间，一悟人生清气。心灵一粒尘，头压一座山。人格是本，财富是末。言行必果，善恶相报。己所不欲，勿施于人。宽容海阔天空，自傲孤家寡人。清正受人尊敬，贪婪踏上死途。无论生活多么艰难、痛苦和贫穷，精神家园都不能破碎。相由心生是心灵播下的种子开花结果，显现于颜值成为精神长相。胸怀万卷流，下笔任洒脱。最深的井须花费一生的气力去开凿。人有清气最高尚。

辞甲午放牧心灵，迎乙未桑榆非晚。冰雪丹心，举帜正义。情系苍生，强国有我。匠意晚霞，眷恋文学。清音木笛润心智，渔樵耕读无止境。纸田墨稼守清苦，极目苍茫笑凭栏。唐风宋雨不求全，留丝清气得始终。痴情激烈掠青苍，壮心不已照夕阳。

烽火中问世的《沁园春·雪》

在随着时光流逝而去的壮阔历史中，那些神圣的日子、刻骨的事情、绚丽的诗篇，总是深深地留在我的记忆里，让人魂牵梦萦难以忘怀。何况是 12 月 26 日这个铭刻在国人心扉的日子，还有那首大气磅礴、令人荡气回肠的咏雪名词《沁园春·雪》……

咏雪词填于八十四年前

1936 年 2 月 7 日的清晨，陕西省清涧县高杰村袁家沟。

冷风袭虐，雾气萦绕，莽苍迷茫，春寒料峭。六出雪花，纷扬飘逸，晶莹柔情，轻歌曼舞。千沟万壑，辽阔无垠，冰雕玉砌，格外妖娆。纯粹圣洁的皑皑大千世界，别是一派银蛇逶迤、蜡象驰野的绝妙风光。

在袁家沟高家坬塬察看东征地形的毛泽东，高大的身躯伫立于风雪中放目尽扫，欣赏大自然如此迷人的景致，情愫缱绻波澜起伏，陶醉怡然不能自已……

红军不怕远征难，万水千山只等闲。火中血里蹚过，雪山草地滚过，围追堵截越过，饥饿暑寒挨过，九死一生坚挺，激昂豪情万丈。1935 年 10 月，红星闪闪的红军部队抵达大西北的陕北，取得战略转移的决定性胜利。翌年 1 月 26 日，毛泽东率军亲征东渡黄河，投入华北抗战前线，数天后前卫部队到达袁家沟一带，发起东征战役在即。

这是毛泽东初到陕北碰赏漫漫大雪。次日，他的愫绪依旧沉浸在雄浑壮观的北国风光中，浮想联翩，挥之不去。内心世界敬慕和赞赏中国历史上的无数英雄豪杰，回顾红军北上抗日的战略历程，油然升腾革命必胜的坚定信念，革命家、政治家、军事家的情怀如春潮涌动，顿时触发了浓郁的词情，脑海丰富的想象凝结为富有词采的精练语言，比喻、拟人、对偶、修辞更是娴熟于心，不禁狂放诗词家的豪迈浪漫，挥毫疾书直抒胸臆，一口气写下了具有强烈沧桑感、历史感和十足节奏感、韵律感的不朽绝唱《沁园春·雪》：

北国风光，千里冰封，万里雪飘。望长城内外，惟余莽莽；大河上下，顿失滔滔。山舞银蛇，原驰蜡象，欲与天公试比高。须晴日，看红装素裹，分外妖娆。

江山如此多娇，引无数英雄竞折腰。惜秦皇汉武，略输文采；唐宗宋祖，稍逊风骚。一代天骄，成吉思汗，只识弯弓射大雕。俱往矣，数风流人物，还看今朝。

构思精妙，词情英迈。丰茂无垠，元气淋漓。润之才情，昭映古今。这首咏雪词，是在中国诗词史上承上启下、开先河之风的绝品，更是一个以天下为己任并付之于践行的无产阶级革命家和现实主义诗人，展现思想理念、文化禀赋、精神风貌的心声。韵味无穷的词意，折射出"数风流人物，还看今朝"的凌云壮志，为彻底解放处于水深火热之中的中国人民的金色灵魂，推翻打倒蒋家王朝所向披靡、不可战胜的磅礴气势。

枪林弹雨，戎马倥偬。一阕《沁园春》，诞生于烽火狼烟中。直至九年后《沁园春·雪》被重庆纸媒揭橥，引发赫然轰动。问世之前，毛泽东没有向任何人提及这首词，因而无人知晓。

词赠友人被发表引起轰动

花谢无语，云卷云舒，历史不可逆转地奔腾向前。1945 年 8 月 28 日下午，来自红色革命根据地延安、身着中山装的中国共产党中央委员会主席毛泽东，神情淡定地步出落地重庆九龙坡机场的军用飞机舱门，他身后跟着和善优雅的周恩来，还有王若飞等其他的共产党人。他们是在调遣百万大军过大江、彻底解放全中国的前夕，为了戳穿国民党反动派"假和平、真内战"的阴谋，智勇而来与蒋介石谈判的。

毛泽东等一行共产党人的到来，给山城百姓带来了无限惊喜，人们期待着雾霾的散去、光明的降临。

社会大众熙熙攘攘，议论风生。"没想到毛泽东有这么大的胆量，敢冒险来到蒋介石的天下。""毛泽东为了国家与民族的前途，有深入虎穴的勇气来和谈，说明有与蒋介石周旋的实力，也有虚怀若谷的胸怀，真有气魄呀！"

而此时的蒋介石则自以为得意："看你毛泽东进得来，怎么出得去。"

毛泽东尊师重道。9月6日，他专程登门拜望当年同住长沙、在湖南公立第一师范任教的孙俍工先生，那时毛在一师附中教书而熟识孙。年轻时的毛泽东，敬重孙先生学富五车且书法笔精墨妙，孙俍工还给他传授过书法要领。

两人寒暄，甚为感奋。毛泽东递给孙俍工一个纸卷道："俚词一首，自己涂鸦，送与先生，看看这字写得有无长进。"

孙俍工展开纸卷一看，见是时为共产党主席的毛泽东手书的咏雪词《沁园春·雪》，顿时眼光放亮，惊喜异常！赏书艺飞龙舞凤、气吞山河，品词意设喻用典惊涛拍岸、抒发情怀韵味深长，真是词与书相得益彰的绝品。他不禁赞叹不已："好！好！仿古而不拘泥于古，尽得古人神髓，又能以己意出之，风韵神采卓然，非基础厚实者莫能如此。酣畅淋漓、自创一体，真不简单，你笔底自由了！"

诗词，可以穿越地界，穿越政党，穿越信仰，沟通人心。即使在国共内战的烽火岁月，艺术也会融合两党人的文化和谐。日后，国民党著名左派人物、教育家、诗词家、书法家于右任欣闻咏雪词的韵馨，热情设宴款待毛泽东。国共两个资深文化人，聊谈调侃自然涉及他们都喜爱和擅长的诗词。殊不知，于右任当面由衷赞赏毛泽东的咏雪词《沁园春·雪》，称道："结句'数风流人物，还看今朝'气吞千古啊！"显然，毛泽东的这首词已在国民党高层流传。

毛泽东见到早年在广州结识的文友柳亚子，畅聊交流，谈诗赠词，几经交集。此时的柳亚子已经是国民党元老级人物、赫赫有名的大文人。10月7日，毛泽东致函柳亚子："初到陕北看见大雪时，填过一首词，似与先生诗格略近，录呈审正。"附有题写在"第十八集团军重庆办事处"信笺上的《沁园春·雪》。

柳亚子阅读十分激奋，情不自禁地直呼："大作！大作！"然讲究章法的他发现毛泽东没有题落款，便携带纪念册见毛泽东，请他重新题写。毛第二次将词题写在柳亚子的纪念册上，上款加了"亚子先生教正"，落款写了"毛泽东"。柳又请毛盖章，毛笑笑说没有章，柳当即许诺刻送印章给毛。

连夜，柳亚子请有"十万印楼主"之称的篆刻家曹立庵为毛泽东刻两方印章。印章刻好后，柳亚子盖在毛泽东题写的咏雪词上。事后，有人问曹立庵："你怕不怕？"曹曰："我人是肉长的，刻刀却是铁铸的。何惧之有！"

此时，柳亚子酝酿的一首和词亦应运而生。《沁园春·次韵和润之咏雪之作不尽依原题意也》：

> 廿载重逢，一阕新词，意共云飘。叹青梅酒滞，余意惘惘，黄河流浊，举世滔滔。
>
> 邻笛山阳，伯仁由我，拔剑难平块垒高。伤心甚：哭无双国士，绝代妖娆。
>
> 才华信美多娇，看千古词人共折腰。算黄州太守，犹输气概，稼轩居士，只解牢骚。
>
> 更笑胡儿，纳兰容若，艳想秾情着意雕。君与我，要上天下地，把握今朝。

柳亚子用心良苦，决计"把握今朝"，将润之一阕惊人、让他刮目相看的"数风流人物，还看今朝"的这首旷世之作《沁园春·雪》传播出去。10月25日，"毛唱柳和"的两首咏雪词展示在《南社盟主柳亚子与青年画家尹瘦石诗画联展》会上。于是，两首墨宝公开"亮相"、不胫而走，首先在山城政界、文化界热传起来，这可以说是引发轰动的前奏。

展览会后，柳亚子将毛泽东的咏雪词与他的和词一并送给《新华日报》发表。报社考虑刊发党中央主席的词作，须向延安请示准许，但欣然接受柳亚子先发表他的和词之意愿，遂将柳的《沁园春·次韵和润之咏雪之作不尽依原题意也》，刊发在11月11日恰逢毛泽东离开重庆这天的《新华日报》上。抢买报纸者趋之若鹜，引起读者的广泛关注。有"柳和词"而无"毛原词"，自然引起人们热心询问打听，打破砂锅问到底，显然起到了"此地无银三百两"的效应。

柳亚子如此热情卖力地对待毛泽东的咏雪词，他当然明白会招致什么后果。然而，他敢于挺身而出，甘愿用勇气、智慧和才情，煞费苦心地和词、办展览和推崇发表，目的就是要让这首风格汪洋恣肆、气势雄伟磅礴的宏作，尽早让更多的人知道，了解填词人的才华禀赋、精神气度，以配合国共和谈发挥应有的作用。

真是"迟日江山丽，春风花草香"。到了 11 月 14 日，重庆《新民报》副刊《西方夜谭》倏然将毛泽东的咏雪词，以《毛词·沁园春》为题发表了出来，还附有一段推崇赞言。原来，这是二十八岁的副刊主编吴祖光所为。当时，他意外获得这首非同凡响的手抄本咏雪词后，几经核对，迅速在副刊推出，当天的《新民报》很快售罄。这件事足以说明，他是一个坚毅果敢有良知的媒体人。那时的吴祖光认为，"如此千古绝唱，应该让民众看到他们该看到的"。后来蒋介石下令、国民党"围剿"毛泽东的词作时，追究吴祖光"首发毛词，为共党张目，向共产党投降之罪"，其被迫逃躲香港。而吴祖光发表《沁园春·雪》，"捷足先登，夺得头功"，亦记载于中共党史、文化史上。现今人虽已作古，而光华仍耀。

紧接着，11 月 28 日的《大公报》也发表了"毛唱柳和"的两首词，随之《沁园春·雪》被当地许多家报纸争先恐后地刊载，一时间洛阳纸贵。一阕咏雪词犹如一声春雷炸响，引发莫大的轰动，震撼烟雨山城，成为人们高度关注、街谈巷议的热门话题。一方面，是国民党高层人士热议评侃盛极一时，玩味欣赏者居多；一方面，是社会大众广侃深议众口夸奖，啧啧称奇赞不绝口。有着雪亮眼睛的人民，心中都有一杆秤，老百姓"赞毛挺共"的热流涌动。

绝唱世人知，雪词已盖世。

在短短一个多月内，重庆各种报刊纷纷发表的和词、评论达七八十篇，好评如潮。有评论称："读毛词如读史读人。""毛泽东填的咏雪词，运笔出神入化，气势雄浑如虹，内涵深邃丰富，境界阔远绝妙，描绘景色皆名山秀水，论述人物都震古烁今。""词浸透的历史感非常强烈，宛若刘邦的《大风歌》、曹操的《观沧海》。"柳亚子有篇文章写道："毛润之《沁园春》一阕，余推为千古绝唱。虽东坡、幼安，犹瞠乎其后，更无论南唐小令、南宋慢词矣。"

中共领袖的这首咏雪词，还迅速由重庆扩散至北京、上海等地的报纸登载，无数文人的无数和词、评价文章纷纷问世。人们没料到，自南宋之后被遗忘良久的词牌"沁园春"，竟然在数百年后又红起来！后世的研究史料称："这在我国词史上是绝无仅有的。"

雪词激发"雪战"波及全国

蒋介石自然是情报信息最灵通的人。他严控着国民党，党内外有什么新情况、新动向，他第一时间都了如指掌。当他接报毛泽东填的一首咏雪词从什么渠道流出，在国民党高层如何流传，对此起初并不怎么介意。因他素来对文坛新出了什么作品、发生了什么事不屑一顾，这件事在脑海也就一掠而过了。

而蒋介石意识到问题的严重性且异常恼火，对毛泽东的才华顿生极大嫉妒时，是他的贴身捉刀幕僚陈布雷亲口给他念了"毛词"之后。因为，"国民党的一支笔"陈布雷深谙毛泽东笔杆子的厉害，尤其是在国共和谈的节骨眼上，毛泽东的咏雪词产生的精神力量非同凡响，真是"惊涛拍岸，卷起千堆雪"噢！陈布雷给他绝对效忠的主人念词，旨在提醒一下。

听陈布雷抑扬顿挫地念完，蒋介石问："你看毛泽东的这首词如何？"

陈布雷如实答道："这首咏雪词填得非常之得体，气韵高华，词采明丽，寄托遥深，大气磅礴，势吞山河。"接着，他忧心忡忡地说："引起了很多人的极大兴趣，好多人都在为毛泽东的这首词着迷，不管在朝在野、是敌是友，都在唱和着。雾重庆快要变成雪重庆了！毛泽东人走了魂还在，这后果值得我们考虑。"

蒋介石乃性情中人。一刹那间，陈布雷的一席话激得他大发雷霆，恼羞成怒地说："我看他毛泽东野心勃勃，想当帝王称王称霸，想复古，想倒退。"末了，他下令："你要赶快组织一批人，写文章批判他。"

随即，国民党中央宣传部迅速召开会议，着令各地、各级党部"组织会吟诗作词者，步毛泽东词的原韵来上几首沁园春，选意境、气势和文采超过毛泽东的作品发表"，旨在把毛泽东咏雪词的气势打压下去。

自1945年12月4日起，国民党的御用文人、反动枪手和雇佣捉刀倾巢出动，在国民党中央机关报《中央日报》、国民党军事委员会主办的《和平日报》和其他反动报纸上，同时刊发围剿毛泽东《沁园春·雪》的和词、评论，绞尽脑汁、拼凑滥作，杜撰文章、抹黑攻击，可谓"炮火连天，硝烟弥漫"，发动了猛烈的"笔杆子战役"。日子不短，阵地、篇幅不少，而结果呢？包括《中央日报》的主笔兼副刊编辑王新命等所谓"名流"写的东西，皆为垃圾低劣品。

且不说上阵操刀的这帮人中有没有诗词家。纵然是有点才情者，如果让诗词艺术掺和上嫉妒、仇恨、谩骂、污蔑、攻击等极不阳光的色调，以至猥琐、龌龊、肮脏的东西，怎么可能沾唯美上乘的艺术层面之边呢？假若算是"艺术"，也只能是"人模狗样"的东西，上不了台面的腐朽、平庸之作，岂有诗词的一丁点儿韵味和魅力！

逆流袭来，正义雄起。千夫所指，自然而然。在周恩来的直接指导下，重庆进步文化界对于国民党发动的攻击予以坚决反击。始料不及，形成了一场波及全国的国共两党文化"雪战"。当国民党败下阵来，连蒋介石也心知肚明，无可奈何地说："怎么有能耐的人都跑到共产党那里去了呢？我们的人怎么那么不争气！"

当时，在重庆的王若飞将国民党、反动报刊刊登的挑衅攻击《沁园春·雪》的和词、文章收集起来，寄给了在延安的毛泽东，他过目后一笑了之。后来，毛泽东在致著名教育家黄齐声的信中略提了一笔："若飞寄来报上诸件付上一阅，阅后乞予退还。其中国民党骂人之作，鸦鸣蝉噪，可以喷饭，并付一观。""鸦鸣蝉噪"四个字，概括了这些东西的本质嘴脸。

在这场文化"雪战"中，有特质的军旅诗词家陈毅将军，著名新闻工作者邓拓先生，文化名人郭沫若先生，著名教育家、爱国民主人士黄齐生先生等，挥毫填词"沁园春"和毛泽东的咏雪词，都旗帜鲜明赞赏和力挺毛泽东的惊世之作。当时，在齐鲁战场的陈毅将军奋笔疾书，赋和词三阕。其中一首云：

两阕新词，毛唱柳和，诵之意飘。想豪情盖世，雄风浩浩；诗怀如海，怒浪滔滔。

政暇论文，文余问政，妙句拈来着眼高。倾心甚，看回天身手，绝代风骚。

山河齐鲁多娇，看霁雪初明泰岱腰。正辽东鹤舞，涤瑕荡垢；江淮斥运，砌玉浮雕。

池冻铺银，麦苗露翠，冬尽春来兴倍饶。齐欢喜，待桃红柳绿，放眼明朝。

陈毅的和词别具一格、与众不同。上阕高度赞美评价了毛、柳之词；下阕联系山东战场的喜人战果，抒发了共产党人对革命前景充满信心的豪情。

2020 年 12 月 25 日

常书鸿精神永生

敦煌的宕泉河，犹言无意之中，总是在我的心里汩汩地流淌着，让人感觉到清澈和馨香。

这条河，仙气缭绕，神秘温情，可谓一条神河。平时是潺潺溪流，宛若石窟壁画中飞天美女抛洒的花雨；涨水成哗哗宽河，犹如壁画里唐代的青绿山水。

宕泉河，源于祁连山的冰川融水，出山后悄然无息潜流地下，迤逦不绝地穿越漫漫戈壁滩，柔情万种地冒出地面，成为莫高窟的守护河。

塞外的秋天别样美。那天上午，宕泉河畔，蔚蓝的天空飘着一缕白丝绸般的淡淡的云，高高兀立的杨树上金黄色的叶子灿灿的，秋风吹得青草黄，丛丛红柳火红色的枝条摇曳着绿叶，依旧勃然活旺。

我来到这个笼罩在"大漠孤烟直，长河落日圆"的梦幻般的西域壮美仙境，悠悠漫步，情思飞扬。此时此刻，那幅将伎乐天神美女的飞天神采，将映照出的大唐盛世的辉煌繁华，全都定格于画面《反弹琵琶》中，在心灵深处活灵活现油然升腾，让人回味享受着敦煌壁画艺术斐然的醉人魅力。我不由得抬首仰望，向稍远处的莫高窟投去虔诚而神圣的一瞥。

恍恍惚惚之际，隐隐约约感觉到从莫高窟飘荡而来缕缕淡淡的洞窟建筑、彩塑、壁画艺术之灵的香韵气息，在峭壁窟崖与宕泉河之间氤氲缭绕……

我缓步走向河畔莫高窟人的墓地。倏忽之间，从我的身旁静静地走过一队青年男女。他们手执一枝枝或怀抱一束束各色各样的瑰丽鲜花，到镌刻着"敦煌守护神"的墓碑近处停住脚步，凝视着肃静的坟茔。这座墓是毕生把肉体与灵魂、汗水与血泪、青春与芳华、爱情与智慧，无私奉献给开创守护与管理、研究与弘扬莫高窟艺术的奠基人，敦煌学先驱和奠基者之一的著名学者、美术史学家、油画大师九十岁灿烂生命的归宿家园。

半晌，只见一个容貌大气优雅、身材高挑修长，怀抱一束康乃馨的女子领头，一个个男女青年蹑足轻步跟随向前，走到墓碑前驻足献花，一个个毕恭毕敬满怀着悼念深情，向合葬安息在坟茔的艺术家夫妇三鞠躬，气氛庄严肃穆。

献花后，他们恭敬整齐地肃立在墓碑前，众口同声情感悠悠，缓慢深沉地朗读起来：

我如果爱你——
绝不像攀援的凌霄花
借你的高枝炫耀自己；
我如果爱你——
绝不学痴情的鸟儿
为绿荫重复单调的歌曲；
也不止像泉源
常年送来清凉的慰藉；
也不止像险峰
增加你的高度，衬托你的威仪。
甚至日光。
甚至春雨。
不，这些都还不够！
我必须是你近旁的一株木棉，
作为树的形象和你站在一起。
根，紧握在地下
叶，相触在云里。
每一阵风过
我们都互相致意，
但没有人
听懂我们的言语。
你有你的铜枝铁干
像刀、像剑，
也像戟；
我有我的红硕花朵

像沉重的叹息，

又像英勇的火炬。

我们分担寒潮、风雷、霹雳；

我们共享雾霭、流岚、虹霓。

仿佛永远分离，

却又终身相依。

这才是伟大的爱情，

坚贞就在这里：

爱——

不仅爱你伟岸的身躯，

也爱你坚持的位置，足下的土地。

　　这是女诗人舒婷的代表作《致橡树》，诗意朦胧含蓄，情深意长；青年男女的朗读，声情并茂，浑厚遒劲。曼妙音韵飘荡于墓地上空，馨香芬芳弥漫在宕泉河畔，深深抚慰着艺术家夫妇的英灵。

　　须臾之间，我豁然明白，原来这群青年人是艺术家夫妇的粉丝。崇敬他们志同道合、忠诚艺术的奉献精神，倾慕他们相依为命、忠贞不渝的神圣爱情，前来恭献鲜花、朗读诗作，以寄托哀思和仰慕……

　　安息在宕泉河畔的"敦煌守护神"，是莫高窟人心中的一座精神大山。在沙州敦煌，在河西走廊，在陇原遍处，在中国文化艺术界，他鸿鹄的英名，家喻户晓，妇孺皆知；在中国，在东方，在西方，在世界敦煌学界、美术界，他不朽的精神，感动人心，万流景仰。

　　这位天赋异禀，天生有股子艺术灵气的画家，在未成年时，拿起油彩画笔涂抹几下子，就是一幅油画。他是籍贯为河北的满族人，出生于风景如画的西子湖畔。兴许是脑袋瓜深受浸染的缘故，装满了"人间天堂"大自然美轮美奂的美景况味和江浙的美女情致，画景画人都是活生生的。他二十岁出头已是浙大本科美术教员，仍渴望深造，自费赴法留学，到世界艺术之都巴黎攻读油画。他像钉子一样，钻进美术艺术的深奥世界，刻苦钻研浩繁卷帙、博大精深的美术艺术理论，弄懂悟透发源于 15 世纪欧洲的油画艺术真谛，如鱼得水。

　　"十年磨一剑"脱颖而出。他以第一名的优秀学业，先后毕业于里昂国立美术学校、巴黎高等美术学校，成为留法学生中的佼佼者；20 世纪 30 年代法国著名新古典主义画家劳朗斯最得意的门生，颇有名气的青年油画家，进入巴黎美术家协会的第一位中国艺术家；画艺如日中天，作品常在法国国家沙龙展崭露锋芒，在巴黎乃至法国画坛引人瞩目，斩获"三金两银"，《G 夫人画像》《沙娜画像》《裸妇》《梳妆》《葡萄》《病中的妻子》等作品，分别被法国蓬皮杜艺术文化中心、里昂美术博物馆、吉美博物馆和法国国家博物馆等机构购买收藏。这个青年才俊，有被社会尊重的显赫地位，有稳固不菲的经济收入，有美貌佳丽的中国江南才女为妻，随他在巴黎学雕塑，家庭生活优渥舒适，日子过得很滋润。而立之年已功成名就。

面对如此的荣耀和光环，青年艺术家的头脑却保持着清醒。他深谙物有甘苦，尝之者识；道有险夷，覆之者知。他满怀鸿鹄一腔志，百尺竿头思更进，策马扬鞭自奋蹄，定要行稳致远干出更大的名堂来。

人跟树一样，不离根才能旺盛长青。难能可贵，这个年轻人有一颗本生不变的中国心。偶然之间，来自祖国大西北的敦煌莫高窟艺术，冲击得他的心灵激荡不已，改变了人生志向。

有一天，他在巴黎塞纳河畔散步，不经意间，在一个旧书摊上发现了一本新出版的摄影图册《敦煌石窟图录》。他拿起来翻阅，顿时眼睛放出了亮光。法国汉学家保罗·伯希和1908 年在敦煌莫高窟拍摄汇集的三百多幅彩塑、壁画，紧紧地吸引住了他的视线。青年艺术家熟读中外美术史，却对这些东西感到十分陌生和惊诧，他不知道也从未见过，中国历史上竟有如此经典高超、独树一帜的彩塑和壁画。这些作品展现的是公元4 世纪到14 世纪绵延中国千余年的艺术形象佛教史，不落窠臼、独出心裁的彩塑人物，咤叱佛坛，造型健美，件件神奇栩栩欲活；独具匠心、丰富多彩的壁画百图，构架精妙，线条遒劲，幅幅神韵精彩绝伦。虽是黑白图片，却让他仿佛看到了雄浑飞扬、恣肆汪洋的绚烂色彩，比现代野兽派的画风还要粗犷獠烈！

他的心灵受到极大震撼！天啊，祖国浩瀚的大沙漠里居然深藏着如此伟大的石窟，大西北竟会有如此天下罕见、奇妙入神的艺术，既融合了中外艺术的风格，更突显了中国绘画的特色。他愈看愈激奋。天哪！其神圣气势，其神奇画风，其神邃莫测，其神韵内涵，其神秘唯美，其神深韵味，其神灵风采，都足以与他所崇拜的拜占庭艺术相媲美。此时，他像着魔一样痴迷于莫高窟，痴迷于千佛洞的彩塑和壁画。他被敦煌文化艺术所倾倒！

次日，他闻讯急匆匆地赶到吉美博物馆，观看伯希和从敦煌藏经洞弄来的绢画展，驻足在一幅大型唐代敦煌《金刚界五佛》面前，发现这幅绢画是早于意大利佛罗伦萨画派先驱者乔托·迪邦多内七百年前的作品。气吞山河的意韵神魅让他惊呆了，一时间激动得满眶盈泪。这个年轻的艺术家，在法兰西十年，一直朝圣崇拜欧洲，尊崇文艺复兴时期的艺术，言必称古希腊、古罗马，甚至自豪地以蒙巴那斯的画家自居。此刻，他想起师从导师劳朗斯曾给他讲过的话："艺术不在巴黎，艺术在东方，在中国。"当时他听了，深感困惑，思想冲击很大，然还是无法理解。此时，他憬然有悟，深深叹气道："莫高窟艺术让我如梦初醒"，"面对祖国如此悠久灿烂的文化艺术历史，自责数典忘祖，真是惭愧之极，不知如何忏悔才是。"

转瞬间，他想，中国的文化艺术珍宝怎么会在二十多年前就被伯希和弄到法国来了？现在的莫高窟会是什么样子呢？有人保护吗？

其实，当时的他并不知晓，莫高窟遭受过一次西方人前所未有的大浩劫。那是 1900 年 6 月 22 日，中国大西北爆出惊天动地的喜讯：莫高窟发现一个藏经洞，出土公元 5 世纪至 11 世纪的佛教经卷、文献文书和经典文物等五万件以上。其中，不乏珍贵的敦煌遗书和绢画、刺绣、铜佛、法器等珍稀文物。尤其是秘藏记载着古代中国政治、经济、军事、天文、历史、地理、文学、艺术、医药、科技及中西文化交流等各个领域和方面丰富信息的文献；内除大量的汉文字写本，还有藏文、西夏文、梵文、于阗文、突厥文、回鹘文、龟兹文、粟特文、婆罗谜文、希伯来文等古文字写本。这些罕见的文献与殷墟甲骨、明清内阁档案大库、敦煌汉简连镳并辔，被称为 20 世纪中国古文献的四大发现。

喜讯很快变为噩耗。腐败无能的清政府未能保护这些宝藏，绝大多数被先后而来的英、法、日、美、俄等国的探险家掠夺而去，加上当地官员索取和流失掉的，仅留存了一少部分。这是中国文化艺术史上遭遇的一个空前绝后的劫难。正是这个汉学功底深厚，考古学知识丰富的法国人伯希和，继英国人斯坦因骗盗走了敦煌写经卷本、绢画和丝织品等一万四千多件文献文物之后，1908 年从中国新疆赶往敦煌莫高窟，花费了三个星期的时间，一卷一件地细看通检了藏经洞所剩的遗书文物，从中选择出所有的精华，极廉价地掠夺走了六千余件文化珍宝敦煌遗书写本、二百多幅珍稀绢画等，装满了十辆大车，几经辗转运到了巴黎，大发中国敦煌珍贵文献文物的横财。

思想顿悟，观念嬗变。青年艺术家幡然大悟：祖国于他，是人生的归宿；敦煌文化艺术于他，是魂牵梦绕的神灵；归根去守护、研究、弘扬莫高窟建筑、彩塑和壁画艺术于他，才是大有作为的最崇高事业。仿佛之间，他感觉敦煌文化艺术的大门在向他招手，万里之外的莫高窟呼唤着自己。

他在强烈的意识中，平静从容地笃定意志：心归祖国，心归敦煌，唯有心归莫高窟，才是自己心系的文化艺术生命之根脉。

年轻艺术家决定，立即回祖国到敦煌去！他毅然打破恬静和美的生活，决然告别世界艺术之都，别离一时难以带走的妻女，满怀朝圣祖国、朝圣敦煌、朝圣莫高窟艺术的大爱深情，义无反顾地于1936年的一天，独自踏上了归国之途。

这个艺术家，就是本文所颂扬的主人公——一代大师常书鸿先生。

回到中国，常书鸿先期辗转于北平、重庆，边工作边寻求去敦煌的机遇。几经著名建筑学家和历史学家梁思成先生的由衷推荐，他获得曾到敦煌莫高窟、安西榆林窟深入考察，极力推动敦煌文物的保护和研究，时任国民政府监察院院长于右任先生的赏识和信任。常书鸿积极参加正在筹建国立敦煌艺术研究所的活动，被委任为筹委会副主任。年轻的艺术家，满怀一腔热血，跨越万水千山，行程丝绸之路，途经兰州、河西走廊，终于在1943年2月的春峭料寒中，抵达渴望中的敦煌。他是举家迁居沙州，可谓是济河焚舟，背水一战。

敦煌与巴黎是两个世界，有着天壤之别。与他当年去欧洲，邂逅世界艺术之都的繁华景象截然不同。他来到汉长城边陲的玉门关和阳关处，面对的是风雨飘摇中满目疮痍，在风沙瀚海里的土镇敦煌；面对的是四百多年无人问津，颓败不堪的莫高窟，已有数百个洞窟流沙堆积或被掩埋让艺术蒙辱；面对的是庙宇马厩改造的简陋宿舍，严冬滴水成冰、酷夏高温炎热的气候，饮用的是河沟里打来的咸水，交通和信息闭塞，看病求医相当困难；面对的是用红柳枝条做的筷子，一勺醋、一撮盐拌碗面条，就是一顿餐的饮食；面对的是莫高窟需要他和他的追随者付出相当长时间的强体力艰辛劳动，去抢救处于危机中的石窟艺术，而不是过花前月下的浪漫生活。一时间，他的心里掠过一丝凉意。然而，他是条强悍犟劲的硬汉子，他的血管里流淌的是北方满人的热血。他很快就镇定了情绪："我既然来了，就要保护莫高窟，不保护连剩余的都会毁掉。"

因为，常书鸿了然于心、清醒睿智，自己做出的终身抉择非常正确。他从巴黎奔向敦煌起始，足踏祖国土地至进入西域沙州，磐石初心践诺神圣使命，几年间思维伴着莫高窟而行，阅读了大量的书籍资料，潜心探研细腻考究，孜孜不倦，纤悉不苟，初步了解了这个人类绝无仅有的宝贵文化艺术遗产的来龙去脉。他来到敦煌，透过衰颓败落的表象，已感悟到了这颗蒙尘良久的"丝路明珠"的光芒。

公元 366 年，一位气宇不凡法名为乐僔的僧人，从中原遨游来到古中国河西走廊西端的敦煌，倏忽间目击东南方向三峰耸立、如危欲坠的三危山，那里万道金光闪闪，状若千佛神动。他被灿灿佛光盛景惊得目瞪口呆，心有所悟、情有所系，深信敦煌是个神圣之地，决计在这里坐禅修行。乐僔居住了下来，花费时日，在沙漠岩石崖壁上开凿了第一个石窟，在洞窟里禅修。这个开在沙漠高处的洞窟，自然得名莫高窟。尔后又东来一个名叫法良的高僧，于乐窟旁侧开凿一窟。此乃莫高窟的发端，唐代古籍《李克让修莫高窟佛龛碑》有比较详细的记载。

从此，历经十六国、北凉、北魏、西魏、北周、隋、唐、五代、宋、西夏、元等千年时光，年年代代无穷已，在沙漠岩石崖壁上凿窟者，绵延不断、络绎不绝，持续建造、从未间断。古丝路之路上过往的战略要地、东西方商贸的中转站，宗教、文化和知识交汇处的敦煌，凡与石窟艺术有缘分的僧人、艺人、学人、商人、官人、凡人，或喜欢考古，或宠爱建筑，或醉心雕塑，或酷好壁画，或信仰佛教，或珍惜奇葩，或领悟文化，或保护艺术，或崇拜神灵，或祈求护佑，或洗礼灵魂，或广积阴德，纷纷在这里开凿一个又一个形态各异的洞窟，年深月久，逶迤赓续了一千二百多年。

日月星辰，丰生沛养，发展壮大着莫高窟艺术的空间和范畴。鬼斧神工筑造洞窟，增添创造彩塑神品，匠心创新壁画瑰宝，中外融合自成体系，源远流长扩展规模，终究构建形成了包括敦煌南北两区，集萃七百三十五个洞窟、四万五千平方米壁画、二千多尊彩塑，绚烂璀璨、精美绝伦，极为罕见、一应俱全。偌大的形态，囊括了整个佛教入华以来艺术关系完整清晰的开窟造像史，集石窟建筑、彩塑、壁画三位一体的莫高窟综合特色艺术，奠定了敦煌文化艺术的主题，造就了世界一流的"人类文明莫大宝库"。

敦煌文化艺术即莫高窟文化艺术，人们习惯地称为莫高窟艺术。当常书鸿熟谙了这个与生俱来举世无双的世界灵魂文化艺术——莫高窟艺术后，年轻的艺术家思维驰骋，着力感悟，深邃体味，敦煌石窟艺术终究在他的心目中升华为高大、珍贵、稀世、独特而璀璨夺目。敦煌这个名字："敦，大也；煌，盛也。""敦煌的这个莫高窟，就历史的悠久和其包含的文献斐然价值，都可以说一点不逊色于世界各地任何一个文化艺术宝库。因而，把莫高窟壁画称为世界上唯一而最大的古代文化艺术画廊，当之无愧！"

桃李不言，下自成蹊。世界级宝库敦煌莫高窟艺术，在旧中国虽被冷落了数百年，搁置在大西北荒远偏僻、路远迢迢、交通闭塞的偌大石窟里，深藏闺中却广为人晓，被世间的万千慧眼所刮目相看而为之神往。千百年来，大西北肆虐的风沙和疯狂的沙尘暴，可以掩埋三危山下的断桓残壁，可以掩埋悠悠光华岁月，可以掩埋古老丝绸之路，却掩埋不了人们对莫高窟艺术孜孜不倦的深邃求索。从1900年发现藏经洞以来，成千累万的中外专家学者和艺术家，不计其数的专业研究机构和资深名牌大学，一往钟情石窟艺术，潜心笃志、始终不渝，坚韧不拔地执着考察、考古，百折不挠地深入探索、研究，前赴后继殚猜竭虑，继往开来呕尽心血，全力以赴追求不辍，在弄清弄懂弄通敦煌文化艺术这门举世无双的大学问。曾经逾越万水千山前来坑蒙拐骗偷走莫高窟藏经洞无数珍宝的英、法、日、美、俄等国的探险家，他们大多把弄去的珍稀遗书经卷、珍贵文物绢画等存放在自己国家的博物馆，布展览造势，卖高价发财，信息亦不胫而走，广播到四面八方，强烈吸引着域外的大家大师们，专心致志地研究敦煌文化艺术。

华夏大国唯有的这块独一无二的莫高窟圣地翘首以待，终于等来了常书鸿这个从法国归来的忠诚祖国的儿子、忠实中国文化艺术的学子，第一个果敢纯粹的奠基人、开创守护与管理、研究与弘扬莫高窟艺术大业的年轻艺术家。此后，不断有追随他而来探索石窟的无数勇者、智者和强者。

"沧海横流，方显英雄本色；青山矗立，不堕凌云之志。"恢宏壮丽、博大精深的敦煌文化艺术传世千年，就靠盘桓于断崖绝壁上蜂窝似的莫高窟七百三十五个洞窟支撑护卫着。他深谙，举大业者成于充满活力的精神灵魂和百折不挠笃定务实的毕生力量，抢救石窟艺术必须具备牺牲一切砥砺奋斗的莫高精神。他气定神闲，张扬的理念和宗旨荦荦大端：竭尽全力抢救守护莫高窟，研究弘扬敦煌文化艺术，终身奋战矢志不渝。一个字：干！一手抓抢救，一手抓艺术。经费短缺，自个搭、搞募捐，甚至有时靠他给人画像增加收入；人才缺乏，他通过友人和学生广招吸纳来了一批热爱艺术、青春浪漫的艺术家，还有陆续自愿而来的学者、匠人。在任何时候他都是责无旁贷的举旗人，必须带头冲锋陷阵，勇于争当铮铮硬汉，身先士卒、率先垂范、攻苦食淡、夕惕不息。他率领自愿奔莫高窟而来的勇士们，吃大苦流大汗耐大劳，打硬仗克时艰破难关，拼干苦搏奋战，清理窟内流沙，在风沙之"口"抢救艺术。为杜绝雪水渗入到洞窟，他们无畏艰险，爬上崖顶劳作，在裂隙填泥皮抹石灰；拆除洞窟内被中外流浪者乱垒滥造的土坑土灶等；修理补缀衰落颓败的甬道、栈桥；彻除障碍，畅通里里外外的道路；植树造林，改善和营造保护石窟艺术的生态环境。夏抗高温，冬抵寒冻，流年过往，春秋轮回。汗水冲流沙，泪水洗尘埃。他们靠一颗赤子之心两只手，没有穷尽地苦斗着，旷日持久地拼搏着……

在此，摘录常书鸿记载的那时生活环境和工作条件的一些文字片段，可见他们面临的艰辛、艰苦、艰难，与艺术家曾在巴黎的优渥生活、工作条件和自然环境相比，当然是天地之别。

初进石窟，颓垣断壁、满目疮痍的惨烈情景使我倍感辛酸。许多洞窟被曾住在这里的白俄军队，因烧火做饭，熏成漆黑一片，整个洞窟里堆积的流沙和垃圾遍地都是，数百个洞窟被流沙所占据或掩埋，堆积的流沙约有十万立方米；不少珍贵壁画，被华尔纳（臭名昭著的美国盗窃犯）用胶布粘走，弄得千疮百孔；许多洞窟的前室都已坍塌，有的殃及后室，破落狼藉不堪；全部栈道几乎都被破坏了，大多数的洞窟无法攀登上去；虽然依赖气候的干燥，所幸壁画留存了下来，但冬天的崖顶积雪一旦到春暖融化为水，便沿着崖顶裂隙涌流下来渗入洞窟，使壁画底层严重受潮，发生起鼓酥碱的现象……

这地方"一年一场风，从春刮到冬"。风沙狂虐难熬，沙尘暴从不间断，昏天黑地，管你是人是畜，一夜被掩埋，便再无生机。从鸣沙山风吹而来的流沙，就像细细的水柱甚至瀑布一样，从崖顶流下进入堆积洞窟。酷暑的沙区高热难挡，整天汗流浃背，强度劳作，清不尽的沙，干不完的活，身体裸露处起皮脱落，循环往复，难受疼痛不堪。慢慢地就适应了。

宿舍和办公室，都是庙宇、马厩、畜棚改造的土房子；办公家具，是我们用土坯泥巴自垒的土桌子土凳子，自造的土"沙发"土书架子，睡觉是自建的土炕。所有用具都是用土制作的。

过去久居法国，我特别喜欢咖啡。回国时，从法国带回来的一点咖啡和一个咖啡壶，都带到了敦煌。用宕泉河的咸水煮咖啡，没有糖，虽然又苦又咸，也很快喝光了。做饭不用放盐，煮饭熬的粥也是咸的。尤其是下午打来的水，经过一个上午阳光的曝晒，盐分更大更咸，也得喝。喝久了也就习惯了。

　　敦煌的农民，为解决吃饭穿衣问题，主要种植的是小麦和棉花，很少种植出售蔬菜。我们成年吃的多是咸韭菜，能购买窖藏一些大白菜和土豆，就算是最好的蔬菜了。肉食得去敦煌城里买，来回五十几公里，牛车要走十几个小时，加上牛要休息，跑一趟就得一天一夜的时间。买的肉白天在戈壁滩路途经火烈的太阳一晒，往往就臭了，豆腐也变酸了。所以，只能在冬天把肉腌起来，慢慢吃，还要省着吃。唯一的口福，就是西北的羊肉比内地的好吃，又肥又嫩又香，一点不膻。时间长了或是过年过节，吃一顿羊肉，觉得好解馋好满足。

　　终年使用的燃料，是从几十里以外的戈壁滩，挖来的一种名叫梭梭的枯死灌木树根。举火一次，就要蒸够吃半个月的馒头。新鲜馒头出笼，盛在笸箩里放到房顶让太阳曝晒，干透了，又酥又脆，保存两三个月没问题。大米是从内地运来的，很少且价格贵。洋火（火柴）是稀缺东西，也是内地来的。一盒洋火可换取一斗约二十公斤麦子。

　　主要交通工具就是搭牛车。后来，所里有了两头毛驴供人骑。那时在敦煌，能骑上毛驴很荣光的事。敦煌县破了一个贩毒案，把犯人的一匹马没收了，送给了所里，才有了一匹马。直到 1950 年，有了一部敞篷卡车……

执着追求换来曙光初露，清澈的爱只为石窟艺术。1944 年 4 月 1 日，国民政府建立的"国立敦煌艺术研究所筹委会"的使命完结，画上了句号；国立敦煌艺术研究所在春风里揭牌诞生，国民政府教育部正式任命常书鸿为研究所所长。至此，敦煌莫高窟艺术收归国家所有，结束了四百多年国宝无依的历史。这一天，给艺术家的不惑之年，注入了无限光荣而又无比沉重的责任，更是无尽强劲的活力。

慈悲为怀、善行奉献，乃佛教的核心教义，也是世间几乎所有卓越人物的普世价值观。笔随青年艺术家的历史足迹而循，此时我的心头一热，早年曾多次在敦煌莫高窟第二百五十四窟，凝神静气地观看此窟主室南壁的北魏壁画《萨埵那太子舍身饲虎图》，虽因作画年代久远，画面不那么清晰，然这幅作品构思艰深，意境精邃，加之画面运用色彩渐次浓淡的晕染法，富有立体感，表现力、穿透力极强，特别刺激感官，每次都让人热血沸腾不能自已。这幅壁画描绘的是释迦牟尼佛的前世萨埵那太子，同两位同胞哥哥登山游玩狩猎，太子目睹山崖下一只饥饿异常濒临死亡的母虎及其欲食虎崽子的窘境，瞬间大发慈悲心，他哄走两位兄长，毅然决绝跳下崖去，舍身饲虎救生；看着饿虎啖食萨埵那躯体的惨烈图景，仿佛撕碎了我的心，让人惊恐得浑身发颤，又唰唰掉泪！这惊心动魄的一幕震撼人心，成为舍生取义死而后已的千古绝唱，别具匠心的创作者通过壁画讲故事而流传了下来。这幅壁画的故事，不正是常书鸿与这群大多从国外和大城市洗尘而来，在石窟圣地拼搏的真实写照吗？他和他们为了保护人类盖世无双的敦煌艺术，甘心情愿奉献出了一切，与古代的萨埵那何其相似乃尔。

打铁千日方成匠师。抢救莫高窟是一场旷日持久的保卫战，要有一支铁打不散的队伍。他胸有丘壑，唯有经受火与水的淬炼，胜留劣走由来者选择。抗不住大漠飓风、飘沙、暴晒、寒冻日子折磨的，经不起素面、缺肉、少菜、水咸的生活难挨的，受不了寂寞、孤独、冷清煎熬的，腰杆子软的，腿肚子抖的，志气、血气、底气不足的，另谋出路选择高就的，一个个走了；又一个个来了，又一个个走了。包括最早来到敦煌，他原本熟悉与信任，奋斗初始山盟海誓，"要守护石窟一辈子"的同道好友和学子，不少人陆续走了。一度时光，常书鸿的身边只剩有五六个、七八个人手。人们都说高处不胜寒，艰难之时朋友亦不胜寒呀！

常书鸿更加清醒明白，人的灵魂一念决定去留。道不同不相为谋，分道扬镳各从其志，是铁的自然法则。命运的底牌永远是从零开始。现实不相信眼泪，不怜悯弱者。凭原生态创造美好生活。

由于重庆国民政府教育部乱折腾，造成人心惶惶，队伍四散，最为艰难的时候就剩下常书鸿自己和两个同道之人。优胜劣汰，强者恒强。波涛大浪必然淘汰一切犹豫者、软弱者、退却者、叛逆者和不适应者。他深知，艺术美梦成真就是播下什么种子获得什么果实。只有孤独才能使自己变得强大。他铁心离开巴黎，铁意为守护、研究、弘扬祖国的莫高窟艺术而来，铁心铁意决绝死扎在洞窟。艺术家有足够的精神准备。他把自己的全都搭进去了，精神的，物质的，情感的。"干！气可鼓而不可泄。就是剩下孤苦伶仃的一个人，也要硬撑苦斗下去！"人多人少他从不气馁，是死是活他全然不顾，有无结果他毫无考虑。义无反顾，背水一战，穷尽一切，直至一生。他像一面迎风不落的旗帜在莫高窟这块圣地高高飘扬，坚如磐石坚守石窟。他坚信，艰难困苦玉汝于成，千锤百炼会打造出真正的莫高窟人。砥砺前行就是进步，就是弘扬莫高精神。野火烧不尽，春风吹又生。只要精神不灭，就是火种，就能薪火传承，星火燎原。守护莫高窟，自有后来人。

艺术家的精神被敦煌人传为佳话，无不对他刮目相看："这个喝过洋墨水的外乡人，骨头还真硬！"

吐故纳新，是为循环。终究，一个个志存高远的同道相谋者朝着他和敦煌文化艺术来了！铁汉子范文藻、段文杰奔向他和莫高窟来了，勇士凌春德、霍熙亮、孙儒僩、欧阳琳、史苇湘等被他和石窟艺术吸引来了。人才济济，补入了初创基业的新鲜血液，壮大了扎根石窟的队伍，筚路蓝缕、披荆斩棘、铿锵有力、勇往直前。他们雄赳赳气昂昂，敢打硬拼，成为弘扬莫高精神的第一代莫高窟人。

对离开莫高窟的人，他毫不抱怨更无责备，尊重他们的选择；对在这里干过的人，他都心存感念。他在晚年写的一篇回忆文章里，有这样一段真切的描述：

"我要死了，求求你们，千万别把我葬在沙里，一定把我埋到土里去吧！"

这是抗战的最后年头，兵荒马乱，一位陈姓的敦煌所职工在外生病，倒在沙漠中。

他呼天唤地，声嘶力竭，极端恐惧地喊了整整半天，可怜啊，谁也听不见。直到大漠落日，暮色苍茫，才算遇上了过路的我。他紧紧拉住我的衣角，苦苦哀求将他送回兰州，唯恐死在不毛之地的沙丘之中。我找遍了敦煌莫高窟，偌大的地方，交通工具匮乏，居然连一辆破旧的牛车也没有搞到，最后总算幸运，牵来了两头瘦弱的小毛驴，驴背上绑几根木棍，就算是"救护车"了。人被远途跋涉的"架子驴"送到了敦煌卫生院。病，终于治愈了，可是那人再也不愿留在敦煌了，他的心灵深处留下极端恐怖的阴影。

人到晚年，无数的日日夜夜，怀念那一个个曾经朝夕共事的旧友，有的走失，有的作古，尤其是那寂寞难忍、艰辛无比的患难岁月，禁不住让人潸然泪下。道路是多么坎坷，然而我们这些活着的人，毕竟踏着人生的荒漠顽强地走了过来。

多么感人的文字，多么善良的心啊！艺术家的情感、良知、淳朴、坚韧、乐观和智慧，洋溢于其中。真实的记录也足以说明，那时他们"艰辛无比的患难岁月"，何其荆棘载途，艰难困苦。

杏花春雨玉关，铁马秋风塞外。以常书鸿为首的第一代莫高窟人，弘扬莫高精神，马不停蹄、饥不暇食，日复一日、不懈奋斗。艺术家心底无私，无畏风险，凡事总是铁心塌地，示范在先；要求大家业精于勤，贵在认真。他带领大家，攀登自己制作的"蜈蚣木梯"，在光线幽暗、没道可行的洞窟间爬上爬下，在危栏断桥上匍匐而行，艰辛工作，锻炼意志；他带领大家，一个洞窟一个洞窟编号，一件艺术品一件艺术品登记，靠蜡烛的光亮，仔细察看，计量大小，记录形态特征，彻底摸清家底；他指导大家，对重点艺术品，研精阐微，观往知来，极深研几，求得甚解，细腻记录，拍摄照片，重点保护；他指导大家，业精于勤，对彩塑壁画专心临摹，一尊一尊，一幅一幅，求质求量，追求完美，积累研究资料……

常书鸿曾经记录下这样一场危险的经历："进行壁画临摹，多数的洞窟上不去，没有任何器械，我们只能使用自制的蜈蚣木梯。有次调查石窟南部位于高处的晚唐第一百九十六洞窟，我与潘絜兹、董希文和工人窦占彪几个人上去工作，蜈蚣木梯不知什么时候翻倒了，我们上不着天，下不着地，孤立无援，被困在距地近三十米高的洞窟内。我先试图沿着七八十度的陡崖爬上崖顶，险些摔下山崖，让大家捏了一把汗。后来，幸亏窦占彪先爬上了山崖顶。他用绳子把大家一个个吊了上去，冒着危难，折腾了好长时间，大家才脱离了险境。"

艺术家临摹的第一幅壁画就是《萨埵那太子舍身饲虎图》，还写下砺志的肺腑之言："饲虎图粗犷的画风与深刻的寓意，强烈地冲击着我。我想，太子萨埵那可以舍身饲虎，我为什么不能舍弃一切侍奉艺术，侍奉这座伟大的民族艺术宝库呢？"饲虎图给予他和他的队伍无穷无尽的精神力量。大家跟着他，湮没无闻地付出，苦干实干加巧干，干中增长见识，提升各种技能本事，强者智者不断涌现。他们为抢救艺术宝库，熬过五个年头的日月星辰，攻克无数个艺技难关，度过无数个难眠之夜，毫无懈怠地推进着初创守护、研究和弘扬莫高窟艺术的神圣事业。

1948年夏秋之际，常书鸿集中大家辛勤刻苦包括壁画变色、毁损、开裂等真实情形的现状临摹、整理临摹与复原临摹的共五百多幅临本，带着工作人员在南京和上海相继举办敦煌文化艺术展览会，蒋介石、于右任、孙科等诸多国民党政要人物都前来参观欣赏，表现出极大的兴趣。之后，他又将这些珍贵的临本编辑出版。由于这批临摹作品的难度最大、价值也最大，含蓄隽永真实可信，展览会和出版物都引起轰动，成为研究所含金量高的历史业绩见证。

从艺术家落脚敦煌的 1943 年到 1949 年迎来光明，尤其是期间研究所一度被撤销建制、人员走散，是敦煌艺术研究所曲折坎坷、最为艰难的时期。他铁心不移硬守强撑，苦打基础初创基业，取得比较坚实的成绩。

在抢救和守护方面，常书鸿率领大家清除了数百年间风沙侵袭囤积在三百多个洞窟的流沙，铲除了洞窟内长期乱建的障碍物，尽力整修维护洞窟，使之呈现较好的状态；建造了长达一千零七米长的莫高窟围墙，并加强治安巡查和防守，有效阻挡和抵御了偷盗和人为破坏；修复了里外的道路，植树绿化了环境；针对实际需要建章立制，重点制订了提防抗御自然灾害和石窟险情的措施等规则制度，以及接待参观人员的管理办法。

在研究和弘扬方面，常书鸿亲自主持部署开展，基本上摸清了莫高窟艺术的家底，对繁多洞窟内容和供养人题记进行全面调查记录，重新合理编号，撰写洞窟说明，科学设置陈列室，设计摆放展示；重点开展了"历代壁画代表作品选"等十几个专题的调查研究，选绘临摹积累了八百多幅壁画作品，为深入研究壁画艺术打下良好的基础；在人力、财力等条件极为困难的条件下，壁画临本在一些重点城市举办了艺术展，加之常书鸿撰写发表不少有水准的论文和文章，宣传扩大了莫高窟瑰宝艺术的影响；重视研究人才的引进，注重在实践中提高素质。尤其是他想方设法，加之包括共产党人周恩来在内的诸多人士的声援、支持和帮助，敦促重庆国民政府恢复了国立敦煌艺术研究所的建制，避免了劫后重生的石窟再度无人管理遭受祸害，最终保留住了一批难得的人才。

天翻地覆慨而慷，五星红旗华夏扬。1949 年 9 月 28 日敦煌解放。1949 年 10 月 1 日，常书鸿等第一代莫高窟人，通过收音机听到了代表着五十四个单位参加的人民政协第一届会议凝聚的中国共产党同各民主党派和党外各界爱国人士大团结的五十四门礼炮，鸣放的象征着中国共产党成立二十八周年的二十八响礼炮声，他们激动得热泪盈眶。艺术家们从心眼里感激、拥护和信赖中国共产党，看到了敦煌文化艺术必将兴盛发展的愿景。

一唱雄鸡天下白。莫高窟艺术喜逢光明获得盎然生机，回到了党和人民的怀抱。中国共产党早就眷注爱护奠定敦煌文化艺术主题，人类文明举世无双的集石窟建筑、彩塑、壁画浑然天成的莫高窟独特艺术瑰宝。1945 年，常书鸿在重庆以举办壁画临摹艺术展的形式，对国民党政府无端撤销敦煌研究所建制表示抗议，当时参加重庆谈判的中共领导人周恩来、董必武、林伯渠等亲临观展，赞美常书鸿，公开给予声援。新中国建立后，党中央和中央人民政府就把保护、发展和弘扬敦煌文化艺术，当作发展社会主义文化艺术事业的一项重要工作，高度重视、亲切关怀和鼎力支持。在作为党中央副主席和政府总理周恩来的直接关爱、保护和扶持下，研究所直属政务院（国务院前身）文教委员会社会文化事业管理局管辖，易名为敦煌文物研究所，仍由常书鸿担任新生的研究所所长，一直到 1982 年他调往北京，担任国家文物局顾问卸职，继任名誉所长。新中国成立后的几十年间，周总理把确保莫高窟安全、帮扶建设好敦煌研究所，力助常书鸿主持守护管理石窟、推进研究弘扬敦煌文化艺术，一直放在自己的心里，甚至在常书鸿遭难之时拯救他。实为呕心沥血、尽心尽力。

1951 年初，周总理高屋建瓴英明决策，为配合举国动员抗美援朝的活动，让敦煌文物研究所到首都办展，既可利用国宝艺术对人民进行爱国主义教育，又能将莫高窟彩塑、壁画推介到文化艺术中心的北京而影响到全国，不啻是重视和支持敦煌文化艺术发展的大手笔。周总理指定常书鸿作为主要负责人之一，到京谋划办展。他接到指示的当天，即收集整理好所有的彩塑、壁画临摹本，和工作人员连夜出发赶往北京。经过四个多月的精心筹备，轰动全国的大型敦煌彩塑壁画摹本艺术展在故宫午门城楼隆重揭幕。在开展之前，周总理亲临现场，一边兴致勃勃地观赏千余件栩栩如生的彩塑和精妙入神的壁画摹本及展现石窟的摄影作品，高度赞扬了艺术家及其团队献身艺术、坚守石窟的可贵精神和取得的可喜成绩；一边与常书鸿攀谈交流，询问了解莫高窟艺术的历史渊源、研究所人员工作和生活及存在的困难等情况。这次艺术展取得巨大成功，每天都有成千上万的群众观赏，影响波及全国，"起到了推动爱国主义和反对美帝国主义侵略的教育作用"。遵照周总理的指示精神，外交部还组织了外国驻华使节等国际友人前来观展。这是共和国第一次将敦煌文化艺术及敦煌学的研究推介到世界。

周总理以博大的胸襟气度和超人的远见卓识，对敦煌文物研究所的巨大支持接踵而至。他通过常书鸿了解了莫高窟年久失修、破败不堪亟待抢修和研究所工作的实际困难。北京展结束后，政务院便派出由北大、清华教授和古建筑学家等组成的专家工作组，到敦煌莫高窟实地进行调研考察，根据实况制定的"采取治本与治标、暂时与永久相结合、洞外到洞内分步骤保护莫高窟艺术"的方案，获得国务院批准，第一次对莫高窟实施抢救性维修工程。在当时国家财政非常拮据的情况下，周总理批准拨款两万元人民币，这在当时是一笔大钱，抢修了石窟五座危如累卵的唐宋时期的木质结构窟檐。接着，又拨出经费为敦煌文物研究所购置急需的设备，配备工作吉普车，改善了研究所人员的工作生活条件。

国务院于 1961 年 3 月公布敦煌莫高窟为第一批全国重点文物保护单位。1962 年敦煌文物研究所向文化部呈报了《关于加强保护莫高窟群的报告》，转到国务院，周总理阅后极为重视。很快派出由文化部副部长徐平羽率领的专家学者工作组，到莫高窟调查考证后提出的报告说明，规模宏大的莫高窟历经千百年风雨的剥蚀和屡遭人祸的严重破坏，确实需要进一步维修保护，但需巨大资金；而当时国家刚度过三年严重自然灾难和人祸危害，国步艰难，经济窘迫，中央已决策全国停止楼堂馆所的修建，集中全力发展经济。周总理还是亲自主持召开国务院会议听取专家汇报，研究莫高窟的严重情况和抢修艺术的方案。总理语重心长地说："敦煌莫高窟是我国古代劳动人民创造的宝贵文化艺术遗产，已有一千数百年的历史。解放前遭受过帝国主义者残酷的劫掠和破坏，现在我们一定要保护好它，否则我们这些人不能向后世交代。"会议通过了开凿隧道、支撑莫高窟悬崖绝壁夯实基础、强固岩壁等规模浩大的工程方案。周总理果断批准拨出巨额专款一百万元人民币且一次到位，用于紧急抢修莫高窟保护工程，并决定由富有此类抢救保护工程经验的铁道部承担实施任务。

抢修工程历时三年多，施工队伍夜以继日、风餐露宿艰苦奋战。其间，总理多次过问听汇报，指示强调加快进度和确保工程质量。1966 年整个工程竣工，在莫高窟群区五百七十六米长的施工范围内，彻底筑固了三百六十三米的岩壁、三百五十四个洞窟；修复畅通了洞窟上下四层安全来往的通道；造建了七千多平方米的档墙砌体和梁柱，唐代文献记载的古代"虚栏"被现代钢筋混凝土和花岗石砌体所取代。从而，从根本上消除了莫高窟发生的局部危崖，使濒临坍塌的洞窟脱离险境，解决了洞窟裂隙纵横的隐患。抢救工程质量代表了当时中国文物保护工程的最高水平，莫高窟可以承受七级强度的地震，成为全国四大著名石窟中迄今保护最好的石窟，长时期以来为广大中外游客览胜艺术和工作人员拓展研究，提供了安全便捷的保障。

原子弹在西部成功爆炸，一代伟人周恩来心系敦煌人民和莫高窟艺术的安危。1964 年 10 月 18 日，我国自力更生制造的第一颗原子弹腾空而起，在新疆罗布泊爆炸成功，那朵惊世骇俗的蘑菇云在苍穹绘成一幅震撼世界的壮美图画。新华社发布新闻举国欢腾。时在中南海的总理欣喜之余顿时惦记：原子弹爆炸之地距离几百公里处的敦煌城和人民是否受到影响，莫高窟艺术是否会受到损害？忧心忡忡的他立刻安排有关负责人员，拍电报询问敦煌县委领导和敦煌文物研究所所长常书鸿，当收阅"敦煌人民目前未受影响，莫高窟也安然无恙"的电传报告后，总理才放下了心。然周恩来仍在牵挂着敦煌和莫高窟，随后又亲自安排北京医疗单位先后派出十批医疗队，由专家带队到敦煌，监测可能由核辐射引发的疫情，给敦煌城乡群众和莫高窟的工作人员检查身体治疗疾病。

十年浩劫中，莫高窟面临险恶危在旦夕，周恩来果断处置，使宝窟艺术免遭灭顶之灾。1967 年夏天，当敦煌县委和敦煌文物研究所获得兰州大学的红卫兵大军即将动身来敦煌，预谋与敦煌的红卫兵联合捣毁莫高窟的准确信息后，迅速向甘肃省委、省革委会和国家文物局做了汇报。来自莫高窟的紧急情况很快转报到国务院，周总理得悉后迅速发出指示："立即让国家文物局和甘肃省采取措施，保护敦煌莫高窟，不能让这座人类文化宝窟受到损坏。"与此同时，总理签发了国务院"关于敦煌莫高窟等第一批国家级文物保护单位，在文革期间一律停止对外开放，任何人不得冲击破坏，确有问题的待后期清理"的重要指示文件。在这份紧急电传文件到达敦煌的第二天，从兰州赶来的大批红卫兵也到达敦煌，与敦煌的红卫兵一起先到鸣沙山月牙泉，野蛮摧毁掉了风景区的明清古建筑物。在红卫兵气势凶猛地向莫高窟进发的途中，被军队和公安人员阻截，军警人员以周总理签发的文件为"尚方宝剑"，严肃劝导红卫兵不得冲击破坏莫高窟艺术，当红卫兵知道是周总理的指令后，面面相觑胆怯撤退而去，使莫高窟在危难之时免除一劫。

在艺术家危难关头，周恩来保护拯救常书鸿。1972 年春夏之交，英国著名记者韩素音访华，向周总理提出请求到她的老家四川和敦煌等地参观，希望采访几位著名作家、学者和艺术家。总理同意并考虑在敦煌让常书鸿接受她的采访。当他了解得悉常被打成"国民党残渣余孽"，身心饱尝痛苦磨难且腰部受伤，当时仍被监管着。总理感到吃惊，当年莫高窟处于危难之时，"常书鸿从法国返回祖国，是牵着牲口步行去敦煌保护莫高窟的"；研究所最早虽是国民政府教育部批准建立的，但困难重重主要靠常书鸿支撑着；新中国成立后他一路走来，守护、研究、弘扬敦煌文化艺术作出了贡献。回顾他走过的路，怎么会是"国民党残渣余孽"呢？周恩来发了话，甘肃省委很快"解放"了常书鸿，并接人到兰州治伤。后来，他回到敦煌重新走上研究所的领导岗位，接待了韩素音的采访。

共产党的坚强领导，中央政府、周总理一如既往地宝贵支持，成为莫高窟艺术安全和敦煌文化艺术发展的根本保证和历史见证。数十年间，常书鸿听党话跟党走，勤勉当好带头人，努力办好研究所，在50年代光荣地加入中国共产党。他重视人才壮大队伍，陆续吸收补入樊锦诗、贺世哲、施萍婷、李永宁、高尔泰、马世长、萧默、孙修身等一批优秀人才。他率领和依靠第一代莫高窟人，团结一心、精神抖擞、踔厉骏发、履行使命，始终将精心管理与切实守护、加强研究和持续弘扬莫高窟艺术作为中心任务，迸发出无穷尽的勇气、智慧、力量和本领。在自力更生、发愤图强的社会主义革命和建设的伟大时代，艰苦卓绝，团结奋斗；在解放思想、锐意进取的改革开放的伟大时代，甩开膀子、大展宏图。把发展敦煌文化艺术的事业不断推向前进。

他教育大家百倍警惕，始终像爱护自己的生命一样守护石窟艺术。风沙危害一直是威胁莫高窟安全的最严重危机。一方面坚持常备不懈，依靠群策群力和加强科技手段，采取各种各样过硬的措施，及时有效地抵御飓风流沙肆虐侵袭之灾，切实保护艺术；一方面不懈怠严防死守，不断总结经验，筛选有效办法，采取严密长效举措，防患于未然，抵抗突如其来的沙尘暴袭击石窟艺术。一旦发生风沙侵袭艺术，不顾一切抢救修复。与此同时，防止和消除层出不穷的壁画、彩塑病害侵染的威胁，尽力消灭在萌芽和小面积状态。

他高度珍视石窟艺术的美术临摹，既积累推进研究的丰富临本资料，又便利办展宣传石窟艺术扩大影响。在20世纪五六十年代，充分发挥绘画艺术家段文杰、史苇湘、李其琼、霍熙亮、李承仙、关友惠、欧阳琳、刘玉权等和雕塑专家孙纪元、何鄂等各自的优势作用，调动他们的积极性和创造性，集中精力，长时期专司临摹具有代表性的经典壁画、彩塑。随着较多的上乘临摹作品产生，继续在国内外举办临本展览，组织学术研讨活动；整理编辑出版《敦煌彩塑》《敦煌唐代图案》《敦煌艺术小丛书》等文献书籍；加强中外交流活动，吸引域外学者、研究机构等与研究所多方面的合作，促进和强化了研究、弘扬石窟艺术的功能。从而，努力让全国乃至世界的广大公众了解人类文化艺术的宝库在中国敦煌。那个时期，临摹艺术、推进研究和扩大影响，成为敦煌文物研究所事业处于黄金时代的标志。

他苦心孤诣地推进敦煌石窟人文学科的研究，承古开新敦煌学的研究。常书鸿早在法国时就以超前的思维意识，反思中国民族传统艺术，探索中国未来绘画艺术的前景，揭橥的学术论文《巴黎中国画展与中国画前途》，在西方引起影响。

几十年间尤其是新中国成立以来，他以承古纳今融外的视野，前所未有的创新精神和联想丰富的观察力、想象力，细致精微深入考察考古，研精覃思莫高窟艺术；结合考察龟兹石窟、安西榆林石窟、炳灵寺石窟、麦积山石窟，吸取经验教训，开动机器，放宽眼界，把莫高窟艺术放在世界范围去认识。他紧紧抓住莫高窟的本性本源的根脉，充分认识它与中国千百年的本性本源的关系、与人的本性本源的关系；充分认清它与融入的印度文化、希腊文化、波斯文化、中亚文化外域国家的本性本源的关系，与佛教的关系，与大自然的关系；充分认知石窟艺术富含的敦煌历史、语言、文字、文学、考古、艺术、宗教、民族、民俗、科技及中外文化交流等广泛丰厚的学科内涵；充分认透敦煌石窟艺术的灿烂千阳，是世界民族文化精髓艺术瑰宝的交汇融合，是中华文化文明数千年赓续不断融会贯通的典范，也是深邃展现人文学科荟萃、内涵极为丰富的敦煌学的典范。他深切体会到，只有用新的眼光和思维，重新认识石窟艺术和藏经洞出土的文献，研究才能有新的突破。

他不失时机地撰写发表了《敦煌艺术的源流与内容》《敦煌艺术的特点》《从敦煌艺术看中国民族艺术风格及其发展特点》《阿犍陀与敦煌：纪念阿犍陀石窟艺术 1500 周年》等数十篇具有独立见解的学术论文和专文，以独具特色的理论风格，深度论述敦煌艺术。他认为，莫高窟彩塑、壁画和藏经洞出土文献，代表着中国古代文化艺术的精髓和真谛，具有融合中国和世界文化艺术的无限丰富性与多元性，强烈鲜明的文化艺术的时代性与独特性，多姿多彩的各民族文化艺术的人民性与广义性。

这些论文专文，凝聚着以常书鸿为带头人的第一代莫高窟人付出的泪水、汗水、心血和智慧，代表了研究所阶段学者团队的艰辛探索、深化研究石窟艺术的学术成就，展现了研究所的学者力量在学界的主力军作用，以承前启后的奠基分量和作用，促进了敦煌学研究的交流与发展，在中外学界和整个文化艺术领域产生了积极的影响。对他一生取得的学术成果，学界认为，他是最早奠基敦煌学的大师罗振玉、王国维之后，当之无愧的敦煌学奠基先驱者之一和灵魂人物。他创立的奇勋厥伟连同闪闪发光的灵魂永垂青史。

一生倔强，一世光明。一代大师，一路辉煌。常书鸿在艺术之路探索一生、独树一帜，在敦煌煎熬了坚苦卓绝、升腾跌宕的四十年，度过了鞠躬尽瘁、宠辱无惊的四十年，坚如磐石坚守石窟。创造出忠诚祖国、忠诚人民、忠诚艺术而绽放不朽芳华的杰出成就。他是第一个敢吃螃蟹、奋勇争先，奠基守护和管理、研究和弘扬莫高窟艺术的大功臣，名副其实的“敦煌保护神”。

他怀瑾握瑜、脚踏实地，坚守敦煌、始终不渝，保护莫高窟，决计一条道走到尽头，自豪地甘当“守护神”。张大千早于他来到这里，带着弟子门生和工匠住了三年，临摹了几百幅画，临走把自己描摹的一本资料留给了他。对他说：“我们先走了，而你却要在这里无穷无尽地研究管理下去，这是一个长期的‘无期徒刑’呀！”张大千送资料、说的话，饱含着支持和勉励，也不无悲凉与苦涩。

周恩来曾勉励常书鸿时说：“敦煌工作不是一辈子所能做完的，必须子子孙孙都在那里继续努力工作，才能完成。”伟人之言，一语破的。敦煌文化艺术之路漫无边际而没有尽头，竖立在风沙弥漫的无垠瀚海之中的莫高窟博大精深更是无边无际。敦煌石窟的形成历经千百年，守窟人的生命顶多也就百年。常书鸿和他的追随者们守护的究竟是什么？一言以蔽之，是守护世界上无可比拟的中国灵魂文化艺术的根基根脉。

回眸一望，中国艺术家们对敦煌文化艺术无不盛赞，朝圣莫高窟者亦无计其数。而欲坚守那里、奉献一生，甘为守护者、研究者的有几人？日本著名学者、日本创价学会会长池田大作曾如是说：“作为画家，在中国近现代史上放弃绘画之路而去敦煌的，唯独常书鸿一人。”池田大作还写下评价常书鸿的诗作：

无私艺术风范与世长存不朽

艺贯中外，名扬四海。
敦煌卫士，勋功永在。
一生苦斗业，日人亦感怀。
苦卫数十载，珍贵文化财。
赤诚中心念，后继有人来。
美术出宝洞，红日升天中。
世界齐赞赏，万民仰威容。
纵横四万五，壁画安危伫。
画廊黄沙筑，空前绝后无。
塑像逾数千，华美似昔年。
山河兴亡史，民族耀光时。

对守护、研究和弘扬莫高窟艺术，国学大师、著名敦煌学家季羡林先生断言："前有常书鸿，后有樊锦诗。"

歌德说："只有伟大的人格，才有伟大的风格。"

人们难忘第一代莫高窟人的带头人常书鸿，在攸关敦煌文化艺术命运的关键时刻对祖国的赤诚丹心。建国前夕，他在南京举办敦煌壁画临本展览时，时任国民政府教育部部长朱家骅发手谕令，命令他"把东西运到台湾，并让他跟他一起走"。艺术家的根已深植敦煌，他憎恨国民党的腐朽无能，对共产党、即将诞生的新中国充满希望。谁也别想让他离开石窟艺术。他机警地把壁画临本藏匿在上海、杭州的亲友家，自己迅速返回敦煌逃过一劫。新中国成立后，他立即将珍贵的诸多临本壁画一幅不少，运回了莫高窟。

人们记得第一代莫高窟人的带头人常书鸿，在烽火岁月获得中国共产党领导人不同寻常的宝贵支持。1945 年，建立不到两年的国立敦煌艺术研究所被国民党政府教育部撤销建制、将莫高窟推陷无人管理的窘境后，他带着坚守不散的人员，来渝举办"敦煌壁画临摹艺术展"，以示抗议。在山城参加国共谈判的中共领导人周恩来、董必武、林伯渠和著名文化人士郭沫若等前来观看展览。周恩来耳闻常书鸿的杭州乡音，即问："先生是浙江人？""是的。"顿时，周恩来格外激奋："我们是老乡遇老乡，两眼泪汪汪啊！"幽默的亲切话语充满关怀。当知道莫高窟和他的不幸遭遇后，周恩来当场对他毅然从法国回国，在艰难困苦的环境中，守护敦煌艺术的壮举致以由衷的敬意，勉励他同国民党倒行逆施的行径做斗争。周恩来莅临展会和讲的话无疑传进了蒋介石的耳朵，加之艺术家和著名学者夏鼐、向达等人奔走呼号，研究所得以恢复。人们同样记得，早在 20 世纪 30 年代，时任国民政府监察院院长于右任先生对常书鸿毅然回国，欲去敦煌的愿望十分赞赏和给予信任，接受梁思成先生的力荐，让他担任国立敦煌艺术研究所筹委会副主任，投入筹建工作。梁思成先生还给他赠言："破釜沉舟"；他的挚朋画友张大千、徐悲鸿、叶浅予等，也都曾为他真心助力。

人们敬仰第一代莫高窟人的带头人常书鸿，崇尚他弘扬革命浪漫主义情怀、勉励莫高窟人的革命斗志，勃发现实主义精神、创作油画鼓舞人民所作的贡献。他率领大家坚持修路和种树十几年，使莫高窟下寺到中寺的道路畅通绵延，大路两边栽种的杨树成行成林，郁郁葱葱绿色成荫。他为怀念生养自己的故乡杭州，将此路命名为"灵隐路"。自从路有绿荫，每每午间，同事们在房中小憩，艺术家独自在灵隐路上悠哉散步，心灵特感满足和慰藉，尽显革命艺术家的浪漫主义情怀。大家注视着他的这番怡然自乐的情趣，心情极受感染和鼓舞，持续了好些年。他是油画大师，酷爱的程度可想而知。从巴黎回国后，社会环境有了很大变化，中国人接受艺术的观念与外国人不尽相同，他把往昔主要通过人体展现油画艺术的主题，转移到人物肖像和风景方面，焕发现实主义创作精神，油画创作进入全新的境界，寄托艺术家对中国社会各个时代、对勤劳勇敢的人民和日新月异的大好山河的深切感受，别开生面的无数作品深受广大人民群众的喜爱，也博得中外画坛的高度评价。他的作品很值钱，而他却将自己创作的油画作品，全都捐献给了浙江省博物馆。凡此种种可见，他魂的光辉，魄的火焰，内心世界的柳绿花红。

人们记忆深刻第一代莫高窟人的带头人常书鸿，当年命运多舛的人生遭际和挫折磨难。与他有着二十年婚姻的雕塑家妻子陈芝秀，无法接受满目黄沙的敦煌和艰辛生活，背弃了他，跟人私奔了。他心急如焚，策马疾追，欲把妻子追回来，结果无功而返。艺术家在心力交瘁、痛不欲生之中，却写下了坚强的心语："在这兵荒马乱的年代里，莫高窟是多么脆弱多么需要保护，需要终身为它效力的人啊！我如果为了个人的一些挫折与磨难就放弃责任而退却的话，这个劫后余生的艺术宝库，很可能随时再遭劫难。"有性格的常书鸿率性坦荡，有时言语被误解无意得罪人，然他心地善良特重感情，终归人们还是理解敬重他。好人总会善结良缘，后来他相遇情意如胶似漆、夫妻亦师亦友的人生连理李承仙。他不无自豪地说："我是个幸存者，一个留下满身纪念品的幸存者。"

中华盛世，艺术百家。先驱精神，光彩照人。"以史为鉴，可以知兴替。我们要用历史映照现实、远观未来。"我们走得再远、走到再光辉的未来，也不能忘记走过的过去，不能忘记文化艺术先驱先哲们的功德。因为，是他们根植、培育和守护中国文化艺术的根魂。

敦煌莫高窟建筑、彩塑、壁画艺术，是中国的灵魂艺术，是东方的灵魂艺术，也是世界级的灵魂艺术。常书鸿是第一个挽救陷入劫难的莫高窟的奠基艺术家，第一个毕生研究和弘扬敦煌文化艺术的灵魂艺术家。当年他牵着牲口来到敦煌，发轫莫高精神，坚守理想、奠基创业、栉风沐雨、英勇奋斗，无私无畏、无悔无怨，竭尽全力、顽强拼搏，将自己从青春到一生全部的光和热都奉献给了敦煌文化艺术，最终造就了坚如磐石、守护石窟，研究弘扬、穷极一生的常书鸿精神，成为支撑敦煌文化艺术的精神灵魂。

在敦煌文化艺术史上，在中国现代当代文化艺术史上，已深深铭刻下"常书鸿"这个厚重而闪光的名字。共和国的艺术天地、广大人民的心目中，轰然竖立起常书鸿这个"敦煌守护神"的丰碑。而这个丰碑，也就是兴盛不灭的常书鸿精神的丰碑。

"前有常书鸿，后有樊锦诗。"常书鸿精神，传给段文杰，传给樊锦诗，三代"守护神"，前赴后继，代代相传，传承给紧跟着他们一路走来的莫高窟人。遗传红色基因，赓续红色血脉，恒久弘扬光大，深植铸就了敦煌文化艺术的红色根魂。

莫高窟的青年人都说，前辈教育后辈最典型的耳熟能详的告诫是："先收起艺术家的激情与浪漫，等你喝惯了敦煌的水，吃惯了莫高窟的饭，临摹上十年彩塑、壁画，再谈艺术创作。"这朴素无华而富含深邃的话语，就是常书鸿精神。

每时每刻，那九层楼的铃铎声一响，莫高窟人闻声，就安魂定魄心有光明，就气宇昂扬艰险无阻，就砥砺奋进承古开新，就匠心独运追求卓越。这犹如犀利号角的铃铎声，就是常书鸿精神。

学界说，在这个神佛满洞窟的地方，被尊为"神"的凡人，唯常书鸿一人。这个"神"，就是与莫高窟人同行，与敦煌文化艺术同在的常书鸿精神。

"敦煌在中国，敦煌学在世界。"在中外敦煌学界，常书鸿精神永放光芒。

在我的一生中，主要在 20 世纪七八十年代，加上近些年，先后有十多次去敦煌，学习、访谈和调研；曾在那个人与人充满亲和爱的时代，相见时任敦煌文物研究所所长的常书鸿大师，与之进行较深的亲切交流，聆听他谈笑风生，津津乐道"保护敦煌，研究敦煌，弘扬敦煌，继续敦煌"之旅，且一直关注敦煌文化艺术、敦煌学的延续与发展；曾听艺术家的挚友旧识叙谈他的催泪故事和亮节高风；曾与在同一家报社作记者的常书鸿先生的儿子常嘉皋多次交流，感受催人泪下的常书鸿精神。

多次欣赏斗重山齐、仰之弥高，汪洋恣肆、精彩绝伦的莫高窟艺术，感觉它永远震撼人心。悉心感悟它融会贯通中西文化艺术、促进人类命运共同发展的恢宏整合力、强烈吸引力和神奇魅力，感悟它承古纳今、震古烁今的旷世艺术所迸发的中国文化艺术的根魂精气神，给我留下极其深刻不可磨灭的印象。

莫高窟艺术，是中国博大精深的文化艺术精髓，融合了印度文化、希腊文化、波斯文化、中亚文化的元素，集莫高窟建筑、彩塑、壁画艺术和藏经洞问世的文献文物融汇一体，凝聚而成的绚烂多彩的"百科全书"，恢宏浩大的文化艺术"博物馆"。

建筑，具有中国独树一帜、特色鲜明的艺术风格形制。主要有禅窟、中心塔柱窟、殿堂窟、佛坛窟、大像窟，不同的石窟建筑展现出不同的艺术特色和风格，无不呈现出中国传统古建筑神鬼斧工、雄伟奇特的经典魅力。

彩塑，是莫高窟艺术的主题。融合了中外艺术风格的佛陀、菩萨、弟子、天王、力士像等极具中国特色的佛教造像。形象健美、衣袂靓丽，神态逼真、栩栩如生，数量极多、五彩缤纷，位于窟内各个显著位置。悠久传世千年，神奇多元完美，艺术魅力永恒，莫高窟的彩塑在海内外无与伦比。

壁画，主要有尊像画、释迦牟尼故事画、中国传统神仙画、经变画、佛教史迹画、供养人画像、装饰图案画等类，广布在佛龛、四壁和洞窟顶部等地方。千佛洞壁画，同样是天下第一，独一无二。人们议论石窟壁画津津乐道，难忘凌空飞舞、抛洒鲜花的飞天美女。其实，艺术描绘的她，是尊像画中的护法神、苍穹里的天人，专司其职，为佛供奉异香花卉、欢乐歌舞。大量广泛的壁画，充分展现的是古代战事、农耕、作坊、商贸、书法、美术、刺绣等社会生活、经济生活、文化生活和民族风情方面的生动情景，活灵活现，极富感染力。许多北朝至隋唐时期的壁画，都是中国乃至世界绘画史上绝无仅有的珍品。要想目睹唐代青绿山水的真迹，唯有在莫高窟。"佛洞中有不少的少女体菩萨，虽然明知是壁画，但仍然可以使你怦然心动。"张大千大师如是说。

无论是建筑还是彩塑、壁画，整个莫高窟艺术，彰显出规模宏大、历史悠久的大跨度和绵延性，昭彰突出、鲜明炳焕的时代性和区域性，丰富多彩多样的艺术形式多元性，独具特色极富变化和魅力四射的艺术技法、不可替代的世界性等特征。

季羡林大师指出："世界上历史悠久、地域广阔、自成体系、影响深远的文化体系只有四个：中国、印度、希腊、伊斯兰，再没有第五个；而这四个文化体系汇聚的地方只有一个，就是中国的敦煌和新疆地区，再没有第二个。"大师的论断板上钉钉，敲定了敦煌在世界文化艺术史上顶天立地的地位。

1994 年 6 月 23 日，常书鸿大师九十耄耋之年，在北京撒手人寰驾鹤西去。他谢世前，留下了"死了也要厮守敦煌"的遗言。党和政府感念大师的意愿，他的骨灰一部分被安放在北京八宝山公墓，一部分用专机运送甘肃，安葬在敦煌仙地宕泉河畔的莫高窟人公墓。墓碑上，镌刻着赵朴初先生亲笔书写赠送他的五个字——"敦煌守护神"。

那天，当大师的一部分骨灰安息在八宝山革命公墓之后，国家文物局研究员、艺术家、国画家，比常书鸿小二十岁的他的爱妻李承仙，拉着他们已成长为艺术家的儿子常嘉煌，他们母子急不可待地直奔敦煌，直扑莫高窟，要去继承丈夫、父亲的遗志，欲开凿新的石窟……

那天，一群青年人在常书鸿夫妇的墓碑前敬献鲜花、朗读诗作走后，我走近坟茔，情不自禁泪花盈眶，久久缅怀这位"艺贯中外、名扬四海、敦煌卫士、勋功永在"的泰斗艺术家。心里默默诵读着大师曾在丹桂飘香的西子湖畔，写下的流传开来的散文《从铁马响叮当说起》，深深地悼念他：

> 在浩瀚的沙漠上，人们感到一种平凡隐约、不急不慢的叮当声，它自远而近地划破万里长空。这声音仿佛告诉人们：在这无涯的沙漠中，夜虽阑啊，而人未静。有一些地球上的生物，还在如此不可思议地一脚一脚走在瀚海沙漠中，如此不可思议地行动，前进着，前进着，走不完的天涯沙海。"那是一长队艰苦卓绝、星夜行进的骆驼队的铃声……"它们是如此令人心惊肉跳地给同在沙漠瀚海中安息着的人们，一种负重致远在走不完的沙漠风浪中拼搏前进的无形压力！
>
> 对于敦煌莫高窟的人来说，我们还有一种更紧逼、更尖锐的铃声，那就是挂在莫高窟第九十六窟，修建于唐代的北大像九层楼大佛殿无数窟檐下面的铁马，不甘寂寞似的迎风起舞，打出叮当响声。它们比起走远了的，慢慢消失在茫茫沙海中的驼铃声更急，比悬挂在姑苏城外寒山寺的钟声更乱。只要微风轻拂，霎时间，就使原先是冷冷清清的莫高窟形成此起彼落、万马奔腾的声浪，一下子粉碎了沙漠中的平静……

常书鸿和他的精神，已融化于敦煌文化艺术之中，铸成神奇璀璨的丝路明珠，奠定了后来的艺人步履踏实的路基，昭示出中华文化艺术美好灿烂的前程。与敦煌共存，与莫高窟同辉。常书鸿精神永生，是莫高窟艺术之光！

1982 年 8 月写

2020 年 6 月改

石磊探索卢浮宫旷世名画《蒙娜丽莎》

我喜欢欣赏绘画艺术，对邂逅经典的机遇不会轻易放过。曾两度随团旅游艺术之都巴黎，都坚毅地忍痛割爱，离团放弃其他游乐项目，去卢浮宫览胜，重点是专心致志地瞻仰《蒙娜丽莎》。非常认同这幅作品的创作者列奥纳多·达·芬奇的观点："因为绘画依靠视觉，所以它的成果极其容易传给世界上一切时代的人，眼睛能把整个世界的美尽收眼底。"

回忆进入卢浮宫，就让人产生一种莫名的神圣、庄严和厚重的感觉；对于达·芬奇和他耗费四年时光、潜心贯志创作的《蒙娜丽莎》，亦萌发一种卓殊的神圣、庄严和厚重的情愫。深感卢浮宫成为藏古纳今世界艺术珍宝的殿堂，吸引全球不同肤色、讲不同语言的艺术家的聚集之地，地球上各民族的公众都喜欢的地方，溯本求源是卢浮宫有自然天成的一种特别的神圣、庄严和厚重的气场。那栩栩欲活的蒙娜丽莎的艺术形象之美尽收眼底，元气淋漓的鲜活气息扑面而来，令人感受到无尽的韵味和魅力。

后来结识了青年艺术家石磊先生，与之畅所欲言、举酒相属，深谙他是达·芬奇及其旷世之作的一个真正知音。这里记述的是他第一次巴黎卢浮宫之行，探索肖像油画《蒙娜丽莎》的始末。

历史的维度，铸就了绝代艺术传播全球的天然风韵。

精神的深度，造就了追求梦想志在必得的艺术真谛。

艺术长青。五百多年前，一幅油画震撼全球画坛，它那熠熠的丹青韵光，迄今依然触动着人们的心灵。欧洲文艺复兴时期的伟大先驱，誉满全球的美术家、科学家、发明家、博学家达·芬奇，秉持"艺术就是对自然的摹仿"，反映自然、胜过自然的现实主义理念，运用绝妙深邃的黄金比例分割、艺术＋科学的创新绘画方式，极其精确地把握艺术精粹与含蓄的深沉关系，淋漓尽致地挥洒"无界渐变着色法"的奥秘之笔，创作的在世界美术界享有极高盛誉，代表艺术家最高艺术成就的经典《蒙娜丽莎》，是彰显欧洲文艺复兴时期思想文化运动的美学思潮的一个缩影。为人们读懂那时欧洲资本主义的勃发上升、新兴资产阶级的革故鼎新，打开了一扇"艺术审美之窗"。

达·芬奇推陈出新的代表作，为世界画坛留下了一个气若幽兰、灵秀天成的女性形象：尤其是蒙娜丽莎。外表极致风韵的典雅气质与内心极其丰茂的情感世界融合完美的呈现出的含蓄微笑，深邃宣扬了"美是和谐的固定形式"的美学思想，开创了"绘画是以科学为基础的艺术"新时代，推进了文艺复兴时期思想文化运动的高涨。撰写《达·芬奇传》的美国传记作家沃尔特·艾萨克森，评价达·芬奇的作品说："科学和艺术成了婚，哲学又在这种完美的结合上留下了亲吻。"

自幼酷爱绘画，至在北京大学文学院读博期间，临摹过三千多幅《蒙娜丽莎》的石磊，在巴黎卢浮宫瞻仰体悟充满美学思想的真迹，深感艺术家凭借登峰造极的艺术天赋和独步天下的学术造诣，创作的这幅油画代表作，呈现出一种黄金比例分割精确的感官大美，一种运用科学数学哲学的深邃大美，一种构图透视色彩绝妙的奇特大美，一种人景灵肉和谐统一的神韵大美，也是一种艺术品质审美价值的极致大美。达·芬奇精妙绝伦的艺术创新，为肖像油画既注入了美学思想，更注入了文艺复兴的人文情怀，使作品升华成为一个神圣的时代精神符号；那赓续了五百多年的朦胧嫣然一笑，已嬗变为呼唤人性觉醒和回归的神奇力量。

临摹《蒙娜丽莎》十数年

巴黎时间下午六点钟，依依不舍地步出卢浮宫博物馆大门口的石磊，在馆内整整泡了两天，思维仍旧停留在专心揣摩《蒙娜丽莎》的悚绪之中。此时，他饥肠辘辘，倍感饥渴羸弱。便在博物馆门口的人行道上彳亍，放目左右张望着，印象中好像在附近有个餐馆，他急需进食补水。

须臾之间，石磊又不由自主地转过神来，盯着眼前出现在马路上的一幕触目惊心的情景：他面对的视野前方，在马路不远处，一高一矮两辆汽车接踵驰骋而来。法国相同于中国，汽车为左舵。一辆在前的凯迪拉克豪华轿车行驶在马路稍偏左位置，车左侧的空道看上去难以让一辆车通过；而在轿车后面靠马路左边行驶的一辆高大奢华房车，速度不降长鸣着喇叭，居高临下欲从左面超越，鸣笛显然是警示轿车靠右让道……

刹那间，两只眼睛紧盯着马路车况的石磊，心顿时揪紧了！原来，石磊看见凯迪拉克倏地靠向了道路左侧，这个动作是驾驶者故意还是无意而为？不得而知。他诚惶诚恐不禁快步迎车奔了过去，一面高举右手急速摆动着，一面禁不住用英语大声呼唤："小心追尾！小心追尾！"

瞬间，不忍目睹的惨烈车祸，终于在他的目击下发生了：高大房车猝不及防猛烈冲撞凯迪拉克的后尾，随着一声震撼的巨响，轿车失控蹿上了人行道，车头前侧猛撞在路旁电线杆上，靠道的后车门遽然弹开，甩出一个金黄色头发的人，重重地摔在地上；继而，凯迪拉克轿车头又顺着圆滑的电线杆强劲地挤压过来，当车停住的瞬间，鲜红的血液立马从破碎的窗口喷射出来，显然是司机遭受了重创，死活不知。石磊看见，房车前面也被撞得塌陷了下去，其车速虽有点减缓却未停车，在他的眼前疾速冲了过去。

这时，石磊本能地回望了一眼冲过去的奢华房车，只见司机从车窗内伸出半个头闪了一下便缩了回去，紧接着车速加快飞驰而去。石磊定睛一瞧，记住了挂在房车后尾的车牌号码，便急忙向从后车门甩出重摔在地面的受伤者奔了过去，救人要紧……

出身于书香门第，天赋异禀、聪颖好学的石磊，自小就是个很励志特要强的孩子。他长期受画师父亲的影响和指点，自幼极喜油画，尤其酷爱达·芬奇的《蒙娜丽莎》，几乎照着图片天天临摹；同时，青睐文学，文画并举，手不释卷，笔耕不息。他很赏识北宋"江西诗派开山之祖"黄庭坚的诗作，尤其对《赠元发弟放言》这首诗滚瓜烂熟玩味透了，特钟情意味深长的"行百里者半九十，小狐汔济濡其尾"两句，作为少年时代的座右铭。牢记一百里走了九十里，只能算是走完了一半路程。小狐狸渡河本来就要渡过了，结果还是搞得颠荡挣扎岌岌可危，最后折腾得把尾巴都弄湿了，自己决不能重蹈小狐狸的覆辙。从小学四年级起，他自立"吃苦求知、进步向上，自强不息、勤勉奋进"的学训，对确定的学习目标和认准的事情，言必信行必果，即使面临重重难关险阻绊倒摔跤，邂逅种种艰辛坎坷磕碰受伤，身子骨硬决不示软，脚后跟稳从不退却，就算弄得遍体鳞伤也要力拼到底，倘若输了就从头再来。

石磊勤学苦练，夙兴夜寐。学好功课与自修绘画齐头并进，不费无用功，钻研有韧劲，追求好成绩，快马向前奔。老师同学们都夸他是个做学问的范儿。他门门课程优秀，学业长进，接连跳级；临摹无数遍《蒙娜丽莎》，画技不断上升。到上初中时，这幅画里的外国阿姨肖像已刻在他的心里，仿画不用再看图片。十二岁进入高中后，他写的散文、短篇小说和诗歌，隔三岔五见诸报端刊物，为同学们所仰慕。学校给他办过油画展，《蒙娜丽莎》最惹人注目。石磊在开幕式上讲了一番耐人寻味的话："我的体验，读书享受的是一种清雅味，吃饭喜欢的是北京炸酱面味；写小说寻觅的是文学肉味，画油画追求的是艺术鱼味，文学味、艺术味是最好的美味洋味！"这些话，赢得了同学们久久的赞赏、笑声和掌声。在天长日久的"万类霜天竞自由"的学业道路上，他反复领教体验"昆虫吃植物又吃动物，兔子吃动物又吃植物，而狼、豹、虎则统吃不管比自己大还是小的可降动物"的森林法则，淬炼成为一个无畏无惧、励精笃行的早熟牛犊。

十四岁的石磊参加高考，被北京大学人文学院中文系和清华大学美术学院绘画系本科一批同时录取，他权衡取舍，加上听取他爸妈与自己想法一致的建议，忍痛割舍喜爱的绘画专业，选择了中文专业。上北大，他白天攻读中文，晚上和周日除少部分时间用于画画外，相当多的时光用于自学经天纬地、浩繁卷帙的绘画专业知识，注重钻研欧洲油画艺术的深度基础理论，直至大学毕业，毫不懈怠。思维机敏、灵性有悟的石磊，坚守执着、砥行致远，依然如故眷恋临摹《蒙娜丽莎》，自修艺技，历练不辍。

石磊深知，自己长期临摹仿画，一直是照葫芦画瓢、"瞎子自摸"，天天仿画每次都感觉油画艺术的味道无穷，可又说不出个子丑寅卯；对达·芬奇如何将科学与数学运用于油画艺术，提升造就《蒙娜丽莎》的绝妙技艺，更茫然无知。即使他在理论上知道，古希腊"数学之父"、哲学家毕达哥拉斯发现的0.618黄金分割率，除被应用到绘画、雕塑等艺术创作方面，还被用于数学、建筑、植物、军事、宇宙等领域；达·芬奇创作的《蒙娜丽莎》，精确细密、娴熟自如地应用了黄金比例分割，艺术＋科学，塑造了轰动世界画坛的画中人讳莫如深、幽秘神韵的销魂微笑之艺术效果，而自己对黄金分割只是浅悟了一丁点皮毛。尽管如此，石磊还是坚守实践第一的观点，对铭刻在心的《蒙娜丽莎》依旧嗜爱如命，坚持"瞎子摸象"笨鸟先飞，愈发殚精竭虑地琢磨蒙娜丽莎的眼神、唇色、容颜、微笑等细腻表露人物情感的五官细节，更加煞费苦心地揣摩发丝、衣着、坐姿、胸态等展现独具个性特征的重点部位，一如既往地潜心琢磨达·芬奇在这幅名作中，究竟怎么应用 0.618 黄金比例分割、艺术＋科学的高超技艺？痴情入迷的程度丝毫不减。他渴望自己的思维腾飞，渴望心灵早点绽放出明亮。

时光翕动，斗转星移。获学士学位后的石磊真够幸运，按照国家和学校选拔推荐免试资格的优秀应届本科毕业生可直接攻博的规定，他被中文系两名教授书面推荐，免试获得攻读文科博士研究生学位的资格。更荣幸的是，他碰到了一个很棒且有人情味的博导。导师的学术造诣颇为深厚，对学生的学业指导、论文指导、职业规划指导等都扎实到位；在学术圈子里有名望有影响力，主持承担着国家级学科研究项目课题，担纲界内一家权威学术研究会会长之职，常组织主持高端学术交流活动，还是两家核心期刊的编委。且博导对石磊"脚踩两只船"，挤时间勤奋钻研美术专业知识和习练油画，有机会就积极参加绘画学术研讨活动等给予理解和支持，说只要不耽误读博学业就行。

就这样，石磊继本科四年寒窗又苦熬了三个学年，以优秀学业成绩、学术视野独特的毕业论文及答辩合格的成绩，获得文科博士研究生学位。他独自撰写的两篇学术论文发表在专业期刊上，尤以其中的《中国文艺作品性爱描写的底线思维》，用翔实的数据资料和有说服力的论点论据，针对当代长篇小说等文艺作品创作对性爱描写存在的弊端和问题，做了鞭辟入里、颇有见地的分析，提出了有前瞻性符合社会主义核心价值观的澄澈可鉴的想法和切实建议，在校园内外引起关注产生影响。

历经十个年头的艺术淬炼，石磊从高中到大学总共临摹《蒙娜丽莎》三千余幅。他从大四到读博期间的高仿作品，显示出画技逐渐走向炉火纯青，仿画各个层面的特色，达到了相当的品质和审美特征，被大家誉为"我们的达·芬奇"。石磊的绝大部分仿品被倒腾油画的公司低价收购高价卖到西方油画市场去了，据说西方油画界深感惊讶，中国大陆画家临摹的《蒙娜丽莎》，能达到如此高的水准，有的居然显示出几分真迹孤本的夺目光彩，真是不可思议。还有一小部分作品，他赠送给了师生和友人。石磊廉价出售的绝大部分收入，都用于公益事业和帮助来自农村家庭经济困难的同学。

难能可贵的是，石磊的头脑始终很清醒："绘画艺术世界是一个郁郁葱葱、蓬勃发展的大丛林，而我仅仅是这个大丛林中一株处于萌芽状态尚待破土的小苗，所需要的除了养分还是养分。"他经常学习汲取达·芬奇强调的"美是和谐的固定形式"，而人体比例是最神圣的比例，"画家的头脑应该像一面镜子，经常把所反映的事物的色彩搬进来，面前摆着多少事物，就摄取多少形象"的美学思想营养；阅读欧洲绘画史明白，黄金比例分割是西方古典主义美学的基石，只有将数学演算的规律精准科学地运用于绘画中，才能让作品内涵画面的所有分割符合黄金比例，达到架构严密科学、透视定位准确、造型清新独特、笔法生动逼真、光度色泽传神，创造和谐统一完美无瑕的艺术。早在欧洲文艺复兴前期，达·芬奇就在油画作品中运用黄金比例分割；到欧洲文艺复兴运动兴起时，艺术家的水准已是如日中天，把黄金比例分割、艺术＋科学完美融合进《蒙娜丽莎》等代表作品中，达到了如法国作家福楼拜所说的"科学和艺术总在山顶重逢"的巅峰程度。石磊深感，多年来他将主要精力用在攻读文学，尽管利用业余时间苦读美术理论知识，探索绘画专业技艺，赓续勤勉描摹油画，然他渴望深入学习、了解和研究达·芬奇创新的绘画艺术理论以及实践经验，能阅读到的资料、可请教的良师和利用的精力都极为有限，甚至对最崇敬的艺术大师的真迹，连一件都未曾见过，这就更令他自叹弗如。艺术底蕴非常浅薄是一个客观事实。

石磊终究明白了一个道理，描摹不是创作。艺术入门的最佳方法，不是凭空去搞什么研究，一味地照猫画虎就可以体会艺术的真谛，而要争取机会真切细腻地探索、感受和体验真迹艺术，开掘独立创作与提升创新的能力，且要努力形成自己的艺术风格。自己从高中到大学临摹的《蒙娜丽莎》，都是中国或外国的出版物图片，宛若"有眼不识金镶玉，认得小调不懂曲"。所以，他长时期来一直渴望到巴黎卢浮宫瞻仰观赏达·芬奇的作品真迹，专心致志地揣摩和悟识活生生的艺术品，力求弄懂梦寐以求的黄金比例分割、艺术＋科学的创新真义，从中汲取天才艺术家的匠心营养元素。他从考入北大后的第一天就谋算好了，他的爸妈也支持他，等待学业结束后就直奔巴黎卢浮宫。时下，石磊的愿望终于可以如愿以偿。那天，他在学校举行的博士毕业典礼暨学位授予仪式刚结束，便迫不及待地摘下方帽头巾，脱去黑色长袍，在网上购买了两天后北京直飞巴黎的航班机票。

离开母校和北京的那天，石磊起了个大早，整理拾掇好行李，送到学校附近的物流公司发往深圳家里。上午，他给他爸爸打电话告诉了一声，在北大校园商场买了些食品，便轻装简行搭乘巴士向首都机场赶去，中午他将搭乘直飞巴黎的中国国航班机。

希冀成真瞻仰卢浮宫

处于兴奋状态的石磊，在飞机上一夜无眠，他朝思暮想卢浮宫博物馆，恨不得立马能抵达巴黎，去卢浮宫悦赏达·芬奇的真迹《蒙娜丽莎》。

经过十个多小时的航程，中国国航班机于清晨飞抵巴黎，在戴高乐机场刚一落地，石磊便赶紧下机在机场登上早先在网络查明的地铁，到达位于市中心塞纳河北岸、巴黎歌剧院广场南侧卢浮宫博物馆附近的一个站，下车便看到网上预订的托尼克酒店就在近处。他走过去时无意发现酒店旁小巷里两侧房屋挂着的中英文广告牌，上面写有"杜甫草堂旅馆""青春旅馆"等字眼，便又拐进巷中，看见巷内有多家环境幽雅、价格比预订的托尼克酒店便宜，且备有中西式饭菜和点心的小旅馆。他算了一下账，住这里大约可节省两成左右的费用。于是，他先去托尼克酒店在客房服务台办了退房手续，再折回小巷订了杜甫草堂旅馆的一个单人间入住，此时还不到巴黎早上八点。

石磊的精气神仍处在兴奋状态，没感觉到长时间旅途有什么疲劳。他在手机上查找到卢浮宫博物馆官网买了两天的参观通票，迅速洗了个澡，稍事休息一下，吃了从北京带来的食品填饱肚子，把旅馆标明赠送的两瓶饮用水装进手提包，便快速下楼出了酒店，兴冲冲地往卢浮宫博物馆而去，一路上不时扫一眼巴黎早上显得萧条冷清的街面。他尚不清楚，欧洲人喜欢慢节奏的生活，这个时候的鬼佬恐怕大多还绻恋在床上。

巴黎，是建都达一千四百多年，闻名于世的文化之都、艺术之都、时尚之都、浪漫之都、鲜花之都。它位于法兰西共和国北部巴黎盆地中央地带，横跨塞纳河两岸，是法国首都，也是法兰西与西欧的政、经、文、艺、商中心；19世纪的欧洲油画中心，世界印象派美术的发源地；芭蕾舞、电影都诞生于此，如著名电影《卢浮魅影》《达·芬奇密码》就是在这里摄取的主要镜头；巴黎与纽约、伦敦、东京、香港并列为世界知名的五个国际大都市。

巴黎有大巴黎与小巴黎之分。大巴黎，由大城区内的上塞纳省、瓦勒德马恩省、塞纳－圣但尼省、伊夫林省、瓦勒德瓦兹省、塞纳－马恩省和埃松省七个省组成，俗称法兰西岛，人口达一千一百多万，占法国总人口的六分之一；小巴黎，系指环城公路以内的小城区，人口也就二百二十来万。

出发前，石磊通过网络和资料，对卢浮宫博物馆做了一些了解。始建于1204年的卢浮宫，原是法国的王宫，先后居住过约五十位法国国王和王后。历经八百多年的扩建、重修，尤其是从欧洲文艺复兴时期以来，卢浮宫就成了举世瞩目和公认的"万宝之宫""艺术宝库"和"艺术殿堂"；它位居全球四大博物馆之首，排名英国大英博物馆、俄罗斯艾尔米塔什博物馆和美国大都会博物馆之前，是世界上最古老最著名最浩大也是藏品最多的博物馆。

卢浮宫博物馆，分为东方艺术馆、古埃及艺术馆、古希腊与古罗马艺术馆、绘画艺术馆、雕塑艺术馆和装饰艺术馆六大展馆。总共一百九十八个展览大厅；收藏展出有饮誉天下价值连城的"世界三宝"也称"镇宫三宝"的油画《蒙娜丽莎》、断臂爱神雕像《维纳斯》和古希腊神话中的胜利化身石雕《胜利女神像》；有囊括古代东方、古埃及、古希腊、古罗马和世界各国及地区六大门类，从中世纪至现代来自全球的文化底蕴十分深厚、璀璨夺目的各类艺术经典精品；还有源自皇家王室造诣精深、稀世之珍的绘画、雕塑、美术、工艺、珍玩、古宝等艺术极品。各种奇珍异宝，共达四十多万件。

然而，瞻仰观赏卢浮宫的展品绝非轻松之事。从世界各处慕名而来的游客络绎不绝，各种肤色混杂的观众人山人海，绝大多数为《蒙娜丽莎》而来，每年专门来鉴赏这幅油画的人数达六百万左右。全宫展馆逢星期一、三才会全部开放，星期四、五、六轮流开放，每天的开放时间也不尽相同，周日只开放半天；星期二休息，公共假日闭馆；且展品只占全部馆藏品的三分之一，一万五千件藏画仅展出两千余幅。世上有幸能够目睹卢浮宫全部珍藏品的人，可以说寥寥无几。来一趟巴黎不难，如前来卢浮宫观赏藏品，能看到什么和可见到多少，那就要看运气了。

石磊进入位于卢浮宫主庭院拿破仑庭院的金字塔中央大厅，在明媚阳光透过全塔玻璃泻洒抹金的折射下，整个大厅披上了绚丽炫妙的耀眼七彩光束，让他惊艳不已流连忘返，不禁驻足欣赏了一番。

这座高二十一米、底宽三十米，全部用金属和玻璃建造的大厅，看上去像一颗巨大的"宝石"屹立于庭院内；在金字塔的南北东三处，有三座五米高的小玻璃金字塔簇拥而竖，若众星拱明月；还有七个汇成平面和立体几何图形的奇特佳景——三角形喷水池，精彩点缀着大小金字塔。这组建筑物，呈现出运用现代建筑科学技术与体现时尚艺术风格的绝佳结合，享誉世界的独特尝试，极具瑰丽昊美。这是在20世纪80年代初，法国总统密特朗决定改建和扩建卢浮宫时，邀请美籍华人、世界著名建筑师贝聿铭先生设计的，1989年甫一建成，便一跃成为世界艺术之都巴黎的城市文化新地标。

金字塔中央大厅有一个特殊的功能：观众可在这里选择便捷通达直接要去的展馆展厅，完全节省和免除了以往欲去某个馆厅须绕行许多路程，或需穿越若干展厅的费时与烦恼。

刹那间，石磊想到贝聿铭这位名传天下的华人，美国艺术与科学院院士和中国工程院外籍院士、一代建筑科学巨匠，他坚守和实践"越是民族的，越是世界的""让光线做设计"的理念，创造了影响世界的诸多灿烂建筑艺术瑰宝，实属中华民族的骄子，令世人油然而生敬意。

第一天，石磊从上午九点入宫，到下午六点闭馆，这个阅读英文和听讲英语皆达熟练程度的博士研究生，一天十个小时泡在卢浮宫，尽情敞开渴望收获旷世艺术真谛的心扉大门，来回奔波穿梭，迫不及待地首先观赏了"镇宫三宝"。

当天的其余时间，他根据现场服务人员和资料的指导，从琳琅满目、美不胜收的三十多个展厅，展出的有源自古代东方、古埃及和古希腊、古罗马以及欧洲文艺复兴前后的经典油画艺术精品中，重点选择潜心饱赏了最为杰出且喜欢的一部分作品。其中，有 15 世纪法国画家让·富凯的《查理七世像》；16 世纪意大利画家列奥纳多·达·芬奇的《岩间圣母》，意大利画家拉斐尔·桑西的《美丽的园丁》；17 世纪法国画家路易·勒南的《农民家庭》；18 世纪法国画家亚森特·里戈的《国王路易十四像》；19 世纪法国画家达雅克·路易·大卫的《拿破仑一世加冕大典》，法国画家斐迪南·维克多·欧根·德拉克洛瓦的《肖邦像》，法国画家让·奥古斯特·多米尼克·安格尔的《土耳其浴室》等，都即兴写下了观感体会。

第二天，集中全日十个小时，石磊紧紧盯住他最为喜爱钟情的《蒙娜丽莎》真迹，高度集中精力，热度空前高涨，深度用心揣摩，调动了所有的聪慧思维细胞，全神贯注、细腻入微地观赏、琢磨、领略和体验这幅"世界三宝"之一的作品。

石磊对于学习，从来都是非常认真一丝不苟的，况且花费精力财力、漂洋过海来到卢浮宫，就是以求一饱眼福、精细明察真迹，孜孜以求绘画思想启迪和艺术真谛。他心无旁骛，完全忘却了饥渴和疲惫，两天里每日入宫前吃饱喝足，入宫后为减少跑厕所浪费时间，每天只喝自带的两瓶饮用水，全凭酷爱世界顶级艺术品的精神力量强力支撑着。他觉得，来一趟巴黎不容易，如果两天看不够，学研琢磨不出个甲乙丙丁，再延续日子花费一些时光也值得。

悟识《蒙娜丽莎》艺术真谛

早上，继昨天二度进入置放《蒙娜丽莎》油画的二楼中间展厅，石磊弥补昨天的欠缺，首先通过工作人员索取了介绍欧洲文艺复兴时期的发展沿革，达·芬奇个人成长历程及其在文艺复兴时期的活动、创作油画的过程，以及世界各地有影响的艺术界知名人士不同时期对《蒙娜丽莎》的评价等资料，一边浏览阅读，一边跟随东西方面目混杂的一拨人，围绕放着油画的玻璃罩，仔细听取工作人员的讲解。这种非常有效的观摩学习方法，使他掌握了不少历史知识和艺术趣闻。

洞察欧洲历史规律，汲取异域人文精神。文艺复兴作为欧洲历史上思想文化的伟大转折，弘扬人文主义是核心要义。主要表现在：人们注重追求人文精神，关切和爱护人的尊严、价值、命运，追求自由平等，反对等级观念，肯定人是历史的创造者和主人；科学家、思想家、艺术家和文学家寻求精神文化，崇尚人文关怀，主张一切以人为本，维护公平正义，支持人的自由，承认自我价值；绘画艺术应当以科学与数学为基础，看重科学技术对于社会发展和人民福祉的作用；重塑尊崇绘画艺术的新观念，"绘画比诗歌更具有直观的真实性，比音乐更具有形象性、客观性和视觉感觉的真实性，比雕塑更富有色彩"；教育反对神的权威，鼓励人们从神权的枷锁中解放出来，发展人的个性；文学艺术要重视表现人的思想情感和丰富多彩的生活等。

欧洲的文艺复兴潮流，不断推动着绘画艺术的创新。艺术家振奋精神，纷纷从基督教神学的桎梏中解脱出来，既重视从希腊、罗马的古典艺术中吸取营养，又注重将科学与数学引入美术，绘画作品重于写真可感可知、可亲可近的社会事物；发明了透视法，承古拓新画技艺巧，更新绘画材料，使油画艺术的感染力和影响力不断得以提升，以适应人文主义精神的主张要求；民众和社会更加看重绘画艺术，尊崇艺术家，各方面都见贤思齐，顺应复兴潮流。

在欧洲文艺复兴这个惊涛拍岸、风鹏正举的紧要时刻，第一个勇敢吃螃蟹的人物出现了。被现代学者称为"文艺复兴时期最完美的代表"的达·芬奇，高擎创新的旗帜，果敢地站在振兴艺术的潮头，以科学家与艺术家的双重身份和智慧统一的独特思维，弘扬以往坚持"艺术＋科学"完美融合的创新实践，以大无畏勇往直前的精神，发动了一场"油画革命"，推动了意大利至整个欧洲的文艺复兴。

这时的达·芬奇，已在科学、数学、解剖学、生理学、透视学、天文学、气象学、古生物学、建筑学、工程学、地质学、植物学、动物学、地理学、光学、力学、制图学、色彩学及绘画、雕塑、文学、音乐等领域取得重大建树，在意大利乃至欧洲都影响力非凡。爱因斯坦曾经说，达·芬奇的科研成果保存在他的大量手稿中，如果当时就发表的话，科技可以提前半个世纪。足见其在科学领域极高的成就和荣耀。而且，此时的达·芬奇，在科学、数学、工程、建筑、天文、地质、植物学等领域，仍有雄心勃勃的抱负，面临的使命和任务繁重而艰巨。而他为什么要在油画创新上有所突破呢？显而易见，他是一个洞观大局的杰出人物，无论是欧洲新生资产阶级通过文艺复兴，旨在艺术学、科学、数学、哲学、文学及政治学、法学、历史学、教育学等领域全面推进思想文化运动之际需要他推波助澜，还是在资本主义上升之时需要他大鹏一举，都是带动全局不可或缺的巨大动力。

还有深刻的历史原因。在欧洲文艺复兴之前的绘画艺术，无论是古埃及、古巴比伦艺术，还是古希腊、古罗马艺术，不管是早先古老悠久、斑斓多彩的原始艺术，或是以后被认为是金碧辉煌、光照千古的后世艺术，主要是"卑贱的奴隶和低微的匠人"创作完成的。

在文艺复兴时期，达·芬奇等艺术家无比焦虑而又旗帜鲜明地提出："绘画艺术被打上了低贱的烙印，还有什么价值可言呢？"美丽图像是用颜料描绘成功而不能用语言写出。艺术家的事业要求他们把自己与匠人区分开来，创造性地让绘画技艺与数学和抽象思维关联起来。正如达·芬奇所说："在一个地方写下上帝的名字，在背面画一个代表他的形象，看看哪个更受尊崇。"他主张彻底洗刷和抛弃"艺术品是低贱者创作"的历史羞耻印记，重塑树立绘画是艺术家的崇高事业的神圣职责观念，全力营造尊崇艺术家地位的社会氛围；注重提升绘画作品的艺术价值和审美价值，让它自带耀眼的光环；唯有采取"艺术＋科学"的创新方式，在创作中引入精益求精的数学规则，才能使绘画"成为与几何、音乐、修辞和文学平起平坐的高雅艺术"。

坚韧不拔、锲而不舍，兼容之道、自成新境。科学家的踏实、务实、坚实的品格加上艺术家的严肃、严谨、严格的特质，达·芬奇以极致匠心的终极目标，完整系统地把科学、数学、解剖学、透视学、制图学、光学、色彩学等应用到新油画创作中，使艺术结构环环紧扣，赋予作品严谨的比率、优佳的素描、精确的透视、协调的光色，达到完美和谐统一；精益求精地应用黄金比例分割法，同时丝丝入扣，将光影明暗、焦点透视、剖解色感等科学原理与写实技法珠联璧合，精妙入神地应用于画面的各个细微之处，呈现真切逼真的含蓄效果，内涵丰沛的深沉意蕴。终究他创作出《蒙娜丽莎》《最后的晚餐》《维特鲁威人》等影响巨大的代表作品；肖像油画《蒙娜丽莎》一举攀登艺术顶峰，在意大利至欧洲文艺复兴时期的美术天地，树立起无与伦比达到崭新艺术品质和审美价值的最高境界标杆。

革故鼎新的历史造就时代风流人物。在欧洲文艺复兴时期，仅在意大利就产生了"艺术三杰"——达·芬奇、拉斐尔、米开朗琪罗，还有知名画家乔尔乔涅、勃鲁盖尔、提香、荷尔拜因、扬·凡·埃克、丢勒等一批引人瞩目的人才。

《蒙娜丽莎》是达·芬奇用心良苦、下功夫最大，也是终生最喜爱的作品。他与这幅作品的感情极深，生前一直把油画放在身边，走哪带哪不离不弃。直至其谢世后，法国国王弗朗索瓦一世（别名弗朗西斯一世）花费巨资买下《蒙娜丽莎》，起先收藏于皇室的枫丹白露宫，后来移藏入卢浮宫。

数百年来，这幅肖像油画在欧洲至整个西方乃至世界画坛，自生的光环十分耀眼，尊崇其艺术审美价值日隆。根本原因就在于，作为在诸多领域取得重大建树的人类历史上绝无仅有的全才达·芬奇，践诺复兴文艺和创新绘画的初心与使命，极情尽致地"让科学与艺术在山顶重逢"，产生了不可或缺的含金量，提升了油画艺术崇高深邃的丰富内涵，成就了艺术的审美价值，奠定了《蒙娜丽莎》成为世界旷世瑰宝的显赫地位。

达·芬奇登峰造极的艺术成就，为西方艺术界找到了新的方向、坐标，树立了大家追求的实践目标和艺术圭臬。佛罗伦萨著名建筑师兼艺术家莱昂巴蒂斯塔·阿尔贝蒂曾说："绘画在我们祖先那儿享受着特殊的尊荣，其他所有的艺术家都被称为匠人，只有画家不在此列。"

所以，达·芬奇以无可挑剔的成功艺术实践谆谆告诫人们："那些投身于艺术实践却不懂科学的人，就像是水手置身大海却没有船舵或罗盘，永远不知道自己在前往何处。"

欧洲文艺复兴时期的思想文化犹如春风化雨，给予追求艺术真谛的石磊丰富的精神营养，获得深刻的启迪。他激奋的心境平静淡定了下来，让目光和思维高度聚焦，使心灵走进《蒙娜丽莎》。

《蒙娜丽莎》嵌在双层加厚的防弹玻璃罩之内，旁边站立有持枪警卫，时时刻刻警惕地守护着稀世艺术珍宝。玻璃罩的透明透光性极好，观赏这幅油画真迹洞若观火，非常清晰。

马克思主义史学家认为，欧洲文艺复兴时期是封建主义时代和资本主义时代的分水岭。

《蒙娜丽莎》创作于16世纪初西方资本主义上升时期，成功塑造了一个有产阶级的富贵女性，在山水幽邃茫茫的背景下，坐姿典雅恬静、笑容神秘妩媚的典型艺术形象，折射出时代女性崇高的精神气度与深邃的情感品位；反映出那个时期的达·芳奇追求审美理念的人文精神，代表了欧洲文艺复兴时期思想文化运动的美学思潮；带动了一个时代科学与艺术融合相汇的伟大艺术实践，也成为掀开近代欧洲历史序幕的标志性绝代油画作品。

石磊以中国一流大学的文科博士生的视角、东方青年画家的感观，瞻仰细品《蒙娜丽莎》，感悟蒙娜丽莎尽显优雅唯美的风姿光彩和惟妙惟肖的暗香气宇：那神采奕奕闪烁智慧、柔情似水的目光，那牵动内心丰盈情感、光泽冶艳微微颤动的朱唇，那华美容貌举止自若、蔼然可亲的面庞，那丰满圆润幽邃无垠、风情万种的胸律，尤其是那深奥秘妙让人捉摸不透被称为千古奇谜、赓续了五百多年的朦胧微笑蕴含的销魂神韵；他潜心端详揣摩作品细腻入微的创意技法与艺术深涵，努力让心灵的窗口——眼睛的思维，去寻觅发现世界级艺术大师达·芬奇独特运用0.618黄金比例分割和摄入科学数学的精妙，最大限度地感受、领悟和体验丝丝缕缕的创新绘画艺术的营养元素。

他心细如发地观赏描绘在一块黑色杨木板上的油画《蒙娜丽莎》，多次分别在上午、中午、下午不同的时间与空间，根据距离界面远近差异和入射光、反射光及折射光造成界面光线明暗各异的状况，取不同的方位和角度，采用立身、侧姿、躬腰、下蹲与正视、侧观、横看、仰望等各种方式；迁思回虑地观察琢磨在77cm×53cm大的画面，严谨精准的整体结构布局与恰如其分的背景空间，霞思云想肖像在整体画面中构图科学合理的占据位置与人物仪态万方的坐姿神志；还有山水背景与人物轮廓衔接之间，人物的发与肤、肤与衣、指与袖、唇口与下巴衔接之间，脸庞、额头、眼角、嘴巴、人中之间，各种细微之处所蕴含的奥秘，思绪万千浮想联翩。刹那间，石磊首先发现了画家高超绝伦、严细精密的黄金比例分割：原来，蒙娜丽莎的脸型几乎就是一个黄金矩形，头宽和肩宽的比例也接近黄金比例。艺术家的笔触选择从人中旁的上唇起步，画了一条黄金螺旋线，这条螺旋线经过蒙娜丽莎的鼻孔、下巴、头顶和右手背手腕等部位，形成了符合数学规则的准确黄金比例分割构图，从而奠定了整个油画的布局严谨、结构线性、造型唯美、定位精准、素描灵动、光色传神，使油画整体设计达到科学和谐完美统一。

石磊旷日持久，从长期临摹图片到惊喜观赏油画真迹，在这种直击所产生的浓郁情感和思维飞跃的状态中，倏忽间被真实浑厚的艺术强烈浸染而感悟感知，仿佛推开了认识 0.618 黄金比例分割的神秘大门。他屏神静气深入研精覃思，对感触良深的《蒙娜丽莎》，从领略作品的具象、意象、抽象、真象一脉走来到灵象，形成的物穆无穷深邃绝美的整体艺术形象在各个层面蕴含的黄金分割密码，似乎有了一种清晰细腻的感觉感受。此刻，他遽然想起达·芬奇"镜子为画家之师"这句名言，于是，目不转睛地扫描油画，敏锐眼光和万端思绪像镜子、显微镜一样，独到地洞察着、揣摩着。终于，石磊的思维之力，进入了宏阔丰沛的整体图像无数幽邃致密驳杂的细节、环节和情节之中，茅塞顿开，发现了深藏隐秘的密码：除在蒙娜丽莎五官中没有画眉毛和睫毛，笔触细腻入微所及，那栩栩欲活的神志、仪态、坐姿、发丝、额头、眉毛、眼神、鼻梁、双颊、唇翕、颏部、肤色、表情、笑容、丰胸、手势，那栩栩若生的衣色、服饰、袖褶、皱褶，都充满了黄金比例分割的精妙与神采，绘影绘色，融会贯通；那精准笔触遍处描绘画面展现出的明暗深浅、轻重强弱、冷暖远近的色泽，那精细缜密之处勾勒彰显的神妙各异的主光、副光、背景光、直射光、轮廓光和顺光、顶光、侧光、逆光、侧逆光等，那精彩极致恰到好处塑造的力度感、立体感、空间感，都布入了黄金比例分割的魔力与光芒，曲尽其妙，融合统一。他还真切领略到，《蒙娜丽莎》的神秘背景，在山水背景与人物轮廓之间、眼角和嘴角之处，采用"无界渐变着色法"，尽显绝佳技艺，使背景与轮廓界限产生隐约朦胧之美感，凸显丰富了整体画面的深沉意蕴；在眼角和嘴角融入柔和的暗色，见微知著，锦上添花，呈现出油画艺术含蓄幽深的奇妙之美效。正是如此精致，成功地创造了这幅肖像油画尽善尽美的品质价值，浑然天成不可限量的艺术审美特征。

石磊全神贯注下功夫，饱览观赏《蒙娜丽莎》的神情和举动，引起鉴赏油画的许多外国人的关注，向他投来称道的目光，也不断有人主动与他攀谈交流，这使石磊知道他们中间有艺术家，有研究学家，也有大学教授等。石磊便谦逊诚恳地向他们请教，他和他们还不由自主地围在一起交换看法、研讨起来，甚至连卢浮宫的专家也参与了进来，仿佛开学术研讨会。这使石磊没有料到，获得不少新的准确信息。

对达·芬奇创作油画《蒙娜丽莎》的时间以往的说法不一，现在西方专家、学家大多认可是 1503～1506 年，也就是发端于意大利的欧洲文艺复兴思想文化运动方兴未艾时期。是艺术家以佛罗伦萨一位丝绸商人的妻子为模特，花费了长达四年的时光创作完成的。

达·芬奇以往画人物肖像的习惯性画面多是侧面半身，而《蒙娜丽莎》是他深受文艺复兴时期人文精神的影响，追求审美理念而另辟蹊径，缜密思考反复推敲，第一次以正面的胸像构图进行创作，塑造出了灵魂与肉体、人性与神性相融完美统一，呼之欲出的秀丽、端庄和矜重的商贾妻子的典雅形象。他以匠心神采之笔一抹而就，那弥漫着妙不可言、韵味无穷的嫣然一笑，五百多年来陶醉了全球喜欢这幅绘画的人们；且引发画坛内外言人人殊而聚讼不已，吸引着无数人深研细究，没有穷尽。

绘画是一种艺术，也是一门科学，学问博大精深。马克思说："一种科学只有在成功运用时，才算达到了真正完善的科学。"在现场交流中，有位专家谈道：一个国家的科学水平可以用它消耗的数学来度量；同样，一幅绘画的完美水准也只有用艺术家花费的科学与数学来度量。包括石磊在内的大家，对这个观点都很认同。

石磊对《蒙娜丽莎》画面尚不清楚的两个问题也有了答案。一是背景。有位研究学家给他说，加利福尼亚大学教授卡罗·佩德雷蒂研究判断，蒙娜丽莎身后的田园背景，是意大利中部阿雷佐市布里阿诺桥附近的景色。实证是达·芬奇出生在距阿雷佐市约一百公里的芬奇镇，而且在阿雷佐生活过一段时间，熟悉这里的原始景观，他极有可能写真为《蒙娜丽莎》的背景。佩德雷蒂在一次达·芬奇绘画国际研讨会上宣布了自己的研究结论后，得到了会议的充分肯定。

二是微笑。有研究学家利用微表情理论进行学术考证得出结论，蒙娜丽莎的微笑中含有不同的情绪成分：83% 的喜悦，9% 的憎恶，6% 的惶恐，2% 的愤懑。难怪石磊在十多年间观察蒙娜丽莎的表情笑容，感觉和体悟似乎都不尽相同：有时感觉她笑得淋漓尽致，有时感触她笑得优雅温柔，有时感受她笑得恬淡自如，有时感到她笑得腼腆羞赧；而有时觉得她恬静安详，有时似感有些惶怒神伤，有时好像恍惚郁闷，有时甚至如显嘲笑讥讽。

皇天不负有心人。至此，石磊算是基本上悟透了《蒙娜丽莎》的艺术真谛。对达·芬奇阐述的"美感完全建立在各部分之间神圣的比例关系上，各特征必须同时作用，才能产生使观者如醉如痴的和谐比例"，而人体比例是最神圣的比例的美学思想，有了比较深切的理解，真正走进了艺术形象蒙娜丽莎的内心世界，读懂了《蒙娜丽莎》。他感慨万千：毕达哥拉斯发现的 0.618 黄金分割率真是神法无际，达·芬奇运用这一黄金比例分割法真是神奇无比。他动情地写下自己的一点体会：

崇拜旷世之作唯有亲眼观摩、潜心体验，才能获得真知真传。我十多年临摹《蒙娜丽莎》，瞎子摸象不得要领，面对真迹如沐浴春风喜雨，心有灵犀一点通。这是我的真切感受。回味两天目睹神采真迹扑面而来的鲜活气息，领略油画勃发的无限韵味和无穷魅力，感受这次思维发轫悟识达·芬奇的绘画作品中艺术和科学的完美融合，初步汲取了绝无仅有的美学思想与不落窠臼的神奇技艺的丰富养分，真正认识到绘画是一门最富创造性的最自由的艺术。正如达·芬奇深刻总结的绘画作品能够给人以自然性、真实性、直观性、客观性和永久性的美学特征如醉如痴的陶染与教益。

美学思想是美术实践的先导。达·芬奇的艺术理论与实践，给投身美术事业的人们提供了全新的科学方法论和艺术实践观，这就是把科学与艺术、思想与实践、理性与经验统一起来指导绘画。达·芬奇说得非常透彻："科学是将领，实践是士兵。""实践必须永远建筑在坚实的理论之上。"也正是我一直存在的要害问题，以往习画缺乏坚实的理论基础；这次在卢浮宫直面真迹心灵有悟，明白了绘画艺术真谛的要义，热爱美术事业务必首先铸造美学思想的理论基石，今后将注重强化学研和勠力沉淀深厚的美学理论修养。

艺术无国界。《蒙娜丽莎》超越了文化、种族与地域、时空的审美差异，真正成为世人公认的绝美艺术。由此，我理解并接受中外艺术家所强调的观点：人是艺术家最美妙的研究对象，人体是大自然赐予人类的最奇妙作品，在广阔的美术天地以人为绘画对象的核心是永恒不变的。

饱赏《维纳斯》《胜利女神像》

断臂爱神《维纳斯》，美与爱、灵与肉、神与人的和谐完美统一，是全球家喻户晓、印象深刻的青春大美雕像艺术绝品。人们走遍华夏大国，游尽世界各地，无论在城市乡村，还是在不同疆域与民族的艺术场所和居家住宅，多见竖立和摆放在神圣耀眼位置的维纳斯身影，被东方人作为珍品、西方人视为美神而供奉着。

手臂残缺的爱神石雕像《维纳斯》，高 204 厘米的大理石雕，相传是古希腊著名雕刻家阿历山德罗斯于公元前 150 年左右创作的。石磊见到断臂女神，就想起了法国雕塑大师罗丹对石雕像维纳斯一语破的的赞叹："这简直是真的肌肉，抚摸她可以感到体温的！"

他观赏石雕像深有感触，不禁在心里惊叹："何止是体温，我仿佛感觉到了她微微的生命气息，缕缕的肌肤馨香哦！"

石磊仔细观察揣摩这尊古希腊青春娇艳爱神的石雕维纳斯，感受着她由表及里的优美独特的审美特征，简直出神入化。

裸露的上半身展示出：清泉含笑的双眸，丰满宽阔的额头，笔直挺拔的鼻梁，朱颜柔媚的丹唇，质感润滑的下巴，椭圆情深的面庞，修长洁玉的脖颈，饱满圆润的肩头，丰腴挺翘的乳峰，嫩白滑润的肌肤，纤细婷婷的腰身，腹肌灵动的线条；下半身穿着的衫裙，自然落至髋部，衣褶覆盖下的曲线清晰可见，颀长秀美的高挑身躯，向前弯曲的俊俏左腿，浑圆撅起的性感靓臀，安闲露外的右脚五趾。整个石雕女神像栩栩如生，丰满圣洁、娴雅端庄，纯净凝重、高贵风韵。

维纳斯的精神气质，充分体现在庄重沉静、安详自信的神情，矜持不苟、纯净睿智的定力。总体来说，上裸下遮协调融合，骨肉均匀完美统一，凹凸有致地构成富有韵律感的曲线，优雅和谐的螺旋形上升的柔美体态风姿，荧现爱神外表旺盛的婀娜青春活力，蕴藏着内涵深邃格局贤善的魅力，也彰显出雕塑家匠心创意深奥精微的独特艺术功力。

石磊观摩石雕像，听取讲解人员的深情叙说，结合以往学习古希腊历史、文化、艺术发展史的感受，思维组织自己的语言，用中文作了简要记载。

维纳斯，在古希腊神话中被称为"阿佛洛狄忒"，是无垠爱情的化身，也叫完美女神、"性欲之神"；她在原本只有原始信仰没有文学的古罗马神话中，被誉为"丰收女神"；奥林波斯神系形成后又被尊为"古罗马十二神"之一，象征爱情和婚姻的最美之神。在传奇神秘的传说中，她诞生于碧绿似绸、波澜如歌的海浪里，在海纳百川、有容乃大的环境中洗礼成长，集美貌、温柔、慈爱于一身，因而被视作极致唯美的女神。古罗马人认为，维纳斯执掌着人类的欢乐、爱情、婚姻和生育，操纵着生物界一切动植物的问世、发育、生长和繁衍。

古希腊、古罗马有关维纳斯恋爱的风流韵事和爱情婚嫁纠葛的传说，众说纷纭、莫衷一是；西欧名家画师描绘其爱情与婚姻的油画作品，亦是斑斓多姿、惟妙惟肖。较多集中的传说是，维纳斯高耸玉立、冰清玉洁，天姿绝色、艳光四射的美貌吸引和倾倒了众神，纷纷向她献媚求爱。众神之王宙斯遭维纳斯回绝，便怀恨在心，遂想方设法将她嫁给了相貌丑陋体有残疾的火神赫菲斯托斯为妻；而维纳斯却爱上了众神之王宙斯和天后赫拉的儿子、被视为尚武精神化身的战神阿瑞斯，诞生下一个小爱神厄洛斯，也就是文学作品中经常出现的丘比特。

还广有逸闻，希腊人远征特洛伊十年的残酷战争，是因为维纳斯帮助撮合特洛伊王子与美貌冠绝希腊、斯巴达国王墨涅拉奥斯的妻子海伦私奔而引起。最终战争结局是特洛伊沦陷，墨涅拉奥斯夺回了海伦。荷马的伟大史诗《伊利亚特》绘声绘色地描述了这场残酷战争及驳杂爱情。

维纳斯雕像最早于1820年在希腊爱琴海米罗斯岛上发现，是爱好希腊艺术的古岛农夫、海军士官、法国领事等睿智齐心协力，颇费周折历经磨难，才将遭遇抢夺之战被重创断了手臂的女神雕像送到了巴黎。1821年3月2日，法国国王路易十八正式接受，决定存放于巴黎卢浮宫，属于法国的国家财产。

石磊瞻仰观赏、专注玩味古希腊时期遗留下来的虽然没有头颅和手臂的石雕艺术珍宝《胜利女神像》，却感觉她英貌神驰、生机勃勃，在习习海风吹拂下，仿佛形象完美无缺的女神轩昂至刚，巍然耸立于战船船头，展现出壮观羽翼的巾帼威仪。她健颀前倾的身躯虽被衫裙罩遮，却隐约可感其前胸、腰腿薄衣褶纹下的鲜活质感和轻轻起伏的肌肤灵动，柔美丰润的乳房微微颤抖，水润匀称的秀腿显得劲健修长，整个体态婀娜多姿，优雅风韵。尤其是她那奔腾飞翔的双翅与往后婆娑的裙角，勾勒而成的飘逸流畅的曲线，两翼和双腿形成的波浪线，更加强化了巍峨女神乘风破浪、势不可当的磅礴气势，俨然呈现出胜者为王、凯旋报捷的气宇神采。石雕不失为新颖独特卓尔不群、巧夺天工绝世超群的惊世之作。

女神石雕曾长期浸泡在爱琴海里，被碱性海水和繁衍的微生物腐蚀而显现历史的沧桑感，但丝毫不影响她让人们感觉和想象到的澎湃激情、冷峻面部和极目无垠，那英武神勇不可逆转的胜利者的伟岸形象，完美无瑕地彰显于公众的视野里。可以说，这尊高 3.28 米的空前绝后的作品，在动态与静态的结合平衡、人物形象的灵肉相融完美统一上，凸显出的海战背景、勇夺胜利的创作主题，达到了雕塑艺术的顶峰。

《胜利女神像》又名《萨莫色雷斯尼姬像》。石磊听讲解人员说，这件发现于 1863 年，由若干碎片修复而成的无首缺臂的石雕艺术作品，创作年代和创作者尚无最后定论。大多数专家考古考证认为，是公元前 190 年左右，小亚细亚的统治者德梅特里奥斯一世，在海战中彻底击败托勒密王国的舰队，为庆贺胜利留下纪念见证，由雕塑艺术家创作的。有史学家从其艺术风格上推测，可能是古希腊古典后期的著名雕塑家利西普斯的弟子所作。

胜利女神像原作是采用纯白色雪花石雕塑，最早矗立在萨莫色雷斯岛海边的悬崖绝壁上，因而也叫《萨莫色雷斯的胜利女神》。这位古希腊神话中的女神也称命运女神，传说名叫尼姬。她出身于与星辰相关的克利俄斯神族，父亲是战争与晚春之神帕拉斯，母亲为誓言女神斯堤克斯。而尼姬在古希腊神话中，是专门掌管胜利、成功和幸福、好运等职权的女神。

石磊曾研究过与《维纳斯》《胜利女神像》紧密相关的古老历史事件，储存在脑海里的梗概印象较深。

公元前 334 至前 324 年，雄才大略的杰出军事家、政治家，马其顿王国国王亚历山大整合统一了希腊的力量，发动了侵略掠夺东方波斯、埃及、小亚细亚等国历时十年的残酷战争。这场这鏖战，历经血雨腥风、尸横遍野，残垣断壁、满目疮痍的伊苏斯战役、高加米拉战役和吉达斯普河战役，毁灭性地破坏了亚洲文明，最终建起了"西起希腊、东到印度河流域，南跨埃及、北抵中亚"的罗马大帝国。亚历山大称雄大帝，成为西方包括汉尼拔、恺撒、拿破仑在内的四大军事统帅之首。

罗马大帝国在广阔的地域疆土，极力推行渗入古希腊文化，加强东西方长期广泛的文化交流，促进东方汲取西方的文化元素、西方吸收东方的文明养分，大力推动双边文字文化文明的互相渗透和深广融合；彼此借鉴军事习武打仗，互学互鉴农耕技能，密切往来商贾贸易和物流交换；主张各个民族的地位平等，鼓励各民族之间联姻通婚；众多希腊人移民到了东方，强化更为广泛的深度影响和融合，倡导良好的生活风尚与方式习俗，各个方面和领域的学效模仿蔚然成风。总之，古希腊文化曾在东方大地天长日久广泛传播，东西文化文明的浸染互惠、交叉相融，对整个人类社会历史的发展产生了重大影响。

从亚历山大征战到公元前30年，直至罗马征服古希腊文化最后的阵地埃及托勒密王朝，在这段漫长悠久的三百年"希腊化"艺术史期间，丰茂鼎盛的古希腊艺术风格呈现出独特性和多样化特征，多姿多彩极具光辉的希腊本土绘画、雕塑等艺术品脱颖而出绚烂绽放，断臂爱神维纳斯、胜利女神尼姬雕像，就是其中出类拔萃典雅绝美而成为世界至宝，后来被存放于巴黎卢浮宫辉煌迄今，被世人瞻仰观赏。

值得提及的是，古希腊神话都是神与神之间斑驳陆离的关系与传奇斗争的传说，同时在本土有文学作品；而古罗马神话原本只有神与神、神与人之间错综复杂关系的逸闻，当初并无文学作品。时届罗马共和国时期，一些作家诗人才仿效古希腊文学样式创作撰写文学作品，甚至为了填补空缺，改编了不少古希腊、埃及神话而形成的文字。所以，现今人们看到的所谓古罗马文字作品乃为后世产生，且神人淆杂古怪离奇不堪，众说纷纭，各执一词。

救助车祸中的美商特维普

救人一命，胜造七级浮屠。懂得一点急救常识的石磊，赶紧过去把从凯迪拉克轿车内弹出落地的男人，转移到离轿车近处安全平坦、空气流通的位置，将其身体放平。又从手提包里找出一些卫生纸，轻轻擦去他右脸额、右耳朵等处受伤流出的血迹。石磊端详了一下，这个长着金黄色头发的车祸受害者，戴着金表，穿着阔绰。从貌相来看，体魄强壮，年龄五十开外。

石磊立即用手机拨打巴黎医疗急救电话和报警电话，交叉连拨数次，都无法接通。他想可能是法国无线电话到了高峰期，或是中国入网的手机绕圈子，距离遥远信号差的缘故。

只有先尽力救人。石磊双腿跪地，用双手轻轻拍着受伤男子的双肩，用英语"喂、喂、喂"地呼唤着，然其毫无反应和意识，神志处于极不清醒状态；

从表面察看，他从车内弹飞猛烈摔出，因是身体右侧着地，其右脸额、右耳朵、右臂和右腿均有伤处，头部和左脸额、左臂、左腿等身体其余软组织部位都没发现有外伤，有无骨伤、内伤不得而知；触及其鼻孔处已感觉不到气息，解开其上衣伏身细听胸部，有心跳但极其微弱。由此可知，这个车祸受害者摔得惨重晕厥了过去，造成了自主呼吸中断和心功能衰竭，现在恐处于生死关头。石磊既怕又喜，怕的是如他不能尽快恢复呼吸，必然有生命危险；喜的是其尚有心跳，证明还有生命体征，有救活的希望。报警和急救电话打不通，无医无药无靠，怎么实施有效的人工抢救，他心里没谱。石磊抱着一线希望，用英语向围观的人们喊道："请问大家，有没有医护人员，请抢救受伤者。"半晌无人应答。他冷静下来，考虑先做人工呼吸试试。同时，想办法打听一下，附近有无医院诊所。

此时，人们围观近处遭车祸被重创的凯迪拉克轿车，见到司机座位上窝着一个壮汉，已成为一堆泥瘫在宽大的座位上，满头浑身和座位上都是血，便叽叽喳喳讲着"司机遇难了""人死了"；有几个人叹气，在胸前比画着十字，为逝者祈祷；也有几个人关切地注视他救人。其中有一个女孩，伏下身眼神与石磊对视，用手比画了几下，双方会意应做人工呼吸。石磊点点头，用英语对她说："请您帮忙，打巴黎的急救和报警电话，请求派救护车和警察来，刚才我打过未接通。"便开始双手使力，给受伤者做起了胸外按压人工呼吸动作，连续进行了三十次、每次按压深度四至五厘米，频率每分钟约掌握在一百至一百二十次左右，但受害者毫无反应。这时的石磊已汗水淋漓，脸色苍白，浑身乏力，因他一整天没吃东西了，又出了这么大的力气，感觉极度饥渴和疲惫。此刻，敬畏生命、救助生命的信念在他心中升腾，作为一个中国男人，在异国他乡绝不能当怂包软蛋，轻易放弃这个车祸受害者。他咬牙硬挺，决计要救活这个人。又伏身用左手拇指和食指捏住其鼻子，右手握着其下巴，使其脑袋尽量后仰，深吸了一口气输入其口内，连续给他输着气。

这时，那个女孩连续拨打巴黎的医疗急救和报警电话，也接不通，急得团团转。她若有所思，又往美国打电话，结果也拨不通。半晌，无可奈何双手一摊，神情失望地对石磊说："我是从纽约来法国旅游的，使用的是美国入网手机。巴黎的医疗急救和报警电话都打不通，美国的电话也拨不出去。说明现在是巴黎电话高峰期，只能等等再打。"她看着石磊的脸色苍白，显得劳累疲顿的样子，赶忙从挎在肩头的背包中摸出一瓶矿泉水递给了他，石磊感激地接过拧开盖，一口气咕噜咕噜喝了个精光，顿时觉得浑身增强了一点气力，连声说："谢谢！谢谢！"

石磊心里紧捏着把汗。在美国女孩的配合下，他一鼓作气又连续给车祸受害者做人工呼吸和口对口输气，半个多小时过去，感觉渐渐地有气息从其鼻孔呼出，他终究恢复了呼吸，神志也慢慢清醒过来，说明这个人的生命力很强。石磊和女孩以及围观的人见状，都会心地笑了。

这个车祸受害者一苏醒过来，便挣扎着要坐起来。女孩安慰他说："你刚醒过来，不要急着坐起来，先躺着休息一会儿吧。"她望望石磊对车祸受害者说："是他救了你。"

受害者听了丝毫不为所动，眼神只是瞟了石磊一眼，便又昏睡了过去。石磊吓得又触摸他的鼻孔处，感觉呼吸正常，说明他很虚弱需要静养休息。这时，石磊和女孩两个人又用手机拨打巴黎的报警和急救电话，他们折腾了半天依然不通。

这时，受害者又醒了过来。他从口袋里掏出一款苹果品牌中最高档精致的手机，打电话居然一拨就通。电话内容大概是通知他属下的巴黎公司负责人：他在巴黎卢浮宫博物馆门口马路上发生了严重车祸，"上帝保佑我拣了条命"，急令对方马上向巴黎警方报案派警察来，"收取多少费用都行"；他的凯迪拉克轿车已损坏，"我一流的保镖兼司机恐怕已到上帝那里报到去了，开部好车快赶过来"；通知他在美国的律师从纽约火速到巴黎来。而他对自己的司机究竟是死是活，竟连问都没问一声。

然后，他望了望石磊用英语问："看你的长相和肤色应该是个东方人，你是日本人、中国人还是韩国人？"

石磊立马感觉和想象，此君不是个善茬，不是个骄横跋扈不可一世的富商，就是个放荡不羁蛮横很任性的人。他平和地回答："中国人。"

这个被人拯救于危难之时、精气神有点恢复的患难者，知道石磊是中国人，旋即面露鄙夷不屑和敌意的狡黠之色。他极其傲慢地说："哈哈，中国人，我是美国特维普财团的最大老板，全名叫唐纳德·约翰·特维普。我的公司在纽约拥有自己的商用摩天大楼，我在美国多个城市和海岸有豪华别墅，有私人飞机和万吨远洋海轮等，在英法德俄等国和香港等地也有我的公司、大楼和产业。毫不隐讳地告诉你，千万别痴心妄想，以为你救了我就奢望本老板会感激你尊敬你。"说到此，躺在地上的他挣扎着抬抬头："说吧，你要多少钱，我是不会砍价的。"显然，这个特维普的骨子里充满了铜臭味。他不仅瞧不起中国人，恐怕还是个对中国人存有敌意的家伙。

一个人最大的悲哀，莫过于良心的泯灭。

出乎意料，美国女孩愤然而起，她毫不客气地严词抨击了这个遭遇车祸险中获救却以怨报德背槽抛粪的特维普："原来你是个毫无道德教养的美国商人。在你生死之交的时候，这位善良的中国人不顾一切拯救了你，他是为了钱吗？你准是个被金钱鬼迷心窍的奸商！我也是美国人，我承认在这个世界上离开钱不行，但钱不是万能的，人的良知道德才是无价的。如果不是这位中国人及时拯救你，还不知道现在是什么样子。弄不好已见上帝去了。你真是个忘恩负义的龌龊小人。"她的一席话犹如连珠炮射向特维普。女孩言毕，向石磊恭敬地鞠了个躬，倏忽间微微含笑改用流利的汉语对石磊说："好人一生平安！"转身走了一步又回头，望着石磊用亲人般的口吻道："中国哥哥，我妈妈是中国人。您也该走了，对这种人还管他干什么。"

"请您等一下。"石磊听了，感动地用汉语回应，"我有责任留在这里。请您再帮个忙，看看附近有没有医院，如有请联系一下，希望医院能尽快派救护车过来。另外，请帮我买点吃的东西，什么都行，我一天未吃东西，已经撑不了。"说着，从背包里摸出二十美元递给她，"谢谢您！"

女孩向前跨进一步，摆手不接，她含笑而言："我答应您，在近处看看有没有医院。我这里还有些热狗、面包、薯条和一瓶矿泉水，您别嫌弃先凑合吃一点吧。"说着，从背包里掏出了一个食品袋递给了石磊。

饥渴难耐的石磊不好意思地接了过来，硬是给她塞钱，而她拒之。继而，她转身再度回头说了句："中国哥哥，多保重！"便走了。

这时，剩下的几个围观者看了这些场面，朝石磊和女孩投来赞许之意，鄙视了美国商人一眼，也四散离开了。

这时的石磊，已管不了许多，迫不及待地打开女孩送给他的食品袋，一边吃着食物，一边喝着矿泉水。

他压根不想再对特维普说什么。他觉得，在这个万花筒般的世界上，就是在异国他乡，善良的通情达理的人总是大多数。他本该也走人，但想到这个车祸受害者无依无靠无人管也不行，只能等他的人来后再走。这时，他又拨打巴黎的报警电话接通了，他以一个目击证人的身份报了警，警方告诉他警察将在十分钟内到达，请他稍等一下，获取他的证言非常重要。

兴许车祸受害者耳闻目睹，此刻意识到对恩人的无理而感到有点愧疚，吐出一句："中国年轻人，谢谢你！"

"不需要你谢。"石磊平淡地说。

半晌，双方无语。

这时的特维普摇摇晃晃地站了起来，石磊见状赶忙扶着他："不要性急，不知道你是否还有内伤。"

"我没有受内伤的丝毫感觉。"特维普接着说，"中国年轻人，你有涵养，应该是个大学生吧。"

"刚刚在我的祖国取得文科博士学位。"

"什么大学？"

"北京大学。"

"哇，不错。清华、北大，是中国一流的大学。据我所知，这两所大学毕业的学生来美利坚留学的不少，最后大多数都留下来就业成为栋梁之材，过着在你们中国大陆难以企及的优渥生活。我的公司就有多位中国人。"特维普又问："博士想不想来美国？"

石磊立马回答："丈夫立世，独对八荒。人各有志，何求同归。我将坚守在自己祖国的土地上。"

"想不到，你还是个爱国者。你还未告诉我你的姓名。"

"石磊。"石磊又解释，"四块石头。"

"四块石头？嗯哼，不错，三石为磊，坦荡磊落，心地光明。这个名字很有特色，我看代表了你的性格。"

这时候的特维普，傲慢无理之态似退去了些许。他继续说，"四块石头垒造的磊落，恐怕就有点道法了。听说你们中国人现在讲什么文化自信，搞什么文化强国。你能不能给我讲讲这个'自信'和'强国'，到底有什么样的魔法？"

石磊听其言，觉得这个美国鬼佬是挑战中国人的尊严，不能回避。他答道："我个人的看法，在我们中国，核心凝聚人心，党兴引领复兴；弘扬文化自信，实现文化强国。这是必然的结果，现在已经取得让世界人民有目共睹的成就。但是，我们国大不称大，发展不称霸，中国人民也从来不惧霸怕霸，这就是文化自信、文化自强。你们美国有些人总怕我们中国自信自强，发展强大起来难保美利坚自居世界老大的地位，总跟中国和中国人民过不去。这一切难道你没有看到吗？再说，阐明文化自信和文化强国的内涵和实践意义，是个深刻的理论话题，你真要想了解，眼下在你遭遇车祸等待医疗救助和警察救援的情况下，也不合时宜呀！"

特维普听了若有所思，这个"四块石头"不简单，中国人不好惹。他无言以对，脸色表情很尴尬复杂，不知所措。"你到巴黎有何贵干？"他无话可说又想打破僵局，不禁冒出这么一句。

这时的石磊觉得一个中国人在美利坚的国度，不能勉强更不能要求一个美国人的意识形态服从自己的思想观念。特维普虽然说的是英语，可"贵干"二字讲的是汉语，说明他学了一点中文，就这一点也算是看重中国。他还是和蔼地回答："瞻仰卢浮宫，观赏《蒙娜丽莎》。"

特维普一听，顿时有点眉飞色舞，非常惊讶地说："用中国话讲，我们是千里有缘来相会呀，我们同样是喜欢油画中的美女蒙娜丽莎而来巴黎，但可以肯定我们去卢浮宫的目的完全不同，你是欣赏绘画，而我却是做生意。"接着，特维普又神神秘秘、絮絮叨叨说了一通。

石磊听特维普谈到美国黑手党，还提及深圳的油画村，大体揣摩到了他去卢浮宫所做的生意。石磊家居深圳，他临摹油画十多年，对闻名于世的深圳大芬油画村非常熟悉，在北大读书期间他的大部分仿品《蒙娜丽莎》被北京的油画商收购去了，对国内外有关油画的商务信息自然知道一些。

西方自由世界的产物美国黑手党，罪祟活动在美国社会各个阶层。据闻，好多年来，每载发展吸收党人上万名；要举行入会发誓仪式，沿袭 19 世纪流传下来的严规流程实施；每个新人发誓时，要点燃一幅肖像油画，待教父面对面地厉声训导"如果你背叛，下场就会如这张圣像，必定遭受烈焰炙烤，入地狱也不得安息"后，新人举拳发誓："我愿意在圣人面前以血发誓，永远遵守帮规不出卖家族"，遂接过燃烧得差不多的画像，忍受余火烧手，待油画燃尽合掌搓灰撒地；教父即拥抱新人并赠言："圣人赐福与你，我的兄弟。"

据传，黑手党每年烧毁消耗的油画价值在二三百万美元以上，也考虑降低购买油画的价格问题。早些年，美国人仿造的一幅油画名作卖价三四千美元，价格竞争自然产生了一批国际油画商，驰骋于东西方美术市场倒腾油画。他们充当中间商帮助黑手党向生产商或下线代理商下订单，从中牟利。闻名中外被西方油画市场称为"中国油画第一村"的深圳大芬村，产出的作品质量上乘而且价格便宜，每幅作品收购价仅三四百美元，订单量大还能打折。这里一张大幅的高仿油画在欧洲可卖到一千多欧元，然而个体画工到手的也就几百元人民币。于是，占地 0.4 平方公里的大芬村，无形中成了为西方生产油画的主要基地。来自全国各地的数千名美术家和自学成才的大批个人画匠和家族画工云集于此，成为作画主力军。在大芬村可领略到著名画家的经典作品，然满眼都是草根画工的作品。家家户户、个个店铺的人都是画匠画工，随便拉出一个人来都能画莫奈、伦勃朗。

那时，国际油画市场 70% 的油画来自中国，而中国油画的 80% 来自深圳这个神秘村子。据统计，早年，大芬村每年生产和销售的油画达到一百多万张，年出口额约三千多万元人民币；现在年出口总额超五亿元人民币。凡是深圳人都知道也常去大芬村看风景，喜欢就买上一幅两幅，商家还给你制作好精美的画框，送到家里装在墙上。

人们也都耳闻，大芬村藏龙卧虎。有个自学成才的湖南画师赵小勇，20 世纪 90 年代临摹超过十万幅梵高的油画作品，发了大财，被称为"中国梵高"。2016 年，有摄影师为他拍摄的纪录片《中国梵高》上映，深圳和广东、中国至全球，对赵小勇对大芬村有了更多的了解。纪录片中的赵小勇说："我几乎把梵高所有的作品都画过了。光是《鸢尾花》《向日葵》就画了两万幅。现在我画梵高的画从来不用草图，可以直接在画布上落笔。"他还现场表演了画梵高的《向日葵》，二十八分钟就能完成。接着，他又用了二十二分钟完成了梵高的《自画像》。作品的品质都非常高，达到了莫辨楮叶、以假乱真的程度。

"石磊先生一定喜欢绘画艺术吧？一定也喜欢画油画吧？一定知道中国深圳的那个大芬油画村吧？知道不知道那里有没有临摹《蒙娜丽莎》的高手？"特维普看着有所沉思的石磊，这个感觉明锐的美国商人，不禁一连四问。而且开始称石磊为"先生"，显得很亲近，显然是有了什么用心。

石磊坦率地回应："喜欢画油画。熟悉大芬村。应该有临摹《蒙娜丽莎》的高手。"

就在这时，随着一声刺耳的警笛长鸣，一辆警车呼啸而来，停在了靠近他们的马路边上。紧接着，一辆救护车和特维普公司的一辆中型轿车也紧随而至。警察首先用立杆和红线围了个区域，把发生车祸撞在路边电线杆上面目全非的凯迪拉克轿车围了起来。

一个警察问特维普："你是先去医院检查还是现在就回答问话？"

特维普答："我必须先赶往医院检查，你们问话随后吧。"他望望石磊，对警察说："中国人石先生是目击证人，你们可首先通过他调查。"说着，他尽力慢慢站起来，把石磊拉到身边，热情一拥："'四块石头'，不，石磊先生，对不起！现在，我想诚挚地交你这个年轻的中国朋友。我们的交流也未结束。请告诉我，你在巴黎还要待多久，住在哪里？回头我再找你。"说完这些话，他对警察说："拜托，帮我找一下原放在车厢中间大沙发座位旁边的一个橘色牛皮包。谢谢！"

　　这时，石磊对他说："我已买了三天后回国的机票。行前的时间很宝贵，我还要去卢浮宫再看看。很遗憾，我们再见面恐怕没有时间了。地球是个村庄，联系和见面都是很容易的事。"

　　在车内找到了皮包的警察走过来，递给了特维普。

　　特维普打开包，取出一个支票本，迅速填写了一张递给石磊："三百万美元，不抵我生命的九牛一毛。在巴黎的任何银行都可提现和转账。"

　　石磊盯着特维普的脸，微微一笑："我虽然是个中国穷学生，而三百万美元，不抵我人格的九牛一毛"……

凤凰涅槃中华魂

庚子年一路走来，几多风雨几多揪心，几多噩梦几多泪痕，几多转折几多喜悦，几多恶战几多凯歌……

阅往疫情，来势如暴风骤雨，洗礼人间的万千灵魂；回望战疫，救人于存亡一刻，是一部血染的教科书。

在中国共产党人秉持"人民的生命高于一切"理念的国度里：疫情就是命令！

在众多的人还处于懵懂迷茫时，中南海早就超前关注，精心部署遏制疫情势头蔓延的总体战、阻击战，全国上下层层建起了联防联控机制。领导核心与亿万人民心系着心，臂膀共挽担当千钧重负。

党的召唤就是冲锋号。一个个临危不惧的白衣天使，一支支视死如归的先锋队伍，果敢逆行穿越生死之界，在武汉、湖北抗疫主战场，在华夏大地瘟疫肆虐的各个角落，以血肉之躯与看不见的病毒恶魔短兵相接，零距离地展开护命、夺命和救命的生死搏斗……

他们金色的灵魂陡然撼动了人们精神世界的蜕变：凤凰涅槃中华魂！

1

记忆若一股湍水在心间流淌，难忘那汩汩的波浪荡起涟漪起伏，冲击着我们的心灵，镌刻在心扉的记录清晰而真切：己亥庚子交替之际，天南地北，于无声处，没见烽烟起，似闻惊雷响。新冠病毒突袭而至，把人们推向了生死临界点！

精神是一个民族赖以长久生存的灵魂。唯有伟大的精神灵魂，才能支撑中华民族岿然屹立于惊涛骇浪之中。顶疫逆浪的英雄勇士们，高扬救死扶生的旗帜来了，勃发出生命至上、举国同心、舍生忘死、尊重科学、命运与共的宏伟抗疫精神的磅礴伟力！

抗疫万象，景色万方。数风流人物，还看今朝至暗时。亿万人民捏着把汗、揪着的心淡然放松，风雨洗礼耳目一新：最优美的诗，最动听的歌，是"听党话跟党走""追赶美丽的春天，化作天使飞人间"，顶着瘟疫逆袭而英勇逆行者——吹哨人，医生，护士，院士，专家，科学家，科技人员，疾控，救援工作者，将军，战士，警察，记者，志愿者，大学生，退伍军人，企业员工，社区保安，离休人员，耄耋老人，外卖小哥，待嫁新娘，的士司机，草根百姓……他们一展家国情怀，勇立抗疫潮头，"思奋不顾身，而殉国家之急"，无畏无惧、忘我舍身，抱危揽厄、拯救苍生。

沧海横流，方显英雄本色。长城内外、大江南北的"天使白""橄榄绿""守护蓝""志愿红"，许许多多的共产党人和中流砥柱，千千万万的普通平凡人，身涉重灾地带，逐鹿战疫火线。我们看到，有钟南山、张伯礼、张定宇、陈薇、李兰娟、王辰、乔杰、仝小林、黄璐琦等国之栋梁，有李文亮、徐辉、樊树锋、王春天、肖贤友、尹祖川、刘智明、彭银华、夏思思、郑勇等英雄使者……一个个大无畏的热血男儿、巾帼女子，以生命赴使命、用大爱护众生，同时间赛跑、与病魔较量，不遗漏一个感染者，不放弃一个病患者。日日夜夜地战斗着。

凤在歌鸣，凰在和弦。跋马愠仆，前仆后踣。一队又一队，一批又一批，骆驿不绝地冲锋陷阵、英勇搏击，行动铿锵、荡气回肠，丹心闪耀、增辉日月，书写着以平凡拥抱伟大、用奉献温暖社会的壮丽史诗。

2

情怀红色记忆，踏着先烈足迹，视死如归奋斗，大义凛然搏战。广大人民群众泪崩扉颤，看到了峥嵘岁月枪林弹雨中那一幕幕血染的风采，荧显于和平环境中没有硝烟的战场：英雄天使们义无反顾顽强抵御凶残疫魔，宛若活脱脱的黄继光挺身而出堵枪眼，董存瑞舍献躯体炸碉堡，邱少云烈火燃身岿然不动，刘胡兰傲骨粉碎恶敌铡刀之下，王成紧握爆破筒怒冲前沿群寇……一个个英武壮烈、威风极致的伟大形象轰然活现，进入人们的心窝被珍惜深藏。

无响魂魄最轰动，精神至宝最崇高。战争有"炮火纷飞"与"静无烽火"之别。悄然无息的抗疫战场与枪弹轰鸣的激战疆场截然不同的是，无畏牺牲、淡泊生命的天使们默默无闻倾尽了无垠的大爱大情，耗完了生命的全部元素，以惊天地泣鬼神的英勇壮举，寂无声息地诀别人世，彰显伟大精神；而相同之处在于抗疫和杀敌的勇士们，都是安然归寂于苍茫天地之间，把凝聚着东方的、民族的、正义的、真善美的芳华，留给了国家的安宁和人民的幸福，留给了被他们拯救而重获生命的人，留给了难忍割舍儿女操碎了心的祖国母亲，在青史永留芳馨。

不幸罹难而倒下的英雄儿女，在弥留人间的那一瞬间，留下的那一抹淡淡的微笑更像是殷殷哽咽：我轻轻地走了，但愿轻轻地带走一切纷繁侵扰，给江东父老和兄弟姐妹们留下永久的安逸、悠闲和团圆。何止呵，英烈的伟大灵魂高贵的心献出了一切。他们还留下了为凝聚中国力量、中国效率，展现中国精神、中国形象，不可或缺的那一缕绚丽炫目的光芒，留下了朗朗清气满乾坤。

于无声处听惊雷，世间善良最珍贵。"哦，站着站着，你就睡着了；看着看着，我就哭了！"人民群众朴实无华的话语，充分表达了崇敬爱戴英烈、悼念祭祀忠魂的悲伤痛惜之情。

惊涛拍岸卷起千堆雪，震天骇地人心竖丰碑。这些天，我心海的热血激荡澎湃不已，不禁挥起心笔饱蘸英烈的鲜血，在心扉写下铭刻在骨的心语：为光明的使者、希望的使者哭泣，更为最美的天使、真正的英雄鸣笑！他们高洁的青春芳华与高贵的艳美生命，迸发出的感人韵律和浩荡长虹，铸就了新时代经受住任何考验的强大精神家园。

3

英烈壮行，山河哀动。声誉鹊起，洞彻人性。百姓口碑传播开来醍醐灌顶般的久违之声："人性的真善美回归了，国人的精气神浴火重生了！""共产党人的精神谱系重建起来了！"

"疫情无情人有情，战疫再生中华魂。"大西北人唱的这两句"花儿"，特别让人走心。

宝剑锋从磨砺出，梅花香自苦寒来。像凤凰在火中勃然重生，那铮铮傲骨之精，那馨香清正之气，那民族虎威之神，在华夏儿女身上益益升腾，赓续流传起来，这是红色血脉中华魂哦！

勠力同心，奋楫笃行。古往今来，中华民族历经千百年，一代接着一代，深耕、涵养和沉淀着中华魂。中华魂的文化博大精深，是全民族的精神根魂，中国人的血脉基因，先贤们为人师表的神质、气质、格质与品性、品行、品德的红色标识。只不过在近些年的一度时光，根魂、基因和标识被一些贪官昏吏的腐气骄气蒙上了一层尘埃，亦让一些鸡鸣狗盗的不肖子孙卷起的奢侈浮华阴霾腐蚀得有点儿萎靡不振。

疾风劲草，烈火真金。庚子之春，高擎利剑驱魔鬼，英魂拂袖弹尘埃。战疫高扬精气神，凤凰涅槃中华魂。真是可喜可贺，值得大书特书。

4

如人锻铁，去滓成器。惊心动魄的抗疫大战，付出巨大代价的沉痛教训，让人们的身心受到强烈冲击，思想获得洗礼。投身战疫经历艰苦卓绝的历程，深刻反思豁然点燃明亮心灯：在生死关头，共产党人和普通人雄起，勇挑如山的千钧重担，团结一心、众志成城，雄胆神勇、拯危救厄，用血肉生命抗击瘟神，舍生取义守护民众的健康和生命，甘洒一腔热血为新冠病毒的受害者争夺生存权、换取生命权，展现了血染的风采，折射出精神文明、社会文明的光辉。活生生的伟大偶像就在百姓身边。他们是担当社会重任的支柱和脊梁，是新时代的明星和英雄，他们的人生无悔、灿烂炳焕，唯德动天、无远弗届，书写了一部新时代耐人回味的精美作品。

这场触目惊怀的生死大考，让人们的世界观、人生观、价值观，在病毒肆虐、疫情蔓延、感染威胁的生命保卫战烽火中得以锤炼、淬火与矫正，铸就了人民和生命至上、全民健康第一的时代价值理念，举国同心、舍生忘死、尊重科学、命运与共的伟大抗疫精神。人民唯愿规章制度尽快成熟完善起来，期盼把勋章和高薪酬奖掖给功臣、英模及应该获得的人，让公平正义成为广大公众认可的"天秤"。

5

"爱人利物之谓仁。"无数无名英雄在平凡的岗位上，寂寂无闻地赠人玫瑰无私奉献，不少光明使者在不平凡的时光里稍稍无息地玉殒香消无畏牺牲。他们用纯粹的青春和珍贵的生命谱写出热血诗歌，诗的韵律和歌的音符诠释了一个金色闪光的灵魂：站在人性的云梯，钟爱万物的生机，心无偏执德泽广被，尽显无私无畏无惧，竭力仁心仁爱仁术，雕塑真善美的真谛，荡涤假恶丑的尘埃。平凡人的不平凡卓越，俨然成为时代优秀偶像的圭臬，不迷失航向、不沉沦边缘的灯塔，指引和救赎更多迷失在黑暗中的灵魂，不是死亡而是重生。

云泥分隔，方凿圆枘。金色灵魂所折射出的璀璨光华，穿越昏黑阴暗的灵魂开辟敞亮，穿越迷离彷徨的灵魂悬挂心灯，拷问、唤醒灰色和黑色的灵魂，悟识、汲取金色灵魂无穷无尽、深邃高远的丰沛元素，感受、效法伟大偶像诚挚无瑕、大爱无垠的家国情怀。这是更加艰难、没有穷尽的浴火重生。

伟大偶像，一代天骄。拥有金色灵魂的勇士儿女，他们对素昧平生、非亲非故遇难者的那种超亲超故的情感、情愫、情怀，是何等的纯洁、纯真、纯粹；他们以生命赴使命，宁可玉碎也不瓦全的精神、精气、精彩，是多么可贵、宝贵、珍贵；他们在祖国母亲需要儿女付出的时候，是何等坚定、坚强、坚毅，在生死攸关的时刻又何其安淡、安然、安详。这正是今天的中国，笃定恒久弘扬光大民族精气神——中华魂的时候，"惟日孜孜，无敢逸豫"。

人生万相，诗歌万种。英雄儿女留下的丹心鲜血诗篇和不朽生命颂歌，是中华魂的结晶，新时代魂的光辉、魄的火焰，是中华民族无疆博爱的江河、浩瀚深情的海洋。宛若祁连山脉高洁纯净的雪山冰峰融化的涓涓细流，将永远润泽和哺育我们的心田柳绿花红。

战斗正未有穷期。面对抗击疫情决战决胜与促进经济社会发展的更多严峻大考，消弭骄气昏气，守护清气正气，永葆血气骨气，勃发底气虎气，振奋大无畏的中华魂，须臾不可懈怠！要认清战胜百年不遇的狡诈疫情的艰巨性和复杂性，即使打了一个胜仗也不可能一劳永逸。疫敌来无踪去无影，冷不丁就会在这儿那里窜来冒出，千万不可懒散怠惰！否则，"千嶂里，长烟落日孤城闭"的情景就会复现。

"道高一尺，魔高一丈。冤业随身，终须还账。"阳光正在击溃乌云。习近平总书记质朴无华的话话给予我们无穷力量："不麻痹，不厌战，不松劲！""大家一起加油，再坚持一下！""再接再厉，善作善成。"人民一定能够战胜疫情邪恶，祖国必然回归明媚的春天。"东方大国大风起兮云飞扬，威加海内兮归故乡，安得猛士兮守四方。"我们还要倚仗中华魂扬帆远航，去创新创造伟大复兴的辉煌。

镂心刻骨的难忘回忆，忧喜参半的庚子之春，风雨过后是彩虹。南眺北望盛美之春光，心中油然飞出一支歌：

> 万紫千红春色美，
> 庚子春光别样美。
> 阴霾虽折姹嫣美，
> 天使逆行播绿美。
> 群芳斗魔传奇美，
> 血染荆楚极致美。
> 国色钟南山真美，
> 芙蓉国里春晖美。

2020 年 3 月 13 日

一篇散文引发的故事

江河奔腾，浩荡激越。劈风斩浪，淘尽英雄。党史长河，波光潋滟。孕育了中华文化文明、养育过共产党人的"母亲河"黄河，先烈鲜血染红过的湘江，抚养过红色故都瑞金的绵江河，神武红军智慧四渡过的赤水河，抢渡过的大渡河，滋养过红色延安革命根据地的延河，百万雄师横渡过的长江……无数红色江河的历史功绩记载在党史上，流金溢彩，彪炳千秋。

百年长征，高歌猛进。踔厉奋发，艰苦卓绝。百岁华诞，初心如磐。党史学习教育，唱响高昂旋律。学史淬炼思想，学史洗礼精神。学史明理增信，学史崇德力行。学史守正创新，学史开拓新局。

党史和共产党人的革命史，激励着我们以史为鉴可知兴替，以史明志永跟党走。最近悦读《2013年共和国日记》，这是中央文献出版社出版的一年一部，真实记录和阐释共和国探索和发展之路，堪称"国史长河"的巨著。20世纪30年代，先后从北平大学农学部、清华大学、西南联合大学毕业，直奔延安红色根据地，一路走来年高德劭，早年从中共中央政治局常委职位退休，而今年逾百岁的中国共产党资深先辈宋平老先生作序。宋老在序文中写道："翻阅日记1949年卷清样本，按月、周、日依序写来，仿佛又回到那些激情澎湃的日子。当时自己三十岁出头，在东北做工会工作。从那时起，六十多年过去了，我成为行动迟缓的老人，而我们的党和共和国却永远年轻，每天都有新事物、新创造，真正是日新月异。"这是多么朴实亲切，读来如沐春风，感人肺腑、催人奋进的话语啊！

读先辈文字如见其面，不禁想起四十多年前时任甘肃省委第一书记的宋老，为我写的一篇纪实散文作批示的事，令人百端交集。

"万里乘云去复来，只身东海挟春雷。"那是中国历史上一个难以忘却的日子——1978 年 12 月 22 日，冬至过小年这天，党的十一届三中全会胜利结束，会议公报犹如一声春雷，开启了华夏大国改革开放和社会主义现代化建设的新征程。

老祖宗马克思有句名言："问题就是时代的声音。"可谓鞭辟入里，力透纸背。对于领导者来说，在政局更替的变革时期，于无声处听惊雷，把握社会的脉搏，摸准时势的"跳动"，能听见时代的声音，算是智者；敬畏、正视和解决时代的声音所反映的问题，才是真正的强者。

古今中外，充耳不闻"时代的声音"，必定被时代所嘲弄和唾弃。1789 年 7 月，法国人民揭开大革命序幕，是月 14 日武装进攻巴士底狱。路易十六却充耳不闻如雷贯耳般的时代声音，大臣报警，他大惊失色感到困惑："造反啦？"最终，这个与法国人民和时代的声音背道而驰的奢侈国王，被送上了历史的断头台。事后发现，这个昏君在被俘当天的记事本上居然还写道："14 日，星期二，无事。"真是昏庸愚昧至极。

东方风来满眼春。那是党的十一届三中全会落幕不久，学习贯彻全会精神时，我在街头听到几个农民议论风生，感觉他们说的话，息息相关勇于解放思想、跳出"以阶级斗争为纲"的束缚和发展经济的大局，便照实记录，写了一篇充满当地农民语言气息的新闻纪实散文《几个农民的心里话》。没料到，来自农民的声音，引起甘肃省委第一书记宋平的重视并做了批示，散文也很快被党中央机关报《人民日报》等媒体发表。

从中可以看出，在党领导人民进行拨乱反正的那个重要时期，面对来自最底层的"时代的声音"，作为中国共产党资深先辈、省委主要领导的宋平先生，以高度敏锐的洞察力，倾听农民的声音，支持农民渴望改革发展生产、期盼过好日子，展现出共产党领导人的时代情怀和鲜明立场；党中央机关报等媒体爱憎分明地站在农民一边，赞赏农民的进步思想，发表农民揭露"长官意志"坑害百姓的批评意见，批判"四人帮"推行的"极左"路线，坚决支持农民彻底解脱"以阶级斗争为纲"的思想捆绑，千方百计地把农业搞上去，体现了人民的喉舌为人民、"铁肩担道义"的可贵精神。这件事充分彰显出高层领导和媒体弘扬党的光荣传统的优良作风，促进党的十一届三中全会精神在"三农"领域贯彻落实的亮眼作用，凝聚留下了一个生动感人的党史故事。

《几个农民的心里话》的产生很有戏剧性。那时，我供职于甘肃省农业科学院宣传部门，出了院大门就是农村黄羊镇的街道。1979 年 1 月 18 日，在镇街头，我碰到几个认识的生产队长，一句问话引起他们倾吐心声，其实是他们领会三中全会精神，结合自己的思想和中国农村最基层单位生产队的实际，脱口而出的肺腑之言。话入我的耳际，脑子琢磨有点灵感，产生了写篇东西的强烈意识。

我操动笔头一气呵成，脱稿后请院党委常委、副院长尹益三先生审阅指教。他是位有政治远见、公认的"遇事凭公而断不含糊"的头儿。他看完后说："你是个当记者的料，你这篇文章有新闻价值。打算投哪儿？"

"《甘肃日报》吧。"

尹副院长说："我看可考虑投给《人民日报》，给新华社也发去，我和甘肃分社夏公然社长是老相识，我给他写信推荐一下。"接着笑笑："实话实说，赞同和帮助你的文章被采用，就是拥护三中全会精神，支持农民。"

我喜出望外，早就听说过夏社长是新华社元老级名记。百万雄师过大江时，就是新华社华中分社社长，在长江前线采访；抗美援朝战争打响后，在他新婚后的第四天即带领记者奔赴朝鲜战场，在炮火纷飞的火线采写新闻，紧张工作在彭德怀司令员兼政治委员的司令部……他是中国记者中的一个风云人物。

我写的这篇稿子，不管甘肃分社采用不采用，如能得到夏社长的指教，也算是幸运的事。稿子抄写了四份，当日邮寄了《人民日报》《中国青年报》《甘肃日报》和夏社长。寄给夏社长的那份，装有一封尹副院长的信。"漫天撒网"，碰运气吧。

《几个农民的心里话》邮寄出第八天的 1979 年 1 月 26 日，《甘肃日报》在头版发表了；之后的 2 月 6 日、22 日，《中国青年报》《人民日报》先后也刊登了，还分别配发了"编后漫笔"和"编后"评论。现将这篇带着历史痕迹的见报散文，照录如下：

> 时令正值严冬，大西北寒流滚滚。但党的十一届三中全会精神宛若一股暖流，消融着冻结于人们心头多年的"坚冰"。
>
> 我记述的是在街头听到的几个农民的议论，话语不多，却耐人寻味。
>
> 我工作的单位甘肃省农科院在乡下，出门是农村，天天见农民，久而久之，便认识了一些农民群众。1 月 18 日上午，出大门正逢武威县广场公社开大会刚散场，碰到几位生产队长，打过招呼后顺嘴问了一句："你们生产队的工作重点怎样转移？"
>
> 长城大队二队队长张桂山漫不经心地说："党中央讲的工作重点转

移问题，是针对上头各级领导和脱产干部的，我们这些毛毛队长，天天说种地，日日干生产，不存在转移不转移的问题。"

"不对！不对！"另外几个队长和一个女社员，立马表示不同意他的这种看法。

他们站在街头，各自谈了自个的心里话。

大墩大队三队队长郭文有说："三中全会公报真像股春水，把我心里的污泥冲掉了。我这个大老粗，不多看书看报。可是这些年来，搞运动成了我们当生产队长的主要营生，耳朵里整天灌的是'抓纲'、'抓线'、'抓走资派'啊，'阶级斗争'这四个字在我脑子里确实生了根，对'生产斗争、科学实验'最疏远最怕了。怕讲得多了，干得多了，变成'猫队长'。对所谓'大批资本主义'，也慢慢地琢磨出了一些诀窍。比如，我看见谁家的婆娘穿了件的确良，听见谁家的男人早上还吃个荷包蛋，心里总犯嘀咕：他们的钱到底是哪里来的？是不是搞了资本主义捞来的？队里的几个木匠要求出去干点活，生怕他们赚了钱变成修正主义，不允许。对这些事，还要在大批判会上不点名地敲打敲打……今儿个学了公报，我才明白了。不把这些害社员、害集体、害四化的东西肃清，再乱斗一气，大家就不可能往现代化建设上使劲出大力气，那可真要犯大错误哩！"

"是啊，过去让'四人帮'搞得咱们像是喝了迷魂汤，办了不少蠢事。"横沟大队四队队长王生堂接上了话茬，"这些年，我对'玻璃粉墙新式房，庄前房后私树旺，鸡多猪肥羊儿壮，婆姨们穿的确良'也要琢磨一番，总要在这里头找点什么新动向，这也限制，那也不准，多打了粮食不敢给社员多分，多收入了钱儿不敢让社员多花，最忌讳'富'字和'钱'字。现在回想起来，实在荒唐可笑。多用点抓粮之策，广开些生财之道，让社员劳动致富，吃好、穿好、用好，日子过得美美的，不才正是社会主义吗？公报还谈到按客观经济规律办事，我们种庄稼、搞农业，恐怕也得照这样说的干才能搞上去。现在，报纸上批的那个'长官意志'确实把我们农民害苦了，让庄稼人硬是离开了种庄稼的正道。拿每年夏田秋禾种植的比例和品种来说吧，现在我们大队、公社，甚至全县许多地方，不是合理种植，而是连年种麦子。结果呢，庄稼倒不过茬来，造成田里病虫草害多，尤其是野燕麦成灾了；夏田灌水紧张了，杂粮吃不上了；粮食产量也增不上去了，有些年份还降下来了。上头搞瞎指挥，一刀切，我们也违心地跟着种'长官田'、'命令田'。看来，我们的思想确实需要解放和转移，也要争一点自主权，再不能盲目地服从'长官意志'了。"

那个张桂山听到这里，如梦初醒。他说："公报我还没有好好学哩，经郭哥、王哥这么一说，我心里也开窍了，你们说的这些我都沾边哩。"

"不仅沾边，而且还沾里哩！"一个我不认识的女社员抢过张桂山的话头，向他开了"炮"："你不好好学习公报，影响自己进步事小，妨碍全队前进事大！就拿你常挂在嘴头上的那个'大干苦干拼命干'来说吧，你就知道个'苦'、'拼'，从来不说也不懂得个'甜'、'巧'，更不学技术、学管理。一提起现代化，总是说'那还是远在天边的事，现在还得靠二牛抬杠和铁锨把'。社员们要求请农机站的'铁牛'来翻翻地，可你总怕违背那个'拼命干'的口号，唯恐社员消闲了、轻松了。学现代化，钻现代化，干现代化，靠现代化，这是把农业搞上去的一条光明道、幸福道啊……"原来，这位女社员也是长城大队二队的。

"你批评得对，我接受！我接受！"看来，张桂山队长的心里确实开窍了。

我听着想着，情不自禁地说："你们说得好啊！"确实好，好就好在三中全会的精神往农民的心里去了，开始深入人心了。

重阅这篇旧文，令人心驰于今昔之间，沉浸于历史与现实交织的思考之中。四十多年前几个农民的声音，不正是那个时候"问题的时代声音"吗？那时的农民所认识而发出的"吃好、穿好、用好，日子过得美美的，不才正是社会主义吗？"的声音，不也正是今天"日子过得美美的"群众仍然渴望更美日子的期待吗？那个时代的农民呼喊的把"害社员、害集体、害四化的东西肃清"的声音，同今天的人民呼喊的"把害改革、害发展、害民生的腐败贪官和官僚主义东西肃清"的声音，何其相似乃尔！

《人民日报》的"编后"如下：

这些年，我们搞的是些什么样的阶级斗争？谁代表无产阶级？谁代表资产阶级？搞得人妖颠倒，是非混淆。

一个不短的时期，"阶级斗争"成为"四人帮"一伙吓人、打人的大棒，到处整人，风声鹤唳，草木皆兵。一些彼此熟悉的同志相互叮咛着："可不要在阶级斗争上犯错误啊！"有的一面工作，一面忧心忡忡："不知什么时候成为'阶级斗争'新动向，挨批！"

其实，阶级斗争并不是无时不有，处处皆有，更不是什么事情都是阶级斗争。过去，把工作中的错误，意见的分歧，大量人民内部的问题，都拔到"纲"上来，当作阶级斗争来抓，今天整一批，明天又整一批，分裂了干部群众队伍，伤害了大批好人……闹得国无宁日，民无宁时。这样的阶级斗争，是彻底纠正的时候了。纠正了，是非分清了，才能解除人们的后顾之忧，使广大农村干部把全部心思用到搞好社会主义建设上去。这是解放思想的一个重要步骤。

《中国青年报》的"编后漫笔"如下：

这是一篇值得大家一读的生动活泼的群众议论。它通过几位农民基层干部和社员之口，说出了许多年来青年们想说，而没能说出的心里话。庄稼人讲话很实在，话不多，却在不少紧要问题上，敲到了点子上。建国以来，特别是1956年生产资料所有制的社会主义改造取得基本胜利以来，二十多个年头了，农业发展何以经历了好几个大的曲折？速度何以如此缓慢？主客观的原因很多，如缺少应有的社会政治安定，现代化程度不高，农林牧副渔全面发展的方针执行得不好，等等。但最根本的，还是没有把广大农民和农村青年的社会主义积极性充分调动起来。这篇农村干部和社员的议论，切中要害地告诉我们：要把我国落后的农业搞上去，必须首先着眼于调动亿万农民和青年的积极性。是真调动还是假调动，一是看经济上关心不关心农民的物质利益；二是看政治上保障不保障农民的民主权利。若干年来，特别是"四人帮"横行的那些年，这伙人疯狂推行"极左"路线，天天高喊批这个主义，堵那个道路，其实骨子里要剥夺的，正是广大农民的物质利益和民主权利。农民把汗珠摔碎到地里，却得不到切实的好处，还不准讲话，那还谈什么积极性！这些年造成我国农业发展缓慢甚至有时下降倒退，"四人帮"实属祸首。

不久前，党的十一届三中全会上深入讨论了农业问题，原则通过了《关于加快农业发展若干问题的决定（草案）》。这个决定就明确地规定了一系列保证农民物质利益和民主权利的措施。只要认真执行，我国目前落后的农业一定会大有起色。各级农村团的组织和广大团员青年，一定要解放思想，在党的领导下，带头执行保证农民物质利益和民主权利的各项政策。碰到胆敢破坏这些政策的人，不管他是谁，都跟他做不调和的斗争。我们要满腔热情地投入到几亿农民的前进行列中，为加快我国农业建设做出贡献。

让我再回头讲完当年事情的发展。《甘肃日报》率先刊发没几天，从省城传来确切消息，省委第一书记宋平对《几个农民的心里话》作了批示："几个农民说的心里话，发人深思！"还批示将此文印发给即将召开的省委传达贯彻党的十一届三中全会精神的省委扩大会议与会全体同志一阅。省委主要领导怎么会见到这篇东西？依稀记得，尹副院长告诉我，"是夏公然社长将你寄去的文章转给了省委宋书记"。

当时得悉宋书记批示的讯息，我深感激动和震撼！宋平先生，这位在1936年参加革命，1937年加入中国共产党，经历延安红色革命、重庆国共谈判、新中国社会主义革命和建设，功勋卓著、德高望重的老一辈革命家，对处在最底层的农民的声音所做的"发人深思"的批示，具有极大的权威力、号召力、传播力和影响力。后来，伴随着三中全会和省委扩大会议精神往下传达贯彻，省委第一书记的批示敦促和引导陇原各级党政领导"深思"，思考和研究农民声音的内涵及其根源，在全省农村、农业领域和广大农民中，掀起了贯彻落实三中全会精神的热潮。人们茅塞顿开，第一书记"发人深思"的指向，不只是农民的声音所涵盖的"三农"范畴，而是意味深长地启发人们开动机器解放思想，深批和清除"极左"的东西，去反思和发掘农民的声音所点拨和揭示的深层次的其他全局性问题，注重调查研究，扫除一切障碍，切实加以解决。

时光飞逝，岁月荏苒。1981年从甘肃省委第一书记岗位离任去中央工作，1992年卸下中共中央政治局常委重任的宋老，于1996年2月七十九岁时来深圳视察，而我也从北京调到鹏城工作。我到宋老下榻的迎宾馆拜望了这位让国人崇敬的中共元老，交流之中我回忆了当年发生在甘肃的这件事，他点点头："我记得。"精神矍铄、和蔼可亲的宋老，向我仔细询问着甘肃人民的生活状况等，特别是兰州空气污染、沙漠治理、河西走廊沙尘暴等方面的情况，我把前不久回乡探亲所知道的信息和感受都告诉了他。那次拜望印象至深：耄耋之年的宋老依然如昔一以贯之，心里装满人民。

记得好些年前的一个秋月，我出差京城期间，去宋老的住处——一座毫不显眼的四合院探望他。先是他身边的工作人员热情接待了我，通报进去片刻，就在客厅见到了宋老。我们无拘无束交谈了约半个多小时。从宋老言谈中知道，他深居简出，平日在家看书读报看电视，品茗写书法，悠闲散步。给以我极深的影响是，宋老住的仍是旧房屋，客厅的摆设很简单，就一张陈旧木桌和几把木椅，别无其他。他唯一的心愿是在不兴师动众的前提下，步行上街下一次小馆子。当时，我心声在腹：我们的国家强盛起来了，人民富裕起来了，而这位名震中外的执政党先辈却仍过着朴素的生活。真是本色啊！

建国七十多年弹指一挥间。我们党团结带领人民开辟了伟大道路，书写了中国式现代化的恢宏篇章，创造了人类文明新形态。特别是党的十八大以来，创造了世所罕见的经济快速发展奇迹和社会长期稳定奇迹，全面建成了小康社会，历史性地解决了绝对贫困问题，实现了第一个百年奋斗目标。中华民族、中国人民好扬眉吐气！

但是，未来我们为实现中华民族伟大复兴而努力奋斗，时代的声音依然萦绕耳际。我们仍要善于倾听"时代的声音"，敬畏"时代的声音"，看清认准和切实解决"时代的问题"。听不见人民声音、看不见时代问题的官员会依然存在。民生无小事，枝叶总关情。这是永远面临的时代大考。

"以史为镜，可以知兴替；以人为镜，可以明得失。"无论我们走得多远，都不能忘记来时的路。我们当以宋老为榜样，坚定不移听党的话跟着党走，不忘初心牢记使命，不能忘了人民这个根。"江山就是人民，人民就是江山，打江山、守江山，守的是人民的心。"

访谈省长的追忆与沉思

诗圣杜甫，在晚年思考一生创作诗篇的感悟，写下著名的五言诗《偶题》，用"文章千古事，得失寸心知"这两句切中肯綮、蕴含精髓的诗句坦陈胸臆：文章乃关系重大、流传千古的事业，个中的得失甘苦，只有作者自己才能深切感知。

近来，翻阅往昔二三十年前发表于报刊遗存不多的旧作，从中看到 20 世纪八九十年代刊登于《人民日报》《中国西部发展报》等媒体，我专访西部省份七位正省级官员的访谈录，同时想到常听而今的记者朋友说采访官员难，采访一个局长甚至是处长，都要事先几经联系三番五次地预约才行，即使已约定常会有变故。欲想采访省市委、政府的领导，那就更难了。

由此，深思一个耐人寻味的问题：那时媒体的记者，何以能约访到主政一方的"封疆大吏"呢？说明过去与现今的官与民和上级与下级的关系发生了变化，也算是"寸心知"的一点新悟。

阅读历史资料，追溯一次访谈，让人回味无穷，沉思不已。

1985 年。早春二月，春来料峭。白雪皑皑，瑟瑟寒风。雪后初晴，下雪不冷化雪冷。这天早上，强劲的冷风像针一样能穿透人的身躯。骑着自行车的我，冒着严寒疾速赶路，往兰州中央广场处的省政府大院而去。此时此刻，我心里却升腾出一缕暖气，加之蹬车生热，渐感温暖了许多。

之前在 1 月底，作为甘肃某报的记者，我通过省政府办公厅，预约访谈陈光毅省长，他还是甘肃省委副书记。那年是农历牛年，我提出了牛年话牛即甘肃省如何发展养牛业的访谈题目，请省长参考。当时，我的心头掠过一丝思绪，省长是主持省政府全面工作的一把手，对养牛业这个涉农的局部问题不一定很熟悉，也不一定能应约接受访谈。过了一个多星期，1985 年的 2 月 5 日，早上一上班，就接到省政府办公厅打到报社编辑部找我的电话通知："陈省长同意采访，时间今天上午。"电话里的男声叮嘱："你抓紧过来吧。"

没料到，陈省长这么快就同意接受采访，这说明胸怀全局的一省之长，非常重视百姓养牛、发展养牛业的问题。

进了省长的办公室，见到面带笑容、平易近人的陈省长，他伸过手来与我握手，热情地说："坐，坐下谈。"

我在他宽大的办公桌旁落座，对他说了心里话："能访谈陈省长很荣幸。"

操着福建乡音的普通话的陈省长一本正经地说："牛是农民的命根子，事关农村农业的发展，养牛业不是小问题。你这个访谈题目出得好。"听了省长如此郑重的话，我才感到这个访谈选题的分量，这次大胆约访省长算是瞅准了。

"牛年话牛"，接着，稍微一笑的陈省长讲开了，一瞬间，我发现他的表情变得很认真，"自古以来，牛就是农耕的主要畜力和农民的交通工具。远在远古时代，勤劳艰辛的牛就耕地拉车，为百姓担负着重任……"

听到此，我顿悟，省长直奔访谈主题，便赶紧记录。听他动情地讲道：

"唐代诗人白居易的《卖炭翁》，赞美牛任劳任怨的诗句写得很感人：

> 夜来城外一尺雪，
> 晓驾炭车辗冰辙。
> 牛困人饥日已高，
> 市南门外泥中歇。

"朝朝代代，起起落落。耕耘，驮运，吃肉，喝奶，哪朝哪代，人类的生产生活都离不开牛。时至今天，耕牛仍然是我国农牧民的主要生产资料之一。

"牛的精神，牛的品格，是中华民族的传家宝。人们夸奖勤勤恳恳、兢兢业业干工作的人，大都以'老黄牛'喻之。鲁迅先生'俯首甘为孺子牛'的名句，毛主席'做无产阶级和人民大众的"牛"，'鞠躬尽瘁，死而后已'的教导，永远是我们的座右铭。我们必须以'老牛亦解韶光贵，不待扬鞭自奋蹄'的精神状态，高度重视和大力发展养牛业。"

我听着，心起波澜：陈省长借诗叙谈声情并茂、言简意赅的一席话，从古来牛的作用讲起，通过读白居易的名作《卖炭翁》中的四句诗，展现出牛负重炭车，在一尺深的雪路车辙冰辙，自强不息、艰难前行的精神气度；讲述人类耕运吃喝从来都离不开牛，中华民族离不开用牛的精神和品格养润人这个传家宝；提及的"老黄牛"，代表着我们优秀传统勤劳吃苦精神的象征；尤其是讲到作为座右铭的鲁迅先生的名句和毛主席的教导，意在强调俯下身子甘为人民作牛马，弘扬完全、彻底地为人民服务的精神，看待养牛业，高度重视和大力发展养牛业。

我说："省长讲的这番话，高屋建瓴，语重心长，远远超越了'养牛业'的境界，讲得真深刻，养牛业的兴盛依赖人的观念和精神作用。"

"不用溢美，算是我的开场白吧。记者访谈，该你提问了。"位高权重又如此风趣的陈省长，好感动人。我便提问："甘肃省作为全国的十大畜牧业基地之一，目前养牛业的状况如何？"

陈省长娓娓道来。

他站在国计民生、力推"三农"发展的高度，从几个方面谈了，发展养牛业，在甘肃国民经济中占有的重要地位及其经济价值，广阔的发展前景；在现阶段，牛既是农业生产依靠的重要畜力，也是发展商品畜牧业的一大支柱产业；养牛业对于促进农村脱贫致富具有的深远意义等。

接下来，他实实在在地叙述了，改革开放以来，省委省政府通过清"左"，放宽农村经济政策，加强种草养畜的领导和科学技术指导工作，全省养牛业开始发展起来的喜人景象。

他如数家珍，历数了全省近几年耕牛、奶牛、肉牛的存栏数，与多年前和建国初期相比的增长率；良种黑白花奶牛的发展，向香港市场出口改良肉牛、牛肉干制品数量的增长率等一连串数据；还讲了养牛业与息息相关的种草业、饲养技术等具体状况。

之后，陈省长回答了我"今后全省发展养牛业在方向、布局和落实效果方面，将主要采取什么具体举措？""如何依靠科学技术发展养牛业？"等问题。

这次访谈，给我以最深切的感触是，从陈省长身上，展现出来的改革开放初期，弘扬毛泽东时代的"共产党的官越大越没架子"的优良传统作风，省政府变革思想和工作作风的时代风尚，一种新形势赋予高层官员身体力行，密切联系群众的精神风貌和亲和力，重视媒体的宣传作用，还有省长勤勉尽责、事必躬亲，连一省"牛情"都讲得如此清楚明白的领导水准。

当天下午和晚间，我除写好访谈录《省长深邃谋略牛年百姓养牛》外，还得益于陈省长访谈开始所讲的一席话的启发，写了一篇《春来颂牛》的千余字的生态散文，次日投寄给了《经济日报》副刊。

由于送审等原因，访谈录于 1985 年 2 月 15 日见报，2 月 16 日的《经济日报》也刊发了我的散文。

岁月似水无从忆。相当一段时期，官场上潜规则大行其道，社会上潜意识形成屏障，官僚"四风"作风弥漫盛行。改革开放初期，一个普通记者能约访到省长，而时下除过权威央媒、省里的主要党媒，也难得有其他媒体记者能轻易约访省部级领导干部。央视大腕主持人白岩松，在出版的《幸福了吗》一书中写道：温家宝总理曾到央视视察工作，当时总理点名让他发言，大家没料到他一开口，便"批评一下国务院的部委，重大政策出台，媒体要采访，或推或拖，等到同意了，新闻成旧闻，也错过了政策与公众之间的沟通，希望能改进"。白岩松讲的这个事实说明，央视就在重要时机采访部委都难，下面的媒体采访省上领导同样谈何容易。

再往下看，底层单位约见个县官，老百姓求见个乡官，真是难。耳闻目睹，企业和公众百姓，要想做件比较重要的事，多须政府部门的审批，差不多总要找掌握着权力的部门官员，申请准许能给开"绿灯"。找个掌实权的处级甚至科级干部不容易，找再大的官就更难，即使碰运气找到了，大多"门难进，人难见，脸难看，话难说，事难办"，官坐着你站着，热脸碰冷面，官腔官调里含着逐客令，有的明显是"不见兔子不撒鹰"，三句话就把你打发出门。能碰到个给你让座、听你诉说的官儿，真是感动死了。现实逼得底层单位、企业和百姓，凡找政府部门办事不得不找关系，歪风邪气蔓延开来，"没关系该办的事难办，有关系不该办的事也能办；有关系办事处处绿灯，无关系办事寸步难行；金钱打开关系门，送礼就能办成事"，成为常态。这类沉疴风气，使相当多的官员习惯于官僚主义作风，奉行潜规则陋习，嘴说是公仆，做派是老爷，接受好处成自然，虚靡公帑不眨眼，奢靡腐化已泛滥。人们明知是痼疾，也见之不怪了。

一条鱼病了，是鱼的问题；一河的鱼都病了，那就是水的问题了。人民渴望着"河水"清澈，期待着廉洁的正风正气，社会的公平正义。

反腐肃纪大得人心。党的十八大以来，以习近平同志为核心的党中央坚定不移推动党风廉政建设和反腐败斗争，以壮士断腕、刮骨疗毒的决心强力反腐，老虎、苍蝇一起打，对腐败行为零容忍。尤其是反腐败横扫"四风"，向基层一线、群众身边延伸，与一切损害人民利益、脱离群众的行为作斗争，清除整治群众身边的腐败和作风问题，努力形成正风正气弘扬上升的大气候、大环境，恢复干净清澈的"河水"，让潜规则彻底失去生息弥漫的土壤、通道和市场，赢得人民群众广泛赞誉。

一轮又一轮的肃纪反腐，严查严处腐败，层层传导压力，强化权力运行监督制约，正在形成有力推进不敢腐、不能腐、不想腐的局面，各级党组织和地方政府向人民、向历史交出了一份份满意的答卷。

赶考答卷永远在路上。

1985 年 5 月写
2014 年 5 月改

一代宗师费老的精神和爱情

"人生自古谁无死，留取丹心照汗青。"有功德的人去世了，然其清气却留人间满乾坤，永远激励着后人。

一代宗师费孝通先生就是这样的人，他富足的学问和不朽的精神，让后辈分享不尽。

缅怀先贤，寄托哀思。2020年10月11日，"纪念中国现代化新征程暨费孝通诞辰一百一十周年"的学术活动，在费老的故乡苏州市吴江区、先生多有交集的昆明等为主要地点进行，弘扬宗师"脚踏实地、胸怀全局、志在富民、皓首不移"的可贵精神，传承他倡导的"各美其美、美人之美"的人文理念。熟悉或比较熟悉或仰慕费老，受益于先生学问和精神的深圳的几个好友，聚在一起追思叙说其人其事，获益良多。我叙说的费老一生三十多次回吴江，二十六次访江村调查研究，思考中国乡村志在富民，取得巨大学术成果而获英国皇家人类学会授予"赫胥黎奖章"的经典成就，还有曾亲耳聆听费老动情讲述的他的爱情故事，深深打动了大家的心灵。

费老与作者合影

学贯中西、闻名于世的学界泰斗费老，是我人生中有幸相遇的最为崇拜也是工作上有过密切交往的大学问家。他被世人所期待、所仰慕、所赞誉，是因为除过他满腹经纶、才华横溢的广博学识，还有他严谨的治学精神和超凡的人格魅力。

是夜无眠，费老的慈容笑貌在眼前浮动。今生与大学问家有缘交集，多次在小范围内长时间聆听他深邃的演说，倾听他的教诲且与之交流畅谈，他单独推心置腹地指导我的工作，甚至像父辈一样诚挚砥砺我成长。其情其景，历历在目。

古人最重三立：立德，立功，立言。

世纪老人费孝通先生堪称"三立"楷模。这位举世闻名的社会学家、人类学家、民族学家、社会活动家，中国社会学和人类学的奠基人之一，中国社会学的总设计师，德高望重，厥功至伟，著作等身，誉满中外。大约二十年前，我在深圳书城购得《费孝通文集》十四卷，收录了宗师从1924年到1999年间写作的共四百五十多万字的各类文章，常读常新。这是他留给祖国和人民的厚重精神财富。

费老的著作，可以说是社会学、人类学最权威的顶级学问，读来精神扑面，特感舒服和养眼。他的任何文章、任何思想、任何观点和任何论理，几乎皆见解独特深邃、坦荡真实和语言风采，彰显出深厚的学养，丝毫无学术僭越之霸的气味，雅俗共赏的文字对任何层面的读者绝无扞格。

对仰慕已久的费老，通过恭读他的著作、敬畏他的学问而熟悉起来。早先，读了他二十几岁在英国攻读博士时的社会学成名之作《江村经济》；后来，陆续读了他的《三访江村》《九访江村》《西部经济发展和各民族共同繁荣》《少数民族发展战略》《江村五十年》《社会学文集》等大作；1988—1989年间又读了他深度考察西部乡镇发展的《行行重行行》，同美国人类学教授巴博德交谈六小时、反思他半个多世纪生活和思想的实录《经历·见解·反思》，以及《四年思路回顾》《费孝通学术精华自选集》等力作。

在拜读费老作品的同时，借新闻媒体的报道和接触他的渠道，关注着那时年届古稀的大师，一直深入广袤无垠的西部大地乡村潜心调查，行行重行行，眷恋地走着走着，深情地看着看着，细邃地探索着研究着。内蒙古和甘南的大草原，青海高原的游牧地区，河西走廊的驼铃古道，宁夏的回族山庄，陕陇的黄土高坡，广西和云南的民族村寨，无不留下他不倦的足迹，洒下他智慧的汗水。费老妙笔生花的不少新鲜篇章，正是这个时期高情致远、文如泉涌的热血之作。

这个时期，我研读费老的著作学问，书中记载着他学术思想与成长过程的起承转合，加上用心梳理，先生青少年时代走过的攻读学业、乡村调查、出国深造、潜研学术、著书立说、功成名就的路径，清晰显现。

自古英雄出少年。十四岁读初中时的费孝通，就写一手好文章而名扬校园。十八岁考入东吴大学读医学预科，梦想未来悬壶济世医学救国。当他明白"来自社会的病痛比来自身体的病痛更加严酷"后，毅然转学燕京大学社会学系，以优秀学业获学士学位；进入清华大学研究生院，师从著名俄籍人类学家史禄国，学研并进，成为中国最早从事社会人类学研究的硕士青年学者。1936 年决定赴英留学，行前到故乡江苏省吴江县（后改区）开弦弓村，花费了一段时间做深入考察，给村子起了个学名"江村"。到了英国攻读伦敦经济学院人类学系，师从蜚声国际人类学界的大师马林诺斯基，一骑绝尘奔巅峰，获博士学位；写的调查论文《江村经济》被导师高度赞赏一炮走红，成为国际人类学界的经典之作。随着《江村经济》出版，二十九岁一举成名。1944 年，三十四岁时从美国回到中国，到昆明出任云南大学教授，其间加入中国民主同盟投身民主运动，之后担任清华大学教授。1952 年，四十二岁时任中央民族学院副院长，成为中国科学院哲学社会科学学部委员。

潮落潮起，如日中天。党的十一届三中全会后，1979 年费老出任国家社团中国社会学会会长，担负重建中国社会学的使命。1982 年成为伦敦大学经济政治学院院士，1988 年荣膺"联合国大英百科全书奖"。

费老从担任中国民主同盟中央委员会副主席、主席、名誉主席，到担任中国人民政治协商会议第六届全国委员会副主席，第七、八届全国人民代表大会常务委员会副委员长，主要精力依然躬身学术，情系乡村，志在富农，为中国农民脱贫致富找出路。

总之，费老从 20 世纪 30 年代确立人类学、社会学的学术思想迄今，无论身处何地头冠何职，沧海桑田，荣辱不惊，奋力前行，一以贯之，投身于学术生涯，足迹踏遍中国乡村大地，不断提升学术造诣，全部精力和智慧致力于系统地调查研究中国农村振兴、农业发展、农民致富问题。尤其是先后深入黄河三角洲、长江三角洲、珠江三角洲和大西部地区进行实地调查，提出既符合当地实际又具有全局意义的重要发展思路与具体策略，从而在学者与"三农"之间成功地架起心心相印之桥；倾情吐胆、呕心沥血，谋求学术思维的创造创新，为中国农村经济长足增长开阔视野的广度，为中国农业生产持续发展注入韬略的深度，为中国农民尽快脱贫致富掘拓智慧的高度，贡献了太多太多的高价值学识和丰硕成果。

费老是国内最早悉心研究总结从西汉以来中国开发西部的历史经验、把握历史规律，增强开拓前进的勇气和力量，谋略献策西部大开发的大学者和国家领导人；也是思路敏捷率先倡导并提出因地制宜先行一步，政府运作民盟参与，先期实施黄河上游甘青宁蒙四省区的开发，从而带动整个大西部陕甘青宁疆蒙川渝滇黔蒙藏桂十二省区共同发展的战略，被高层重视采纳的民主党派领导人。

正是在启动黄河上游四省区开发这样的背景下，在甘肃省委省政府的大力支持下，由甘青宁蒙四省区政府计委、民盟联合创办了《中国西部发展报》，费老和西部省区的省长主席，都责无旁贷地担任了报社高级顾问，时任全国政协常委、甘肃省监察厅副厅长、民盟甘肃省委副主委（后升任民盟甘肃省委主委、甘肃省政协副主席）周宜兴担任社长，我受命担任总编辑。使这张报纸有幸登上了"西部大开发"的战舰与时代同行，让我有了认识和接触社会学泰斗的机遇，乃至工作上较多的密切交往，在他的领导和指导下办好《中国西部发展报》这个舆论号角。

第一次见到费老是 1989 年 9 月 10 日。他是以全国人大常委会副委员长、民盟中央主席的双重身份，专程来兰州与甘肃省委省政府的领导共商开发大计。同时，抽出时间给报社上了一堂西部大开发的课，以指导我们办好报纸。从报纸创刊，他对出版的每一张《中国西部发展报》都会阅看，及时指导。

在甘肃省委下属的宁卧庄宾馆的一个小会议厅里，费老亲切接见时任中国西部发展报社社长、总编辑、副总编辑和高中级采编人员，给大家演讲了他从1984 年开始把调查研究中国"三农"问题的重心放在大西部，着力探索如何解决西部大开发的重要思路思想、具体策略和相关急难问题。

费老无稿演讲，高屋建瓴，言近旨远，切中实际。他以自己崭新的社会学思想和理论，把学术研究和现实问题结合起来，运用获得的丰富的第一手资料，讲理论说事例，阐述的以家庭为单位，在集体组织的基础上搞多种经营，待农民富裕起来后再搞专业化规模化经营的"庭院经济"思想；对少数民族不要抽血、不要单纯输血，要重在造血，民族地区脱贫的根本出路在于增强商品经济意识、引进先进技术意识和大力培养人才意识的思想；按照市场经济发展的规律，组织优势互补、跨行政区划的地区之间开展协作和联合发展的"区域经济"思想；总结甘肃的经验，搞活国有大企业，实施企农结合、城乡结合，城乡一体化的"一厂两制"思想；建立健全东西部帮扶协作和对口支援工作机制，促进合作领域不断拓展，综合效益得到充分发挥，着力缩小东西部经济发展差距、缩小贫富不均两极分化差距的思想；西部地区发展一定要符合各民族经济共同繁荣的思想；西部地区要用大系统的观点，高度重视维护生态环境，尊重自然，顺应自然，保护自然，与自然和谐共处，改变传统的经济结构，结束盲目扩大农业的历史，一方面因地制宜恢复林牧业，一方面大力发展工矿业的思想；西部地区选派地县级领导干部到东部先进地区挂职锻炼，学习先进理念和先进经验的思想等。费老所谈所论，都是事关加快西部贫困地区脱贫致富，促进民族经济兴旺和整体全面发展的前瞻性思想和战略性策略，听来特别振奋，令人茅塞顿开，大大启发和开阔了我们媒体工作者的思想、观念和视野，提振了精气神，使我们看到了西部大开发的光明前景。就是在深化改革开放、加快创新发展，尤其是国家西部大开发战略深入实施的今天，费老当年的这些思路思想仍然是非常前卫符合实际、颇有价值且操作性很强，值得遵循的重要见地。

当晚，我来到他下榻的宁卧庄宾馆套房，仔细听取他对办好报纸的指示，真是思想性强，专业中肯，切合实际。本来拘谨的我，被长者的温柔敦厚、和蔼可亲所感动，完全放松了下来。随后我们交流得无拘无束，非常融洽。最后，一代宗师给我赠送了最珍贵的礼物——一段极富思想营养和感染力的励志之言：

人生有多漫长就有多取舍的路，有多艰难就有多宽广的路。我们往往无法选择人生道路的长度，但可以选择适合人生发展的宽度，提高人生质量的深度；我们无法预知人生道路的难度，但可以积累体验人生的厚度，走向人生境界的高度。

这段话深深地融进了我的血脉。

之后，费老常传来想法和意见，总像一股思想清流，给我们增添了办好报纸的强劲动力。

同费老第二次见面和交流是在翌年 5 月 7 日。是年，为促进甘青宁蒙四省区"黄河上游多民族经济开发区"的发展进程，他再次来到兰州参加四省区开发区协调会议。其间，他拨冗接见了我和在深圳办企业的甘肃籍藏族女企业家王瑜。

慈祥和善、平易近人的费老，一见到我们就娓娓道来，重点给我们讲述了西部大开发如何努力促进少数民族地区加快经济发展的问题。还讲了包括深圳经济特区在内的东部先进地区如何帮扶西部后进地区、东西部合作发展的问题。我都认真聆听，做了详细的笔记，很快将费老谈话录发表于《中国西部发展报》。

聆听这位身居副国级高位、饮誉中外的大学者演讲，不禁脱口而出："费老，从您在三十年代提出的江村经济思想，到八十年代提出的西部大开发战略思想，可以清晰地看出您一脉相承的学术研究思路就是八个字：志在富民，重在富农。"

费老乐呵呵地笑了，点了点头："这是忧国忧民的中国广大知识分子共同的心愿。中国的社会学者要有所作为，有不同凡响的成就，就必须与中华民族同命运共呼吸，必须研究中国农村的实际，必须脚踏在中国农业大地，必须以志在振兴农村、重在富裕农民为终身研究目的。"费老一口气讲出的这四个"必须"，正是他一生的真实写照。说到此，他动情地吟诵了两句诗：

> 一介书生逢盛世，
> 著书耻为稻粱谋。

这是费老 1983 年率领全国政协调查组在苏州、无锡、常州、南通四市农村调查结束后心情喜悦，写的一首诗中的句子。

感觉费老这时的心情特别好。接着他说："我与中国农村、农业和农民结下不解之缘有其偶然性。最初我是学医的，后来明白，在那个时代，人们来自社会的病痛要比来自身体的病痛更加严酷，于是我转向社会学。1936 年我去英国留学前，回故乡开弦弓村调查获得第一手资料，后来在英国留学期间结合学业深度思考，写作了《江村经济》，江村是我为开弦弓村起的学名。《江村经济》是我一生学术道路起点上的一个界标，也许可以说，正是中国农村这个题目把我带上学术道路，使我伴随着中华民族的发展历程中一个又一个不平凡的时期，行行重行行，遍走东西南北中，一直持续到晚年。"

从探索写作《江村经济》到研究著作《江村五十年》，取得这两个让世人瞩目的学术成果，费老对江村经济的深入调查研究，持续了整整半个世纪。这种坚持不懈、锲而不舍的学术开掘精神，凝聚了社会学家毕生对祖国社会前途和民族命运孜孜不倦的追索和无私无悔的奉献。由于费老从 20 世纪 30 年代起步以来，取得的社会学研究成果《江村经济》在世界人类学界独树一帜，成为国际人类学界"里程碑"式的经典之作。1981 年英国皇家人类学会授予他"赫胥黎奖章"，这是全世界人类学、社会学学科中最高的荣誉。

那年是费老八十寿辰。记得那天我向他祝寿，衷心地祝愿："费老要多多保重哦。"费老莞尔一笑："人不过是宇宙发展过程中的一个小小的环节。每个人总是要死的，但是用它来实现发展过程的那股宇宙间的活力是不会死的。个人可以消失，但是社会影响将继续存在。我要求我留给后世一些积极的影响。我只要还活着，我一定要力争把历史对我的评分能够提高一些。"

谈到这里，纯朴善良、胸怀坦荡的费老稍稍停顿了一会儿，庄严而又豪迈地给我们说："我曾差点死过三次，但都从死神逼近时逃脱活了下来。"他继续叙述着：

"第一次在三十年代，携新婚妻子王同惠去广西大瑶山考察时她不幸遇难。可以说，是她用自己的生命换回了我的生命，让我死里逃生。"刹那间，费老有点动情，双目噙着泪花。

"费老，能给我们讲讲您的这个爱情故事吗？"我诚挚地问了一句。

半晌，费老娓娓道来：

"王同惠是我生命中的爱妻，求知治学的共同追求让我们走到了一起。1935年夏天，我在清华社会学系读研究生毕业前夕，导师吴文藻让我去广西参与一个民族调研的课题，须先到大瑶山进行实地调查，王同惠认为这是个千载难逢的机会，可以检验我们学到的社会学知识，我明白她是更想陪同我一块前往。

"出发前，我俩在燕京大学未名湖畔举行了简朴而圣洁的婚礼，证婚人是燕京大学校长司徒雷登先生，导师、著名社会学家、作家冰心的丈夫吴文藻先生见证了我们的婚礼。婚礼一结束，我们便踏上了去大瑶山的路途。在大瑶山深山森林跋涉中我们迷了路，而我又不幸误入瑶人设下的捕兽陷阱，整个人被木石压着，双腿被兽夹牢牢夹住动弹不得。王同惠跑出森林求援，没料到突如其来的山洪把她卷走了。直到次日傍晚，有人发现了我才得救，第七天在水流湍急的山涧找到了王同惠的遗体，我把她埋葬在了大瑶山里。我们短暂的婚姻期只有一百零八天……"

费老说到这里有点哽咽。过了片刻，又说："我俩在大瑶山调查搜集到的资料，是血泪和王同惠生命的象征……"

之前我已知晓，后来费老整理撰写成《花蓝瑶社会组织》一书，发表时署名为王同惠。

这次遇难之后，费老去了英国留学。在导师、世界人类学泰斗马林诺夫斯基的指导下，在他二十九岁时出版了自己的代表作《江村经济》。这本用英文创作的学术著作，被马林诺夫斯基称为"人类学实地调查和理论工作发展中的一个里程碑"。这本书卷首语是费老写的一行字："献给我的妻子王同惠。"

片刻，费老从悲情中走了出来。他说，"同年，经大哥费振东介绍，我在昆明与从印尼回来的孟吟女士结了婚，这是我的第二个妻子。与王同惠相比，孟吟显然普通了许多，而她的身上有着一种中国农村淳朴的乡土气息。也许就是这种气息，才是最适合一生研究中国乡村的费孝通。"

从费老叙说中得知，他第二次"死里逃生"是在四十年代参加民主运动时，上了国民党的黑名单，被朋友从国民党特务的枪口下救出；第三次是在十年"文革"中，他考虑过自杀但终究没有去死。

随后的交谈中，费老亲切地问我："你家乡在甘肃何地？"

"武威。"

"金张掖、银武威，河西走廊是个好地方啊！"

我清楚，费老对河西走廊的开发和发展，一往情深地倾注了很多心血。去年他来甘肃期间，就是接见并给报社人员做了演讲后的第二天，就去了河西走廊考察，到过我的故乡，走访了武威的乡村和基层干部及百姓。这位通晓祖国各地悠久历史和古今经济、科技、文化发展史的社会学家深情地谈道："长达约一千公里的河西走廊，是古丝绸之路和新亚欧大陆桥的咽喉要道，连接贯通陕青宁新四省区，在西部大开发和扩大对外开放中具有重要位置。作为我国重要的商品粮棉基地，富饶的河西走廊出产的粮棉、蔬菜、果品、肉类、禽蛋等农产品，品质好、产量高，闻名全国；著名的镍都金川、油城玉门、钢城嘉峪关、航天城酒泉卫星发射基地都聚集于此；美丽的河西走廊也是旅游胜地，你的故乡古凉州非常美呀……

"开发河西走廊一直是我的一个梦！这个梦是从汉武帝开发河西走廊做起的。汉朝时，汉武帝在河西走廊设郡建制、屯田戍边，让河西牧区引进中原先进的农耕经济，发展粮棉生产，开辟汉代丝绸之路，派遣使者和招募商人到西南亚发展贸易，这是中国历史上第一次开发河西走廊；盛唐时，搞对外开放，扩大古丝绸之路，输出中国的丝绸、陶瓷、茶叶和农副畜产品及中国文化到中亚、西亚和西方各国，引进域外的技术、良种和生活日用品，促进了经济、技术和文化的交流和繁荣，这是第二次开发河西走廊。今天，在党的领导下，我们开发河西走廊会比古人做得更好。"

谈到这里，费老讲了开发河西走廊的诸多重要性：没有河西走廊的开发和振兴，就没有整个大西北乃至大西部的发展和腾飞。"我曾亲口向总书记专门谈过对河西走廊重要性的看法，提出过重视开发河西走廊的建言。"

不久，我又幸运地与费老见面了。那是他根据需要，又一次考察甘肃。费老和时任甘肃省顾委主任李子奇、甘肃省省长贾志杰、青海省省长金基鹏、内蒙古自治区副主席刘作全、甘肃省政协副主席朱宣人等政要，应中国西部发展报社的邀请，在百忙之中拨冗参加了报社举办的以推进西部大开发为主题的征文颁奖活动。其间，我再次通过亲耳聆听时任全国人大常委会副委员长、民盟中央名誉主席费老的演讲，进一步获益社会学泰斗对推进西部大开发和加快甘肃民族地区经济发展的精辟见地，了解了大西部许多省区开发进展的喜人信息。

费老在十二年间来甘肃九次，考察调研了全省十四个地州市中的十个，对少数民族州、县情有独钟。其间，他多次考察古河州临夏回族自治州的保安、东乡、撒拉族聚集的积石山自治县和广和县、临夏县及所辖乡镇，对甘肃独有的保安族和东乡族两个民族尤其关注，从而作出了"东有温州，西有河州"的著名论断，并努力给以支持和帮助，极大地鼓舞和促进了临夏回族群众的经贸活动；他亲自考察甘南藏族自治州之后，又多次派他带的博士研究生到甘南藏区深入调查，提出了甘南藏区尽快发展以及通过甘南对西藏发展产生互动作用的建议，产生了卓有成效的作用；他专程到河西走廊中部的肃南裕固族自治县，对甘肃又一个独有民族的形成与发展及其进步文化进行深度调研，特别是对党和政府的民族政策在裕固族的发展中所发挥的作用进行总结的基础上，提出了进一步促进裕固族畜牧业与周边的农区相结合，优势互补、相辅相成发展的建议，受到当地政府高度重视并用于实践，甚为显效。

第四次见到费老，时光已过了近十个春秋。2000年12月4日，南国依旧叶绿花红。费老到香港讲学后顺路驻足深圳考察。是日傍晚，费老在下榻的深圳迎宾馆荔园别墅，又一次亲切会见了已在深圳工作多年的我和王瑜。我拿出过去多次拜会他时的照片给他看，他乐融融地说："一见照片，记忆犹新。"

作为倡导中国民交会的企业家王瑜和时任中国民交会筹备处新闻中心负责人的我，向费老汇报了国家民委和深圳市政府将于2002年春季联合主办中国少数民族地区商品国际交易会的筹备情况，他听了很高兴。费老说，我对民族地区有特殊的感情，几十年来一直身体力行地考察研究少数民族地区。我的一贯思想，就是必须加快少数民族和民族地区经济的发展，以实现共同繁荣。深圳是中国改革开放的窗口，在这里办中国民交会优势很多，既是帮助少数民族和民族地区发展的需要，也是特区自身发展的需要。

乘这次见到费老的机会，我向他求证了一个搁在心底的史实。1957年因费老在《人民日报》发表《知识分子的早春天气》一文，被错划为"右派"，与他有着学术亲密关系的人类学界、民族学界的著名学者、同时被打为"右派"的吴泽霖、潘光旦、黄现璠、吴文藻，成为当时"著名的五大右派"。党的十一届三中全会后他们的冤案都被平反昭雪，1979年费老担任中国社会学会会长，担负重建中国社会学的使命。"当时，是哪位高层领导提出的？"

费老说："是邓小平同志。"

告别时，我拿出《费孝通文集》末卷第十四卷，请费老签名勉励，他在扉页上执笔疾书："延清同志 费孝通 二〇〇〇年十二月 九十一岁"（费老写的是虚岁），笔锋依然苍劲有力。在场的书法家石羊将自己的书法作品赠送给费老，中堂为红纸"寿"字，对联为："老来不慕归田乐，随众奔波为国谋。"这是费老1983年写的《和友人》中的诗句，也是一位饱经忧患的中国老知识分子的使命感、责任心和拳拳爱国爱民之情的真实写照。

看着目光炯炯、容光焕发的费老，我心潮翻滚，真是仁者寿啊！

2000 年 12 月写

2020 年 10 月改

红星照耀中国，也照耀着世界

好雨知时，润物无声。淅淅沥沥，雨情铭心。暮春之晚，第二次专心致志地通读畅销了八十多年的《红星照耀中国》，书香袅袅，传奇韵味，像是触感当年苏区红都岁月的温度，延安精神暖，寸寸唤初心，令人感奋和神往。

只消两三个白昼夜晚的时光，就读完了这部十二篇五十七节三十万字的纪实文学。

首次看的是，20世纪80年代初购买的三联书店出版的《西行漫记》。还大体记得，当时读胡愈之先生在重译本序文描述的中国人民的朋友、美国著名记者和作家埃德加·斯诺先生，在生死之界的最后时刻——1972年12月在瑞士处于病危之际，"在病床上用生命的最后力量，面对中国派去的以马海德医生为首的医疗小组，说出了一句话：'我热爱中国'"。这个外国记者的深情，便深深打动了我这个中国记者的心，一口气读完了这本书名不同内容相同的书。后来知道，比之作家的原始英文版本，内容被译者少译了第十一篇《回到保安》中的一个小节"那个外国智囊"。相当长的一段时间，还时不时翻阅一下《西行漫记》，可惜被人借走就未还回来。一生中，多次碰到类似的"刘备借荆州，一借再不还"的事，包括著作者签过字的书，要都要不回来。

而今手捧的这部《红星照耀中国》，是2018年12月赴京期间，去人民文学出版社拜访出版家臧永清社长，告别时先生不吝馈赠的礼物。这是人文社2016年出版的著名翻译家、作家、美国文化研究学者董乐山先生忠实于作者原著英文本的中译最新版本。

《红星照耀中国》是一部真切实在的纪实文学，讲说可歌可泣的中国新民主主义革命时期的延安风云故事，传承赓续中国红色血脉，闪耀着毛泽东思想和抗战精神、延安精神的光芒。曾几何时，这是我和一群记者朋友都特喜欢的一本书。依稀记得，当年与老记们一旦聊谈阅读，必言及《红星照耀中国》。记得与新华社资深记者何东君先生（后来任新华社副社长）谈到《红星照耀中国》时，他激情发问：为什么延安的记者、大西北的记者、中国的记者，没有写出这样的书？当然，他了然于胸，那个时候由美国记者写中国共产党，写毛泽东，写红色延安革命，对于当时的白区和域外西方世界的人们，更具说服力。他发问的本意是，期待中国的记者也能写出如此有分量有价值的书。

近来，诸多作家、学者和评论家的文章，都爱引用一句引人注目的热词、一时间成为熟稔的金句："文学无国界，作家有国籍。"不只在文学界热络起来，也延伸到了其他领域。如"艺术无国界，艺术家有国籍""音乐无国界，音乐家有国籍""科学无国界，科学家有国籍"等。

这个金句，产生于何时何地何人之笔之口，查百度无准确结果，然流行于人们的口碑和笔触，被作家、艺术家、音乐家、科学家秉持而践行，却耳闻目染，由来已久。

仰望世界文学星空，哪个国家都有自己的璀璨星辰，每个民族都有自己的耀眼星光。鲁迅先生在《且介亭杂文集》里写道："只有民族的，才是世界的。"除过一时"造世"的另类，作品进入"世界的"境界，必然是越过国界的精品，是文本的民族精神、人文精神和艺术精神的吸引力、感染力、影响力，超越了本国民族和国界，达到广泛影响和深刻惠及全人类民族思想和精神的高情致远的境界。

读《红星照耀中国》，如读延安时代的毛泽东等革命家和苏区根据地的人民。这部走红中国和世界的经典纪实文学精品，给予人不可磨灭的真切感受和莫大教益。

就中国而言，自古至今根植于中国文化的精品浩若烟海，超越国界、走向世界的文学经典无计其数。在悠久漫长的八十多年间，以传奇的文学精神，弘扬中国共产党和中国人民反日本法西斯侵华战争的红色经典纪实文学《红星照耀中国》，第一次向全世界报告了中国红军英勇震撼的万里长征，塑造出感动人心的中共领袖人物。以中、英文为主的二十多种文字的版本，在海内外畅销不衰广阔深远地发行到中国与世界各个地区，极大地深刻感染、影响和鼓舞了中国人和地球人，理所当然早已名列于"文学无国界"光荣序列的前茅。

在那个时候，斯诺向往中国红都想弄懂延安，搞清中国共产党和中国革命的事实真相，执着诚挚的强烈愿望与坚韧不拔的可贵精神，天地可鉴、日月可表。

他于 1928 年从美国来华，主要在上海、北京从事新闻采集，注重调查研究，遍访中国主要城市和内蒙古、东三省，探索认识中国。还访问了台湾地区及日本、朝鲜和荷属东印度。在他 1936 年去延安之前，尽管结识了鲁迅、宋庆龄等一批著名民主进步人士，广泛接触社会各阶层和国民党政府部门，欲求了解中国，而作为一个来自资本主义社会的记者和作家，却无法理解中国革命与战争的许多问题，尤其是"红色中国"问题。正如他启笔《红星照耀中国》之始直白地写道："我在中国的七年中间，关于中国红军、苏维埃和共产主义运动，人们提出过很多问题。热心的党人是能够向你提供一套现成的答案的，可是这些答案始终很难令人满意。他们是怎么知道的呢？他们可从来没有到过红色中国呀。"

斯诺所说的"从来没有到过红色中国"，能"提供一套现成的答案的""热心的党人"，是什么人呢？应该是他接触过的国民党和社会上的"党人"吧，让他不能不置疑。他还写道："在世界各国中，恐怕没有比红色中国的情况是更大的谜，更混乱的传说了。中华天朝的红军在地球上人口最多的国度的腹地进行着战斗，九年以来一直遭到铜墙铁壁一样严密的新闻封锁而与世隔绝。"所以，当时的斯诺，寻求机会，苦心孤诣，渴望到延安去看个究竟，探个明白，给中国人，给地球人一个真实的交代。

"红军不怕远征难，万水千山只等闲。"为保存革命实力，从 1934 年 10 月至 1936 年 10 月，中国共产党和中国工农红军第一、第二、第四方面军和第二十五军，高举北上抗日的旗帜，进行了伟大的万里长征。冲过枪林弹雨，越过围追堵截，挨过饥饿暑寒，闯过千水万水，1935 年 10 月 19 日，毛泽东等率领的中央红军主力陕甘支队到达陕北吴起镇。他即兴写下的气势恢宏、汪洋恣肆的《七律·长征》，激昂豪情地洋溢出大无畏的彻底革命精神和革命乐观主义精神，投身于创立陕北革命根据地的大业。

中国共产党自觉承担起民族救亡的历史重任，及时提出的建立抗日民族统一战线的主张，广泛引起了世界不同阵营的高度关注，自然也引起在中国的美国人斯诺的极大注意。他迫不及待地急欲奔向陕北延安，乘天地之公以游无穷，探寻"红色中国"。

在那个中国白区至暗的岁月，凡是到延安去的任何人，都面临着国民党设置的种种严密封锁和危难艰险，何况是一个美国记者。加之当时的西北地区流行天花、伤寒、霍乱、斑疹伤寒和鼠疫疾病，所遇的危机与厄运可想而知。没有党组织给予的有力支持帮助，或是人脉关系的保护，是毫无安全可言的。

八十多年前，究竟是谁有足够的关系和智慧帮助保护斯诺去延安苏区的？书里写得比较模糊，没有明晰的答案。作为一个有良知的作家，斯诺在那时白色恐怖的历史背景下，写作《红星照耀中国》必然要考虑保密问题，或者连他自己也不完全清楚在关键时候或关键节点在暗处帮他的人。现今随着一些党史的解密，终大白于天下。1936 年 4 月底，斯诺从北平赴沪找到宋庆龄求助去苏区，获慷慨答应。宋庆龄通过秘设在外国友人路易·艾黎处的电台，把美国记者的愿望转达给了陕北，毛泽东同意斯诺访问延安。中共方面做了安排，并委托宋庆龄协助找一位高明的外国医生来陕北工作。随后，宋庆龄约见斯诺，告诉他来自苏区的喜讯和去陕北的相关事宜安排。斯诺回到北平，收到了北平地下党人徐冰送来的遵照中共北方局书记刘少奇的指示，由北方局组织部用隐形墨水直接写给毛泽东的介绍信。1936 年 6 月 3 日夜，斯诺登上去郑州的列车，到达后，遵照宋庆龄的叮嘱，与也要去陕北的美国同乡马海德医生会合，然后一起到了西安住在西京招待所。等了些日子，等到了受宋庆龄的委托，专门从上海赶来西安的装扮为王牧师的中共地下党员董健吾，用宋庆龄给他的半张名片与斯诺所持的半张拼对相符接上关系。依组织的秘密安排，董健吾约见名为张学良将军的秘书、实为中共派驻东北军的联络员刘鼎，让他尽快电告陕北，外国客人已到西安，望速派人来西安接应；同时按宋庆龄的嘱咐，董到张学良公馆，见到张将军转达了宋庆龄请他协助两个外国朋友去延安的嘱托，张爽快地答应了。当时，董健吾另负有沟通张学良与陕北中共关系的重任，斯诺还要等待苏区方面来人接应，在西安滞留了一段时间。本来，董健吾原计划通过与张学良沟通，能否让斯诺他们坐张学良的私人飞机去延安，后因怕暴露而取消。最终张学良亲自签发出特别通行证，调拨一辆军用卡车护送。陕北接到刘鼎"外国友人已到西安"的电报后，毛泽东指示对外联络局局长李克农，让管保卫的负责人邓发到西安接应上斯诺和马海德医生，从西安出发北上，一路畅通无阻向肤施即延安而来。

就这样，斯诺带着毛泽东之谜，"蒋介石悬赏二十五万银洋不论死活要缉拿到他，他是怎样的人呢？那个价值这么高昂的东方人脑袋里到底有些什么名堂呢？"的疑问，带着苏区的共产党人"怎样穿衣？怎样吃饭？怎样娱乐？怎样恋爱？怎样工作？他们的婚姻法是怎样的？他们的妇女真的像国民党宣传所说的那样是被'共妻'的吗？中国的'红色工厂'是怎样的？红色剧团是怎样的？

他们是怎样组织经济的？公共卫生、娱乐、教育文化，又是怎样的？"这些问题，带着两架照相机和二十四卷胶卷，打了几针预防多种瘟疫的针剂，凭借张学良的特别通行证，幸运地避免重重检查和封锁而如愿以偿，在全国民众面临日寇侵略而觉醒，中国局势正酝酿着由国民党长期的反共内战转变为对日本帝国主义的全国抗战前夕，于 7 月到达中共陕甘宁边区的红都延安。

斯诺在《红星照耀中国》中，没有写出宋庆龄给予他的重大帮助，没有提及马海德医生，也没有涉及先去郑州的情节。显然是为了保密，保护宋夫人这个当时在国共关系中影响举足轻重的人物，保护当时宋夫人推荐给中共的马海德这个美国医生。

陕北的 7 月，黄土高坡村落里的窑洞悄然寂静，广阔无垠的黄色沟壑间，田野的谷子未转黄还激荡着一片绿浪，斯诺来到了黄土高原。他跨进红色区域的第一个村庄，就向村里的贫协主席刘龙火急切提出："我要见毛泽东。"他在安塞县的百家坪与赤卫队队长正交谈之际，迎面而来一位清瘦的长着黑色大胡子、身着红军服装，斯文尔雅地用英语给他打招呼的军人，他很快就知道这是红军的高级将领周恩来。周对他说："你不是共产主义者，这对我们是没有关系的。任何一个新闻记者要来苏区访问，我们都欢迎。"

斯诺到达保安，成为苏维埃政府的客人，受到热烈的欢迎。他感到惊讶，共产党的红色根据地居然对一个外国记者敞开大门，然而他很快就感觉到诚如周恩来先生所说，中共真诚地欢迎他来延安采访。不久，他就见到了毛泽东。他在《红星照耀中国》中描写了初见中共领袖的印象："他是个面容瘦削、看上去很像林肯的人物，个子高出一般的中国人，有些驼，一头浓密的黑发留得很长，双眼炯炯有神，鼻梁很高，颧骨突出，我在一刹那间所得的印象，是一个非常精明的知识分子的面孔。"之后不经意间，他又在街头碰到毛泽东，还吃惊地暗自感叹，"南京虽然悬赏二十五万要他的首级，可是他却毫无介意地和旁的行人一起在走"。

斯诺是毛泽东会见的第一个西方记者，特别重视给予他特殊礼遇。安排斯诺到自己居住的简朴窑洞里，先后花费了数十天日子的大量精力，给他讲述与之交谈，常常从晚上开始到次日凌晨两三点钟才结束。在地理偏僻且被国民党军队铁桶般封锁的小块苏区地盘，毛泽东用清澈透明的坦荡的语言，叙述革命史，笑谈天下事，第一次完整地讲述红军从无到有发展壮大的历史，第一次真实地讲述创建延安革命根据地——陕甘宁苏区的历程及实施的方针政策，第一次公开讲述中共对即将爆发的抗日战争的预见，第一次对中共与共产国际及苏联的关系做出客观的评价，第一次开诚布公地讲述他个人的生平梗概，与之广泛叙谈和交流，诚挚中肯地回答他提出的种种问题。毛泽东尤其对自己童年生活起始到各个时期的丰富生活及成长沉浮的经历，从信仰马克思主义之初到成为革命者至领导者各个阶段的革命斗争实践，叙述得实在客观、具体细腻，宽广深入、详尽透彻；谈论抗日战争问题，洞若观火、明察秋毫，知己知彼、鞭辟入里。对斯诺执着耐心地欲了解的重点事件、热点问题、生活经历、发展变迁及自己的态度、感情、观点、对策、结局等，毛泽东都来龙去脉、恰如其分，讲述得明白清楚，满足了他的愿望和要求。

毛泽东给斯诺讲述了自己的童年少年生活时代。从小备受母亲文七妹仁慈温暖的钟爱，对自己深有教育和影响，反抗苛刻的父亲毛顺生；六岁起喜欢读书，爱看禁书，按父亲的要求从事农田劳动；早期家境贫寒的父亲，生活所迫当过兵，受苦难锻炼后勤勉经商，省吃俭用有点积蓄，买了几亩薄地成为中农，耕稼陶渔，躬养畜牧，嬗变为富农；崇拜康有为和梁启超，在表兄文运昌影响下，熟读《盛世危言》《新民丛报》等书刊，倒背如流。

讲述了早期参加革命活动，产生共产主义信仰的过程。最早是受长沙百姓因为饥荒团结起来反抗镇压的斗争，影响形成革命的思想；从军征戍，进入湖南师范学校，与蔡和森等人组织新民学会，遇到陈公博、邵飘萍等人；到北大图书馆工作，遇到胡适且拜访过他，还见了张国焘、段锡朋等人；其间投身社会活动、政治活动和反对军阀的活动，爱上了杨开慧；1919 年在上海见到了陈独秀，与之讨论"改造湖南联盟"计划；1920 年与肖铮、何叔衡等人创建湖南共产主义小组，主编《湘江评论》，创办文化书社，组织开展工人运动等。

讲述了参加共产党投身中国革命的历程。和何叔衡代表长沙小组，参加了1921 年 7 月先后在上海法租界和浙江嘉兴游船上召开的党的"一大"，代表着五十多名党员的代表有毛泽东、董必武、邓恩铭、李达、包惠僧、张国焘、周佛海、何叔衡、陈潭秋、王尽美、李汉俊、陈公博、刘仁静共十三人，会议通过了《中国共产党第一个纲领》和《中国共产党第一个决议》，决议成立了中央执行委员会，选举陈独秀、张国焘、李达三个委员组成的中央局，选陈独秀任中央局书记；组织领导长沙、安源等地工人运动，1923 年 6 月在中共"三大"当选为中央执委；第一次国共合作时期，当选国民党中央第一、第二届候补中央执委，在广州任国民党中央宣传部代理部长，主编《政治周报》，主办农民运动讲习所；任中共中央农民运动委员会书记，发表著名的《中国社会各阶级的分析》

《湖南农民运动考察报告》，批评陈独秀的"右"倾思想；1927年8月在中共中央紧急会议上当选中央政治局候补委员，提出"枪杆子里面出政权"，革命武装夺取政权的思想；领导秋收起义，在井冈山创立第一个农村革命根据地，后与朱德领导的起义部队会师，成立由朱德任军长、他任党代表及前敌委员会书记的工农红军第四军，开创以农村包围城市、最后夺取城市和全国政权的道路；1930年8月，由朱德任军长、他任总政治委员的红军第一方面军成立，战胜了国民党军队的多次"围剿"；以王明为代表的"左"倾路线领导集团进入中央革命根据地后，他被排斥于党和红军的领导层之外，导致红一方面军第五次反"围剿"失败；1931年11月，中华苏维埃共和国临时政府在江西瑞金成立，当选为主席，后被补选为中共中央政治局委员；长征途中于1935年1月遵义会议上，确立了以他为代表的新的中央领导集体；10月中央红军主力陕甘支队到达陕北吴起镇，开创建设陕甘宁边区革命根据地；12月做《论反对日本帝国主义的策略》的报告，进一步阐明抗日民族统一战线的方针政策。之后，斯诺在苏区采访期间得悉，1936年10月红军三大主力会师，同年12月毛泽东同周恩来等促使西安事变和平解决，实现了第二次国共合作、共同抗日。

讲述了开天辟地、震撼中外的二万五千里长征。自从盘古开天地，三皇五帝到于今，"长征是历史纪录上的第一次，长征是宣言书，长征是宣传队，长征是播种机"。面对天上每天几十架飞机侦察轰炸，地下几十万大军围追堵截，红军攀越四十余座高山险峰，纵横十二个省，穿过六十二座城市，冲破十个地方军阀盘踞之地；历经同国民党反动军队六百多次惨烈的战役战斗，遭遇封锁、饥饿、疾病、瘟疫、暑寒等说不尽的艰难险阻，褴褛筚路，披荆斩棘，曾经五十天没粮食吃啃树皮，凭借两只脚，铁流两万五千里，遭受严重的损失代价；机智夜渡于都河，翻过五岭抢湘江，力破四道封锁线，遵义会议指航程，雄师劲旅告大捷，闯越横断山险峰，勇破重兵过黔境，四渡赤水出奇兵，乌江天险再飞越，神武巧过金沙江，无畏强渡大渡河，猛打穷追夺泸定，铁索桥上显威风，雪山草地洗征尘，腊子口上降神兵，百丈悬崖当云梯，征师胜达吴起镇。一路播种革命种子，发芽、长叶、开花、结果，夺得万里长征的伟大胜利。

讲述了打造延安革命根据地。纠正陕甘根据地的错误肃反，推动西北苏维埃运动的兴起，建立苏维埃政府及制定方针政策；建设党团组织，组织贫民会、抗日协会、幼儿园，组织少年先锋队和儿童团等；取消租税，没收地主土地分配给穷人，给穷人提供贷款，组织合作社，发展苏区工业，搞纺纱班、耕种队、农业互助等；开展军训、政训、土地、卫生、游击队训练，扩大红军、红军耕田等；进行文化教育、社会教育，民族团结教育、妇女争取婚姻自主教育等；接受从四面八方来到延安的知识分子，信任他们量才使用，发挥他们的积极性；发展文化建设，建红军剧社，重视文学艺术等。

讲述了反对日本法西斯侵略中国的问题。军事家、战略家以无与伦比的深邃洞察和悉心研究，超前一年就胸有成竹地预见了抗日战争爆发的形势和抗战发展的规律，预见了战争前、中、后期敌我力量的消长变化和国际形势的发展变迁，提出了应采取的方针政策和战略战术。

中国如何战胜日本帝国主义的侵略？毛泽东认为，需有三个条件：第一是中国抗日统一战线的完成；第二是国际抗日统一战线的完成；第三是日本国内人民和日本殖民地人民革命运动的兴起。动员全民族抗战，中国人民团结联合、坚强抗战最为重要，争取建立国际统一战线也必不可缺。中国要想成功地反对日本，必须争取别国的支援，必须努力把反日统一战线推广到所有包括与太平洋地区和平有利害关系的国家。

当斯诺问及"中日战争的前景"时，他说，有些人以为，妥协让给日本一些中国领土主权就可停止日本人的进攻，这是一种幼稚可笑的幻想。日本的胃口大得很，日本的掠夺海洋政策说明，它除过中国还想占领菲律宾、暹罗、越南、马来半岛和荷属东印度。中国的地域大，中国人民有很大的力量同日本作战，日本即使把沿海地区封锁了，也封锁不了西北、西南和西部。只要树立举国一致的抗日统一战线，中国人民团结联合起来，最终胜利必定属于中国人民。

"抗战的战略方针是什么？"针对斯诺的提问，他回答，应集中优势兵力，发挥我们在熟悉地理、人民支持和组织指挥等方面的有利条件，迅速地前进和迅速地后退，迅速地集中和迅速地分散，通过大规模的机动灵活的运动战，不断地消耗日军的战斗力，不断地消磨日军的精神士气。专靠修筑防御工事，深沟高垒坚壁、层层叠叠设防的阵地战是不行的，只能作为辅助方针，适机应用。在战争的后期多运用阵地战，对日军的占领地进行猛烈攻击，杀伤消灭敌人。还有必须重视动员组织农民中的游击队、东三省的抗日义勇军等，不断将大批的革命力量倾注到前线去，发动广大人民参加抗战支援抗战，这是不可战胜的最强大的人民战争优势。我们还可以夺取日军的武器装备武装自己，同时尽力争取外国的物质援助，使中国军队的武器装备加强起来。后来，毛泽东在《论持久战》中，更为精辟精确地提出了"敌之战略进攻我之战略防御、敌我战略相持、敌之战略防御我之战略进攻"的抗战三个阶段的战略思想。对毛泽东的科学预见和提出的战略思想、方针及战术，连蒋介石都十分折服，命令部队学习研究，并允许一直严禁出版共产党人著作的国统区出版《论持久战》。

在毛泽东滔滔不绝的讲述中，斯诺惊奇地发现，毛泽东对世界历史和当前世界的政治格局居然相当熟悉，对欧洲社会和政治的情形也有符合实际的了解。

除毛泽东外，斯诺广泛接触了中共和红军的其他领导人和将领，倾听他们的讲述，与他们无拘无束地交谈。他在本书作者序文中写道："从严格的字面上的意义来讲，这本书的一大部分也不是我写的，而是毛泽东、彭德怀、周恩来、林伯渠、徐海东、徐特立、林彪这些人——他们的斗争生活就是本书描写的对象——所口述的。此外还有毛泽东、彭德怀等人所做的长篇谈话，用春水一般清澈的言辞，解释中国革命的原因和目的。"博古、贺龙、伍修权、洛甫、李克农、凯丰、李德、蔡树藩、刘群仙、胡金魁、刘晓、冯文彬、方文平、孙进冲等诸多上中下层军政干部，都与他有过交流，一起亲密相处生活娱乐过，随意接受回答他的提问。周恩来还亲自为他起草过访问红区的旅程提示，给予这位西方人自由活动的足够诚意和最大支持。

斯诺历时四个月遍访陕甘宁边区，以锲而不舍的精神，深入苏区社会遍走各处，细致入微地洞察体验。他进农户、访军营，住窑洞、交朋友，走沟壑、踏田间，从上到下四方耳闻目睹、聆听民声；沉入第一线悉心采访，与大量红军基层军官、战士和农民、牧民、工人、知识分子，推心置腹地畅谈细问，一起生活，还介入过战斗，全面搜集、翔实细致地掌握事实真相。他的大脑里装满无计其数的真真切切的人物、事件和故事，翔实记录的几十篇和无名的人的对话，从中展现和洋溢出的中国共产党、中共领袖和苏维埃这片红色土地上的人民，团结一心所从事的中国革命事业，让这个美国记者所折服："不可征服的那种精神，那种力量，那种欲望，那种热情。——凡是这些，断不是一个作家所能创造出来的。这些是人类历史本身的丰富而灿烂的精华。"从而完全核实了"彭德怀、周恩来、林伯渠、徐海东、徐特立、林彪这些人"的所谈所论，比较彻底地弄懂悟透了"他们到底是什么样的人？是什么使他们那样的战斗？是什么支持着他们？他们的运动的革命基础是什么？是什么样的希望？什么样的目标，什么样的理想，使他们成为顽强到令人难以置信的战士"。一句话，斯诺明白认准他们头顶的红星，能够照耀中国，也能够照耀世界。

他离开延安到燕京大学，秉笔直书，客观公正、完整系统、真切细密地描述揭示毛泽东等一群共产党人和无数的普通革命者、普通百姓艰苦卓绝，在延安红色土地上生活和追求理想的情景，一气呵成完成了《红星照耀中国》，还有诸多新闻报道。他写下的真实可信、丰盈生动的文字，塑造的毛泽东和各类人物，都栩栩如生。就连翻译吴亮平，村贫协主席刘龙火，抗日剧社社长危拱之，没有名字的少年红军战士，斯诺去苏区的牵马骡夫等人，皆活灵活现。

可以说，是共产党人和中国人民用鲜血书写的中国革命史诗，成全了美国作家，也是斯诺用热血描绘的红色经典，向中国和世界解读了中共和中国人民的革命斗争。

《红星照耀中国》最早于1937年10月首次由伦敦戈兰茨公司推出英文版本，两个月内印刷发行了五版，仍难以满足读者的需求，在广大读者中引起极大轰动。主要原因在于，国民党、蒋介石的宣传机器，长期否认红军的存在，否认中共的延安根据地的存在，"根本没有苏区这么一回事，只不过有几千名饥饿的土匪罢了""这是共产党宣传的捏造"。结果呢？"中国的大西北腹地确实存在着一个苏维埃国家，存在着共产党的军队中国工农红军"，《红星照耀中国》描写的毛泽东，描绘的中国共产党所从事发生的"中国革命的故事"，以其感染力、说服力和吸引力，迅速在西方世界流传开来。

国内于1938年2月，始由胡愈之策划，因受当时政治环境的限制，以"复社"名义集体翻译、印刷、出版和发行，改用《西行漫记》作书名的中文译本在上海问世，短短十个月内印刷四次，发行了五万册。

星星之火，可以燎原。这本红色纪实文学，宛如一把光芒四射的火炬，给笼罩在阴霾黑暗中的中国点燃了光明，照亮和指明了中国向何处去的方向，播种着中国革命的火种，为处于深重灾难中的中国人民带来了无垠希望和磅礴力量。

在那个被《红星照耀中国》勃发人们的激情澎湃的岁月里，广大民众竞相阅读洗礼心灵，辗转传抄《红星照耀中国》，向往革命圣地。延安成为革命中心，成了万众瞩目的比上海、南京和重庆还要吸引人的文化之都。许许多多的思想觉悟者，像怀揣珍宝一样带着《红星照耀中国》，奔赴延安投身革命；大批的知识分子、文艺青年，如丁玲、萧军、艾青、白朗等人，纷纷来到红色土地投入崭新的火热生活。国民党胡宗南的四十万大军，都没能封锁住犹如江河奔腾不息归大海般的热血青年投奔延安。党史记载，数年间，到延安的知识分子达四万余人。

当时的中共、中国革命及延安红色土地都需要大批知识分子。在延安的生活条件相当困难的情况下，中共礼遇和善待知识分子，给予他们的优厚待遇超过了高级将领甚至毛泽东。如安排到延安抗大任教的老师，月津贴为十元，而毛泽东的月津贴只有五元。延安时代，营造了知识分子与中共政治家、高级将领的关系十分融洽和谐的生动局面，知识分子的思想觉悟不断提高，敬业勤勉努力，干实事作贡献的劲头十足。

人民共和国成立后，从 1960 年 2 月由三联书店根据复社版重印发行，到 2016 年人民文学出版社拿到董乐山家属独家授权的《红星照耀中国》中译本，是补全了当时复社版未译第十一篇中的《那个外国智囊》一节的忠实于原著的崭新全译本，还有胡愈之的《中文重译本序》，斯诺的《一九三八年中译本作者序》，董乐山的《〈西行漫记〉新译本译后缀语》等三篇文章，书中插入了从 1937、1938、1939 年三种版本中遴选的五十一幅珍贵历史照片。是年 7 月，人文社出版发行热销，加印三十一次，销量达三百万册，创下了中国文学作品的销售奇迹，成为该社首部一年内码洋过亿元的书，也成为国内出版界 2017 年的头号爆款图书。

2020 年 4 月，《红星照耀中国》被列入《教育部基础教育课程教材发展中心中小学生阅读指导目录（2020 年版）》初中段。

八十多年来，第一部描绘 20 世纪 30 年代中国红色延安的纪实文学经典《红星照耀中国》，先后被译为二十多种文字，发行遍及全世界的各个地方和角落。一直是国外专家学者和有关机构研究中国共产党、中国革命和中国问题的首要书籍，也是在许多国家始终热销不衰的中国文学读物。

永恒绽放着熠熠光辉的《红星照耀中国》，教育、感染和影响了由作品诞生时的中国四亿人，增加到现在的十四亿人，特别是一代又一代的青少年。在拥有九百六十万平方公里的偌大华夏大地，这部红色文学经典，成为享有盛誉、家喻户晓，魅力无穷、影响深远的精品文学。

《红星照耀中国》为什么八十多年畅销不衰？何以能吸引、感染和教育中国多代人，尤其是"80 后""90 后""00 后"甚至"10 后"。《红星照耀中国》何以能够产生？能够照耀中国、照耀世界？它雄浑深厚的文学底蕴和无穷无尽的艺术感染力的根源何在？

首先，人们深有感怀，在于斯诺这个作为记者、作家所具有的人性良知、执着的敬业精神和尊重事实、秉笔直书的优秀品德，以及他热爱中国、热爱和平、热爱真理的诚挚情感。他以极其严肃、严格、严谨的工作态度，深入采访、记录提炼，真切感受到了延安这块红色土壤脉搏的深沉跳动，体验悟透了中国共产党及其领导下的英勇红军和坚强人民，始终不渝、完全彻底的革命精神，从而为创作《红星照耀中国》，积累了丰满人物、丰沛故事、丰富元素的丰厚资源。

其次，斯诺以充满深厚的人文关怀和见地独特的视角，淬炼而就的过硬脚力、眼力、脑力、笔力，一展弓马娴熟、勤勉深耕的文学创作身手，挥洒清新脱俗、质朴隽永的笔触细流，大浪淘沙、万漉取金，全面真实、详尽生动地描述了中国共产党、中国工农红军为保留革命实力，史无前例地进行二万五千里长征，坚守陕北开创红色苏区，发展壮大革命精锐力量，铸造伟大的抗战精神和延安精神，那段传奇独特的中国革命史实。匠心谋篇布局的《红星照耀中国》，注重写真写实，篇篇出精彩，节节有看点，领袖闪光芒，将领生虎气，兵民显觉悟；叙述描写的人、事、史，客观真实、栩栩如生，抒发流露的情、感、言，亲切朴实、感人至深；充分展现出圣地延安的党政军民为了谋求整个中华民族的解放和中国人民的自由，忠诚自信、坚毅睿智、乐观向上、奋斗牺牲的精神风貌。作品广阔、醇厚、多元、缜密的文学特色特质，丰茂淋漓、流金溢彩的文化精神、人文精神、文学精神，必然弘扬光大、传承延续下去。

第三，《红星照耀中国》最大的亮点，是浓墨重彩，着力刻画塑造出了一个有血有肉有感情、出神入化令人信服的毛泽东形象。这与作家用心思细腻观察、下功夫挖掘弄清毛泽东的感情世界和精神世界的关系极大。如斯诺想探究毛泽东的个人生活经历，在他交给毛泽东请他回答的"个人历史"的问题表里，列有"你结过几次婚"这个题目，而且多次对毛泽东说，大家读了你说的话，就想知道你是怎样一个人，也应该纠正一些流行的谣言。在斯诺的再三请求下，毛泽东向他叙述了自己生活经历的梗概，让斯诺获得了比较翔实的资料，从而对毛泽东强烈的爱国主义、家国情怀、革命乐观主义精神构成的情感和精神世界，以及深邃透彻的思想观念，平易近人、质朴无华的作风和谅解包容的宽阔胸怀，博览群书、学识渊博、谈吐诙谐、记忆力异乎常人，专心致志的能力不同寻常、精力过人不知疲倦，对于工作事无巨细一丝不苟，一个颇有天才的军事家和政治战略家等，都有了深切的了解和感受，让他激动、着迷和折服，终究下笔如有神。

可以说，作家不仅真切认识和成功塑造了作为革命家、理论家、哲学家、军事家、战略家和诗人的毛泽东，而且也细微见著和深刻描绘出作为男人、儿子和丈夫的毛泽东，作为学生、朋友、战友和同事的毛泽东，也作为有着广泛爱好和普通人喜怒哀乐情感的毛泽东。

红星照耀中国，也照耀着世界。铸就《红星照耀中国》八十多年辉煌的根本，是其具有的文本深涵质量产生的巨大文学价值。所以，20世纪30年代以来，无论《红星照耀中国》美国出版的英文本，还是中国出版的中文本或别国文字的外文本，都像征服了世界的红军长征一样，经典文学长征般的跨越国界，跨越地域，跨越民族，跨越党派，跨越阶级，跨越政治，跨越时空，经久不息地传播到辽阔的中国四面腹地，长盛不衰地发行到无垠的世界八方遍处，征服了中国人和地球人。

2020 年 4 月写

2021 年 7 月改

清明黄帝颂

清明时节雨纷纷，路上行人欲断魂。

借问酒家何处有？牧童遥指杏花村。

晚唐诗人杜牧的《七绝·清明》，发光发热了千余年，中国人几乎家咏户诵，盖因写活写足了一个节气节日的况味。无可置疑，承载了千秋万代的中华民族祭祖大节——清明节，在中国人浓厚的节日情怀中，所占的分量举足轻重。

如果要用两个字来形容清明时光，非"珍贵"莫属。清明清明，清朗明净。春意盎然，四野清新。阳气旺盛，阴气衰退。万物勃发，吐故纳新。一寸光阴一寸金，寸金难买寸光阴。寸金使尽金还在，清明光阴哪里寻？百姓大众深谙，清明时节，天时地利人和，完美和谐统一，是有利于农耕百物、有利于健康养生、有利于兴事创业的大好时光。无不看重而十分珍惜和充分利用。

那么，清明节从何处来，到何处去？它有什么样的历史渊源、民族文化身份与人文风韵呢？

历史悠久的清明节，源自蕴含着深奥莫测的宇宙星象密码——六十组相异不同的天干地支标记年月日时组合的上古干支历法，加上具有自然与人文两大深涵的祖先信仰和祭祀文化的形成沉淀，约诞生于周代，迄今已有二千五百多年。

清明节，介于仲春与暮春之交，在二十四节气中唯一的既是节气又是节日，是气候节气与人文含义融合的一个吉祥日子；也是亲近自然、踏青游春与春祭礼俗、扫墓谒祖两大礼仪交汇的一个肃穆日子；清明节与春节、端午节、中秋节并称，又是华夏四大传统佳节之一的喜庆日子；百善孝先、扫冢祭祖、缅怀追思、祭祀黄帝，更是蕴含理德、家国、民族大义，足以调动统一人们情感、意志和行动的一个特殊日子。清明节如此深远来历、厚重身份和丰茂韵味，构成了它的底蕴——文化的力量、信仰的力量和科学的力量，涵养深化了中国人的节日情怀，成为一种积淀深邃让人梦魂牵萦，"欲断魂"的情结。

清明不只是中国独有的节日，同样以它与生俱来、影响深广的人文渊源，蕴藏宇宙之神秘玄机的无穷魅力，凝聚着东方人的情愫和精神而被看重，也是新加坡、韩国、越南、马来西亚等国家和地区的人民，自古承传、临池不辍，年年岁岁都要庄重愉悦而过的一个美好祥和节日。

古老的东方有一条龙，龙的故乡在中国大西北黄陵。我们是华夏民族的炎黄子孙。祭奠黄帝陵，悠悠九州情。清明祭祀黄帝，是天下中华儿女"溯源、寻根、凝心、铸魂"的传统盛事，旨在亲睦九族、和谐万邦，消灾弭祸、复兴国运。千古沿袭，世代绵延，国家从来都高度重视且切实办好这件庄严神圣的礼仪大事。去年清明时节，逢全民紧张抗疫尤其是武汉保卫战激战正酣，庚子年清明节依旧在黄帝陵举行公祭轩辕黄帝的典礼，礼仪活动照常有序进行。

今明辛丑分外娇，建党百年创伟业。2021 年，将是中国历史长河中具有里程碑意义的熠熠生辉的一个坐标之年：中国共产党百年华诞之年，笃定实现第一个百年奋斗目标建成小康社会和力夺脱贫攻坚战决定性胜利的收官之年，"十四五"规划开启全面建设社会主义现代化国家新征程和党史教育活动的开局之年。今天在黄帝陵举办公祭轩辕黄帝活动的意义重大，清明前两天和节日凌晨至上午，我都在线上极目迥望黄帝陵景区，搜寻了解官方的相关信息。政府部门运用 5G+AR+ 云机位技术，对公祭典礼进行全程直播，黄帝陵核心场景和建筑 8K 超高清 VR 互动场景效果甚好，景区所有的情景一览无余，现场感、体验感强，新变化、新气象使人感触良多，印象深刻。

是日，桥山之巅，黄陵圣地。峰峦叠翠，沮水清澈。"古柏千丛迎赤子，心香一炷祭轩辕"。整个黄帝陵环境面貌修葺得焕然一新，全景区呈现出气势恢宏，磅礴浩荡的神圣壮观景象，公祭气氛格外庄严肃穆、静谧清幽，彰显出习近平总书记"黄帝陵是中华文明的精神标识"论断内涵的深邃气息。悉心感悟，气息中隐隐透出一种完全不同于往年的清新元气：以史鉴今，资政育人。知史爱党，明史爱国。弘扬中华文化文明，彰显民族自信自强。传承祖烈红色基因，赓续中国精神谱系。砥砺奋进勇担重任，推进伟大民族复兴……

光华耀眼的陵前祭亭吸引我瞩目。当年，毛泽东主席委托郭沫若先生在1958 年题写的洒脱豪放、飘逸灵动，颇有书法神韵的"黄帝陵"三个字，与设计得体的黄帝陵标识碑，相宜的赤柱碧瓦、四角飞檐的祭亭，都契合周围的景观。曾经近距离直观欣赏这幅书法，时下的体味更深：尽显魏碑书艺的严谨凝重，不乏行楷书艺的超脱俊逸。精气神飞扬哦！

位于轩辕殿中，以汉代风格为基调，青春英武雄貌、服饰古朴简洁，威严庄重站立、神情栩栩如生的高浮雕像黄帝，被花篮簇拥。定睛一看，仿佛扬手的先祖目光熠熠生辉，深情眺望着五湖四海的炎黄子孙，给他们带去无垠的护佑圣光；大爱无疆由衷瞩望人杰地灵、物华天宝的华夏大地的子孙儿女安康乐富……

我的目光，几经射向往昔曾亲睹细赏过的黄帝陵碑亭存放的四通石碑，斯时留恋再赏。这里竖立着我国近现代史上，对中华民族的兴衰起落产生过巨大深远影响的四位领袖人物的书文题字石碑。其中，有辛亥革命的杰出统帅孙中山先生，当时红星照耀中国的延安红色革命的伟大领袖毛泽东先生——两位一代伟人题写，雕刻而立的旷世碑文。

东侧二通。前一通为 1912 年时任中华民国临时大总统孙中山先生作的《黄帝赞》词的石碑："中华开国五千年，神州轩辕自古传；创造指南车，平定蚩尤乱；世界文明，唯有我先。"先生的词作诚挚讴歌黄帝的殊勋茂绩，激越昂扬的民族自豪感跃然托出。这首词原雕刻于黄帝庙山门外的照壁上，1988 年复制碑立于此。后一通是，1942 年时任中国国民党总裁蒋介石先生题字"黄帝陵"石碑。原雕碑立于黄帝陵墓前，新中国建立后重刻此碑移立碑亭。

西侧二通。前一通是，1937 年时任苏维埃政府主席毛泽东先生书写的《祭黄帝陵文》，当年被誉为在近现代以来的民族最危亡关头，中华儿女英勇抗击日寇侵略屈辱的"《出师表》"。后一通为 1988 年时任中央军委主席邓小平先生题字"炎黄子孙"石碑。

字如其人。字是人脑思维在纸上的性情写照，书者情感语言的墨迹表达。久久欣赏享受碑文的书法艺术而感染心扉，令人赞叹不已。毛泽东先生的草书，集张旭、怀素书艺之精髓，采撷千古风韵，融合百家精神，独领风骚、自成一格。这幅《祭黄帝陵文》，法度严谨、结字神奇，汪洋恣肆、豪放酣畅，气贯长虹、磅礴浩荡，才、豪、灵、神、霸，五气相糅、丰茂淋漓。孙中山先生的词作楷书，融王体、颜体和苏体之风华，雍容厚重、气象清逸，结体紧密、舒敛有致，笔生深情、流美自然，洋溢着一种挥毫随意不受拘束，凸显唐人气韵的大家风范。而蒋介石先生的题字，欧体书法风格特征明显，古朴守拙，中规中矩，既有文人挥毫的肃穆法度，又有武夫运墨的风骨遒劲。字若其人性格和做派，严谨有度，不苟言笑。

静心等待着公祭典礼揭幕，我的思绪驰骋于历史的长河之中……

赫赫始祖，穆穆轩辕，肇造中华，建极绥猷。双姓公孙名轩辕的黄帝及其时代，开历史之先河，创中华之文化，兴启观测天象、耕种五谷、修造房屋、驯饲家禽、烧制陶器，发明车船、弓箭、医药、算数、音律。黄帝为中华民族的人文先祖，人类文明的开拓者。中国三皇五帝，黄帝为五帝之首。中华民族五千年文明史，由黄帝时代肇启。

掩映在大西北黄土高原桥山古柏参天、山环水抱之中的黄帝陵，其神奇的自然景观与浑厚的人文景观交相辉映，乃寰宇仙境，世称"天下第一陵"。桥山是中华民族的根魂之地，黄帝陵为中华文明的精神标识。中国历代王朝举行国家公祭大典之圣地。

自春秋至秦汉，从唐宋到明清，由亘古迄现代，千古不变、一脉相承，无论帝王天子还是元首领袖，无不心有圣帝、尊崇始祖，慎终追远、恭敬祭奠；海内外广大炎黄子孙，不管在太平盛世年代还是灾难深重岁月，不分国籍、民族、信仰与地域远近、地位尊卑、生活富贫，一年四季春夏秋冬，从四面八方，纷至沓来，络绎不绝，到桥山黄陵顶礼膜拜，虔诚祭祀黄帝。

继唐朝将祭奠黄帝陵列为国家公祭盛典起始，历经五代十国，跨越宋、元、明、清、民国，迄至中华人民共和国，笃定于行，世代相传，清明公祭轩辕黄帝，追思祭祀中华始祖，瓜瓞绵延，旷古烁今。悠悠五千载，轩辕黄帝之神灵，与山河同在，与日月同辉。庇护保佑泱泱华夏大国历朝历代，国泰君安；恩惠抚慰中华民族千秋万代，安居乐业。

黄帝陵维系和承载着海内外华夏儿女最厚重的民族情感。浓浓烈烈的情愫，绵绵延延地沿袭，悠悠荡荡地传承，筚路蓝缕，天翻地覆，使上古时期产生的具有原始科学精神和古朴人文精神的祖先信仰与祭祀文化弘扬光大，薪火承传，弥繁弥昌。尤其是中国共产党建立一百年来，传承基因、赓续血脉，矢志践行、初心使命，流血牺牲、艰苦卓绝，高歌猛进、奠基立业，创造辉煌、开辟未来，党团结带领人民开辟了伟大道路，建立了伟大功业，铸就了伟大精神，构建了精神谱系，创造了中华民族发展史的新奇迹，创新了人类社会文明史的新形态。

这是漫长的数千年历史留给我们的珍贵记忆，馈赠给中华民族子孙万代的非物质宝贵文化遗产。

特别值得提及的是，1937 年国共合作正值抗日战争高潮时，国共两党于是年清明节各派要员代表同登桥山，恭祭中华血脉先祖。时任苏维埃政府主席的毛泽东先生亲自撰写祭文，派中国共产党代表林祖涵（林伯渠）先生到黄帝陵宣读，致祭中华民族人文始祖轩辕黄帝，以感念和平崛起之艰难。伟人之笔，道出了那时四万万中国人民的心声。

中华人民共和国建立后，黄帝陵被列为国家重点文物保护单位，国务院首批公布的"古墓葬第一号"。除20世纪五六十年代极少年份，在"天下第一陵"这个神圣的风水宝地，一年一度皆由政府主持举行的"清明公祭轩辕黄帝典礼"礼仪活动，随着我国改革深入、扩大开放，越来越受到海内外华夏儿女莫大关注和参与。九十年代初期黄帝陵整修工程竣工后的1994年以来，每年都由中央政府有关部门和陕西省政府共同主办，国家和诸多省部级官员及港澳知名人士出席参加；清明节大陆祭祀先祖典礼设置的仪程逐年精深不断提升，活动规模愈加盛大隆重庄严肃穆；特别重视和讲究祭祀礼仪程式，在祭祀物、供奉物品、仪仗、乐队、歌舞、傧相等方面的要求愈加严格；具有淳厚象征意义、服饰乐舞古朴的祭祀形式更加多姿多彩，如着汉服的歌咏队伍龙吟凤歌，穿白衣长袖的女子舞蹈队伍翩翩起舞，妆饰成凤凰的青春少女、装扮为各类动物的彪悍壮男和头戴图腾面具的亘古雄健首领队伍踏歌欢跳，三叩九拜敬谒，仰吾祖之英灵，致兆民于阜康；瞻仰轩辕殿，祭拜黄帝陵，重在追思始祖创造文化的丰功伟绩，缅怀圣帝开启文明的懿德精神，传承弘扬中华传统、倡导凝聚民族大义，共谋华夏统一和谐，勠力祖国复兴鼎盛。

"辛丑（2021）年清明公祭轩辕黄帝典礼"，由国务院台湾事务办公室、国务院侨务办公室、中华全国归国华侨联合会和陕西省人民政府共同举办。今日上午九点五十吉时，在黄帝陵宽阔的祭祀广场上，当全体参祭人员摘下白色胸花，重戴黄色胸花和佩巾，全场庄严肃立之际，公祭典礼拉开帷幕，雷鸣般的鼓钟声起，雄浑悠远震撼苍穹。现场实况通过互联网5G+AR+云机位技术，从桥山之巅传播遍及神州大地和世界各处。击响的三十四通鼓声，象征着全国三十四个省、自治区、直辖市，香港、澳门特别行政区和台湾地区，以及海内外炎黄子孙心手相连，风雨无阻、坚毅前行，奋斗拼搏实现中华民族伟大复兴的坚定信念和共同心声。九响钟鸣代表了中华民族传统礼仪的最高礼数，表达了普天下的中华儿女衷心期盼九州盛世、民富国强的美好祈愿。

深感今年公祭活动的广度和深度再提升。公祭典礼设置进行了九项议程：全体肃立，击鼓鸣钟；唱《黄帝颂》；敬献花篮；恭读祭文；向轩辕黄帝像行三鞠躬礼；

乐舞告祭；龙飞中华；瞻仰轩辕殿，拜谒黄帝陵；种植桥山柏。活动项项有新意，幕幕掀热潮……

　　心有华祖圣帝，炎黄子孙同祭。吉时，遍布神州大地、四海五洲的华夏儿女，伴随着在"天下第一陵"公祭的开启，无比虔诚、心情庄重地进入祭祀黄帝的礼仪活动之中。"五洲同宗、四海同心，恢弘祖烈、福第恒昌"。中华魂浩荡长城内外大江南北，席卷全球华人华裔华侨所在的各个角落……

　　祭奠黄帝的礼仪千年延续与沉淀，至 2006 年 5 月 20 日，中华人民共和国文化部申报的"黄帝陵祭典"，经国务院批准，列入第一批国家级非物质文化遗产名录，垂青永恒。

　　2017 丁酉清明，吾追思人文先祖伟业，颂勋功敬书；2021 辛丑清明，祭祀缅怀元尊宏志，歌懿德传承。重修祭文于后。

　　　　天地洪荒，玄黄氤氲。
　　　　万物化生，薪火传承。
　　　　煌煌中华，五千余年。
　　　　炎黄二帝，华夏先祖。
　　　　开国元勋，轩辕圣帝。
　　　　人文始祖，万古元尊。

肇始吾华，创启文明。
和平崛起，威仪宇宙。
伟功懿德，泽润寰瀛。
司马迁撰，史记籍载。
三皇五帝，五帝魁首。
功垂千古，万邦流芳。

黄土高原，坦荡浑朴。
山丰土厚，博大雄奇。
文化源头，英豪辈出。
公孙轩辕，人杰翘楚。
生而神灵，幼而徇齐。
长而敦敏，成而旌旗。
少年十五，部落酋长。
文治武功，联盟领袖。
修德振兵，习用干戈。
涿鹿奋战，智勇卓绝。
平乱蚩尤，莫兹宇疆。
九州归顺，天下一统。

帝治时代，江山社稷。
智创文字，承传人文。
整纪肃纲，钦定法度。
强兵精武，卫国安疆。
职官建制，惟勤廉治。
任贤举能，亲民纳谏。
广施教化，严治社风。
布昭礼仪，力塑文明。
修造宫室，筑建城邑。
计亩设井，划野分州。
天干地支，阴阳五行。
循环记时，六十甲子。

发展经济，农耕五谷。
植树种草，广养禽畜。
推出算数，科学起步。
观察天象，预测灾祥。
智生木车，八荒路通。
养蚕产丝，烧制陶器。
始做衣冠，建修房屋。
首创弓箭，研舟造船。
培医采药，治病疗伤。
发明音律，风雅生活。
福祉百姓，人丁兴旺。
民富国强，民族鼎盛。

四海同心，天下为公。
忠孝仁义，陶冶公德。
尊长护童，民风淳朴。
田者不侵，渔者不争。
道不拾遗，夜不闭户。
吾帝圣明，正义公正。
遍踏山川，问苦访贫。
广施仁政，德治天下。
政通人和，国泰民安。
瓜瓞绵延，江山永固。
家国情怀，轩帝泰康。
长寿延年，一百十一。

黄帝驾崩，盛葬桥山。
陵墓仙境，地貌雄奇。
形如八卦，犹似太极。
宛若巨龙，飞腾盘空。
墓坐巅峰，负阴抱阳。

阴阳平衡，正大光明。
峻峰拱戴，峭嶂回首。
山环水绕，古柏参天。
日月星辰，塬川绿荫。
江河湖海，尽在其中。
龙虎龟凤，环绕四周。
气势轩昂，吉祥天成。

伟哉始帝，功德懋隆。
炎黄子孙，万代颂扬。
朝代相传，清明祭祖。
寻根黄陵，瞻仰膜拜。
汉皇建庙，唐皇扩陵。
宋皇崇祀，元皇法护。
明皇文颂，清皇亲奠。
孙中山题，毛泽东祭。
蒋介石碑，元首敬戴。
帝王领袖，尊崇华祖。
华裔华胄，子嗣全球。
心有圣帝，举世称觞。

泱泱大国，龙的故乡。
世界文明，唯有我先。
一九二一，建党启程。
瑞金建军，红军长征。
胜利转移，信念如炬。
延安圣地，红色革命。
如火燎原，队伍雄壮。
国共合作，持久抗战。
鏖战八年，日寇投降。
重庆谈判，双十协定。
解放战争，王朝覆灭。

浴血奋战，国迎曙光。

一九四九，共和国立。
开国元勋，彪炳史册。
民站起来，当家做主。
自力更生，发愤图强。
革命建设，立制奠基。
改革开放，锐意进取。
举现代化，民富起来。
港澳回归，共襄盛举。
进新时代，核心掌舵。
人民至上，生命至上。
自信自强，守正创新。
高效高质，文明兴邦。

抗疫夺胜，领先全球。
绝对脱贫，实现小康。
从严治党，惩腐廉政。
依法治国，重整军威。
智遏霸权，拥有话权。
一带一路，建赢与共。
人类命运，共同理念。
伟大飞跃，民富国强。
百年芳华，党心如磐。
复兴中华，繁荣永昌。
恢弘祖烈，赓续血脉。
龙脉永承，永矢弗谖。

作者附记：曾在 1989 年秋月和 2006 年夏秋之交，两次去陕西黄陵县境内的桥山拜谒黄帝陵——祭祀中华始祖。四年前的 2017 年冬春交替期间，追思过往去西安、延安和黄陵，悉心调研黄帝生平，重温请教专家学者的收获和积累，研习撰修，写作了由散文和四字句骈体文两部分组成的《2017 丁酉年清明：黄帝颂》。文本在那年 4 月 4 日清明节发表于自媒体，是日即被搜狐网置为"搜狐首页·历史"迄今。

2018 年，根据创作抗战长篇小说之需要，新撰旧作的散文部分，对四字句骈体文部分内容作了与抗日烽火岁月相吻合的修改，入书《腾格里传奇》（2020 年 1 月作家出版社出版）。2019 年，在庆贺伟大祖国七十华诞时，又对原文作了"返原"修正，斟酌润色、增补内容。今年清明节，线上目睹辛丑（2021）年清明公祭轩辕黄帝典礼实况，当日重写散文部分；后依据时事的发展，又修订充实了全文。几易其稿，特作附记说明。

2021 年 7 月

"青蒿素之母"礼赞

第一章　神药：诗经之光

悠悠中华灿烂文化，
悠悠中国博大文明。
文学悠悠诗经悠悠，
唯美呦呦风采呦呦。

《诗经》，孔子在晚年精心规范修正而成的中国文学史上第一部诗歌总集，逾两千五百年，文学鼻祖当之无愧。孔子曰："诗三百，一言以蔽之，思无邪。"诗学界推崇《诗经》与《楚辞》为"并称诗骚"。在坊间普罗大众中，《诗经》风、雅、颂，有"无墙的文化学堂、无声的文学祖师"之美誉。

啊，博大精深、温柔敦厚的《诗经》，丰茂无垠、元气淋漓的《诗经》！源远流长穿越了数千年岁月的中国文学的源头《诗经》，深刻影响了春秋诸子百家和汉赋、唐诗、宋词等中华民族传统优秀文化发展传承的伟大《诗经》，深邃陶染和孕育成就了中国文学史上光彩夺目的诗祖、诗圣、诗仙、诗佛、诗豪、诗杰、诗星、诗鬼、诗天子、诗囚、诗奴、诗狂、诗魔、诗翁、诗瓢等诗豪词杰的不朽《诗经》。她究竟是怎样的钩深极奥、神秘莫测？她涉及了华夏大国哪些民族、哪些地域、哪些领域的哪些题材和内容，哪些人物和器物？沉淀了多少宝贵的精神财富？蕴含着多少弥足珍贵的非物质文化遗产？她藏匿着多少中国文化、文明、文学的传奇神秘密码？留给了子孙后裔多少深远淳厚的文化瞩望、文明寄托、文学期待？

《诗经》与植物世界有着千丝万缕的情愫，三百一十一篇包括有篇名无文辞的六篇笙诗的诗歌作品中，出现的植物名和描写植物的达一百五十多篇。以绿色生物"赋、比、兴"，弦乐抒发精、气、神，讴歌雅颂真、善、美；借物喻人、托物言志，委婉细腻、百转千回，风情万种、荡气回肠。

《诗经·小雅·鹿鸣》曰："呦呦鹿鸣，食野之蒿。"广播深远，影响后世。诗魔、唐代三大诗杰之一白居易的诗品深受《诗经》浸染，其勃发强烈的现实主义精神，几经写草喻人，寄意于物。其中，留下了人们耳熟能详、歌树颂草的绝句："萧萧风树白杨影，苍苍露草青蒿气。"

东晋时期的中医药学家葛洪，总结探研和医疗的临床实践经验，深谙"食野之蒿"之药效，在著作的中国第一部中医临床药典《肘后备急方》中，记载了颇有权威价值的医疗文书："青蒿一握。"

时光跨越了千百年。她从出生起，就聆听父辈用《诗经》诗句"呦呦鹿鸣，食野之蒿"的祝愿教诲，领受诗言"蒿草青青，报之春晖"的砺志瞩望，优雅别致的名字亦来自"呦呦鹿鸣"，幼小的心灵深受影响；自大学毕业起，一生研究青蒿草，一举研发获得"一株小草改变了世界"的中国中医神药青蒿素，作出拯救了全球数百万人生命的卓越贡献，成就一世芳华。追根溯源，是她最早得益于《诗经》的熏陶，"青蒿一握"的启迪，"报之春晖"的抱负……

她，就是中国中医科学院首席科学家，终身研究员兼首席研究员，青蒿素研究开发中心主任屠呦呦。

在人类生命史上，为守护健康和保卫生命，一直与各种凶恶病魔进行着殊死搏斗。疟疾，就是全球最普遍且严重的热带传染性瘟疫之一。20世纪60年代，氯喹抗疟失效，疟疾在贫穷国家尤其是非洲猖獗蔓延大流行，人类饱受病痛折磨之害，每年夺走数百万人的生命。当时，在越南战场，越、美军队一度倒在枪林弹雨中的士兵，远不及惨受疟疾病害失去的人员多。

正是在疟疾危害人类健康和生命甚嚣尘上、友邦邻国求援我国的历史背景下，1969年屠呦呦接受国家疟疾防治研究项目"523"办公室下达的科研任务，受命担任卫生部中医研究院中药研究所中药抗疟研究组组长。她率领团队遵循毛泽东关于发掘中医药的思想，凭借一颗赤诚报国情怀天下之心，满怀敬畏生命、救死扶生的鸿鹄之志，开始了开拓性的"把论文变成药，让药治得了病"的中医药研发苦旅。

屠呦呦深邃领悟葛洪记载的"青蒿一握，以水二升渍，绞取汁，尽服之"

的医疗文书的启示，获得灵感，守正开新、承古创新，从广泛筛选的中草药中锁定青蒿草，率领团队汇集编写了六百四十余种治疗疟疾的中草药单方验方集。应用技术手段，殚精竭虑精微细研、反复验证和择优筛选，冒着危险亲身体验，睿智破解瓶颈取得真知。1972 年，研发团队终于从最有效部分中分离提纯，发现了具有优异抗疟活性、分子式为 $C15H22O5$ 的无色结晶体，命名为青蒿素；继而呕心沥血深研细磨，又合成了制疟疗效比青蒿素更好的双氢青蒿素。青蒿草药脱颖而出的新药，一举成为重要医药成果，推广应用于世界抗疟医疗临床二十多年，一路凯歌，展现出济世救民的神奇威力，也彰显了中医药文化的精深雄厚。

实践检验成果，成效见证科学。2000 年以来，世界卫生组织把青蒿素类药物作为首选抗疟药物，最终显示："2000 年至 2015 年期间，全球各年龄组危险人群中疟疾死亡率下降了 60%，五岁以下儿童死亡率下降了 65%。"诺贝尔奖委员会评定，屠呦呦是"第一个发现青蒿素对杀死疟疾寄生虫有显著疗效的科学家""作出了革命性贡献"。颁授耄耋之年的屠呦呦本年度"诺贝尔生理学和医学奖"，被人们誉为"青蒿素之母"。

恶瘴顽疾总有其顽固性，青蒿素临床应用二十多年产生了抗药性。九十高龄的科学家始终如一，披荆斩棘，攻坚克难，坚韧不拔，决计"把青蒿素的研发做透""让青蒿素更好地造福人类"……

青蒿济世，科研报国。屠呦呦啊青蒿素，诗经之光！

第二章　礼赞：国家授勋

呦呦创造中国奇迹，
呦呦无愧国家勋章。
报国悠悠惠世悠悠，
功德悠悠荣光悠悠。

六十多个春秋栉风沐雨抗疟心如铁，
人蒿为伍互为支撑科研报国几十年。
白衣执甲战疫搏击不破楼兰终不还，

研发新药除恶务尽耗尽心血鬓堆雪。
岁岁枯荣的蒿草死出价值生出希望，
年年进取的呦呦奉献芳华夺取硕果。
药学家发明青蒿素救苍生誉满环球，
数百万疟疾患者起死回生厥功至伟。
荣获国家最高科技奖的最美奋斗者，
华夏本土首个斩获诺奖的医学女杰。
2019 盛贺伟大的祖国母亲七十华诞，
人民共和国论功礼赞国家最高荣誉。
国家主席为屠呦呦佩戴共和国勋章，
奖掖中医科学院大功臣首席科学家。
在世界人民心中她的分量举足轻重，
殊功劲节可与顶尖科学家媲美比肩。
犹如抗疫先锋院士勇以生命赴使命，
宛若"航天之父"送导弹火箭上天。
好似"水稻之父"独创奇迹夺高产，
俨然像佘太君率杨门女将讨伐征战。

承古开新研蒿草，
筚路蓝缕伴梅馨。
悬壶济世救苍生，
清香万里满乾坤。
千辛万苦淘真金，
名满天下建奇功。
她坚守了中国担当，
创造了中国奇迹。
她奉献了中国力量，
讲好了中国故事。
她彰显了中国形象，
见证了中国自信。
她传播了中国智慧，
唱响了中国凯歌。

青蒿碧绿萋萋满别情，
芳草葳蕤茵茵报春晖。
一株济世草一颗中国心，
感动四海天涯的屠呦呦。

第三章　诺奖：救生百万

呦呦夺诺轰动环球，
呦呦感言高深致远。
情怀悠悠精神悠悠，
淡泊悠悠亮节悠悠。

耄耋老人身着亮丽得体的紫色长裙礼服，
胸戴的别致胸针亮晶晶点缀神韵华光。
中国科星站在领奖台优雅端庄从容自若，
屠呦呦从瑞典国王手中接过金质奖章。
卡尔十六世·古斯塔夫给女杰行注目礼，
奖章上诺贝尔雕像仿佛朝她微笑祝贺。
仿佛说诺奖不看什么学位、头衔和背景，
唯一认准你挽救数百万人生命的德功。
数年前药学家斩获美国拉斯克医学奖，
就被域外誉为"距离诺奖最近的中国人"。
诺奖委员会宣布的颁奖理由透明充分：
"青蒿素有效降低了疟疾患者的死亡率。"
十六个字比四百万瑞典克朗的奖金昂贵，
一株中国草让十四亿人昂首自信扬眉。
如果用救活数百万人生命的价值来衡量，
功勋卓著的药学家可与居里夫人齐名。
怀瑾握瑜心若芷萱的屠呦呦直抒胸臆，
"三无"科学家的感言至真至善至美至诚：

青蒿素是传统中医药送给人类的礼物，
对维护世界人民健康具有重要意义。
获诺奖是团队挖掘中医中药的成功范例，
是中国科学家集体的荣誉。
标志着中医得到世界科学界高度关注，
这是个入口，为此我感到高兴。
夺诺贝尔奖是中国的骄傲，
也是中国科学家的自豪。
我不以获得诺奖为终极目的，
唯一的追求就是终身抗疟治病。

成绩功劳全归于集体视为国家光荣，
大医精诚大爱无垠奉献给世间黎民。
虚怀千秋功过笑傲严寒风雪，
安于淡泊宁静尽显高风亮节。
春蚕到死丝方尽蜡炬成灰泪始干，
追逐夕阳霞满天心灵依旧火样红。
静水流深扬帆远航科学崎途永无止境，
耄耋英雄蕙质兰心鞠躬尽瘁国之脊梁。
傲然挺立犹如白杨抗逆风，
神清气正宛若青蒿驱阴霾。
一株济世草一颗中国心，
感动天地人间的屠呦呦！

第四章　人生：芳华无垠

呦呦秉持生命至上，
呦呦仁心仁德救民。
科研悠悠抗疟悠悠，

追求悠悠苦斗悠悠。

大自然恩赐人类万千绿色植物尽神奇，
自神农尝百草华夏诞生无数先驱葛洪。
女儿降世父亲吟诵《诗经》殷切祝愿，
取鹿鸣之声给令媛起名寄予生命厚望。
小呦呦冥冥之中与蒿草结下不解之缘，
少年砺志践守"蒿草青青，报之春晖"。
情系青蒿科研一生执着追求抗疟除根，
默默无闻发轫极深研几中国神奇草药。
她像青蒿叶一样宁静致远，
她像青蒿花一样淡泊名利，
她像青蒿茎一样正直坚韧，
坚守着宁静、淡泊和正直与青蒿成长。

北大医学院毕业勠力一心研取中药精粹，
《中药志》载入成果半边莲与银柴胡。
编著出版《中药炮炙经验集成》担大任，
主帅科技组一骑绝尘驰骋抗疟最前沿。
无私无畏脚踏实地艰苦卓绝拼搏不懈怠，
将青蒿草情缘化为科研攻坚磅礴力量。
筛选数百副验方提纯萃取草药最佳疗效，
三流条件敢担当解密码终获克疟神药。
穿越艰险发明新药青蒿素和双氢青蒿素，
驱除沉疴拯救数百万人生命为国争光。
面对青蒿素抗药性耄耋再苦战智破难关，
披荆斩棘匠心独运疾控耐药性疟原虫。
新一代青蒿素抗疟组合显虎威惊世骇俗，
"中国奶奶"新成果举世又救无数生命。
药学家瞄准不是"绝症的绝症"红斑狼疮，
应用青蒿素治疗患者取得突破性成效。
为实现全球消灭疟疾最终目标铿锵前行，

百年树人着力培养后起之秀接棒强将。
一步一脚印底蕴深厚自信赢得医学奇功,
精彩人生见证"报之春晖"的父辈期待。
白日依山尽黄河入海流,
欲穷千里目更上一层楼。
一株济世草一颗中国心,
感动天下苍生的屠呦呦。

第五章　天使：守望青蒿

呦呦大爱奉献世界,
呦呦终生守望青蒿。
追求悠悠希望悠悠,
人格悠悠魅力悠悠。

呦呦的科研事业成功的秘诀究竟是什么?
铭记父亲从《诗经》里给她取名的嘱托,
遵循毛泽东发掘中医药宝库的伟大思想。
认准东晋泰斗葛洪指引的方向劈波斩浪,
科研团队同心勠力斩关夺隘是根本保障。
诺奖得主站在科峰之巅守护人类生命,
不居功生死狙击与疟疫对决抢夺时光。
"青蒿素之母"不祛除妖孽决不言凯旋,
柔弱老人精神矍铄医德双馨浩气长存。
屠呦呦与青蒿素共生的情怀玉洁冰清：

我是一个为青蒿素而生的人,
终有一天我将告别青蒿告别亲人,
如果那一天真的来到,
我希望后人把自己的骨灰撒青蒿之间。

让我以另外一种方式，
守望终生热爱的土地，
守望青蒿的浓绿，
守望蓬勃发展的中国中医事业。

她是秉持人民至上生命至上的天神，
自信传承中医药灿烂文化的光明使者。
她是诺贝尔奖等待着的中国科学家，
伟大梦想唯一追求面向世界抗疟救生。
她投身医药科研汲取能量萃取精华，
赤诚之心皓首穷经拯救天下百万人民。
她用丰硕成果续写诗经的崭新篇章，
生命诠释对人类献出一切的精神灵魂。
她的心灵净土里青蒿花常开叶长青，
高尚的人格魅力让普罗大众刻骨铭心。
一枝一叶一花总关情，
江河奔腾不息万古流。
一株济世草一颗中国心，
感动普罗大众的屠呦呦。
礼赞青蒿草！礼赞青蒿素！
礼赞"青蒿素之母"！

2021 年 5 月

感悟沙漠生态的灵魂

1

跑动的沙峦，炙热的瀚漠，祁寒的世界，飓风的王国，死亡的大海；激昂的旋律，传奇的神韵，奥妙的畅想，永恒的精神，万古的生命。这就是浑然天成、外刚内柔的沙漠灵魂。

浩瀚沙漠，风唱高歌，沙欢起舞，如江若海，随性浪漫。胡杨笑傲，梭梭绽绿，红柳妩媚，沙棘果馨。驼铃叮当，蜥蜴嬉闹，鸵鸟藏头，沙鼠灵敏。朗朗乾坤，昭昭日月，沙漠生物，和谐共生。原始景观，天然本色，并不浑浊，亦不污垢。是难得的清净之壤，清白之地，清明之境。

广袤无疆，波澜壮阔。远离红尘，满目苍凉。赤地千里，情怀博大。风尘嚣张，收放自如。沙粒缠绵，绸缪缱绻。浪迹天涯，抱团取暖。咫尺相依，同守瀚海。罗布泊是家，腾格里是宅，巴丹吉林是村，塔克拉玛干是寨。风来被卷飞，沙落亲无间。眷恋互周济，相安不操戈。不负流年，演绎着原生定律的千古传奇风韵。

喧嚣浮躁的城市，物欲横流的社会，是听不见也听不懂沙子声音的。沙子的声音，像傲立于狂风中的胡杨和梭梭，把根牢扎固植于沙漠深处，喜怒哀乐是用凝结如钢的强悍气概和力量来表达的。只有经过严酷磨砺、卓尔不群的有志之士，才能闻声知懂与之为友，亲近适应刚柔并存的大漠脾气性格，甘愿孤独寂寞与它同命运共呼吸生息与共。

大自然鬼斧神工，天造地设，馈赠给人类独特性格而神秘莫测的大沙漠，占据了地球陆地三分之一的疆土，是人类的一个偌大家园。大自然情有独钟，胸怀天下沙区苍生，以宽厚仁爱的慈母般大爱，在浩茫瀚海播种爱情、繁衍后代，物竞天择、优胜劣汰，终究保存下来了沙生、旱生两大类千余种乔木、灌木、草本，加上众多动物种类，构成了一个极具神奇生命力的天然生物大家族。其中，沙生植物中，有勇挡飓风、逆抗飞沙的许多"强将硬汉"，如胡杨、梭梭、红柳、沙枣、沙打旺、黄矾松、骆驼刺、罗布麻、盐爪爪、花棒等；有珍贵丰富的绿色优质滋补品、稀有中药材、野生粮果茶，如肉苁蓉、锁阳、枸杞、沙棘、甘草、黄芪、麻黄、白刺果、沙拐枣、沙米等；还有多种多样的木料、燃料、饲料等。动物主要有单峰骆驼、双峰骆驼、蜥蜴、沙鼠、黄鼠、响尾蛇、芝麻蛇、蝎子、鸵鸟、狼、大象、狮子、蚂蚁等。狮子在我国早已灭绝，现是生息在域外沙漠的动物。

人类与大自然是一个命运共同体。千姿百态的沙生植物和无奇不有的沙漠动物，都具有与生态环境相适应的天生形态特征和生命结构，以及长期磨炼而成的本领。沙漠生物没有替代品，用之不觉，失之难存，保护沙漠生态环境不可或缺，是既买不来也借不到的宝贵财富。

沙生植物大多根系多长密集，可汲取地下深处的水分养分，抗风固沙耐旱御寒抵盐挡碱的能耐颇强。如闻名于世的沙漠英雄树、"长着不死一千年，死后不倒一千年，倒地不腐一千年"的胡杨，在一些沙漠中蔚然成林，洋洋大观；在沙漠可生存五十年以上的长寿树梭梭，根系为地上部分的几倍，身躯高大枝条茂密，郁郁生机，群栖成森。"道高一尺，魔高一丈，狂风和流沙最怕胡杨、梭梭挡住它。"梭梭还以博大情怀抚养着寄生植物，如肉苁蓉因其整个植株没有叶绿素，无法制造养分，只能依靠寄主供给，便把根连接在梭梭的根系上靠剥削寄生，而梭梭也甘心情愿。肉苁蓉富有独特滋补营养和药用成分，因而成为"沙漠人参"和饮誉药坛的珍品，受到人们的宠爱。

"沙漠之舟"骆驼，是沙区百姓和治沙科学家及科技人员最忠实的朋友和生活助手，自古以来是沙漠戈壁本领非凡不可或缺的交通工具。杂粮和苦草都是它的美味佳肴，一次能喝上百公斤的水，身体是"粮仓"和"水库"，加之驼峰贮存大量的脂肪，载人驮物在瀚海行程，足够支撑自身数十天乃至几个月吸收利用。骆驼还可利用肝脏功能将尿反复循环很少排出，身体能自动调节温度，"穿"着温暖的驼毛"衣裳"，对暑寒不屑一顾。它的眼睛里从不揉沙子，有浓厚的睫毛遮挡保护双目，不容侵犯。骆驼人情味十足，遇冽风沙尘暴和祁寒袭击，在卧下的胸怀里保护着主人避风防沙御寒。总往高处攀爬奔跑、繁殖能力特强的蜥蜴，象征着生命的希望，身体没汗腺不会出汗，适宜沙漠高温气候，目具防风挡沙的眼帘，极其机敏，遇险可潜沙而遁或入灌丛消失踪影。响尾蛇遭劲敌侵袭时，便快速摆动尾环发出怪异响声，让敌惧怕吓退或不敢靠近，自己则乘机在僵局中逃之夭夭。狼的等级和纪律森严，一般是七匹左右集群，所以有"七匹狼"一说。头狼为首领，嚎吼宣令，四处出没，通吃能降服的肉食动物。

达尔文的进化论告诉我们，生物通过竞争生存，适应者繁衍兴，不适者淘汰消亡，胜者王败者寇，自然选择是生物进化的动力源。各种物种亦可嬗变，通过旷日持久地选择、遗传、变异而不断演化发展。依旧强生弱亡，循环往复。

沙漠里有植物、动物、食用有机物和氧气绿色物，同样存在着生物之间的竞争与自然选择。生物种类和数量越多，生存空间越大；营养结构越复杂，自我调节的能力则越强越大，反之则越弱越小。相对于绿洲、森林生态系统，沙漠生态系统的生物种类和数量较少，自我调节能力弱小，是一种特殊和恶劣的自然环境。

四季更替，年复一年。新中国成立以来，一辈辈沙漠人，一代代治沙人，一茬茬沙生植物，同为自然界的成员，结成亲密朋友，相守沙漠、和谐共生，敢于担当、艰苦卓绝，无畏无惧地接力，无私无悔地奋搏，无休无止地枯荣；发挥各自优势，退耕还林播绿色，营造生物原生态，凭借绿色屏障治理风沙，改善和保护脆弱的自然生态环境，守护田园、村舍和禽畜，努力增加生产，利用生态资源，抚养沙区子孙后代。在中国特色社会主义新时代，广大沙漠荒漠地区的人民，遵循践行"绿水青山就是金山银山"的理念，坚持生态优先、绿色发展，把保护生态环境作为发展的基本前提和刚性约束，严守生态安全红线，恪守生态保护责任，勠力对沙漠进行系统性治理，绿装扮瀚漠，旧貌换新颜，沙乡沙民脱离绝对贫困圆梦今朝。

呕心沥血，绽放芳华。天地为证，日月可鉴。沙漠人、治沙人筚路蓝缕、奉献一切的精神灵魂，沙生植物傲视风沙、赢胜艰难的生命灵魂，乃车之双轮，鸟之两翼，成为保护自然生态环境、建设沙漠绿色家园的强大精神支柱和物质力量。唯有沙漠人吃苦耐劳的劳动精神，治沙人攻坚克难的科学精神，沙生植物倔强搏击的生命精神，凝神聚力顺应沙漠灵魂，打造人与自然和谐共生发展的格局，富有成效地治理肆虐的风沙，钳制沙尘暴的危患，才能形成生态内的良性循环，走上绿色发展和可持续发展之路。大自然则会反哺人类，护佑沙区、哺育沙民、造福沙乡。天地人和，凤凰涅槃，浴火重生。沙漠、荒漠地带实现绿色低碳循环的转型，就会像泓泉喷水叮咚，碧染荒芜，蜕变绿洲。往昔建成的地处巴丹吉林沙漠西沙窝的我国第一座沙生植物园、吐鲁番沙漠植物园、腾格里沙漠边缘的沙漠植物公园、厦门沙漠植物园等，是现代沙漠生态文化的地标。对于教化人们认识沙漠的自然环境，见识沙生植物的神奇生命，加强生态文化教育，进行沙生植物基础理论研究，培养治沙技术人员，为治沙造林提供优良品种，开展群众性的科学实验和科普活动，发挥着越来越重要的作用。现今陕西毛乌素沙漠、甘肃省古浪八步沙乡等发生巨变的典范，是实现经济效益、社会效益、生态效益相统一的生态标杆。

追寻生命之源，感悟真理之甘。大自然是人类生命之根和生态之源。大自然给予我们的生态恩惠包括启迪人类的生态思想，永远比想象的更多。人类是自然界发展的产物，属于自然界的一部分，生存与发展离不开自然界。人类绝不能以主宰者自居，任何时候都不可能主宰大自然。

生态是人类文明的根基，是事关江山和人民，事关国计民生的重大政治问题、社会问题，广阔的山水林田湖草沙冰，是不可分割的整体生态系统。"生态兴则文明兴，生态衰则文明衰。"绝不能暴殄天物，绝不能损害生态，绝不能破坏环境，否则物极必反，必将招致报应，重蹈覆辙让民族蒙辱、人民蒙难、文明蒙尘。要从儿童抓起，让习近平总书记作出的保护生态的一系列重要指示，强调的尊重自然、顺应自然、保护自然和生态惠民、生态利民、生态为民的理念深入人心；像爱护眼睛一样爱护生态环境，像保护生命一样保护生态环境，还大自然的天蓝、地绿、水净与宁静、和谐、美丽，让老百姓尽情享受大自然的慈爱恩惠和生态之美，日子过得舒坦、舒服、舒心，感受"江

山就是人民，人民就是江山"的自豪感。要站在生态整体利益的高度，去检验、衡量、影响、修正和完善生态系统的理论、思想、行为、政策和纲领，着力推进生态优先、崇尊自然、绿色发展的自然生态体系，重视解决影响和损害群众健康的生态环境问题，加快建设美好的绿色家园。归根结底，大力加强现代生态文化的教育与建设，营造形成四面八方强化系统治理、依法治理、综合治理、源头治理的氛围和局面，恒久至关紧要；坚持绿色发展、低碳发展、循环发展和可持续发展，丝毫不能放松。

人类，沙漠，沙生植物，构成了一个休戚与共、紧密相连的"生态链"；关键是人，要认清人与沙漠、生物都是自然界平等的成员关系，摆正在自然中的位置，绝不能以人为中心，要敬畏沙漠、敬畏生命，感恩沙生植物；彻底消除征服自然的心理和虚妄的高傲，抛弃轻视自然、支配自然、破坏自然的思想行为，深度融合真正实现人与自然和谐共生，不乱为，不蛮为，不胡为。

2

大浪淘沙，泥沙俱下。世道浇漓，人心不古。尽管大自然高悬惩罚利剑，虽然保护自然生态环境的法规体系日趋完善，总有冒天下之大不韪者。天行有常，日中则昃。暴殄天物，剥极将复。飓风骤起，狂沙掀浪，黑风疾旋，卷沙蹿天。朔风似刀，飞沙若弹，阴风无道，飙沙劈面。沙尘暴虐，遮天蔽地，苍穹昏暗，日月无光。风起罗布泊，沙横腾格里，狂刮数千里，沙尘落北京。半个中国都遭殃，唯怕两大害，沙暴与雾霾。

昨日"癣疥之忧"，今天"心腹之患"。万事万物，概莫如是。风沙肆虐、沙尘暴之殇，追根溯源，主要是人类违背人与自然和谐共生的规律，过度生产性活动，过度开垦土地，过度砍树伐森，过度放牧草原，污染空气水源，严重破坏植被，灭绝诸多物种，糟蹋生态资源，导致气候异常，危害生态环境，造成自然生态系统失衡，沙漠、沙地、沙漠化加剧，与人类抢夺生存空间的惨烈局面。

古往今来，生态恶化铸成无可挽回的严重后果，其惨痛的教训铭刻在历史的墓碑上。曾被誉为"地球之耳"、中国第二大咸水湖的罗布泊，长期惨遭恶劣自然环境的危害，天长日久终究干枯，变为"死亡之海"；西域时地处古丝绸之路要冲，经济腾达鼎盛、文化独特灿烂的楼兰古国，因上游河道改变，水源断流干旱缺水，沙尘暴不断侵袭等多种原因，生态恶化无力回天，最终坍塌成废墟；当年祖宗先人最感温馨、世界四大文化体系汇流的千里河西走廊，许多林木连绵五谷丰登的绿洲，水草丰美风光秀丽的草原湖泊，五行八作商贸隆昌的乡村集镇，被肆虐残酷的风沙、暴戾恣睢的沙尘暴吞噬，成为令人扼腕叹息的不毛之地。其中，水光十色的白亭海、青玉湖葬身沙尘暴，传为悲惨的笑谈。

法不阿贵，强不扭曲。令人匪夷所思的是，据媒体报道，近些年在甘肃祁连山国家级自然保护区内，竟然发生违法违规开发矿产资源的事件，局部植被破坏、水土流失、地表塌陷、水源污染，导致局部生态环境和水生态系统遭到严重破坏。此案引起高层重视，已依法严肃处理。

痛定思痛，因为人为破坏造成的自然生态恶化，让我们失去的不只是山河城池，不只是赖以生存的美好家园，不只是巨大的经济损失，而失去的更是"万物并育而不相害，同道并行而不相悖"的至高无上的天道真理；是中华民族瓜瓞延绵、震古烁今的生态文明历史观和价值观；是祖先和后代，用泪水、汗水、心血和生命换来的禀赋智慧、独立意志、民族气质、自律信念、人格尊严与哲学思维、人文真谛、科学理念、工匠精神、道德规范。

3

人生须臾，不过尔尔。相思沙漠，情怀深深。在我青年时代以来的十多年生涯里，从事农业科学院宣传工作和作为科学记者、科技编辑、科普作家、科技史研究及编纂工作者，热爱农村与沙区、农业与治沙、情系农民和沙民、农业科技与治沙科技人员，勤勉苦学、钻研积累农业林业、植物生物与沙漠治理的科学知识，尤其是真诚心牵大沙漠，对沙漠人、治沙人和沙生植物情有独钟。在那段漫长的时光里，时常乘骑驼背行程于茫漠阡陌，履印踏盖蒺藜游弋在荒芜瀚海，身心体验沙漠天地的温凉；我的生活、事业和追求，与沙漠人、治沙人心心相印，与沙生植物息息相关，执着攻读"沙漠大学"。

学思践悟，行远自弥。经历了从兴趣使然，进入沙区，寻幽猎奇，在表层粗浅体会大西北的大沙漠，到热爱沙乡，钟情沙民，亲近沙漠，以劳动者、探索者的身份，与沙漠人为伍，拜治沙人为师，揣摩适应狂放不羁的大沙漠的脾气性格，希冀透过大沙漠桀骜不驯的表象，寻求大自然纯粹、淳厚、本真的神奇造化，接受大自然超然脱俗、恬淡虚无、奇异奥秘、清新澄澈的精灵洗礼，使魂魄摆脱浮躁喧嚣、物欲横流的世态侵扰；踔厉奋发，风雨兼程，寒暑不顾，坚韧不拔，身入心入地深刻体验，剖析认识沙漠恶劣的生态环境，探索人与自然的关系协调，孜孜以求形成人与自然和谐共生的新格局之道；学懂悟透终生不渝在极度暑寒风沙肆虐的艰难环境中淡定乐观生活的沙民苍生，长年累月坚毅搏击于风沙第一线从事治理研究的科学家和科技人员，安然适应极其恶劣的自然条件生存在"风沙王国"的草木生灵，追寻探秘，究竟是什么样的精神能量，支撑着他们百折不挠英勇奋斗？支持它们枯荣春秋顽强生存？

感悟灵魂，刻骨铭心。对发光发热至恒至久的人与物众目昭彰：沙漠人、治沙人，以沙漠为家、坚守初心，沙漠人的纯朴与耐劳，治沙人的坚毅与淡泊，像政治家的睿智与远见，像思想家的理智与深邃，像文学家的激情与浪漫，是手挽手肩并肩勠力拼搏的同路逆行人。他们长期在充满艰辛、艰难、艰险的逆境中，腿肚子不抖逞英雄，腰杆子不弯显傲骨，泪水汗水散发芳馨，科学栽植草木生物，犹如沙漠中奔腾不息的滔滔江河——这是他们的精神灵魂所折射出的可贵本色；具有倔强脾气、坚韧风骨和强悍本领的沙生植物，风吹不折，沙打不倒，暴晒不屈，寒冻不死，替沙漠人守护家园，让治沙人研究利用，宛若瀚海里的巍巍绿色屏障——这是它们生命灵魂的天然本性。他们和它们英勇大勇智勇，播绿护绿扩绿的鲜艳旗帜永远不倒；坚定坚强坚毅，斗风斗寒斗暑的鸿鹄之志永久不衰；雄气骨气血气，抗盐抗碱抗恶的铁打意志永恒不变。这就是震撼人心的支撑沙漠人、治沙人和支持沙生植物的强大精神能量之所在；深刻彰显出沙漠人、治沙人对大自然的崇尚与尊重，保护生态环境的责任与担当。

遽然深悟，人与生物，人是决定的因素。改善自然生态，主要取决于人的精神生态。人有了良好的精神生态，就有了保护自然生态的可靠保证。毛主席说："世间一切事物中，人是第一个可宝贵的。在共产党领导下，只要有了人，什么人间奇迹也可以造出来。"辩证统一的哲理、也是颠扑不破的真理：人文兴则生态兴，人文衰则生态衰。

我锲而不舍探索的"人与自然和谐共生的新格局之道"，亦被血管里囤积了厚厚的风沙，沙尘暴危害渗透骨子的世代憨厚沙漠人，挥洒辛勤汗水，付出巨大的劳动代价而悟透思想认准事实："绿色草木威力大，治住风沙全靠它。绿色发展真是宝，保护生态最重要。"近些年来，大西北腾格里、巴丹吉林沙漠区的广大人民，在党和政府的领导和支持关怀下，在治沙人沙、言传身教的带动下，他们抛弃"填饱肚子是福气，沙尘暴灾是天意"的宿命论，团结一心、众志成城，眼窝里滚泪，手心里生茧，脚底板脱皮，浑身流热汗，拼死拼活地干。眼睁睁活生生看到，大力种草种树，播绿护绿扩绿，生机勃勃的沙旱生灌木、乔木、草木各类植物，逐步形成一道道一片片、纵横交错的绿色植被，覆盖了本来寸草不生的沙丘荒漠，显著改善了恶劣的自然生态环境，大漠展现出绿色浓郁风韵万千，"沙乡变美丽、沙漠出绿洲"的美妙景象。沙漠人无不津津乐道："生态环境变好了，风沙天气和沙尘暴危害越来越少了，耕种农田长庄稼了，作物收成逐年提高了，绿色林带的效益越来越多了，六畜兴旺起来了，多种经营门路越来越广了，沙民的腰包鼓起来了，有房子住了，有家用电器机动车辆了，娃娃们上学念书供养得起了，小伙子们娶得起媳妇了，沙民的日子越过越美了。"

穷则思变，干悟思想。思想决定行动。越来越多的沙区各级干部和沙漠人悟透明白了"生态兴则文明兴，生态兴则经济兴"之真谛，坚定践行着矢志不移的观念：科学治理沙漠，最高的目标是保护生态，最好的价值是保护生态，最大的责任是保护生态，最长远的潜力也是保护生态。

鉴往知来，在对待生态环境这个问题上，历史从来都不会等待一切犹豫者、观望者、怀疑者、偏颇者、消极者、倒退者，更不会饶恕破坏者。

难能可贵的历练，给予我个人的收益也是丰硕的。在亲身体验潜移默化的过程中，我注重汲取沙漠人、治沙人的精神灵魂放射的精、气、神，增强人格生态，淬炼人生质量；吸纳沙生植物的生命灵魂绽放的勇、智、才，补充精神能量，催生生命元气。

尊崇自然，心澈澄明。大西北的大沙漠是鲜活獠烈的大自然的特色和精灵，也是大自然纯净圣洁的宽阔胸襟和博大心海，更是大自然赐予大西北人独有的磨砺魂魄、陶冶筋骨的宝贵馈赠和难得属地。大沙漠使我情深谊重、难以割舍，是生长于斯的恋乡情结的使然；更是沙漠人、治沙人绚丽夺目的精神灵魂和沙生植物斑斓多彩的生命灵魂，充满丰盈洋溢的科学和哲学、文学和美学的真善美，沐浴我的心灵魂魄，浸染我的思想观念，洇濡我的血肉筋骨，对我的人生产生深刻影响，我对他们和它们充满热爱、景仰和崇拜。尤其是对他们与生俱来的坚定守护祖国的沙漠土地一寸都不丢弃、不荒芜的历史使命感、责任感和紧迫感的完全认同；对他们坚持不渝的"大自然孕育抚养了我们，我们必须保护大自然的根基"牢固观念的完全认知；更是对他们坚信不疑梦寐以求的光辉前景的完全认可：只要代代接力地苦干下去，大沙漠必定发生根本性的演化变迁，成为一片片丰收田野、一个个富饶粮仓，崛起一个个绿洲家园、一座座美丽城市。

我曾做过这样的美梦：腾格里沙漠变成一望无际的大稻田，在袁隆平院士杂交水稻的硕大稻穗下乘凉吟唱、凝神写作……

4

沙漠人、治沙人的精神灵魂，沙生植物的生命灵魂，宛如喜雨润物细无声，给我的文字生态注入了珍贵无比的养分和活力。我注重体验生活，探索文学艺术与科学艺术的交汇贯通，追求文学神韵与科学精灵的糅杂融合。

托党的福气，生态文学、生态科学的发展异军突起。生态文学，是深刻反映生态环境与人类社会发展和生命万物关系的文学。生态科学，是研究生命系统与自然生态环境关系变化及相互作用规律的学科。对喜爱文学、科普创作的我，更具影响和产生催化作用。

中国文化的先驱孔子，晚年精心规范修正而成的中国文学史上第一部诗歌总集《诗经》，三百一十一篇作品，除有篇名无文辞的六篇笙诗，描写植物和出现草木名的多达一百五十三篇，绿色生态文学的特色非常鲜明突出，凭借绿色生物"赋、比、兴"，让诗歌大接地气，酣畅淋漓，既是生态韵律曼妙的旷世诗经，也是天籁灵动的绿色植物大全和百科全书。《诗经》极具创意突出绿色生态的文学底蕴，启迪、陶染着我的创作灵感和激情，勃发现实主义创作精神，创作揭示沙生草木植物、"瀚海之舟"骆驼等生命灵魂的知识散文，借物抒情、托物言志，讴歌它们充满生命精神的抵抗力、支撑力和适应力，凸显绿色生物对于保护自然生态环境的重要作用；写作展现沙漠人、治沙人等时代先锋人物的优秀事迹、精神灵魂，体现治沙人实践生态学的文学纪实、通讯散文，通过尊崇歌颂榜样，弘扬生态文明的意义。

情系苍生，激扬文字。纸田墨稼，匠意掘新。我着力让作品充满浓郁的乡土气息，探求一种路径：让文字满盈思想养分、精神唯美、文学元气、知识馨香，耕植文化优秀、文明真谛、文学审美、科学真理。所幸，"土不拉叽"的东西被偏爱，屡登大雅之堂，作品时被新华社和《人民日报》《人民日报·海外版》《光明日报》《经济日报》《科技日报》《农民日报》《经济参考报》等主流央媒采用，受到读者的喜爱。

1988年年初，我将主要描写沙生植物绿色生命的百余篇散文小品，结集《瀚海探秘》即将付梓出版之际，意外的是，时任中央政治局委员胡乔木先生得悉讯息，看了我发表在《人民日报》描写沙生草木的知识散文，这位不轻易题字的"中共中央一支笔"，挥毫题写了书名，寄予我莫大的瞩望。曾任青海省委第一书记、时任甘肃省政协主席，以颇有影响的长篇小说《王若飞在狱中》、诗集《凯歌》等名作饮誉文坛的老作家、诗人杨植霖先生闻讯，阅读书稿甚为欣喜，勉励我的作品描绘生物抒情言志，为读者尤其是农民沙民提供需要的文学精神食粮难能可贵。他即兴赋诗称道："小块文章寓大纲，书中尽是好风光。谁能沿此穷追去，管教频添建设忙。"同时作文《小品大趣》发表在《科技日报》评价："作品集文学、美学、科学于一体，熔艺术性、趣味性、技术性于一炉，形成了独出心裁、清新隽永的风格。""读来若醍醐灌顶，甘露洒心，令人神醉！这些深刻揭示了生命真谛的散文小品，驱散了人们的认识迷雾，吹响了向瀚海科学进军的号角。"这部文集问世翌年，在"第二届向全国妇女儿童推荐最佳优秀图书活动"中，被评为"优秀图书"。

这些勉励和奖掖，使我深谙毛主席在延安文艺座谈会上振聋发聩的教导："为什么人的问题，是一个根本的问题，原则的问题。"明白人民的需要是文艺存在的根本价值所在。肩头担大义，笔下有乾坤。

不叹经年去，无憾韶华逝。莫道桑榆晚，文学重晚晴。作为业余创作者，二十多载过往，有了一脉相承的文学作品和科普作品的出版物。

2002年11月，解放军文艺出版社出版我作为第一作者，与其他科普作家合作创作的三十四万字的科普读物《高新科技知识干部读本》时，与作者素昧平生的著名科学家、时任全国人大常委会副委员长、中国科学技术协会主席周光召先生闻讯热情支持，题写了书名。

2014年9月，作家出版社出版我六十万字的《人事文情》，主要汇集了描写绿色生命、宣扬生态科学和保护生态环境的散文作品。

2020年1月，作家出版社推出我创作的主旋律旨在弘扬伟大抗战精神的长篇小说《腾格里传奇》。这部书真切描写了发生在腾格里沙漠惊天地、泣鬼神的抗日反特殊死搏斗的惊魂故事；也浓墨重笔通过讲述大量的科学史事和科学知识，描绘上官英杰和郭普世两位沙漠科学家一生情系沙漠、带领沙民，践行生态第一、绿色发展的理念，保护自然生态环境、砥砺治理风沙，给沙民苍生留下了整个春天而自己却从未收获过一缕春风的亮节高风，弘扬"生态兴则文明兴，生态衰则文明衰"的真理。

2020年7月1日，《文艺报》发表长篇文学评论《抗战波涛中一朵传奇浪花——荐读〈腾格里传奇〉》，对作品的文学含量给予充分肯定和较高的评价。评论特别写道："作品彰明较著穿透人心的，还有一股对沙漠土地的眷恋深情与为之呼喊的强烈心声，一种对治理和改变中国荒芜沙漠面貌的希冀热望与为之奋斗的精神力量……迫切渴求和期待让沙漠这个沉眠数百年的'睡狮'苏醒，变为国家和全民族同心勠力科学治理的自觉行动。"

2021年8月11日，《文艺报》又刊发题为《一片丰茂绿茵的散文田地——读胡延清散文集〈人事文情〉感怀》，对作家出版社六年前出版的我的散文集《人事文情》予以热情评价和赞许。

2021年7月，喜马拉雅又录制出品了音频版小说《腾格里传奇》，正在热播。

这些出版物和评论，给予追寻晚暮情、圆梦文学心的作者极大的精神慰藉。

5

"沙漠大学"的学问博大精深。不忘初心的沙漠人扎根大漠，牢记使命的治沙人治理荒漠，他们善始善终，大彻大悟沙漠灵魂，心贴心同命运共甘苦，勇当瀚海弄潮儿，淬炼精神灵魂修成正果，进入人生的最高境界，知行合一、行稳致远，兀立风沙潮头唱大风，成为真正的勇者、强者。

追思过往，扪心自问。心无旁骛，反躬自省。我曾经体验沙漠只是一个短暂的过程，领悟浅薄，皮毛而已。后来工作调动辗转南北，没有坚守沙漠初心，"行百里者半九十，小狐汔济濡其尾"，诚如辛弃疾诗言："人情展转闲中看，客路崎岖倦后知。"其时，我爱沙闯沙探沙，歌沙漠人，颂治沙人，描绘沙漠植物，充其量不过是他们的精神灵魂所彰显的科学和哲学价值、它们的生命灵魂所折射的文学和美学价值的受惠者、记录者罢了。

沙漠人、治沙人的精神灵魂，是现代人对人类共同拥有的美好愿望和生命价值与实践意义不懈践诺追求所展示的精神财富的一个经典，是沙区人民和沙漠科学家血脉基因的集中体现，也是中华民族文化底蕴和人文精神的组成部分。

沙漠人、治沙人所拥有的铁志傲骨、使命精神、不朽人格、芳华人生，所拥有的抵抗力、支撑力、创造力、震撼力，是人类所普遍缺乏的。追本溯源，这是基因的力量，文化的力量，文明的力量，也是科学的力量、生态的力量。

这是我历经半个世纪，才真正悟懂明白的。

我生活工作在南海之畔花园般的现代化都市已逾二十个春秋，而吾心依旧时常沉湎于数十年前"爱沙闯沙探沙"的梦幻里。南海之滨与腾格里、巴丹吉林沙漠虽相隔数千公里，却感觉遥望心通近在咫尺；大西北大沙漠里的沙民苍生和草木生灵，仿佛依然与我相依与共亲密无间，我始终没有淡忘他们和它们。南国的榕树、木棉、荔枝、杧果树，在眼前时常幻化成沙漠里的胡杨、梭梭、红柳、沙打旺，引我深深怀念生活在腾格里、巴丹吉林沙漠里的人民，怀念已经作古的郭普、施及人等沙漠科学家，怀恋生息在瀚海的那些灌木、草木、乔木植物……

叹已经年，阡陌红尘。追昔抚今，深切感悟沙漠灵魂、沙漠人和治沙人的精神灵魂、沙生植物的生命灵魂，相辅相成浑然一体而彰显的沙漠生态灵魂，给以我生命的启示、动力和裨益。不禁感慨万千，掏思维之心著文抒情，唱一首生态赞歌，权当"人生得意须尽欢"吧。

"一代女神"王丹凤

己亥深秋，红叶纷落。一庭秋韵，思忆先贤。

是日与友人电话忆往事，那是 2018 年 5 月 2 日，享年九十四岁的王丹凤先生遽然长逝，我们相约去沪悼念祭祀"一代女神"之英魂，由于多种原因未能成行，留下没齿难忘的深深遗憾。

青山不老，绿水长流。一朵奇葩，俏丽永生！

1

历史是冰冷的。倘若追忆便有了温度，有了灵动，有了情思，有了色彩，有了馨香，丝丝缕缕的情愫从心扉深处汩汩沥沥流淌出来，历久弥新。

蓦然回首，黄河奔流，秋高气爽，瓜果飘香。早年深秋，陪同全国政协常委、著名电影表演艺术家王丹凤先生游览金城兰州风光时的情景历历在目，浮现于眼前。

在深切缅怀故人的温馨情感之中，倏忽间，仿佛一代传奇影星飘然而来……

小燕子，穿花衣，
年年春天来这里。
我问燕子你为啥来，

燕子说，

这里的春天最美丽……

吟唱这首铭记心间而难以忘怀的电影插曲《小燕子》，清丽柔美、自然朴实的韵律在心灵穿越，情愫恍然倒回到遥远的往昔美好记忆里。

早年揭竿而起的江南电影制片厂启幕，首拍故事影片《护士日记》。导演陶金慧眼识才，一掌拍定"举国最美丽的女演员"王丹凤饰演女主角简素华，并由她亲口演唱这首动人的插曲。

王丹凤先生凭借与生俱来、独具魅力的艺术天赋，活灵活现塑造了新中国第一代电影艺术优秀女性人物形象：刚从护校毕业的上海姑娘、护士简素华，其内心世界既有激情投入社会主义建设的憧憬、理想与情怀，也充满着知性女性应有的优雅、温情和浪漫。

影片一上演，这个时尚鲜活的女性形象便轰动中国影坛，万人空巷！她百灵鸟般清纯柔美的嗓音更是倾醉国人，《小燕子》之歌一下子红遍大江南北！

凡是国内公演的由王丹凤扮演角儿的电影，我几乎都看过。尤其是她主演的《家》《海魂》《女理发师》《桃花扇》《儿子、孙子和种子》《玉色蝴蝶》等影片，迄今主要故事情节仍留有较深的印象。笔者在孩提时代就是银幕上的这位艺术家阿姨的粉丝。她的美貌和演技太酷了！演什么像什么红什么，纯真绝美，深沉内敛，举手投足间就能诠释所演角色的表里深涵，入木三分！

渐渐地，脑海里的阿姨自然而然演变成了大姐。因为她朝气勃勃飒爽英姿风华正茂，实在太年轻了，称她"阿姨"实在太不公平了……

2

王丹凤先生，1924 年 8 月 23 日出生于黄埔江畔，祖籍宁波，原名王玉凤。她十六岁涉足影坛，从 1940 年饰演《龙潭虎穴》中的丫鬟起步影旅，至 1980 年告别银幕的封箱之作《玉色蝴蝶》，从扮演配角青春少女的丫鬟，到主演青年至老年的主角日本昆虫学家竹内君代为止，徜徉于大陆和香港电影界，四十年间在六十余部电影中塑造了宜古宜今宜外、宜少宜青宜老的六十多个艺术人物形象，个个靓丽异常，炉火纯青。实乃中国银坛一棵郁郁葱葱的"常青

作者与王丹凤合影

树"哦。

先生每演一部电影，就轰动一次银坛、红透一次神州，以"中国电影女神""东方著名电影表演艺术家"而闻名于世。

在先生的演技臻至极盛岁月的1962年，步入新中国"二十二大影星"之行列；到1963年夺得第三届"大众电影百花奖女演员奖"，直至1995年在纪念世界电影诞生一百周年、中国电影诞生九十周年时，荣获"中国电影世纪奖女演员奖"。

由此自然天成，"一代女神"美誉经权威媒体定格，中外电影界赞赏，国人世人皆颂扬。她息影二十五年、三十三春和三十七载后的2005、2013与2017年，又分别荣膺"中国优秀电影艺术家"、第十四届"中国电影表演艺术学会金凤凰奖终身成就奖"、第二十届"上海国际电影节华语电影终身成就奖"三大桂冠。

作为中国著名电影表演艺术家，王丹凤先生是1985年唯一被邀请参加美国总统里根就职典礼的华人明星；也是大陆电影界唯一前往加拿大拜访过昔日"电影皇后"胡蝶的电影人。

先生走出了旧中国纷扰喧嚣的红尘世象，走向了新中国电影艺术的殿堂与巅峰，穿越了中华人民共和国六十九年的悠久辉煌岁月，成为海内外广大观众熟悉和景仰的传奇影星。

作为艺术家，先生是中国影协第四、五届理事。淡出银幕后被推举参政议政，她曾先后担任上海市第四、五届政协常委，第六、七届全国政协委员，第八、九届全国政协常委。

3

1989 年深秋，担任全国政协常委的王丹凤先生同其他领导人到甘肃视察工作，时任《中国西部发展报》总编辑的笔者，受甘肃省政协领导的委托，陪同她游览了兰州金城的一些风景名胜。

在黄河母亲河畔，聆听艺术家敞开心扉话人生，感染触动至深！依稀记得，先生向我询问了解当地政府建设、经济发展、人民生活和风土人情等情况。我也问了她一些自己颇感兴趣的有关电影界的人和事，以及她的先生等。大姐简要地给我讲了研精致思、探索践行电影艺术的艰难；坦诚告诉我她的爱人叫柳和清，宁波人，从事专业摄影艺术事业等。

作为全国政协常委，先生还诚挚地给予我关怀勉励之言。而我作为晚辈也向她由衷地表示："感谢丹凤大姐的教诲！""向您学习，热爱事业，心存阳光，成长自己。"

去年暮春，王丹凤先生英魂驾鹤西去，一则"一代女神陨落"的新闻传开，惟德动天，无远弗届，人们潸然泪下。中国电影艺术界的传奇影星，冰清玉洁，德艺双馨，光彩照人，彪炳史册！

走笔至此，意犹未尽。于是，又写下一首《缅怀影后王丹凤》：

> 拂去历史岁月的尘埃，
> 记忆穿越时光之烟云。
> 邂逅艺术家历久弥新，
> 缅怀丹凤姐温澜潮生。
>
> 金城迷人的秋爽傍晚，
> 玫瑰盛绽瓜果飘馨香。
> 与传奇影星结伴而行，
> 悠然漫步在母亲河畔。
>
> 赏听黄河浪花唱情歌，

仰望夜穹星辰舞灿烂。
女神敞扉激情话人生，
忆搏击银坛撼吾魄魂。

十七岁担纲新渔光曲，
演活渔家女盛名远扬。
轰动华夏饮誉小周璇，
浓淡相宜倾大爱无疆。

主演优雅激情女护士，
听党召唤毅然赴边疆。
无私奉献赢得国人赞，
护士日记塑时代形象。

夫为领导蔑视服务行，
妻勇破俗学徒剃头匠。
喜剧创新风可圈可点，
主角女理发师红遍天。

桃花扇里复活李香君，
雷雨扮四凤柔美隽永。
家饰鸣凤女慑服巴金，
演玉色蝴蝶倾倒万众。

星光闪烁银幕四十载，
六十个角色感染人间。
深情演绎红尘真善美，
德艺双馨荣膺多大奖。

夫君摄影大师柳和清，
天造地设若珠联璧合。
相濡以沫携手风雨行，

举案齐眉影界传佳音。

一代女神英魂归天国，
德艺双馨千古留芬芳。
深切缅怀影后王丹凤，
托秋风献鲜花康乃馨。

2019 年 10 月 18 日

在那遥远的地方诞生了"西部歌王"

春晚，春晚，曾几何时的春晚，给中国人带来了无限的欢欣愉悦，不尽的开心快乐。

说心里话，新千年以来的春晚，早已没有了 20 世纪八九十年代的春晚那样具有浓烈的吸引力。在那个时候，人们在每年的除夕，好几个小时目不转睛地盯着电视机，尽情享受一年比一年更加时尚新颖的晚会，因为总会有几个让人惊喜捧腹的节目，赏心悦目，乐不思蜀，且在观后的深夜还津津乐道。

我已经好些个年头不看春晚了。2014 年的除夕，偶有兴致，坐在电视机前看春晚。没有料到，2013 年冒出来的全国"快男冠军"、武汉音乐学院的学生歌星华晨宇登上了 2014 年的春晚舞台，他富有魅力的歌喉声情并茂，演唱的《在那遥远的地方》，散发着青海湖畔大草原童话世界里的那种浓郁民歌的清纯味道，令人心旷神怡。不禁让人追忆起这首 1939 年诞生于万种风情的油光嫩绿草原，半个多世纪后的 1994 年被定格在"世界文化史上的名曲"，荣膺联合国教科文组织"东西方文化交流特殊贡献奖"的得主、"中国西部歌王"王洛宾先生。

王洛宾先生的一生，颠颠簸簸在崎岖的红尘阡陌，他呕心沥血追寻着美丽的旋律，一心一意追觅美丽的民歌，专情致志追求着美丽的情感。然而，他的命运多舛，历经沧桑，屡遭挫折，曾几度身陷囹圄，直到六十九岁时的 1982 年，才恢复正常公民的生活。而这个只要听见歌声就忘掉一切烦恼的人，将自己的坎坷人生乃至悲情生命看作"美丽的音乐"。从那时起，国人和世人才知情，被人们传唱了半个世纪，包括耳熟能详的《在那遥远的地方》《掀起你的盖头来》《达坂城的姑娘》《半个月亮爬上来》《在银色的月光下》等在内的许多名曲，就是这位音乐艺术家创作的。

花开花谢终无悔，云卷云舒永不悲。视音乐为生命的歌王，为普罗大众奉献了一生的天籁之音和无限欢乐，作品被誉为"艺术里的珍品，皇冠上的明珠"的艺术大家，1988年荣获中国人民解放军胜利功勋荣誉奖章，蒙在他头上的尘埃才被弹去。在临近耄耋之年，获得了那份属于他的特殊荣光。1992年的金色之秋，中央电视台首次公开向海内外隆重宣传王洛宾先生和他的作品。迄今我还依稀记得那个难忘夜晚的动人情景：在他脍炙人口的经典音乐《掀起你的盖头来》的美妙旋律中，两位俏丽柔美的青春女子，手牵着一位蒙头盖面着殷红鲜血般的艳丽巾帕的人，轻盈漫步于舞台中央。全场数千观众目不转睛凝视而聚焦，只见盖头被戛然掀去，出现在水银灯下的竟是一位胡须银白如雪的老人，容光焕发，神采飞扬，浑身散发着熠熠光彩。原来，他就是王洛宾先生。顿时，雷鸣般的掌声震耳欲聋，经久不息。

继央视举行的这次活动之后，中国大陆的诸多媒体和机构，还有新加坡、香港等地，也纷纷举办活动热情推崇这位获得平反昭雪复出、作品闻名于世的音乐艺术家、"中国西部歌王"。

王洛宾是一个纯粹的编曲作词人。他的心净空灵，毫无旁骛，只懂音乐忘情创作，只爱歌声不管其他，不懂也从不过问政治。他既在共产党的军队当过兵，也在国民党的军队服过役；既为解放军的将军王震写的歌词谱过曲，也为国民党的将军马步芳写过歌。在他的心目中，他与王震、马步芳的交集，都是单纯的"音乐关系"，清清白白无染其他。

这个追求音乐艺术的王洛宾的那种沉醉痴情，简直达到了让人难以置信的程度。说起来让人啼笑皆非。他在牢狱服刑期间，曾经决绝欲告别人生，已把绳子系在铁窗上挽成了一个圈套，低头往脖子上挂的时刻，倏忽间，窗外的远方飘来一缕隐隐约约的牧歌声，这歌声像磁铁一样紧紧地吸引住了他顿生勃发的音乐情愫，竟使他忘记了去死；须臾之间，那若隐若现的歌声，仿佛又变成了一道不让他死的命令，王洛宾乍然猛醒过来，自己还不能去死，大西北的民歌还远远没有听够，心中的歌与曲也远远没有写够呀。于是，他解掉了铁窗上的绳子，逃离已经到了的阴间地狱敞开的大门口。不言而喻，是一缕牧歌声挽救了他的生命，是音乐之神守护着"西部歌王"。

出生于艺术世家、深受爷辈父辈艺术才华深邃的熏陶影响，从小就极富音乐天赋的王洛宾，在20世纪30年代毕业于北京师范大学音乐系。他在旧中国昏暗的日子里进入中学，当了几年音乐教师后，本来打算奔赴法国留学，不料

"七七事变"爆发，他改变主意投身抗战，加入了丁玲领导的西北战地服务团，在大西北进行抗日宣传活动。

偶然的一个机会，一首美妙绝伦的花儿音律，让王洛宾醍醐灌顶，原来这就是他孜孜追寻的民歌，他决计到青海高原寻找花儿的源头。在青海，美丽的草原牧歌悠扬山风拂面，金花银花万种风物万种情，整个高原简直就是一个产生情歌的圣地。王洛宾酷爱情歌更是个情种，在如此浓烈美好的生活氛围里，他的创作灵感宛如山泉突突烈火熊熊，歌曲歌词常常产生于汹涌澎湃的激情之中。

电影导演郑君里来青海湖畔的大草原拍摄影片，当地一个名叫卓玛的靓丽藏女被选中出演牧羊女子。王洛宾见到这个清纯如水的卓玛，尤其是她那粉色的笑脸如太阳，明媚动人的月亮般的眼睛闪闪生情，煞是喜欢，喜欢她的歌声，喜欢她的舞姿。他便介入剧组，扮演了一个牧工，像只小羊亦步亦趋于卓玛饰演的角色身旁。他与卓玛一起拍戏只有两三天的日子。一次，他们骑着马儿在旖旎的草原上荡漾，他情不自禁地抽了卓玛骑的马一鞭子，调皮嬉戏的卓玛拨马回头，扬起细细的皮鞭，朝他背上轻轻地抽了一鞭子，便拍马随着她那百灵鸟般的笑声驰骋而去。就是俏皮可爱的卓玛这寻常而又不寻常的一鞭子，抽出了他心头的款款深情，一刹那间，王洛宾的情愫澎湃汹涌不能自已，眺望着卓玛飘荡远去的红装倩影顿生音乐灵感，纯朴、热烈、奔放的美丽旋律，在他的心中缭绕激荡！于是，《在那遥远的地方》的曲子与歌词，就这样奇妙地诞生了：

> 在那遥远的地方，有位好姑娘，
> 人们走过了她的帐房，都要回头留恋地张望。
> 她那粉红的笑脸，好像红太阳，
> 她那美丽动人的眼睛，好像晚上明媚的月亮。
> 我愿抛弃了财产，跟她去放羊，
> 每天看着她动人的眼睛，和那美丽金边的衣裳。
> 我愿做一只小羊，坐在她身旁，
> 我愿她拿着细细的皮鞭，不断轻轻打在我身上，
> 我愿她拿着细细的皮鞭，不断轻轻打在我身上。

首先，王洛宾自己演唱了起来！

青海草原藏家的歌手们，跟着他演唱了起来！

喜欢音乐的青海人，跟着王洛宾和歌手们演唱了起来！

歌声播种歌声，声声如火燎原！漫山遍野都唱起了《在那遥远的地方》。这首打动人心的情歌，很快在青海火了起来，崭露头角的王洛宾也由此红了起来……

在青海，尽人皆知，在历史上王洛宾曾与马步芳有过音乐交集。

人性两面，善恶并行。土匪出身的马步芳，是个放纵奢侈、荒淫无度，阴沉持重、极富心计，凶悍强暴、嗜血成性的大军阀。他曾奉蒋介石之命出任司令，调派重兵，指挥马家军在千里河西走廊疯狂围剿、血腥屠杀中国工农红军西路军，犯下不可饶恕的深重罪孽，这是无可狡辩的铁的事实。人们却未曾想到，在日本倭寇大举侵略中国之时，马步芳以民族大义为重，先后派出两个骑兵师的兵力，转战苏鲁豫皖前线疆场，喋血抗战，彪悍顽强、浴血搏杀，闪烁着寒光的"马胡子铁骑大刀"让日本鬼子闻风丧胆，在抗战中立下过汗马功劳。就连日军统帅冈村宁次，都对马步芳属下马彪担任师长的骑一师惊慌失措，在作战记录中，不得不惶恐地写下"恶战马彪"之语。马步芳还与其胞兄马步青合力，修建完成了兰州至迪化长达千里的甘新公路甘肃路段，对抗日战争的胜利作出了应有的贡献。当然，罪与功是两码事，马步芳的千古之罪是不能够宽恕的。

令人匪夷所思的是，这个马步芳一介武夫，却特别喜爱音乐，且精通音律。苍天撮合，青海草原的西部民歌为媒，让他与音乐奇才王洛宾不期而遇，一度曾成为歌与曲的莫逆之交。

大军阀马步芳在偶然的机会听了《在那遥远的地方》这首情歌，陶醉于心，喜爱赞赏有加。不久，三十九岁的马步芳与二十六岁的王洛宾邂逅，一个犷悍桀骜的军人，一个柔情似水的艺人，都酷爱音乐，自然一见如故，惺惺相惜。他们一起欢唱着青海的民歌，两个人富有韵律的声线和音色，产生难以言喻的和谐。

碰到了一位让他佩服的音乐家，马步芳追求音乐的情趣更为高旺。他从王洛宾收集、改写和创作的西部民歌里，找到了醉人的乐律和欢乐；王洛宾则从马步芳深谙民歌艺术的情操中，深感遇到了知音和支持。他们共同陶醉于《在那遥远的地方》《达坂城的姑娘》《掀起了你的盖头来》等清新典雅、淳朴隽永的优美旋律中。两人还合作，马步芳作词，王洛宾修改润色并作曲，共同创作完成了脍炙人口的《花儿与少年》。

马步芳深爱王洛宾这个年轻有为的音乐家，特别器重，敬若上宾，邀请他担任了马氏的音乐教师。自然而然，王洛宾也很快成为马步芳儿子马继援的知己朋友和老师。

后来，王洛宾回到兰州遭遇厄运，被国民党当作共产党嫌疑犯抓进监狱，马步芳得悉营救，愤懑地拍着桌子为其辩解："王洛宾不是共产党的人，是我马步芳的人。"

然而，他们都无法预料，正是蒋介石的红人、国民党反动军阀马步芳营救王洛宾这件事，加上他们的交集，后来害苦了音乐家多半辈子。

王洛宾获救重回青海，马步芳又是任职又是授衔，而王洛宾丝毫不在乎这些身外之物，根本没当回事。因为，在他的心中只有音乐，一门心思地写歌唱歌，为人们奉献音乐艺术和欢乐，这才是他追求不懈的人生价值和至高无上的荣耀。

可以说，整个青海的军政社民，上上下下都知道王洛宾这个音乐奇才，都清楚大军阀与音乐家结缘的故事。时代造就音乐艺术，音乐造就艺术家。王洛宾从此一发而不可收，先后创作了《老乡，上战场》《洗衣歌》《风陵渡的歌声》《奴隶之爱》等大量抗日歌曲。

王洛宾的音乐奇葩《在那遥远的地方》，被人们越唱越红，红遍了青海，红遍了大西北，红遍了整个中国，甚至传到海外被西方人所喜爱，闻名遐迩的"中国西部歌王"也被载入了史册。青海人都说，王洛宾是我们青海莫大的自豪骄傲，因为他的一首《在那遥远的地方》，让全世界都知道了山清水秀的中国青海高原。我们不会忘记"西部歌王"王洛宾！

可以说，是在那遥远的地方诞生了"西部歌王"。

2014 年 2 月写
2019 年 5 月改

邂逅萨娜的感动、追忆与遐思

问世间情为何物，天涯何处不相逢。

人生数十年间，出现的两次奇遇和邂逅，让人意想不到，简直是传奇。三十多年前，我在大西北天祝抓喜秀龙草原际遇的一个小女孩——如今已是容颜姣美落落大方的成熟女子，三十多载后，倏忽间出现于眼前，我们传奇般地重逢在现代都市的街头一隅……

邂　逅

昨日上午。鹏城街头。一线城市，人海茫茫，川流不息。

路过游人如织的莲花山公园门口，我的视野似乎被人挡住了去路，抬头一瞥，是一位双目放神、圆形脸颊笑靥如花，颇有颜值的女性，看上去年约不惑吧。她那若信若疑的眼神扑腾扑腾好像盯着我的下巴看着。半晌，面露喜色地试问："你是甘肃人吧？"稍缓，又怯怯地问道："是不是姓胡？"

"是啊。"我确认。

斯时，我的思绪在恍然间疾速追寻着记忆，对她却没有一丁点儿的印象。怎么也想不起来，她是谁呢？

而此时的她，脸上的疑云散去，显得坦然、亲和。她看出我的神态惝恍，又说了一句："我叫萨娜，是从天祝来的。"

我是河西走廊武威人。早年，武威县与天祝县同属武威地区所辖；后来，地改市，原来的武威县改为凉州区，两个县区仍同归武威市管辖。倘若她是天祝人，当然是乡亲呀，可我在脑际数着一个个现今交往和曾经交往过的女性乡亲、朋友和熟人，都没有她这个陌生的面孔。

仍懵懵懂懂处于思绪中的我，看着她从肩头挎包里麻利地拿出一条雪白的哈达，将哈达顺长对叠成四幅双楞形状，娴熟地搭在双手掌腕上，双棱的一边直对着我；她躬身俯首向前倾，口中吟诵着我似懂非懂的藏语吉祥祝词，双手捧到她额头一般的高度……

我自然懂得，献哈达是藏族同胞待人的最崇高礼节，代表着他们最真诚的感情，寄托着最美好的祝愿和敬意，而且她这是给爱戴的长辈敬献哈达的礼仪表达方式。顷刻之间，我的心里滋生一缕莫名的感动，急忙躬身，双手承接住了神圣的哈达，随即搭在了自己的脖颈上，这是对献者表示由衷回敬和诚挚谢意的礼仪。

我们在街头献、接哈达的气氛庄重而又温馨，可能是显得有点新鲜，引起了好些路人驻足观看。

茫然无言中，当我与她再次四目相对时，见萨娜的泪水在眼眶里打转。顿时，我的眼眶亦有点潮润。特区大都市与抓喜秀龙大草原，相距之遥可谓天涯。天涯逢乡亲，两眼泪汪汪。刹那间，心头不禁升腾起一种"风摇翠竹，疑是故人来"的感觉……

语言交流之门油然而启。

原来，萨娜是三十多年前，我在甘肃省某媒体工作时，曾应邀去天祝藏族自治县，参加该县一年一度在抓喜秀龙草原上举办的赛马会期间，在一个藏民家里相逢的主人的小女孩。真是"平生多少事，弹指一时休"，时光飞逝一瞬间，早婚的她，女儿都大学毕业了。

聊谈之始，萨娜叫我"叔叔"，又急忙改口"大哥"，"你的长相好年轻哦。"接着，她说："三十多年前见你时，我才十一岁，但自小记忆超好。一见到你，就认出了你下巴处的痣，猛地想起了你告诉过我阿爸你姓胡，再细看你的脸，还是能清晰地看出你几十年前的影子。大哥的变化不大哟……"

我笑了笑："过奖，年轻对我已不复存在了。"

岁月悠悠流逝，一晃三十载。我想，过去这么久，彼此的"山河"面目早已"换了人间"，即使不期而遇，街头匆匆碰面，应该是很难辨认出的。而她的眼神竟如此厉害，一眼盯着我下巴处的一颗痣，居然想起了留在她记忆里的故人面孔。时过境迁，物是人非，吾辈已逾花甲，萨娜说我"变化不大"，只不过是表达了对一个年长乡亲由衷的祝愿吧。

"我是来深圳旅游的，没料到能碰上大哥。"她说这话的瞬间，那磊落而又腼腆的目光瞅了瞅我，莞然一笑，轻声细语道："他乡遇故人，好幸运哟！"

萨娜从心窝里流淌出的这句纯真无瑕充满乡亲情谊的话，再次让我动容。邂逅这位虽不熟悉但甚懂礼仪有情商的藏族乡亲，颇感亲切，然也许她是女性的缘故，我有点讷于言的拘谨，半晌才嘤嘤地回应她："是啊，是啊……"

萨娜的性格耿直豪爽，善于表达言辞，始终占着主动，是我们谈聊的主角。她像久别重逢的骨肉亲人一样，打破砂锅问到底，仔细询问了解着我的工作、家庭、子女和健康等方面的状况，甚至连"能吃到家乡的牛羊肉吗？"也问了，几乎囊括了我所有的生活内容。我明白，萨娜的这种"见面熟"的做派并非出格，她如此热情坦荡，恰恰体现了质朴厚道的藏族人待人的亲切爽快、真挚善良。

交流中，我多是缄口听她叙说，或简言应答，恐怕给萨娜造成了"谢客"的错觉。

果不其然，稍后萨娜便主动告别。临走，她又发问："大哥还记得我们美丽的抓喜秀龙草原吗？"

"记得，记得。"

"欢迎。"她吐出两个字又改口，"请大哥再来我们天祝抓喜秀龙草原看看。"

"会去的，有机会一定会去的。"这是我的由衷之言。

萨娜离去，我望着她的背影，目送远道而来在街头偶遇的乡亲，正欲转身离去，却见她反转回身，抬手向我轻轻地摆了摆，我也伸手示意，向她点了点头。看着萨娜的身影消失在人流中，心头倏忽掠过一丝似是亲人般的依依惜别之情。

踏步路上，我回味着这次遽然而临的重逢，顿生愧疚感，为啥不请她到家中做客，连用手机拍张照留个影，这个举手之劳的事儿也遗忘了。心里责备自己，感觉很惭悔。

此时，心海微澜。我与萨娜是恍若隔世的两代人。三十多年前后，我们在相隔数千公里完全不同的两个地方不期而遇，特别是这次劈面邂逅，似乎顿生"重逢未晚在天涯"的亲情，令人怀念故乡。无情未必真豪杰。内心世界仿佛涌动着一丝丝不是忘年交然又觉是的感觉，真切体味到"初唐四杰"之一的王勃诗句"海内存知己，天涯若比邻"所涵的款款纯真淳朴情愫……

追　忆

蓦然回首，往事如烟。

我的思绪驰骋到三十多年前，追忆着20世纪80年代末曾去天祝藏族自治县的情景。之前，我在武威地委工作期间，曾多次去地区所辖的天祝出差，对这块土地还是比较熟悉的。

家乡的山山水水永远藏在心间，是最动人的风景。旋即，心扉的"银幕"出现了遥远的抓喜秀龙大草原一个个动人心弦的镜头，那是陇原一片神奇的土地，白牦牛的故乡。

天祝白牦牛，是中国独有的珍稀少有、闻名于世的半野生畜类，全世界仅出产于这片气候高寒湿润的草原。抓喜秀龙以畜牧业为主，主要出产白牦牛、细毛羊，还种植青稞、油菜等农作物。

那年盛夏，我从省会兰州去千里河西走廊东部的乌峭岭脚下，游历天祝县城、抓喜秀龙大草原，兴趣盎然地全程观赏赛马会，还到多个藏民生活居住地访问，美好的情景在脑海里一一掠过。

那时，伴随着党的十一届三中全会开启的改革开放、经济发展岁月，抓喜秀龙草原牧区欣逢机遇，牧民的生活逐渐富裕起来，日子愈过愈红火。

那蓝天白云的艳阳天，辽阔无垠的大草原，一望无际、连着苍穹，空气澄澈、清新宜人，绿茵如毯、牧草丰茂，牛羊成群、悠哉游动……

那漫山遍野绽放的油菜花，淡雅清丽、灿若云霞，花光璀璨、香气扑鼻。远远望去，花海无涯，斑斑点点，宛如繁星，闪光变幻莫测、让人眼花缭乱。

真是独具魅力、绝美醉人的旖旎风光哟！

牧民们在草原上策马奔驰，姑娘们尽情唱着欢快动听的歌儿。藏民的嗜好就是，欢笑嬉闹，享受音乐，大声吼歌，大兴欢舞，大口吃肉，大碗喝酒。藏族，真正是豪放不羁、永远快乐的民族哦！

毕竟逝去的光阴太久了。回想起在那里逗留的几天时光，始终沉浸在与牧民同聊同乐同吃同住，载歌载舞、赛马飞腾的欢乐气氛里。体验、领悟和感受最为深刻的是，与淳朴善良、厚道勤劳的藏民相处，难以忘怀储存在"记忆库"里的美好情感，还有那里动人的民族风情。

追忆那次与萨娜相遇，所能想起的是一些碎片印象。访问一个藏族同胞的定居地，那天我按约来到一位藏民家里访谈主人，并被安排在这户吃饭。走进白色的帐篷，热情好客的主人让自家的小女孩给我献上了一条白色的哈达，表示他们诚挚无瑕、热情好客的心意。回忆，与昨天萨娜的叙述和我们的交流相吻合，这个给我献哈达的小女孩，正是在三十年后重逢于深圳街头的她。

稍为清晰一点的影像，儿童时代的萨娜长相秀丽甜美，小姑娘惹人喜爱的微笑透着几许雅气可爱，几许灵气机敏。朦胧记得，我抱起她，问她叫什么，喜欢什么，询问了她的学习情况，她都用汉语作了清楚的回答，一点儿都不怯生人。那天，我访谈的主人就是萨娜的阿爸，我们聊得很投机……

回首前尘过往，铭记于心让人难以忘却的还有"藏族酷爱白色"——这个民族风情现象。

赤橙黄绿青蓝紫白，一个民族的生活与感情，与一种颜色究竟有什么内在的联系？那次去藏区，所见所闻，真切深邃，留下的记忆明晰如新：藏族人民特别喜爱白色，感情笃深，白色与他们的生活真是息息相关、脉脉相通。

在牧区的自然环境和藏民的日常生活氛围中，除了林木葱茏、青草如茵的绿色，仿佛是一个白色的世界。藏民的衣：白色的毡帽，白色的羊皮袄；藏民的食：白色的酥油，白色的牛奶；藏民的住：白色的帐篷，白色的毡毯；藏民的行：白色的骑马，白色的牛羊。

大草原广阔无边的苍穹天际，晴空万里湛蓝，高远净洁澄澈，时而白云朵朵如棉团舒卷着波澜，时而白云缭绕若绸带飘荡着花样，时而白云像风帆在无垠天海尽情遨游，犹如一幅幅变幻无穷、景致绝美的中国画……

藏家若只一枝独秀——独生女儿到了豆蔻年华时，她的阿爸、阿妈，会在自家大帐篷旁用雪白的毛毡搭起一个崭新美丽的帐篷，让女儿独住，像古时汉族姑娘的绣楼、闺房，好招个称心如意的上门女婿。

藏族人办喜事，纯洁的爱情自然更讲究洁净的白色。除新郎新娘乘骑白色的走马、花烛洞房为白色的帐篷外，新娘的嫁妆、两亲家互赠的礼物，多是白马白牛白羊白毡……

依稀记得，那次赛马会，大多是强劲有实力且乘骑白马的选手参赛，比赛结果自然是白马赛手夺魁冠军王子。听说，之前在什么年代的有次赛马会，一个黑马赛手跑在最前面，而颁奖时却把冠军奖掖给了排名第二的白马赛手。由此，足见藏族喜爱白色情有独钟。

那次，我在抓喜秀龙草原逗留期间，经过悉心体察，与藏民交流，向县里的专家学者请教，想弄明白"藏族酷爱白色"的渊源。最深邃的感受也是最集中的说法，白色在藏民心目中，象征着纯洁、善良和高尚，也代表着吉祥、如意和幸福。

相传，藏族人如此惜爱白色，源于一个悠久的传说。

在很古很古的时候，西部有座雪山脚下，居住着一个邻里如亲、团结和睦的部落。在一次战事中，部落遭敌围困。正当生死存亡的危难关头，一支着白装、骑白马的劲旅如天兵天将而降，杀得敌人落荒而逃。部落百姓得救后惊喜地发现，这支白衣神军竟是不久前本部落外出狩猎的十三对青年。他们靠白衣白马隐蔽，以凌厉攻势杀回部落，拯救了父老乡亲。

部落首领欢宴，给他们庆功，并做出规定：今后凡是英雄才能骑白马、着白衣。据说，藏族就是这个部落的后裔。这个故事传承沿袭了下来，白色便一直被藏族人民视为纯洁善良、吉祥幸福的象征而眷恋深爱。

还回想起来，那次我把去天祝抓喜秀龙草原的所见所闻，写了一篇题为《藏族与白色》的散文，发表在《人民日报·海外版》上。

退　思

回首三十多年前后与萨娜的两次相逢邂逅，这个经历虽然平淡无奇，却觉得充满历史感、美好感而萦绕心头。愫绪波澜，思考人世间人与人之间的关系、交往和情感问题，有点退思。

这是一个深邃且沉重的大话题，仁者见仁智者见智。只能简略浅谈而已。

古往今来，关系、交往、情感，与人们的创业、发展、精神息息相关，至关重要。中国传统文化突出的人文特征之一就是，秉持礼法、坚守道德，信守礼义、维护关系，崇尚善良、注重情感，精神丰盈、无往不胜。天下一家、同舟共济，亲望亲好、邻望邻好，守望相助、和谐相处，美人之美、美美与共。泱泱大国，中华民族，礼仪之邦，著称于世。

无数的事实证明，人的全面发展，不能简单地归结为只是个人能力的发展，而是注重得益于人脉关系的发展：与高人为伍，与贤者同行，兼收优秀者的认知、思想、理念，并蓄强势者的能力、实力、智慧，整合利用高尚的多元的有水准的人际关系，往往关乎乃至决定着一个人及其团队，能怎么发展前行，发展到什么程度和层面。

而情感，是人生不可或缺的精神支柱。情感产生精、气、神。情感产生无穷魅力和无限智慧。情感是创造精神财富和物质财富的巨大力量。如果人的情感缺失丰富愉悦的呵护，精神世界就缺少阳光雨露，心情就会"塌陷"，萎靡不振，昏然无趣，孤独寂寞，暮气沉沉，甚至丢失精神家园。

注重关系和社会交往，增进了解，加深情感，优化合作，是人性本能的属性，事业发展的必然需求和选择。人们交流交往交际，重视心理、见闻、体验、方略、情感、价值等各个方面的诉说沟通，收获信息、触类旁通，相互启迪、知己知彼，开启门分、滋生缘分，增长见识、汲取养分，取长补短、拾遗补阙，丰富生活、充实自我，幸得机遇、带来好运。人以群分物以类聚，日久天长交往愈多，交流愈宽结识愈深，脾性相投利益攸关，彼此信任谋求合作，志同道合优势互补，携手发展长足进步，善于创造成果效益。结交良师广有益友，大家事业步步登高，产生友情亲情爱情，顺理成章自然而然。这是人生历程中必需的人际关系，必需的成长土壤，必备的发展条件，必然的交际成果。

当然，一个有精神情怀的民族，重视处关系讲情感，注重多合作共发展，应遵循礼法规矩，坚守人格操守。人情不可越界，关系不得逾规，操守不能混乱，良知不许践踏。人情始于温暖，关系始于善良，都终于公平正义。在交往关系中，为贫者伸援手，为弱者呼正义，为冤者鸣不平，为社会进步敢直言，这是中华民族素有的思想理念和行为规范。

必须正视，长时期来，由于依赖人情思维的浸淫，非正常关系泛滥大行其道，市场无序疯狂竞争现象猖獗，破坏依规按章办事，破坏社会正常秩序，破坏公平正义，尤其是官商结盟、盘根错节的新生强势既得利益集团，肆无忌惮地掠夺财富，造成当今贫富悬殊、社会分裂而对立，从根本上降低了生产效率和社会资源运转效率，损害了社会主义按劳分配制度，助长了腐败和不正之风。

近些年来，追逐官欲、财欲、色欲者司空见惯；官商勾结、巧取豪夺，权钱交易、谋取私利，乱搞关系、辱弄情感，层出不穷；贪官奸商堕落奢靡，包养二奶情妇，不足为奇；卖淫嫖妓腐朽现象沉渣泛起；不忠贞的婚外情，不害臊的第三者，不乏其人；男女随意同居，"一夜情"见怪不怪；许许多多的秦晋连理，"欢欢喜喜，好聚好散"，闪婚闪离，犹如潮汐。问题面广量大、错综驳杂，善恶相生、美丑杂陈，剪不断理还乱。丑陋丑恶现象污染社会腐蚀人心，影响搅乱了人与人之间的正常关系、交往和情感。

执政党坚定不移推进党风廉政建设和反腐败斗争，坚决扼制打击各种不正之风。我们必须保持清醒的头脑，以坚定信念和鲜明立场，反对抵制不健康人情关系不正之风的影响和腐蚀，捍卫国家和人民的利益，卫护社会主义制度，坚守新时代的良好社会风尚。

"宠辱不惊，看庭前花开花落；去留无意，望苍穹云卷云舒。"无可置疑，中华民族的传统美德和良好精神风貌，在中国现今社会依然是主旋律。人们之间纯朴的关系，纯真的交往，纯洁的情感，仍旧是主流。绝大多数中国人还是相信，人世间充满了人性善良，充满了真情博爱，充满了友情、亲情、爱情，充满了同性、异性之间的相识相知、互来互往，诚挚情感、团结友好，彼此信赖、扶助相靠。天涯何处不相逢，相逢未必曾相识。有缘不期喜遇，彼此携手同行。相爱之人是情侣，有情人终成眷属。相知人、有情人总会相逢邂逅，而相知人未相逢或难邂逅也是有情人。地域和时空阻隔不了人的关系相处、互通交往和情感延伸，正义的正常的正当的关系、交往和情感都是自由的美好的。纯朴纯真纯洁纯粹之情，藏在心扉，乐于喜逢，都是寄托。这是一种人性现象和人文基因的传承，体现了中华民族的精神情怀。

诚然，世界是个万花筒，万事万物都在变。没有永远的朋友，只有永远的利益。今天的朋友和情人，明天可能就是仇人和敌人。这是现代社会的一种现象。后悔在情感中一文不值，没有人会为别人的悔恨而愧疚，这是现代社会存在的一种态度。孰是孰非，只有让时间来检验，让社会的发展来评判。

值得倡导和秉持，善良诚挚的友情必须珍惜，天经地义的亲情必须守护，一尘不染的爱情必须忠贞。然而，友情、亲情、爱情，一旦被任意侵害、无辜践踏、彻底破坏，情至终极，物极必反，必然分道扬镳。

必须有足够的精神准备，真情博爱有时候亦会遭遇风霜袭击，让善良人无奈、尴尬和难堪，往往要承受一种别样的辛酸和痛苦。友情需要呵护，爱情需要保鲜，婚姻需要卫护。但呵护情感、保鲜爱情、卫护婚姻绝非易事。迫不得已打友情保卫战、爱情保卫战、婚姻保卫战，需要勇气，需要智慧，需要包容，需要让步，需要隐忍，也要付出代价和成本，且往往沉重艰难，甚至背负冤屈。

谈论人与人之间的关系、交往和情感问题，我特别欣赏和推崇作家梁晓声先生的四句话："根植于内心的修养，无须提醒的自觉，以约束为前提的自由，为别人着想的善良。"

夜色催更，恬静如斯。清尘收露，心情舒畅。收笔之际，扉笺还激荡着一首《追忆抓喜秀龙草原》：

换了人间的天祝乐在春风里，
鲜花绽放在藏家姑娘们的笑靥。
白牦牛吼声喜报儿女新数据，
绿茵草原荡漾的涟漪快要分娩。
"蒹葭苍苍，白露为霜。
所谓伊人，在水一方。"
藏族的爱情绝唱让人心花怒放，
像春夜喜雨充盈情感的甘甜。
真善美的馨香勃发在牧民心田，
情怀装满抓喜秀龙草原的芬芳。

2015 年 11 月 24 日

人物素描
RENWU SUMIAO

走近刘文西

  凡是关注和喜爱书画的人，没有不知晓当代中国画大师刘文西先生的。迄今我国仍在使用的第五套人民币，包括红色百元和五元、十元、五十元钞票上，神韵尽显的伟人毛泽东肖像，都是出自他之手。先生曾自豪地对我和朋友们说："我有一幅十三亿中国人经常看的作品。"

  刘文西画的毛泽东肖像，画出了已故领袖高岸深谷般的精神世界，那神采有物穆无穷的诗和远方。

  那是 1997 年，作为全国人大代表的刘文西先生在参加全国人代会期间，受中国人民银行的邀请，为第五套人民币绘制建国初期的毛泽东肖像。凭借艺术家对一代伟人形象几十年的揣摩和创作传神领袖人物的深厚功底，形神逼真的毛泽东肖像很快便跃然纸上，也很快通过了人民银行和上层的审核认可。

  人们都说："画毛主席，非刘文西莫属。"早在 1960 年，《人民日报》发表了刘文西的国画《毛主席与牧羊人》，当时的毛泽东主席看了说："文西画我很像，他是一位青年画家。"那时，他二十七岁。

  这幅展现毛泽东传神阿堵、惟妙惟肖形象的大画，生动刻画出了领袖与人民亲密关系的主题。艺术界认为，这是中国绘画领袖史上无与伦比、不可替代的一幅名作。

  《毛主席和牧羊人》是刘文西先生的成名作之一，传播四海被中外美术界高度赞赏和广泛称道。他创作这幅画是下了大功夫的，是画家四走红军长征走过的陕西路段，深入采访百姓，感悟伟人和铁流二万五千里的伟大长征精神的成果。就创作这幅作品的整个过程，我曾先后在西安先生的办公室和府上，细听他直抒胸臆。"那时，我二十几岁，大学刚毕业，到陕北杨家岭实习。浑身的活力，连续跑几天都不觉得累。"他说，在当年陕北境内的红军长征路上，花费了相当长的一段时光深入生活、调查了解，无计其数次，在黄土窑洞里，在田野间，在羊群中，与陕北的老农、牧羊人交流、提问和挖掘，听他们讲述毛泽东在延安时期亲民爱民的故事，包括领袖走路说话、举手投足、夹烟弹灰，与农民促膝交谈时一举一动的神韵等细枝末节，他都兼收并蓄，反复揣摩悉心感悟，融化于创作思考中；牧羊人甩鞭子扔石子吆喝头羊、嘶吼信天游、打情骂俏等生活习俗气息，就连山羊喜欢往山坡高处奔跑，绵羊爱钻石头疙瘩滩，家畜的这些习性，他都集纳琢磨，成为创作的素材。草稿画多达数百张，每画出几张，他就拿给见过伟人的老农看，问"像不像毛主席？"再问老牧人，"牧羊人像不像？"悉心倾听和采纳群众的意见和想法，不断地精心修正构思，反复地修改画图草稿，直到一幅栩栩如生的《毛主席和牧羊人》定稿、问世。连毛泽东本人看了都说"画我很像"，可想而知，他花费的汗水和心血。

先生的形象像幅画，自然，纯朴，奔放，性情中人。思维敏锐，操着有点吴语闽腔的浙中乡音，面色红润、挺胸凸肚，标志性的带沿蓝色帽子，总穿着白色或灰色衬衫、中山装，言谈举止，个性很足。

采访他，与之打交道，留下的一些印象很深。第一次访谈时，先生很豪放。我提问："您是什么时候开始学画的？"他回答："我天生就是画画的料，儿童时代就喜欢了，最爱画毛主席的像。"接着，给我讲了个他"终生难忘"的故事：1949年10月，浙江老家嵊县举行新中国成立庆典大会，主席台上悬挂着他这个中学生给学校画的很不成熟的毛主席和朱总司令的画像。"原来，庆祝大会差一幅应挂的领袖像，他们到处找，最终从学校找到搬来了这幅画。我特别兴奋，因为我的作品被挂在了隆重的场合。"

他继续讲道，他在故乡的阳山中学读初中，第一次听美术老师讲，欧洲有个了不起的闻名世界的画家达·芬奇，当时的译文是"达文西"。"我想，我与他的名字都叫文西，他叫达文西，我叫刘文西，他能成为外国的大画家，我为什么不能成为中国的大画家呢？从那时候起，我更加发奋学画。"

……

另一次采访，我问他："您是南方人，为什么会选择陕北呢？"先生一听，言语认真严谨了，正儿八经地，给我谈了自己的思想轨迹。

十七岁时，刘文西进入陶行知先生创办的育才学校（行知艺术学校）学习。在那期间，美术老师给学生们讲述了毛泽东《在延安文艺座谈会上的讲话》，伟人强调的"以人民为中心进行文艺工作"的思想对他影响极深，开始弄懂学美术画画，与革命的关系，与人民的关系，树立了画画必须坚持为人民服务的观念；红土地延安革命根据地，陕北老农的形象，信天游和唢呐，都强烈地吸引着他，认为那里才是成长出息人、让他成为画家的好地方。后来，他以优异的成绩考取中国美术学院华东分院（后易名浙江美术学院）国画系，五年攻读，师从大画家、副院长潘天寿教授学中国画和书法。他刻苦学习进取的那股子精气神，名列前茅的学业成绩，一直为同学们折服和效法。毕业实习时，他第一次直奔延安，从此便深深地爱上了陕北和那里的农民。毕业后如愿被分配到西安美术学院工作，在西安待了一生，往陕北跑了一辈子。

刘文西代表作《毛主席与牧羊人》

刘文西凭着一腔热血，一股子韧劲，一种刻骨的爱，在少年时代跑进了美术园地，大学毕业后跑进了的陕北，一心一意画他心中的画。二十七岁时的一幅画，毛泽东的一句话，让他开始走红；一辈子殚精竭虑，追求"主题思想的深刻性、人物塑造的生动性和笔墨技巧的开拓性"，着力描绘最美的画，执着地走向红色艺术的辉煌。

四十多年间，他坚持党指引的文艺工作者的方向，以老革命根据地陕北为深入生活和从事创作的基地，五十多次"沉"到黄土高坡底层民众之中寻找创作源泉，跑遍陕北所有的市、县和许多乡镇，感受山山水水和沟沟峁峁的乡土气息，结交了几百个农民朋友，向人民群众汲取营养；坚守"泡"在浩瀚浑厚而独特神奇的黄土地精心写生，画了数万幅男女老少人物和山水速写，寻求中国画艺术的真谛；沿着中国工农红军转战陕北的路线走访琢磨提炼题材，创作出大批以陕北革命历史和风土人情为主题和内容的作品。他绘画一生，在国内外发表作品千余幅，出版画册二十多本。其中，获国家级大奖的作品九件，被中国美术馆收藏的作品二十五件。主要代表作有《毛主席和牧羊人》《同欢共乐》《祖孙四代》《转战陕北》《知心话》《奠基礼》《沟里人》《北斗》《山姑娘》《虎娃》《黄土情》《东方》《毛泽东在抗日年代》《更喜岷山千里雪》《与人民同在》等，为国内外画坛认知和人民大众所喜爱。他发表的《为人民而创作》《黄土深情及深入生活点滴谈》《要大力发展人物画》《坚持速写，坚持创作》等卓有见地与影响的论文和文章数十篇，奠定了学术成就。应海外艺术界的邀请，刘文西先生带着自己的思维和作品，访问了泰国、马来西亚、新加坡、日本、法国、意大利、加拿大、澳大利亚、美国等国家，以及港澳台等地区，宣传中国绘画艺术，并在多地举办画展，受到世界美术界的赞誉和外域公众的喜欢。

坚守在黄土高坡辛勤耕耘的刘文西先生，为党和人民作出了突出贡献。作为美术教育家，他教学育人，桃李满天下；作为开创黄土画派的奠基人，他潜心创作，硕果累累，蜚声中国画坛闻名于世。历任西安美术学院院长、名誉院长、博士研究生导师，是"有突出贡献的专家"；陕西省文艺界联合会副主席、陕西省美术家协会名誉主席，黄土画派艺术研究院院长；全国文联委员、中国美术家协会副主席、中国当代画派联谊会主席；以及第七、八届全国人大代表，全国第四、五、六、七次文代会代表。他以巨大的成就，确立了自己在中国美术史上的地位：名副其实的"全国首批百位名师"之一，"代表了二十世纪后期以来中国水墨写意人物画的新高度"的"中国人物画四大名家"之一，被大众赞誉为"人民的艺术家"。

在西安美术学院院长、名誉院长和黄土画派艺术研究院院长的岗位上，刘文西先生呕心沥血数十年，在培育了以西安美术学院几代优秀人才为主力军的学院式画派的基础上，奠基创立了崭新绘画流派——以六七十名荦荦大端的著名画家为骨干队伍的黄土画派，展现雄厚豪放、阳刚之气，勃勃新形态的超现实主义的独特艺术风格，成为中国画坛流金溢彩的一朵奇葩。

中央高层很看重这位艺术家。1993年，时任中共中央总书记江泽民亲切接见刘文西先生，与其交谈，高度称赞他热爱大西北的精神和获得的成果。时任中共中央政治局常委、全国政协主席李瑞环，观赏其画展感奋不已，亲笔致函刘文西先生，热情评价说："你以独具风貌的艺术手法，创作了大量反映陕北人民生活的作品，受到普遍赞誉。尤其以毛泽东主席为题材的作品，更产生了广泛的社会影响。"

刘文西先生植根于黄土地，崛起于黄土地，闪光于黄土地，以描绘中国领袖风采和陕北农民而成为中国画大师。陕北黄土地成就了他，成就了黄土画派；艺术家的才华和成果，也塑造了陕北，塑造了领袖，塑造了人民。

1999 年，刘文西先生到深圳写生，目睹改革开放的总设计师大力支持经济特区创造的神话般的奇迹，情不自禁创作的中国画《与人民同在》《春天》，展现出伟人邓小平大步流星、敢为天下先的神魂。之后，他又两次来深圳，以深邃的艺术视角进行观察，产生创作灵感，欲画特区"深圳十大美景"。先生回西安后有了新的思考，提出应由深圳广大市民来评选"十大美景"、再创作的想法。先生征求我的意见，还寄来了他书写的"深圳十大美景"字样。他的这番深情美意，我自然十分赞同。我想，他这个重量级的艺术家要来深圳，施展如此大的动作，必须让深圳"朝野"知道才行。于是，我专程去了趟西安，同他和他的智囊做了磋商，商定由他执笔写信给当时的于幼军市长，让市领导知晓并获得支持，有了政府依托，工作开展起来就顺利许多。孰料，于市长突然调离深圳，未能实现夙愿，我和他都深感遗憾。先生亲笔致于市长的信函和所写的"深圳十大美景"书法，也就成为珍贵的纪念品被我收藏。

不久前，我将刘文西先生包括《春天》在内的几幅名作，推荐给了《深圳特区报》美术版，得到该版主编庄锡龙先生的重视，决定推出见报，还让我写了篇文章配画一并发表了出来。

2001 年 9 月

"奔跑中的艺术家"刘人岛

　　写下这个题目，说刘人岛先生是"奔跑中的艺术家"，意在借用美术界对他的赞美，欲表达先生惊人的成长速度。还有他的惊人的丰硕成果、惊人的作品价值，都不能不令人惊叹和折服。

　　我曾亲睹，他在北京刘人岛艺术中心大厦内自己的宽敞画室，在二十米多长的画桌前奔走，在二十多米长的站台上驰步，叱咤风云般在桌面和墙面上挥毫泼墨，大手笔创作画画的情景；在他的陪同下，我在他的多个庞大画库里，欣赏他让人惊讶的硕满作品成就；曾亲眼所见，在一次保利香港春拍会上，他的小幅山水画《水墨放浪由秋韵》等作品，在拍卖师的几槌之间，以四百二十四万八千港元成交，在九十九件"惟墨维新——现当代水墨艺术品"专场拍卖中成交价名列榜首的情景；曾亲耳聆听，他以艺术经济学学者的身份，在深圳文化大讲坛慷慨演说中表示，"不懂得将

刘人岛与作者合影

自己的艺术成果，转化为应有的经济价值的艺术家，不能算是完全意义上的艺术家"。

近几年来，艺术家每日都把自己的新作品拍成照片，带着"早上好"的问候，通过微信发给我，让我天天享受着浓浓的友情和大美艺术的新鲜气息和韵味……

"大美中国"展在故宫大显丰采

故宫，是展现中国历史艺术和现实艺术的任何地方都无可比拟、不能替代的圣地平台。凡是在这里展示的艺术，都代表着与"故宫身份"相符的规格和水准。

刘人岛先生"散发着新时代气息的当代优秀艺术作品，为古老的紫禁城注入了青春的活力"。

流火的七月，在中国艺术界发生的刷屏热点新闻，莫过于 2021 年 7 月 12 日由故宫博物院、中国美术家协会、清华大学美术学院、中国文物学会、中国国际文化传播中心联合主办，在故宫推出的"大美中国——刘人岛美术作品展"。

以"大美中国"为主题，围绕中国美术家协会理事、中国文物学会书画雕塑专业委员会会长、刘人岛艺术中心主任、北京师范大学教授刘人岛先生的中国画创作为重心，共展出了他在中国画、漆画、书法、翡翠雕刻、陶艺、书籍文献六个艺术门类方面的美术作品二百余件，"全面反映了艺术家的大美术观和创作理念"。

那么，怎样看待刘人岛先生的"大美术观"呢？ 2016 年以来，作为他指定的采访记者，我在作品展开幕的当天，电话采访了作品展筹委会，了解了是日莅临观赏作品展的艺术界多位大咖的现场致辞，他们做出了高度概括的诠释。

其一，作品展为古老的紫禁城注入了青春的活力。艺术家、故宫博物院党委书记、副院长都海江表示，"三十多年来，刘人岛的足迹踏遍祖国的大江南北、万里河山。通过实地采风，他创作出了一系列墨彩淋漓，气势昂扬的山水画作品；同时，他深受中华优秀传统文化的熏陶与感染，对中国古代绘画也有深刻的了解。这些反映社会潮流、散发着新时代气息的当代优秀艺术作品，为古老的紫禁城注入了青春的活力，新的时代赋予了故宫博物院新的使命。"

其二，作品展体现了故宫应有的规格。建筑学家、艺术家、中国文物学会会长、原故宫博物院院长单霁翔表示，"这些气势磅礴的大画，反映了祖国山水，江山如此多娇，江山就是人民，人民就是江山。这种主题，让人们在看《钱塘江大潮》这种来自于生活，来自于世界，歌颂祖国山川的大美，这种情怀使他多才多艺。刘人岛美术作品在故宫博物院展览，体现了故宫应有的规格"。

其三，作品展构成了完整而又成熟的绘画艺术风貌。美术理论家、中国美术家协会分党组副书记陶勤表示，"作品无论是山水还是花鸟，都堪称酣畅淋漓，光彩斐然，自然天成。第一，既有对大山大水的豪情铺陈，也有对一花一果的细致精微的诗意描绘，一山一水、一枝一叶总关情；第二，作品的绘画体系，无论是写意还是泼彩形成的瑰丽的色彩关系，都具有强烈的个人辨识度。第三，作品在传统中国绘画范式与当代审美观之间找到了很好的平衡点和结合点，习古而不离古。整个作品从题材选择、色彩关系和绘画语言三个方面构成了完整而又成熟的绘画艺术风貌，像摆渡者将观众从现实此岸引领到精神彼岸"。

其四，作品展说明刘人岛是一位动之以真情深受大众喜爱的艺术家。艺术家、清华大学美术学院院长鲁晓波教授表示，"刘人岛的作品，确实采用了不同的材料，每一件艺术创造都是在做全新的实验，作品有一种特有的质感。从这些作品当中，以及我平时对他的了解，刘人岛确实是一位制作艺术理想的艺术家，是一位勤奋的艺术探索者，更是一位动之以真情深受大众喜爱的艺术家，是一位用艺术视角去发现美，表现和创造美的大美术艺术的践行者"。

我通过电视转播看到，作品展吸引观众爆满，盛况空前。刘人岛先生创作的国画《浮云山霭莽苍苍》《岛生万物》《寻仙何必蓬莱岛》《钱塘江大潮》《人间仙境》《万重大山情》等作品，主编的《名画观止》《历代皇帝御藏点评名画》大型画册等，受到广大观众的赞誉和喜爱。顷刻之间，有感而发：丹青曼妙显故宫，情致韵律夺天工。盛年追梦绽韶华，美画仙境尽彩虹。

《浮云山霭莽苍苍》遨游太空

最能体现艺术家刘人岛先生的大艺术观的作品，是第一次被宇航员带入太空的中国画作品《浮云山霭莽苍苍》，宛若一片永久翁翳的丹青森林。

十六年前的 2005 年，国家有关部门在美术界精选笃定他创作的"那个时期代表中国绘画艺术的杰出国画"——水墨山水画《浮云山霭莽苍苍》，在当年 10 月 12 日带入"神舟六号"载人宇宙飞船遨游太空，旨在通过向世界宣示中国的大好山河，弘扬中国卓绝英勇的伟大航天航空精神和航天英雄气概。10 月 17 日宇宙飞船返回地球，作品被国家收藏。这件艺术盛事震撼了中国、轰动了世界，由此奠定了刘人岛先生"中国当代最具影响力的艺术家之一"的地位。

2006 年 3 月 26 日，国家邮政总局向全国发行《浮云山霭莽苍苍》纪念邮票，首发式在北京人民大会堂隆重举行。清华大学美术学院教授袁运甫代表学院在首发式上发表演说称道："《浮云山霭莽苍苍》进入飞船飞上太空，又从太空飞回，把中国多少仁人志士、多少艺术家、多少杰出的科学家和他们一辈子为之贡献的成就，结晶在一起，意味深长。这件作品附带了非常有价值的精神性成果，具有极高的精神和经济价值。"

《浮云山霭莽苍苍》

2007 年 12 月，《浮云山霭莽苍苍》在镇江博物馆展出，时任中央宣传部副部长、国务院新闻办公室主任蒋建国发贺信赞评："刘人岛艺术家创作的《浮云山霭莽苍苍》，以其磅礴的气势、鲜明的个性，洋溢着积极向上的主调，表达出与时代同行、和人民相通的情感。"

2016 年 7 月，在深圳人岛艺术中心举办的包括《浮云山霭莽苍苍》在内的大型"江山多娇·大美深圳——刘人岛艺术展"，展出半个月，参观者如流，好评如潮。原中央政治局委员、全国人大常委会副委员长李铁映莅临参观，并与艺术家一起泼墨作画，在艺术界传为佳话。

2016 年 9 月，神舟六号航天员费俊龙、聂海胜两位少将，做客北京刘人岛艺术中心，向艺术家畅谈"《浮云山霭莽苍苍》给予航天航空事业的巨大鼓舞作用"，都在《浮云山霭莽苍苍》邮票及限量高仿作品上签名纪念。

2021 年 7 月 12 日，在故宫博物院举办的"大美中国——刘人岛美术作品展"

上,《浮云山霭莽苍苍》布在显著位置,被观众围得水泄不通,口赞笔评,誉不绝口。

我曾专程去北京刘人岛艺术中心,欣赏先生创作的巨幅旷世名作《浮云山霭莽苍苍》,感悟和领略其神韵的艺术境界,沉浸于"一峰剥尽一峰环,折境崎岖绕碧湍。咫尺诸天开树杪,潆回万壑起眉端"的诗情画意之中,感慨万千,不能自已,奋然命笔为挚友艺术家的力作而写《赞〈浮云山霭莽苍苍〉》,欲解读其深涵:

> 泱泱大国,浩瀚疆域。
> 东方圣境,人间仙景。
> 湘人人岛,艺术匠师。
> 下笔风雷,气势磅礴。
> 紫气东来,画如江山。
> 传奇椽毫,异彩泼流。
> 千山万峰,巍峨壮美。
> 笔墨横姿,妙在心手。
> 千峻万嶂,逶迤秀丽。
> 丰厚雍容,神采炳焕。
> 千峦万仞,鬼斧神工。
> 笔扫千军,隽永俊秀。
> 悬崖峭壁,结体秀美。
> 峰嶂岭峨,一望无垠。
> 雄强伟状,潇洒奔放。
> 重叠碧翠,秀丽疏朗。
> 气韵流畅,风格秀媚。
> 峻宕雄伟,转意迭出。
> 层峦叠嶂,雄浑豪放。
> 风姿多变,简淡秀润。
> 跌山道丽,凤泊鸾漂。
> 山霭苍莽,酣畅淋漓。
> 浮云缥缈,飘逸清秀。

高峰坠石，游云惊龙。

遒媚劲健，臻微入妙。

浮云缥缈，山霭苍莽。

格局雅致，清爽袭神。

山水宏品，钟灵毓秀。

画面斑斓，意超自然。

行云流水，苍劲有力。

入木三分，力透纸背。

流畅蕴藉，凝重典雅。

华美自然，技压群雄。

雍容大度，浑然天成。

紫气东来，江山如画。

栩栩如生，惟妙惟肖。

国家收藏，彪炳史册。

旷世丹青，画坛流芳。

艺术家的成就铸就大艺术观

艺术家 1964 年出生于湖南新宁，天资卓越的俊秀后生，从湖南山野乡间闯出来攻读、学画。1991 年毕业于中央工艺美术学院（现清华大学美术学院），三十二岁时被中国艺术研究院评定为副研究员，调北京师范大学工作后晋升为教授。二十多年间，在北京师范大学任教讲学，主持中国文物学会书画雕塑专业委员会和北京刘人岛艺术中心的工作，主编国家十大核心期刊之一的《艺术》杂志，还是清华、北大等二十五家高校的兼职、客座教授。如此繁重的负荷，很难想象他是怎样承担得起来，又是怎样苦攻丹青艺术的呢？而他就是这样，一边辛勤工作，一边钻研画画等诸多艺术，走进了艺术家的行列。

多次采访艺术家，与先生交谈，他总会说"这是我难得的休息。"交流之中，他总是时不时地在桌上盛着花生米的盘里抓几粒塞进嘴里，端起酒杯呷一口，眉飞色舞地给我讲说着，回答着我的提问。那随性的精气神儿，时而高亢，时而深沉，时而洒脱，时而严峻，表达出思考和创作艺术作品题材和过程的深邃体会与收获，洋溢着陶醉于艺术世界的欢欣与快乐，好丰沛丰盈，好感人动人。他是个有严谨缜密思维的艺术家，总能够满足我的访谈。我对他最大的感悟，就是他追求艺术的"野心"勃勃，没有止境；学习、掌握和驾驭艺术的本领"快如疾飞"，毫无畏惧。所以，他在艺术界有"奔跑中的艺术家"之美誉。

名师出高徒。刘人岛曾获得吴冠中、张仃、祝大年、袁运甫等艺术大师的言传身教。响鼓无须重锤，他领悟真谛，兼收并蓄大师们的艺术精髓，艺术素质疾速提升。

今年五十七岁的刘人岛先生，以其三十多年的传奇艺术人生和在中国山水画、漆画、书法、雕塑、翡翠雕刻、陶艺、艺术品收藏与鉴定、艺术经济学、艺术文学等艺术门类方面取得的成就、建树和造诣，铸就一座"人岛大艺术观碑"，为艺术界所赞赏和景仰。

2016 年由他投入巨资，在北京海淀区红山口建造的北京刘人岛艺术中心大厦，多年中联袂各地企业家和艺术家在深圳、上海、长沙、合肥、太原、厦门、昆明等地建设的人岛艺术中心，执艺术创作、学术研究、艺术交流、艺术教育、艺术市场之牛耳，成为立足北京和各地、面向全国全球的综合文化艺术连锁阵地，为界内所瞩目。

我与他，从认识至熟识至挚交六年之久，在北京，在深圳，在其他地方，很多次深入访谈和交流，尤其是在他的创作基地耳闻目睹。谨此，就拣他几件突出的实事"晒晒"。

一部专著高层喜爱。1997 年，艺术家主编的《名画观止》出版后，党和国家领导人很欣赏。中央有关部门请他到人民大会堂，当面给包括中央常委在内的数十位领导人在专著上签名。

两组大型群雕永久陈列。1998 年，国家有关部门选定聘请艺术家，在我国重要建筑"中国民兵武器装备陈列馆"内，主持设计并创作完成了两组表现建国前后民兵英勇事迹的大型群雕。

一幅力作轰动世界。2005 年，艺术家创作的水墨山水画《浮云山霭莽苍苍》，搭载"神舟六号"载人飞船遨游太空后，被国家收藏。

一幅佳作永藏故宫。2005 年，艺术家创作的山水画《浑山韵云》，被故宫博物院、中国美术家协会、中国书法家协会联袂提名，入选"首届中国当代百名名家画收藏展"，并参加纪念故宫博物院建院八十周年活动后被该院收藏，同时被国家邮政总局制成纪念版票出版发行。

为北戴河领导办公区创作作品。2006 年，国家有关部门指定艺术家到北戴河，在高层领导办公区和贵宾楼创作完成十多幅大型山水画，永久悬挂和珍藏在那里。

作品入选"中国当代实力派画家"影视片。2006年，艺术家的作品入选由中央电视台等机构摄制的"中国当代五十名实力派画家代表作"的电影电视片《中国当代画家》，向全球推介。

十多年来，国内有十多家出版机构出版发行艺术家创作的各类作品出版物，达三十多种，累计印数五十多万册；发表学术论文三百多篇，共达八百多万字；主编出版古今中外经典书画艺术品大型画册三十余套、本；创作的"四大发明""革命先烈李达""孔子""老子""山东海"等二十多件大型雕塑作品，竖立于全国二十多个城市；国家邮政总局出版发行他的美术作品的纪念版票、套票、单张票，达二十多种共数十万套、张，还结集出版发行《刘人岛美术作品邮票珍藏册》。

艺术家的中国山水画作品饮誉海内外，为收藏家所看好，在艺术品市场上趋之若鹜。如2007年创作的山水画《流金溢彩》，在珠海被美国收藏家出价二百万美元买走；2008年创作的翡翠雕刻《瑶池赴会》，在长沙拍卖成交价四千一百万人民币；2010年创作的山水画《又见壶口急先锋》，在太原拍卖成交价九百九十九万九千九百元人民币；2016年创作的山水画《水墨放浪由秋韵》等作品，在保利香港春拍成交价四百二十四万八千港元，在九十九件"惟墨维新——现当代水墨艺术品"专场拍卖中，成交价名列榜首。

多年间，刘人岛作品艺术展系列活动，分别在北京798艺术区、湖南国际会展中心、山西博物院，西安美术学院、贵阳美术馆、云南省博物馆、厦门市九朝汇宝博物馆、北京大学北大星光美术馆，以及在长沙、昆明、上海、太原、厦门、合肥、深圳、北京等地的"人岛艺术中心"成功举办，多有省市党政主要领导、艺术界名流剪彩揭幕和观赏。他还应邀在欧洲、亚洲、北美洲、南美洲、大洋洲、中东等近百个国家和地区讲学，举办个人画展，受到过芬兰总统塔里娅·哈洛宁、巴拉圭总统费德里科·佛朗哥等国家政要的接见。

多年来，人岛先生一贯热心慷慨解囊救灾，扶助社会事业、慈善事业和家乡建设。据北京刘人岛艺术中心介绍，捐赠的资金、画作价值多达2亿元人民币。

2021年8月

科教战线一颗明亮的星辰

　　2017 年 7 月 4 日的早上，作为尊敬和爱戴牛憨笨先生的他的亲密朋友，我与深圳大学、深大光电工程学院的师生和社会各界人士，一起到先生的墓地，参加纪念"中国共产党的优秀党员，我国杰出的光电子学学者，超快诊断技术和物理电子学专家、中国工程院院士，深圳大学光电工程学院院长、博士生导师，研究员、教授牛憨笨先生"仙逝一周年的活动。

　　光电工程学院的人携带的音响设备正在播出纪念牛院士的文章，一些片断传进了我的耳朵："他总说，人是要有一点精神的。光电工程学院大楼三楼 314 室的那盏灯，在夜幕中像一颗最明亮的星辰，无论春夏之晚，还是秋冬之夜，都不会熄灭，夜复一夜，不知疲倦地闪烁着不息的光芒……"

　　314 室，是牛院士生前工作的办公室。我赞赏，这段话，是对先生生命不息、奋斗不止的革命精神的真实写照。

　　肃立在墓碑前，我抹着眼泪，深深地怀念和祭祀这位永活心间的师友，永活人间的科学大师！

　　在深圳大学内外，在深圳市内外，院士自定规矩践行的超负荷的工作时间这件事，极大地激励着人们。我目睹耳闻，感受极深。

　　那是 2004 年年底，因为许久未晤面惦记牛院士，我打电话给他预约，他定于几天后的 2005 年元旦上午，在他的办公室会面。我想，院士选择一元复始的新年会见友人，不外乎有贺节祝愿的美意。元旦上午，我兴冲冲地到达地处鹏城南山区的深圳大学，走进寂静的光电工程学院大楼，来到三楼熟悉的他的办公室门口，正欲按门铃，院士闻脚步声出来笑迎我。我说："再不见面，快把您

'农村包围城市'（院士因其头顶的头发都掉光了，将左侧的头发盖顶而过，因而被他夫人阔老师戏说为'农村包围城市'）的特色发式都遗忘了！"他听之，开怀大笑，那样子纯朴憨厚极了……

进了他的办公室一看，他的案头层层叠叠，摆满了资料，方知院士正在埋头于研究……

顿时，我心生纳闷，元旦是规定的节假日，为什么新年他还在工作？

我们坐下，寒暄了一阵子后，我向他祝贺获得《深圳特区报》百字文章征文、百名获奖者排名第一名的成绩，他也向我祝贺获奖，我说我排名第二十几位，比你差许多。他告诉我："我读小学、中学时期一直都喜欢文学，文课学得最好，考大学时希望能上中文系，结果被清华大学无线电系录取了，又学上爱上了光电子学，改变了我未来做文学家的愿望。"我说，作为科学家，您仍然可以做文学家，您的文学天赋好，可以把您钟爱的光电子学和自己创造的成果写出来。他说，我有这个愿望，文学创作可以放到退休以后。

他还谈道，来到深大创办了光电工程学院，他的愿望就是把学院办好，办出水平，办出名气，重要的是要让学生在宽松自由的环境中学习，发挥自己的创造力。老师要在实践中发现助长创造性人才，千万不能施加学习压力，不能限制人才的自然发展。"我认为，大有作为的人才是自然成长脱颖而出被伯乐发现的，千里马不是培养的。"我听后说，您的这个观点很新颖前卫，值得宣传出去。他告诉我，他考虑用自己的工资设立"牛憨笨奖学金"，就是想通过奖励那些有创造力的学生，大力弘扬学生的创造精神和创新精神。翌年，我听说，他果然用自己的工资，在光电工程学院设立了"牛憨笨奖学金"。

我还向他征求了对我主编的那时为周刊的内参的意见，因为他一直在阅读。他说，办得不错，建议你这个总编辑，思想再解放一些，思路再放开一些，内容多样化一些，力求每一期都有几篇几条发人深思可获得启发的信息和文章。他的意见很中肯，我接受了。

我深切感受到，与牛院士交流，是向他学习新思想、新观念和获得良多裨益的极好机会。

聊谈中，我禁不住问了一句："今天您咋还在工作？"

就在这时，院士的夫人阔老师闪身而入，望着我说："他每年只在春节休息半天，其余所有的节假日一律上班，雷打不动。"她肯定是听见了我的问话，给我做了回答。

"这是哪里的规定？"我看看他们夫妇，又冒昧地一问。

牛憨笨先生

"老胡，哪里也没有规定，这是他自己的规矩，从西安到深圳，好多年一直是这样的。"阔老师接着说，"他告诉我你要来，我过来看看你。"

"谢谢夫人。"

院士乐呵呵地说："已经习惯了，时光珍贵不能浪费，工作也是一种休息嘛。"

我的脑子里，迅速计算了一下，每年国家规定节假日为二十七天，加上全年一般为五十二周的周末周日，共一百零四个休息日，全年节假和休息日一百三十一天，而院士每年只在春节休息半天。我扪心自问：这是什么样的规矩，展现了什么样的精神啊？他真是人民的好公仆，共产党员和科学家的优秀榜样。这是大师风范和精神风貌的一个定格。

由于院士长期发愤不休地工作，积劳成疾，终究不治。2016 年 7 月 4 日，疾病夺走了科学家的生命。

科学家去世，大家悲痛不已。亲友同事在微信里专门搞了一个群，发布纪念文章、即兴言论和照片等，缅怀悼念他。他的同事纷纷议论："牛院士拼命工作，是累死的。"他的儿子牛钢发布的题为《我的爸爸》的文章里，介绍了父亲的作息时间：

爸爸每天早上六点三十分时醒来，洗漱完毕吃好妈妈准备的早餐，七点三十分爸妈一起准时到达研究所上班，工作到中午十二点；午饭后小睡一会，下午两点准时继续工作到傍晚六点；晚饭后两人散步一阵，然后爸爸又到研究所继续工作到夜里十点，回家洗漱完毕看会儿电视，十一点三十分准时上床休息，不用数到三，就会睡着。爸爸的工作日程里，没有周末周日，也没有节假日，全年只在春节休息半天。难忘我的爸爸，他辛苦了一辈子……

品读牛院士儿子缅怀父亲的文章，不禁令人潸然泪下！

美国著名物理学家、发明家富兰克林说："因为时间是构成生命的材料。"杰出的科学家牛憨笨院士，最杰出的特点就是争抢时间搞科研。"时间就是生命，时间就是速度，时间就是保障，时间就是竞争力"——这是他常讲的话，表达了科学家坚强的意志。他定规必行，数十年如一日，无论在哪里，都与时间拼搏赛跑，率领团队、北战南征，倾情吐胆、呕心沥血，夜以继日、攻坚破难，勇于探索、敢于创新，不知疲倦超负荷工作着，奉献着自己的学识、才华和智慧。光电工程学院的老师们说："牛院士始终保持着炽热的科学家、教育家的情怀和斗志，振兴了学院教职员工的信心和士气。我们一想起他，心里就充满崇敬和激动。"

1999年9月9日，五十九岁的牛憨笨院士，率领中国科学院西安光学精密机械研究所的十六名科学家组成的科研团队，集体调进深圳，使经济特区拥有了第一位院士，增添了一批科学家生力军。他率领同心同德的团队，开始了新的征程，卓有成效地在深圳大学从事科学研究和教书育人的事业。

牛院士来深不久，我即与他和他的夫人阔老师，还有他的搭档杨勤劳研究员等众多同事有缘相识。我与他彼此真诚恳挚相交了十多个年头，成为推心置腹、彼此信赖的朋友，感情深厚纯朴。

我一直难忘像亲兄长般的院士，给我讲述他艰辛的童年。他的父亲在他出生前就已去世，母亲在他两岁时改嫁，是他的祖母把他拉扯大的。让我分享他那充满生命力的人生真切感言："我出生在苦难中，我生命的动力，来自智慧的祖母给我起的憨笨这个名字。我长期体验，人有点憨直，有点笨拙，是大好事，感觉自己是foolish，才会不断地学习，才能不断地进步。所以，我的名字成为永远勉励自己进步成长的座右铭。"

我多次访谈牛院士和光电工程学院，获得他大量生动的事例和成果业绩。作为中国杰出的科学家，他以坚韧不拔的科研信念、求真务实的科学思想，主要从事国防军工科研，从专心致志地研究微光夜视开始，进行图像信息的获取、处理、传输和显示等多方面的深度攻关，在变像管超快诊断领域取得的丰富成果，为我国地下核试验、激光核聚变、光化学、光生物学、凝聚态物理、激光技术等研究领域，提供了获取多种超快图像信息的方法和手段；他弘扬锲而不舍的进取精神，用自己创建的动态电子光学牛氏理论，精细精准精确地设计研制成功中国第一个具有重要应用领域的静电聚焦、静电偏转通用变像管，发明九种变像管和七种变像管相机，从而打破了西方国家对中国的封锁，使中国超快诊断技术跻身世界先进行列，进一步拓宽发展了动态电子光学理论；运用一系列科研实践的科学真理，撰写发表的具有独特见地的一百五十多篇学术论文，出版的科技著作，被英、美、俄、德、法、日等国的学者引用达近百次，不得不让西方国家的科学家折服。

我多次访谈深大、光电工程学院，获知作为中国杰出教育家的牛院士卓越的教育建树。他来到深圳大学后，创建了光电子学研究所、光电工程学院，并担任所长和院长；先后组建了深大唯一的教育部光电子器件与系统重点实验室和广东省光电子器件与系统重点实验室；前后创建了深圳大学光电三个硕士点、第一个一级学科博士点、华南第一个光电博士后工作站，形成了从本科、硕士、博士到博士后的完整人才培养链，在深圳大学培养了近七十名硕士、博士，创建的光学工程被评为"广东省攀峰学科"。从而，开创了广东和深圳的光电子学事业，为中国国防建设和高科技发展，为提升深圳科技创新水平，推动特区高水平科研机构、高水平大学的建设，作出了重大贡献。

牛院士从事科学研究半个世纪，获得丰厚的科研成果。他先后荣膺国家发明奖二等奖两项、三等奖一项，国家科技进步特等奖一项、三等奖两项；中国科学院科技进步一等奖五项、二等奖一项；获国家发明专利二十一项，获苏联发明专利和美国专利各一项。深圳人民充分肯定"牛憨笨院士带给深大一个光电学科，推动深圳一个光电产业"的功绩，2010年他被评为深圳改革开放"三十年三十位杰出人物"之一。

牛院士治学严谨、博学多识，慎思笃行、潜心进取，品格高尚、光明磊落，淡泊名利、甘为人梯，治学精神与学术品格博得学界同仁的敬仰而久负盛誉。科学大师留下的坚强永恒的革命信念，坚韧不拔的科研精神，清廉节俭的优良作风，高风亮节的人格魅力，为人师表，师德唯馨。

令人们十分痛惜，享年只有七十六岁的大师仙逝，这是科学家的英年啊！噩耗传开，人们深为惋惜！中央领导同志，全国科技界、学术界等领域的名流贤达，华夏社会各界人士等，纷纷以各种形式深表哀悼，深切缅怀和高度赞扬他一生珍惜时光、求真务实，为国家、为科技、为教育事业不懈奋斗的奉献精神。

特别值得一提的是，他在清华大学读书期间，介绍同学吴邦国加入了中国共产党，后来成为中共中央政治局常委、全国人大常委会委员长。这是他对党和国家的一个特殊贡献。

谨此，我一吐心言，寄托对大师的深切哀思——

有一股深情，
总在心灵升腾。
与利益无染，
颇为纯粹洁净。
和私情无涉，
特别唯美神圣。
唯精神世界，
彼此探索共鸣。
在人文灵魂，
碰撞时代心声。
他德如春水，
抱拙播种耕耘。
科坛展宏图，
为国赫立奇勋。

有一个身影，
永在心扉驻留。
芳华盈吾魂，
卓然而立丰碑。
怀民族与国，
鞠躬尽瘁立德。
为科学与民，
攻无不克立功。
重实践与行，
严谨治学立身。
他情怀四维，
当数中流砥柱。
耗心血舍命，
科学大师永生。

2017 年 7 月 4 日

为中国自由基化学填补空白的院士

穿越一百多年的风雨，遵循校训"自强不息，独树一帜"的兰州大学，前身是清末始建于 1909 年的甘肃法政学堂，1928 年扩建为兰州中山大学，1945年定名国立兰州大学。新中国建立后的 1952 年，被确定为国家十四所综合性大学之一，以后虽有变化，但一直是国家综合性重点大学。百余年砥砺前行的兰州大学，秉持、弘扬和赓续"自强不息，独树一帜"的大学校训和"勤奋、求实、进取"的大学精神，兀立于大西北黄土高原，在风沙弥漫中浩浩荡荡唱大风。作为兰大"台柱子"之一的化学系，在中国高等院校化学系中一直是出人才、出成果的佼佼者。

"一代宗师，少年壮志，欧美求学，历尽艰辛，报效祖国创大业。百年沧桑，叶落归根，情系华夏，呕心沥血，励精图治育英才。"这是曾任甘肃省委书记的陆浩先生，对连任兰大化学系主任二十六年的刘有成院士所作的评价。

时光倒流。1982 年 8 月，在德国海得堡召开的自由基化学国际学术会议上，一位身着西服、讲着流利英语的中国科学家，滔滔不绝地演讲着他在自由基化学科研方面取得的新成果论文。这项新成果填补了中国在自由基化学领域的空白，获得国家自然科学三等奖。最后，当他"我讲完了，谢谢大家"的话声还未落下，整个会场便爆发出雷鸣般的掌声。

这位科学家，对于听讲的国际同行们并不陌生。他就是在国际化学界享有盛誉的中国自由基化学奠基人，中国著名有机化学家、教育家，1980 年被评选为中国科学院学部委员（后改为院士）的兰州大学化学系主任刘有成教授。

这是在我访谈刘有成院士之前，由兰州大学安排，观看的一盘录像带里的纪实片断。

1983 年初夏的一个傍晚，按照事先之约，暮色降临时，我来到刘院士家中访谈他。

正伏案头撰写着什么的院士，起身与我亲切握手，表示欢迎。看上去，先生甲子开外年岁，双鬓洒落有星点霜雪，但面貌很清秀精神，目光如炬，身体很壮实。

"院士府上在哪里？"初次见面，我想寒暄一下，便随便一问。

"安徽省舒城县城冲乡。"

"安徽与甘肃，各方面差别较大，院士习惯兰州的生态和生活环境没有？"

"我从 1955 年来兰州，已二十八年，早就习惯了。"他笑呵呵地说。

"您当年从美国回到中国，据说是您个人选择到兰州工作？"

"是的。确切地说，是选择了兰州大学化学系。"

聊过几句，院士留给我的印象更深一些：温文尔雅，清澈见底。

这位性情温和、谈兴甚健的科学家的言语极富逻辑性和条理性，向我讲述他钟爱的化学科教事业，叙说着他的过往和现今，并回答着我的提问，不时挥动着富于表达情感的手势……

院士出身于安徽舒城一个清贫的书香世家。20 世纪 40 年代初，二十二岁的刘有成以优秀成绩毕业于中央大学（现南京大学）。留校从事三年助教后，即赴英国留学。年仅二十八岁时，获得英国里兹大学博士学位和教授职称。随后，又应邀去美国讲学和从事化学科学研究。在短时间内，青春似火、才华横溢的刘有成教授主持合成的口服激素 "17a 乙炔基睾丸素 –20，21–C14"，达到国际先进水平，一举轰动了全球化学界。

1949 年 10 月，中华人民共和国成立的喜讯传到美国，刘有成满怀爱国热情，毅然撤销了任职合同，果断放弃从事科学研究的优越条件，决定回来报效祖国。没料到，竟被蛮横无理的美国当局扣留。直到 1954 年，周总理代表中国政府在日内瓦会议上向美国政府提出强烈抗议并多方进行交涉要人，理屈词穷的美国才放行刘有成和何炳林、陈茹玉、闵恩泽等一批知名科学家、学者回到祖国。回国后，组织上向刘有成征求工作分配意见，他诚恳表示，既不去北京、上海等大城市，也不回怀念良久的家乡安徽，要求到经济建设和科教发展比较落后、气候和生活条件都很艰苦的甘肃工作，选择了当时教育部直辖的兰州大学化学系，于 1955 年来到金城，开始了热爱的化学教学和科研工作。

对于科研工作，刘教授选择国内化学高端科研领域的空白——自由基化学的基础研究项目开展科研。同时，他提出，组织上也可以在化学领域和自己掌握的专业技能范围内，提出科研任务，"国家极需要什么，我就研究什么"。当时，国外半导体研究方兴未艾，国内也是一个空白。于是，刘教授担负起了具有开创性的自由基化学和半导体的科研项目。他高瞻远瞩，创建了中国国内第一个自由基化学研究小组，在承担繁重的教学任务的同时，利用极其简陋的科研条件，首先主持开展了合成有机半导体的实验研究。他凭着坚忍不拔的冲刺精神、丰富雄厚的专业知识和娴熟过硬的技术本领，在不长的时间内便合成了有机半导体。这项为中国填补了空白的成果，荣膺"全国群英会奖"。

刘有成爱党爱国爱人民，在政治上积极要求进步，1957 年光荣地加入中国共产党，担任了兰大化学系主任和兰大学术委员会主任职务，以身作则带领全系教职员工，甩开膀子扎扎实实开展教学，继续投身自由基化学的基础研究项目。正当他鞠躬尽瘁夯实基础、费尽心血推进科研工作之时，"文革"席卷而来，他上讲台、进实验室的权利被剥夺了。但他献身党的科教事业的赤子之心坚定不移，"牛棚"能关住他的身，却关不住他搞科研的心。他坚持潜心研读最新的自由基化学专著，及时掌握科研前沿的信息，不断用新技术知识充实提升自己，为未来的冲刺奠定坚实的基础。他坚信，知识分子的春天，科教事业的春天，一定会来临。

刘有成教授很快获得"解放"，继任化学系主任。他重整旗鼓，一方面开展教学，带好年青老师和研究生；一方面根据国家百废俱兴发展经济的迫切需要，在化学应用和基础科学研究中力求新的突破。

1977 年，根据经济建设的实际需求，一些行业短缺大量的聚乙烯、聚烯薄膜等塑料材料。而品种繁多的塑料材料，必须用引发烯烃聚合的引发剂，才能将石油裂解出来的乙烯气体合成高分子材料。长期以来，我国使用的过氧化物、偶氮化物两种引发剂，主要依靠进口，不仅价格昂贵，而且容易分解，甚至发生爆炸，运输和生产都不安全。当时还是教授的刘有成深入到北京、兰州的化工企业做调查，广大企业殷切希望科学家能够尽快研发出新型引发剂。他当即拟定了科研计划，迅速开始实施，在连续几年的时间里，带领化学系同事集中精力和心血，披荆斩棘、攻坚破难，同心勠力进行实验，研制引发剂。由于紧张地攻关，节假日都不休息，不分昼夜奋战在实验室，无数次失败，终究探索出成功之途。1981 年，新型引发剂研制出来，经过南京、上海、兰州等地化工生产和科研单位的实际应用，效果普遍优良，获得广泛肯定；经过省级科研鉴定，引发剂达到了国际先进水平，定名为"兰 23 号碳－碳键引发剂"。甘肃省科委把"兰 23 号碳 – 碳键引发剂"列为全省重点中试项目，在生产中推广应用开来，取得重大成效。引发剂荣获甘肃省 1981 年科技成果一等奖。1980 年，他被评选为中国科学院学部委员（后改为院士）。

继而，在刘有成院士的主持下，他率领研究小组继续 1955 年起步的化学高端科研领域的"自由基研究"项目，在 1982 年夺取成果并荣获"国家自然科学三等奖"的基础上，又驰骋于浩瀚的自由基化学"海洋"之中，开始了自由基化学领域的"单电子转移反应"研究项目……

在兰大数十年间，刘有成院士领导成长起来的兰大化学系，呕心沥血为祖国培养出大批人才。他的一批学子已成为教授、研究员级的科学家、专家、学者，如伍宜池、朱申杰、刘中立等；一批学子成为高等院校、省、市重点科研单位的领导骨干，以及各行各业的中坚力量。成果累累的兰大化学系，不仅在全国重点大学化学系中占有重要地位，而且在国际上也有一定影响。刘有成院士并不因此而满足，仍在开拓奋进，坚定地实践着自己的信念："在化学科研的瀚海里，我要做一个永远冲刺的战士！"

这是首次采访刘院士，相当顺利。我采写他的人物纪实《冲刺》，发表在 1983 年 6 月 8 日的《甘肃日报》。

作为科学记者，我对于凡是采访过的科学家人物，都会习惯性地关注下去。到了 1987 年，我在甘肃省科委获悉信息，刘有成院士主持的"单电子转移反应"科研项目有突破：研究小组采用 ESR、CIDNP、循环伏安等现代技术，研究自由基与生物活性分子间的单电子转移反应，研究金属有机化学中的单电子转移反应及自由基正离子与负离子的生成和反应，准确开拓了单电子转移反应新领域，为发展有机化学基本理论作出了突出贡献。这项填补中国自由基化学科研空白的阶段性成果，荣膺 1987 度"国家教委科技进步一等奖"，科研项目还在继续进行。

天赐良机，已调京工作的我 1994 年到兰州出差，顺便去看望刘院士，我与七十四岁的科学家相见，彼此都很高兴，嘘寒问暖，颇为亲切。他告诉我，他的岗位有调整，组织上调他去合肥的中国科技大学任教。我知道，那时的两院院士是终身制不退休。我们比较深地交流了一番，他谦逊地告诉我，他从事的自由基化学研究工作，"取得了一定的成效"。而实际上，刘院士作为中国自由基化学研究的奠基人，在化学的空白领域，开创性地拓展新的科研领地，除我早先采访知道他主持取得的"自由基研究"成果外，经过十多年的奋斗，"单电子转移反应"的科研项目也已完成获得成果。由于他作出的杰出贡献，而成为全球自由基化学领域知名的科学家。作为美国化学会会员、英国皇家化学会会士、瑞士化学会会员和国际自由基学会会员，1990年在他七十华诞时，国际化学界的杂志《化学中间体评论》，集中刊发了他的一系列论文，以表示祝贺。

我与刘院士建立了通信联系，继续关注着他的相关新信息。他在兰大化学系结束的科研项目"单电子转移反应"，1995年再次荣膺"国家教委科技进步一等奖"；2008年，刘有成院士给中国科技大学捐赠三十万元人民币，设立了"刘有成奖学金"，奖励学有成就的贫困学生；2010年10月，中国科学院、国家自然科学基金委、清华大学、北京大学、兰州大学等三十多家高等院校和科研机构的百余名院士、科学家、学者，云集中国科技大学，以学术研讨会的形式，庆祝中科院院士刘有成先生九十华诞。2013年3月，刘有成院士向中国科技大学档案馆、史馆捐赠了自己珍藏的珍贵文物和档案史料二十余件。

1983 年 6 月写

2013 年 5 月改

为"向稿纸上喷血"的作家志哀

    中国文学艺术界的前辈先贤从维熙先生，10 月 29 日走了。作为他代表作的一个读者，谨此向他致以敬意，以寄托哀思。

    曾任作家出版社社长、总编辑的先生，享年八十六岁，虽不是很长寿，然这位记者出身，在文学史上作为"白洋淀派"的代表性作家之一，被誉为"向稿纸上喷血"的中国当代著名作家，几十年间留下了六十二部文学作品，荣膺殊奖无数。他叠累而成的成就虽人去魂还在，无疑他的文学生命永生。

    从维熙先生的获奖中篇小说《大墙下的红玉兰》，1979 年一问世，我就读了。这是中国作家以突破题材禁区的非凡勇气，开天辟地，第一次将笔触伸向牢狱大墙内的文学作品。先生用充满浪漫主义的气息和精神开创先河，书写逼真、情节生动，描绘了一位敢于直言、秉公执法的公安人员，蒙冤入狱仍风骨铮铮，无畏抗争，最终血洒大墙的悲伤故事。这部书是先生的代表作，也是对中国文学艺术事业作出的突破性贡献，开辟了新时期文学创作的新领域"大墙文学"，因而他被人们称为"大墙文学之父"。

    后来，我在北京工作期间，又读过先生的中篇小说集《雪落黄河静无声》，也有幸在一个场合见过他一面。作家的淳朴文字和人的憨厚面相相融，在我大脑里留下较深的味道和印象：善，善文，善相，善人。那时，重读其笔触撼动人心、格调冷酷抑郁的《大墙下的红玉兰》，似乎透过他的善，才感悟到他善恶分明：敬畏生命、敬畏真理、敬畏良知，善待自己、善待他人、善待万物；而他的骨质毫不"疏松"，是铁硬的，对恶人恶事极其厌恶，敢讲真话敢于斗争，写下"大墙文学"便是明证。1957 年他二十四岁时，竟被错划为右派何罪之有？也是因敢直言讲真话，被戴了帽子流放到底层劳动改造达二十年，而他在极其艰难困苦的境遇中仍笔耕不辍。

从维熙先生是个真正心存正义和良知的作家。唯愿他一路走好，在天国颐养天年！

2019 年 11 月 2 日

用特殊材料做成的"严专家"

　　冬天来了，甘肃的东部比之西部，寒冷虽然来得晚些，但到 11 月上旬的夜晚，渭河两岸一带，就有点寒气逼人了。

　　时光匆匆。根据甘肃省农科院党委负责人的推荐，我来到地处陇原东部农村原野的该院植物保护研究所，采访半年前已被中共甘肃省委任命为省农科院副院长、党委常委的孙智泰研究员，而他却不忍心舍离这个植保前沿的科研阵地，要求留在这里继续担任所长。

　　我先访谈群众。花了一个星期，科技人员、管理者和工人群众掏心掏肺的话，都不约而同地集中于拟采写的目标，大家使用频率最高的形容词都是"严专家"，塞满了我的耳朵和大脑。干群对所里一把手的评价发自肺腑，都是实事，实实在在，一个字可概括：好。不用构思照实记录下来，就足以展现无华无虚的主人公——甘肃著名的植保专家孙智泰研究员，身上洋溢淋漓的优秀传统精神——无论他怎样咽苦吐甘，都甜蜜如饴。

　　我跟孙副院长谈了几次，他只是说我们的工作没有做好，还需要努力；或者说大家，由衷地表扬这个夸奖那个。让他谈谈自己，真是枉然徒劳的。他几次诚恳地让我称呼他"老孙"，我只好恭敬不如从命。

　　用逻辑思维来解读老孙，他究竟是用什么材料做成的人呢？

　　植保所坐落于甘谷县城西北十余里的地带。在院内一间又冷又潮的"干打垒"土房子里，鬓染霜秋、身体干瘦但精神矍铄的老孙，一直伏案奋笔疾书，已经连续四个多月了。他送暑迎寒，夜以继日，费尽心血，编写、审阅、修改着四十余万字的《甘肃省农作物病虫害》一书。他不时地搓搓手，往手心哈哈热气，偶尔起身活动活动，抵御一下寒气，便继续精心修改美中不足的篇章，全神描绘书中尚缺的插图……

植保所的同志们再也忍不住了。不讲级别，对一个身患冠心病、高血压等多种疾病，年复一年终年拼搏的科学家来说，提前几天生火取取暖，实在是微不足道的事。后勤部门为此决定，提前给他的办公室生火，可他总是婉言谢绝。11 月 12 日，有个同志趁他不在，正要生火。他进来了，硬是阻挡不让。

"孙副院长，离 15 日烤火期只有三天了。你就生上火吧。"

他笑笑："不到烤火期，不能生，这是规定。再坚持三天吧。"

这位同志给我讲述这件事时，哽咽着掉泪了，让我也感动得难过。"再坚持三天吧"——映照出一个革命者、老专家一丝不苟的精神气节。

老孙，这个 1956 年入党的老党员，多次被评选为全国、全省先进科技工作者，为甘肃植物保护科研事业作出了突出的贡献。但他却从不居功自傲，几十年如一日，一点一滴，用自己的标准严以律己，践行艰苦奋斗、遵守法纪。所以，大家平时言谈中一提到他，都尊重而又亲切地称呼他为"严专家"。

老孙的公职级别，按规定可享受一些较高的待遇。然而，他认为，职务高了说明自己肩头的担子重了，只有为科研工作多干实事，而绝不能依赖级别去贪图享受。一些人包括他的亲友，常对他说："丢弃合情合理应该享受的，真傻！"而他总是笑应："在生活享受上傻一点，有什么不好。"

老孙的办公室兼宿舍，也就是一间十八平方米大的"干打垒"土房子。房内除一张办公桌、一张床、两把木椅和一个暖水瓶是公家配备的外，其他生活用品都是他自备的。他很少领用办公用具，甚至就连科研用的解剖刀，也是用废钢锯条自己动手磨制的；用于科研的照相机，是他自费购买的。

老孙在带家属之前，一直同职工们一样，在食堂排队从窗口买饭吃。组织发给他的高级知识分子生活优待证，按规定每月可以购买富强粉、食油、高档烟酒等类商品，他却将证件交公，让集体使用。省农科院给他和所领导配备了一辆小车，他外出开会、出差，很少乘坐，大多都是坐火车，且很少坐卧铺。所里搞义务劳动、打扫卫生，只要他在家，总是带头参加。

许多年来，老孙很少享受探亲假。总是利用外出开会或出差的机会，顺路看看就行了，甚至路过家门而不入。同事们风趣地说他："真是个大禹。"相对于大家，他的工资收入较高，生活却过得非常俭朴，从不乱花乱用钱。而老孙常常将自己的钱给所里垫支不足的科研经费，常常借给有生活困难的科技人员用。

有几次，给他评发的奖金都谢绝不领。有一次，有个基层单位给所领导送来一包岷山当归，在那个年代算是滋补药品。而他决定："存放医务室，给职工们治病补补身体吧。"

老孙几次谦让住房的事，在所里传为美谈。组织上按照相关规定，给他回乡务农的老伴和一个孩子解决了城市户口。当时，所里住房虽然紧张，但为了使这对分居了二十多年的"牛郎织女"早日团聚，打算用"挤"的办法给他解决住房问题。老孙立马表示，给他"挤"房子，势必影响其他职工的住房利益，决定暂不将家搬来。在同事们的劝说下，他同意先让正在复习功课、准备考学的儿子搬来，与自己一起挤住在办公室。随后，所里有一个同志调走了，腾出来一间半的宿舍，后勤部门决定分配给他家居住。而他又考虑，当时所里搞基建，工程队没处住，同时托儿所也只有一间房，很困难，提出还是留作公用。就这样，那一间半房让工程队居住了。

老孙给老伴和子女"约法四章"："不准用他的名义谋私利徇私情；不准受礼送礼；不准走后门；不准占公家的便宜。"

那一年，老孙的儿子高中毕业了。当时，高考招生被当作"旧制度"废了，上大学搞"推荐"。老伴趁他回家的机会，要他给社队干部说说情，推荐儿子上大学。孙智泰不干。老伴苦苦哀求他说："我同你结婚二十多年，为了孩子的前途，你就依我一次吧。"他说："你让我搞歪门邪道，半次也不能依。"老伴说："你不走后门，人家照样走后门。"他说："他们走，我们坚决不走！"

那一次，农科院在榆中县招工，儿子托人求父亲给院里劳资部门张个口。老孙对儿子说："招不招是组织的事，老子不能张这个口。"

那一回，儿子回家度暑假，碰上所里的卡车要去岷县出差，儿子同司机偷偷说妥，搭车去岷山玩。孙智泰知道后，狠批了儿子一顿，并通知司机不准拉他。

那一天，他在家里发现了两个试验用的三角玻璃瓶，便立即查问，原来是一个同事发现他家里没有盛酱油的瓶子，送给他老伴的。他立即把两个瓶子洗干净送回到试验室，还做了自我批评。

那阵子，他的老伴待在家里闷得慌，想在所里当临时工。他对老伴说："参加工作可以，只能当义工，不能领工资……"

在植保所里，凡是不符合原则的事情，在老孙那里硬是通不过，而且他还要管到底。他在领导班子中常讲："对犯原则的事就是要管，不能怕得罪人。"

有一年，所里负责筹办全省原子能农业应用研究会议，几个工作人员用会议经费给自己购买了五支圆珠笔，让老孙签字报销，他拒不签字，耐心地说服教育他们，并以此事教育大家，当前国家有困难，科研经费少，一定要坚持勤俭节约的原则，该不花的钱坚决不花，该少花的钱一定少花。

有一次，一个干部，家里做家具差点料，拿了公家的一点木料。他知道后，立即找这个人谈话，严"尅"细教了，占便宜者服服帖帖地认错，把木料退还到了所里。

这类事儿，举不胜举。点点滴滴，永永远远，公私分明，毫不留情。对自个不留情，对亲属不留情，对班子不留情，对属下不留情。凝聚了一个老共产党员完全彻底的先进性，无私奉献、无畏拒私的人格特质，看似"平常"而又不平常。他在植保所和省农科院系统，真是"一枝独秀"，多数人赞美，也有个别人讨厌，个别人想不明白。

孙智泰先生廉洁奉公是模范，科学研究是先锋。几十年来，他把主要精力投入于"小麦病毒"科学研究中，担当取得的"小麦红矮病发生与防治"等成果，在北方农业生产中推广应用成效显著，成为我国植保科学研究的重要建树，曾荣膺甘肃省"科学大会奖"。他主编的《甘肃省农作物病虫害》一书，是甘肃植保科研工作几十年来的一项基本建设，甘肃人民出版社即将出版。在老孙和大家的努力下，植保所不断出人才、出成果，被推广应用到农业生产中获得良好成绩。其中，"玉米矮花叶病研究""小麦锈病研究"和"植抗素研究"等成果，在国内同类研究中进展最快，有的项目居于领先地位。植保所多年是全院、全省的"先进科技单位"。

终究，人们对老孙做出了评价，他是一个用特殊材料做成的人，很稀缺。我完全赞同。

老孙的精神和作风，永远不过时，值得弘扬。为此，我写的纪实散文《"严"专家》被《光明日报》刊发于头版头条。

1981 年 12 月 20 日

农科天地生长出的篆书家

　　放飞心灵，追忆相随。经年累月的往事如烟，像溪水一般潺潺流过。

　　斯时的思绪万千，定格在河西走廊东部的黄羊镇、兰州市西端的安宁区刘家堡，我曾先后在镇、堡生息的甘肃省农业科学院工作过多年，科学田园滋养过我，我也洒下了辛勤的汗水。想起了当年在那里的好些友人和同事，惺惺相惜的科学家，平易近人的领导者，他们长年流连于风雨与田野。岁月蹉跎，韶华易逝，好些人已香消玉殒，亦有长眠于村落的科研功臣。

　　现今的农科院所在的刘家堡已翻天覆地，今非昔比旧貌变新颜，成为内陆金城兰州蓬勃发展的黄金地带，高楼连片栉比鳞次，车水马龙热闹鼎沸，濒临黄河，风光优美宜人。

　　难忘耀福兄，这位在科学田地里成长起来的"另类"，省里颇有名气的国家一级书画家，书画丰盈作品丰收，擅长篆书的艺术家。

　　岁月苦短草木一秋的人生，每个人都是风雨兼程赤条条而来，兼程风雨赤条条而去。一路走来，跌跌撞撞，起承转合，进退成败；苦难坎坷，沧桑多蹇，强者恒强，弱者恒弱。耀福兄激流勇进、砥砺前行，收放自如、回旋有余；科研一生，书画一世。即将步入耄耋之年的他，迎来了春华秋实、硕果累累的丰收季节。有才便是师。我很看重他，尤其看重他的篆书书法，几十年研创，书艺出神入化，可谓"一枝红杏出墙来"。

　　追忆倒回到数载前。回故里探亲，在同事挚友程亚军、杨凤莲夫妇的陪同下，去刘家堡的省农科院职工小区拜访了耀福兄。哇！郑宅简直像个艺术博物馆：干枯残败的植物根，陈腐没落的动物骨，经他精炼地巧整雕镂，"化腐朽为神奇"，成为天性与人情相融的艺术品，陈设于客厅的橱窗屋角、书房的柜内桌上，匠心神工之美，令人惊叹神驰；宽敞的居室内恰到好处摆放着清新秀美、雍容典雅的盆栽花卉矮树。多姿多彩之妙，让人赏心悦目。

我凝神屏气，在书房注视着他伏案创作，用笔刚健含忍，线条苍劲浑圆，精雕细琢着一个个参差错落、力弇气长、整齐考究、自成一格的美妙篆字。小篆轴线对称、上紧下松、字体颀长、工整舒展；大篆大小错落、灵活多变，外形多样、气势苍劲。那一行行篆字里，活脱脱地融入了他的学养、匠心和气质……

无须寻根究底，曾良久耳闻目染，我对这位在岗时业余、退休后专业的书画家了若指掌。他天赋异禀、才情华赡，抱朴守拙、吐丝结茧，广吸灵气、聚集精华，书与画并驾齐驱，锲而不舍几十年，创意无穷，创新不尽，倾心尽力打造着一幅又一幅精致作品，篆书进入炉火纯青的境界。书法界有评价，他的篆书作品，有着愉悦人心情洗礼心灵的神奇力量，有强烈吸引欣赏者的无声韵味和审美价值。他的篆书作品参加国内外书画赛展数百次，获得不同级别的奖励一百五十多项，其中一等奖、金奖超百项；荣膺"国家荣誉奖""建国文艺大师杰出贡献奖""百年中国文艺成就奖""国家文化建设奖""中国民间文化艺术功勋奖"等。他担任的界内职务头衔不再赘述。

耀福兄研究、钻练和创作了一辈子篆书书艺，我断断续续欣赏他的作品二十余载。"近墨者黑，近朱者赤"，亦略知有关篆书的皮毛知识。

大篆是周朝时期的文字。《汉书·艺文志》载："周宣王太史作大篆十五篇。"自汉代以来，大篆一直被认为是周宣王（公元前 827 年）时太史籀所造，故大篆又称为"籀文"。

大篆字体多出现于传世的石刻文字，尤以书法史上有承前启后重要地位的《石鼓文》最具代表性，珍藏在北京故宫博物院，系中国最古老且最可信的珍稀国宝文物。还有藏在浙江省宁波天一阁的北宋《石鼓文》高清篆书拓本，字体介于周金文与秦小篆之间，字体多取长方形，体势肃穆、繁复严整，端庄凝重、古朴雄浑，石与形、诗与文浑然天成，实为罕见神品。专家认为应是秦代以前之物，属于籀书的系统。康有为所著《广艺舟双楫》对石鼓文赞赏之至："文金细落地，芝草团云，不烦整裁，自有奇采。体稍方扁，统观虫籀，气体相近，石鼓既为中国第一古物，亦当为书家第一法则也。"

大篆和小篆统称篆书。专家研究认为，广义上说甲骨文和金文都属于大篆。

历经几百年混乱的周朝，不同国家的文字发展出现了不同的大篆文字。秦始皇统一六国后，综合七国文字制定出一种通用小篆文字，也称"秦篆"，作为秦大统后规范化的官方通用文书字体，延续了两千两百多年。现代汉字就是从小篆演变而来，至今仍出现在许多文化场合，尤其是书画作品和艺术设计中。

"篆书笔法比其他书体相对简单，结字富有艺术装饰性。"书法界有比较一致的观点："练书法应从先学篆书开始。篆体笔画严肃，布白严谨，学习篆书可避免弱、俗、荒、斜的毛病。"

昔日我与耀福兄相隔几千里，然现今微信让我们近在咫尺。日前，他从兰州发来篆书、行楷等书法作品九幅。对于郑氏的篆书"面容"我自然非常熟悉，岁将八旬的长者，笔锋仍健，书艺依然立意古拙、运笔流畅，力透纸背、瘦劲挺拔，铁画银钩、遒文壮节。分享其独特美感，使人心情愉悦自不待言。对于其功力不凡的行楷则甚为惊喜，这是我首次欣赏，笔锋苍劲酣畅，气势雄峻洒脱，骨力遒健自如，娟秀隽永神韵。显然是他晚年另辟蹊径所取得的新成果。真是往昔篆书"花开花谢花飞花落花满天"，今日行楷"云起云集云卷云舒云遮月"哦！

中国书法艺术，名流风格各领风骚。而篆书大家似凤毛麟角，耀福兄在墨的黑和纸的白上建立起自己的篆书世界，笔走龙蛇，龙飞凤舞，充满独特的气息，迸发出别样的神韵，感染人的心灵，真是写活了，书神了，品位盖帽了！

聊以此文，作为濡染抚慰我精神数十载的郑氏篆书艺术馨香的一缕赞赏之情。

夜已深深，情愫滚滚。笔毫，翰墨，砚池，宣纸，哪一样不是精益求精、巧夺天工而成？中国文房四宝伴随着书画艺术家的问世，默默无闻地为艺术家服务，融进了多少天赋异禀的手艺人的汗水，牺牲了多少无私献身的动植物的生命哦！

2020 年 3 月 6 日

塑造反贪局长电影形象的反贪局长

故事影片《昨日的承诺》，使深圳市人民检察院反贪局局长林石喜先生遐迩闻名。老林创作这部电影文学剧本的过程，正好是我与他从相知成为朋友，彼此凝结真诚、爱护和帮助的友谊，日臻深厚的历程。

1

老林坚持不懈、呕心沥血，花费多年的业余时间，精心创作和修改润色电影文学剧本期间，我曾推心置腹地"横挑鼻子竖挑眼"，直白地说自己的看法，由衷地提修改建议；当他散发着笔墨馨香的剧本出炉之时，我是最早的读者之一，欣喜地先睹为快；去年6月13日上午十点，导演、影片男一号扮演者杨在葆先生在深圳龙岗举行的开拍仪式上，挥臂发出"《昨日的承诺》——开拍"的命令时，在现场的著名电影表演艺术家于洋先生和我，一起热烈祝贺他，用生命的坚强意志与无限欢乐创作而成的文学成果被搬上银幕。

那天，我赠送给老林一面红色的锦旗，上面有十四个烫金字：

反贪战线建奇功
电影园地创新葩

用这两句话，褒奖老林取得的成绩恰如其分，他受之无愧。

他的反贪生涯艰难而又辉煌，让人们景仰和称道。

老林是战斗在反腐败前线的虎将。近些年来，他坚定不移地实践党和政府"昨日的承诺"，旗帜鲜明、立场坚定，以猛药去病的立场、刮骨疗毒的勇气惩治腐败，参与领导和指挥侦破了市、区两级四百四十多起，涉及副处级以上九十名干部贪贿等严重经济犯罪案件。其中，直接指挥市反贪局侦破大案要案一百四十二起，涉及原处级干部四十八人、原局级以上干部十人，共为国家和企业从腐败分子手中追回数亿元人民币；依法惩处了市社保局原局长邱其海、沙湾海关原关长何建荣、福田保税区海关原关长何堂发，福田保税区三名处级和市司法机关两名处级干部等腐败犯罪分子，在深圳特区乃至南粤大地掀起一波波反腐廉政风暴，有力地打击、震慑和扼制了贪腐之风。这在当时的形势下，敢反腐败者，比敢搞腐败者的风险还要大，需要付出巨大的勇气，承担巨大的风险，的确是难能可贵。

老林是探索防腐败理论的勇士。近些年来，他坚持不懈地用马列主义、毛泽东思想、邓小平理论和"三个代表"重要思想，剖析全市发生的一系列贪污贿赂犯罪大案要案，对经济犯罪特别是贪官腐败的规律、特点、原因和建立预防犯罪的机制等问题进行深入研究，撰写发表的二十多篇论文，提出了不少见地独到、发人深省和值得重视的建设性意见，引起司法、纪检、监察领域的领导和专家的关注。由他作主编完成的四十多万字的《深圳反贪倡廉录》，被省市检察院评价：理论与实践相结合，有三个突出特点，一是针对深圳实际构建思想教育和制度约束的反腐长效机制，解决好"不想腐"问题；二是落实有机构、队伍、措施保障配套的反腐责任机制，解决好"不敢腐"问题；三是形成严密的反腐监督机制，解决好"不能腐"问题。出版发行后，受到社会各界读者的肯定和欢迎，被广东省、深圳市党政和司法机关称誉为"推进反贪倡廉的生动教材"。

老林是敢于搏击电影文学的战士。他利用得天独厚的反贪工作实践和经验的资源优势，花费三年业余时间创作出的电影文学剧本《昨日的承诺》被搬上银幕，实现了共和国历史上反贪局长写反贪题材电影作品的零的突破，为深圳经济特区争了光，为全省全国的检察官们争了光。国家广电部电影局评价说："剧本塑造了以反贪局长赵汉青为代表的反贪干警不畏权势、仗义执法的感人形象，表现出党和政府反腐败的坚强决心和群众对反腐倡廉的呼唤与支持。主题积极，结构完整，情节曲折，具有较强的悬念感和情节性。"

党和政府很看重这位人民的功臣。今年，老林和深圳市人民检察院反贪局，分别荣膺广东省人民检察院"全省优秀反贪局长"和"广东省反贪劲旅"称号。

林石喜与作者探讨电影剧本《昨日的承诺》

2

最近，中国检察出版社要推出他的理论、文学成果《昨日的探索》和《昨日的承诺》姊妹篇著作，我欣然应邀，担任了两本书的特约责任编辑。

深夜。伏案阅读编辑他的作品文字，回顾我们之间的交往与合作，他为人师表，点点滴滴，日积月累，记忆犹新，令人热血涌动。老林坦诚淳朴的人品，耿直求实的官品，朴质大气的文品，都给我留下了深刻清晰的印象和影响。

20世纪90年代末，我从北京调入深圳，遂个人心愿在社科研究团体工作。久而感受到，特区水乳交融的干群关系、和衷共济的人际关系，如春风扑面；但亦存在重权势门户、搞不正当关系交易的歪风邪气，污染正风正气。受其影响，极少自命为"老板"、被人恭维奉承为"老板"的官员，的确是"门难进，人难见，脸难看，话难说，事难办"。

虽有难打交道的"老板"，但特区的官员绝大多数都是优秀的，是有礼仪好交往的公仆，老林就是其中的一个突出代表。他是特区政府部门几十位局长之一，且是位高权重、让人闻而生畏的反贪局局长。然他为人正派坦荡，和蔼可亲朴实，没有官腔官调官架子，宛若一位志同道合的同事，富有亲和力的兄长。

我同老林相识于 1997 年 8 月。那时，我担任总编辑主编一份给局级以上领导同志提供决策参考信息的内部刊物。当我获悉反贪局长喜欢这份内刊，即派员前去办理有关手续，并嘱从速办妥。孰料，反贪局却非常认真地给研究机构送来一份由老林亲自签字的"深圳市检察院反贪局简介"材料，这件不起眼的事，顿时让我感慨良多，和同志们对这个局级领导干部油然而生好感，感受到了他谦虚谨慎、不骄不躁的好作风。我们发函请他担任研究机构的特邀顾问，老林欣然接受了。随后，我电话约他一见，老林即应允，他比约定的时间提前十分钟到场。见面握手落座，彼此言谈交流，毫无拘束和障碍，掏心掏肺互不设防，亲密无间如老友重逢，颇有"相逢何必曾相识"之感。

日后我们交往渐多。在他那里，我没有看到和感觉到过那种恭维逢迎、领导出行有人侍候、前呼后拥和"老板"叫声不绝于耳等阿谀奉承的东西。

相反，耳濡目染，深感他没日没夜没休息日地投入于紧张的反腐败斗争，劳作于沉重繁忙的公务之中，身体力行，事必躬亲，兢兢业业，无怨无悔。每每见面，总感到他的心绪神情，仍沉浸于烦冗之中尚未解脱出来，使人深深感受到他的事业心、责任感，他所处的反腐前沿的严肃紧张氛围。

因与市检察院的同志接触多了，熟识了老林的几位同事和他往昔军旅生涯的战友。他们闲聊中，经意与不经意之间，谈及他的经历和诸多往事，无不对他交口称誉。由此，我对老林由感觉到感悟，对他的人品、友品和官品及其形成的历史根源和思想根源，都有了较多较深的了解。

老林曾有十八年的军旅生涯，参加过对越自卫反击战，在炮火纷飞的战斗中淬炼成长，荣立过三等功；转业反贪战线十三个春秋，继续战斗在没有硝烟的战场。他先后坚守在两个不同的阵地，同为捍卫祖国和人民的根本利益，"为了母亲的微笑"而战，有着相同而又不同的人生体验：无论在军队还是地方，大多时间里担当指挥员或者反贪局长，较量的对象不同，却都始终如一、不忘初心、使命在身，不畏艰险、身先士卒，吃苦在先、冲锋在前，鞠躬尽瘁、忘我奉献。

大家普遍反映，老林领导大家，靠自身无声的行动，既是局长又是办事员，凡苦事难事，他总是带头做、抢着干；他关心下级，视属下为兄弟姐妹，哪个同志的工作生活中有困难，总是尽心尽力帮助解决；他讲究思想方法和工作方法，善于化解各种问题和矛盾，凝聚大家的智慧和力量，去创造一流的工作成绩。有位同志动情地说："我忘却不了的是，每当年中年终总结工作、表彰先进，荣誉和奖励只有别的领导和干警，因老林总是谦让没有他自己。而他对工作中存在的问题和不足，却总是包揽于自己。"

久而久之，我感悟至深：老林的人品和官品，是在几十年革命实践中千锤百炼出来的：干，有公无私；利，有你他无我。

3

日久见人心。随着时间的推移，老林不仅成为我的挚友，而且成为我们的研究工作离不开的顾问。我们开展什么重要的工作和活动，总要给他通通气，征求意见获得指导；工作中遇到什么问题和困难无法解决时，也乐意向他张口请求支持和协助。

我们与反贪局的一次工作合作，使我感悟到老林官品另一方面的特质——注重深入群众深入实际，调查研究、求真务实，精益求精、着力落实。反贪局和研究机构共同策划，合作编写一本《深圳反贪倡廉录》的教材书，得到了省、市检察院检察长和主管我们机构的政府部门领导的赞同和支持。书的篇目大体确定后，我考虑尽快动手组稿，老林说先务虚再务实。他先是召集了检察院各处室负责同志参加的座谈会，向大家问计问策，征求对篇目的意见；后又邀我参加反贪局召开的工作会议，让我悉心了解当时反腐败斗争的形势和任务，进一步集思广益，调整和充实篇目；同时，还多次同我深议，逐一斟酌篇目。在完善篇目的基础上，他作为主编，负责全局指挥和协调；我和反贪局另一位负责人作为副主编，具体操作实施，我主要负责组稿、编辑、设计和出版事项的落实。两家齐心协力奋战了半年，终于出版了一本有一定质量、得到方方面面好评的反腐倡廉的教材书。

仔细想想，他在开展这项工作中，所坚持的"先务虚后务实"的思想方法，同电影《昨日的承诺》里的反贪局长赵汉青，坚持的"先抓证据后抓人，没有证据不抓人"的办案原则，其思维方略如出一辙。

4

多年间，同老林交往，深切感觉到他的职责繁重，压得他心累神累体累，而他却甘心情愿、毫无怨悔。他给我讲过这样的话："人的生命需要奋斗，奋斗与不奋斗，造就的人格、精神和结果截然不同。"他一如既往地忘我追求和不懈奋斗，那种心态、那种姿态、那种神态，感染着我。

我对反贪局长这个官职似乎明白，然对其职其责所包含的内涵却不甚了了，碍于他从事的反贪工作的保密性，当然不便与我交流。我对他时有的祝愿中，总会流露出对他身心健康的担忧之情。不久前，当我把编辑好的《昨日的承诺》《昨日的探索》书稿交给他，望着他那憔悴的面容显映出的疲惫，关切地脱口而出："保重，注意休息啊！"他回声说"谢谢"，随之，情不自禁地一股脑儿向我倾诉了一番：

"没有在反贪局长这个岗位上干过的同志，很难理解这个'打虎拍蝇'的角色的苦与难、复杂与多变、棘手与麻烦，干了才能深尝担当这个艰巨任务的苦、涩、咸、酸、辣各种味道，以及经历的说不清的各种风险和难关。

"首先，反贪局长的工作量大，任务十分繁重。批不完的文件、材料，接不完的电话，看不完的举报线索，审核不完的法律文书，处理不完的公务，办不完的案子。每天大量的工作像潮水般涌来，几乎是被堆积如山的工作推着走。繁重的任务、超负荷的工作量，势必大额度地透支，深感筋疲力尽。

"其次，反贪工作情况复杂，矛盾激烈尖锐。有的是举报人天天找、到处告；有的是陈年旧案，由于客观条件所限难于结案；有的是当事人不满意办案结果，给检察机关施加压力，动辄就要跳楼、自杀，甚至蓄意制造事端等。这些情形，使反贪局和我很难有一天安宁的日子。诸多驳杂的情况和剧烈的冲突，时常使人无所适从，好像在汹涌澎湃的大海中游泳，海里漂荡着的各种有害生物和杂物，时而刺伤你的肌肤，时而缠住你的四肢，让你陷入漩涡，无所措手足，难于前行。

"再次，反贪局长的工作具有很大的风险。反腐败与搞腐败的斗争，是严肃的政治和法治的斗争，是正义与非正义的斗争，就难免遭遇危险，邂逅意外情况。

　　"面对以上种种艰难和巨大压力，作为一个共产党员，必须坚持以党的事业和人民的利益为重。不管遇到什么样的风险，只能披荆斩棘，不管涉及谁，都要一查到底，决不姑息。再苦再难、危险再多，也要勇挑担子向前闯，决不能后退半步。在实践中，我体验提炼出四种办法，化解种种矛盾和棘手的问题。

　　"工作量大，用集中精力、提高工作效率的办法来解决。每天上班，提振精神，像打仗一样处理工作事务，力求快速、准确、高效。当天的文件当天批完，批不完的在八小时外批完；听情况汇报，及时做出答复，不拖沓敷衍；对公务的处理干脆利落，不推诿扯皮。我带头践行的这种工作作风，在全局干警中已形成一种定型的风格。几年来，自己所批的文件、法律文书上千份，至今没有发现有误批、迟批和错批的。

　　"情况复杂，用清醒的头脑和沉着的心态来对待。反腐败与搞腐败的斗争，具有长期性、复杂性、艰巨性，必须坚定坚强坚毅，决心不变，力度不减，保持战略定力。反贪办案，情况错综复杂多变，反侦查与反侦查的较量，案件当事人的活动，办案人员的不同看法，举报人的强烈要求等，难以想象。在办案进退维谷中，要始终保持镇静的定力，防止情绪急躁，防止片面性，防止感情用事；坚守实事求是的根本原则，坚持依法办事；依靠市委、市政府和上级检察机关的领导和指导。从而化消极因素为积极因素，在复杂的矛盾旋涡里，战胜了一个又一个的困难，办结了一个又一个案件。

　　"工作风险，用无私无畏无惧的精神来解决。反贪斗争风险之多，主要来自：一是腐败势力的反击、陷害和攻击；二是意外事件的突发，如犯罪嫌疑人逃跑、自伤、自杀等；三是办案人员经不起耐力的考验或被诱惑，发生违纪违法行为等。身处反腐败斗争第一线，特别是决策者、指挥者的各种风险因素，要比普通办案人员高出数倍，尤其是在当前腐败比较严重的情况下，反腐败所承担的风险很大，甚至比搞腐败的风险还大。对此，我一直以百倍的警惕性，面对严峻局面，抛弃一切私心杂念，顶住各种压力，以强力的勇气惩治腐败，坚定依法办案，严肃查处了一大批存在严重违纪违法问题的领导干部，大振了党心民心。当反贪局长没有足够的精神准备不行，即使发生意外的风险我也毫无怨悔。我在电影文学剧本《昨日的承诺》里，通过剧中的反贪局长对他的妻子留下嘱托：反腐败是要付出代价的，日后我如有不测，你就在我的棺木上刻上'死者绝非自杀'。

　　"工作专业性强难度大，用学习的精神和集体的智慧来解决。修改后的《刑事诉讼法》《刑法》实施以来，遇到了许多执法的新情况、新问题。我除挤时间认真学习，不断充电提升，同时充分发挥集体的智慧，根据需要随时召集局、处领导或干警骨干，学习研讨吃透法律法规精神，深入分析讨论案件，集思广益解决问题。"

谈到此，他对我说："我已感觉到，你想了解我这个反贪局长的工作环境和氛围。今天给老朋友说一说，反贪局长也是人，也渴望过一个正常人应有的正常生活啊！"随即，他话锋一转："但只要有腐败犯罪存在，我还在这个岗位上，就必须一如既往地工作和战斗下去。零容忍！"

听着老林敞开心扉、荡气回肠的一席谈，我才算比较深透地了解了他的工作内涵、环境氛围及其精神世界。老林的人品、官品，已丝丝缕缕嵌入了一个反贪局长的灵肉里。

我紧紧地握着他的手，许久没有松开，这次握手的含义体味至深。

5

老林饱蘸心血、殚精竭虑创作《昨日的承诺》的过程，使我更进一步感悟到他深层次的人格魅力。

首先，是他心怀报国志，利用艺术形式来"表现党和政府反腐败的坚强决心、群众对反腐倡廉的呼唤与支持"的时代精神的魅力。几年前，当人们获悉老林写电影文学剧本的信息后，"他为什么要写"这个问号，萦绕于一些人的心头："为了名利还是其他？"今天，当《昨日的承诺》上映之后，各级领导、司法专家和广大观众有了公正的结论：他"触电"的思想起因，是为了运用艺术形式彰显法律铁纪的警示教化作用，推进反腐防腐和廉政建设。正如大家的共识：《昨日的承诺》产生于作者内心深处感情与思想的撞击，是反贪战士的热血与灵魂的一次搏击，也是时代的浩然正气与正义的呼唤和伸张。

其次，是他平生苦索求，用顽强的意志，在艺术领域勇于进取的精神魅力。老林从中学时代起就酷爱文学，在部队又有过从事专业写作的经历，陆续有新闻、文学、曲艺和戏剧作品问世，有的作品还获过奖、被搬上舞台。转战反贪战线后，他勤奋自学，先后考入深圳大学法律系、广东省委党校科学社会主义研究生班就读，还被送往中央党校国家机关分校进修班进修。近几年来，他一直潜心写作。所有这些经历和努力，加上他丰富的反贪斗争经验和素材之资源，为他创作电影文学剧本奠定了多方面的基础。

人的生命是有限的。老林把有限的生命，投入到无限的为人民服务、为社会创造价值之中。他搞创作，只能从比之常人要少得多的睡眠时间里再挤时光。持续九百多个深夜，时常笔战到黎明。脑力心力的超负荷运转，使他累昏过无数次。亲人常常流着热泪恳求他，医生常常担忧地"警告"他，领导、同事和朋友们常常深切地劝导他："休息吧，休息吧！"而他虽渴望休息，但壮志未酬焉能辍笔。功夫不负有心人，近千夜晚铸奇葩。奇迹打破了人们的疑问和担忧，在生命强者的生涯里梦幻般地如愿以偿。

再次，是他赤情照千秋，勇往直前、义无反顾，革命乐观主义情操的人格魅力。《昨日的承诺》是艺术虚构，作者在剧本末尾有声明，"这是自己经历的上百宗案件和同事们经手的大量案例的缩影"。古今中外，清官用坚决惩治贪官污吏的决心和行为来实现报国之志，但他们个人往往没有好下场。时下进行的反腐败斗争，反腐败承担的风险，甚至比搞腐败的风险还要大。反贪局长塑造的反贪局长形象，是否会招致更大的风险？作为挚友，我曾向老林提出会不会有人对号入座，带来"麻烦"。而他深思之余，坦坦荡荡一笑了之，尽显君子之风范。所幸的是，影片拍竣后，迅速获得中央、省、市政要和电影界名流的首肯赞赏。

文学就是人学。毋庸讳言，《昨日的承诺》所含的反贪战士的人格魅力，正是老林人格魅力的真实写照。

编辑《昨日的探索》和《昨日的承诺》两本书，我的体味是：《昨日的探索》是《昨日的承诺》的思想和理论基础，《昨日的承诺》则是《昨日的探索》的艺术概括和升华。

老林对我说，他将继续在业余时间搏击反贪非反贪题材的影视和其他文学体裁，又一部作品已经孕育于腹稿。我坚信，经过不懈努力，他必然像驾轻就熟于反贪战线一样，轻车熟路于创作文学艺术的道路上。

敢破万顷浪，人间说风流。挚友老林没有被鲜花和掌声所陶醉，他仍跋涉于追求和奋斗的长征途中。

1999 年 2 月

吕福海播福河西走廊

2013 年 7 月 25 日，我从南粤回故乡甘肃探亲到了兰州，无意间想起尊敬的农学家吕福海先生，情不自禁便匆匆赶往地处安宁区刘家堡的甘肃省农业科学院职工小区，见到了这位阔别二十七年未曾谋面的老朋友。

"有朋自远方来，不亦乐乎！"年逾八旬的老人，热情地同我紧紧拥抱。他追怀往昔，对自己酷爱的甘肃农业和农业科研事业，对自己挚爱的甘肃大地和甘肃人民，一如既往，满怀深情，溢于言表。交谈中，他拿出一张发黄的《人民日报》让我看，在这张 1986 年 5 月 21 日的党中央机关报第二版上，刊登着当年我与新华社记者何懋绩先生共同采写的人物纪实《吕福海播福河西走廊》。老农学家目噙泪花，激动地说："这是党和人民对我的肯定"……

口碑，是人民群众心中的"一杆秤"。

1986 虎年伊始，陇原大地盛传一个喜讯：上年，河西走廊播种的一百三十六万多亩饲草获得成功，为发展以养猪为主的畜牧业创造了有利条件。年底，河西农村生猪存栏达一百三十四万多头，当年出栏九十五万多头，比 1982 年分别增长 50.5% 和 60.4%；豆科牧草养地，畜粪肥田，粮食生产又获得丰收。

百姓难忘播福人。千里河西走廊，干部、群众口碑称赞甘肃省农业科学院的绿肥研究专家吕福海。就是他，科学推广种草，播福河西走廊，使千里大地出现"草多畜多、肥多粮多"的兴旺景象。

吕福海，1955 年从苏北农学院（现江苏农学院）毕业来到甘肃后，一直坚持在生产第一线从事种草的试验、示范和推广。从荒山秃岭的陇东高原，到千里沃野的河西走廊，都留下了他的足迹，也留下了他辛勤耕耘的成果——如茵的绿草。

1983年9月中旬，吕福海应邀出席在甘肃酒泉召开的国务院"三西"（甘肃定西、河西和宁夏西海固）建设领导小组第三次扩大会议。会上，吕福海的心情很不平静：胡耀邦总书记不久前视察甘肃时发出的"种草种树，发展畜牧，改造山河，治穷致富"的号召，时时在他耳边震响，农民盼富的愿望，使他跃跃欲试。他坐不住了，主动请战承担大面积推广农田种草的任务。

农田种草，是吕福海依据河西走廊的自然生产条件，经多年实践摸索出的一种行之有效的种草方法。河西走廊大部分地方的光热资源，种庄稼一季有余，两季不足，在庄稼地里套种、复种绿肥和饲草，正好弥补这个空缺；只需少量投资与投工，便能取得显著的经济效益。通过试验，实施这一方法，已使他长期蹲点的武威县永昌乡白云村形成了草多畜多、肥多粮多的良性循环，农民收入翻了一番。

吕福海在陇原颇有名气，他主动请缨，到会的甘肃省以及河西走廊各地市的领导同志十分高兴。河西走廊中部的永昌县争先同吕福海签订了承包农田种草二万亩的合同协议书。省"两西"（定西、河西）建设指挥部闻知后，期望吕福海承担整个河西走廊农田种草一百万亩的科技指导任务。吕福海胸有成竹，毅然应允。

就在这前后，江苏、安徽等省的农业科研单位先后聘请他前去从事科学研究。走还是留？吕福海对这个问题也曾考虑过。一些同事对他说："别死心眼了。你在甘肃研究种草二三十年，成绩不算小，论职务只是个科级研究室主任，论职称才是个助理研究员。看看你的同学，哪一个不比你强！此时不走，更待何时？"吕福海明白，自己在甘肃干了大半辈子，要走，领导和同志们也不会说什么。但他更多考虑的是："这里有我半生的事业和心血。在种草业不被重视的时候，我坚持下来了；如今种草业成为火红的科技推广项目，我离开甘肃，说不过去呀！"他断然谢绝了各地的邀请，表示要为发展甘肃的种草业奋斗终生。

一些熟人、朋友为他的大胆举动忧心忡忡："五十多岁的人啦，不如在家总结研究成果，写几篇高水平的论文。万一承包失败，砸了锅咋办？"吕福海庄重地说："论文需要写，但尽快推广科技成果，帮助农民治穷致富比写论文更重要。我研究了大半辈子草，现在有了大展身手的机会，我在家里能蹲得住吗？我要把论文写到绿色大地去！"

引草入田，对河西走廊多数地区的群众来说，还很不习惯，不少人甚至表示怀疑："庄稼地里的草锄还锄不过来，种什么草？"吕福海深知任务的艰巨。他接受任务后，立即带领一些科技人员深入到东起古浪、西至敦煌的十五个农业县，逐乡逐县地向干部群众宣传农田种草的好处和可行性，解除群众的顾虑；举办县、乡干部参加的种草技术训练班，帮助当地政府从实际出发制订种草规划；协助各地及早调运和向农户发放优良草种。从1983年冬到翌年5月，吕福海一行累计行程四万公里，其中步行五百多公里。

种草季节到来后，吕福海就更忙了。他和大家夜以继日地奔波在千里河西走廊，亲自示范，解答疑难，连续几个月，没休息过一天，没睡过一个午觉。七八月间，他头顶烈日深入到敦煌、酒泉一带的田间地头，指导群众复种箭舌豌豆。时间紧，任务重，他每天要跑七八个村庄，从晨光熹微忙到繁星满天，回到住地，全身上下，汗迹斑斑，累得无法动弹。年轻的司机吃不消了，劝他每跑三四天休息一天。他耐心地对司机说："眼下正是复种草的黄金时节，一天也耽误不得！"几个月下来，吕福海和同志们的脸都瘦了一圈。司机小王掐着指头算了一下："嘿，五一、端午、中秋、国庆节都没在家过呀！"

功夫不负有心人。1984年，河西走廊三地二市完成农田种草一百三十多万亩，提前一年实现合同规定的任务。

通过一年的实践，广大农民尝到了农田种草的甜头，深有体会地说："农田种草，既不占用耕地，又能割青喂畜、翻茬肥地，真是一本万利的大好事。"为了满足河西农区扩大种草的需要，去年，三地二市成立了种草协作组。吕福海作为这个协作组的牵头人，又投入于大面积推广农田种草的新战役，他干得更加欢腾。

临别甘肃省农科院时，吕老紧紧握着我的手，不忍离去。他含着热泪，把刚刚写就的一首《河西走廊感怀》赠送给我："我记得，你是河西人，留个纪念吧！"

先生的诗文如下：

河西走廊感怀

盛唐中国欧亚道，莫高壁画誉环球。
大漠深处有人家，丝绸之路贯西中。

汉时凉州马踏燕，明长城筑嘉峪关。
肃州盛产夜光杯，甘州大佛福照陇。^①
瓜都飘香袭绿洲，河西遍处左公柳。
沃野千里大粮仓，葡萄佳酿莫高酒。
农田绿草百万亩，粮丰畜旺双丰收。
走廊文化国瑰宝，生态文明映古今。

1986 年 5 月 21 日写
2013 年 7 月 26 日改
此文与何懋绩合著

丰硕成果造就的兽医药物学家

在兰州，就中国科技领域而言，有不少"独生子"——或是独有的科学家，或是独有的科研机构，或是独有的科研项目或科技成果。

比如，中国农业科学院系统的兰州中兽医研究所与兰州畜牧研究所，均设立在这里，且级别不低，都是副司局级。这类央科单位出的成果，多是"冷门"的东西，有新闻价值。

1984 年 11 月初的早晨，兰州的气候已有点寒意。按昨天的约定，今天一早我就骑自行车，迎着瑟瑟刺面的冷风，往小西湖方向的中国农科院中兽医研究所赶去。

昨天，去省科委参加活动，委里有位领导同志向我推荐中兽医研究所，说："这个所是中国农科院的直属科研所，工作开展得有声有色。去年你采访报道过他们的一项成果，《人民日报》发表后很有影响。这个所有个相当有成就的副研究员，名叫赵荣材，建议你这个擅长写科学家的记者去采访一下。"对于一个记者来说，有新闻价值的线索就是命令，况且是科委的领导推荐。随即，我就到这位领导的办公室想与该所联系采访的事，虽然去年我采访过这个所，但听说这个单位的领导调整了，采访科研单位，领导的支持配合相当重要，只好问科委领导找谁合适。他说省农委的丁永安副主任调到该所已到岗了，你认识吗？我一听乐了，老熟人。电话很快就联系上了，约定我今天上午九点钟前到达该所，先直接访谈赵荣材。丁在电话里说，他刚去，任职文件还未下达，目前是以负责人的身份主持工作，"赵荣材同志很有成绩，两年内六喜临门"。

到所后，在丁副主任带领下，我们来到该所的第六研究室所在的这层楼，丁说赵在实验室做实验，你要立即见他，我带你去穿工作服、消个毒。进入一间消毒室，我请丁副主任忙公务，不必陪我，一个工作人员帮我穿了一件白大褂，让我用消毒液洗了手。工作人员带我来到赵副研究员所在的实验室门口。她轻轻地叩了一下门，推开门说"请进"，便走了。我进了门，见一个身着白大褂的人坐在实验台旁，全神贯注通过显微镜在看着什么。听见有人走了进来，他面向我笑了笑点点头，用手指指旁边的椅子："请稍坐。"趁这空儿，我走过去在侧打量了一下他，约莫四十岁的样子，体魄很健壮，集中精力在做着实验。

半晌，他忙完，过来与我握手："我是赵荣材。"

"听说你两年内六喜临门，祝贺你！"

老赵一听，谦逊地说："那些荣誉完全归功于党的培养和同志们的帮助。"经我细问，方知他的"六喜"是：和另一个科技工作者共同主持研究取得的兽用抗菌新药"痢菌净"，不久前荣获"全国农牧渔业技术改进一等奖"；去年8月，技术职称由助理研究员晋升为副研究员；10月，被任命为所第六研究室副主任；11月光荣入党；12月，所党委给他记功一次；今年6月，省政府授予他"甘肃省科技进步先进个人"荣誉称号。真是不简单的荣誉！

"我到甘肃快二十年了，完全爱上了这里勤劳善良的人民，爱上了这里的山水草木，更挚爱我所从事的科研事业！"操着东北口音的老赵说到这里，显得有些激动，"我是从事兽药研制工作的，主要任务是为畜禽的发展提供更好更多的新药。为把甘肃建设成为全国第一流的畜牧业基地，重点是使那些地处偏僻的少数民族地区的畜牧业更快地兴旺发达起来，把民族地区建设得繁荣富强，让人民过上好日子，我愿在科研工作中贡献出自己全部的智慧和力量！"

通过深入访谈，我了解到，赵荣材在研制兽药的科学岗位上，奉献了自己的青春，倾注了全部的光和热。1961年，他毕业于沈阳药学院药学系。"文革"拉开序幕的那年，"极左"思潮甚嚣尘上，党和国家受祸害，他被分配到兰州中兽医研究所工作，科学被摧残，颇不逢时，二十几岁的赵荣材有劲使不出。1970年，被下放到中兽医研究所的我国著名兽医专家、原中国农科院副院长程绍迥，根据我国猪病防治的急需，紧急研制重要药物"灭能苗"。要制成这种"灭能苗"，关键是有性能良好的灭能剂"N－乙酰乙烯亚胺"。这种灭能剂，当时在国内还是一个空白。程专家找到赵荣材等科技人员"招标"，他和一个科研工作者接过了这个难题。在非常简陋的条件下，他们克服了难以想象的困难，连续打了三个年头的攻坚战，终于啃下了这块硬骨头，搞出了灭能剂，使程专家研制合成"灭能苗"获得成功。这种新药在全国范围内应用后，对防治猪病发挥了巨大作用。多年来，合成"灭能苗"的灭能剂的生产，一直由赵荣材所在的研究室负责。在一次生产时，不幸发生玻璃装置爆炸事故，赵荣材受伤被送进医院。但他急生产所急，未等痊愈就出院投入工作，按时完成了任务。

谈到科学研究坚持为经济建设服务的方向时，赵荣材更为激动。他给我详细叙述了多年来，他和同事们立足于兽医临床的实际需要选题立项，利用国内的优势原料，开拓新路攻坚破难，在新兽药的合成方法和工艺技术方面勇于创新，科研工作取得不凡的成绩。听来，我为之感动。

上午访谈赵荣材大有收获。按照采访思路，下午又访谈了所里的多位科研工作者，细心阅读了不少科研资料和来自兽医临床应用他们取得的新成果的报告材料，才感到采访出了一个扎实饱满的赵荣材。

人的疾病繁多而复杂，家畜的疾病同样浩繁而驳杂。长期以来，兽医临床上急需一种药效显著、安全可靠、副作用小，应用范围广和适宜第一线兽医人员使用的新型镇麻药。1974 年，赵荣材勇于担当，毛遂自荐研制这种新药，得到了相关领导和专家们的大力支持。当时，所里条件较差，实验程序不配套。按照"常规"，他们只研制新药搞合成，不搞别的。但他和同事们把合成、分析、药理和临床药效观察等整个工作都包了下来，经过多年锲而不舍反复实验，精益求精研发，终于找到了最佳的合成技术路子，研制出了新兽药"静松灵"。来自各地的翔实报告说明，这种新药对于促进我国畜牧业的发展立了大功。所以，这项成果荣膺 1979 年"全国农牧业技术改进一等奖"。

疾风知劲草，烈火见真金。赵荣材从来不怕担子重，敢当科研硬汉。正当"静松灵"的攻关在关键时刻，1976 年甘肃省科委给中兽医研究所下达了研发防治猪肠道疾病新药的科研项目，也被赵荣材勇敢夺标。他使出浑身解数双管齐下，两个科研项目一起攻坚，当"静松灵"研发出来用于实践之时，防治猪肠道病新药"痢菌净"的研制也有了起色。1977 年，赵荣材的阑尾发炎做了手术，术后未等痊愈，他就说服医生准许自己出院，投入科研第一线快马加鞭，发奋破难，终于使"痢菌净"问世，临床应用效果也非常显著，四方传来肯定赞扬之声。

所领导告诉我，赵荣材领导的第六研究室，以锐意改革、不断进取的创新精神，今年新接受的"2- 乙酰基 -1，4- 二氧喹啉及其衍生物的合成与应用"的科研项目，已快速地获得阶段性成果。

1984 年 11 月 28 日的《甘肃日报》刊发了我采写的人物纪实《为畜禽兴旺创立功勋的赵荣材》之后，我的视角继续盯着他和兰州中兽医研究所，他让人更加刮目相看。

百尺竿头再闯新，策马扬鞭创辉煌。盛名崛起的兽医药物研制专家赵荣材先生主持取得了一系列成果屡屡获奖。"2- 乙酰基 -1，4- 二氧喹啉及其衍生物的合成与应用"成果，1984 年获甘肃省科技成果一等奖；"新化学灭能剂的合成与应用"成果，1984 年获农牧渔业部技术改进二等奖；"兽用抗菌新药'痢菌净'的推广与应用"成果，1986 年获甘肃省科技进步二等奖；"猪痢疾的诊断和药物净化"成果，1987 年获农牧渔业部科技进步二等奖；"MC-1 药骗注射液在牛体上的临床应用"成果，1989 年获中国农科院科技进步二等奖；"六茜素的合成及其在兽医临床上的应用"成果，1996 年获甘肃省科技进步二等奖。

有成就和成熟的人总会被重用。1985 年，赵荣材担任了中国农科院兰州中兽医研究所所长，一直到 1996 年该所与兰州畜牧研究所合并为中国农科院畜牧与兽医研究所，他又担任所长直到 2000 年退休。其间，他由副研究员晋升为研究员，兼任甘肃省兽药评审委员会主任，同时是中国兽药典委员会委员，还担任农业部新兽药工程重点实验室主任、《中兽医药杂志》主编等。他主编和参与编写出版了《中国兽药典》《兽药规范》《兽药手册》《大家畜疾病防治手册》等业内有影响的典籍，发表论文二十多篇。

20 世纪 90 年代以来，赵荣材先生以累累的丰硕成果和突出的学术成就，步入中国著名兽医药物学家的行列。

我没有忘记他。因为，我对科学家情有独钟。

1984 年 11 月写

2000 年 6 月改

黾勉创新别开一格的书法家张俊焕

从士兵到司令，从官员到专家，从读书人到书法家，这是中国书法家协会会员、国家一级美术师张俊焕先生的人生之旅。

在勤勉攻读的学生时代，在紧张艰苦的军旅岁月，在繁重劳心的为官仕途，酷爱书法艺术的他，几十年一如既往，未曾放下过手中的羊毫笔。他潜心翰墨、倾力研修，黾勉创新、锲而不舍；书法艺术造诣不断升华，浩然大气、卓尔不群，功成正果、自成一家，字如其人、德艺双馨，饮誉特区，广播遐迩。我们相交二十年，彼此相知，友情真挚。我用直白的文字，概括张俊焕先生的书法人生：

> 书坛群星璀璨，俊焕一帜独树。
> 广东大埔人氏，国防大学骄子。
> 军队衔至大校，深圳公职局级。
> 无线管理领域，专家闻名遐迩。
> 高校兼职教授，著书十年耕耘。
> 一生光明磊落，文韬武略兼备。
> 终身研修书法，书协会员名符。
> 将军书协顾问，中艺名誉主席。
> 跻身大家行列，领军人物莫属。
> 尊为国供礼品，佳作两会献礼。
>
> 自小天赋才情，喜爱练习汉字。

少时临习颜柳，而立崇效羲之。

研修过庭理论，砺剑怀素狂草。

摹采晋唐风华，思齐当代贤师。

军旅笔耕不辍，仕途业余泼墨。

黾勉勤奋精进，锲而不舍创新。

浑然别开一格，功德终圆正果。

佳作穷尽经典，中石大师赞颂。

出版二十余册，界内声誉四起。

唯美书法人生，书道才华俊杰。

书艺字如其人，严守正气法度。

中规中矩灵动，儒雅端庄大气。

线条遒劲有力，结字丰满圆润。

沉稳不失敏捷，飘逸隐含隽永。

流畅疏密有致，内涵深邃清秀。

豪迈醇厚浓郁，笔意丰富审美。

相融汉碑庄重，集纳汉简率意。

闪烁篆书古奥，彰显魏碑苍雄。

方笔圆笔互用，中锋侧锋兼施。

线条质感丰沛，骨肉雍容出新。

撇捺分披豪迈，笔墨波姿神韵。

人文底蕴深厚，颜筋柳骨华彩。

继 2006 年 9 月，著名书法艺术与评论大家沈鹏先生题写书名，解放军文艺出版社委托我做总设计，推出《张俊焕书法作品集》后至最近十年间，其诸多佳作被中国文联出版社、中国美术出版社、世界知识出版社、中国文史出版社、中国文化出版社、中国文化发展出版社等出版机构，将其佳作与当代书画大师名流欧阳中石、沈鹏、李铎、靳尚谊、刘大为等人的名作合编，出版了二十余种书画艺术集，内有《中国艺术大家》《中国十大艺术名家》《中国十大书法家》《书坛五杰》《中国书画形象大使》《中国书画艺术领军人物》《当代艺坛五大流派》《当代艺坛巅峰之作》《中国书法》《中华文化大使》《中国书画艺术领军人物》《中国艺坛五大流派》《大家书画》《书坛巨擘》等。张俊焕的作品时参加国内外书法展，获得的大奖、金奖、一等奖等奖项百余次；题写书名、报刊名、乡村名和镌刻于山河、城乡、社区、村落的达数十件之多；其艺术成就还被央视网录入《中国大师路》展播。

今天我参加文界、书界的友人聚会，有人出题将书法家姓名藏在其中即兴作诗，我有感而发：

> 毫张字韵放芳华，书俊天成胜若画。
> 炳焕神奇写春秋，艺术铸就国礼品。

"国礼品"的意思是，其书法被国家有关部门确定为"国供礼品"。

张俊焕先生，现为中国书画艺术促进会常务理事，中国文化艺术发展联合会名誉主席，中国企业报道·艺术资本理事会副主席，中国民族建筑研究会书画艺术专业委员会理事会副主席，中国孔子艺术家协会理事，国家民族画院特聘书法家，中国楹联学会会员等。

一代书法大师欧阳中石先生欣然命笔品评："赏张俊焕书法，其作品雍容大器，古朴隽永，气势磅礴，意蕴悠长，显示出其娴熟的艺术功底，具备较高的艺术品位。他的字颇有古风，雅典清秀，刚柔并济，伟茂轩昂，用笔沉着稳健，结体严谨不苟、气度丰腴开朗，线条圆浑凝练，把沉稳、精妙、流畅融于一体，具有神采飞扬之美。他在传统书法的基础上进行创新，在法度的基础上追求奇巧，在书写技艺、篇章布局、形质神采等都是值得称道的。"

著名资深书画评论家、中央美术学院教授、博士生导师邵大箴先生在央媒发表题为《丹青才俊真人杰，书法人生显才情》的文章评论：

> 正道直行，竭忠尽智。张俊焕先生书写文字亦为书写自身心智，他的文字笔画间、行文韵味中透露出的皆为刚直正气，而亦有儒雅的飘逸孕育其中。观其作品不仅令人精神振奋，更有一种悠游的浮想，作品显露出来的儒雅之境也格外显文人气息。在书画作品的表现技巧上，运笔的轻重缓急皆被其表现得自然妥帖，在笔墨的运用间笔路清晰可辨、运用自如，开合疏密尽在掌握之中，继而呈现出幅幅经典之作，彰显大家之风范。

张俊焕先生笔下书法所表现出的刚正雍容，与中华古典书法艺术的文化气息沉淀之下的审美感触是息息相通的，而同时他师出于古而不拘泥于古的时代创作情怀，也是当代艺术家难能可贵之品质。有了深厚的文化功底，又能摆脱掉名利的羁绊，胸怀自然开阔、眼界自然高远，因而，张俊焕先生的艺术修养、美学追求皆能达到常人不可匹及之高度。笔墨当随时代，这是每一位书法家必须遵循或追求的典章律法。而张先生对书法艺术的追求之路，就力求达到字与字之间的贯通，墨韵的协调，笔法既有金石味，又有书卷气，作品中也时常蕴含着对时代的感悟。相信坚持本真坚持创作的张俊焕先生定会创作出更多丰富时代的卓越作品。

2016 年 8 月 6 日

工作在母亲河怀抱里的人

趁阮亚寿来兰州的机会，我怀着敬慕的心情，访问了这位平凡而又不平凡的新闻人物。看上去，他真不像个来自秀丽富饶的福建厦门水乡的人。身材粗犷，脸膛黧黑，举止言行，完全像是个甘南草原上久经风霜的牧马人。

冥冥之中，独见晓焉。他让我有种亲切感！

这位刚刚在北京荣膺"全国少数民族地区先进科技工作者"称号的工程师，受到了党和国家领导人的亲切接见。他是甘南藏族自治州玛曲渔场副场长。

不少人感觉他有点神秘：一个南方人为什么会看中甘肃气候恶劣、生活艰苦、地处偏僻的玛曲这个地方，而且安心定志地一待就是二十多年，默默无闻无私地献出了自己最美好的青春年华。

见面寒暄了几句，我直截了当地问他："你为啥那样热爱玛曲？"

"因为我的事业在玛曲，这块热土已是我心中的第二故乡。黄河是母亲河，我工作在母亲河的怀抱里真是幸福。"他说得真诚坦荡，像是一首无声的天籁之音！

他伸出双手让我看，只见十指关节已变形，都伸不直。而他却很轻松地说："玛曲的气候差、生活苦，搞水产捕捞、养殖，经常在水里泡着，患了比较严重的类风湿关节炎。大家都是这样，没有理由怕苦怕累，我甘心情愿。"说完，他乐呵呵地笑了，笑得那样憨厚，又那样甜美。

老阮 1959 年毕业于著名的厦门集美水产学校，自己志愿来到几千里外的黄河首曲之地玛曲工作。组织上为了让这个年轻人进一步深造，又送他到上海水产学院进修，1961 年结业后回到玛曲渔场，扑进黄河水，浪里行船，整日捕鱼。月复一月，年复一年，吃苦耐劳，勤勉踏实。二十多年过去了，他从来没提过什么要求，也没提出过工作调动。

玛曲渔场，位于甘、青、川三省交界的青藏高原地带，地处黄河首曲，捕捞河段海拔三千四百米至四千米，一年四季常有冰雹和雪花降落，大气候、小气候自然条件都很恶劣。谈到刚到渔场时的情景，老阮说："刚来时，常常因为高山反应和冷湿难受，气喘、头昏、恶心，吃不下饭，睡不好觉。但磨炼了几年，也就习以为常了。再说，有党组织的关怀教育，同志们的热情帮助，使我爱上了玛曲这个地方，渔场是家，喜欢上了捕鱼的职业。我与当地的一个农村姑娘结了婚，早就变成玛曲人了。二十多年间，我只回过一次福建老家……"我听着，平常而又不平常的人和事，深深地打动着我，令人肃然起敬！

我又访谈了曾评选举荐阮亚寿为少数民族地区先进科技工作者的省民委有关部门，还有与他同来兰州的同事，了解到他的许多事。

阮亚寿以渔场为家，带领大家，长年同工人一起，辛勤奋战在四百多公里的捕捞河段，搏击在渔船与河浪间，没出过任何差错。为了开发和利用黄河上游的渔业资源，他和大伙悉心摸索总结出了一整套适应当地条件的捕捞渔具和方法，作业人员减少到原来的十分之一，而捕鱼量却保持原有的记录。每年的鲜鱼总产量一直占全省年鱼产量的50%以上，为国家和人民贡献着自己的力量。

难能可贵的是，黄河风浪和生活险阻把老阮锻炼得意志坚强，公而忘私，冲锋在前。

一次，渔船帮助玛曲县群强乡商店运货，船在急流中触礁。在船即将沉没的危急关头，阮亚寿奋不顾身跳进翻滚的水浪中排险成功，挽救了渔船和满船商品。

又有一次，玛曲县的几辆汽车路过冰河时，冰碎车沉河底。他闻讯后赶来潜入冰窟，帮助打捞出两辆汽车和死难者。

还有两次，他率领渔船在四川黄河地段作业时，遇到了持刀抢劫的暴徒。阮亚寿和大家不畏强暴，机智勇敢，与暴徒周旋斗争，捍卫了渔船和人员的安全。

"文革"中，他受诬陷被打成"反革命骨干分子"，被错捕下狱，身心受到严重摧残。平反出狱后，他向前看，忘我工作，发奋抢夺失去的时间。

改革开放以来，阮亚寿甩开膀子带头大干。场里制定了《渔场1976—1985年渔业发展规划》，开展了试养优质高产的虹鳟鱼等冷水性鱼类的科学研究。从1977年开始，他抢挑重担、苦干在前，把全部精力投入虹鳟鱼的引种、繁殖和饲养试验中。在非常简陋的条件下，敢于担当，善于发挥职工们的智慧，趋利避害、艰苦攻关，勇于探索、积极进取，闯过了虹鳟鱼在玛曲不能越冬的难关，取得了引种、繁殖双获成功的可喜成果。现在，虹鳟鱼已经在玛曲繁殖了五批。1979 年首次人工繁殖成活的鱼苗，如今已培育成五至八市斤重的亲鱼，并产过两次卵；亲鱼由开始的五十六尾发展到现在的一千二百多尾，成活率由 1979 年的 38% 提高到现在的 92.16%；采卵时间由过去的一月上旬提前到年前 12 月底，总采卵量由首次人工繁殖时的一点八万粒增加到今年的七十八万粒；鱼卵受精率由 1980 年的 80% 提高到今年的 99.02%；出苗率突破 80%。渔场上上下下都对这个副场长刮目相待，说"这么好的劳动模范就在我们身边，他是自然生长出来的榜样。我们都尊重老阮，一个真正让人信赖的领导，一个够格的工程师"。渔场评选精神文明建设的模范，他获得全票。

我由衷地祝贺老阮获得"全国少数民族地区先进科技工作者"这个名副其实的称号。他还是那样坦荡真诚地说："我算不上是什么模范，是党、国家和人民给予我的鼓励。我受党和人民的教育二十多年，按照为人民服务的宗旨干好工作，是我的本分。"

采访老阮，我只是洗耳恭听，无须多言。他的形象在我面前高大起来。多么可爱而又可敬的一个人啊！比之他，我一下子觉得，自己"矮"了许多。

这篇纪实 1984 年 4 月 23 日发表于《甘肃日报》以来，我关注着阮亚寿的成长进步。不久，他光荣地加入中国共产党；主持的虹鳟鱼养殖项目，1985 年通过省级科研鉴定和验收，1987 年获得甘肃省科技进步三等奖，个人申请获授"高级渔业捕捞工程师"职称；1989 年 5 月他被评选为"甘肃省劳动模范"，并荣获"五一"劳动奖章及荣誉证书。

攻克大骨节病的科研拓荒牛

甘肃省卫生厅科研处郑重地给我推荐了一个副主任医师，说"采访他，不会使你失望"。对于靠谱的机构，我都很尊重。

1983 年 6 月 20 日，这天是中国父亲节过后的第二天。早上，我匆忙赶到兰州医学院附属二院，寻找到了采访对象——正在这里会疹治病的李崇正。

我伸手与他握手，出示了记者证，访谈便开始了。

"没想到，我会同大骨节病结下不解之缘！"他一直望着我说话，这时推推眼镜，神秘而风趣地讲道，"这还要感谢微量元素硒这个朋友哩！"

坐在我面前操着北京口音，时而夹着河北味的大夫，是全国六届人大代表、甘肃省劳动模范、省地方病防治研究所副所长、副主任医师李崇正。

采访他之前，省地方病防治研究所给我提供了他的一些信息：新中国成立后党和人民培养出来的第一代医科大学生，1954 年毕业于北京医学院，现年五十四岁。十多年来，智慧的李崇正辛勤工作在农村医疗第一线，极端热忱，精益求精，潜心研究，终于攻克了医学界近百年来尚未弄清的疑难症大骨节病，为我国医学科研事业作出了贡献。

现在，我仔细地听着李崇正讲述他探索研治大骨节病的过程：

"我原是北京市西城区儿童医院的放射科大夫，1970 年医院贯彻中央支持医疗落后地区的精神，我随全院搬迁来到甘肃宁县湘乐公社。不料，医院的 X 线机坏了，我就失业了。

"那阵子兴干部包队，我被派到东风大队蹲点。乡亲们听说我是北京来的大夫，纷纷找我看病。谁知，尽是些七扭八歪的拐子，可把我给难住了。我向当地的医生请教，他们说这叫大骨节病，没治。我搜集查阅了许多资料，方知这种病在国内外分布较广，我国十多个省区都有，严重发病区大多在穷乡僻壤，甘肃省的病患者有十六万多人。国际上对这种病研究了一百多年，尚无结果。

"医者以医为本。我对大骨节病动了心思。

"开始，心里有点犯嘀咕：国内外专家对大骨节病都治不了，何况我是搞放射科出身的，别异想天开了。可是，当我耳闻目睹了许多患者瘫痪在床、极度痛苦的惨状，终于下定决心：研究它，攻克它！

"摸清发病原因是突破口。有一次在一个集体猪场，我发现几口被人认为是患风湿病的猪，某些病态与大骨节病人有惊人的相似之处，给我很大的想象空间和启发。这时，根据我的申请，经组织批准，我被调到甘肃省地方病二所专门开展大骨节病的专业科学研究。

"我阅读了不少医学资料，揣摩明白了一个特点：医学史上的有些疑难棘手的病症，高明的医生识透并治疗它往往如隔一张纸，一捅即破，关键在于找到对症的治疗方法。我进一步坚定了研究方向：找到攻克大骨节病的方法，首先在于弄清发病根源。我把猪的类似病症作为研究的主攻突破口，经过深入探索、反复化险，终于确诊这种猪病为慢性白肌病，病因是饲料中缺乏微量元素硒所致。继而，我和同事们先后对瘫痪小牛和猪进行服硒试验，结果小牛站了起来，猪消失了病症且长得膘肥体壮。经过批准，又进行人体服硒试验研究，证实可预防大骨节病和治疗儿童早期大骨节病。

"大骨节病的发病奥秘，就这样轻而易举地被揭破了。1977 年以来，我们在宁县太昌乡对大骨节病患者进行亚硒酸钠的投服治疗，有效率达到 95% 以上。目前，这一药物的投放工作，已在全省十九万人中全面展开，效果非常显著。瘫痪病人起床了，拐拐扭扭的病人扔掉拐杖，迈开了矫健轻盈的步伐。广大患者欢欣雀跃，我和同事们都开心地笑了！

"我和大伙总结了研究大骨节病的实践，撰写了《硒、维生素 E 治疗大骨节病 224 例 X 线效果观察及病因探讨》《关于大骨节病人周围血中靶形红细胞问题》等多篇论文，在全国性医学杂志发表后，引起了国内外同行、学者的高度关注。1980 年，甘肃省科委对我们取得的大骨节病研究成果授予科研成果二等奖。"

一股脑儿说到此，李崇正大夫作了结束语："我的成绩就是这件事，做了作为一个医生应该努力的工作。党和人民给了我很多荣誉……"

"听说，"我打断他的话茬问，"你搞科研也付出了代价？"

"一项科研成果总是无数代价的总和。"他笑笑说，"这几年意外的横祸总是向我袭来。1978 年 8 月我集中精力正在农村搞医疗，我在兰州的住房突然被暴雨淹没了，组织上发电报通知我回去料理，可我想正在紧张治疗大量的病人，怎么能离开而去顾及个人的一点财产呢？还有两次我的宿舍被盗了，我在农村医疗一线正忙，也不能回去，只能置之度外。长期在农村奔波，休息和营养都不足，身体垮了，可是心里很甜！因为，广大大骨节病人得救了……"

在中华民族的文化里，牛是勤劳、进取、奉献、力量的精神象征。长期以来，牛的精神影响和感染中国人的思想观念，提升着人的精神风貌，产生了不同的风格和特质。富有劳动精神的艰苦奋斗者是老黄牛；富有无私奉献精神的无畏苦累者是孺子牛；富有创新创造精神的攻坚克难者是拓荒牛。

李崇正是一个科研拓荒牛。真是天赐这个有心人成功之道，他"捅破一张纸"，一举解破了百年疑难病症的奥秘。医学界由衷地祝贺他，人民深切地感谢他！

1983 年 6 月 24 日

肃北草原上的雄鹰

米西格，这个名字早就留在我的记忆中。

那是 1982 年 11 月召开的甘肃省劳动模范大会上，我是上会记者。一次，参加蒙古族较多的酒泉地区的代表团讨论会上，大家谈笑风生，从当代的劳动模范议及古时的英雄豪杰，涉及蒙古族的图腾崇拜，有些代表不大明白是个什么典故，我便随意说了一下。

我国内蒙古地区悠久的草原生活，造就了蒙古族人粗犷豪放的性格，也形成了浑厚的蒙古族草原文化，其中具有神秘色彩的图腾崇拜与鹰有着很深的情结。相传成吉思汗在称汗前，有一次狩猎归来，没想到他幼年时的结义兄弟札木合，竟暗设陷阱欲谋害他，幸亏成吉思汗的猎鹰发现一只小鼠掉进陷阱而泄露机密，使札木合未能得逞，但由此两个结义兄弟成为对手。猎鹰有功于成吉思汗，那个时候具有原始信仰基础的萨满教巫师，便铸铜鹰戴。由此，鹰便有了"神鹰"之称，渐而受到蒙古族的推崇，成为图腾而无出其右。倏然间，一位代表郑重地向我推荐说："建议记者到肃北草原去，采访一下米西格吧，他是个不是劳模的真正劳模。"说着，翘起了大拇指，"他是自治县人民医院门诊部主任，肃北草原上的白求恩，是我们蒙古族人心中的雄鹰啊！"寥寥数语，表达了对米西格的敬重。

后来，我想去一趟肃北，因多种原因未能成行，但一直没有忘记在省劳模会那个代表的推荐和"米西格"这个名字。最近，我得悉米西格被评选为全省少数民族地区先进科技工作者，与另外四名先进人物作为甘肃省的优秀代表，赴京参加了全国少数民族地区先进科技工作者代表会议，荣膺"全国少数民族地区先进科技工作者"称号，得到党和国家领导人的亲切接见。省民委的同志告诉我，米西格从京返回兰州，也推荐"值得报道"。于是，我专门访问了他。

四十三岁的米西格，身材健壮，憨厚纯朴，长相"很内蒙古"。见面说过几句客气话，我请他谈谈自己仁心仁术为人民服务的事迹。没想到，他竟满面绯红，结结巴巴地说："我、我没有啥事迹，只是做了一些应该做的工作。"

"别那么紧张，就请你随便谈谈吧。"好一阵儿，他才打开了话匣子。

米西格出生于一个贫苦的蒙古族牧民家庭，自小父母不幸双亡，孤苦伶仃。谈到自己的新生，他说："是共产党把我从苦海里救了出来，供我吃穿，免费送我上学深造。在读书中，我懂得了没有文化、不懂科学，就不能建设社会主义的道理。我很珍惜从苦难中获得一个好的人生。"1961 年，米西格二十一岁时，毕业于西北民族学院医疗系，回到故乡肃北蒙古族自治县，政府给他分配了工作。

在我鼓励下，这位腼腆的医生自我介绍：毕业后，我在县医院经过一年多的实习锻炼，被派到偏僻的马鬃山乡卫生院工作。到那里后，我从挨家逐户地上门送医送药做起，与牧民同吃同住同劳动，尽心尽力把党的温暖送到广大牧民中。特别是针对牧区不讲卫生、妇女生孩子极不科学的旧习惯，我大力宣传讲究卫生的好处，宣传新法接生的优越性，引导群众搞好个人、蒙古包、环境卫生，改进牲畜饲养的方法，注重防疫、守护自己的健康。经过我和同事们的努力，马鬃山地区的医疗卫生落后面貌有了明显的改观。"广大牧民像对待亲人一样，热情信任和依赖我，我成了他们离不开的朋友。"

"勤奋好学、掌握更多的医疗技能才能更好地为牧民服务。"米西格说，他通过苦学钻研，逐步掌握了常见骨外科、妇外科疾病的手术技术。一次，他碰到一位高龄产妇，因其胎位不正、宫缩乏力，造成娩出困难，致胎儿死于腹腔，造成大出血。在她生命处于危机的时候，有人建议转送外地，米西格不同意。他迅速果断地确定了手术方案，与另一位医生及时实施手术，取出死婴，挽救了产妇的生命。

由于米西格的医疗技能的显著提高，1971 年他被县医院选中调入。他的视野更为开阔，发现眼病、牙病等五官科疾病的发病率比较高，而县医院缺乏医疗力量，他便下功夫钻研五官科医疗知识和技术，聪明好学的米西格悟性好、进步快，县医院还派他到省级医院进修了一段时间。经过多年自强不息的努力，米西格不仅能够比较熟练地处理常见多发的眼外科及五官科的一些疾病，而且还可以做针拨白内障、青光眼等难度较大的手术，逐渐成为当地走红的医生。加之他学习和发扬白求恩救死扶伤的人道主义精神，患者的口碑好，得到人民群众的普遍好评，被提拔担任了门诊部主任。

肃北县的卫生系统，有好多来自外地外的汉族医务人员。他们来到牧区初期阶段，由于语言、生活、风俗习惯等多方面都不适应的原因，与当地的医务人员有点距离。而米西格总是热情诚恳地同他们交朋友，教他们骑马、骑骆驼、学蒙语，帮助他们解决生活中的实际困难，使他们感到民族团结的温暖。米西格与他们成为医疗工作亲密无间、互相帮助和共同进步的同路人，促进带动了各民族医务工作者的团结和医疗事业的发展，作出了贡献。

米西格对我说："雄鹰，是我们蒙古族英雄的象征。我的翅膀还不够硬，我还要学习，还要钻研，努力掌握更多的医疗技能，让事业的翅膀像鹰一样飞翔起来，为人民贡献更大更多的力量！"

1983 年 9 月 30 日

千淘万漉始得金

福 音

这是先一幕多么令人同情心碎，而后一幕又是何等感人动情的情景啊！

这个名叫李秀英的女工，患风湿性关节炎，即人们常说的"老寒腿"，已经十二个寒暑了。她的双腿麻木冰冷，关节疼痛难忍，行动极为不便，早就离开岗位不能做工了。就是在七月流火的日子，她棉裤也不能离腿，皮裹腿不能离膝；到寒风凛冽的严冬，终日躺卧热炕而难以起身。长期治疗无效，李秀英绝望了！

谁知不经意间，她碰到了一个年轻的军医，善良耐心地说服了自己，每天接受他亲手给她的膝处和腿部敷用他研制的中草药祖师麻软膏，那么细心细腻，那么温柔温情，腿膝的感觉那么温暖温热。几天后痛感减轻了，又几日后关节由凉变热了，再几个昼夜后疼痛基本消失了，总共二十多天便完全康复了。她泪水涌流，感激这个头戴红五星的医者，像亲人一样，为她治疗付出的辛劳。她，终于精神抖擞地奔赴了生产岗位。

"真是人民的好医生！真是神药！"消息传开，人们交口称赞着。

这个神药的研创者，是自学成医的中国人民解放军兰州军区第十陆军医院的大夫蒲大才。

先访谈李秀英，枯木逢春的这个女人情不自禁地说："是蒲大夫让我起死回生的。"

再访谈医院，访谈医药部门，访谈不少敷用了"祖师麻"而康复的"老寒腿"患者，访谈蒲大才军医，同时细看了大量的医疗资料和信件，事实让我心服口服。

"祖师麻"畅销全国二十多个省市自治区，已应用到全军和地方医疗单位的临床实践，以其显著的疗效解除了千百个风湿性关节炎患者的痛苦。从雪花般飞向第十陆军医院的感谢信可知：被风湿性关节炎顽症折磨了几年、十几年甚至几十年的病人，如枯木逢春，一个个，一批批，在苦难中得救，治愈康复了。

近些年来，祖师麻药膏的名气不胫而走，已传播和少量销售到香港和英、美、日、澳大利亚、朝鲜等地区和国家。

祖师麻药膏被兰州军区审定为科研成果，授予蒲大才军医三等奖，在全区部队通令嘉奖；再度被国家医药部门审核验收，载入《中国药典》，给予蜚声药坛的"神药"一席之位。

代　价

祁连山，大西北巍峨壮美的山脉，位于青藏高原东北部，东西绵延千里，南北纵横交错，海拔四千米以上的高山地带，终年积雪，冰川玉立。生息于祁连山的野生植物千姿百态，生物之宝众多，中药材是一大宝贵资源。

"病人腰腿痛，医生头就疼。"这句流传在民间和医疗界的实情话说明，长时期来，对治疗风湿性关节炎尚没有什么特效的良药。风湿性关节炎，是蒲大才欲攻破的一个"堡垒"。

在群峦绵延的祁连山自然药材宝库之中，有没有征服风湿性关节炎的良药？十多年前，血气方刚的蒲大才，利用在祁连山区为人民巡回医疗的机会，决心仿学神农尝百草，寻找治疗风湿性关节炎的理想之药。

当年，蒲大才还是个司药，就凭两条腿，要在如此浩瀚无垠的祁连山里找到克治风湿性关节炎的良药，谈何容易！可他雄心勃勃，硬是要闯祁连山！

他一面孜孜不倦地攻读《本草纲目》《神农本草》《伤寒论》《内经》等中医古籍，一面坚持不懈地行进在祁连山，在深山原野里留心察看，一一亲口试尝各种花花草草，向民间老药农、老农和牧民问学请教。一年过去了，寻找到的药材不少，可对风湿性关节炎却一点无效。

吃苦受累人瘦了许多，然而天道酬勤劳，不欺无私无畏的探索者。一年多后的一天，蒲大才爬上祁连山北麓的一个雪山顶上，发现了一种四季常青、结着玛瑙红小果的灌木。一尝，其果先甜后麻，其茎、根皮辛麻浓烈的味道，久久不散。他心里蓦地热了。麻是热性的，关节炎是寒性的，而治疗关节炎就是要以热攻寒。兴许这种小灌木有门？经询问当地群众，这种灌木叫"小冬青"，当地人当作柴烧。后他又在《植物志》上查到，小冬青学名"祖师麻"。

神秘莫测的祖师麻啊，到底能不能克制风湿性关节炎呢？

"一切真知都是从直接经验发源的。"搞清药理反应是当务之急。他把采集来的祖师麻制成粉末，先进行动物试验，得不到答案。他下决心，以不同浓度和剂量进行口服试验。试服五十毫克，试服一百五十毫克，试服二百五十毫克……随着浓度的增高和剂量的增大，由麻热感十足到浑身疼痛，有一天他两眼发黑，晕倒在地，面部浮肿了起来；治疗休养了很多天，才好转了过来。吃大苦让他在惊喜中获得深切体会：祖师麻有效但毒性大，服用不慎会有危险。

不入虎穴，焉得虎子。同事们担忧，亲人们劝滞，好转过来的蒲大才，全然不顾。他在总结体验的基础上，坚持进行口服试验，反复体会感觉。试验虽把他搞得面目憔悴，鬓染霜雪，瘦骨嶙峋，甚至"死"去活来，终究获得了真知：祖师麻辛麻，火热，穿透性强，是风湿性关节炎的"克星"。

毒性大的祖师麻不能口服，蒲大才又把祖师麻配制成药膏，进行关节外敷试验。大热、穿透性极强的药力，把他的关节部烧得红肿了，膝盖处烧起了成片的水泡，双腿疼痛得不能站立……就这样，他通过自身的反复体验，最终确定了既理想又安全的膏药配方。

经批准，蒲大才付出了巨大代价，换来的成果祖师麻药膏，开始在病人身上应用了。

续　战

祖师麻治愈的第一个风湿性关节炎患者，是民勤县重兴乡的农民杨再胜。他拖着十多年的"老寒腿"，四处奔跑，八方求医，花了不少钱，病痛依旧缠身。他在绝望中，幸运地邂逅蒲大才，成为应用祖师麻药膏的第一个风湿性关节炎的患者。蒲大才像亲人一样，用祖师麻软膏给他进行细心的关节外敷治疗和护理，不到三个星期的时间，杨再胜便甩掉了伴随他的拐杖，迈开了刚健的步伐。

恢复了健康的农民杨再胜，被神奇的祖师麻所折服，他激动地写信给中央，建议在全国推广应用这种药治疗风湿性关节炎患者，还硬是要拜蒲大才军医为师，学当医生，蒲大才接受了这个农民的心愿。

良药，总是要被临床反复检验而证实。为了继续验证祖师麻的药效，蒲大才军医利用工余时间，寻访民间风湿性关节炎患者，送医送药上门。在这期间，包括本文前面提到的李秀英在内的好些个"老寒腿"，都被治愈了……

可想而知，蒲大才付出了多少汗水、心血和智慧。

自强不息、立志要为祖国中医药宝库增光添彩的蒲大才军医，受到了许多部队的亲切鼓励，医院领导全力支持这位功臣的中医药科学研究，医院成立了祖师麻研究小组，兰州军区有关部门拨来专项经费，使深入开展研究有了好的条件。与此同时，医院门诊大量接诊风湿性关节炎患者，以反复验证药效。病人蜂拥而至，治愈的消息不时传开，患者感谢、求医求药的书信从各地飞向医院……

据医院一个时期有资料记载的 221 个病例证明，用祖师麻软膏治疗关节炎的疗效为 94.11%。多年的临床实践还说明，祖师麻还对类风湿性关节炎有缓解作用，对腰肌劳损、外伤性关节炎、产后腰腿痛及风湿引起的全身各部肌肉、关节疼痛等疾病，亦有疗效。

在蒲大才军医的辛勤培育下，农民杨再胜已成长为乡保健站的大夫，专攻专治"老寒腿"，以取得的不凡成绩，获得了乡亲们的信任。

成绩，对于一个进取者来说，总是等于零。紧接着，蒲大才等投入中医药科研的工作者，信心百倍地进行祖师麻针剂的研制。他们以"钉子"般的钻研精神，攻读专著，汲取精华；以"宁可在自己身上试验百次，决不在患者身上试用一次"的高尚医德，寻求真知。经过四个春秋的攻关，合适浓度剂量的祖师麻针剂问世，开始应用于医疗临床。

医学界对祖师麻还有不同看法，无疑这是正常现象。蒲大才军医对我说："祖师麻的科研还在深入，困难再多，风险再大，我决不回头，决不停步！"人们深为他的凌云壮志所感动，人民期望他对祖师麻的研究跃向新的高峰。

千淘万漉始得金。任何科学研究的成果，都不是十全十美的。事物变迁没有完结，科研没有尽头，赢胜没有终点。

1982 年 2 月

史海钩沉
SHIHAI GOUCHEN

省委书记救助贫穷少年的时代意义

中国，东方的巨人。然而，正如巨人的四肢下有"空隙"一样，在社会主义制度下，中国依然存在着贫穷、愚昧和落后。

在华夏大地已实行九年制义务教育、免缴学费的八九十年代，中国农村仍然还有一百多万学龄儿童，因为付不起二三十元书杂费而失学。

中国承认这一点，正是为了正视、克服和解决它。所以，在中华民族发展史上，脱贫始终是一场攻坚战，教育脱贫首当其冲。

二三十元钱，对一个城市家庭来说，微不足道。而对贫困农户，却能供养一个小学生在校读一个学期的书。

为此，中国政府实施了"希望工程"，目的旨在动员全社会救助农村百万失学少年走向学堂。

中国"希望工程"，宛若跳荡于九百六十万平方公里大地上的圣火！给失学的孩子送去了光明的期盼，送去了悠悠爱心，送去了殷殷奉献！

这里记述的是，在中国西部实施"希望工程"过程中，发生在甘肃省的一个平凡而又不平常的故事：省委一把手救助贫穷回族少年读书，看似微不足道却有点传奇。

自古英雄出少年。

近几个月来，回族儿童马义宾的学习成绩不断进步，在甘肃省康乐县虎关乡高集小学的三年级中冒了尖：思想品德、语文、数学、美术、音乐、体育六门课，一马当先；语文、数学在全学区的统考中名列第二，引人瞩目。

1991 年"六一"前夕，马义宾获得了学校"优秀少先队员"荣誉称号。马义宾的显著进步，使他的父亲笑了，母亲笑了，学校的老师和同学们也笑了。

这一讯息传进省城兰州——中国共产党甘肃省委的大院内，省委书记顾金池闻讯，也舒心地笑了。

原来，马义宾是顾金池救助得以重进学堂的一个贫穷少年。

马义宾，是个聪明娃。然而，命运对这个回族少年颇不公平。

其父马进福，是个丧失劳动能力的终身病患。

耕地、家务、侍奉丈夫和照料孩子，五口之家的生活担子，全压在马义宾的母亲马奴给叶儿的肩头。纵然她"两眼一睁，苦到熄灯"，也难使全家温饱。三间土房子和两只羊，是马家的全部家产。全村三十多户人家，只有马家用不起电灯。

时代的熏陶，虽使马进福夫妇明白：要想使后代摆脱贫困，只有让儿子读书学文化。但家境穷得叮当响，负债好几百元，替儿子掏不起书杂费啊！

善良的舅父救助了外甥，马义宾九岁进了学堂。这娃懂事，有自信，学习肯下苦。

进入 1991 年，马义宾再也无力交纳几十元钱的书本费和学杂费了。他面临着失学的威胁。

社会主义阳光下，天无绝人之路，马义宾时来运转。

康乐，是顾金池的贫困县联系点。

是年 3 月 25 日，顾金池在县上调查研究时，得悉这个贫穷回族少年的困境，非常难过和同情，不禁潸然泪下。

他当即决定，从自己的工资里拿出钱救助马义宾，连续救助五年。

就这样，省委书记交了钱，马义宾又高高兴兴走进了学校，安安然然坐在课堂里读书了。

马义宾读书很发愤，他应当发愤。

这个故事就这样简单，但简单的故事告诉世人：

中国只要还有一名因贫困而失学的孩子，"希望工程"的崇高使命就不会结束，跳荡在九百六十万平方公里大地上的圣火就不会熄灭。

共产党的省级高官救助一个贫穷少年，意义和作用绝不仅在这件事的本身。

我想，其时代意义在于，高官心里有人民，有贫穷少年，有希望工程，守望的不仅仅是一个少年的读书成长，而是守住了人民的心；影响和作用在于惠及整个教育脱贫的事业，为推进中国"希望工程"、爱的工程的发展，为推进教育脱贫的进程，为守住人民的江山，奉献了一个共产党人的力量。

1991 年 6 月 25 日

在杜甫草堂谈说天府之国

时令已入季秋，然在鹏城，既无孟郊形容的那种"天寒色青苍"的景象，也没王勃描绘的"山山黄叶飞"那样的光景，大自然依旧秋光潋滟晴方好，淡妆浓抹总相宜，姹紫嫣红百花艳，林木草地绿如茵。一如既往的青春芳华、妩媚迷人，任你随心所欲，伴着唐诗，吟着宋词，在秋光中荡漾。

这天下午，赶往前海参加来深圳的西部一行作家诗人采风和签名售书活动。暮色苍茫时，送客人到蛇口码头乘船去"碧海明珠"珠海，西部的文人骚客们雅兴不减，他们要继续览胜南粤风光。

少焉间，细密如线的蒙蒙雨丝淅淅沥沥轻歌曼舞般地从苍穹飘落下来。刹那间，当日的闷热仿佛一下子落荒而逃，清清爽爽的气息扑面而来，秋雨绵绵带来的凉风习习，沁人心脾，舒服极了！

不经意目望路边的树木、草丛、勒杜鹃，只消一会儿时光，魔幻般变得清丽、隽永、动人，树叶、草枝、花面都悬挂着晶莹剔透的露珠，摇曳着绿油油、红灿灿的身姿，喜笑颜开，神采飞扬！像是唱着曲儿、跳着舞儿，随着我，欢送客人们……

此时的蛇口码头，华灯初上，呈现出赏心悦目的罕见景象：闪闪烁烁的灯光，穿越影影绰绰斜着倾注的雨线，折射出万道绚丽霞光，而光线、雨线、霞光相射相插相拥，动感的光雨流线又如此反复交织相映相糅相扮，形成色彩斑斓的粼粼波光，璀璨柔情的莹亮煜煜、光雨霏霏，奇妙神秘煞是壮观；这种灯光细雨交替融汇而成的色彩激潋的流线型动感，熠熠闪烁中珠玉纷落的绝妙景观，又与在茫茫夜雨中穿着各色服装、撑着各样雨伞、熙熙攘攘匆匆奔走的游客，以及远处用彩色线灯装饰勾勒出的建筑物宏伟轮廓与近处港湾停泊的灿亮游轮浑然一体，勾画成一幅极致绝伦的经典油画，美得让人目眩心醉！

秋色夜雨中的蛇口港，真是美轮美奂哟！

送走了作家诗人，按原定计划，我搭乘的士往宝安国际机场驰骋而去。

作为大勇油画艺术公司的顾问，应赵大勇董事长、石磊总裁的邀请，去成都参加公司与景德镇陶瓷艺术研究院"合作研发世界著名绘画雕塑绝品与中国青花名瓷相融中西合璧的高端艺术品"项目合同暨实施的签约仪式。

"从中外文化艺术宝库借一抹金光，可以变成一座金山。这是公司的一个创新项目，我代表董事长邀请顾问参加签约仪式，一定要去啊！"当时在景德镇的石磊总裁给我打电话说，公司赵大勇董事长和合作方研究院李欣然院长及双方其他负责人不约而同地提议，这个合作项目意义重大，签约仪式挑选一个有文化代表性的第三地举行，可彰显文化地标的韵味而温故知新，用历史经典洗礼心灵，增强彼此精诚合作、务实落实的信心和智慧。最终选定"天府之国"成都作为签约之地。

"顾问顾问，顾上了就要问一下。"我不能不去。

自古有语："成都成都，什么都成。到了成都，办事都成。"我与他们一样，信奉这座历尽千载的城市，是华夏首届一指的风水宝地，源远流长，龙脉深厚，招财纳福哟。

午夜，到达目的地。公司董事长赵大勇和从景德镇赶来的总裁石磊与景方研究院院长李欣然、党委书记陈克明，还有从景德镇随父李欣然而来的俊俏小姑娘李荷，都已到达蓉城入住青羊区的一家宾馆。

当夜，石磊提议每人写个纸条选择签约地点，结果来者中没有一个人是成都或四川人的五条汉子，却不谋而合，写的竟然是同样的四个字：杜甫草堂。

咋就这么巧？不外乎，大家的心灵豁亮一致认准：古时的杜甫草堂，如今的杜甫草堂博物馆，是新中国首批重点文物保护单位和首批国家一级博物馆之一，膏腴之壤成都的文化地标。在这里签约启动合作项目，最为吉祥吉利，几个人都高兴得合不拢嘴巴。

大伙兴高采烈，在舒适的套房会客厅，一边品茗吃点心，一边调侃聊谈，兴趣甚浓，没有一丁点儿睡意。

李欣然发问：成都此名从何而来？

陈克明接答：穿越千年的中国十大古都之一的成都，在公元前5世纪，开明王朝九世以"一年成邑，二年成都"的凌云壮志，开启了古蜀文明发祥地懋隆雄起的宏伟篇章而得名。

石磊又说："成都，汉时成全国五大都会之一；唐时为中国最发达的工商业城市之一，史称'扬一益二'，唐时的益州即成都；北宋时是汴京即开封以外的第二大都会。"

大伙听着，都会心地露出赞许的微笑。

随之，大家你一段他几句，随意调侃着成都古今演化变迁的经典逸事……

"请我们公司的顾问讲讲。"赵董提议，掌声响起。我摆摆手，"随意聊天不用鼓掌啦。请问诸位，近几年里，全球目光聚焦成都是哪一天呀？"

我的话刚出口，赵董便从容不迫地回应：2019年12月24日，在成都举办了第八次中日韩政府首脑会议。我国总理李克强、日本首相安倍晋三、韩国总统文在寅相聚于成都，在杜甫草堂出席中日韩合作20周年纪念活动。这个盛会让世人注目哦！

"赵董好记性。"我说，这是因为除中国这块难得的锦天绣地举世闻名，有巨大的吸引力外，最重要的还是成都经济快速发展的影响，尤其是有着浓厚的历史文化积淀，使得中日韩政府首脑会议落地成都。

"风韵古城，魅力成都。"在联合国人居署与中国社会科学院共同发布的《全球城市竞争力报告2017—2018》中，成都跻身世界百强城市，以排名第62的位次，力压迪拜、悉尼等国际都市。

接着，我又简言讲述了一下孤陋寡闻的成都发展演变进程中的一些经典史事。

在华夏神州悠悠历史的长河中，成都这座经济富壤、军事要塞、文化名城一路奔腾，创造了独树一帜、彪炳千古的伟业奇勋。

远在冷兵器时代，由于坚如磐石固若金汤的英雄城池成都易守难攻，因而多次幸免于难，避开了战乱摧残而造成的生灵涂炭。

战国时期的秦朝，这里就建成了"世界水利文化鼻祖"都江堰水利工程。勤劳智勇的华夏祖先在蜀地凭借舟楫和灌溉之利，深情耕耘着自然条件优渥丰沃的土地，加上千里平原风调雨顺，粮食产量不断激增，终究成就了富庶辉煌的"天府"成都，自然将之前关中"天府之国"的桂冠取而代之。

汉代历史上，颇有独到眼光的"汉初三杰"战略家张良、萧何、韩信，都高瞻远瞩，把以成都为中心的蜀地视为植根立国之地。

三国时期的杰出军事家诸葛亮，深谙成都是难得的战略要地和富饶之壤，全力智助刘备得以称帝。所以，蜀汉至西晋时著名史学家陈寿所撰的历史名篇

《隆中对》传承一千七百多年，留下了真确的文字见证："益州险塞，沃野千里，天府之土，高祖因之以成帝业。"

也是因为蜀地物产丰盛且安宁稳固的优越地理位置，在唐中晚期发生关中战乱时，都被唐玄宗、唐僖宗选为安全避乱之地。

光阴荏苒。民国时期的1925年深秋，广州国民政府为彻底消灭广东省的军阀势力，决定第二次东征。启程在即，时任东征军总指挥、黄埔军校校长蒋介石来到雄峙于岭南中南部、被道教尊为天下第七大洞天的罗浮山拜神，在酥醪观与仰度道长促膝长谈了整整一夜，最后他抽了一支签，道长解道："胜不离川，败不离湾。"其告诫蒋介石：未来胜了，就定都四川；败了，则退守台湾。

自古以来，成都都是华夏泱泱大国的主要粮食供给地。直到1978年12月党的十一届三中全会后，中国民间仍有"要吃粮，找紫阳"一说，亦说明那时国家虽处于百废待兴时期，但四川农业仍处于长足发展之势。

……

大伙谈侃尽兴，收尾时陈克明又说：在中外拥有广泛知名度的文学经典《三国演义》《三国志》，浓墨重笔书写了天府之国；成都在历史发展中，还演变出了饮誉中外的武侯祠、杜甫草堂、金沙遗址等名胜古迹；憨态可掬的珍稀动物大熊猫更是吸引世人的"活化石"；千百年以来成都一直是中国昌盛不衰的旅游都市。因而，自然天成的成都，在国人眼里成为"干什么都成"的富贵灵验的洞天福地。

五条汉子都难禁兴奋喜悦之情，为成都鼓起掌来。

"哎，你们五个长辈喋喋不休地把成都夸奖了个够，又都点名要到杜甫草堂签约，那就给我个说话的机会，让咱说说杜甫草堂吧。"没料到，李欣然的小女儿落落大方，娓娓道来：

杜甫草堂，是具有远大抱负的唐代大诗人杜甫，当年为避"安史之乱"，远离战乱的中原，颠沛流离风餐露宿，携家带口从陇右即现在的甘肃南部，入蜀辗转流徙到了成都。他选择远离喧嚣闹市，得益于官友的协助，在西郊寂静清新、风景如画的浣花溪畔修建的茅屋居所，诗人自称"成都草堂"而得名。他的七言律诗《狂夫》描绘的"万里桥西一草堂，百花潭水即沧浪"，正是成都草堂的优雅生态环境景色。

在这期间，崇尚现实主义的杜甫诗兴勃发，创作诗歌二百四十余首。其中，有《茅屋为秋风所破歌》《春夜喜雨》《蜀相》《恨别》《江村》《枯棕》《病橘》等脍炙人口的不朽诗篇，为中华民族留下了弥足珍贵的文学遗产，也奠定了杜甫草堂这块中国文学史圣地的尊荣。

杜甫看透"朱门酒肉臭，路有冻死骨"的官场仕途黑暗，不愿做官为五斗米折腰，多年后为生计所迫，不得不离开成都。后来，唐末诗人韦庄寻得草堂遗址，重整修葺茅屋，草堂才得以保存下来，宋元明清历代都有修缮扩建。迄今占地面积近三百亩的杜甫草堂，比较完整地保留着明弘治十三年和清嘉庆十六年扩修后的筑造格局，建筑古朴典雅，园林幽静秀丽。

说到最后，小姑娘伸出双手扎起拇指道："杜甫草堂古来是中国知名度高、博物馆规模大、自然生态环境和古迹保护完好且颇具特色的名胜古迹，尤其是 1985 年更名为杜甫草堂博物馆后，更是华夏名列前茅的国家 AAAA 级旅游景区。"

真是"自古英雄出少年"哦！顿时，李欣然的这个小女儿，让五条汉子都刮目相看。他的爸爸激动地伸出拇指："点赞我的宝贝！"原来，李欣然是个工作狂，不闻家务事，他只知道女儿是景德镇市第一中学高三几个班的高才生，也清楚她是个"景德镇通"，殊不知她说起成都的名胜古迹，竟也头头是道。

……

签约仪式在杜甫草堂一个馨香宜人的小会议厅隆重进行，石磊总裁与李欣然院长代表公司和研究院双方，在合作项目暨实施合同书上郑重地签了字。

身处草堂实地，五个男人的胸怀里激荡着深厚的"高山仰止"之情，无比崇敬仰慕被中华民族尊称为"诗圣"的诗人杜甫，他的诗词歌赋被中国人传颂千年，尤其是诗人身居茅屋心怀苍生、放眼天下，以宽广博大胸襟和崇高人文情怀，写下的著名诗句"安得广厦千万间，大庇天下寒士俱欢颜"，彰显了中国诗人的最高境界。这著名诗句穿越地域，穿越阶级，穿越政治，穿越时空，穿越国界，穿越一千三百多年，一直温暖鼓舞着无数代天下的读书人。杜甫已被世人称为是与但丁、莎士比亚同属一类，具有高超文学艺术造诣和思想境界的中国古代诗人……

签约后，少不了觥筹交错、开怀畅饮一顿。傍晚，石磊在杜甫草堂近处的"巴国夜雨"酒吧二楼开了间包房，点了一桌川菜，要了几支产于四川的中国名酒五粮液，大伙畅饮庆贺酒。

李欣然的女儿李荷热情地给大家斟着酒。

在酒场上，处于高度亢奋中的中国任何男人，都是少有大度情怀的，对输了酒的对手不会轻易放过。此时，海量不罢不醉或是醉得一塌糊涂，往往都会赢得众人的尊敬，这就是华人古来的酒风。

五个人中，除我事先诚告诸位自己心脏有疾不能喝酒外，博士总裁石磊最不胜酒力。三只瓶子倒空后，这个年轻人便有点迷糊不清了。知情的赵大勇开口为他说情，要替他代饮，李欣然抓着石磊面前的酒杯硬是不允。

此时，谁也没料到，竟是李欣然的碧玉年华的美丽女儿李荷，伸手把她父亲抓着石磊酒杯的手掰开："爸爸，石叔叔已经醉了，就饶了他吧，我替他喝了。"她说着，端起酒杯瞄了石磊一眼，莞然一笑，一饮而尽。只见少女双眸秋波微澜，嫩白的脸颊掠过一丝淡淡的红晕。

此刻，五个男人见状为之一怔，都望着她，喧闹的酒场顿时宁静无音，接着又是掌声雷动。李欣然惊诧地说，他真不清楚女儿会喝酒。

言和行都是有温度的，冰冷如刀会戳心流血，温润如玉能暖心如春。

此时的石磊的头脑似乎清醒了，意识也清晰起来。他目不转睛看着她，觉得这个小姑娘那双清澈如水的眼睛好明亮润泽，眼神暖暖的好温馨。一刹那间，他倏然想起三去景德镇陶瓷艺术研究院期间，曾经在什么地方见到过这双眼睛，还有她那在眉宇间浅浅的粉色美人胎记……

"各位叔叔，爸爸，酒喝多了会伤身，长辈们量力而饮才好。"李荷说，"我唱支歌给你们助助兴吧。"

"我女儿是第一中学宣传队的女高音欸！"李欣然见女儿为石磊解围，也就趁势下台，他为女儿鼓起掌来。其他四个男人一边喊着"好、好、好"，也使劲拍手和鸣。

此时的李荷典雅极致。她柔情似水地清唱了起来——

道不尽红尘奢恋
诉不完人间恩怨
世世代代都是缘
流着相同的血
喝着相同的水
这条路漫漫又长远
红花当然配绿叶
这一辈子谁来陪
渺渺茫茫来又回
往日情景再浮现
藕虽断了丝还连

轻叹世间事多变迁

爱江山更爱美人

哪个英雄好汉宁愿孤单

好儿郎浑身是胆

壮志豪情四海远名扬

人生短短几个秋啊

不醉不罢休……

一首大气洒脱、震撼人心的《爱江山更爱美人》，从二楼窗户流泻而出，荡漾在梦幻般的浪漫夜空，如泣如诉。这女孩优美高昂的嗓音宛转悠扬，赋予了这首歌气势恢宏、豪迈雄浑的气质，将英雄爱江山的豪情与重情爱美人的痴情，和谐完美地融合于歌声的柔情之中，特别感人！

五个男人全神贯注地倾听欣赏着李荷如大海滚滚浪花般激越美妙的歌声。

此刻的石磊和李欣然，深深陶醉于小姑娘（女儿）侠骨柔肠的才情之中……

2020 年 9 月

圣人孔子，中华民族的精神之光

斗重山齐的孔子，仰之弥高的孔子，众望攸归的孔子，万世之师的孔子。思想如月、隽永华光，精深博大、名震山河，一直矗立在中华民族子子孙孙的心目中，是一座高洁、高贵、高尚的人文精神大山。

孔子，中国古代最伟大的思想家、教育家、文学家、政治家和军事家，中国儒家学派的创始人。中华民族第一个学识渊博、满腹经纶、学富五车、才华横溢，不容置疑的先贤师表。

孔子，在世时就被尊奉为"天纵之圣""天之木铎"，更被后世官民尊为圣人、至圣、至圣先师、大成至圣文宣王先师。千百年来，孔子及其思想，一直对中国和世界产生着巨大的深远影响，因而当之无愧，孔子位列"世界十大文化名人"之首。

时光穿越两千五百多年，孔子文化永存华夏。敬畏历史，崇敬孔子。敬畏真理，崇信孔子。敬畏贤能，崇拜孔子。敬畏学问，崇尚孔子。

其一，伟大的文化建树

孔子，是中华上古文化的传承人，中国五千年文化的奠基者。

孔子孔门的文化贡献，集中在"四书五经"。

《论语》《孟子》《大学》《中庸》为"四书"。出自早期儒家四位代表性人物孔子、其弟子曾参、孙子子思、孔子思想的继承者孟子之手，集中表达了儒学的核心思想价值观。《大学》本是孔子讲授"初学入德之门"的要籍,由学生曾子整理成文;《中庸》原为"孔门传授心法"之书,系孔子的孙子子思"笔之子书,以授孟子"的。

而《论语》,是孔子谢世后,孔子弟子及再传弟子,主要集纳孔子和弟子们的经典思想、言行语录,以语录体为主、叙事体为辅,编纂的二十篇四百九十二章的四书精品。内涵极为丰富,涉及政治、哲学、经济、教育、文艺等诸多方面,学说博大精深,语言凝练生动,集中展现出上古文化和文明的精髓,深刻彰显了孔子的政治主张、伦理思想、道德观念及教育原则等。《论语》的许多言论,至今仍被世人视为"微言大义"。

"五经",原为"六经",是孔子根据早期的教学教材《诗》《书》《礼》《乐》《易》《春秋》,后来修整而成的《诗经》《尚书》《礼记》《乐经》《周易》《春秋》六部古籍。孔子评价《诗经》:"诗三百,一言以蔽之,思无邪。"成为中国文学史上第一部诗歌总集、文学鼻祖;对这六部书,夫子诠释:"温柔敦厚,《诗》教也;疏通知远,《书》教也;广博易良,《乐》教也;洁静精微,《易》教也;恭俭庄敬,《礼》教也;属辞比事,《春秋》教也。"因《乐经》在后世失传,成为"五经"。

到南宋时期,理学家朱熹花费大量心血,对《论语》《孟子》《大学》《中庸》进行了精细编辑和集注,合为"四书",使之在儒家经典中的地位如日中天,更为提高。

由此,完整系统地代表儒家文化的四书五经,汗牛充栋,代代传承。加之孔子最早提出"仁、义、礼",后被孔子思想的继承者、儒家代表人物之一的孟子,延伸为"仁、义、礼、智",再后由孔子思想的继承者、西汉哲学家董仲舒,扩充为"仁、义、礼、智、信",被称为"五常"伦理文化观而深入人心。四书、五经、五常,是历朝历代的治国之本,中国人思想行为的规范,封建社会科举的教科书,一直赓续贯穿于中华伦理的发展中,是中国价值体系中最核心的因素,中华文化的主线。

其二,杰出的教育建树

在孔子办私学之前的封建中国,教育为奴隶主所垄断,只有贵族才有资格接受教育。也只有掌握了文化的人,才可以做官,著书立说,传播知识,教化百姓。

在中国历史上，孔子以"高材疾足者先得焉"的精神气度，智勇冲破封建奴隶主阶级对教育资源的把持垄断，作为奠基者首创私人办学讲学之先河，创办了华夏第一所私立学校，史载"孔门弟子三千，贤者七十二"。学生来自各个阶层，家庭出身、个人背景、社会地位不尽相同，民族、年龄、性格、学习能力各有差异，学生来源多元化，既体现平等又促进竞争。难能可贵的是，孔子办学主张"有教无类"，实行全民教育，不分阶层、富贫、等级，都能受益于这位大学问家的谆谆教诲。孔子不断改善和创新教学育人机制，提高教学质量，促进贤能人才大批涌现，对朝廷和社会的影响很大。

孔子坚持教育全面发展的方向。"子以四教：文，行，忠，信"，确定文化知识、忠善道德、政事实践、语言文学等为主要教程，早期选编《诗》《书》《礼》《乐》《易》《春秋》六种教材，讲授礼、乐、射、御、书、数等六种技艺，授课充分发挥运用自己的思维哲理、渊博学识和卓越才华。

孔子创立"不愤不启，不悱不发"的启发式教学方法。强调学生弟子，学与习紧密结合、学与思密切融会、学与行严密贯通。不到学生努力想弄明白而未达到的程度不去开导他；不到学生心里明白却不能完善表达出来的程度不去启发他。

孔子主张教育结合实际。带领部分弟子周游列国十三年，观察认识社会，学习汲取各个领域的知识营养。教育家不断对实施的教书育人的理念、内容和方略等加以考量比较，总结教学经验，提升教育理论，提炼卓有成效的教学方式方法，注重探索新的教学实践，从而取得开拓性、基础性和战略性的成就，对推动教育事业、更好地培养人才，产生了举足轻重的广泛影响和示范带动作用。

由于孔子施教的儒家学说尊崇王道，伦理纲常的学问及提倡的"忠孝"思想，有利于维护封建朝廷的统治和稳定社会局面，于是历代帝王纷纷尊奉和追封孔子。朝廷百般抬举，使其成为"天下文官祖，历代帝王师"；普罗大众崇敬拥戴，视其为"万世师表"。

其三，卓越的文学建树

孔子，在文学方面最了不起的贡献，就是整编而定逾越二千五百多年，传世至今的中国第一部诗歌总集《诗经》，又名《诗三百》。

《史记·孔子世家》记载，古时有诗歌三千余篇。孔子依照可施于礼义教益的标准，从西周初期至春秋中叶的五百多年中，选取具有丰盈、灵气、率真、直透心髓的情感境界的三百零五篇诗歌，另加有名无文辞的六篇笙诗，共三百一十一篇，按风、雅、颂分类，作有解说，定名《诗经》，成为中国文学之鼻祖，《诗经》与《楚辞》被诗学界推崇为"并称诗骚"，对后世文学艺术的发展，产生了极其久远广泛的深刻影响。

相传，孔子还有《去鲁歌》《蟪蛄歌》《龟山操》《盘操》《猗兰操》《将归操》《获麟歌》等诗歌之作。

其四，突出的哲学建树

《易经》连同《连山》、《归藏》三部易书，包含纲纪群伦，囊括精微万象，是阐述天地世间万物变化的古老经典。《连山》《归藏》失传，《易经》渐而成为一部筮占之书，当然也是大道之源，中国古代哲学之源。

据《汉书·艺文志》记载，《易经》"人更三圣，世历三古"，三个阶段至关重要：伏羲始作八卦，为第一阶段；周文王姬昌将八卦演绎为六十四卦，是第二阶段；孔子作《易传》，乃第三阶段。《史记·孔子世家》述说，孔子深入研究《易经》，以不同凡响的慧觉"观其德义"，发现蕴含于《易经》中的丰富哲理，作《易传》十篇阐发了自己的系统哲学思想。

现代史学家、哲学家研究认为，孔子的研究成果《易传》的伟大贡献在于，突破《易经》原来突出的"筮占"功能，转变升华到"德义"的层面，既维护卦爻符号和卦爻辞的神圣，又从象数和义理两个方面阐发其意蕴，由迷信转变为理性，从巫术嬗变为哲学，用自己的思想体系写作成就而传世下来的一部丰富淋漓的哲学著作。其《易传·象传》中，精辟论述的"天行健，君子以自强不息；地势坤，君子以厚德载物"等优秀伦理文化，已成为中华民族传统文化的传世经典伦理，中国哲学中最为宝贵的精神标识。

毫无疑问，孔子在哲学领域作出了突出贡献，是引发易学革命的先哲。

其五，奠基的史学建树

孔子修订的《春秋》，是中国第一部编年体史书，精湛描述了周朝时期的鲁国国史，也是在四库全书中列入经部的中国古代儒家典籍"六经"之一。

这部记载了从鲁隐公元年（前722年）到鲁哀公十四年（前481年）的史书散文，仅仅一万六千多字，却记载容纳了二百四十二年悠久浩瀚的史事，可谓惜墨如金。《春秋》文字，言简意赅，深邃简练，几乎每个句子都微言大义，饱含褒贬，毁誉参半，然而价值却很高，内容可信，称得上中文史上极为罕见的春秋笔法。

《春秋》，为我国两千多年的史学创立奠定了基础。孔子开编修史学之先河，是名副其实的先贤大师。所以，有"中国史学之父，不是司马迁而是孔子"一说。

其六，深邃的思想建树

思想是成功的先导。无论是潜心办学还是论衡国是，不管是著书立说还是编修古籍，或是做人做事做学问，或是交人交友交老师，或是学习学技学君子，孔子都深思熟虑，有明确的新颖深邃的思想。其实，孔子的思想观念延续了二千五百多年，迄今仍为人们学思践悟。孔子实实在在地做事、做成的事举不胜举。这里，随意举其几段言论，来领悟折射出独具见地、感人至深的思想。

1. 做人讲信用。孔子曰："人而无信，不知其可。大车无輗，小车无軏，其何以行之哉？"其意是说，一个人如果不讲信用，那么，也就没有什么可以肯定的了。比如是大车没有輗，小车没有軏，没有信用的人如何能行动呢？

2. 做人做君子。孔子曰："君子义以为质，礼以行之，孙以出之，信以成之。君子哉！"其意是说，君子把义作为立人之本，是依照礼义来行事的，用谦逊的言语来表达，以诚信的态度来对待完成它。这样做才是君子。何为君子？用孔子的话说，就是正直的人，诚实的人，见多识广的人。

3. 交友交益友。孔子曰："益者三友，损者三友。友直、友谅、友多闻，益矣；友便辟、友善柔、友便佞，损矣。"其意是说，有三种有益的朋友，有三种有害的朋友。同正直的人交朋友，同诚实的人交朋友，同见多识广的人交朋友，是有益的。同阿谀奉承的人交朋友，同当面恭维、背后诽谤的人交朋友，同花言巧语的人交朋友，是有害的。

4. 三人必有师。孔子曰："三人行，必有我师焉。择其善者而从之，其不善者而改之。"其意是说，三个人同行，其中必定有人可以作为值得我学习的老师。我选取他的优点而学习，如发现他的缺点则引以为戒，并加以改正。

5. 学与思结合。孔子曰："学而不思则罔，思而不学则殆。"其意是说，只学习而不思考，就会迷惘无所得；只思考而不学习，就是不切合实际而疑惑不解。

6. 要不耻下问。孔子曰："敏而好学，不耻下问。"其意是说，聪明而又好学的人，不以向地位比自己低、学识比自己差的人请教为耻。

7. 察学教贯通。孔子曰："默而识之，学而不厌，诲人不倦，何有于我哉？"其意是说，把所见所闻默默地记在心上，努力学习而从不满足，教导别人而不知疲倦，这样的学与教我做到了多少呢？

8. 求学待友的态度。孔子曰："学而时习之，不亦说乎？有朋自远方来，不亦乐乎？人不知而不愠，不亦君子乎？"其意是说，学了的东西时常温习和练习，不是很愉快的好事吗？有志同道合的朋友从远方来，不是很令人高兴的幸事吗？人家不了解我，我也不会怨恨恼怒，这样做不也是一个有道德的君子吗？

其七，特色的德育建树

孔子在奴隶制社会办学，尤其是在礼崩乐坏、道败德失的春秋末期，把对弟子进行以"仁爱、礼义、忠恕、明智、诚信"为中心内容的德育教育始终放在端正学风、严谨治学的第一位，谆谆教导学生在学习和生活中，坚定不移地塑造以高尚品德仁爱为核心的价值理念，修身养性、自觉奉行，成为自己的行为规范；坚持不懈地"修身以道，修道以仁"，知行合一、笃志躬行，不断提升修养和道德的素养，为追求最高境界的仁爱奠定坚实基础；坚韧不拔地加强自身内在的刻苦培养，勤奋向前、不甘人后，努力达到仁爱的境界。在大家自觉明理、增信崇德的严格考核中，发现优良弟子，典型引路、促其成长，从而培养出了继承孔子思想的栋梁弟子曾子，在其著作《礼记·大学》中提出的坚定奉行三纲（明德、亲民、止于至善）八目（格物、致知、正心、诚意、修身、齐家、治国、平天下）的德育思想主张，培养了一批优秀弟子及其弟子人才。

清代教育家李毓秀依据孩子教育和培养弟子的思想言论，编成的三言韵文《弟子规》，民间影响甚广。

可以说，孔子是人的道德建设的首位先驱。

其八，独到的体育建树

孔子时代，衡量人才的基本才能，须具有"礼、乐、射、御、书、数"六艺的本事，方可踏入社会干事。礼，就是懂得和践行周礼，主要是伦理道德的孝和忠，宗法等级的亲和尊；乐，就是娴熟周朝的音乐和乐器；射，掌握射箭的技能；御，有驾驭马车的技能；书，会写字，能做文章；数，懂数学会计算。

孔子的体育建树，是一向非常重视学生的体质锻炼，没有好的身体素质，要想修身、齐家、治国、平天下，只能是一句空话。所以"射"和"御"，是孔子开设的六门课程中两门必修必须学好的课，弟子"射、御"不达标不能过关。打铁先得自身硬，孔子射箭和驾车的技艺都很高超，是弟子们学习的楷模。为了强健体能，孔子不仅重视体育，而且也注重营养和卫生。

同体育锻炼相统一，孔子注重养生保健之道，为后世逐渐形成的养生文化奠定了基础。

其九，时尚的美育建树

孔子的美育观，就是培育人的审美兴趣、审美能力、审美情操的审美价值观。其要求的美，是美与善的完满统一。《论语·八佾》记载，孔子在讲到"韶"这种乐舞时说"尽美矣，又尽善也"；而谈及"武"这种乐舞时说"尽美矣，未尽善也"。孔子以哲理的视角，分析美与善有矛盾性，两者有区别；美具有独立价值，而善不一定完满，尽善并不等于尽美；美与善相比较，善是根本的东西，而美只有符合仁德的要求，才能具有善的内涵，尽善尽美才有社会意义和价值。

孔子正是立足于这样的哲学思想高度和所持有的尽善尽美标准，来教育提升学生应具有的完满价值的审美修养、审美能力和审美观念，尤其注重培养弟子成为尽善尽美之人。

孔子的这种深邃的思想，对后世的文与武、善与美、情与理、华与实等学术思想的延伸讨论，都产生了深远的影响。孔子是把美育与德育、智育、体育紧密相融于教育大范畴的大师。

其十，重要的政治建树

孔子出身于贵族将门之家，其一直欲谋求做官，理政报效国家，然只是做过一些小官吏。时空跨越两千五百多年，回过头去看孔子，其政治思想核心一贯是"礼"与"仁"，极力主张用"德治""礼治"治理国家，认为是最高尚的治国之道，可见孔子的政治建树不能埋没。

孔子生活在西周宗法礼制传统较深的鲁国。在相当的时期内，统治权力名存实亡，社会矛盾严重激化，诸侯之间争战不断，"王道哀，礼义废，政权失，家殊俗""君不君、臣不臣、父不父、子不子"，人的精神和信念被摧残殆尽，生产力的发展停滞不前。这种现实情况，促使孔子高瞻远瞩地提出了"仁政德治"国家的政治主张。德政是"道之以德，齐之以礼"，法治是"道之以政，齐之以刑"，把人际友善、家庭和美、邻里和睦、社会和谐、人民福祉、国家太平，摆在重要位置，强调吏民以家国情怀，稳定社会，发展生产，安邦治国。

孔子倡导建立理想的"天下为公"的"大同"社会，"天下有道"的"小康"社会。设计出的社会基本景象为："大道之行也，天下为公，选贤与能，讲信修睦。故人不独亲其亲，不独子其子，使老有所终，壮有所用，幼有所长，矜、寡、孤、独、废疾者皆有所养，男有分，女有归。货恶其弃于地也，不必藏于己；力恶其不出于身也，不必为己。是故谋闭而不兴，盗窃乱贼而不作，故外户而不闭，是谓大同。"

孔子还阐述了德政仁治的许多道理。如强调民心的重要，"水能载舟，亦能覆舟"；政要应从自身做起，"当政者的德行好比是风，老百姓的德行好比是草，只要风吹，草必然随风倒伏""政者，正也。子帅以正，孰敢不正""其身正，不令而行，其身不正，虽令不从"；"恕道"的宽仁之心，"己所不欲，勿施于人"；"絜矩之道"的重要，处理人际关系的法则，"公平中正，中庸合德"；"先富后教""有恒产者有恒心"等经济思想。

圣人孔子，中华民族的精神之光！

2020 年 4 月

武汉抗疫波涛中别样唯美的浪花

　　人民至上，生命至上。疫情逆袭，勇者逆行。挺起脊梁，挡危堵险。武汉抗疫，首当其冲。英雄城市，顶天踵地。华夏一家，全国援汉。医护当先，仁心仁术。舍生忘死，拯救苍生。有"天使白"，有"橄榄绿"。有"守护蓝"，有"志愿红"。万众一心，众志成城。不畏艰险，百折不挠。坚定信心，同舟共济。科学防治，精准施策。力挽狂澜，共克时艰。

　　忘死救生的情景感天动地，病毒肆虐的漫漫黑夜即将耗尽，曙光将临。这就是庚子早春二月的江城，这座顶疫而上的英雄城市我将无我、不负人民，全国人民无私援汉、团结智勇抗御疫情、果敢遏制蔓延势头、打赢武汉保卫战的真实写照。

　　在疫情笼罩至暗的日子里，三镇战疫发生着一件件一桩桩暖心催泪、荡气回肠的动人故事，莹显出伟大的抗疫精神，同这座英雄城市长期形成的禀赋特质和文化基因一脉相承，也展现出来自全国各地的兄弟姐妹秉持"天下一家"的理念，无私无畏无惧，誓死保卫江城的同胞爱骨肉情。

　　大爱无疆，上善若水。作为一个离职不离岗的老记者，这是我在武汉抗疫激战波涛中，采撷的几朵别样唯美的故事浪花。

故事一：钟南山的几句话，
硬是把悍犟的千万武汉人给"惹"苦了

　　当江城出现疫情时，就从南粤毅然决然奔赴这里而被万人景仰的"中国脊梁"钟南山院士，目睹病毒蔓延之势，几度哽咽落泪表深情，坚信诚挚地说："劲头上来了，很多东西都能解决，大家全国帮忙，武汉是能够过关的，武汉本来就是一个很英雄的城市。"

没想到，耄耋之年的科学家的几句暖心话，很快传遍三镇的千家万户，胜过千言万语，硬是把强悍犟劲轻不弹泪的武汉人给"惹"哭了！

这是因为，武汉人民彻悟，钟南山院士是为他们提气振神：只要江城发扬英雄城市那股底蕴深厚的劲头，万众一心同舟共济，"武汉是能够过关的"，眼前碰到的艰难困苦必然玉汝于成。

一千多万英雄人民一抹久违了的滚烫热泪，激起民殇国难当头喷发而出的阻击疫情的雄壮底气、抗争狠气："病毒，你好好等着，看我们怎么消灭你们这些祸国殃民的魑魅魍魉！"

面对凶险疫情，武汉人心静神定，泰然自若，没有丝毫的逃避退却，都是勇猛逆行，傲然冲锋！

故事二：像张定宇这样的
白衣天使，在抗疫战中大批涌现无处不在

武汉市金银潭医院是李克强总理视察江城时去过的医院。

隐瞒着身患绝症病情的金银潭医院党委副书记、院长张定宇，始终坚守在抗疫前沿一线，不顾渐冻的生命和浑身的疲惫与疫魔顽强斗争，默默无闻当好一个先锋战士，甘为无名英雄，为全院医护人员焕发精神、打赢胜仗，传承巨大的信心与希望。

这座医院是武汉市最大的专科传染病医院，共有六百多名医护人员。自2019年年底接收首批七名患者住院以来，收治的全部为确诊的新型冠状病毒感染的肺炎患者。

逆行御疫，夜以继日。张定宇大多在凌晨两点睡下，四点就得爬起，一瘸一拐地走来走去，整天勤奋努力地苦干实干，一丝不苟地精细安排处理各种突如其来的事情和问题，还要尽心尽力救治病人。

五十七岁的张定宇是一个罕见的渐冻症患者，无药可救。他非常清楚，全身肌肉开始渐渐萎缩，全身慢慢失去知觉，直至呼吸衰竭生命完结。而他更明

白自己是一个共产党员，"我必须跑得更快，才能跑赢时间；我必须跑得更快，才能从病毒手里抢回更多病人，挽救更多生命"。

好男儿有泪不轻弹。张定宇的妻子也是医务人员，因感染病毒，被隔离在另一家医院接受治疗。他的生命进入倒计时，除拼命争分夺秒担负岗位责任，已无力去照顾亲人，内心世界特别愧疚："我也许是个好医生，但不是个好丈夫；也许我是个好医生，但不是一个好丈夫……"

张定宇无私无畏的抗疫精神传播到四面八方，人们纷纷竖起大拇指："好样的！"

像张定宇这样的"我将无我、不负人民"的白衣天使，在武汉抗疫前线大批涌现无处不在。他们为了抢救病患，义无反顾冲在前面，悬壶济世，扶危担厄。

八十六岁高龄的中华儿科学会呼吸学组副组长、"中国儿科医师终身成就奖"获得者、武汉市儿童医院主任医师董宗祈教授，武汉封城他不封己，坦然淡定、竭力支撑，自始至终全副"武装"，开着电动轮椅，准时到门诊部坐诊，坚守岗位接诊病患。在疫情日益严重与寒冷的冬天，他勇做逆行者，守护孩子们的健康。

董宗祈穿戴着防护装备，上个厕所都得脱卸，不仅很麻烦，还会浪费时光。因此，为了减少上厕次数，他宁可渴着很少喝水，总是坚持把预约的病人看完，才放心地喝水，脱卸防护装备去上厕。

病人百姓看在眼里，含着眼泪深情地说："抗疫战争出英雄啊！"

故事三：无数爱心无偿服务车队，
成为百姓支持和鼓舞抗疫的一道亮丽风景

爱心无偿服务车队在江城崛起，昼夜驰行于武汉三镇的大街小巷，成为百姓苍生无私奉献、奋勇支持和鼓励抗疫的一道亮丽风景。

这个爱心服务车队，最早是武汉市民赵洋在朋友圈发起组建的，昼夜不停无偿服务，接送奋战一线的医护人员。抗疫中车队不断发展，现参加的志愿者达一千六百余人，形成了"求援者在微信提出，车队及时对接需求，尽快安排用车"的格局。赵洋还制订发布了《服务车队管理制度》，志愿者都自觉遵守。

据武汉媒体报道，短短一周内，车队及时赶到市第二医院、市第六医院、市儿童医院等医疗单位，满足了医护人员千余次救援及时乘车出行的服务。他们的服务职能还逐步扩展到协助运输、分发医疗物资等方面。

先有开创，后有追随。爱心服务车队"风生水起"。"90后"小伙陈述杰，发起组建了一支四千多名志愿者参加的善缘义助自驾车队，为医护人员提供出行便利，还组织了五十辆货车为各医院运送急需的物资。

据武汉市交通运输局近日介绍，有九家企业志愿组建的六千台车辆，服务武汉十个城区的一千一百五十九个社区。

车流滚滚，温馨暖心。无数爱心服务车队昼夜驰骋于武汉三镇的大街小巷，犹如战争岁月老百姓自愿为革命军队昼夜运送物资和伤员的畜力人力无偿服务车队一样，可贵的奉献精神动人心弦！

故事四：歌星韩红
捐款捐物支援灾区，干得真是漂亮

说起影视歌舞界，国人推崇的明星并不多。而时下忧国忧民参与和奔赴在抗疫前线的明星当中，唯有韩红一枝独秀分外妖娆，引人注目受到广泛赞誉。

百姓说："不那么俏丽的韩红，而干的事业却十分漂亮。"疫情发生以来，她处于"很疯狂"的状态，紧锣密鼓地组织捐款捐物，继续着自己坚持多年的慈善事业。据报道，她主持的基金会目前已收到三千多万元的善款，还有大量的消毒巾、免洗消毒洗手液、防护服、医疗垃圾袋、医疗手套、心电监护台、呼吸机等。

韩红组捐的物资是实实在在与湖北当地的医院对接的，从1月24日至今，已有七批物资抵达湖北。比如1月26日，韩红组织捐赠的二百片/包的五千包伽马消毒湿巾、五百二十毫升/瓶的八千瓶免洗消毒洗手液，全部抵达武汉同济医院、协和医院、普仁医院，且分发到了各个医疗点；1月27日组织的四百箱两万件防护服到达武汉中通仓库后，也迅速发放到了各个医院……

韩红成了明星们心目中的标杆。二百多名明星都联系和通过她捐款捐物支援武汉。

而韩红却因狂热地连轴转累到病倒。她无怨无悔，躺在病榻上安然含笑，尽情享受着内心的无限欣慰和喜悦。

生命重于泰山，疫情就是命令，防控就是责任。大爱大情，大德大义。江城人民何等英雄，中国人民无比自豪。中华民族是英勇不屈、无往不胜的伟大民族，越是艰险越向前，不夺抗疫全胜绝不罢休。"武汉必胜、湖北必胜、中国必胜"的强音响彻中华大地。胜者武汉！赢者中国！

附注：2020年8月11日，国家主席习近平签署主席令，授予在抗击新冠肺炎疫情斗争中作出杰出贡献的人士国家勋章和国家荣誉称号。其中，授予钟南山"共和国勋章"；授予张定宇"人民英雄"国家荣誉称号。

2020年2月2日

简说心学：是金子总会发光

　　王阳明的心学，是中国文化的一笔遗产。古来，景仰学践者不乏大人物，比比皆是。

　　孙中山先生曾潜心研究王阳明的心学而践诺于行；蒋介石先生最崇拜的人就是王阳明，曾三到阳明洞参悟，多用心学教子育人；中国人民的伟大领袖毛泽东在少年时代就苦读过《王阳明全集》及《传习录》，且批注满书，领悟颇深。

　　只是很久以来，王阳明及其心学被国人淡忘了。

　　是金子总会发光！

　　随着中国传统文化一点一滴地复苏和回归，王阳明创立的心学扑面而来。

　　"王阳明的心学正是中国传统文化中的精华，也是增强中国人文化自信的切入点之一。"承古学习和谈论王阳明及其心学一时热潮迭起，其心学的丰富内涵和无穷魅力使学思悟行者趋之若鹜。

　　毫无疑问，王阳明创立的心学是一门学问，也是今世国人值得探索研究、悉心践行的学问。那么，究竟如何理解和把握王阳明心学的内核？笔者有点滴领悟，不揣冒昧，浅谈几句。

　　王阳明心学的内核在于"心"。心学，是修心、砺心、淬心、净心、养心、明心、务心、强心的学问。简言之，是一门治理心性的学问。由此，王阳明提出的"知行合一"，千古惟馨！其有两句诗非常阳光怡人："吾心自有光明月，千古团圆永无缺。"他临终时留下的名言，更是光照后世："此心光明，亦复何言。"是呀，人的心性豁亮光明了，人的一切自然会光明起来，也就会知行合一开来！

　　人的精神内涵贵在知性而人文唯美。总书记称道王阳明心学"正是中国传统文化中的精华"，其深意显然是教导国人学点心学，以净化心灵，淬炼心志，修复心性；以淡定心态，强化心质，心达光明，心存良知。唯有如此，才能知行合一，不忘初心，践诺使命！

温习和探索心学，只有关注实际，方能思悟领略，融会贯通，认识心学的应用价值而自觉践行。

当下，在强烈的贪欲刺激下，一些人忘记了敬畏，心性乱了，私欲日渐膨胀，竭尽解数攫取钱财，不顾一切发家致富，弄潮"物欲横流"，甚至腐败堕落。殊不知，自己的生活何以愈来愈空虚、迷惘、纠结，日甚一日地充满焦虑、困惑、郁闷；有些人虽"五子登科"、富得流油，心情却每况愈下，心境愈来愈缺乏充实感、安全感、幸福感，甚至抑郁而殁，"一了百了"。正可谓："华夏又逢盛世，满心却是迷茫。曾经外向求索，反生无奈乱象。"

"身之主宰便是心，心之所发便是意，意之本体便是知，意之所在便是物。"王阳明的这番话告诫人们，人心主宰人的思想、情感和行为，当心灵安宁、豁达明亮时，自然会进入良心良态良好的境界，自身所潜在的能量和智慧必然会最大限度地发挥出来，用之正道岂会无所获？还会缺乏充实感、幸福感吗？

感悟心学的真谛，直面心性的考验。可以说，救治迷惑茫然的心性，心学是一剂良药。

往深里思考，学心学，让心一事一时光明容易，使心永恒一世光明很难！要做到事事、时时、处处"知行合一"，则非常难！正如伟人毛泽东所谆谆教诲："一个人做一件好事并不难，难的是一辈子做好事，不做坏事。"

再往深里思索，既然总书记看重王阳明的心学，能否将其糅合于现代意识形态，用于治理党心、国心、军心，用于治理民族心？

一点浅悟陋言，写了下来。

2007 年 5 月 5 日

西汉木鸠王杖留下的古代文明

颐养天年追求长寿，是人类共同追求的目标，这个传统在华夏大国同样源远流长。远古时的鸟类——鸠，传说它的寿命很长。在先秦诸子百家时期，就被人们视为吉祥长寿鸟而喜爱。所以长久以来，在中国，鸠鸟与人的养生有着很深的渊源和关系。

杖，本是王权的象征。而鸠杖，则是包含王者威严与长者地位并存的文化概念。考古发现，青海等地出土的三千五百年前的青铜鸠杖，是原始部落首领掌控权力的王杖。在漫长的古代历史进程中，长寿的鸠鸟与鸠杖的权贵交集碰撞，演化催生文明，渐而衍生出尊老敬老的规矩和礼仪。

据历史学家研究，西汉是中国历史上重视老人颐养，养老制度比较完备的朝代，突出的一个特点就是实行鸠首王杖制度。因此，西汉盛行的木鸠王杖流传了下来，现今冠冕堂皇地被摆放在博物馆里，成就了一则古代精神文明的佳话。

凡事必有因果。秦朝灭亡后，西楚霸王项羽与汉王刘邦为争夺统治权，激烈的楚汉战争持续多年。相传，刘邦在一次战役中失利，被项羽军队疾追，一时藏身于茂密的灌木林中，因受人尊敬的鸠鸟啼鸣不已，追兵未进入树林，使他得以脱险。

刘邦登基后，不忘鸠鸟掩护之功，给予它很高的礼遇，实行鸠首王杖制度让百姓受益。从汉高祖开始，一直盛行于西汉时期，渐而形成了比较完备的敬老养老制度。

据《汉书》《后汉书·礼仪志》和甘肃武威发现的汉简记载，汉明帝刘庄曾亲自主持过盛大的给全国古稀老人祝寿的活动。凡满七十岁的人皆受邀请，贵族庶民一视同仁，都是皇帝的座上宾，大设盛宴款待。吃好喝足，皇帝还给每人亲赠礼品，除一份酒肉谷米，还有一个将鸠头设计于手杖顶端，称为"王杖"的手杖，也称鸠杖。嘱咐老人们使用，稳稳当当走好长寿人生之路。

西汉朝廷制度规定，地方官府对本郡的老年人口逐年统计上报，落实抚老护老的措施。每年"仲秋之月，县道皆案户比民，年始七十者，授之以王杖，餔之以糜粥"。择于仲秋之月，通过清理户籍人口，授杖赠粮，"诸物老成，故顺其时气助养育之也"。这个王杖，就像一个享受优先优惠政策的"老人优待证"，古稀老人仰仗它可享受特殊的待遇。

汉宣帝刘询为推进形成持久的尊老爱叟之社会风尚，以利高龄长者延年益寿，诏令全国：持有"木鸠王杖"的长者，不论贫富贵贱，都受全社会的敬重，享受特殊的荣誉和待遇。明确规定，"王杖主"相当于年薪六百石粮食的官吏，种田不交租，经商不纳税；平民百姓可与朝廷要员同路而行，食宿均有照应，允许自由出入官府要地，不得限制；身份地位受国家保护，任何人不得以任何借口侮辱、欺凌、打骂和虐待古稀老人。违者，以"大逆不道"问罪，斩首不贷。如此治理和弘扬，西汉民间尊老爱老的社会风气蔚然成风，"坐看溪云忘岁月，笑扶鸠杖话桑麻"的文化蓬勃发展。

尽管法规严明，然以身试法者总有人在。据汉简记载，汉宣帝刘询执政时期，先是发生了甘肃陇西郡村民张汤和河南南郡市民王世安，各为一点小事辱骂、殴打老人，并均残暴地将其王杖折断；后又发生了陕西长安（今西安）东乡啬夫（武官）田宣等，殴打七旬老人之案。对这几个案子，刘询都先后亲自御批，当众斩首，以儆效尤。整个西汉时期，通过实施鸠首王杖制度，护佑古稀老人延年益寿，形成一种长期稳定的优抚政策，受到广大百姓的称道。

"鸠杖作朋春宴饮，莺衣呈舞蝦词新。"此为清朝大臣恭献给乾隆皇帝爱新觉罗·弘历的寿联，说明清代也存在鸠首杖礼制度。

1986 年 12 月 13 日

控诉"街道风"制造者的美国法案

大千世界，芸芸众生。海阔山遥，变幻无穷。尤其是在钢筋混凝土铸造的森林般的高堂大厦鳞次栉比，拔地而起于华夏各地城市的现今，唯保持清醒和坚守科学，方能防微杜渐，守护城市、守护人民的安全。

这篇散文，记述的是历史的一个印痕。原发表于 1987 年 7 月 5 日的《人民日报》国际副版，想想仍不过时，稍做修改，收入本书。

这是发生在美国的一起真实的影响比较大的案件。

纽约市，正在开庭的某法院法庭，庄严肃穆，座无虚席。原告席上，一位风韵优雅、衣着时髦的小姐慷慨陈词，向法庭控诉本市曼哈顿区一幢玻璃大厦的建筑设计师、房主和物业管理经理，以及纽约市政当局，在大厦设计、审查上的失误所造成的"街道风"，带给她的飞来横祸。她还当场显示遭"街道风"袭击受伤致残的双臂……

事情发生于 1982 年 1 月的一天。热闹繁华的曼哈顿区，高楼林立，车水马龙。刚刚下班步出高层钢架玻璃大厦的罗丝·斯派尔乌吉尔小姐，突然被身后猛烈冲来的一股风暴卷进附近的水泥花坛中。顷刻间，这场飞来的灾难，使她头破血流、双臂残废。

知识渊博的斯派尔乌吉尔小姐，并没有将此"不测风云"看作"天命"而自认倒霉。她敏锐地判定，这是不讲科学的人造成的"街道风"给她带来的不幸。于是，她很快就向市法院投书上诉。

消息传出，在当地引起一场轩然大波。一些"科盲"竟将此事作为"笑柄"相传，并嘲讽斯派尔乌吉尔小姐是"疯子"。

毫不奇怪，人类暴殄天物、损害生态，有时候是故意野蛮的，有时候却是愚昧无知的。人的认知也总有一个从糊涂到清醒的过程。

......

斯派尔乌吉尔小姐无所畏惧地勇毅前行，对打赢这场官司充满信心。她的斗争武器是新兴学科——风工程学理论，许多科学家也支持她。

法庭终于开庭审理。义正词严、口若悬河的斯派尔乌吉尔小姐，用无可辩驳的风工程学的科学数据和事实终获胜诉。那幢玻璃大厦的建筑设计师、房主、物业管理经理和市政当局，以及为他们辩护的律师，在这位"单枪匹马"的小姐申诉的难以推卸的事实面前一败涂地，不得不承担法律责任。法庭判决责任者给斯派尔乌吉尔小姐赔偿损失费六百五十万美金。

其实，那个时候在摩天大厦鳞次栉比、拥挤不堪的西方世界城市中，"街道风"灾时有发生，深受其害的并非斯派尔乌吉尔小姐一人。而诸多无知的受害者不明真相，却认为刮大风是老天带来的横祸，只能自认倒霉。

那么，"街道风"是怎样发生的呢？它与城市建筑又有什么内在的联系呢？

大家知道，风源产生于大气的运动。酷热难耐的阳光，是透过地球外面裹着的厚厚的大气层照射到地球表面来的。这种"热透"，造成空气升温膨胀，引起大气层内部的气温、气压变化，从而形成气流，使大气处于永不休止的运动中，这种气流运动便是风；气流运动愈烈，风力则愈大。随着现代城市各项事业的发展和人口的激增，高层建筑愈来愈多。建筑物等地面障碍可使风速减弱、风向改变，且往往在近地面处产生紊乱交错的激烈"湍流"；在楼房高密林立的大都市，这种"湍流"又会疯狂"扶摇直上"，疾蹿到五六百米之高，尔后又会掉头运动向下更为猛烈地冲击；当进入狭窄的空域，往往会降至建筑物基础部，沿着建筑物的"空隙"——在马路或巷道强烈冲袭；一经拐弯处，则会加速旋转而更加强劲起来，宛若小龙卷风肆虐横行；在凹角处，就会爆发变成冲力极大的地面风暴。这就是"街道风"，行人遇上，难免其害；过烈的风力，甚至会极强地冲击建筑物，使其受损。

科学研究的结果表明，与邻近建筑物相距不远且直接分离的单幢高楼区域，或与周围建筑物高差极为悬殊的高层建筑区域内，极易产生"街道风"。现今，这一问题正在日益引起人们的关注和重视。

当代科学告诉我们，"街道风"并非"不治之症"，是可以防治的。举例来说，流水在倾斜度大的山坡，往往分解为缓缓而淌的若干细流；而在陡峭悬崖，则会一泻而下成为冲击力极大的瀑布。防治"街道风"的科学途径是：城市建筑科学合理布局，使建筑群体形成高差较小的"梯形"样式；对于需要连片的高层建筑，必须避免紧紧相邻，应错落有致，相互间保持抗御风速能力加强的距离。这样，就能大大缓冲空中"湍流"向街道运动的冲力，即使形成"街道风"，也是微弱而成不了"气候"。总而言之，建筑规划设计业和房地产业，必须高度重视，科学规划、设计和建造城市高层建筑，避免"街道风"灾，这是利国利民的一件大事。否则，不合理的高层建筑一旦盲目建造起来，就会"养奸遗患"，成为"街道风"的"孳生地"；再进行改造，势必劳民伤财，得不偿失。

1987 年 7 月 5 日

西部"两海"的起源与变迁

偌大华夏西部，历史悠远绵长，疆域富饶辽阔，文化底蕴深厚，英雄豪杰辈出，民风淳朴浓郁。还有一望无垠的茫茫沙漠"瀚海"，沟壑纵横的浩浩黄土高原"黄海"，举世闻名天下知。

山水林田湖草沙冰，是不可分割的整体生态系统。生态兴则文明兴，生态衰则文明衰。我们要"坚持人与自然和谐共生，坚持节约优先、保护优先、自然恢复为主的方针，像保护眼睛一样保护生态环境，像对待生命一样对待生态环境，让自然生态美景永驻人间"。首先，需要了解中国西部"两海"的起源与变迁，才能更好地坚持生态优先、绿色发展，锲而不舍、久久为功，让沙漠瀚海变为绿洲粮仓，黄土高原变成金山银山。

瀚海沧桑

难忘历史上的一个镜头给我留下的文字记录。三十五年前的 1986 年 5 月 18 日，西北重镇兰州，耿家庄邮电大厦。是日，作为记者的我，在营业厅亲眼所见，英国路透社记者格雷厄姆·厄恩肖递给发报台一则中文新闻稿，有心瞄了一眼，标题触目惊心："中国巨龙般的沙漠张牙舞爪。"

在中国，在相当长的历史时期内，"风沙的王国，死神的大海"——沙漠被人们不屑一顾，名逊位卑。然而，党和国家高度重视，沙区广大人民和治沙科学家们长期艰苦奋斗、坚持科学治理。因为，让沙漠变绿洲，事关祖国的伟大复兴昌盛。否则，"黄沙直上白云间，春风不度玉门关"的情景将会重演。

那么，曾被外国记者称为"张牙舞爪"的"巨龙"，时下是什么样的状况呢？沙漠瀚海跨越了中国东西部：东起大兴安岭，西迄帕米尔高原，广袤连绵的沙漠、沙漠化面积约七十万平方千米，连同五十多万平方千米的戈壁，总面积为一百二十八万平方千米，占全国陆地总面积的13%。西北干旱区是我国沙漠的集中地区，约占全国沙漠总面积的80%。严峻的挑战在于，据国家林业局防治荒漠化办公室公布的数据，20世纪70年代以来，土地沙化面积以每年二千四百六十平方千米的速度增长。

中国的沙漠、沙漠化土和戈壁面积，相当于一个新疆维吾尔自治区，位居世界第三位，仅次于澳大利亚和沙特阿拉伯。我国的沙漠，以塔克拉玛干沙漠为最大，其次为古尔班通古特沙漠、巴丹吉林沙漠、腾格里沙漠、毛乌素沙漠、乌兰布和沙漠和库布齐沙漠。若把九百六十万平方千米的国土面积比作一个"地质博物馆"，沙漠是很大的一角。因此，了解和认识中国沙漠历经沧桑的起源与变迁，探索和研究地质的发展和变化，对于更好地保护自然生态环境、科学治理沙漠，具有重要的意义。

沙漠是大自然孕育的"畸形儿"，它的临盆问世经历了漫长的岁月变迁。在辽阔无际的大西北，包括腾格里沙漠、巴丹吉林沙漠、库姆达格沙漠、柴达木沙漠等在内的几个大沙漠，几十万年前是高山环抱、植物繁茂、生机盎然的绿洲盆地和汪洋大海。第三纪冰川期末，地壳演化变迁，喜马拉雅山、青藏高原不断隆起，湿润的海洋季风被阻难以吹进来，使得塔里木、柴达木、准噶尔三大盆地和阿拉善大草原等地的气候发生逆转，高温干旱、严寒枯燥"纷至沓来"，风沙弥漫狂悖无道，草木凋萎枯亡了，河湖断流了，海洋干涸了。罗布泊变成寸草不生的"死亡之海"，荒芜废墟取代了楼兰古城的繁华鼎盛，水草丰美的白亭海、青玉湖都被风沙吞噬，葬身于狂悖无道的沙尘暴……

地质时期广泛发育的冰川融水，又源源不断送来沙漠的"种子"——大量的岩石风化物。天长日久，大面积的地下沙质沉积物露出地面成为黄沙，肆虐的狂风又与作祟的黄沙"狼狈为奸"，风刮沙飞，沙借风流，在漫长岁月里无休无止地翻滚、搬运和堆积，尤其是摧枯拉朽般的沙尘暴铺天盖地吞噬摧毁一切，如此历经了悠久岁月，形成了浩瀚无垠、沙丘起伏的大沙漠，还有荒芜凄凉、寸草不生的戈壁滩。

千百年来，如同黄河不停流，风沙不停息，沙漠、沙漠化无休无止地扩大。风起罗布泊，沙横腾格里，疯狂数千里，沙尘落北京。唯怕两大害，沙暴与雾霾。

风沙、沙尘暴的形成，虽有多方面的原因，但主要是随着生产的发展，工业革命的到来，人类违背自然规律，无序进行生产活动，过度开发土地、砍伐森林、放牧草原，严重破坏植被，灭绝诸多物种，危害生态平衡，造成气候异常所致。暴殄天物，沙尘暴就是大自然的报复。人类在遭受大自然惩罚的过程中，逐渐明白了一个道理：只有认知"万物并育而不相害，同道并行而不相悖"的自然法则，坚持人与自然和谐共生，才能与自然相处共荣。

尽管人类辜负了大自然的善待与恩赐，而她仍一如既往，犹如宽厚仁慈的母亲，胸怀天下苍生，生成种种利益馈赠人间。她情有独钟，天造地设，在这"风沙王国、死亡大海"的浩茫大沙漠里，播种爱情，珍惜生命，保存下来了顽强生息、极其宝贵的沙生、旱生两大类千余种植物，构成了一个富有传奇生命力的"植物王国"，帮助人类抗御风沙危害，同时无偿奉献着取之不尽、用之不竭的生物资源。大自然还像智慧非凡别具匠心的艺术家，长久地在大西北沙漠、戈壁滩，鬼斧神工，精雕细塑，留下了鸣沙山月牙泉、铁骨胡杨、雅丹地貌、七彩丹霞、山河人兽奇景、羽毛状沙丘、五彩沙粒儿等奇观，还有"大漠孤烟直，长河落日圆""天苍苍，野茫茫，风吹草低见牛羊"的绝妙景象，"劝君更尽一杯酒，西出阳关无故人""羌笛何须怨杨柳，春风不度玉门关"的诗意境界，"早穿皮袄午穿纱，抱着火炉吃西瓜"的奇特物候等，吸引着专家学者深入探究，四方游客踏访观赏，令人叹为观止……

我国沙漠在世界上排为"沙老三"。但是，我们绝不可以这个"铜牌"为荣，而要竭尽全力，用科学治理和充分利用沙漠的新成就，争得"人进沙退"的金牌，为人类造福。工程固沙和植物固沙这两条路，就是我们要念的"治沙经"。

路漫漫其修远兮，吾将上下而求索。新中国建立后，国家把治沙事业列入经济建设的议事日程。1994 年 12 月，联合国第四十九届大会通过的 115 号决议宣布，1995 年起每年 6 月 17 日为"世界防治荒漠化与干旱日"，呼吁各国政府重视日益严重的荒漠化这个全球性的环境问题。我国自 1996 年成为 UNCCD 缔约国以来的二十多年间，在党和政府的领导下，勤劳、勇敢和智慧的沙区人民和治沙科学人员披荆斩棘、栉风沐雨，勇于探索、艰苦奋斗，使得荒漠化严重地区的植被覆盖率不断提升，有效遏制了生态恶化态势。昔日许多被称为"黄沙滚滚不见天，到处沙窝压良田，朝为庄园夕沙压，不知何处是我家"的地方，如今已变成"绿色林海不见边，林带林网护农田，沙漠处处变绿洲，树荫深处幸福园"。甘肃古浪八步沙乡、陕西毛乌素沙漠发生巨变的典范，更是活生生的见证。2020 年 6 月 18 日国家林业局宣布，2016 年至 2020 年"十三五"期间，我国的目标是治理一千万公顷的荒漠化土地，2016 年以来已使八百八十万公顷荒漠化土地变为绿色，创造出了可供各国借鉴的成功经验和治理模式，为世界荒漠化治理贡献出了"中国智慧"。

在现代，以中国为代表的一些沙漠区，坚持长期科学治理风沙，让严酷干旱、荒芜贫瘠的沙漠变成富饶绿洲，已成为无可争议的事实。中外科学家们执着地探索，获取让沙漠更为有效快捷地变成粮仓的科学途径和有效办法。

如果说创新思维是科学的翅膀，注重务实则是进取的阶梯。人们知道，蓝藻是一种富含蛋白质、脂肪、糖类、维生素营养成分和钾、镁、铁、钙等人体必需微量元素的海藻植物。海洋地区人民常吃的紫菜，便是海藻植物中的一种。最早日本、美国等国的科学家培育成功了一种可以从中提取粮食的耐高温藻类植物。美国人培育出的栅列藻和小球藻，能够在 50℃的温度条件下生长和繁殖；日本人培育出的蓝藻竟能在 70℃的高温条件下发育成活，并且在沙漠里繁殖实验获得成果。他们在科威特的沙漠里，利用修造的两个不太大的玻璃房子，在半年时间内就人工繁殖出藻类粮食七吨多。之后，又把蓝藻的生产实验放到沙漠里进行，充分利用沙漠的充足阳光繁殖蓝藻，取得新突破。在沙漠里培育出的蓝藻，从中提炼出的液体，掺入粮食食品中，可以大大提高其营养价值，满足人体对各类营养素的需要；提炼剩余的残渣，还是发展畜牧业的优质饲料。

当时是在世界粮食和蛋白质短缺的时期，不少国家都攻关研究蓝藻的人工生产。日本科学家捷足先登，在沙漠里培育成功藻类粮食植物，不啻是一个福音。

2008 年以来，重庆交通大学副校长易志坚教授率领团队研究力学，在发现"物质的颗粒约束决定物质的状态"这个原理的基础上，把力学、土壤学和植物学的研究紧密结合，进行"沙子变土"的可行性研究表明，土壤颗粒之间存在"自我修复和自我调节"的属性，可储存水分、养分和滋生微生物而能栽培植物；只要找到一种介质让沙子变成土壤，具备了类似土壤的特性，就可种植非沙生植物甚至农作物。在易志坚主持下潜心攻关，从植物中成功提取到了一种"植物纤维黏合剂"，将黏合剂和沙子按一定比例加水搅拌成为土壤化沙子；他们在房屋阳台、屋顶采用土壤化沙子播种植物，连续取得可喜成效，继而又在重庆交大校园附近进行一定规模的试验，在加入黏合剂形成的土壤化沙地种植玉米、红薯、油菜获得成功，"沙子变土"的栽培技术初见成效。

接着，重庆交大支持易志坚率领团队到内蒙古乌兰布和沙漠，在距离黄河五千米外的沙漠建立占地面积达上万亩的试验基地。在使用黏合剂将沙漠变成土壤化沙地播种农作物的初期遭遇失败，"由于风沙强劲，种子一发芽就会被风沙打死"。科研团队采用搭草栅栏、铺草甸的方法，把播种了农作物的沙地围栏保护，当作物苗长到二十厘米左右时，便可抵御风沙的袭击而生长起来。艰难践行，十年耕耘。最终使土壤化沙地种植农作物的试验获得好的收获，试验在沙漠里进一步铺开。据易志坚介绍，运用这种技术，每亩成本核算一千五百元至二千七百元，在离水源较近或有充足地下水的沙漠，都可以实现沙漠的土壤化。他表示，不敢说黏合剂能够一劳永逸，但只要首次把黏合剂与沙子搅拌形成土壤化沙子，沙地就能使植物正常生长，植物的根须伸长入地，土壤里的微生物会不断滋生；植物根须再腐烂在地里，又会形成腐殖质而增强土壤肥力。如此循环往复，沙地就会变得越来越好，成为宜耕土地。

对这项研究，业界有不同的见解和看法。一些专家表示：谁不知道丰茂充沛的水源是治理风沙的关键问题，只要有水，在沙漠地带大力种植沙生植物，就可以改造生态环境，长期坚持下去必将让沙漠变成绿洲。

黄海变迁

黄土壤与大沙漠一样，同是地质和气候演绎变迁孕育的"双胞胎"。第三纪末，随着地质、气候的演变，黄沙降世后，经过风长时期地吹蚀和搬运，颗粒性黄沙形成了浩茫起伏的沙漠，粉末黄土则向东南而飞，年复一年长此以往，堆积而成造就了疆域辽阔的黄土高原。

科学研究表明，黄土高原原生黄土系第四纪冰期干冷气候条件下的风尘堆积物，次生黄土是原生黄土经洪积冲积改造所致。随着第四纪土堆积时期内冰期、间冰期的气候旋迴，黄土地层出现黄土与古土壤的更替变化。雨水的长期冲刷，又使得高原沟壑纵横，呈现出塬、梁、峁、沟、坡、川等多种多样的形态地貌。同时，由于下伏地貌的影响，大自然还在高原上别具匠心地精雕细镂下了六盘山、贺兰山、马衔山、兴隆山等石质山地的壮观峰峦景象。

从地图看我们伟大的祖国，宛若一只昂首啼鸣的雄鸡，赳赳有生气，傲居于亚洲。

土壤是五彩缤纷的。懂得一点地理和土壤知识的人都晓得，中国这"只"偌大的"雄鸡"，由青、红、黄、白、黑五种颜色的纯天然土壤，组成了自己色彩美丽的"丰羽"。学界研究认为，著者尚难确定，托名大禹所作，断定为战国后的典籍《禹贡》提出设想，在诸侯称雄的局面统一后周密治理国家的宏伟方案。著者以地理为径，将当时的天下划分为理想中的冀、兖、青、徐、扬、荆、豫、梁、雍九个州，兼对山川、河流、地形、土壤等自然风貌进行了纵论描述。对土壤的分类以肥力为主，依据土壤的颜色、质地、水文和植被等状况作为鉴别土壤肥力的标准，认为这是当时世界土壤科学史上的创举。《禹贡》提出，根据肥力的等级，制定合理的田赋即土地税（当时称为"贡"），为使田赋的负担合情合理，可在鉴定九州各类土壤肥力的基础上，依据土地耕种的实际收益和交通等情况，确定田赋的等级指标。

《禹贡》将九州之一的雍州，划分包括现今新疆、青海、西藏的东部，甘肃的南部，陕西的北部。雍州土壤为黄色，鉴定为性质柔和，肥力上上，"属九州土壤第一级"，提出田赋定为第六级合适。

斗转星移，沧海桑田。现今，位于我国地势第二级阶梯之上的黄色土壤区域，犹如"黄海"般浩瀚无垠，属于旱大陆性季风气候区，东西长达一千多千米，南北宽七百五十千米，海拔八百至三千米，构成了千壑万岭、起伏跌宕、类型完整、土层深厚、闻名于世的中国四大高原之一的黄土高原。狭义上，高原东起太行山，西迄日月山，南抵秦岭，北接古长城，包括甘肃的中东部、青海的东部、宁夏的南部、陕西的中北部和山西的大部，面积约三十万平方千米；广义上，黄土扩及陕、甘、宁、青、蒙、豫、晋七个省，主要包括陕甘晋高原、陇中高原、河套平原、鄂尔多斯高原和山西高原，面积达六十三万五千平方千米，其中原生黄土三十八万一千平方千米，次生黄土二十五万四千平方千米。黄土层一般厚度五十至八十米之间；较厚地带属甘肃陇西、陇东，陕西秦岭、陕北等地，达一百五十至二百米之间；最厚区在兰州一带的九洲台与狗娃山，可达三百至四百米。

黄土高原是伟大祖国的瑰宝。勤劳、勇敢、智慧的高原人民，在这块土地上英武亢进，既创造了文明灿烂的文化，产生了以窑洞为代表的民居建筑，以《平凡的世界》《白鹿原》《秦腔》为代表的文学艺术，以黄土画派为代表的美术，以秦腔、《在那遥远的地方》、花儿为代表的戏剧和民歌，以信天游、安塞腰鼓、兰州太平鼓等为代表的民间文艺等，传承赓续着西部悠久的文化；也创造创新积累了丰富多彩的工农业生产经验，高原区域建设成为我国重要的农牧业、能源、化工、有色金属基地。尤其是土质松软性黏、富含矿物质养分的黄土壤，宜于小麦及谷类作物生长，农垦历史悠久，是我国粮食的主要产地之一；黄土壤干燥后因呈垂直节理发育，颇为坚实，挖窖为房，冬暖夏凉，"院落地下藏，平地起炊烟"，是我国古往今来独具特色的民间奇特建筑。

生土开发，是当今世界上蓬勃发展的一项事业。数十年来，黄土高原区重视发掘黄土壤生土资源，开发出具有地方特色和民族特点的各类工艺品走向全国和世界，成为发展经济的增长点和贫困地区脱贫致富的文化产业。同时，值得指出的是，贫瘠和荒芜，落后和愚昧，还程度不同地存在于黄土高原的一些地方。然而，我们确信，在党的坚强领导下，只要坚持不懈地艰苦奋斗，坚定不移地应用现代科学技术耕耘黄土地，大力种草种树、发展畜牧业和各项产业，黄土高原必将变得更加富饶美丽。

1986 年 6 月写
2020 年 12 月改

艺洋拾贝
YIYANG SHIBEI

他把党章书法长卷献给党的百年华诞

邂逅才情华赡的人，其实是一种天然巧合的缘分。

有朋自线上来，不亦乐乎！2022年1月25日即腊月小年的前两天，友人热情推荐与数千里之外桑梓凉州城里的一位书法家加了微信。原来，他就是早闻久仰将创作的50米《党章书法长卷》献给党百年华诞的军旅翰墨名家、武威军分区司令员张国辉大校。这件事在当地闻名遐迩。

随之，他拨来语音电话抵掌而谈。交流之间感觉，与君初相识却恍若逢故人，彼此都掏心掏肺直抒胸臆。这位戎马一生的武将驰骋书道，现为人民文艺家协会、海内外名人名企交流协会理事，甘肃省书法家协会、宁夏回族自治区书法家协会会员，一级书法师。

先生谦逊恭谨、直言坦荡的谈吐，尽显军人正大刚直澄澈豁达的性格，又透着一种温文儒雅的书卷气息。当他聊及与书法结下的不解之缘，情不自禁欣然诵读出古代佚名《警世贤文·勤奋篇》诗句："有田不耕仓廪虚，有书不读子孙愚。宝剑锋从磨砺出，梅花香自苦寒来。"其潜心书法艺术创作、弘扬优秀传统文化的悠远情怀，萦绕于亲切乡音喜诵的诗情中。让人体味较深的是，这位师级军官的言谈，低调若拙淳朴真诚，没一点儿官味，清风正气扑面而至。

不经意间，浏览书法家发在朋友圈的书法作品。两幅妙笔草书唐诗中两首经典五言律诗——诗仙李白的《送友人》和诗圣杜甫的《旅夜书怀》，书艺风韵绵绵，不禁吸引住了目光。我凝神静气细赏玩味，显而易见作品是一气呵成。两首律诗如下：

送友人

青山横北郭，白水绕东城。此地一为别，孤蓬万里征。浮云游子意，落日故人情。挥手自兹去，萧萧班马鸣。

旅夜书怀

细草微风岸，危樯独夜舟。星垂平野阔，月涌大江流。名岂文章著，官应老病休。飘飘何所似？天地一沙鸥。

窥一斑而知全豹，观滴水可知沧海。书法家的飞墨淋漓含情，两幅草书仿佛在感怀两首唐诗的深涵，脉脉吟哦诗豪心灵的情愫。翰墨韵律领悟《送友人》《旅夜书怀》之诗意，俨然将李白送别友人难舍难分离情别绪的情感，杜甫身在旅途感伤老年多病漂泊无依的哀叹心境，活灵活现跃然纸上。

凌厉遒劲的锋毫，蕴含古风、承古创新，走笔强劲雄健，法度严谨精致，气势轩昂恢宏，线条流畅凝练，墨色浓淡相宜，开合自如精妙，结体严密唯美。可以说，这两幅作品，是唐诗大家和现代书家创作的优秀律诗与精湛草书的完美结合——含蓄隽永的丰沛诗情和元气淋漓的丰茂墨韵，融合交织情趣横生。细品咀嚼，回味无穷。

接着，逐一鉴赏书法家不同时期的风格或如出一辙或迥然不同的诸多作品，虽篆、隶、楷、行、草书齐驱并进，然其草书见长，纳古推新，纷呈多姿，技艺独特乃主旋律。有的汪洋恣肆、气贯长虹，有的豪放酣畅、神采飞扬，有的刚毅奇崛、苍劲雄遒，有的柔刚相济、舒敛有致，有的阴阳相揉、韵味悠长。总体来说，书法用笔、结构、章法、墨法要素皆备，笔法、笔力、笔势、笔意技巧娴熟。

书法家的楷书亦功力不凡：蕴藏古风、中规中矩，用笔严谨、起收有序，端重肃穆、精致秀美，工整大气、雍容隽逸。篆书精雕细琢也别有洞天：轴线对称、曲线转弯，上紧下松、力弇气长，刚健稚拙、古雅清幽，瘦劲挺拔、奇妙神采。

观赏之际，多说几句。在中国古代书法史上，楷书具有楷模之意，因而它对汉字带有规范的涵义；使用的年代久远，位置非常重要。在古代隶书形体法度的基础上，被先贤王次仲研改，楷书诞生于汉末、魏晋；又经钟繇、王羲之等书家承古创新，至隋唐盛行，到南北魏晋唐时期又嬗变出魏碑和唐楷。楷书的端庄肃穆、清晰易识、书写方便，被全社会和普罗大众认可，赓续传承至今，成为人们研练书法、加强学养的入门书体。楷书在技法上是行书草书的基础，研习所有书体亦须从楷体起始，可熟练掌握书写汉字的基本技巧。因楷体工整精致、隽永完美，是历代朝庭发布重要文书，楼堂馆所与殿宇庙堂用作牌匾碑文的流行字体。我的故里、书法家所在的古凉州，市里名胜西凉文庙位居"陇右学宫之冠"，是中国第三大孔庙。文庙内文昌宫桂籍殿前廊檐下，悬挂着的四十多幅金碧辉煌的牌匾，书法多为楷书，尽是皇室大吏、书法翘楚、名家高师匠心独运的旷世之作。鉴赏价值和文物价值极高，系中国文物之珍宝。书法家告诉我，他经常揣摩钻研、潜心临帖，领悟古代"楷书四大家"颜欧柳赵的书艺和西凉文庙牌匾的楷书真谛，从中汲取了不少营养元素。

横竖撇捺有乾坤，经天纬地国学深。亘古通今，中国书法艺术十分讲究：折笔灵动自然，提笔疏密有致，驻笔转折奇巧，顿笔力透纸背，衄笔逆势遒劲，蹲笔轻重精准，错笔分寸得体，抢笔疾速流畅。书法家的作品，"八笔"运用得自然熟练恰到好处，可望臻于至美，抵达炉火纯青。

字如其人，德智昭昭。张氏书法艺术乃其思维活动、创新能力和个性特色在纸上的真实写照，也是书家学养、气质、人格和情操的墨迹折光。

深入访谈调研是写作的基本功。相隔几千里的我与书法家密切交集起来。频繁通电话、发信息、提问题，广泛交流；悦读他在朋友圈写下的诸多文字；听取书法家故里学友和军旅战友的介绍。对出生于红军会师之地、"高考状元之县"——甘肃会宁的张国辉先生，渐有较多较实的了解和印象。家道贫寒安穷乐道，勤勉攻读的学生时代，百炼成钢的军旅时期，激情燃烧，念书生活，工作军务；跌跌撞撞的人生苦旅，砥砺奋进的成长轨迹，汲纳营养的文化况味，性格倔强而又沉着冷静，起承转合磨杵成针；一如既往迷恋书法追求艺术，探研临帖古代王羲之、张旭、怀素等和现代欧阳中石、沈鹏、李铎等草体书法大师的书艺……

戎马倥偬，韶华易逝。作为职业军人的张国辉先生，历经漫长的军旅生涯，风雨兼程、如履薄冰，劈荆斩棘、坚苦卓绝，荣辱与共、波澜不惊，十年磨剑、砥砺前行。从列兵到大校，由战士至武警某部副师长、到军分区司令员。身居显位，依然一如既往，牢记初心、践诺使命，持枪带兵、摸滚爬打，从严治军、以身作则，亮剑敢当、坚守净土，追求卓越、文韬武略。最终一骑绝尘，从士兵到司令，成为一员行伍骁将、优秀军事指挥员。

情系翰墨，书艺飘香。张国辉先生数十载不懈追求，钟情翰墨、眷恋书法，勤奋苦修、笔耕不辍，砥志研思、励精笃行，坚韧不拔、黾勉致知。无涯艺海修心智，磨砺探索无止境。横竖撇捺润春秋，行草楷篆勇创新。滴水石穿艺无欺，苍润浑厚自成家。一枝独秀簪花笔，潜心尽书汉字情。从行伍人到书法家，塑造了自己丰富充实的人生。作为京都两家艺术社团的理事和甘宁两省官方书协的会员，名符其实；多次获奖倚仗的是真才实艺，无愧无虚。

2021年，"书写了中华民族几千年历史上最恢弘的史诗。"建党伟业，百年华诞，风华正茂，举世瞩目；决战贫困，精准脱贫，圆梦小康，彪炳史册；党史教育，凝心筑根，守正创新，开拓新局；五年蓝图，踔厉骏发，伟大复兴，不可逆转。这一年，书法家笃定为庆贺建党百年的光辉华诞，匠心独运，把《中国共产党章程》作为创作内容，利用节假日和军务之暇，花费大量的精力，创作了党的十九大集中全党智慧，凝聚全党共识，体现全党意志，修订的一万七千二百字的党章——50.71米长的书法长卷。笔走龙蛇，力透纸背，大气磅礴，洋洋大观。这是一个共产党员绝对忠诚的爱党情怀和信仰壮举，报效祖国的赤子丹心。也是一个书法家敬献给伟大母亲中国共产党纯粹厚重的礼物。

满腔热血弘扬文化，天资聪颖创作艺术。张国辉先生的书法艺术，尤其是意义高远、钟灵毓秀的《党章书法长卷》，展示出汉字恢宏庄严和深蕴内涵的大雅、大器、大美；体现了书法家挥翰临池的功力、功夫、功道，别出机杼的气宇、气质、气场；彰显了书者丰厚深邃的文化底蕴、人文情怀和书艺素养。张氏书法拥有一定水准的艺术品味审美价值，被人们与书法界所充分肯定和赞赏。

书法艺术是万里长征，境界无穷无尽无垠。相信正值盛年的书法家不会满足于过往。"天生一个仙人洞，无限风光在险峰"！

明月一壶酒，清风万卷书。人们满怀信心地期待着他。

2022 年 1 月 25 日

苏轼的《猪肉颂》与中国诗歌广告

　　中国多姿多彩、琳琅满目的广告形式中，用诗歌做广告，有文化含量和人文底蕴，尤其是名人名作影响深远。诗词歌赋、形式高雅，生动凝练、情趣横生，脍炙人口、引人注目，各行各业、莫不重视，巧施利用、助推经营，历史悠久、源远流长。可以说是，诗歌广告的宣传魅力别具一格，传播功效独树一帜。

　　北宋文学家、诗词家、书法家、画家苏轼，文纵横豪放，诗清新隽永，字遒劲酣畅，画墨竹清高。其在宋哲宗即位时官运亨通，曾任翰林学士、侍读学士、礼部尚书等职。欲加之罪，何患无辞，古来有之。苏轼因谏言献策、批评时政，被朝中政敌摘取其上表文书和诗句拼凑罪名诬陷告发，弹劾他"谤讪新政"而获罪入狱，险些殒命。后经友人多方营救出来又多次被贬放，饱尝折磨，生计窘迫，然苏轼宠辱不惊，豁达乐观，淬炼习惯过清苦日子。千百年来，他的品格连同艺术成就尤以著名诗句"腹有诗书气自华"，为后世所津津乐道。

　　乐天派苏轼是个美食家，曾在诗中自嘲："自笑平生为口忙，老来事业转荒唐。"他在困境中想吃好喝好，没有钱下馆子，便自己动手，丰衣足食。他被贬在黄州做团练副使时，带着家人仆从辛勤耕耘，给自家的一块地起名东坡，因而有了苏东坡其名；买廉价猪肉亲自研究烹饪技艺，满足了美味佳肴欲。没料到，"东坡肉"不胫而走，流传进入饮食商贾和寻常百姓之家，很快在南方地区的饮食楼店推广开来而大受欢迎；他即兴所作的一首夸奖黄州猪肉和叙述烹调猪肉技法的土诗《猪肉颂》，亦传播四方。自然而然，这首诗成为原汁原味的"东坡肉"的经营者招徕顾客颇有吸引力的广告词：

净洗铛，少著水，柴头罨烟焰不起。

待他自熟莫催他，火候足时他自美。

黄州好猪肉，价贱如泥土。

贵者不肯吃，贫者不解煮。

早晨起来打两碗，饱得自家君莫管。

苏东坡又被贬放到海南当时还是个小县的儋州，专心致志给学子讲学，使当地苦读求学蔚成风气。其间，他曾应邀给一个饮食店写过一首《寒具诗》：

纤手搓来玉色匀，碧油煎出嫩黄深。

夜来春睡知轻重，压扁佳人缠臂金。

寒具，就是流行南北的百姓喜食的小吃油炸馓子。原来，诗人居住地有个经营小吃的老妪，她制作的馓子味美香甜，还有环饼酥脆爽口，质量皆好价格低廉，但因店处偏僻，生意萧条不景气。聪明的老妪悉苏轼的诗文名气很大，便请偶尔来店品尝小吃的他写首小诗，以招徕顾客。苏轼欣然应允，提笔便写了这首颇有韵味、引人入胜的七言绝句。老妪高悬店堂，果然客盈满门，买卖兴旺发达起来。

提起"素食第一品"的竹笋，人们无不为其质嫩味鲜、质脆色翠和营养丰硕而青睐有加。然而，它被食客称道厚爱、身价不菲，在酒席宴上独占鳌头，与名人赋诗做广告是分不开的。据传，白居易、苏轼都为竹笋写过广告诗。白居易的《食笋》曰：

此州乃竹乡，春笋满山谷。

山夫折盈抱，抱来早市鬻。

物以多为贱，双钱易一束。

置之炊甑中，与饭同时熟。

紫箨坼故锦，素肌劈新玉。

每日遂加餐，经时不思肉。

久为京洛客，此味常不足。

且食勿踟蹰，南风吹作竹。

有些诗词名作，虽然不是作者受厂家商门的嘱托而作，但因其内容是赞美颂扬或涉及某种特产、商品，往往被利用做了广告，起着功效卓越的传播作用。如在中国古丝路之路地段城镇的高档商场、机场所设的名酒廊柜和酒店、酒楼、饮食店里，多见悬挂着有点名气的书法家挥毫泼墨的《凉州词》：

> 葡萄美酒夜光杯，欲饮琵琶马上催。
> 醉卧沙场君莫笑，古来征战几人回？

唐代诗人王翰的这篇七言绝句，在唐诗中享有盛誉，是唐时盛行的曲调《凉州词》的名歌词。古往今来，人们特别欣赏喜爱，隔三岔五总会根据自己的经济条件，进酒店、上酒楼或到饮食小店，端着巧夺天工的夜光杯，畅饮葡萄美酒，吟读《凉州词》，从而大大促进了消费。

再看，那烧制在精美瓷瓶上的唐代诗人杜牧的千古绝笔《清明》，伴随着这款中国的历史名酒长期销往五湖四海，无疑对醇香芳郁的山西杏花村汾酒美名传天下，起着巨大的宣传促销作用：

> 清明时节雨纷纷，路上行人欲断魂。
> 借问酒家何处有，牧童遥指杏花村。

社会、经济的发展日新月异，文化艺术不断繁荣，诗歌在广告业中愈加喜闻乐见，推而广之的作用日益凸显。突出的一个特点是，许多诗歌不都是名人所作，没有商业广告气味，无须登载在报刊上、播送于广播电视中，或发布在城镇和交通要道的广告牌上。而是聪明智慧的人民群众总结生产实践的宝贵经验、提炼创造创新的精神而创作，诗歌作品打动人心，经口碑熟稔传播，被文件文章反复引用，不断修正成为经典，无胫而行，到处流传，深入人心。作品突出的宣传功效，不仅表现在可以促进工、商、科、教、文、卫、服等各行各业的发达兴旺，而且显示出能够宣传普及农林牧生产、群众日常生活和提高健康水平等方面的科技知识的特点，不是广告却广播深远，虽是诗歌却实效巨大。如这首歌颂名甲天下的兰州百合的无题诗作，流传的岁月与共和国同龄：

> 百合花开喇叭形，结成果实白莹莹。
> 瓣瓣包成莲花身，滋补身体营养品。

阴山寒宫藏玉身，耐寒喜潮忌高温。
若问产地何处优？兰州百合负盛名。

这首诗歌，用精美简洁、颇有韵味的文字，把兰州佳蔬珍品百合肥嫩色雅、养料丰优、风味独具、驰名中外的特色，做了艺术概括，长期在民间由人们的口碑深入传播，对宣传、促销和推广、促进兰州百合的生产发展，起了很大的作用。

草木无声却有情，庄稼也有亲和朋。
相克植物情不投，莫与冤家结近邻。

这是近些年来，在城乡媒体的公益广告中常见的一首绿色生态的自由诗。它以拟人化的手法，用情趣横生的语言，向人们传播着一个科学常识：同人类异性寻求知己一样，对"无声却有情"的树木和农作物，必须依据其"脾气性格"即生物的互利共生特性科学布局，合理安排，才能相得益彰，同获丰产；反之，如果"乱点鸳鸯谱"，则会"反目为仇"，两败俱伤。显而易见，这首自由诗的宣传功效和广告价值之卓著。毫无夸张地说，它已深入到农林领域和农民心中。

西北黄土高原上的风沙、干旱，的确肆虐残酷。然而，也有"治旱之王"可以制服：

沙打旺、沙打旺，风沙愈打它愈长。
黄土高原扎下根，戈壁荒漠披绿装。

这首自由诗，曾登在《人民日报》这样的"大雅之堂"。寥寥二十八个字，把沙打旺战风固沙、抗御干旱的特性，介绍得清楚明白。曾几何时，在一些地方，沙打旺种子被冷落于仓库之中，如今早已成为颇受欢迎、供不应求的紧俏货。

西北、华北的牧区，水草肥美的辽阔草原真是别具洞天，牧马人的歌咏舞姿令人流连忘返。尤其令人耳目一新的是，一首流传很广的农言自由诗歌：

良骥要数大宛马，关中劲驴胜过它。
秦川早胜牛中将，功归紫花苜蓿草。

　　原来，这首刊登于 20 世纪六七十年代报刊上宣传作用如同农谚的自由诗，把西北牧区值得推广的优马、良驴、好牛及素称"牧草之王"的紫花苜蓿，对于发展优良家畜与牧草相得益彰的重要作用，说得非常透彻，既富有深刻的生产哲理，又赋予科学的内涵。所以，这首自由诗有力地引导着农牧民特别重视发展"三畜一草"。

1985 年 11 月 20 日

《西门与佩罗》的人性之魂

油画《西门与佩罗》

人性究竟是什么？我的基本认识：人的生命问世之初，精神属性空白纯洁；阡陌红尘产生思想、感情和欲望，衍生出来善与恶、美与丑，又反复演化嬗变；生与死的两股强大本能，始终成为支配人意识、思想和行为的根本动力源。

爱恨情仇，往往产生人性的善与恶。

比如，当自己的骨肉之亲的生命面临死亡的紧要关头，亲情会揭橥什么样的人性？西门与佩罗的故事和油画，可以让我们读懂悟透。

在拉丁美洲西印度洋加勒比海的波涛浪潮之中，有一个颇具异域风情，令人神往的风景柔美的岛屿，宛如镶嵌于茫茫大海里的一颗璀璨珍珠——波多黎各自治邦。

这个自治邦原为西班牙殖民地，1898 年美西战争后沦为美国殖民地，是距美本土两千公里的一块飞地。1952 年获美国联邦领土地位，实行自治。风光秀丽原生态的波多黎各群岛，是个冬季度假的理想之地。自治邦的经济以工业和旅游业为主，因这块宝地吸引旅客，旅游业发达。

来到景色迷人的波多黎各首府圣胡安市，浏览历史悠久的国家博物馆时，在门口凝视欣赏挂在门口的世界著名油画《西门与佩罗》，这是一幅在世界美术之林不同凡响、有着一定地位的杰出作品。作者是出生于德国、国籍比利时的17世纪佛兰德斯画家、巴洛克画派早期的代表人物彼得·保罗·鲁本斯。

欣赏鲁本斯的这幅油画，学习了解了作品体现的背景，即在这里发生的真实历史故事。不揣冒昧，写了这篇十七字长句式的短文，尝试诠释作品所揭示的人性博爱的催泪故事和艺术主题。

丰腴妩媚的年轻女子裸露雪白胸怀肌肤，虔诚深情抚摸老人后背手托圆润的乳房，轻柔温和地把奶头塞进赤膊囚犯的口中，馨香甘甜的乳汁缓缓流入饥渴者的腹里。

这幅惊艳油画力作取材于罗马帝国时代，再现了波多黎各邦脍炙人口的历史真事，艺术主题揭示画坛标榜不衰的人性博爱，被西方画坛极尽热捧为冠绝古今的经典。

不理解作品描绘女子救父颂扬爱国的人，无不异常惊愕而横眉冷对指责嘲笑讥讽，为什么污秽不洁有伤风化的不雅之画作，高高悬挂在国家艺术殿堂门口丢人现眼。

然而知情者都无不感动盛赞而热泪涌流，因油画真实刻画出两辈异性的圣洁大爱，既是深刻彰显令嫒乳哺父亲的善行孝举，更是体现国民对民族英雄的景仰与爱戴。

饥饿人乃波多黎各民众崇拜的硬汉西门，虔诚给其喂乳的女子佩罗是其亲生骨肉，他捍卫祖国独立自由英勇战斗赫立功勋，竟被昏庸残暴的国王判处死刑禁食饿亡。

西门被囚牢狱四肢带铐挨饥饿肝肠寸断，佩罗常探监解怀给父亲喂奶汁解除饥渴，女儿的大义孝德使父劫难不死延续生命，民怨沸腾最终迫使当局特赦英雄获自由。

孝女佩罗惟德动人的义举芳馨无远弗届，感化油画大师鲁本斯激情泼彩旷世佳作，波多黎各国人以艺术珍品引为自豪骄傲，引发邦疆经久不息的浓烈家国情怀热潮。

典范丹青塑造的人文精神感染天下人间，《西门与佩罗》放射的人性韶华光辉照八方，波多黎各过往的传奇故事并非异域独有，泱泱华夏大国的文明精华古今俯拾皆是。

反对霸权促进包容世界和平潮流不可挡，亲仁善邻协和万邦乃中华民族处世厚德，构建合作共赢世界命运共同体势在必行，道法自然天人合一促进全人类携手前进。

2016 年 9 月 10 日

莫高窟古代医学壁画一瞥

　　观赏莫高窟的壁画，我的兴趣极浓。情有独钟的是，对展现古代医学的壁画，屏声敛息地细看揣摩，力求看懂一些。

　　瞧，这位妈妈紧紧地搂抱着自己的娇儿，目不转睛，如痴如呆地盯着孩子的脸。从她心痛似绞、焦虑万分的神情可知：宝宝病了，并且不轻，再看旁边的老妇人，泪珠挂腮，痛楚万状，疼爱孙儿的慈祥心肠活灵活现。

　　再往院中看去，一个喜形于色的侍女急匆匆呼唤而来，视其情可知其声："郎中来了！"她的身后，紧随着一位步履稳健、胸有成竹的老先生和一名手提医疗用具的医童。老先生深邃犀利的目光，已射向那位妈妈怀中的孩子，似乎已在揣测病情了……

　　这幅壁画，是莫高窟盛唐时期二百一十七窟壁画中的《送医图》。画面内容一目了然，生动感人；人物形象自然朴实，呼之欲出；画意传神，情真意切，栩栩如生！笔者站在这幅画前，看得入神心动：真是古代画师的神来之笔啊！

　　朱若红饴，绿胜翡翠，黄如金闪，黑得锃亮。在菲芳绚丽、斑斓多姿的五万多平方米的莫高窟壁画中，不乏医学内容丰富的画图。这些艺术珍品充分说明，我国医学源远流长，从中也可看出古代光彩照人的医师操守道德。

　　再看北周时期二百九十六窟壁画中的一幅《诊病图》：一位老医生一手扶着拐杖，一手给一个半卧着的病人诊断。他立而不坐、全神贯注的医疗态度，显露出了对病人呕心沥血的深切之情；同时，他沉着稳练、眉头舒展的神色说明，已探察清楚病源病情，降服病魔、使其康复之良方尽在心中。难怪在侧的两位家属眉宇间的愁云已经散去，对老先生的信赖感激之情溢于言表：神医妙手回春，定能手到病除！

中国的卫生保健事业源于何时？仅从莫高窟医学壁画可看出历史相当悠久。五代时期的六十窟北壁上有一幅《挤奶煮奶图》：画中央是一口冒着热气的煮锅，支在火上；画面右侧有一女子兴致勃勃地伏在奶牛旁挤奶。显然，她是一面挤奶，一面煮奶。这幅壁画说明，那时人们已懂得牛奶须经煮沸杀菌，才能食用的道理。

剃头理发，修饰仪表，讲究卫生，在盛唐时期就相当普及了。盛唐四百四十五窟壁画《弥勒经变》中的剃度图，细腻地画出了僧人剃头和将要出家的人理发的情景：手持剃刀的和尚全神贯注地操作着，理发者肩披护巾稳坐不动，旁边有专人跪卧执盘收集落发，地面放着盛水待用的沐盆，几个等候剃头的人伫立于旁边，整个画面十分生动逼真。

医学壁画是莫高窟艺术的珍品。观摩这些壁画珍品，可从中得到许多深刻的启迪。

1985 年 6 月 19 日

同沙乡少年交流边塞诗《凉州词》

　　回故乡凉州，颇有兴致地去了趟腾格里沙漠边缘的白刺村看看，当年我认识的沙民朋友大多都已作古。白刺村因开发白刺果而脱贫致富，村民为感恩沙生植物白刺的功劳，改名为沙樱桃村。唯有往昔村长的儿子、现今的村长，从其父生前讲述的故事所留下的记忆"贮存"着我这个人，热情接待了我，且难以推脱在他家吃了顿饭。

　　这顿餐对沙漠人家来说，相当丰盛，有黄焖羊羔子肉，爆炒野兔子肉，野蒜野葱拌野菜，还有用沙民惯称的酸胖即白刺果酿的沙樱桃酒，都是沙乡地道的美食美酒。

　　饭后，村长给上小学六年级的儿子石蛋使了个眼色，石蛋拿出半张纸递了过来，我接过一看，上面用铅笔写着一首没有题目的边塞诗《碛中作》：

> 走马西来欲到天，
> 辞家见月两回圆。
> 今夜不知何处宿，
> 平沙万里绝人烟。

　　石蛋望着我，半晌无语，我猜想大概是如何称呼有点犯难吧。他终于喃喃地说："先生，我特喜欢这首诗，还有写葡萄美酒夜光杯的那首。"

　　沙区的娃娃上学一般较晚，但读书勤奋。料想不到，这个小学六年级的学生对古诗有兴趣，让人意外地感叹高兴。

　　"你知道诗的题目吗？"我问。

"《碛中作》。"他脱口而出。

"这个碛字是啥意思？"

"是沙石地，沙漠的意思。"

我微微点了点头，心里赞许。我说："这是盛唐著名边塞诗人岑参所作，流传了千余年的边塞诗代表作之一，写境抒情，情景交融，蕴含丰富，别有神韵，是颇有名气的一首诗。"

"先生，为啥叫边塞诗人？"

孩子如此好学，就我所知的历史文化知识，给他娓娓道来。

初唐至盛唐时期，丝绸之路成为连接亚、非、欧畅通中外的重要通道。朝廷为加强和促进对内对外广泛的政治、经济、文化等方面的交流融合与吸收发展，同时确保边疆安定稳固和百姓安居乐业，也会经常采取一些戍边卫国的军事行动。那时的塞外西域，吸引了不少忠诚朝廷、报效皇上的文人、墨客、雅士等，纷纷来到碛西投笔从戎，有一些人充任了官衙军旅的智囊谋士等角色。于是，他们以边塞丰富的戎马生活和见闻感受为题材，妙笔生花，百花齐放，创作了大量的诗作。这就是唐代诗坛在特定的历史条件下，出现的特定文化产物——诗情浓郁、异香独放的边塞诗，作者也就被称为边塞诗人。

九岁就开始作文章的岑参，工诗有素，擅长七言歌行，曾两次出塞，投入火热的军旅生活，遍走西域，深谙军情社情民情，对边塞动荡生活有深切的体验，对边疆特色风物怀有淳厚的情感。终究诗兴勃发、勤奋创作，于叙事写景抒情之中，作品含蓄蕴藉委婉动人，边塞诗尤多佳作，岑参成为七十余名边塞诗人中的杰出代表。

诗词歌赋是时代的一面镜子。历代诗词研究者认为，岑参诸多的边塞诗以奇情妙趣的特色独树一帜，构思新颖精妙，内容丰富瑰奇，情景交融鲜活，语言豪迈遒劲，酣畅淋漓纵横。作品在一定程度上真实地反映了盛唐时期经济的蓬勃发展，描绘出人们勤勉进取的时代风貌，也彰显出诗人的坦荡胸襟、高尚节操和人文情怀。

石蛋听得似乎有点儿发愣。

我叫了声"石蛋"，他应声："先生，我听着哩。"我继续对他说道："这首《碛中作》的诗句，很通俗易懂，你生活在沙区，琢磨琢磨诗人描写的景物和意境，是不是非常熟悉？抒发的缕缕情思，是不是感同身受特别亲切？离家西行，路途漫漫，马背上艰苦跋涉，熬人的日子让月儿圆了两回。身处黄沙滚滚、绝无人烟的瀚海大漠之中，似乎考虑安排今夜宿何处呢……"

我讲述着，竟使自己不知不觉陶醉于诗情意境之中，看石蛋也听得痴情入神。

"先生，"他说，"你讲的我大部分都听懂了，有少量名词我查一下也就明白了。边塞诗、边塞诗人好厉害哟，尤其这个古人岑参真是个奇才。"接着道："先生，能不能再仔细地讲一下这首诗深沉的诗情诗意。你最后说的'似乎'两个字，有啥意思呢？"

石蛋好学的韧劲打动了我，不能辜负孩子求知进取的精神。然我对古诗词没有研究，基本上是个门外汉，况且人们对不少古诗词的理解，或完全不同或差异较大，对于这首边塞诗的解读，也是大同小异。我想还是要满足石蛋的求知欲望，知懂多少说多少。接着，就自己对《碛中作》的理解和感悟，又给他谈了一番。

"《碛中作》是一首文辞雅正、寓意深刻、意境高远的七言绝句。"七言绝句，全诗四句、每句七言，是历史悠久的汉族传统诗词歌赋的一种体裁，在平仄、押韵、对仗、粘对诸方面，都有严格的格律要求，颇有学问。七言绝句起源于古代很早时期，具体朝代尚未明确定论，开山祖师据传是南朝宋文学家鲍照，体裁定型、成熟于唐代诗坛，包括岑参在内的李白、王昌龄、王维、高适等，都是那时写七绝的高手。"你追求学问难得，但学思践行有个过程，只有下功夫、用心力，才能弄懂学明白，得顺序渐进慢慢学。我再说说对《碛中作》的理解吧。"

"走马西来欲到天"。诗人从"走"字落笔，风尘仆仆，"走马"西行，激情澎湃，精神豪迈，跃然纸上。"欲到天"，是描绘野旷天低、浩茫高远的大漠与天际相连的景致，气象浩阔，雄浑壮美，俨如到了天边的感觉。

"辞家见月两回圆"。由"辞"揭示时光流转，清晰点明"辞家"后，"见"团圞的皎月已经"两回圆"，奔赴边塞瀚海之行两个月了。自古人们总是用月亮的圆缺来比拟亲人的悲欢离合，"天上月团圞，世间人聚会"。明亮的圆月，显然触动了诗人深沉蕴藉的驰念情愫，柔情万种却含而不露，将诗句内涵的欲寄托思念家人的感情，朦朦胧胧含蓄深邃地表达得曲尽其妙。

"先生，问一下你说的这个驰念，是啥意思？"

"驰念就是想念，想念远方的亲人。"

我接着给石蛋讲："今夜不知何处宿"，笔触承前启后，回旋转折，兜转疑问，今宵"何处宿"，诗意似乎是在思绪夜里哪里住；我说的这个"似乎"，本意是其实不然，因后句"平沙万里绝人烟"，揭示出的却是涉西塞垣"绝人烟"的荒芜苍凉和戎马生涯的艰难困苦，但这个诗句，读来给人的感觉却毫无愁闷悲哀之情，诗意隐蕴的是诗人坚毅凛然的高昂气势——一无所求、报效国家的鸿鹄之志。这与岑参创作的五言古诗《初过陇山途中呈宇文判官》所表现的艺术风格不同，彰明较著地表达出了诗人的坚强意志："万里奉王事，一身无所求。也知塞垣苦，岂为妻子谋。"

"石蛋，我对诗意的解说，不一定对或完全对，供你参考。有些话可能太文雅了些。"

"先生，你这样讲让人琢磨，才有味道，你讲的大意我都听懂了。"

次日，我在离开沙樱桃村前，应石蛋的渴求，又给他讲了讲对《凉州词》的理解。此时，聪明的石蛋自动读了这首诗：

> 葡萄美酒夜光杯，
> 欲饮琵琶马上催。
> 醉卧沙场君莫笑，
> 古来征战几人回？

他读完说："请先生讲吧。"

"好。《凉州曲》《凉州词》，唐代首先在凉州即武威兴盛流行而得名。《凉州词》即唐乐府名，是曲调名《凉州曲》的唱词，唐诗很多绝句都是乐府，由达官显宦、名流贤达所作。唐代著名诗人王翰创作的这首唐诗，被称为是七言绝句中的一朵奇葩，慷慨悲壮、风号雨泣，推陈出新、想象丰富，意境开阔、语言优美，充满着浓郁的浪漫主义气息，无论作为唐诗还是作为歌词，都是享有盛誉的压卷之作而流传后世，影响极大。盛唐时，包括王翰、王之涣在内的许多诗人，都填写过著名的《凉州词》。王翰的这首是他的组诗作品《凉州词二首》其一。诗人心中有华彩，笔下就会出珠玑。"我怕石蛋不易理解，又解释了一下，"诗人心里有了像彩虹一样美丽的写作激情和灵感，就会写出像珍珠一样闪亮的诗句。"

"这首诗我一向也很喜欢，但不一定理解得准确，尤其是人们对后两句含义的解析，历来多有歧义。我对诗意的领会是：

在送别将士出征前的酒宴上，"葡萄美酒"盛满了名闻天下的"夜光杯"，将士们觥筹交错、开怀畅饮，歌伎们弹奏着西域胡风浓烈的琵琶曲为他们助兴。

抑扬顿挫的琴声，时而婉转连绵，时而高昂激越，把热烈的酒筵气氛推向巅峰而沸腾起来，大家"欲饮"喝不够呀；此时此刻，战时作为号角让人出征的"琵琶马上催"，督促将士们快奔往前线去。而早已将生死置之度外的热血男儿，今天定要痛饮一醉方休，就是醉卧沙场又何妨，"君莫笑"啊，"古来征战"杀敌者，能平安生还的有"几人回"来？

"诗情洋溢着将士赤诚丹心、热血悲烈，大义凛然、视死如归的牺牲精神。"

石蛋听着，心里翻滚起一层微澜，被诗意感动得泪水盈眶。他说："我读书识字断文未曾掉过泪，这古人的诗真是好厉害，还真能打动人的心哩！"

我离开石蛋家时，趁他们不注意，在炕头边悄悄地放下了二十元饭钱。

1986 年 6 月 19 日

穿越千百年的儿歌变迁

庚子三月，一庭春韵。神州光景处处新，万紫千红都是春。早晨，从近处的小学里飞出一片童音歌声，是我一时情怀涌动，借历史悠久、影响中外，充满童真、风趣熟稔，本人小时候唱过，甚至是我爸爸小时候唱过，人们普遍喜爱的《两只老虎》曲调重新填词的《决胜到底》，被居住社区的居民和近处学校的学生传唱了起来：

> 新冠肺炎，新冠肺炎，
> 忒流氓，忒流氓。
> 决战决胜到底，决战决胜到底，
> 中国赢，中国赢！

战疫，是一场没有硝烟的人民战争。

诗是壮行的美酒，歌如决胜的号角，文若搏击的枪声。在这场席卷全国的健康与生命的保卫战中，艺心跳动，诗文潮涌，丹青耀目。"文艺抗疫""艺心战疫"的平台纷纷诞生，进入中共中央宣传部主管的"学习强国"，广布全国媒体宣传机构和微信天地，成为一道亮丽的风景。文学艺术抗疫、鼓舞人心的作用非同小可，不可忽视和低估。

"以古为镜，可以知兴替。"重温历史，给人以记忆的莫大感动和启悟。

让我从《两只老虎》的曲子说起。

在中国，谁人不知晓哪个不会唱《两只老虎》这首耳熟能详的儿歌：

> 两只老虎，两只老虎，
>
> 跑得快，跑得快。
>
> 一只没有眼睛，一只没有耳朵，
>
> 真奇怪，真奇怪。

然而，从根脉清楚这首儿歌产生的背景与歌词含义的人却不多，不知道这首歌词几经演变的人也不少。

《两只老虎》这首儿歌是舶来品。据传，说法不一，法国有首产生于或是 10 世纪或是 17 世纪的流行民歌《雅克兄弟》：

> 雅克弟兄，雅克弟兄，
>
> 睡觉吗，睡觉吗？
>
> 响起早晨的铃，响起早晨的铃，
>
> 叮叮当，叮叮当！

因为民众喜闻乐见，一位法国歌唱家便用《雅克兄弟》的歌曲，重新填词，创作了这首充满风趣童真、朴素无华的儿歌《两只老虎》。由于这首曲调轻松上口而又动人，便不胫而走，流传到世界各地，于 20 世纪 20 年代传到了中国。

让人难料的是，这首从海外传入的外国儿歌，在中国现代史上竟多次被填词改编成为新歌曲而名声大噪，红极一时，影响深远，起到过不可估量的文化轻武器的巨大作用，可以说是中国音乐史上绝无仅有的奇迹。

这个曲调，在北伐战争中，为鼓舞士气动员民众，国民革命军政治部宣传科科长、黄埔军校政治教官邝鄘，根据儿歌《两只老虎》的曲调重新填词，经当时的国民革命军政治部主任邓演达、副主任郭沫若批准，成为激励广大将士斗志的《国民革命歌》：

> 打倒列强，打倒列强，
>
> 除军阀，除军阀。
>
> 努力国民革命，努力国民革命，
>
> 齐奋斗，齐奋斗。

1930 年，中原大战爆发，阎锡山联合冯玉祥、李宗仁、张发奎等发起，向蒋介石集团开战，意图推翻南京国民政府。原国民革命军军歌被修改为《打倒老蒋》，被挥舞着枪刀的军队将士高唱：

> 打倒老蒋，打倒老蒋，
> 除军阀，除军阀！
> 革命一定成功，革命一定成功，
> 齐欢唱，齐欢唱！

历史跨进第二次国内革命战争时期，中国共产党根据革命斗争需要，又重填新词，起名《土地革命歌》，成为革命歌曲。电影《闪闪的红星》中就有这一幕，小主人公潘冬子和伙伴们一起，兴奋地唱着这首歌：

> 打倒土豪，打倒土豪，
> 分田地，分田地。
> 我们要做主人，我们要做主人，
> 真欢喜，真欢喜。

在欧美各国、日本，《两只老虎》这首儿歌歌曲，也都有被填词的版本……

人们无不啧啧惊叹："《两个老虎》，咋就这么吃香，真是神了！连同它的'前身'《雅克兄弟》，穿越了千百年哦！"

2020 年 3 月 11 日

观赏非物质文化遗产攻鼓子

　　武威武威，因武而威！我的故乡武威，是一座中国历史文化名城。悠悠几千年，经年沉淀，建朝立都，被誉为威武剽悍、矫健英勇的"凉州大马，横行天下"。在西汉时期，雄才伟略的汉武帝刘彻选定大破匈奴，彰显"武功军威"的武威为"河西四郡"之一，被《后汉书》称为"凉州天下要冲，国家藩卫"；在东晋十六国时期，成为五凉古都、梦幻之城，孕育成就了独具特色、延绵一脉，弥足珍贵、不能复制的五凉文化；在隋唐时期，进入"七里十万家"的鼎盛时代，成为古中国三大经济中心之一。边塞诗和凉州词、凉州曲、西凉乐、西凉伎，都是在这里发展和兴盛起来……

　　2008 年的南粤流火时节来临之前，正好我休假，便于 6 月中旬回到故乡甘肃武威市凉州区，探亲避暑。14 日这天，是中国第三个"文化遗产日"，锣鼓声、歌声不断传来。跟女儿约好，去逛逛文庙。我上网看到，中国政府网发布消息称：国务院近日公布了第二批国家级非物质文化遗产名录，细看五百一十项目录，在"传统舞蹈"之内，编号 639 Ⅲ-42 的"鼓舞（凉州攻鼓子）"，赫然名列第一。

　　对于古老的社火鼓舞凉州攻鼓子，我当然不陌生。不知道这些年，人们还玩不玩、打不打攻鼓子？问女儿，她笑着答道："爸爸，凉州汉子啥时候能少闹腾这个攻鼓子？早上广播了，今天南门闹社火，去看看你就知道了。"

　　搭车去文庙的路上，想起一个历史传说。汉时，霍去病奉汉武帝西征之命，发动战役，主要剿灭匈奴浑邪王、休屠王两块"骨头"。收拾了浑邪王部，攻击休屠王固守的休屠城堡，弄得兵困粮尽，一时棘手难破。有位汉将情急智生，想到休屠城堡是玩社火鼓舞的地方，便选精兵良将装扮成鼓舞队，将短兵器藏入鼓内混进城池，再度发起猛攻，"鼓舞队"里应外合攻鼓突杀，攻其不备内外配合，一举攻破了城堡。从此，这个民间社火攻鼓子名噪四方，成为既是古代军旅出征必不可少的壮行乐舞，又是象征西北汉子阳刚之气，庆贺年节和兴办喜事必不可少的社火经典而代代相传，这个民俗鼓乐舞蹈便流传了下来。当年的这个休屠城堡，就是现今的凉州区四坝镇。

新中国成立后，经过姑臧民间艺术家的琢磨创新，在攻鼓子豪迈洒脱本色的基础上，又吸纳融进了大西北民间腰鼓的灵秀、扇鼓的隽永和太平鼓的浑厚，更显优雅完美，渐而形成一种鼓乐高亢激奋，舞蹈变幻无穷，鼓舞相融浑然一体，独具特色的鼓乐舞蹈艺术。现被国务院列入非物质文化遗产名录，是自然而然的事情。

我们到了地处城东南隅的位居"陇右学宫之冠"的凉州文庙——全国重点文物保护单位、国家 AAAA 级旅游景区。重览故乡名胜，顿时兴味盎然，疾步而入。凉州古文庙，是继山东曲阜、北京国子监孔庙之后，建设于明正统四年（1439 年）的中国又一大孔庙，由文昌宫、文庙、儒学院组成的类似皇家宫阙建筑群，是文人墨客祭祀孔子的圣地。庙内珍藏着中华民族历代文化瑰宝三万余件典籍、书画、碑匾等文物。

在松柏参天、古朴恬静的清幽环境中，我们进出一室又一室，匆匆浏览领略了以医药简、礼仪简、木雕、墓志石刻为代表的汉唐文物，以西夏碑、木缘塔、木版画为代表的西夏文物，以凉造新泉、西夏银币为代表的货币文物，以明清瓷器、牌匾、水陆画为代表的明清文物，等等。其中，我重点仔细观赏了蜚声寰宇的汉简、木雕、木乃伊、鸠杖、凉造新泉、西夏碑、西夏火炮等稀世珍品，尤其对中国存世最完整、西夏文与汉文对照文字最多的西夏碑，即"重修护国寺感应塔碑"，饱览良久。最后，又到文昌宫桂籍殿前廊，抬首凝神，赏识檐下集中悬挂着的四十余幅牌匾，真是琳琅满目，金碧辉煌，尽是皇家名流、文章能手、书法大家、雕刻高师匠心独运的杰作，鉴赏价值和文物价值极高。每幅匾文都用典绝妙，情致高雅；书法颜筋柳骨，文采炳焕。我逐幅仔细观之，无不击掌叫好。

我开启手机的相机，把不少特别喜爱的艺术珍品一一摄入了镜头，以资存赏。

此时，感觉有点口渴。看到近处摆卖的果摊上，有刚刚上市的黄灿发亮、形似人心脏般的新鲜人参果，这是西凉独有的特产水果，早于唐代时就驰名中外，古籍《大唐西域记》里有记载。人参果富含膳食纤维、高蛋白、多种维生素、氨基酸和微量元素等成分。女儿买了几斤，我吃了一个，脆爽多汁，清香爽口，味道独特。

之后，我们信步来到又名昭武门的城南门。抬首仰望始建于隋代，后经明王朝不断增修加固，成为西凉驰名悠久的标志性建筑——巍峨雄伟的城门楼，顿时心生感慨：华夏五千年，兴衰问沧桑。重游西凉城，见证城南门。

不经意间，一阵阵别具风格的似鼓似乐的声音，由远而近传入耳际。我仔细倾听，徐徐飘来的音色韵律，由轻而重，由缓而急，时而像黄河咆哮，时而似闷雷滚鸣，时而如猛虎下山，时而若山泉奔流……

不一会儿工夫，被人群簇拥着的气势恢宏、雄浑剽悍的鼓乐方阵拥了过来，到了南城门前的广场上表演起来。我挤进人群欣赏，这正是被誉为"西域鼓魂"的古老鼓舞艺术——西凉攻鼓子。只见几十个英俊潇洒、雄健豪迈的鼓手，头戴黑顶红翅幞帽，上着黑色白扣衣，下穿独特灯笼裤，清一色的装扮，俨然古代武士一般，进行着激情的表演。他们龙腾虎跃、风流洒脱，激情攻鼓、刚劲起舞。瞧那鼓手的手、眼、神、声、情，高度地和谐统一，妙显身手，仪态万方；击鼓、起舞、翻滚、奔腾，动作步履整齐利落，矫健优美，春风大雅。

一刹那，艺术家们摆开阵势，先显"猛虎出山阵"，接为"四门兜底阵"，又是"双将对斗阵"，再现"四龙飞天阵"，阵阵气势磅礴，威武刚毅；场场势如长虹，撼人魂魄。无论千变万化，几十个鼓手，招招式式，同是一种仪态表情，同显一种威风精神，同迈一个雄健步履，同做一种灵巧动作，同击一个激越鼓点，同跃一种优雅舞姿。神态节奏、完美统一，动人心弦、高雅壮美……

2008 年 7 月 10 日

曹清水墨彩山水画鉴赏

　　艺术家曹清与我，素昧平生。不经意间，通过自媒体欣赏其蔚为大观的作品，西部特色，斑斓多姿，独有风骚，成色一格。感觉幅幅画面浮现出祁连山脉和西北高原的无尽风情，追求传统与现代、写实与写意相结合的"笔墨语言"跃然纸上，画家在墨黑、色彩和纸白之间，守心灵之静，得万物之妙。据传，作品尤受藏家的青睐和收藏。

　　无巧不成书。之后，我与他碰面在群里，加微信交流和电话访谈，获得他不少信息，不禁笔情勃然。

　　岁届知天命盛年的画师，凉州人氏，天赋才华，无师自通。其致力于中国西部水墨彩山水画的研究和探索，历经二三十个年头，勤勉追求、潜心沉淀、大浪淘沙、渐臻特色，积水成渊、成就卓著，赫然步入中国西部水墨彩山水画艺术家的行列。

　　曹清的书画艺术，放怀天际，敬畏山河，领悟西部山水尤其是祁连山脉、母亲河黄河和西北高原风情的精灵，吸古纳今、博采众长，佳构穷出、纵横驰骋，水墨彩泼、毫意精妙，气势磅礴、苍莽浑厚，灵动隽永、意境深邃，充满大自然的鲜活生气，迸发画律神韵，触动感染人的心扉。

　　观其水墨彩泼的六米长卷代表作《云山图》，瑰丽山河一览无余，清雅艺术的丰盈韵味，在时光、空间与气势、画面之中，迁徙伸张、游无穷兮，变幻莫测、神采飞扬，让人获得几多洗礼心灵、感染魂魄的艺术享受。

　　从中国水墨彩山水画艺术的视角鉴赏，画师笔下的群峰叠翠，林海浩渺，灵动人物，鲜活畜禽，情态传神。可谓山、水、物相融；点、线、面神合；远、中、近逼真，穿透力强，透视感好；在相融、神合、逼真、穿透之中，恣意走笔，精致用色，淡雅质朴，一统全貌，构造出中国西部山水画的精彩。

画家的创作实践，已沉淀出淳厚的学养、鲜明的情操和突出的个性。他有高情致远的抱负，作品已经走出凉州，走出陇原，走出西北。先后在乌鲁木齐、保定、徐州、广州、深圳、中山、珠海、福州、北京、天津、内蒙古等地办展和进行作品交流。如今是甘肃省美协会员，中国书画家协会理事、中国书画研究院研究员、首都书画院理事。

2020 年 10 月 28 日

太平鼓舞轰动北京亚运会

2006年5月20日，晚间看央视播报的新闻悉，兰州太平鼓被国务院列入第一批国家级非物质文化遗产名录。这项甘肃家乡的民间艺术，是藏在我心中的一道乡村文化风景。辗转北南，已在深圳工作多年的我，兴趣使然，不由得翻阅了在十六年前写的一篇如题文章。

1990年9月23日晚，京城央媒的一位朋友与我通电话，慷慨激昂地向我传递着兰州太平鼓在北京亚运会艺术节演出成功盛况空前的信息。

"太棒了！兰州太平鼓简直倾倒了首都人民！"

"太美了！雄浑激昂的鼓声，粗犷壮美的舞姿，灿烂夺目的色彩，磅礴恢宏的气势，大西北乡村民间的古老艺术文化让人耳目一新。兰州太平鼓春风大雅、震撼人心，轰动北京、振奋亚运，公众口碑传播，中外媒体报道，影响必将波及整个亚洲及世界！"

这位报媒评论员的口才犹如他的笔触一样犀利：八十个剽悍壮美的西部汉子，面敷华彩色，顶戴燕青帽，身着白色衣，双肩披红绸，腰裹虎头带，足踏步云履，肩挂羊皮面的长形太平鼓，龙腾虎跃、风靡云蒸，激越击鼓、雄健起舞，人随鼓转、鼓随人欢，鼓舞融合、浑然天成。大西北人热爱生活、雄健豪迈，坚韧不拔、众志成城的精神风貌尽显无余！

他还动情地说，首都观众看得心旷神怡，齐声喝彩："盖帽儿了！"

老外们看得如痴如呆，雀跃欢叫。"Wonderful！"（"美极了！"）

艺术家们看得频频鼓掌，交口称赞："天趣盎然，灵机鼓荡，雅俗共赏，一饱眼福！"

听着电话，心潮澎湃。兰州太平鼓声在心中荡漾，我为大西北古老的乡村鼓舞独立一格的艺术风采深感荣幸和自豪。

日前已从新华社的报道获悉，由亚洲奥林匹克理事会举办的亚洲规模最大的综合性运动会，每四年举办一届，由理事会成员国轮流主办。1990 年 9 月 22 日，在北京开幕的第十一届亚运会，是亚运会诞生以来的四十年间，由中华人民共和国首次举办的国际性体育大赛，来自亚奥理事会成员的三十七个国家和地区的体育代表团，共六千五百七十八名运动员参加本届亚运会，参加的代表团数、运动员数都超过了以往历届。

9 月 24 日，媒体报道的人们和社会的评价激动人心：23 日第十一届亚运会艺术节揭幕，兰州市皋兰县西岔乡青春帅气的八十名农民青年鼓舞熟手组成的团队，用历史悠久的中国兰州太平鼓鼓舞艺术，热情祝贺意义深远的北京亚运会，在亚运会艺术节粉墨登场，第一次把大西北古老的乡村民间鼓舞升华为高雅独特的艺术，在首都引起轰动，影响到全国乃至亚洲，向人们展示了非物质文化遗产的艺术风格和农民艺术家的风韵，魅力四射！

最早出现在西汉时期，赓续了两千多年的兰州太平鼓，一般由数十到百十个鼓手组成一支表演团队，英武潇洒地击鼓，神采飞扬地欢舞，素有"天下第一鼓"美誉。历经世代沿袭，太平鼓舞经民间艺术家们不断推陈出新，成为兰州乡村社火艺术节目的一绝。作为大西北农民创造的艺术文化的骄子，曾屡登大雅之堂。

1952 年，兰州太平鼓曾带着甘肃人民的深情厚谊，到北京在中南海怀仁堂为中央首长表演；

1959 年，兰州太平鼓二次赴京，参加了建国十周年大庆——天安门盛大的游行活动，接受党和国家领导人、广大人民群众的检阅；

1989 年，兰州太平鼓在成都举办的全国民间艺术节上献艺引起轰动，陶醉蓉城人民，夺得三项大奖。

1990 年年初，当国家有关部门将兰州太平鼓确定为本年 10 月参加亚运会艺术节的表演节目后，甘肃省和兰州市体育部门一致选定技艺高超的皋兰县西岔乡太平鼓队出演。八十名鼓手振奋精神、夙兴夜寐，无畏酷暑、勤奋操练，以老带新、互帮互学，精益求精、提高技艺，淬炼一流的艺术水平。终究在北京亚运会艺术节上让人们喜出望外，旗开得胜，赢得赞誉。

1990 年 9 月 24 日

喜阅百岁母子三相逢视频有感

抗疫之春，盛传佳话。病毒无情，温暖无垠。日子静好，岁月若歌。母爱无言，舐犊情深。寸草春晖，子孝无疆。天伦之乐，喜地欢天。母慈子安，松鹤延年。福如东海，寿比南山。博雅达观，令人感奋。

心情愉悦，笔端感慨。源自分享一段视频：两个一百零二岁的鹤发童颜双胞胎儿子，从辽宁抚顺赶到云南昆明，看望守护满目疮痍躺卧在榻的一百一十八岁的慈母，将至母终。感人至深，催人泪下。这是一幅活生生的传承中华民族文明、见证中国慈孝文化的"长寿百岁图"哦！

母子三人，历经人世悠悠百年旅途，度过学语与儿童之岁，穿过弱冠与而立之年，跨过不惑知天命之龄，越过花甲古稀之载，超越耄耋以至百年。一路壮行、一路风尘，一路喜忧、一路甘苦，一路欢歌、一路坎坷，一路追求、一路憧憬……

他们母子因种种原因，分离东北西南。跨越阡陌红尘漫漫百载岁月，春风沐浴，夏雨洗礼，秋果养润，冬寒铸魂，终于在风雨激荡的庚子之春，抵达人寿巅峰而喜悦相逢，敞开心灵，谈笑风生。

我们为他们母子恒久无恙的健康祝福，为两辈百岁长寿人高歌！恭贺他们的生命在充满绚丽传奇的人生历程中，洒满真善美的七彩霞光。他们是人生最大的赢家，因为他们获得了天年人寿；他们阅尽了人生壮美的世纪风景，因而夺得了辉煌的康乐成就！

无论男女老少，分享欣赏这段视频，将使你我他大家感悟亲情温馨，感受欣欣不忘初心，弘扬人性的善良慈孝，赢得自己人生的美轮美奂。

《诗经》记载着中国家教孝德的真传："于乎皇考，永世克孝。""父兮生我，母兮鞠我。拊我蓄我，长我育我。顾我复我，出入腹我。欲报之德，昊天罔报。""永言孝思，孝思则维。""率见昭考，以孝以享。"

中华民族，追求文明。坚守善良，崇尚礼仪。践行孝德，古今传承。朝野内外，官宦人家如此，富贵豪门如此，草根贫家如此。家家户户如此，世世代代皆如此。

斯时，笔者舒展情怀追思母恩，禁不住放声朗诵六年前家母谢世时写下的《献给母亲的歌》：

> 母亲是爱情之光，
> 母亲是婚姻之霖，
> 母亲是家庭之厦。
>
> 母亲是孕育之壤，
> 母亲是生命之血，
> 母亲是儿女之骨。
>
> 母亲是博爱之圣，
> 母亲是礼仪之师，
> 母亲是包容之海。
>
> 母亲是先人之根，
> 母亲是万代之祖，
> 母亲是人类之源。
>
> 母亲是最美之诗，
> 母亲是最悦之歌，
> 母亲是最敬之人。

2020 年 4 月 27 日

风物名胜
FENGWU MINGSHENG

祁连山感怀

祁连山，是一座雪山冰山石山，也是一座青山绿山名山，更是一座金山银山宝山。

祁连山，历经千百年沧桑的洗礼，承受冷热兵器战火的淬炼，在中国众多的名山奇峰中，"山不争高自成峰"：原始古朴、雄浑苍茫，峰峦叠嶂、瑞雪盖顶，宛若一个沉眠于甜蜜梦幻中的东方"蒙娜丽莎"，静静地横亘在位于陇青相融的辽阔壮美境界里。

古时匈奴语呼天为"祁连"，所以祁连山又有"天山"之称。祁连山脉，东西长近一千公里，南北宽二百至四百公里，是陇青两省的分界标志。它西起青藏高原东北部的当金山口，与阿尔金山衔接；东至黄河谷地，与秦岭、六盘山相连；南临"聚宝盆"柴达木盆地；北倚绿洲粮仓河西走廊。山峰多为海拔四千至五千多米、最高五千八百多米，高度在四千米以上的地带，称为"雪线"。在那里，雪峰高耸，冰川凝固，生物绝迹；雪峰不计其数，大小冰川三千三百多条，冰川面积达二千多平方公里，储水量约九百亿立方米。山脉"偏陇"较多，有六百多公里盘踞于甘肃省西端的肃南裕固族自治县境内。

绵延起伏的祁连山脉，纵横逶迤于青东北部与陇西部，由呈西北、东南走向的峰嶂峻岭连接组合，包括走廊南山、冷龙岭为主峰的一级山脉，托来山、托来南山、疏勒南山、大通山、达坂山、党河南山、土尔根达坂山、青海南山、拉脊山和柴达木盆地北缘诸山等在内的次级山脉相拥环抱而成。壮哉雄奇、神奇绝妙的祁连山脉怀抱的广阔地带，夹杂有丰富多彩的自然景观——雪峰、冰川、森林、草原、湖河、宽谷、盆地、戈壁、绿洲、城镇等，天然随性，多姿多彩，组成了一个极其壮观的大千世界。

　　祁连山南麓，是高高隆起的地球第三极——中国海拔高地、颜值高地、文明高地、生态高地的青藏高原，也是被誉为"中华水塔"的三江源。长江、黄河、澜沧江，三条大江大河在这里发源，奔腾不息万古流，哺育了泱泱华夏大国的灿烂文明。

　　祁连山俯瞰北麓河西走廊，千里绿洲眺望冰山雪峰。巍峨峰叠的连绵山脉，宛如一条黛青色的纱幔绵亘蜿蜒，缠绕于天穹云海之中，铸成一道难以逾越的生态屏障和天然庞大的固体水库。祁连山水，养育了河西走廊兴盛二千年，也决定着千里河西今后的命运衰旺。山脉"雪线"以下的皑皑冰雪，经阳光融化成为圣洁之水，源源不断注入石羊河、黑河、疏勒河三大内陆河水系，哺育着古丝路之路上的绿洲走廊五谷丰登六畜兴旺，使这方土地充满勃勃生机、秀丽富饶，让河西人民安居乐业、福祉长久。腰杆挺硬的祁连山脉，对周围生态系统发挥着极其强大的保护作用，倘若没有她坚不可摧的屏障抵御，阻断了无垠沙漠的延伸，大西北西头的塔克拉玛干大沙漠，北部的腾格里大沙漠，南侧柴达木大沙漠，无疑将"狼狈为奸"，席卷连片，吞噬西北，觊觎华北；干热风暴，也必然会直扑肆虐"中华水塔"三江源地区。

　　千百年来，祁连山脉在中国地理和历史上的意义举足轻重，极其重要深远，其文化内涵远远超出人们的想象。在相当长的岁月里，祁连山下，金戈铁马、兵家必争，经世流年、演绎变迁，沉淀了大西北众多民族的深沉情怀和文化精髓，见证了大西北悠久历史革故鼎新和文明进步的成果成就。祁连山，孕育了深厚博大的地域文化和流域文化；孕育了西汉以来内地通往西部牧区乃至西藏的交通要道，促进了汉藏等民族团结、文化融合与经济繁荣发展；孕育了广袤的河西绿洲及其多元文化；孕育了著称于世、造福人类的东西方文明通道古丝绸之路，使欧亚大陆融会贯通，且由此西进疏通了与西亚、东欧各国的政治、经济、文化、商贸等方面的密切交流与优势互补，造就了中国历史上东西方文化交融荟萃的文明线和地理要冲；孕育留下了丰富多彩的历史遗迹与自然景观，嬗变产生了璀璨灿烂的文化明珠——莫高窟千佛洞、青海湖、鸟岛、茶卡盐湖、敦煌雅丹、嘉峪雄关、张掖丹霞、黑水国汉墓、马蹄寺石窟、甘州大佛寺、西凉雷台汉墓、西夏碑、天梯山石窟、百塔寺、古长城遗址、文庙、古钟楼、炳灵寺石窟等名胜古迹、涅槃佛界、著名关口和名城古镇等，从而彰显出大西北和中华大地的深邃和华彩，也成为今天华夏国人络绎不绝、四海游客倾慕向往的旅游胜地。

　　从祁连山北麓西行而去，青山滴翠，流水成韵，每一处都有着不一样的山光水色，让人领略不尽，流连忘返。诸如银装素裹的雪峰冰川，碧波万顷的森林草原，苍茫无垠的壮美大漠，恒艳亘古的胡杨金色，极目万里的黑色戈壁，奇异迷人的月泉晓彻，鬼斧神工的雅丹地貌，流芳四海的莫高窟壁画，璀璨夺目的七彩丹霞，博大精深的石窟景观，绿波荡漾的湖泊水色，连绵郁蔽的沼泽湿地，一马平川的绿洲沃野，镶嵌绿茵的绚丽乡村，以及"大漠孤烟直，长河落日圆""天苍苍，野茫茫，风吹草低见牛羊"的绝妙景象，"劝君更尽一杯酒，西出阳关无故人""羌笛何须怨杨柳，春风不度玉门关"的诗意境界，"早穿皮袄午穿纱，抱着火炉吃西瓜"的奇特物候，等等。总之，千姿百态的地貌景观交相辉映，美不胜收。

祁连山脉博大精深的胸怀，构成极为丰富多样的生态系统和良好环境，孕育和蕴藏着珍稀宝贵的生物、矿物、药物等资源。

宽阔地域偌大世界，雪峰与森林怀抱，山峦与谷壑相间，荒漠与戈壁掺插，绿洲与草原交融，湖河与沼泽密集。天然生成和谐融合与约束有序的良性生态环境，成为动物植物各居其所、自由生存和繁衍后代的美好家园。

在湖泊、河沼、湿岛和水库地带的夏秋季节，栖息着赤麻雀、赤膀鸭、绿翅鸭、大天鹅、绿翅鸭、赤膀鸭、灰雁、赤麻雀等候鸟。每当冬季来临，它们则迁徙到南方避寒。

在高山流石滩、峰峦裸岩、森林带上线和雪线附近地带，生存着淡腹雪鸡、暗腹雪鸡、玉带海雕、胡兀鹫、金雕、鸢等鸟类，还有雪豹、石貂、棕熊、岩羊、盘羊等兽类。

在荒漠草原植被地带，生长有半灌木、盐生小半灌木、丛生禾草、小半灌木禾草等类植物；在荒漠草原和山地草原、温带草甸草原、典型草原植被地带，生息着荒漠猫、兔狲和普氏原羚、原羚等类动物。

在阳坡与阴坡相交、因物候相异而影响形成的山地森林草原复合地带，其特殊的生态系统和环境，适宜生长寒温性针叶林青海云杉，也有少量祁连圆柏分布；生存的动物种类繁多，有狼、马鹿、马麝、猞猁等兽类，也有斑尾榛鸡、血雉、雉鹑、兰马鸡等鸟类。

在高山垫状植物地带，生长有垫状蚤缀、甘肃蚤缀、垫状繁缕、垫状驼绒藜、红景天等类植物；生息有猫科属动物荒漠猫、草原斑猫、兔狲等，也有仓鼠科属动物子午沙鼠、柽柳沙鼠等，还有牛科属动物野牦牛、鹅喉羚等类动物。

在高山灌木草甸地带，生长有抗寒耐旱的高山柳、杜鹃、金露梅、鬼箭锦鸡儿等寒温带阔叶灌木植物；生存着高原山鹑、小沙百灵、角百灵、斑翅山鹑、褐背拟地鸦、戴胜、金翅雀、林岭雀、云雀、红嘴山鸦、黄腰柳莺、雪鸽、灰背伯劳、灰眉岩鹀等鸟类。

祁连山素有"万宝山"之称，早在唐代"祁连遍地是宝"就闻名于世。蕴藏有种类多、品质好的石棉矿、铬铁矿、黄铁矿和铜、铅、锌、镍、磷及稀土元素铈、镧、钇等矿物。从石棉矿石中提取的石棉，是广泛应用于制造消防、保温、电器绝缘、隔音等众多产品和材料必不可缺的原料。出产的祁连玉质地上乘，在唐代就是雕琢夜光杯等珍贵玉器的材料，唐诗句"葡萄美酒夜光杯"便是见证，那时的夜光杯是世人熟知、价值昂贵的珍稀酒器。祁连山地出产有雪豹、冬虫夏草、马麝、五灵脂、秦艽、羌活、贝母等珍贵中药资源。

啊，在祁连山脉"大家族"里，每座雪峰都有它的历史，每座冰川都有它的演化，每种生灵都有它的神话，每个景物都有它的传奇，每处古迹都有它的故事，每个地域都有它的变迁……沧海桑田，万象更新。它们必将承接历史的荣光，浩浩荡荡奔向崭新的远方和神韵的诗……

收笔之际，似意犹未尽，不禁再写几句，就题名《祁连山感怀》：

> 虎踞龙盘雄千里，
> 积素凝华穿苍穹。
> 晶莹玉体藏百宝，
> 峰峦叠嶂佑青陇。
> 冰川奇绝聚灵源，
> 绿水碧波千古流。
> 世代恩泽万顷田，
> 润养粮仓育文明。

2019 年 10 月 10 日

稀有动物滇金丝猴

俗话说："物以稀为贵。"在动物世界里，在几万乃至几十万只猴子中才能见到一只白猴，所以白猴成为大自然的稀有珍宝。而更珍贵的是，白猴在遗传学和生物医学上有着极其重要的研究价值。

白猴，学名滇金丝猴。目前，世界上饲养的白猴仅有两只。一只是 1977 年 10 月，台湾花莲山一位农民在深山捕获的雌性白化猕猴，给它起名"美迪"；一只是 1979 年 5 月，云南永胜县牪坪乡的几个农民在密林中生擒的雄性白化恒河猴。这只白猴，仪表出众，十分伶俐。台湾的白猴"美迪"几经转卖，最高价值达到五十万元人民币，成为科技界争夺的"活宝贝"。有段时间，"美迪"风靡世界，不少国家的头头脑脑，或邀请"美迪"访问，或派员前往光顾等等，不一而足。

云南的白猴已于 1980 年 9 月转到中国科学院昆明动物研究所"安家落户"，起名"南南"，有专人负责饲养，还为它建立了健康档案。现今，"美迪"和"南南"都成为科学家们高度重视和潜心研究的前沿课题。

动物学上把白色动物称为白化动物。动物学家认为，白化动物的出现，或是遗传基因突变之故，或是生活环境中某些因素的变化所致。研究发现，台湾白猴是一只灰褐色母猴的"女儿"。为什么灰褐色的"母亲"会生产出纯白色的后代呢？科研人员有两种观点：一种认为可能是突变基因引起；一种认为可能是某些病态的反应。为此，白猴的产生还是不解之谜。至于云南白猴的双亲是啥颜色，这还不得而知。

1981 年，台湾的雌白猴"美迪"年满四岁，云南的雄白猴"南南"年方三岁半，正是适龄婚配年岁。"美迪"的饲主想为"银色女郎"寻求"门当户对"

的"夫君"，出嫁成亲；而"南南"的饲主也想为"白马王子"寻觅"妙龄女子"，早日成家。大陆方面表示，台湾的"美迪"嫁过来，热情欢迎，欲招大陆的"南南"上门为"婿"，乐意欢送。香港也曾有人出面，为这对珍贵动物充当"月老"。

然而，由于种种原因，两只白猴未能"相恋"。到1981年下半年，昆明动物研究所的科技人员不忍心让已成年的"南南"孑然一身，给它挑选了五只雄壮的棕褐母猴作"娘子"。几年来，这"一公子五夫人"相亲相爱，生活得很好。"南南"的两位"夫人"先后共生三子，但毛色为金黄。有关专家说，"南南"的三个"儿子"储存有白化隐性基因，需"回交婚配"，子代与父代或子代近亲交配后，可能有一半或四分之一的后代是白猴。

由于白猴即滇金丝猴，有着极其重要的科学研究价值，对它的保护引起了中国政府的高度重视。1983年在云南白马雪山建立了第一个滇金丝猴国家级自然保护区，从而拉开了对这一珍稀濒危动物的保护行动序幕。

发现滇金丝猴是极其艰辛困难的事情。1992年，中科院昆明动物研究所研究员龙勇诚和美国加州大学博士柯瑞戈，还有中国摄影师奚志农，在白马雪山深处叫崩热贡嘎的地方建立了营地，对滇金丝猴进行寻踪。直到1993年5月，历尽种种艰难曲折，终于拍摄到了滇金丝猴群落，迈出了可喜的第一步。

以后，中国科学家前赴后继，历经几十年的调研奋斗，尤其是1999年滇金丝猴成为昆明世界园艺博览会的吉祥物之后，其属全球生物多样性的保护意义得到世人的承认，滇金丝猴的知名度急剧上升。中国政府已把"滇金丝猴保护工程"，列入十五个野生动植物专项保护工程之中。

科学研究表明，滇金丝猴栖息于海拔三千米以上的高山暗针叶林带，是世界上栖息在海拔最高处的灵长类动物。截至目前，发现滇金丝猴分布在喜马拉雅山南缘横断山系的云岭山脉，澜沧江和金沙江之间狭小地域，云南德钦、维西、丽江、剑川、兰坪、云龙等市县境内，西藏宁静山脉和芒康县境内。滇金丝猴数量，据1987年至1994年的全面调查结果，有十三个群约一千五百只；2003年中国科学院昆明动物研究所调查结果，物种数量有所增长，数量近一千七百只；2004年10月调查结果，有十五个群，数量约一千七百只；2013年8月7日中法生物学家联合考察团调查结果，数量增至三千多只。

滇金丝猴为多雄多雌的混合群体，一般为二十到六十只；"家庭"常由一只雄性和二至三个雌性及若干幼仔组成，是典型的"一夫多妻制"；食料主要是松萝针叶树的嫩叶和越冬的花苞及叶芽苞，也食松萝、桦树的嫩芽及幼叶，夏季还吃箭竹的竹笋和嫩竹叶，冬季也吃漆树之果。

1981 年 2 月写

2014 年 9 月改

一枝红杏出墙来

满园春色关不住，一枝红杏出墙来。

大西北的早春，大多数果树还没有从长眠中苏醒，唯独杏树捷足先登，绽红吐翠，率先迎接春天的到来。那粉红色的花朵爬满枝头，宛若片片红霞，点染得大地春意盎然。

杏，是中国水果一秀，远在二千五百多年前就有种植。甘肃杏子是我国传统名特水果产品之一。杏树在陇原大地的东西南北均有分布，主要品种达六十多个，杏果品种之多，品质之优，过去和现在都闻名华夏，享誉海内外。

杏树春季最早开花，花落后即率先结果。夏至前后，黄艳艳、红澄澄的杏儿就粉墨登场了。假若这个季节来到甘肃旅游，会品尝到各地不同风味的杏果。

先到省城兰州，水果市场最早上市的就是杏子，品种有二十多个。虎爪子杏、荷包子杏、猪皮水杏、胭脂红杏、桃杏、大麦杏、青皮杏、偏头杏等，是人们普遍喜食的时令水果；而金妈妈杏、大接杏、大偏头杏等，则走俏国内外市场的上乘杏果。其中的金妈妈杏，金黄透深红色，传说像金城一位金姓美妇的脸庞气色而得其名。果近圆形，个头硕大，个重四十克以上，杏肉丰厚质细柔软，味道酸甜相宜适口，风味独特惹人喜爱，是驰名遐迩的鲜果之一。

从兰州南下，来到东乡族自治县，到城东达洮河沿岸，在一条美丽狭长的地带内，山上山下，田野村内，房前屋后，到处是累累红杏压弯枝头的杏树，色泽动人的红杏，乐呵呵地向客人微笑着，这里就是著名的大桃杏产地唐汪川。大桃红杏，个头肥大，酷似桃子，皮薄肉厚，甜酸适度，属色味俱佳的杏中珍品，咬上一口，甜蜜的杏汁直涌喉咙口。吃大桃杏真过瘾！

相传，大桃杏是苍天赐给唐汪川百姓的致富果。很久以前，有个勤劳勇敢的东乡族青年，率领乡亲凿山筑路，当凿通了一座山的隧洞时，突然从洞中飞出一只口衔金杏核的金䴔鸪鸟。这只金䴔鸪鸟在这个东乡族青年头上绕了三圈，将口中的金杏核吐出，青年伸手接住金杏核，回家种在院中，不久就长出了大桃杏树。从此，大桃杏树在当地栽种繁衍开来⋯⋯

唐汪川种植大桃杏，已有数百年的历史，成为这里的百姓增加经济收入的杏产业。

当六月中旬来到甘肃最东部黄土高坡的宁县，会被当地出产的特产、鲜嫩水灵的曹杏所吸引。曹杏，以其独具特色的脆甜而别具一格，就是不成熟的青杏，吃起来也毫无酸味。曹杏树，也成了当地群众的"摇钱树"。

在七月上旬，沿着古丝绸之路到达河西走廊西端的敦煌，欣赏世界艺术宝库莫高窟的建筑、彩塑和壁画之后，必然会品尝这里久负盛名的特产水果李广杏。这种杏果，浅黄的皮色上，又涂着一层艳丽的红霞，果汁丰沛味道香甜，入口醉死人。

据考察，这种杏子是西汉名将李广从关外引进而来。当年，李将军率军勇战匈奴连获大捷，后军队经新疆和阗返回，途中李广食用当地一种杏子非常好吃，便亲自剪了六枝穗芽带回玉门关内，送给敦煌县城郊杨家桥的一家农户。会务息杏的农户，将穗芽嫁接到自家的毛杏树上，几年后开花结果，杏子比当地毛杏好吃很多。于是，这种杏种便不胫而走，被近邻远亲和百姓纷纷嫁接，如此"薪火相传"，逐渐发展到了全县各地。每当人们吃这种杏果时，免不了惦念传种的李广将军。久而久之，不约而同地给这种杏起了"李广杏"这个大号。现今，敦煌全县有李广杏树十数万株，年产量达五百万公斤以上。李广杏曾在中国第一届"广交会"上展出，受到国外客商的赞美和青睐。

杏果在百果中成熟较早，一般含糖量在 12%～18% 之间，还富含十多种微量元素和维生素养分。杏仁可作药用，具有止咳平喘、消炎去肿、润肠通便和治疗皮肤创伤等功效。杏木质坚硬光滑，是制作炊具案板的好材料，亦为木雕工艺品之材。敦煌李广杏已成为当地旺盛不衰的一项产业，与莫高窟的关系密切，因为来自全国和世界各地的游客，"进入敦煌，千佛洞与李广杏必选"。这里出产的李广杏干、杏脯、杏酱等系列产品，一直走俏市场且出口创汇。

1981 年 6 月 28 日

身怀四宝树中骄

在浩大的林木队伍里，花椒树被人们称为"四宝树"。因而，民间流传有歌谣：

> 贫瘠无阻花椒香，寂寞荒野遍地长。
> 陇原椒质最优良，身怀四宝树中骄。

四宝树在华夏大地广为分布。但论其主要产品——果皮即花椒，产量高、质量优的花椒，主要出产地为甘、陕、冀、豫、鲁、川等省，尤以甘肃花椒卓然不凡，遐迩闻名。《齐民要术》载："蜀椒出武都，秦椒出天水。"甘肃的陇南、陇东和中部地区，栽种花椒树已有三千多年的悠久历史，以蜀椒、秦椒、油椒、白椒、狗椒等为优良品种。

赞美花椒树是"四宝树"，是因为它的经济价值高。其树干、枝叶、果实、果皮等，都各有其特殊的用途。

一宝是果皮。作为调味香料的花椒果皮，在千家万户的厨房调味柜里大多占有"一席之地"。尤其是炖、焖、炒牛羊肉，非用花椒粉去膻提味不可；中国人多喜食的麻辣烫、火锅，"少了花椒味不香"。

花椒果皮还是一味中药，具有杀菌灭虫、消食解胀、化痰止咳、宣散寒湿、暖胃止泻、解毒除痒的功效。

二宝是果实。富含挥发油和脂肪，含油量达25%～30%，出油率为22%～25%，其可蒸馏含有香味醇、山茴香精、柠檬醛等主要成分的珍贵芳香油，是食品工业必不可少的高级香料、香精原料和家用调味品；又是重要的机械和化工原料，且能掺合于油漆做润滑剂；还可入药止痛杀虫，主治脘腹冷痛、吐泻及蛔虫等病症。果实制取芳香油后，剩余的油渣是上等饲料和肥料。

三宝是叶子。既能食用，又可入药，也能用于防治植物害虫。

四宝是木料。花椒树木质坚硬、花纹优美，是制作精美器具和工艺品的好材料。

花椒树是"摇钱树"。易栽易活，是理想的房屋旁、河沟旁、农田旁、道路旁和荒山荒滩宜栽树种。定植后二三年就开始挂果，十年后步入盛果期。一般每亩成椒树三十棵左右，收获的果皮至少可收入数千元人民币。甘肃种植花椒树较多的天水地区，花椒年产量达五十万公斤以上。

春秋和雨季，都是栽种花椒树的好时节，采用先种子育苗、后栽植的方法为宜。育苗地要精耕细作，灌溉保墒，施足肥料，防治虫害。栽植幼苗，不宜稠密。花椒树怕冻，冬季应采取防寒保暖措施。同时，应加强修枝打杈，整形复壮。

1981 年 8 月 10 日

倾倒人间百万家

金城兰州，遐迩闻名的瓜果之地，名扬神州的百合之乡。

秋冬之交，路过小西湖农贸市场，熙熙攘攘、川流不息的人群，迫使汽车缓慢而行。隔窗相望，只见市场上水灵鲜活的各类水果蔬菜，翠绿嫣红，鲜黄嫩白。琳琅满目的青菜中，最吸引买主的是肥硕丰满、纯白色雅的百合。远远看去，那层层鳞片组成的果实，宛若盛开的牡丹，犹如怒放的白莲，盈盈欲滴，皎皎如玉。

时下，正值新鲜百合采收上市季节。笔者应邀到兰州百合的主产区——七里河区西果园乡，参加在这里举行的"兰州百合战略研讨会"。百合分食用和药用两种。作为我国优质食用级百合，"兰州百合甲天下"。其果实饱满肥厚，色泽洁白无瑕，味极甜美爽口，是我国百合中的上乘佳品。

此时此刻，我心里不禁吟诵起一首诗：

> 百合花开喇叭形，结成果实白生生。
> 瓣瓣包成莲花身，滋补身体营养品。
> 阴山寒宫藏玉身，耐寒喜潮忌高温。
> 若问产地何处优？兰州古城负盛名。

车出兰州城，在逶迤起伏的黄土山峦间奔驰，往西果园乡而去……

多年来，笔者对兰州百合的栽培历史和经济、营养价值等有所研究。"近几年的生产经营状况怎么样？兰州如何进一步发展这项拳头产品？"途中，脑子里闪过这次意欲了解的主要问题。

约莫半个钟头，到达目的地。西果园乡这个繁华的镇子，"挂"在市郊东南部马衔山北坡上。一幅"欢迎参加兰州百合战略研讨会的贵宾和同志们"的红色标语，在镇口凌空飞舞；街道上，车水马龙，人群鼎沸，呈现出一派热闹景象。

各路贤能高朋蜂拥而至。专家、学者来了！作家、诗人、书画家来了！新华通讯社、《人民日报》《光明日报》等央媒和省市媒体的记者来了，企业家、商业家来了！中央有关部门和省市的官员也来了！

推介兰州百合的图文挂满了墙壁，会场布置得像展览馆一般。

研讨会伊始，东道主官员首先演讲。"兰州最早引种栽培百合起始于1858年，迄今已有一百二十多年的栽培历史。"七里河区区长张文荣的开场白，把人们的思绪引向了遥远的过去。作为研究者，我是比较清楚的，无论是中国还是兰州，百合的生产发展有着——

悠久历史

中国第一部词典《尔雅》中记述有百合的踪迹："小者如蒜，大者如碗，数十片相累，状如白莲花。"

中国中医药药物学理论发展的源头、两汉时期众多医学家合著的中国中医四大经典著作之一的《神农本草经》记载："百合，味苦平，主邪气腹胀心痛，利大小便，补中益气。"说明百合作为药用的历史十分悠久。

南北朝时期，宋朝苏颂等著作的中药学典籍《图经本草》载有研究记录："百合苗高数尺，干粗如箭，四面有叶为鸡距，又似柳叶，青色，近茎微紫，茎端碧白，四五月开花，白花如石榴嘴而大，根为胡蒜，重叠生一二十瓣。"

到了明代，百合就成为名馔佳肴了。明人王世懋在《花疏》中写道："人取其根馈客。"

甘肃省最早记载百合的史书，五百年前的《平凉县志》称："蔬则百合山药甚佳。"由此见证，那时陇东高原就栽培百合，已作为蔬菜食用。

1858年，即清咸丰八年，兰州从陕西长武、彬县引种百合；1863年，即清同治二年，试种成功后一鸣惊人，其品质优良，原因在于这里的自然环境和生产条件非常适合百合生长。

时光荏苒，岁月嬗变。到了清光绪年间，百合的生产得到时任陕甘总督谭钟林的重视和支持，有了较大的发展。1890年，即清光绪十六年，兰州百合作为商品蔬菜进入市场，上了人家的餐桌，但因数量少除限于当地少数达官贵人之家食用外，是地方官吏向清朝皇室和高官进贡的珍稀礼品。

1892年，百合才逐渐面世大众蔬菜市场。是年，《皋兰县志》有"百合为蔬菜中的上乘品"之记载。清代末年以来，百合在兰州市南部乡间广泛种植开来，黄峪沟五官营至西果园一带尤其是袁家湾村栽培最多。有个杨姓农民是远近有名的种百合能手，被人们誉为"杨百合"，常给乡亲传授自己的经验。

1942年，民国时期出版的《农业推广通讯》明确记载："营养优质的兰州百合，主要分布在西果园一带，素有百合故乡之称。"直到1974年，袁家湾村被政府定为第一个"百合基地村"。

改革开放以来，农村百业兴旺，这项"拳头产品"喜逢生机，进入大发展时期，一步一层天。现今，兰州百合畅销国内外。

"百合是我区的一大商品优势。"七里河区区长兴奋地介绍说，"这几年，靠着百合，我区许多农户甩掉了贫困的帽子，奔上了富裕之道……"

那么，兰州百合为什么品质优良，在全国百合中位居冠首呢？原来，七里河区西果园乡的自然环境条件有着得天独厚的——

生态优势

参加研讨会的代表们从会场鱼贯而出，走出西果园镇，来到镇村相连的袁家湾村山野。大家兴致勃勃，观赏百合生产专业户康文丁采收百合表演。

在一片山坡地，里三层外三层的代表们围成一个圆圈，看着地表面并没有百合茎秆，也看不见任何痕迹，非常纳闷地欣赏康文丁娴熟麻利的采收表演：只见他不慌不乱沉着安然，先用锄从地斜面熟练地掘进七八寸深，双手把下面的土壤迅速掏空，然后从地表面挖了一锄，地表崩塌下去，他随即将泥土扒开，好多个白生生的百合便裸露在大家的视野里。真奇妙，地里面的果实是怎么来的，而他锄挖却丝毫未伤着一个果实。面对参观者显露出的满眼疑惑，康文丁笑呵呵地做了解释："长在地面的百合茎秆早就收了，我务息的百合我知道，满地何处有果实自然很清楚。"大家听后报以热烈的掌声！

接着，康文丁又表演了一轮，代表们无不啧啧称道。

这位行家里手精彩而神秘的表演，使全国总工会副主席王崇伦看得入神。他拿起一个百合说："你们瞧，真像一朵盛开的莲花！"诸多摄影记者纷纷抢拍下了这个镜头。

在采收表演现场，与会的甘肃省农科院蔬菜研究所所长、刚刚出版了《百合栽培》专著的作者樊宏修先生，操着河南口音，给大家简明扼要地介绍了兰州百合在这里得以发展的自然环境生态优势和无性繁殖等特点。

"西果园乡的人民，坚持与大自然和谐共处，不乱折腾，尊重自然，顺应自然，像爱护自己的眼睛一样，保护这里的自然生态环境，这是使兰州百合在这里繁衍生长保持品质优良的根本原因。"樊宏修如是说。

七里河区分属城乡两部分，农村地处市西南部，东南邻双嘴山，中南靠大尖山，西南有八楞山，均属马衔山北坡余脉。西果园乡地处海拔二千二百米左右的沃野山坡地带，气候温凉适宜，植被覆盖良好；土壤多属黑麻土，富含有机质且墒情饱满；地势多呈 4℃～5℃ 的倾斜坡度，排水性能好；区域内日照时间较长，夏季无酷热，昼夜温差大。百合自从来到兰州种植成功，便选择了包括西果园乡在内的适应它生息繁殖的地方"定居"下来。因为它喜欢的地方，为它的发育生长提供了水、肥、光、热等自然生态平衡的良好环境和生产条件。经过一百二十多年的长足发展，形成了兰州百合营养品质甲天下的天然特色。

樊宏修先生说：兰州百合的发育奇特而神秘，其地下的鳞茎会自然分化成小鳞茎种球，进行无性繁殖生长，三年长为成品百合；三年以上轮作倒茬，栽植密度每亩一、二级种球八千至万株为宜；它喜欢有机肥料，雨水不足需补人工灌溉。成品百合采收期，一般在 10 月底至 11 月中旬或早春 3 月中下旬。

七里河区副区长刘永才先生接着讲："除天时地利，科学技术又给百合生产插上了金翅膀。近几年，我区的百合生产有两个突破：一是种植区域上的突破，从后山地区向前山地区延伸，从旱地向水地发展，海拔高度也从二千二百米降到了一千七百米；二是耕作技术上的突破，改变过去传统的耕作方法，普遍采取精耕细作、合理密植、追施化肥、早防病虫、巧收善藏等一系列科学措施，特别是应用了母籽选育、鳞片繁殖的新技术，促进了百合生产的发展。"

应新华社记者"兰州百合的营养价值如何"的提问，蔬菜研究专家樊宏修先生回应："在驰名全国的百合品种中，兰州百合的营养成分堪称极品。"他给大伙讲道：兰州百合含有——

丰富营养

"据我们研究所化验分析，兰州百合含蛋白质 3.36%，蔗糖 10.39%，果胶质 5.61%，淀粉 11.46%，脂肪 0.18%，粗纤维 0.86%。与国内著名的宜兴百合、龙牙百合相比，兰州百合的蔗糖含量分别高 6.41%、6.72%，粗纤维含量却分别低 0.18%、0.25%。"

大伙听着，报以热烈的掌声。

中午，代表们回到西果园镇。乡政府请来兰州友谊饭店的高级厨师施展绝技，做了一桌五光十色、各具风姿的百合宴，让代表们品尝。什么百合雪莲、蜜汁百合、百合炒肉、冰糖百合、百合牡丹、百合凤凰等等，足有二三十种，让人眼花缭乱，食欲大增。一位厨师给大伙介绍说：用百合做菜，炒、煎、烧、蒸、煮均可，能做出三十余种高中档名贵佳肴，色味香形，堪称一绝。用它熬粥、做饭和煮牛奶，同样香甜醇美。

午餐后，研讨会继续。代表们一边听着专家、内行的发言和诗人即兴赋诗，一面欣赏着书画家挥毫作画，都是以百合为创作题材。

甘肃省中医学院的专家还给大家介绍起了百合的药用价值：百合入药，自古至今。它具有清肺润燥、滋阴清热、利湿消积、宁心安神、理脾健胃、促进血液循环的功能。百合花和根研成粉末，有止血作用。鲜百合加点食盐捣烂敷疮痈红肿、无名红肿，均有疗效。百合煮粥，拌蜜服用，对阴虚症、糖尿病、肺结核病人的体质调补恢复，极有好处。

研讨会圆满结束之际，与会的著名作家、诗人，全国政协常委、甘肃省政协主席杨植霖即兴作诗勉励七里河区，著名书法家黎凡先生当场挥毫写下这首诗：

> 点缀兰州有异葩，
> 仙桃百合伴玫花。
> 蕾开陇上清香发，
> 倾倒人间百万家。

以上文稿是笔者对这次研讨会所写的一篇如题纪实，发表在 1983 年 1 月 12

日的《光明日报》。

此后，笔者一直关注着兰州百合的生产发展。2004 年 9 月，原国家质检总局正式批准兰州百合为"原产地域保护产品"。截至 2016 年年底，兰州百合种植面积十万余亩地，实现产值达八亿三千六百万元人民币。2020 年 7 月 27 日，兰州百合入选中欧地理标志第二批保护名单。

1983 年 1 月写

2020 年 8 月改

走向国人餐桌的"唐洋芋"

中国人喜食的洋芋，学名马铃薯，南方人叫土豆。它虽其貌不扬，但在祖国东西南北千家万户的餐桌上，几乎是离不开的粮菜兼用食物。种植历史悠久的甘肃，是我国洋芋的主要产地之一。甘肃省农科院育种科学家唐修文先生培育出来的洋芋系列良种，因抗逆性强、丰产性好、薯果品质优佳，在全国洋芋中名列前茅，成为种植产区推而广之的热门良种，被人们亲切地恭称为"唐洋芋"。

洋芋，本是一种舶来植物。作为一种茄科野生植物，最早由南美洲人驯化成为农家品种。据考古发现，远在公元前二千八百年左右，秘鲁的印第安人就把洋芋作为主要粮食作物栽培，还给它起了一个尊贵的名字"爸爸"，把洋芋称为"农人之父"，可见其地位之高。

16世纪以后，洋芋陆续引入西班牙、意大利、法国等西欧国家。洋芋到了欧洲，身价倍增，首先进入皇宫深院、豪门庭宅，曾一时间成为名贵的观赏植物。法国封建王朝的国王路易十四，曾经在著名的凡尔赛宫举行过一次盛大而豪华的宴会，他胸戴洋芋花出席宴会，用洋芋果实做宴席佳肴，使洋芋在达官贵人心目中的地位愈发高贵。路易十四还在凡尔赛宫旁的花圃里辟地，亲自栽培洋芋。"天子所爱，便是万民所求"，这是当时法国人的信条。加之当时法国的农业科学家也对洋芋倍加推崇并示范种植，就促使其在法兰西土地上迅速推广开来。法国人给洋芋起的名字更为动听："地下苹果"。

就是在这样的背景下，洋芋在地球上到处遨游、繁衍、生息。如今，在全世界的种植面积约达四亿亩以上。中国人旅游西方国家，都会惊讶地发现，洋芋是西餐少不了的一道名菜，也是西方人的家常美食。

洋芋进入我国，是 17 世纪的明代末年，甘肃是最早引进栽培的地方。现在，全国到处是洋芋的"家园"，共有八百多个品种，栽培面积约七千万亩以上，甘肃年种植面积达一千万亩以上，且以品种多、产量高、品质好，闻名全国，陇原人民称洋芋为"农家之友"。

"唐洋芋"，是甘肃育种科学家唐修文先生的汗水和心血、智慧和奉献的结晶。人们说，他的论文与众不同，是写在黄土高原的绿色大地上的。他培育出的"抗疫一号""四斤黄""胜利一号""陇薯一号""渭会一号""渭会二号"等十多个洋芋良种和四十多个品系，抗晚疫病强，丰产性好，单产均达三千公斤以上，在甘肃省洋芋品种中产量夺魁。这些品种、品系已在全省不同类型的地区示范推广，并被推广到全国二十四个省、市、自治区种植。"唐洋芋"曾获"甘肃省科学大会奖"，唐修文先生曾荣膺"甘肃省劳动模范"称号。

洋芋，是甘肃省二阴地区的主要粮食作物之一。20 世纪 60 年代，甘肃洋芋品种混杂，耕作制度粗放，晚疫病严重流行，产量逐年下降。1958 年，唐修文在农业大学毕业后来到了甘肃省农科院，接受了培育洋芋新品种的科研任务，便一头扎进甘肃东部的渭源农村搞育种。他深入调查研究，思索分析二阴地区的自然条件与洋芋品种遗传规律的内在联系，搜集乡间品种，引进外地良种，开展选育新品种的试验。科学探索，宛如逆水行舟。唐修文搞育种，"攻"字当头，知难而进，一开始试验搞了几个月甚至一年，毫无结果；好多次，一场自然灾害便使研究初获的成果付之东流。但他从不气馁，总是在总结经验中，趋利避害，重新再干。三四个年头过去，终于把一个个洋芋新良种、新品系选育了出来。

良种还需良法推。唐修文为了推广培育出的洋芋新品种，针对甘肃二阴地区的耕作制度和生态气候等条件，摸索总结出了一套高产栽培技术，推动了良种在全省大面积推广种植开来。就这样，他坚守以渭源洋芋育种科研点为基地，二十多年面向全国推广良种，风里雨里跑了洋芋种植农区，深入调研，没有止境，根据各地的自然环境条件和试种情况，调整提出不同的栽培技术，终于使自己培育出的洋芋良种在全国推广种植。"唐洋芋"完全彻底、勤奋苦干，把自己的青年、中年奉献给了农村、农业和农民，搞得面目憔悴、瘦骨嶙峋，而他无怨无悔。

如今，每年秋末冬初，甘肃省著名的"洋芋之乡"渭源县呈现出一派繁忙景象。一封封联系预定"唐洋芋"良种的函件雪花般从全国各地飞来，一辆辆来拉运"唐洋芋"良种的汽车、拖拉机川流不息，每年从这里调出的洋芋品种无计其数。

"唐洋芋"，个大肉沙、质好味美，营养丰富、粮菜兼用，炒、煮、烧、蒸吃和制粉皆可，是千家万户不可或缺的食品；即使制作糖果食品和烹调高级名菜，也不可缺少"唐洋芋"。薯果含蛋白质3%、脂肪0.7%、淀粉28%，还富含各类维生素和矿物质。它的蛋白质、碳水化合物、铁质和维生素含量均高于小麦、玉米和水稻。洋芋淀粉，是轻工业和医药卫生工业的原料，可制作电影胶片、合成橡胶、酒精、味精、葡萄糖、人造丝等。

1983 年 7 月 8 日

洮砚来自大河深涧

久闻岷石鸭头绿，

可磨桂溪龙文刀。

莫嫌文吏不知武，

要试饱霜秋兔毫。

此为宋代诗人黄庭坚的名作《刘晦叔许洮河绿石砚》，就是描写赞赏中国三大名砚之一洮砚的七言绝句。

千百年来，洮砚以其发墨快亮而耐用、蓄水持久而不耗、笔吸墨匀而护毛、书画流畅而清爽的特点闻名于世，为中外书画家们青睐或被收藏家们珍藏，成为中国三大名砚之一。当代书法大师赵朴初先生曾题诗："风漪分得洮州绿，坚似青铜润如玉。"

甘肃省卓尼县洮砚乡是盛产洮砚之地。洮砚，采用当地临洮大河绿漪石（古称鸭头绿）为料。相传，最早有位擅长书画的秀才首得此石，见质地细润，色泽发绿，石面呈波浪似微黑花纹，用口呵气，即出现晶莹的水珠。用之磨墨，速快且生光，久用而不耗，浓、淡、重、彩、胶都能很好体现，不禁连声叫绝。他将此石传播四方，引来书画家纷纷寻采此石做砚。

南宋赵希鹄所著《洞天清禄集》记载：洮砚石料"绿如蓝，润如玉，发墨不减，端溪下岩，然后在临洮大河深水之底，非人力所致，得之为无价之宝"。说明绿漪洮石在宋代时，就被人推崇为宝，有很高的艺术和收藏价值。

历代有据可查的史料说明，从唐代起，作为文房珍宝的洮砚发展起来，历史非常悠久。洮砚在唐代成名后，稀有的老坑洮砚是皇室文豪、巨贾富商才能拥有的文房珍品。

自唐代以来，有许多专业人员在临洮大河泗水采石为生。被人们称为"宋坑"、水下藏有绿漪石的河床地段，采绿漪石须潜于"悬崖峭壁扼深谷，飞流湍急险浪翻"的崖下深水处，时常有采石人送命。采石不易，洮砚也就愈显稀贵。尤其是用绿漪石中夹有黄色的石材制作的洮砚为上乘佳品，许多书画家都不惜倾囊而求得一块为荣。

岁月流逝，年复一年。哗哗流水冲走了河底大量的沙土，绿漪石渐渐显露于水面，则较为容易采掘了。除"宋坑"外，洮砚还有"旧坑""新坑"石料资源。"旧坑"位于当地水泉崖，产有玫瑰红洮石，古称"血"；深绿洮石，古称"鹦鹉绿"；墨绿洮石，古称"玄璞"。"新坑"为当地一种石质坚硬略带朱砂点的大谷岩，产淡绿色洮石，古称"柳叶青"。这些石料的质地，均不亚于绿漪洮石。

洮砚精雕细刻而成，砚形奇特，千姿百态。宋代的兰亭砚、抄手砚、石渠砚、太史砚，明代的孔雀砚、八罗汉砚等，为古洮砚中的稀有珍品，堪称国宝。

数百年来，无论历史如何演变，洮砚作为博大精深的中国文化的一种象征性精品之一，始终璀璨夺目。改革开放以来，洮河两岸的藏汉两族艺人不断创新洮砚工艺品，注重应用先进科学技术和新工艺，巧手匠心，博采众长，不断生产出富有地方特色、更加引人入胜的产品，广销中外。如今，洮砚艺术继续为社会主义现代化建设大放异彩。

1986 年 2 月 22 日

葡萄美酒夜光杯

　　闻名中外的夜光杯，是甘肃酒泉出产的一种玉制酒具，也是一种巧夺天工、独具一格的高级工艺品。

　　说起夜光杯，还有一段富有传奇色彩的神话：

　　　　相传，在远古时期，酒泉还是一片没有城镇、没有人烟的荒原之地。荒原上有眼泉，终年喷着醇香的美酒。有一天，直冲九霄的酒香被"天堂"出巡的北斗星和南斗星两员大将闻到，他们便下凡到"酒泉"边来饮酒。南斗星拣起一块石头，吹了口仙气，化成两个酒杯，二神开怀对饮起来。从昼到夜，喝了个痛快！在月光下，他们发现酒在杯中发光生辉，晶莹闪亮。南斗星禁不住唱："酒泉出佳酿。"北斗星紧跟着和："也靠夜光杯。"正巧，有个放牛娃在旁边，听到了他们的对话。二神走后，两只夜光杯遗留人间。后来，人们仿样制作，取名夜光杯。

　　美好的神话虽然不能当真，但酒泉确有一眼水甘甜淳口的泉。汉王朝骠骑将军霍去病出兵西征，收复被匈奴占据的西域河西走廊绿洲，汉武帝赏赐霍一坛美酒，而将军倾酒入泉犒劳三军传为佳话，使酒泉得名。唐代大诗仙李白、杜甫都在诗作中盛赞酒泉，则说明酒泉酒文化源远流长。张骞出使西域、苏武牧羊边塞等诸多历史典故，更彰显出酒泉深厚的历史文化底蕴。

　　酒泉夜光杯，作为这座城市的一个见证，其生产历史亦非常悠久。据汉东方朔所著《海内十洲记》记载，周穆王时，夜光杯是白玉之精，光明夜照。这说明在二千多年前，酒泉便出产夜光杯，而且是稀世之宝。到唐代，夜光杯更是遐迩闻名。诗人王翰的《凉州词》中有"葡萄美酒夜光杯"的诗句，便是明证。

当今的夜光杯，已不是昔日用手工制作的酒杯，而是采用机械化、半机械化设备生产的精制玉具。它采用祁连山里的老山玉、新山玉、河流玉等优质名玉雕琢而成，造型多样，小巧玲珑。有仿古式齐口平底杯，有各类精雕细刻的花杯、金丝边杯、银丝边杯，还有西洋式高脚杯；黑、白、黄、绿，色泽新颖，各具风采。它们共同的特点是：抗高温，耐严寒，盛烫酒不炸，斟冷酒不裂，摔倒碰击不碎。如在夜晚，对着皎洁月光，斟酒入杯，顿时生辉，光彩熠熠，使人心旷神怡，酒兴大发。而且，河西走廊已成为盛产葡萄美酒的地方，酒、杯相配，使"葡萄美酒夜光杯"名副其实。

现在的夜光杯，畅销国内外市场，尤其是西方各国和港澳台同胞来甘肃旅游，必欲购之的名贵酒具。

1986 年 2 月 24 日

鸡蛋·爱情·婚姻

这是法国的一个乡村。一个家庭的儿子结婚喜庆，热闹非凡。

"洞房花烛夜"，是人生最喜之事。经过隆重热烈、爱情洋溢的结婚大喜的一天庆贺活动，当新郎新娘送走了最后一批前来参加婚礼的客人，迈着轻盈而又激动的步子，走向花烛洞房的时候，新郎的心不禁跳了起来。这时，他密切注视着新娘的裤脚，只见几个鸡蛋从新娘的裤管里掉了下来，一个个摔碎了。新郎再也抵制不住炽热异常的心情，猛地抱住新娘，欢笑着说："你能'生蛋'！你能'生蛋'！"新婚燕尔，夫妻不禁拥搂长吻……

这是盛行在法国偏僻乡间的风俗。新婚之夜，新郎要检验新娘会不会"生蛋"。他们信奉当地习俗，逢场作戏却当真，也是图个吉利，看大喜之日自己的新娘会不会"生蛋"——裤管里能否掉下来鸡蛋。如果新娘能够"生蛋"，小两口便相亲相爱，百年好合；如果新娘不会"生蛋"，新郎则疑虑妻子能不能生育孩子，甚至抉择要不要这位妻子。自然，鸡蛋是新娘事先藏在裤管里面的，当进入洞房的时候，让鸡蛋掉下来摔碎就行，以表示自己会"生"鸡蛋——具有生育孩子的能力。

亲爱的读者，当您知道了法国的这个有关鸡蛋和婚姻的奇异风俗时，一定会感到非常有趣和好笑。同样，在其他一些国家也有类似的鸡蛋与爱情、婚姻的奇异民俗。

南斯拉夫人，把鸡蛋看作无比神圣和纯洁爱情的象征。每逢复活节到来的第一个星期一，青年们聚会欢舞，自由谈情说爱。在这幸福的时刻，处于热恋中的女青年，总要带几个煮熟的鸡蛋，与自己心爱的男人一起食用，以此来表示他们盟结忠贞不渝的爱情。如果男子不愿意吃女子奉送的鸡蛋，则说明不爱对方，或者以示不再恋爱而分手。

土耳其人则视鸡蛋为生殖的象征。立志当尼姑的女人，一辈子不打算恋爱、结婚的女子，是永远也不会吃鸡蛋的。这里的女子如果吃鸡蛋，则意味着公开表示自己要恋爱和婚配。

世界上的人类，谁不知道鸡蛋是人体必需的含蛋白的营养品呢？然而，在尼日利亚，已婚妇女是最忌讳鸡蛋的。原来，在这个国度里延续下来一种传统观念，认为鸡蛋是致女绝育的食物，妇女吃了鸡蛋就不能生育孩子。与此相反，在罗马，已婚和想多生孩子的妇女，则要大吃特吃鸡蛋。因为这里的人们认为，鸡蛋是儿女的象征，妇女多吃鸡蛋，会多子多女，人丁兴旺。

谁能想到，摩洛哥竟有这样的奇俗：妻子是不能当着丈夫的面吃鸡蛋的。如果这样，会被认为是干了败坏国俗家风的丑事，而遭到丈夫的反对和人们的谴责。所以，妇女要吃鸡蛋，只能偷偷地吃。

在我国北方一些地方，妇女生小孩后，总要煮些新鲜的鸡蛋，涂染上红色奉献给亲友们吃，以表示和庆贺自己生孩子了；同时，亲朋好友也要煮些鸡蛋涂上红色回赠给生育者，以祝福他们夫妇相亲相爱，祝愿孩子健康成长。

1986 年 3 月 15 日

草原奇葩"仙人环"

　　盛夏季节，我们一行人，到河西走廊西部的阿克塞草原采风。水草肥美的辽阔草原真是别具洞天：蔚蓝的天空白云飘逸，丰茂盖地的绿草徐徐拂动，点缀在绿草茵茵间的野花散发着清香，一队队骏马奔驰而过，一群群牛羊食草漫游……

　　然而，深深留在记忆中的是那奇妙壮观的"仙人环"。

　　阳光明媚的一天午后，我们骑马向草原深处游去，登上一个绿意尽染、红缀其间的山丘极目远眺，忽然发现半坡处有一个白色的环状带子煞是醒目。难道是牧民将雪白的"哈达"遗落在这里？

　　我们策马而下，从马背上跃下一瞧，原来并非"哈达"，竟是一个环状植物带，带上长满了鲜嫩肥硕、芳郁飘香、雪白无瑕的蘑菇。草原上滋生鲜菇不足为奇，而如此之多大小不同的洁净如玉的蘑菇，长在这样一个环状植物带上实属奇葩！同行中有位草原科学工作者说，这是"仙人环"。

　　是夜，寄宿在牧民家中。我向这位草原科学工作者讨教下午目睹的"仙人环"景观，主人家美丽的裕固族姑娘抢过话头，叙说起来："'仙人环'是舞蹈仙子留下的舞径啊！"接着，她娓娓动听地讲了一个传说：

　　　　很久很久以前，有个漂亮智慧的舞蹈仙女在苍穹翩翩起舞时蓦然发现，人间的一片大草原上，有个俊美勤劳的青年牧民在烈日下放牧，炎热使他汗流如注。心地善良的舞蹈仙女顿生爱怜之情，竟不顾违犯"天条"将受惩罚的危险，降临草原，起舞送爽，为青年牧民驱热消暑。正当他们相见之时，舞蹈仙女被"雨神"发现了。凶残地降下一阵瓢泼大雨，一瞬间硬是将他们冲散分开，无奈的舞蹈仙女只能忍痛割爱，飞还天际。

　　雨过天晴，在舞蹈仙女起舞过的草地方，竟奇迹般长出了一圈圈氤氲生香的白色蘑菇。从此，人们给这种蘑菇环带起名为"仙人环"。

　　神话挺美好，而草原上何以能生成"仙人环"，还是听了科学工作者的解说，方知其奥秘的。

　　殊不知，蘑菇最适宜在草原的自然环境条件下生息。它的孢子萌发生长出缕缕菌丝后，便呈辐射状向四周草地自由自在地蔓延繁衍开来。久而久之，由于萌发时中心地带的老菌丝长期摄取近处土壤里的养分，造成供应稀缺，致使衰老而"寿终正寝"；而边缘地带的新菌丝却正值"青年妙龄"，活力旺盛，不断地向外圈的土壤吸取养分，占领草地繁殖新的后代。如此循环延续下去，老菌丝衰亡，新菌丝繁茂，环形日臻扩大，蘑菇丛生环中，形成了酷似朵朵白莲联成的"仙人环"，嵌镶于绿色牧草之中，在阳光下熠熠生辉，壮观无比。

　　蘑菇，是一种生长竞争能力极强的菌类生物，是容不得牧草与它同生息的。它所占领的土壤内，菌丝宛若蛛网，通透性极差，生长力旺盛的菌丝吸收掉了大量的养分和水分。因此，"仙人环"内的蘑菇肥硕密集，致使近处的绿草植物稀少蔫黄。

　　随着时间的推移，"仙人环"圈内原菌丝生长时被"榨干"的土壤，养分逐步得到补充，其中亦包括蘑菇菌丝的援助。原来，蘑菇菌丝在生长过程中，通过分解腐化物的纤维素，产生大量的可溶性糖类和有机酸，除满足自身生长需求外，还能给环内外的固氮微生物供应一部分。与此同时，菌丝生长中分泌出的激素类物质和施放的某些特殊酶，也为绿草植物的生长提供养分。这样，环内一度荒芜的土壤又会萌发滋生出郁郁葱葱的牧草来，且往往比环外的牧草长得茂盛肥美。大自然生物链就是如此的"爱恨情仇"、息息相关哦！

　　后来，细读有关专著，对"仙人环"算是有了一个比较完整的了解。

　　蘑菇大家族有着众多的成员，并非所有的品种都能生成"仙人环"。只有最适宜在草原地带生息的雷菇、白蘑、仙环小伞蘑、虎皮香杏蘑、大马勃蘑和鸡油菌蘑等，才能生成"仙人环"。这些品种共同的特点是，适应性好，抗逆性强，品质优良，营养价值高。

　　形成"仙人环"需要漫长的岁月。一个直径约五米的"仙人环"，从孢子长出菌丝开始蔓延算起，至少需要五十个春秋。1960年，我国著名真菌学家刘波教授曾在河北沽源草原上考察发现了一个直径达六十米的"仙人环"。科学研究的结果表明,这个"仙人环"生息的年代竟经历了六个世纪的漫长年代,真是生长悠久不等闲的长寿六百年的蘑菇。"仙人环"在人烟稀少、辽阔无际的草原生息,有时也难免遭到恶性自然灾害的袭击和人畜的践踏祸害。如果地下菌丝受到致命破坏,或环带局部菌丝受害死亡,则难以成环而变为"仙人带","仙人弧"甚至不复存在。

"仙人环"是牧民致富的使者。一般,在一个直径三四米的"仙人环"带上可采摘十多斤鲜菇,且可连年采收。在"仙人环"附近的土层裂缝中,往往还生长着营养优丰、高大肥嫩的口菇。采完口菇再向下挖一尺左右深,还会收获菌核,既可食用,又能供药用。

自古以来,鲜菇就是制作美味佳肴的优良食材。尤其是"仙人环"中生长的蘑菇,更是菇中珍品。白蘑,历来是我国传统内销、出口的优质商品菇,誉满国内外市场,供不应求。肥头大耳的雷菇,适宜制干、制罐头,风味独特,芳香四溢。虎皮香杏蘑,因色略同虎皮、香杏而得名,清香浓郁,鲜食制干,风味同样优佳。形如喇叭的鸡油菌菇,犹如青石般的大马勃菇,也都是蘑菇中的上乘品种,味鲜无比,营养丰富。

应《人民日报·海外版》副刊之约而作。

1986 年 5 月 9 日

天水雕漆名播天下

"五千年历史看山西，八千年历史看甘肃"。甘肃天水，是中国历史上第一个设立县制的地方，即华夏大国的第一个县。位于四川、陕西、甘肃三省交界处，是中华文化的发源地之一，伏羲文化、大地湾文化、仰韶文化、嬴秦文化、三国文化的发祥地，生态环境保护良好，地灵人杰物产富饶，自然风光优美，素有"陇上江南"之称。

自古以来，天水产漆。唐代中期发生安史之乱时，迫使诗圣杜甫携带家眷离开长安，颠沛流离去成都僻难，途中遇阻便客居古秦州天水。在这里，杜甫作有《遣兴五首·漆有用而割》，诗中提及"漆有用而割，膏以明自煎"。可见唐时天水产漆之盛。

富含文化底蕴、源远流长的甘肃天水雕漆，以其古朴典雅的多姿造型，清秀协调的新颖色泽，浑厚独特的民族风格，成为丝绸古道上的一朵璀璨奇葩。它与景德镇瓷器、湖南湘绣，同被誉为中国工艺美术"三绝"而闻名于世。

天水雕漆独具一格，极富感染力的个性特色，造型古朴雅致，色泽栩栩如生，既继承了古代雕漆工艺的优秀传统，又从雕塑、绘画中吸取了营养元素。苦心孤诣的雕漆艺术品，采用五光十色的石料、象牙、玉石精雕细刻和精致装配，制成的人物、花鸟、走兽、文物等，镶嵌在围屏或桌面上，并交替运用镶银、贴金、印锦、胎花、描金、彩绘等多道细腻的手工装饰方法，使之更显立体感突出，生动逼真，巧夺天工。雕漆漆底坚实、平整、耐磨，漆面乌黑、光亮、均匀，不畏烧烫，不惧酸碱腐蚀，使用期悠久，呈现出大西北独特浑厚的文化艺术风格。

彩漆屏绘和雕填艺术品，则更是独具特色的精美绝伦。彩漆屏绘，是用生漆调入漆颜料，直接在漆面上创作工笔彩画；雕填，则是在漆面上雕出图案，然后用配有颜料的漆填色。无论用哪种装饰工艺方法，二者天衣无缝，都十分讲究艺术布局和效果。

天水雕漆，还注重主体与映衬的巧妙结合，如深受国外欢迎的"黑漆六扇文物屏"，屏主体面精雕细琢二十四件历史名贵文物，屏边上镶嵌万颗"珍珠"衬托，外边装饰金线，显得黑金两色分明，古朴典雅，十分考究，文物屏宛若真品一般。

天水雕漆之所以成为珍品，在于它的每件成品都要经过木工、漆工、石刻工、镶嵌工、描金工的苦心制作。一件屏风和一张沙发桌分别需要一百一十三道和一百八十五道工序，方能完成。讲究的雕漆台面，要反复刷漆三四十遍，仅漆层就达数毫米之厚。雕漆的生产周期长，最快的也得四个月，有的要半年甚至一年以上时间。

天水地处陇南，山区的原始漆林盛产优质生漆，原料丰富，因而天水漆器发展历史非常悠久。但雕漆作为工艺品生产，始于民国初年，先有天水道尹张继洪从西安聘请来漆工艺人汪基成、汪俊杰父子，创立了"甘肃省陇南第一工艺工厂"，后有张直忱等人相继成立的"协济工厂""莲叶公司""民生工厂"等。新中国成立前，限于多方面的原因，天水漆器行业只能生产一些漆木碗、手杖、印盒、笔筒、砚盒、茶盘、梳妆匣等小件物品。

新中国成立后，特别是改革开放以来，天水雕漆迈上艺术求精日新月异的发展坦途，现今已进入艺术事业的鼎盛时期。远近闻名的天水市雕漆工艺厂，能生产大型沙发桌、围屏、餐柜等二百多种产品。这里的艺人推出的"杨门女将""嫦娥奔月"等几十种极具特色的漆器，远销亚洲、欧洲、非洲的三十多个国家和地区，为祖国争得了荣誉，使天水雕漆艺术名播天下。

1986 年 5 月 22 日

中国玫瑰第一乡

玫瑰，是兰州市花。现今，在大西北的现代化工业城市——兰州，在四通八达的马路两侧树木花草间，在绿荫浓郁、姹紫嫣红的各个公园里，在单位学校内，在千家万户的庭院中，到处可见苦水玫瑰的倩影。每到五月，它那朵朵鲜花，微微含笑，脉脉有情，散发着特有的幽香，沁人心脾！

兰州市选玫瑰为市花，是因为它是市辖永登县苦水乡出产的闻名于世的苦水玫瑰。鲜花盛开的金城晚春，是最迷人的季节。在馨香飘溢的"玫瑰之乡"，更是一个别具自然生态特色的璀璨仙境。

来到黄河上游的甘肃省永登县庄浪河畔的苦水乡采风，人心醉神怡，行途的倦意顿消无遗。只见村道家院、田间地边，姿态娇艳的玫瑰"见缝插针"，一株株，一丛丛，一片片，青枝葱郁茂盛，绿叶翡翠欲滴，花朵殷红溢香。身着五颜六色服装的姑娘们，唱着曲儿，穿行于其间，采摘着玫瑰花。此刻，唐代诗人徐夤的佳作《司直巡官无诸移到玫瑰花》不禁涌上心头——

> 芳菲移自越王台，最似蔷薇好并栽。
> 秾艳尽怜胜彩绘，嘉名谁赠作玫瑰。
> 春藏锦绣风吹拆，天染琼瑶日照开。
> 为报朱衣早邀客，莫教零落委苍苔。

唐代距今千百年，而此时此刻，我与诗人的心境却如出一辙，何其相似乃尔：喜看盛开的玫瑰在春风吹拂下锦绣灿烂，春阳照耀下琼瑶芳菲，应邀请亲朋前来共赏就好了，待到花谢残红飘落为泥，岂不辜负了这番美景！

"中国玫瑰第一乡"，大西北人无不晓得。然而，对于苦水玫瑰重要的经济价值及它的古今变迁，并非人人皆知。这次访问苦水乡，听当地科技人员介绍，大体有了一个基本的了解。

据史料记载的传说，在清道光年间，苦水李窑沟村有个姓王的秀才，赴皇都长安应考落第，无意中带回一枝玫瑰种在宅院内，想不到这玫瑰长得枝繁叶茂，枝头结满花蕾，开花时香飘遐迩，左邻右舍闻之，竞相移植，"落地生根，三年成丛"。如此年复一年，栽种范围愈来愈大，结果"无心插柳柳成荫"，玫瑰发展了起来。

后来的科学考察说明，苦水乡地处两山夹峙的庄浪河畔，海拔在一千六百米左右，地理位置既背风又通畅，气候温和，昼夜温差较大，得力于天时地利，非常有利于玫瑰喜阳光不喜风的"脾性"；此地雨量虽少，但庄浪河流域内地层含盐多，地下水矿化度高，水味苦人难以食用，而对抗逆性极强的玫瑰倒是很适宜。苦水乡的这种土生土长的野玫瑰，又与中国传统的玫瑰品种自然杂交而成良好品种，苦水便成为"玫瑰之乡"。

其实，苦水玫瑰的栽培较为容易，移根插枝都可成活，萌发力特强。其幼苗栽种两三天时间内，基部就会抽生出十多根枝条，很快形成株丛渐而成片。它不仅在广阔的田野生息得特别茂盛，而且在城镇闹市的空闲土地同样生长得非常活旺。

玫瑰属蔷薇科落叶灌木。我国是玫瑰的故乡，甘肃省永登县苦水乡是目前国内最大的玫瑰生产基地，苦水玫瑰是富含有机物的世界上稀有的中国西北高原天然玫瑰品种。苦水玫瑰名贵在于花，其花与和它同科的蔷薇花、月季花等众多"姐妹"相比，以色香兼优、经济价值极高而冠压群芳。苦水玫瑰，还是华夏四大玫瑰种系中的优良种类，花朵繁茂，呈单瓣状，色泽殷红，其产花量、花含自然香料玫瑰精油量，可与在国际上久负盛名的保加利亚玫瑰花相媲美，而维生素 C 的含量高于其它玫瑰品种的 28%。

苦水玫瑰，不仅是上乘观赏植物，其鲜花糖腌、蜜酿后入茶入酒，是提味佳品。用苦水玫瑰花制作的花酱，香味醇厚，芳气浓烈，久贮不坏；加入甜食、面点、糖米、糕点、饮料等食品中，独具特色，是制作精美食品原料中的"骄子"。玫瑰花，还是提取自然香料玫瑰精油的主要来源之一，一公斤苦水玫瑰精油与一点五二公斤黄金等价。玫瑰精油其味浓烈，是制造香水、脂粉、香皂、发乳等高档化妆品不可或缺的名贵香料。用一克苦水玫瑰油做香料，可生产万支玫瑰香牙膏。干玫瑰花和玫瑰根系可入药，有理气、活血、收敛之效。

苦水玫瑰栽培的历史虽相当久远，但直到 20 世纪 30 年代，才开始出现商品性生产。先是当地小贩收集玫瑰花瓣，运往兰州城内出售，供百姓家炊食用；尔后，苦水玫瑰的名气不胫而走，天津、广东的商人不远千里，前来永登大量收购玫瑰花，运去发了大财。当时，天津酒厂用苦水玫瑰酿造的玫瑰酒，曾在巴拿马博览会上荣获"银质奖"。苦水玫瑰因此名声大振，名扬中外。但苦水玫瑰真正得到发展还是改革开放以来，现今苦水乡有玫瑰五十一万丛以上，比 1949 年增加二百五十多倍；永登县成片种植的苦水玫瑰达六千三百亩，加上田边路旁的种植，达到一百万万丛以上；兰州市的城关区、七里河区、红古区以及皋兰、榆中县也都大量引种苦水玫瑰。苦水乡等地的玫瑰精油厂相继建成投产，截至 1985 年国内每年需求玫瑰精油九十公斤，国内生产六十公斤，而苦水一个乡的年产量就达二十公斤以上，居全国第一位。所以，业界称苦水是"中国的玫瑰王国"。

1986 年 5 月 26 日

此文与何懋绩合作

瀚海绿色生态明珠

浩浩中国西部，天之昊远，地之辽阔，丰富多彩的大自然壮哉而又神秘。

较长时期生活和工作于西部，这里的山山水水的神奇故事、美妙传说和浓郁诗情，无不深刻濡染和影响着我。过往的十多年间，几乎踏遍了西部的山河，特别是多次在浩瀚无垠的沙漠里遨游，最激荡人胸臆、给人以惊奇和激奋的是，沙区人民和治沙科学家们英武亢进，用闪光人生和科学智慧，在浩茫沙漠中创建培育的三颗瀚海绿色生态明珠。

瀚海明珠的动人风采

杨柳夹道，田野生金，峰嶂如画。天高气爽、硕果飘香的季节，出兰州城往西而去，绮丽风光醉一路，只消六七个钟头的车程，即可抵达著名边塞诗人岑参描绘过的"凉州七里十万家，胡人半解弹琵琶"的历史文化名城"银武威"。沿该市另一条向东北方向的公路行进了二十余公里，位于腾格里沙漠边缘的"瀚海明珠"之一、我国第一座沙漠公园即展现在眼前。

独呈风韵，别具洞天。踏入这座由武威市财税系统的职工鏖战十多个春秋建造的大漠公园，会让你感觉进入了一个苍翠欲滴、葱翳深邃，五彩缤纷、果香飘逸的幽绿世界。谁能相信，这个俗名叫狼墩子滩的地方，昔日竟是"登高望远一片沙，大风一起不见家，只有野狼来光顾，荒芜凄凉被人弃"的沙丘荒野。

登上一座座绿荫郁蔽的山丘，怎会料到，过去这里居然是风沙肆虐的连绵沙丘呢？如今已成为旱生灌木、乔木、草本植物"居住"的青黛郁葱绿地，四方游人流连忘返的幽雅仙境。

漫步于丘间林地、路边渠旁，依依垂柳，挺挺白杨，骄骄胡杨，盈盈刺槐，青青松柏，欣欣泡桐……在大漠构成了绿色绵延的一片森林。清风吹拂，绿漪碧涟，起伏荡漾；鸟雀攀枝，欢歌嬉戏，幽趣跃然。

行进于连片茂密的经济林中，可见硕果红颜笑枝头，树干挺胸显成材，像是热情欢迎踏访的客人；走入园内寓所，踏在绿茵茵的草坪上，欣赏古色古香的亭廊水榭和吐玉飞液的喷泉，漫游于清雅独格的曲径甬道间，仿佛给人以与尘世隔绝之感。

公园占地八百万平方米，80% 的沙滩沙丘已被草木覆盖，栽植二十多个品种、造林面积达三千多亩，其中有用材林逾百万万株、沙生植物五百多万株。除当地草木外，南美洲的火炬树、日本的樱花、南方的青竹、河南的牡丹等等，还有植物中的"稀客"文冠果、白玉兰、红月梨等，都在园里"安家落户"。

目前，这座沙漠公园已成为展示治沙成果、旅游健身、文化娱乐为一体，观赏大漠风光、草原风情、园林风景，建有沙生植物园、人工湖、游泳池、跑马场、赛马场、沙卡丁车场、蒙古包度假村、滑沙场、四驱越野车场等设施的国家 AAAA 级旅游景区。颇为引人入胜的是，在园内四千平方米的游泳池中，有座起名"陶心阁"的四方形水榭。游人在这里游泳戏水，情趣横生，真是妙不可言。正如阁廊柱上的对联所云：

> 陶心淘心万里黄河沙陶性
> 戏波嬉波一潭碧水尽戏乐

惜别沙漠公园，往北行程六十公里左右，就可抵达闻名于世的"瀚海明珠"之二、我国第一座沙生植物园。它坐落于民勤县境内巴丹吉林沙漠东南缘的西沙窝，是甘肃省农科院治沙研究所的科学家和科技人员呕心沥血、辛勤播绿十多个年头，取得的一项国家级科研成果，早于 1981 年 10 月通过鉴定。

一入园，先迎客的是一片盛开的花卉和蔬菜地，既是植物园培育丽花艳卉的胜地，也是种植时鲜佳蔬的菜园。瞧，那大丽花、石竹花、绣球、凤仙花等，浓妆艳抹，绚丽芬芳；那辣椒、西红柿、茄子、水葫芦等，碧翠嫣红，果实肥硕。这诗情画意般的境地，在平原地带不足为奇，而在这滚滚沙海，花卉和蔬菜长得如此争妍水灵，真叫人不可思议！

随后，进入长达一千多米、宽五百多米，占地千余亩的沙生植物"博物馆"，可供参观的展区有收集区（又分灌木、草本、乔木分区）、选育区、采种区、自然保护区、引种圃、育苗圃。在这些井然有序、作用各异的科研区域内，生息着千姿百态、生物生态生理习性特点不同，分属于五十个科、一百六十六个属的沙生、旱生灌木乔木草本植物和其他园林植物近三百种，其中不乏征服狂风飞沙、酷暑严寒、贫瘠盐碱等恶劣自然环境的"英雄好汉""强将勇士"！

看看，那"千年不死树"胡杨，沧桑强悍，雄姿神威；那"沙漠英雄树"梭梭柴，青枝繁茂，傲然挺拔；那"沙漠樱桃"白刺，浓枝铺散，果似珍珠；那"西部国宝"罗布麻，灿芳云锦，白花漫漫；那"瀚海秀女"花棒，嫩枝垂拂，繁花斑斓；那"百岁寿翁"沙枣，硕果累累，芳香袭人；那沙打旺、沙米、霸王、沙芥、紫穗槐、臭椿等等，无不摇曳生姿，逞强争雄！

还有许多在这里安身立命的国外"来客"，也显得精神抖擞，一展风韵。西德的德木，长势欣荣；北美的火炬树，英姿焕发；阿尔及利亚的沙拐枣，生气勃勃；西亚的阿月浑子，青翠挺秀；黎巴嫩的旱生油瓜，叶肥蔓繁；德国的水飞蓟，枝梢茂盛……这些绿色"使者"开的花，同外国友人的穿着一样艳丽，有的如朱涂，有的似镀金，有的胜粉濡，有的像彩染……

登上植物园内的明代烽火台遗址，远方的景致会使你更加动情：园的西端，如海浪般涌起的沙丘被这座千余亩的绿色屏障威逼得凝固了；东边，用黄草设置的方格沙障和郁郁葱葱的绿色植物，把一座座曾几何时桀骜不驯的沙丘固定在田地村舍旁；北面，防护林像绿色长城般巍峨挺立于沙海之畔；南方，田野里、道路旁，片片经济林木群落其间，绿树红果映辉，绿洲生机勃勃，风景秀丽如画……

游览过我国第一座沙生植物园，返回武威市，转乘火车向西而去，到了《西游记》记载的火焰山下的新疆吐鲁番，再驱车南下，不到十一公里处的沙漠中，独见一片绿洲盎然之地，这里便是瀚海第三颗"绿色明珠"、我国第二座沙生植物园，它是由中国科学院新疆生物土壤沙漠研究所的科学家和科技人员建设起来的。

物竞天择，适者生存。面积为一百一十亩的园内有九十六块定植区，栖息着百余种沙、旱生和耐盐碱的灌木。它们的风姿雄色，如同民勤沙生植物园里的灌木"兄弟姐妹"一样，令人折服钦佩！植物园外围是高大的钻天杨林、胡杨林和榆树林，如森群落，浓荫郁葱。在这里游览，更感"长恨春归无觅处，不知转入此中来"……

大漠建园的科学价值

辽阔大西部，山光水色，风景秀丽，自然条件优越的地方比比皆是，为什么要在沙漠里建设植物园呢？

一句话，是为了更好地科学治理、改造、开发和利用沙漠的迫切需要。

东起大兴安岭，西迄帕米尔高原，我国现今广袤无垠的沙漠、沙漠化和戈壁面积达一百二十八万平方公里，相当于华东地区七省市面积的两倍；而沙漠、戈壁的绝大多数领地又在西北。人们知道，植物固沙是治理风沙的根本措施，也是改造利用沙漠的重要途径。据资料记载，在沙漠中经过长期自然选择保留下来的沙生植物达千种以上。随着造林治沙和开发利用沙漠的深入发展，人们越来越感到需要重新认识和筛选可供推广种植的优良沙生、旱生植物，需要大力发掘研究沙区天然植物资源，同时引进国外优良品种，进行引种驯化、选种和育种，研究其种植技术、经济利用途径以及生物学、生态学和生理学特征等一系列基础理论问题，变野生植物为栽培植物，变低劣品种为优良品种；为广大沙区提供适应性强、生长性好、经济价值高的最佳品种和大量种子，以及向广大群众普及沙生植物和治沙科学知识、技术，就成为治沙科研战线的当务之急。

民勤和吐鲁番沙生植物园就是在这样的形势下应运而生的；武威沙漠公园除供人们游览外，同样担负着为沙区提供良种苗木和种子的任务。如今，两座沙生植物园在为治沙造林提供良种、进行沙生植物基础理论研究和培养农民治沙技术员，以及开展群众性的科学实验活动等方面，发挥着重要作用。近些年来，每年从民勤沙生植物园驯化、改良、培育出的优良植物苗木达上百万株，被引种到千里河西风沙线；该园还研究取得了"三北地区主要野生灌木资源综合利用研究"等多项国家级和省级科研成果。吐鲁番沙生植物园向各地提供了几百吨沙拐枣种子和数百万株红柳插条。武威沙漠公园开放后，怀着好奇心情前去踏访的广大游客无不受到"西北可爱，沙漠可治"的教益。

我国第一座沙生植物园还引起国际学术界的注目。日本、澳大利亚、西德等国家的专家曾来园参观；英国皇家植物园、美国加州大学植物园也来函和传寄资料，进行学术交流。

沙生植物的非凡本领

令人不可思议的是，在干旱、贫瘠、严寒、风狂、沙飞等极为恶劣的自然条件下，沙生植物为何生长得郁郁葱葱、生气勃勃？

原来，沙生植物大多数根系发达，生长迅速、萌蘖性强且植冠密集，因而特别能耐干旱、贫瘠和盐碱，适应高温和严寒，不怕风打沙埋。它们中有不少是战风斗沙的"英雄"，保护田园村庄的"卫士"。拿民勤沙生植物园所处的自然条件来说，这里年平均气温 7.9℃，最高达 40℃ 以上，最低 -27℃ 左右，全年降水量仅几十毫米至一百毫米，而蒸发量却达两千六百多毫米；无霜期只有一百三十四天，风沙日达一百三十五天以上，沙地盐碱亦很严重。然而，沙生植物却在这里"义无反顾""青春似火"地生息着。

民勤沙生植物园中势若森林般的"英雄长寿树"梭梭柴，它的种子见一点水分就能萌动发芽成活，数年后可长至三米左右，最高达五至六米，寿命在五十年以上。这是因为梭梭柴的根系极为发达，其长度为地上部分的几倍，能吸吮地下深部的水。它的枝条茂密，抗风固沙力大，在沙漠中蔚然成林，犹如松柏，傲然屹立。"狂风和流沙，最怕梭梭挡住它"，所以是我国乃至世界上优良治沙植物品种。吐鲁番沙生植物园一带长势沧桑奇特的天然"千年不死树"胡杨，虽多弯腰驼背、其貌不扬，但抗风沙、干旱、严寒、盐碱的风骨十分强悍，"长着不死一千年，死后不倒一千年，倒地不腐一千年"，是使风沙恐惧、望而生畏的"常胜将军"和长寿树种，在全球沙漠区声誉广播。常被诗人们赞美的沙区遍生的红柳，种子借风飘荡，天然下种，生长迅速，二至三年就可形成连片灌丛。在风沙活动强烈的地方，生长于低洼地的红柳，经常被沙埋住。但是，"道高一尺，魔高一丈"，沙打风袭柳更旺，成为防风固沙的红色屏障。

沙生植物，还为沙区人民生财致富无私奉献，堪称"绿色银行"。它们既是用之不竭的木料、燃料、饲料"仓库"，又是取之不尽的"食品店"和"中药铺"。

　　啊，瀚海绿色明珠！"怒对狂飙不畏难，拿沙移土敢身先，思方用奇君为范，已服黄沙草木边。"著名作家、诗人杨植霖先生的诗作，就是沙生植物性格、风貌和威力的生动写照。

1986 年 6 月 15 日写

2018 年 7 月 20 日改

看美景去杭州，吃瓜果上兰州

"看美景去杭州，吃瓜果上兰州"，这本是新华社所发一则新闻稿的标题。著名教育家、作家叶圣陶先生曾到兰州采风，所作的一篇散文中有这样一段话："兰州美，其丰富多彩的瓜果增色不少。兰州的瓜别具一格，兰州的果独树一帜，是陇上名优。"这个评价名副其实。

兰州瓜果有三个特色：

种类全，是特色之一。瓜类与杏类、梨类、苹果类、葡萄类、枣类等，品种繁多，不一而足；栽培的，野生的，千姿百态，琳琅满目。

品质好，是特色之二。含糖量高，营养优良，清香醇美，甜的醉人，脆的爽口，软的涌喉，百果色、形、味俱佳。叟妇青童弱，谁个吃得够？中外游人，哪个不贪口哟！

数量多，是特色之三。据 1985 年的统计，全市水果总产量达四千四百多万公斤。每年夏秋季节，千家万户，哪天少了瓜？哪日缺了果！一年四季中，市场果飘香。因为兰州的瓜果市场供应充足，价格也比较便宜。

兰州的瓜果好，首先是因为自然条件得天独厚，地处内陆，属温带半干旱大陆季风气候，年降水量少，日照时间长，昼夜温差大，有利于水果糖分等养料的充分积累。其次，自古以来当地瓜农果农就重视瓜果的栽培、生产和经营，现代科学技术的应用，更给瓜果的发展注入了"催化剂"。

作者并非兰州人，但却曾经在金城工作，热爱这座古城，喜欢当地的山水和物产。过往和近年，数次到瓜果之地采访，在《人民日报·海外版》、新华社报媒发表过多篇赞赏推介兰州瓜果的文章。本篇再欣然推荐这里的白兰瓜、桃、梨和苹果。

白兰瓜清香怡人

盛夏季节的兰州，大街小巷的瓜果商店和地摊上，堆满了香气袭人、外皮光滑的白兰瓜，形似铝球、甜胜蔗糖的铁蛋子瓜，皮似鱼鳞、醇香酒味的醉瓜，状如尖塔、清脆可口的金塔寺瓜……

在众多的瓜类中，最招人喜爱的要数白兰瓜，有的色白如玉，有的色黄似金。切开后，瓜瓤绿若碧玉，晶莹散香，清馨扑鼻；吃起来味甘如蜜，余味无穷。故有"吃了白兰瓜，十年不想家"一说。

白兰瓜的"祖籍"在美利坚合众国，原名叫"蜜露"。它从万里之外的美国来到兰州安家落户、繁衍生息，还有一段趣事。1944年盛夏，时任美国副总统华莱士来华访问，到兰州做短暂停留时，国民政府兰州市府以瓜款待，华莱士拿出美国蜜露瓜种子回敬。其实，白兰瓜的引进，中国农学家张心一先生搭桥铺路，起了一定的作用。张出生在甘肃，早年留学美国，专攻农牧，1926年学成回国，曾任甘肃省建设厅厅长。他深知兰州适宜瓜类生长，1944年，便请当时在国民党行政院担任顾问的美国专家罗德民出面引进蜜露；罗通过自己的特殊渠道，请华莱士副总统给中国兰州捎来了蜜露瓜种子。翌年，在兰州市郊白道坪试种成功，因其品质优良，很快不胫而走，不几年蜜露广泛种植开来。

1955年，经时任甘肃省省长邓宝珊先生提议，把引进的蜜露定名为"白兰瓜"，即白色的兰州瓜之意。

科学研究表明，白兰瓜性喜干燥，适宜在干旱地区种植。兰州地区气候干旱，年降雨量只有三百多毫米，且集中在8、9月间。白兰瓜生长期是4月至7月，这期间兰州相对湿度为53.1%，日夜温度平均相差14.1℃，这对白兰瓜生长和糖分积累极为有利。

砂田种瓜瓜最甜。兰州瓜农依照老经验，把白兰瓜种在砂田里，结果瓜的质量更佳。所谓砂田，就是在耕地上面均匀地铺上三至四寸厚、大小不等的沙砾，外地人把这种田叫作"石头田"。砂田不仅有效防止了土壤水分上升跑墒，防止土壤盐碱化；而且具有明显的增温、压碱优点，所以白兰瓜种在砂田里，生长快、成熟早，含糖量高，清香醉人。

白兰瓜，以兰州市城关区青白石乡所产品质最优。除兰州外，靖远、安西、敦煌、民勤等县也产白兰瓜，其品质与兰州所产不相上下。全国各地多有引种，因土壤、气候不适宜，成功的很少。

安宁桃甜胜过蜜

七月流火时，桃香飘金城。

继琳琅满目、品种繁多的兰州杏类、瓜类应市以后，安宁蜜桃便粉墨登场了。这个时候，瓜果城的风采才算是大体彰显出来。

我国是桃的故乡，迄今已有三千多年的历史。"桃之夭夭，灼灼其华"，这是出自《诗经·周南·桃夭》里的诗句，赞赏春天盛开的华丽璀璨的桃花。据古代农书记载，甘肃是我国最早栽培桃树的地方，大多为食用桃，兰州市安宁区是最著名的桃乡。《西京杂记》记载，汉武帝时，"群臣各献果，有缃核桃、紫纹桃、金城桃"，金城桃便是安宁桃。《花镜》卷四"花果类考"中说："桃在汉时，由甘肃、新疆传至波斯，后来又由波斯传播至欧美各国。"据专家考证，那时传至国外的桃主要是兰州品种。

桃，是人们增加营养、身心健康不可多得的佳果，故而素有"仙桃""寿桃"之美称。桃系蔷薇科，桃属。现今的安宁桃，共有一百二十多个"兄弟姐妹"，桃果夭夭、色泽鲜艳，风味甘醇、肉质细腻，蜜汁丰盛、养料优佳。含糖量约为 5%～15%，含酸量约为 0.8%～1.95%，还含有单宁、氮物质、果胶质、钙、铁、磷以及维生素 C 等。安宁桃优良品种中，有六月桃、小籽朱砂尖桃、疙瘩水桃、大旱桃、平顶离核桃、小红桃、半水不旱桃、大籽朱砂尖桃、大离核桃、迟水桃等。其中，尤以半水不旱桃和迟水桃为上乘品种。半水不旱桃，8 月中旬成熟，果实圆形，果底绿黄，果身紫红色，果肉水白色，肉质柔软，蜜汁爽口，甜味浓烈，个重八十克左右。迟水桃，8 月下旬成熟，果形扁圆，果顶微尖，底淡绿色，身流彩暗红，果肉水白色，软韧适中，汁丰水足，味甜香醇，个重一百五十克左右。多年来，兰州桃区还择优引进外地良种，白凤桃、白花水蜜桃、上海水蜜桃、岗山白桃等，华夏的桃中上品，陆续在这里"安家落户"。

古老的桃乡安宁区，地处兰州市区西北角，北依山峦，南依黄河，光照充足，土壤属透水性好的粉沙状土，适宜桃树生长发育。桃树易栽易活，三年即可挂果，五年后便进入盛果期。安宁桃乡经过三十多年的发展，已成为闻名中外的产桃盛地，产量创全国桃园最高纪录。鲜桃远销京、沪、津、粤、闽、蜀等地，深受欢迎，饮誉华夏。

安宁桃花盛开时，真是"十里桃林树树花，近看如锦远如霞"，烂漫芳菲，灿若红霞，仙境一般。桃花美，装扮得春光更加明媚。古时，安宁难得的美景自然吸引兰州城里人前往踏青，观赏桃花；也招来卖各种风味小吃的，做生意的，跑江湖卖艺的，纷纷前去助兴。久而久之，相沿成习，便形成了一年一度的"安宁桃花会"。据史料考证，"安宁桃花会"已有数百年的历史。这项颇有意义的春游活动，由于战乱的原因，于1949年前夕中断了。改革开放后的1984年，别具洞天的"安宁桃花会"重新揭幕，逢春一届。每年"桃花会"时，人山人海，热闹非凡。文化名流、影视明星、歌手舞者纷至沓来，不少外国友人也赶来与兰州市民同乐。

桃乡安宁北邻的仁寿山，是当地名胜，现已辟为公园。园内桃树遍布，花卉盛开，苍翠欲滴，蓊翳深邃，五彩缤纷，为人们春游"安宁桃花会"平添新的景色。

软梨清香果中秀

兰州软儿梨，是严冬季节人们喜爱的一种优质水果。梨果冻得像个铁蛋，油黑油黑的。想来让人觉得很"怪"，将它浸泡入冰凉冰凉的水中，约莫半小时后，果肉中的冻冰竟神奇般"跑"到了皮外，捞出后取掉冰壳，软儿梨就显出了"原形"，软软的一团，入口成泥，清香醇甜，冰凉爽口，沁人心脾，痛快至极！如果吃了过于油腻的东西，胃里不舒坦；或喝醉了酒，昏头涨脑；或发热头痛，浑身难受……吃几个软儿梨，的确大见功效！这是因为，软儿梨有解腻、解酒、解热的功能。正如李时珍在《本草纲目》中介绍，软儿梨有润肺、凉心、消痰、降火等功效。

软儿梨树，属蔷薇科，秋子梨系。抗逆性强，生长势快，适应性广，容易栽培管理，在兰州各地广为分布。其树寿命较长，树冠密集，果实繁多，果质优佳，是经济林木中的一秀。软儿梨，主要有三个品种：一是糖梨，形若卵石，色红味甜；二是化心梨，色白味酸，状如柑橘；三是吊蛋儿梨，果实较小，香甜醇美。

软儿梨，是兰州果类中的晚熟品种。梨在晚秋下树后，将其窖贮或随意堆放在院内拐角、树下即可。直到严冬，软儿梨冻成油黑的铁蛋，即可食用。果商一般贮存到春节期间才上市，能卖好的价格，因为它是佳节最抢手的水果。

苹果鲜美品质优

兰州苹果的特点特色，叶圣陶先生在所作散文中，绘声绘色地介绍道："兰州苹果色彩不一，又好看又大，几乎可以说耀人眼睛。最大型的一种叫大元帅，这名称大概就从果大而来，皮红绿两色，红是鲜红，绿是翠绿，味甜，入口有松爽感。另一种叫印度青，皮纯青色，入口爽脆极了，鲜美极了！第三种叫青香蕉，跟印度青一样，皮纯青色，稍稍淡些，带着香蕉的香味。第四种叫玉霞，皮呈黄色，像半熟的香蕉那样的黄色，口味也挺不错。很难说四种里头哪一种更好，很难想起以往吃过的苹果也有这么好。一时间尝到这些个好品种，真可以说此游一乐。"

叶老的评价很中肯实在。

在兰州丰富多样的水果中，苹果算是"后起之秀"。从 20 世纪 40 年代起，从外引进的良种首先在雁滩栽培成功。尔后，苹果栽培的地域和面积不断扩大，栽培技术逐渐成熟起来。如今，全市各区、县到处可见大大小小的苹果园，市郊的雁滩、刘家堡和红古区、榆中县是集中种植苹果的优佳地方。近年来，一批新品种如黄香蕉、红玉、赤阳、伏花皮、六月鲜、倭锦等，陆续从外地来到兰州"安家落户"。

兰州苹果的发展，农民科学家刘亚芝立下了汗马功劳。四十多年来，他一直致力于果树科学研究，取得的"果树矮壮修剪"和"苹果树乔砧矮化密植栽培技术"重要成果，为发展兰州乃至甘肃省的果树业提供了科学依据。这两项成果在雁滩应用后，使苹果的年产量达到六百多万公斤，比六十年代翻了两番，最高亩产量跨入世界先进水平。

1986 年 8 月 7 日

"草库伦"的嬗变

　　秋高时节，趁到鄂尔多斯采访之机，我们一行骑马欣赏草原观光。好美呀！骏马奔驰，牛羊漫游，水草肥美的辽阔绿地伸向无边无际的天边。于是，我们就策马尾随一个牧羊人和他放牧的羊群，天涯"绿海"悠然游吧。谁知，漫游了两个多小时，就被"钢丝网"挡住了去路，只见一个牌子上赫然醒目："不得翻越。"牧羊人凌空打了个响鞭，吆喝了几声，领队的头羊好似听到了"回归"的命令，驯服地掉头率领羊群踏上了归途。我们也只得勒马回返。

　　难道这是草原的"边界"？我们请教草原工作者得知，使用网状围栏，将草原分割为若干地块，实行草场轮牧，利于草原"休养生息"，实现生态良性循环，达到永续利用的目的。目前，在我国草原普遍推广应用的高强度"镀锌钢丝网状围栏"，在世界上还是独创的先进技术。因这种围栏问世于内蒙古草原而得蒙古语名"草库伦"，意为"围草之墙"。

　　后经调查研究一番，方悉"草库伦"的变迁。

　　"草库伦"的建设，经历了几十个春秋的演变。过去千百年，牧民的生活都是逐水草而生息，人随畜行，昼牧夜宿，"走遍天涯是我家"。而今，要分割碧草无垠的浩瀚"绿海"，谈何容易。从 20 世纪 50 年代开始，人们借鉴古代城池之外深壕护城的办法，分割草原而用。"胚胎时期"的"草库伦"，就是仿古的"堑壕式"围栏。其结果，劳民伤财自不待言，把草原也折腾破坏得够呛。

　　后到 60 年代，兴许是万里长城启迪了人们，长城式"草库伦"在草原上风行起来。运石砖，打土坯，筑围墙，结果也不妙，草原更被糟蹋得不成样子。

　　岁月流逝，科学进化，类似监狱墙头带"刺"的铁丝网于 70 年代进入了草原，取代了长城式"草库伦"。这种"草库伦"较过去的壕式、墙式围栏，显然进步了许多。但牧民们在应用实践中发现仍有弊端：铁丝易生锈，寿命短，拆换一次耗资费时；铁丝"网刺"，常会伤害人畜。

科学的春天回到神州，也来到了草原。改革开放后的 80 年代，"镀锌钢丝网状围栏"，先期在内蒙古自治区乌兰察布草原面世。实践证明，这种新型"草库伦"外形美观寿命长，雨淋不锈撞不断，不伤人畜且廉价。于是乎，它迅速"网"到了全国草原，还走出华夏，进入异邦。"草库伦"还以自己的优势，跨越草原，进入森林、花圃、运动场……

1986 年 8 月 23 日

柿树，华夏的一道风物线

金风瑟瑟，秋实盈盈。

绕群峰，穿隧洞，列车飞驰于蜿蜒崎岖的陕陇山峦间……

"看，多美的红柿！"蓦地，对面坐着的一位少女惊喜地赞叹道。

我转首向窗外望去，哇哦，这里真是柿的世界——

远方的山坳里，柿林尽染，果叶交辉，斑斑点点，层层叠叠，宛若身着红装的万千少女在轻歌曼舞，令人酣醉！

近处的山坡上，柿树成片，硕果挂满枝头，犹如巧夺天工的艺术家精心"镶嵌"于枝叶里的"红灯"，再加上霜叶相映，分外妖娆，让人感奋！

这绝非树林和果实，而是大自然的诗、大自然的画、大自然的乐章。

柿树是吉祥植物，是华夏的一道风物线。

顷刻间，满车厢的旅客，双目凝视窗外，看不足，品不够！

对面的女孩，情不自禁地吟诵北宋诗人孔平仲的《咏无核红柿》：

> 林中有丹果，压枝一何稠。
> 为柿已经美，嗟尔骨也柔。
> 风霜变颜色，雨露如膏油。
> ……

柿林"飞"过去了，我还沉醉于它的风姿韵色之中。据说，在甘肃陇东陇南山区、陕西八百里秦川和豫西山地，人们贺喜赠送礼品，讲究送一篮红艳艳、甜蜜蜜的柿子。因为这里的群众把柿果当作"永结同心"的象征和白头偕老的祝福。

在草木百家中，柿树有着自己漫长的经历、独特的性格和非凡的优势。

我国是柿树的故乡，广阔的沃壤均有分布，栽培历史非常悠久。从长沙马王堆汉墓出土的柿树种子和柿饼证明，远在两千多年前，我国就栽培柿树了。目前，分布最广的是渭河流域以南地区，海拔在六百至一千五百米的地带。这里山区的农家，房前屋后，院中宅旁，总会栽种务息几棵枝繁叶茂的柿树。全国二百四十多个柿树品种，大多在陇陕有"子孙后代"，其中不乏良种，尤以甘肃文县贾昌的馍馍柿，以果实肥硕、肉厚香甜的特色驰名遐迩，是全国柿果中的上乘佳品。

作为冬令水果，男女老少皆喜食。它不仅味甜似蜜，而且养料优丰，其营养价值高于苹果、葡萄、梨等水果，仅次于柑橘。柿果，含有蛋白质 1.36%，碳水化合物 15.13%，脂肪 0.57%，还含有无机盐、胡萝卜素、维生素 C 等养分。

用于加工食品，柿果更可大显身手。制柿饼，酿柿酒，造柿醋，做柿糖，色味俱佳，别具一格。陇陕柿产地的群众巧手匠心，把柿果与米磨成面，混合做成各种美味食品。

柿是良药。《本草纲目》记载："柿乃脾、肺血分之果也。其味甘而气平，性涩而能收，故有健脾、涩肠、治嗽、止血之功。"柿叶，含有机酸、酚素物质和维生素 C 等成分，入药具有杀菌解毒、止血消炎、降低血压等功效。

柿树有很高的经济利用价值。它的枝叶茂盛，尤其在秋季，叶红艳丽，引人观赏，是美化环境的优良树种；柿花，是蜂盘蝶绕的理想蜜源；柿木坚实强韧，纹理优美，是制作家具、工艺品和纺织木梭的良材。

柿树适应性强，根系发达，能吸收土壤深处的养料和水分。五六岁开始挂果，十年后便进入盛果期，活旺到三百岁高龄期，仍可结果。

1986 年 10 月 25 日

天下雄关探奇

七月流火的酷暑时节，我们新闻界的友辈一行，登上被称为万里长城西端主宰的"天下雄关"、自古为河西第一关隘的——嘉峪关城楼，凉风习习，顿觉身爽神驰。这座气势宏伟、巍峨壮丽的明代军事建筑奇迹，历经数百年风烟，雄伟风姿犹存。1961年，被国务院列为全国第一批重点文物保护单位。

大伙刚上城楼，《光明日报》记者顾先生便感慨万千，用别有味道的凉州乡音朗诵了一首唐诗：

> 黄河远上白云间，
> 一片孤城万仞山。
> 羌笛何须怨杨柳，
> 春风不度玉门关。

早就听说雄关建筑的许多美好的传说和故事，今日身临其境，目睹耳染这座气势恢宏的"边陲锁钥"之古建筑，令人倍感古代聪颖智慧的工匠精神不同凡响，感奋不已。游览拾得"三奇"，笔录了下来。

石击城墙飞"燕声"

我用卵石击嘉峪关内城两侧角壁，顿时飞出"啾啾"的燕鸣声，似乎是如传说，惊动了封于壁内的燕子发出的悲伤切切的呼救声，震撼人的心弦。

那么，这"燕鸣"奇音，究竟是咋回事呢？

管理处的导游，给我们讲述了一个爱情传说：

> 当年，嘉峪关建成后，关内成为鸟类栖息之地。有对燕子"夫妇"巢在其中，日升而出，日暮而入。一天黄昏，"妻子"先归入关，"丈夫"在后遇狂风晚至，不巧关门闭而难入，遂撞城而亡。"妻子"悲痛欲绝，啾啾鸣叫，祭"夫"亡灵，随即撞墙死去。双燕死后精灵不灭，将声留于墙内。

"这个传说的确很感人"，名胜古迹研究专家、《人民日报海外版》编辑李先生给大家讲道：其实，"击石燕鸣"，是古代建筑大师的杰作。因内城两侧角壁（还有二楼台底北角壁亦同）底窄上阔，状若喇叭，这种墙身高大、勾缝严密的特殊结构，击之就会发出似燕鸣叫的"啾啾"声。

望而不及"定城砖"

我们上到关内西瓮城"会极"门楼台，只见十米左右高处，在不到半市尺宽的狭窄檐台上放着一块砖，可望而不可即，无不令人生奇。友人中研究民间文学的学者、《河北日报》记者蓝女士，给同行朋友讲了此砖的"身世"。

据民间文学记载，明洪武五年，首筑嘉峪关城楼时，采用了一位遐迩闻名、技术高超，名叫易开占的建筑大师的设计方案。当时，负责督建的官员问易，你需要多少块砖？易思谋片刻，报了一个具体的数字。官员听后，冷笑道："本官如数拨你，多一块、少一块，我要定你的死罪！"

工程完毕，仅剩下一块砖，聪明的易大师将其放置在"会极"门楼檐台上。那位官员来验收，发现了剩下的这块砖，不禁暗喜，吼道："易开占，你的死期到了！"易大师从容不迫地回答："非此砖定城不可，否则倾城倒闭，你负得起这个责任吗？"那官员一听，吓得赶紧溜走了。

今人改称其砖为"纪念砖"，自然是追念聪明智慧的古代名匠。

山羊充当"运输兵"

　　嘉峪关面积二万五千平方米，六百四十米周长的内城，除九米多高的城墙是用黄土夯筑和用土坯垒砌的外，城墙之外的外侧垛墙、内侧的宇墙和建在十多米高的城墙上的十数座楼，如箭楼、敌楼、角楼、阁楼、闸门楼等，关城内的游击将军府、井亭、文昌阁等建筑设施，全部是用青砖筑造的。在古代建筑设备落后的条件下，大批青砖是怎样运上高陡狭窄的城墙上的呢？不能不叫人猜想。谁能料到，这奇迹竟是山羊创造的。

　　相传，当初建关，役工背着砖头，战战兢兢爬城墙，既辛苦缓慢又危险，严重影响工程的进度。一天，有个放羊娃见状献计，何不用羊运砖。他解下系腰的带子，两头捆砖挂在一只山羊背上，赶其上城，山羊步履轻盈地一溜小跑上了城头。监工官见状大喜，便调集了当地的羊群来运砖，加快了工程进展。

　　这个民间故事，是《兰州晚报》记者李先生给大家讲述的，听起来倒比较逼真。

1986 年 9 月 9 日

中药材中的耀眼明星

　　当归，是中国名贵药材中的一颗耀眼明星。我国第一部本草学经典《神农本草经》，就将当归列入既可祛邪又能补虚的良药。民间有"十药九归"之说，意为中药配伍十剂九有当归，因其不可或缺而素有"药王"之称。宋代诗人王质所作的有词牌无题名的宋词《浣溪沙》名句"何药能医肠九回，榴莲不似蜀当归"，揭示了当归独特的药用价值。

　　读李时珍所著典籍，其在《本草纲目》中，对当归的医疗功效特色及药系夫妻之情作了别有衷愫的解释："当归调血，为女人要药，有思夫之意，故有'当归'之名。"又在《图解本草纲目》里，依据当归突出的药效特点作了深邃的解析："气血昏乱，服之而定，能领诸血各归其所当之经，故名'当归'。"其实，李时珍的两种解读，对当归药用功效的肯定是完全一致的。

　　中国历史上，有诸多美好的有关当归的故事，弘扬了当归的人文意义。相传，三国时姜维归顺诸葛亮后，忙于战争，长时间不能回乡省亲。老母思念儿子，托人捎去一包当归，姜维深悟母意，回信道："良田百顷，不在一亩（母），但在远志，不在当归。"老母深明大义，对儿子志存高远的雄心壮志表示理解。

　　史载唐天宝年间，安史之乱爆发，唐玄宗欲避难蜀中。临出长安前，臣子罗公远跪送一包礼物，因玄宗仓皇逃遁，未及时拆看。战乱平息后，他才拆看见是一包当归。唐玄宗恍然大悟，立即驱驾返回长安。这正应了罗公远的预言："皇上拆封之时，就是平安归都之日。"

　　当归，属多年生草本植物，全株散发一种特异香味。当归的主根粗短，肉质肥硕，主根又分出数枝细长支根，外皮为黄棕色，主、支根烘晒干后，香味愈加浓郁，皆可入药，主根最优。我国中药学认为，当归味甘辛温，归头能止血，归身能养血，归尾能行血，全用活血。故当归入药，能上能下，可补可攻，具有补血活血、调经止痛、去淤生新、润肠通便等功效，尤为妇科要药、血脉圣药。

中国当归主产甘肃，以陇南岷县及毗邻县所产的"岷归"最为著名，无论质量之优，还是产量之高，都居全国之冠。据岷县当归研究机构提供的科研资料，岷归富含香精、醇剂、糖分、挥发油、水溶性生物碱和维生素 B12 等多种成分，无论药用食用，都极有利于人体健康。

岷归的生产历史十分悠久。据《梁书·宕昌国传》记载，天监四年（505 年）时，其王梁弥博来朝，献给南梁国王的贡品就是当归和甘草。其时的宕昌国，即今岷县、宕昌一带，说明岷、宕等地出产当归已有一千四百多年的历史。

岷归品质优良，得益于岷县一带适宜当归生长的自然气候条件和药农丰富的栽培及加工经验。当归性喜阴凉寒湿，岷县海拔在二千五百至三千米之间，年均降水量六百三十五毫米、气温 5.5℃，气候高寒阴湿，常年云遮雾罩，对岷归生长极为有利。岷归生长周期长、生产工序繁多复杂，从播种出苗到结籽成熟，需越两冬跨三个年头，长达约八百五十天。当地药农对岷归幼苗、成药、返青、抽薹、开花、成熟等多个阶段的生长管护，精准科学采收细致护根确保药料优质，分级扎把烟火熏烘精细加工，安全包装储存防冻防变等工序工艺，以及上市的最佳时间，都娴熟掌握。还有长时期重视药农技工的培养接代、种管养护等系列技术的延续传承等，从而保证岷归的高质量不变。

近些年来，岷归年产量不断增长，除满足国内市场外，还大量出口，为国家换取外汇。台湾市场上的当归，也大都是通过转口从大陆运去的甘肃岷归。时下，以当归为原料试制成功的各种健身食品和茶品，如当归茶、当归酒、当归红枣茶等，深受消费者喜爱，出口颇受欢迎。特别值得提及的是，甘肃省轻工业科学研究所研制出的"当归美容霜"，具有促进细胞新陈代谢、延缓皮肤衰老之功效，对治疗黄褐斑有显著疗效，销往国内各大城市，同时出口。

1986 年 10 月 25 日

夜访阿拉善蒙古包

斯时，暮霭濡染了青灰色的天帷。

北京吉普在西北部的阿拉善草原奔驰了一天，司机告诉我，发动机需要散散热。其实，人也要歇歇了。

坐在副驾驭位的我，转身看了看坐在后排座位的两位——同事和向导，他们都是疲惫满面，神情期待着休息。

我隔车窗眺望着前方远处闪烁的"星星"，对司机说，"到前面牧民居住点休息一下吧。"渐渐地，"星星"愈来愈明亮……

"星星"，就是电灯。因为，星星是吉祥物。牧区的电灯，被牧民视为吉祥物，也就被人们称为"星星"。

初来草原的同事，他也隔窗看到了前方蒙古包外照亮的电灯，不禁惊喜而道："在这'天苍苍，野茫茫，风吹草低见牛羊'的荒漠草原深处，竟有了电灯，真是神话！"

"不是神话，这是现实。"向导自豪地说，"科学技术送光明，小型风力发电机早已遍布草原，大多数牧民家都有'夜明珠'啦！"

当车子戛然而止，停到蒙古包前

作者当年在阿拉善草原采访时的留影

时，我倏然闻到了飘来的奶茶异香，顿时感到疲倦和饥饿了。而仔细欣赏一下草原建筑蒙古包，更是我"蓄谋"已久的愿望。未等向导去联系，热情好客的蒙古族牧民已闻声出来迎接我们了。

这是一个拥有两个大蒙古包的人家，户主叫道尔基。

中国人传统的建筑朝向，都是坐北向南，连蒙古包也不例外。走进宽敞大气的蒙古包，在雪亮的电灯下我放眼一扫，包内气派的摆设一目了然：在圆形的包内，中央放置着一个考究的烤箱，烟筒从包顶的天井伸出；包北侧放着一溜的新潮考究的衣橱、电器柜、神佛柜、书架等，不比城里人家的家具差，柜面和柜双开玻璃门内摆放着彩电、收音机、音响等现代家用电器；神佛柜面柜内摆放着祖先神位、佛像和牲畜神等。包的东西两侧，放置着桌子和带架箱子等用具，包壁上挂得满满的，有时髦的皮衣、华丽的民族服装、皮毛和相框等。北、东、西地面有界限的分开，分别铺有地毯或羊毛毡，北侧紧靠包壁摆放着红红绿绿的被子、毛毯等。主人打着手势，请我们在北侧的地毯上就座，奶茶已为我们摆放在小桌子上。

看上去，这是蒙古族一个富裕的牧民之家。

喝着香喷喷的奶茶，我们通过向导不太准确的翻译，向主人了解他们的牧业和游牧生活方式等情况。接着，我侧重询问了解蒙古包的建筑构造、使用的材料数量及其价格、建造的方式方法等。一边问着听着，一边观察着比较透明的蒙古包。很快，七七八八，大体上弄明白了。

具有鲜明民族特色，以适应草原游牧生活特点的蒙古包，其主体是一个圆形的木架结构，由上、中、下三节组成。牧民叫"哈那"的下层木架，根据包的大小高低的比例，用直径长度合适的柳木和皮绳联结成网状方格，可张可合，起着房屋墙柱的作用。被称为"窝尼"的上层包顶，同样用木架连接，呈伞形。包顶中央留有的天井，供通风采光，并做炉筒的出口。包外用毛毡遮盖。一般中型的蒙古包，高二点五米左右，直径四点五米左右；南面留门，门高一米。牧家多为游牧，走时卷毡拆架，住时搭架铺毡。蒙古包可谓是"走动的房屋"，非常方便。夏秋季节，包要搭得高些，以利防雨；春冬季节斜度大些，包则搭得矮些，以保暖抗风。蒙古包具有冬暖夏凉的特点。

搭建一个中型的蒙古包，需要十余条羊毛毡，制毡需一百多公斤羊毛。牧家制毡，自然是土法上马。先根据蒙古包大小尺码计算平面面积，编一个同样面积的红柳条帘子，上面铺上麻袋布一类的材料，将羊毛均匀铺在上面，浇透水，再用圆形木杆卷起，外用牛皮筒护好。木杆两头置好轴与绳，由人骑马拉着拖滚几里路回来打开，再铺相同数量的羊毛，同样用水浇透卷好，骑马拉着再拖滚十多里路后，铺放入的羊毛便成毡子了。根据制毡质量的要求，决定羊毛的质量和数量，且视制毡情况如此循环往复，制成满意的毛毡。毡子成形后，用水洗净晒干，即可用于罩盖蒙古包了。一般盖包毡子的寿命，在十年以上。

一家人在蒙古包内休息的位置，是有严格区别的。最高贵的位置是北侧，只有长辈和贵客才能就座或休息；已婚晚辈夫妇的位置是东侧或东南；未婚男子则固定在西侧；而西侧，女子是不能居住的。如一家有多个子女，父母通常同幼小的子女居住在一个包内。

当然，居住什么规格和质量的蒙古包，是根据主人的经济条件和地位由自己决定的。

休息了一个多钟头，我们感谢主人的盛情款待和挽留，付了吃喝费用，又向目的地前进了。

1987 年 2 月 20 日

巧夺天工的兰州刻葫芦

在一个形若蛋壳、上小下大的小葫芦上，刻着一幅风光无限的《东坡赤壁夜游图》：初秋的江上夜景，清风徐来，水光接天，远山近水，舟行江中；船上伫立六人，神态各异，栩栩如生。这就是闻名中外的工艺珍品——兰州刻葫芦。其精湛的刀法，奇巧的造型，可与北京的玉雕相媲美。

葫芦，是兰州人喜爱在庭院种植的花草一秀。春天，人们在院角、花池点上几粒葫芦籽；夏天，碧绿的藤蔓便爬满屋檐；初秋，葫芦成熟后，人们摘下它，或置于书房案头，或垂吊门旁窗前，成为一种赏心悦目的天然工艺品。有心的艺人刻上人物、山水、花鸟、走兽等图案和诗文书法，便成为高雅珍贵、独具特色的工艺品了。

据《皋兰县志》记载，兰州刻葫芦起源于清代。19 世纪末叶，艺人先是在带皮葫芦上刻画戏剧脸谱，而后经刻葫芦名家李氏的匠心创意，刻葫芦逐渐成为自成一格的艺术珍品。

李氏，名文斋，据传是个清末秀才，擅长书画，然为人傲慢孤僻，落落寡合。辛亥革命后，因其生活无着，遂以刻葫芦换钱谋生。潜心研修，黾勉创新，锲而不舍，功成正果，自成一家。刻葫芦的造诣和成果卓然不群，饮誉金城，广播遐迩。

李对刻葫芦工艺主要做了两项改进：一是剔除葫芦表面原生的粗皮；二是用锡水混合颜料染画，使雕刻的景物和文字不易褪落，色彩鲜艳。李氏刻葫芦，画人物寥寥数笔，则栩栩如生；绘山水花卉，疏而不稀，情趣盎然；刻录诗文，横竖成行，行云流水，笔走龙蛇。李氏的作品，起初只流行于甘肃的官府和商号间。到1922年前后，首次由兰州古董商销往北平，引起京商注意，被誉为"绝技"。于是，兰州刻葫芦便驰名京津，开始远销海外。

任时光荏苒，流年飞逝，唯闯不败，唯创不朽。科学发展，进取创新，新潮兰州刻葫芦，一枝红杏出墙来，分外妖娆。

瞧，在刻葫芦新秀王氏的店铺内，在窗棂上挂着的那个精致花盆里，青翠活旺、长满绿叶的藤蔓般的枝条垂坠而下，绿叶里掩映着一个形若拳头、上小下大的浅黄色葫芦。葫芦表皮同样刻有一幅风光无限的《东坡赤壁夜游图》，同样刻的是远山近水舟行之间，船上伫立着几个人；而人物依然神态迥异、活灵活现外，看上去图面上所有的线条都是活旺旺的，好像不是刻上去的，而是"长"在葫芦上似的。原来，这就是王氏绝妙的探索性艺术创新，选择葫芦生长发育的恰当时机，施用绝技巧夺天工，在鲜活的葫芦上用高超精湛的刀功精雕细刻而成，被称为"生长中的绝品刻葫芦"。被刀刻得遍体鳞伤的葫芦还如此生机勃勃，简直不可思议。

本来的兰州刻葫芦，是在果实成熟摘下干燥后，再经过处理后在瓜壳上雕刻。在活着的葫芦上雕刻，操作师所深谙的学识和娴熟的技能，非一般雕刻家所能及。而且，打理的要求也很高。据说，这项新工艺还处在试验阶段，人们大多还是喜欢传统工艺的兰州刻葫芦。

兰州刻葫芦尤受老年人喜爱，他们有的常拿一对小葫芦在手中把玩，以利于活血舒筋；有的陈设于案头，深情注目着欣赏；有的选择掏空的葫芦，作为玩蝈蝈之用。

总之，兰州刻葫芦的传统工艺得到进一步发展，成为甘肃著名的出口工艺品和旅游品。

1987 年 3 月 24 日写

2019 年 6 月 19 日改

游览北京大观园

入夜，无意之间又悦读《红楼梦》，爱不释手。子夜已过，合目难眠，曹雪芹笔下的大观园，勾起了笔者不久前去首都期间游览北京大观园的追忆……

丙寅暮秋。来到位于北京市西南隅护城河畔南菜园的一条清静大街，只见一道虎皮石为基的白色粉墙，古色古香，蜿蜒南去。沿墙而行，两尊石猴先映入眼帘。随即，出现一座坐北向南、颇有气势的古式豪华大门。何其相似乃尔！这不是《红楼梦》里的大观园正门嘛！

随着熙熙攘攘的人流，兴冲冲地入园游览，在南北名石叠成、藤萝苔藓掩映的翠嶂间的羊肠小径悠然漫步，一块镜面似的白石上镌刻着的"曲径通幽处"五个大字，昭示人们穿石洞往深邃之处游去……

行前，听首都新闻界的朋友介绍说，这座再现大观园的浩繁工程，共分三期：1985 年 7 月竣工的一期工程，完成了八个主景和几个小景；近期，刚刚完工的二期工程，有西大门、藕香榭、暖香坞、蓼风轩、紫菱洲、芦雪庭、凹晶溪馆、栊翠庵、缀锦楼和沁芳水系等十景；剩余的大观园建筑奇景，属于刚开工的三期工程。

欲想细览已建成的这些胜景，非一日所能及。怎奈午后入园，只能"走马观花"。

来到沁芳亭桥，桥西北是贾宝玉的住地，桥东北是林黛玉的栖所，先睹何处？想到贾宝玉是《红楼梦》里的一号人物，便往西北徐行，寻到了这位花花公子的住处怡红院。奇丽各异的山石点缀院中，幽姿淑态的海棠、碧若翡翠的芭蕉，植于阶前，构成了幽雅别致的庭院秋色；三间垂花门楼，四面抄手游廊，五间豪华正房，浑然一体，煞是秀美。这处富丽堂皇的建筑，完全说明这位被贾府"太上皇"贾母所宠爱的少爷的显贵地位。

再访林妹妹的住所潇湘馆，其景致似与她"孤芳自赏、多愁善感"的性格相吻合：修舍清雅端秀，回廊曲折蜿蜒，翠竹亭亭玉立，清泉潺潺盘旋，一派青黛幽静之色。在这位女才子的居室内，细观琴棋诗画，《红楼梦》里描写的其弹唱压众芳、魁夺菊花诗的情景又浮现于眼前……

探访与怡红院隔河相望的栊翠庵，令人心净神清，大有入蓬莱仙境之感。庵中红梅妖娆，芳菲绚丽；庵正殿"妙音香界"的悬匾下，佛像群立，佛家信物，一应俱全；当年妙玉参禅的东禅堂内，氤烟徐徐，炉香袅袅；妙玉与宝玉、黛玉、宝钗，雪水泡茶、品评梅花的场所耳房及陈设等，如《红楼梦》里所写，一切如故。

> 入世冷桃红雪去，
> 离尘香割紫云来。

——这栊翠庵，真如曹雪芹诗《访妙玉乞红梅》所云，是拜佛念经、修身养性的绝妙境地。

兴许是文学经典《红楼梦》描写的许多故事，深深印在心间的缘故，游大观园，每到一景一处，总会意识到这是谁的住地，想到在书里描绘的这里所发生的纠葛和故事。

来到住室宽绰、梧桐欣荣的秋爽斋，即知这是贾探春的居处；进入花木竞秀、暖意融融的暖香坞，便明此乃惜春的住宅；游览与此相邻之处，绿荫遮掩着黄泥墙、茅草门、茅草亭，一瞬间，这处具有田园秀色的地方使人领悟：到李纨的稻香村了；光顾芦雪庵，曹雪芹描写的群芳诸艳在雪天聚庵联诗，贾宝玉落第受罚，冒雪去栊翠庵讨红梅的情景历历在目，使人忍俊不禁；喜访四面临水的藕香榭，顷刻间让人回味起曹雪芹笔下史湘云开海棠社、设螃蟹宴的故事……

大观园纵横交错、池沼棋布的水系，更令人赏心悦目。这股水起于宁国府后花园西北墙角，经大主山北麓，穿沁芳闸进园，流至正殿及石牌坊前汇入大池，尔后又在池东淌入小河，越蘅芜院邻近的蓼汀花溆洞口，引入稻香村后往西南，一路过秋爽斋、潇湘馆、沁芳亭、沁芳池，抵怡红院附近，与另一股水汇合出大观园往西南墙角而去……这条水系上，建有各具特色的亭桥、汉白玉拱桥、古板曲桥、石平桥、竹桥、木桥等，精雕细镂，巧夺天工。

《红楼梦》，先人传承下来的文学瑰宝。大观园，封建社会豪门贵族奢腐的象征。

1987 年 4 月 27 日

骊山上的那些神话与故事

    泱泱浩阔的大西北，千山万岭，奇伟险峻，迤逦旖旎。

    论雄伟壮势，华山、昆仑山、祁连山、天山、阿尔金山，实为奇峰；而讲幽邃秀美，骊山则为英嶂。骊山为周、秦、汉、唐代的皇室园林；与颐和园、圆明园、承德避暑山庄并称，是中国著名的四大皇家园林之一；历代帝王后妃都将这里作为游玩享乐的胜地，建立离宫别馆的仙境。故而，唐代诗豪白居易在《长恨歌》里写道：

> 骊宫高处入青云，
> 仙乐风飘处处闻。
> 缓歌慢舞凝丝竹，
> 尽日君王看不足。

    骊，意为青色奇丽之马。这匹"马"，"卧"在陕西临潼境内。我曾旅游此地，远眺此"骥"，绿峰翠嶂，清幽秀雅，故又有"绣岭"之名；近赏其色，鬼斧神工，锦绣争荣。说它是匹"马"，委实不公，其神韵风姿宛若一位如花似玉的睡美人！

    兴游骊山，深感它最美之时在晨与暮。旭日东升时，漫步于幽径隧道，观青翠绿荫，赏群卉争艳，嗅馥郁芳香，听百鸟欢唱，闻峰谷瀑布奏乐万方，令人如醉如痴！夕阳落幕时，仁立于青峰之脊，翘首而望，红霞万道四射，犹若给山峦披红挂彩、涂朱抹金，分外妖娆，无比绚丽，辉映在晚霞之中的骊山，使人情思飞扬。

这"骊山晚照"便是遐迩闻名的关中八景之一。

骊山，作为华清宫景区的一部分，遍布烽火台、老君殿、老母殿、上善湖、七夕桥、尚德苑、遇仙桥、三元洞、晚照亭、兵谏亭等诸多名胜景点，景景各有传说，点点都有故事。最动人心弦的是"女娲补天"的神话。

上古时期，凶狠的水神共工与刁顽的火神祝融，争霸天下，大动干戈，互相厮杀。水神共工受挫，恼羞成怒，发疯般以头撞不周山，震倒了一根擎天柱，天地各塌了个大窟窿。由此，水火肆虐，猛兽横行，百姓遭劫。

这一切被天宫女神女娲看在眼里，急在心间，十分同情受害的人间百姓。她决然毅然下凡，去拯救人类。女娲的善良之心，感动了她的两个女儿，随着母亲来到人世。母女三人扑灭了大火，引走了洪水，消灭了猛兽；又从江河拣来大批五颜六色的石料，在后来的骊山所在之地炼石浆、搽石饼，补天上的窟窿。为加快进度和减轻母亲、姐姐的辛劳，女娲的小女儿把自己变成一匹青色飞马，抢运补天石饼。经过无数个日日夜夜的苦干，终于补好了天，使之日辉月明，风调雨顺。

随后，女娲和大女儿、变成青色飞马的小女儿，又奋力拼搏，抢补地上的窟窿。不料，窟窿里突冒洪流，顿时淹吞田野、农舍，水中还藏有一条大黑龙，兴妖作怪，吃人为害。女娲母女与黑龙进行了殊死搏斗，终于将其征服；堵洪拦水，治住了灾害。她们继续抓紧补地，用尽了炼、搽下的石浆、石饼和烧下的芦苇灰，地上的洞尚未补好，洪流再度汹涌。女娲的大女儿英勇舍身，将身体化作一道长堤堵住了窟窿和洪流，终于使人间恢复了平静，百姓得以安居乐业。女娲的小女儿由于过分劳累而睡着了……

小女儿醒来后，人间兴旺发达的美景，吸引她不愿再回到冷酷的天宫。她躺卧在大地之上，久久地凝望赏识着青山绿水和田园风光，旷日持久，最后竟变成了一座山，形如一匹骏马卧地。人们十分感谢和敬重她，给山起了"骊"这个美名。百姓为纪念女娲的大恩大德，在骊山上修了座"老母殿"，使这座秀峰平添风采。

中国历史上发生的一些事关帝王、后妃和统帅的著名事件，骊山都是见证者。

西周时，贪婪腐败、不问政事的周幽王，为博得妃子褒姒一笑，居然点燃烽火招引诸侯造成失信，在骊山留下了"烽火戏诸侯"的历史笑柄典故；秦始皇历经三十九年，在骊山脚下修筑了中国历史上第一座规模庞大的帝王陵寝，在四周建造了包括被誉为"世界第八大奇迹"的兵马俑坑等陪葬墓坑，以展现威震四海、统一六国的雄伟军容而闻名于世；唐朝风流皇帝唐玄宗与姿质丰艳、擅长歌舞的杨玉环，在这里上演了温柔缠绵、如胶似漆的凄美故事；在现代史上，国民党将领张学良、杨虎城抓捕国民党首领蒋介石的"西安事变"，也发生在骊山。

1987 年 9 月 26 日

火洲奇观与沙疗胜地

一提起沙漠，人们就会想到"大漠孤烟直，长河落日圆"的壮美景色。

其实，大漠之美，在于它天道无私的奉献。在它广阔的胸怀里，生息着千姿百态的千余种沙生植物，稀有珍贵的动物生灵，产生着食料、药料、燃料、饲料；还有取之不尽、用之不竭的热能资源，被人们尽情利用着。

沙疗，便是被广泛开发和利用的热能资源之一。理想的沙疗地区，在《西游记》里提及的火焰山一带。孙悟空向铁扇公主借芭蕉扇扑灭火焰山烈火的故事，虽属吴承恩杜撰，但火焰山却确有此峰。它位于地处亚欧大陆腹地、俗称"火洲""风库"的新疆吐鲁番盆地。

沿着古丝绸之路，西出阳关入疆，越过哈密，便到了乌鲁木齐的门户、海内外闻名的"葡萄之乡"——吐鲁番。这块盆地是我国气候最热的地方，全年约有六个月时间的酷暑日子。6～8月，平均最高温度达40℃～43℃，火焰山以南可达50℃以上，沙漠地表最高温度高达70℃左右。

火焰山，是距离吐鲁番市东面五公里处的一条蜿蜒八百里的红褐色高山。站在远处眺望，红光缭绕，烟云氤氲，火焰弥漫，宛若烈火熊熊燃烧一般，真是西域奇观。在历史上，火焰山曾经是一片火海。据地质研究得出的结论，在几亿年以前，吐鲁番盆地是一片内海，火焰山是海底的一条沙垄。约二亿三千多万年以来，随着地质的嬗变，汪洋大海消失了，沙垄升高变成了大山。这座山，表层带埋有煤层，风蚀盘剥，旷日持久，山表面的泥沙被飓风卷刮而去，煤层裸露出地表，在酷暑高温下自燃起来，八百里山峦成为一条火龙。烈焰熄灭，山体凝固成红色烧结岩层状，后经地壳长久横向运动，山体面像是被"雕刻"上万千条弯曲的褶皱。在烈日照射下，仍若燃烧一般，煞是壮观。

吐鲁番也是全国最低的地方，仅次于约旦的死海，为世界第二低洼地。盆地位于东经 87°16′～91°55′，北纬 41°12′～43°40′ 之间，四周高山环抱，中央低洼。这里的艾丁湖湖面低于海平面一百五十四米，个别低洼的地方比海平面低一百六十一米。正是由于吐鲁番盆地得天独厚的地理、气候造成的热能条件，不仅使这里成为优质葡萄生长的理想属地，也使得当地的沙漠具有治疗疾病的奇特功能。

沙疗，是我国西部沙区一项珍贵的医学遗产。据考证，"火洲"沙疗已有百余年的历史。当地的医疗机构都在沙漠里建有沙疗所，每当夏季来临，沙疗所所辖的连绵沙丘里布满了五颜六色的帐篷，接待来自四面八方的病患者。沙疗经济方便，且无副作用，对治疗风湿性关节炎、类风湿关节炎、慢性腰腿痛和血管栓塞性脉管炎等疾病，具有超胜药物和室内理疗的特殊功效，一向为沙区百姓所利用。

沙疗治病的科学道理在于：这里得天独厚的干热气候和沙粒的高温，可促进人体血液循环；身体受到阳光中较强的红外线照射，全身末梢血管会扩张，神经功能得以激活和恢复，还会引起机体内部的增热反应；身体埋沙热疗后，受到热沙柔和的压缩，加强了向组织深部加热，从而使细胞的新陈代谢增强了活力，提高了人体的抗御疾病能力。

每年 6 月中旬至 8 月中旬是沙疗的最佳季节，最好时间又在北京夏时制十六时至十八时。这期间，沙漠十厘米内沙层温度在 41℃～45℃。患者在医生的指导下进行沙疗，或卧或坐，或把胳膊、腿部等身体的局部埋入沙中，接受适时适度的热沙治疗。盛夏时节的沙漠，酷热异常，病人因流汗会大量失水，要遵医嘱补充水分，最好是淡盐水。有些疾病，如皮肤感染病、活动性肺结核、高血压、心脏器质性疾病，是不宜沙疗的。

每年，络绎不绝的病患者来到"火洲"沙漠疗病。据介绍，经过一段时间的沙疗，他们当中的许多人都恢复了健康，许多"老寒腿"即严重关节炎等患者，包括一些瘫痪多年的病人，竟神奇般迈开了矫健的步伐。

1987 年 11 月 12 日

冬令佳肴说火锅

北方的冬令食品琳琅满目，应有尽有，而人们时常为之垂涎的是火锅。真有口福，友人相约，食火锅涮羊肉，热气腾腾，肉香扑鼻。席间，众君谈笑风生，海阔天空，话题自然不离火锅。

中国美食，源远流长；火锅一绝，历史悠久。火锅源于何时？七嘴八舌，众说纷纭。陈君说，火锅恐起自唐代。论据是，白居易的《问刘十九》便是根据：

> 绿蚁新醅酒，
> 红泥小火炉。
> 晚来天欲雪，
> 能饮一杯无？

他说，白居易诗中描绘的"红泥小火炉"就是这玩意儿；柳君则不以为然，说东汉就有火锅了，那时的火锅叫"斗"，早有文物佐证；历史和饮食知识渊博的郑君提供了最新的依据：近年，我国在内蒙古昭乌达蒙敖汉旗出土了一处壁画墓，其中有一幅众人围着火锅吃涮羊肉的生动图画，被历史学家和考古学家确认为是辽代初期的涮肉火锅。这就说明，在千余年前的辽代，我国民间就有吃火锅的食俗。

议论风生，史证愈多。劳动人民创造的火锅烹调技艺，盛行于清代。从皇家贵族到黎民百姓，均视火锅为美味佳肴。清乾隆皇帝最喜食的便是火锅，他曾在宫廷举行盛大的火锅宴，耗用了一千五百多种各式各样的入锅佳肴，百品纷呈，风味各异，成为美食佳话。兴许是皇上垂青火锅的缘故，列入清宫膳食之首的名馔乃"野味火锅"。

火鼎膏凝雉，
炎炉胏熟羊。
煮鸦真琐细，
炙雀漫张皇。

清代诗人方元鹍的俳谐诗《铁船诗钞·咏都门食物作俳谐体》说明，野鸡火锅和烤羊肉在当时已很驰名。

沿袭迄今的华夏各地的现代火锅，种类无计其数，遍及城乡各地，北方尤为盛行。春节，东西南北中，千家万户，谁家餐桌上无火锅？笔者前年去辽宁，吃了著名的"白肉火锅"，真是难忘其鲜。铜质火锅灿亮，造型美观典雅；食物丰富多彩，烹艺精湛绝伦。请教了一位美食家方知，始于满族的"白肉火锅"是东北美食之精华。其做法是，先将上等猪肉切块煮好后冻透。做火锅时，用刨子刨成刨花状，入白汤原汁于锅内，沸腾后加入刨花肉，另配适量牛、羊、肉、鸡、鸭、虾等肉和海米、冰蟹、蛎黄、粉丝、冻豆腐、酸菜等食料，吃时蘸以韭菜花、蒜苗、腐乳等，汤鲜肉嫩，腴而不腻，风味绝佳。后看《奉天通志》悉，原来东北人最讲究吃火锅，旧时"备辽参，佐以猪、羊、牛、鱼、鸡、鸭、山雉、虾、蟹子肉及上乘鲜菜食火锅"，如此美味大汇，自然是火锅佳馔。

去年，我去云南，在"五朵金花"的故乡大理，吃到"活鱼火锅"，更是大开眼界，大饱口福。烹调大师在餐厅手持活鱼，去鳞剖腹，当众表演。半个时辰后，火锅上桌，除当地饵海的名贵淡水鲤鱼肉为主外，还有火腿片、鲜肉片、嫩鸡块、海参、猪肝片、冬菇、蛋卷、肉圆、玉兰片等，配料齐全，色彩斑斓，香味扑鼻，入口鲜美，令人叫绝！

我讲了东北、云南的火锅为大伙助兴，没料又引起众人的一番美谈。郑君说广东火锅，柳君讲上海的菊花火锅，陈君谈重庆的毛肚火锅……呵，没完没了的火锅。

华夏大地，美食遍布，火锅各异，构成了中华民族烹饪文化的灿烂一页。

1988 年 3 月 5 日

沙漠里出产的"人参"

　　说及人参，人们自然会想到东北的深山密林。然而，在西北浩瀚无垠的沙漠里，也生息着"人参"——肉苁蓉和锁阳，它们皆为珍稀名贵药材。

　　多年生草木植物肉苁蓉，属列当科苁蓉属，别名大芸、苁蓉，还有个蒙语名"查干告亚"。沙漠是它的故乡，在大西北地区的瀚海里均有分布。肉苁蓉，有极高的药用价值，在中药学上以茎入药，性微温味甘，具有养筋、补肾、壮阳、利肠、通便的特效功能，主治肾虚、阳痿、遗精、腰膝痛、尿血和肠燥便秘等症，还对一些妇科病及习惯性便秘、较严重的贫血等疾病，有显著的疗效。

　　新鲜肉苁蓉，富含营养丰富的乳汁，是滋补人体的优佳食品，能似水果一样生吃，又可炖肉、做菜和调汤。

　　肉苁蓉在药界名声赫赫，然而对于它奇特的生长特性，除专门研究沙生植物的科学工作者和沙区老药工，就鲜为人知了。说起来是蛮有趣的。我们知道，动物界有许多寄附在异体动物身上靠剥削过日子的"寄生虫"，植物界也同样有这种靠寄主生长的植物，肉苁蓉就是一种。因为，肉苁蓉的整个植株上都没有叶绿素，不能自己制造养分，只得寄生；它的寄主是沙生植物，主要为梭梭柴和红柳。梭梭柴的根系极为发达，能吸吮地下深部的水分，不怕高温炎热，极抗干旱盐碱，无畏狂风沙袭，是沙生植物中的"英雄树"。肉苁蓉"背靠大树好乘凉"，其主根连接在梭梭柴的根系上，摄取各种养分，安然无恙、舒舒服服地生息着，梭梭柴任其"剥削"，也毫无怨言。

　　每逢生机盎然的明媚春天，随着沙生植物生机时令的到来，肉苁蓉也身着黄色的"鳞片外衣"，以圆柱体般的形状破土而出，茁壮成长。它能自避体内水分的过多丧失，又可抗御酷热、风沙袭击。肉苁蓉出土后不久，趁它鲜嫩、营养丰富之时采收，方可保其经济价值。肉苁蓉花开有黄色和紫色两个色种。它们的茎部特别肥厚，均寄生于梭梭的根系上。

> 锁阳啊锁阳，是药又是粮。
> 体弱采它补，饥饿可当粮。

这是旧社会流传于玉门关内外一带百姓吟唱于口的歌谣。它既是当地劳动人民过往辛酸生活的真实写照，也印证了野生草本植物锁阳的特色功能。

锁阳的肉质茎富含淀粉，古来群众做食品食用，味道鲜美，既能充饥，又可解渴。作为中草药，锁阳载入《本草纲目》，有补气血双亏、肾虚阳弱的特殊功效。

锁阳，主产于河西走廊酒泉地区的荒原戈壁，尤以"世界风库"安西一带出产的锁阳质量最佳。现安西县城东南处的锁阳城，就是因为当地盛产的锁阳，曾救助唐朝著名将领薛仁贵部队缺粮之急而得名。

据史料记载，锁阳城原名苦峪城。当年薛仁贵率部征西，中敌埋伏被困在苦峪城中，部队给养中断，粮食奇缺，情势严重。薛仁贵身先士卒，同士兵们一起挖草根、剥树皮充饥。他们深夜潜出到城外荒原荒地挖到一种形似小红萝卜、表皮皱缩的东西，吃起来很甜，且无不良后果。经向当地百姓打听，原来叫锁阳，"既是补药，又可当粮"。薛仁贵大喜，下令士兵大挖锁阳充饥，坚持到敌退胜利。为了纪念这种野生植物解救军队饥饿、摆脱困境之功，人们把苦峪城改名为锁阳城。

同肉苁蓉的生长特征一样，作为寄生植物的锁阳，以白刺为主要寄主，亦靠"剥削"为生。然而，锁阳也无私地奉献于人们，采锁阳已成为当地群众的一项多种经营项目。每年秋季，人们采挖售卖锁阳，通过物流渠道，使它走进全国各地的医药商店，供应病患、体虚弱者之需。

1988 年 8 月 8 日

甘草著称中成药坛"国老"

在大西北，尤其在古"丝绸之路"陇疆地段，每当春末夏初，戈壁荒滩到处可见到一株株墨绿色枝叶、盛开紫蝴蝶般花朵的野生植物，长得郁郁葱葱，它就是被人们称为"戈壁药宝"的中药材甘草。

中国甘草，自古至今，闻名于世。上至皇室重臣，下到黎民百姓，广及海外炎黄子孙，谁不知道来自华夏内陆的戈壁荒漠的甘草？

甘草，属豆科多年生草本植物，做药用的为主根粗壮。明代钦定的《四库全书·霏雪录》记载，西北出产的"甘草大者如柱，土人以架屋"。因甘草根味甜，又有"甜草"之称。我国东北、西北和华北广有分布，西北为盛产地。在古阳关外，几万亩、十几万亩的大片天然甘草群落并非稀罕。就是在这样一个适应其生长的理想属地，为我国医药业乃至世界各地提供着取之不尽、用之不竭的甘草药源。因此，甘草成为陇原大地资源丰富的野生特产。

甘草根茎性味甘、平，入药有补中益气、清热解毒、祛痰止咳、调和诸药之功效，主治脾虚泄泻、肺虚咳嗽、痈疽疮疡、咽喉肿毒等症，并能缓和某些药物的峻烈之性和矫味。人们熟知，有数十种片剂、水剂中药内，都有甘草的成分。治疗咳嗽有特效的甘草片，几乎是千家万户不可或缺的常用药。

甘草除药用外，还是提取甘草脂类的食品原料。甘草脂类的甜度，远远超过"甜王"糖精。制作高档蜜饯、糖果和饮料，放入适量的甘草脂，别具风味，香甜异常，且成本低廉。西北甘草产区的群众，素有泡甘草水当甜茶喝的习惯。此外，甘草可用于卷烟和制作调味剂。秋霜打过的甘草枝叶，所含单宁大大减少，是家畜喜食的饲料，还是火力旺、耐燃烧的燃料。所以，长期以来，甘肃甘草，一向以质地优良、枝秆粗壮、药效显著、用途广泛的特色，在国内外市场独占鳌头。在一些国家和地区，中国甘肃出产的甘草犹如东北人参那样珍贵。

由于长期的自然驯化，甘草不怕狂风、飞沙，无畏干旱、酷暑、严寒。防风固沙，甘草在西北荒漠生息的野生植物种类中，也是个"突击手"。恶风袭来，虽吹得其身摇摇晃晃，身板却依然挺拔不倒，还会缓冲风速；沙石飞打，它张怀"挽留"，收在脚跟，不再让其"横冲直撞"。甘草能够战胜恶劣的自然环境，就在于它的根系特别发达，一般有八九米长，可吸吮地下深部的养分和水分。

时届"芒种"甘草透苗前，或到"白露"地上茎叶枯萎后，均是采挖甘草的季节，尤以秋季为佳。甘草系野生野长，须科学采挖，不能损伤母根，才会使其繁衍更新，永续利用。近年来，甘草由野生变栽培的试验已在甘肃获得成功。

1988 年 8 月 18 日

西山，风韵独绝的"睡美人"

耳闻良久，昆明西山是西南名山大川之一绝。今日兴游，耐人玩味，风姿绰约，尽显妖娆。从远处眺望，蜿蜒逶迤、连绵起伏的西山山脉，宛若一位优雅蜷腿仰卧，青丝散垂滇池两岸，无与伦比的绝美妙龄女子。

秋天的国庆期间，中国科普作家协会组织二十余名作家在云南采风，先去西双版纳周余时光，回返春城大多人感觉疲惫，商议先休息一下。而陈毅元帅的醉人诗篇《昆明游西山》便浮现于脑际：

> 昆明城，三月三，数万人，游西山。华亭怪，太华寒，龙门险，滇池宽。叹浩渺，嘉空阔，赞大观。指风帆，数渔汀，白鸟穿……

入住酒店放下简装，我和几位友人，向作协带队老师请假获准，便迫不及待地打探道路，搭车往西郊十五公里处驰骋，游西山去！一路上，车水马龙，络绎不绝，好不热闹。

西山，在古代就有"滇中第一佳境"之誉。进入仙境，游人如织川流不息，黄皮肤人居多，白皮肤、黑皮肤人混杂其间，都来去匆匆，喜气洋洋！

随着一条蜿蜒崎岖、奇花异草簇拥着的石板幽道盘旋而上，时而送我们到险峻的奇峰英嶂之巅，时而把我们引进雄峭的嶙峋怪石之中，时而将我们"推于"凌峥的悬崖峭壁之边，时而带我们进入峥嵘的古刹殿宇之内……这时，我才有所领悟，陈毅诗中那"怪、寒、险、宽"四个字的含义，高度凝练地点破了西山胜景独具的神奇风韵特色！

兴许是初登西山的激动，我们穿碧鸡山，越华亭山，过华亭寺，一鼓作气，攀登到西山之腹太华山小憩。置身于奇石幽峭险仄、山泉溪流淙响、花木繁茂烂漫的仙境之中，四顾眺望山涧，五百里滇池尽收眼底。西斜的阳光把万道金辉洒向碧波，波光反射出耀眼的金色，闪闪烁烁，脉脉含情。滇池，敞开她那宽阔硕大的胸怀，拥抱着西山。远远望去，水、天、日融为一体，浑然一色，好美的一幅西山风景画啊！

几个人仰卧于绿草青苔里，左顾右盼，赏山茶杜鹃，观玉兰丹桂，看翠竹松柏，扫天光云影，兴奋极了，深深醺醉于大自然的浓郁气息之中。在四旁近处，爱侣恋人的嬉闹声不时传出，夹杂着动人的情歌：

> 日也依依哟，
>
> 梦也依依哟，
>
> 聚也依依哟，
>
> 别也依依哟，
>
> 今生今世相依依哟……

进入隐藏在茂密参天的古杉林中的太华寺，浏览这座由天王殿、大雄宝殿、缥缈楼、一碧万顷阁、水榭长廊及南北厢房组成的寺院，众友深深领略到西南边陲独具一格的古代建筑艺术，鬼斧神工，巧夺天工。据寺里人介绍，太华寺初建于元朝太德丙午（1306 年）春，明、清续建重修。缥缈楼前的大理石浮雕栏杆，系清代重修寺院时，从吴三桂王府拆来的。北京的高先生说，明代著名地理学家、旅行家和文学家徐霞客，在《游太华山记》中，对这座西山最大的古刹赞不绝口，感叹不已！

一阵《大路歌》声，引我们进入一座墓地——闻名于世的人民音乐家聂耳便安息在这里。大家肃穆景仰地踏上象征着音乐家二十四岁年轻生命的二十四个台阶，静立于墓前，向长眠于此、大作流芳的艺术家深深鞠躬，敬献上一束束山花。

云南省政府于 1980 年重建的这座聂耳陵墓园，位于西山太华寺与三清阁之间的一片苍松翠柏之中，面湖背山，景色宜人。墓园呈云南月琴状，墓穴在琴盘发音孔上，墓前七个五彩纷呈的花坛代表着七个音阶。让音乐家在充满着如此建筑艺术细胞、清幽高雅的音乐环境中长眠安息，深深寄托了云南人民对自己优秀儿子的无限哀思。此时，一阵清风拂来，花坛内微微摆动的鲜花，仿佛在依次演唱着聂耳的杰作《义勇军进行曲》《毕业歌》《码头工人歌》《大路歌》

《新女性》《铁蹄下的歌女》……

《义勇军进行曲》成为中华人民共和国庄严神圣的国歌，是全国人民的共同心愿。凝视着墓碑，我在心笺默默记下文学大师郭沫若先生所撰的几句碑文：

> 聂耳同志，中国革命之号角，人民解放之声鼙鼓也……聂耳乎，巍巍然其与国族并寿而永垂不朽乎……

抵达嵌缀于千仞峭壁上的西山胜境——龙门，犹如腾云驾雾于九霄之中，颇有飘然欲仙之感。大自然在这里一显不凡身手，精雕细镂下满山遍野的石头"杰作"，千姿百态，栩栩如生：有的若飞禽走兽，有的如叟童青妪，有的似林木花卉……还有那仙人洞、无底洞、石罗锅、冒气洞、天灯一盏等诸多名胜，多姿多彩，各臻其妙，不啻为名胜绝景。

游昆明西山，龙门是个热点。中外游客络绎不绝。据闻，过往因出现过通道拥挤堵塞，游人时常抱怨。昆明市政府拨出专款，抽调能工巧匠会战，在悬崖绝壁上开凿了一条人行迂回栈道，大大缓解了拥堵的情形，游客们皆大欢喜！

西方天际的余晖，呼唤我们踏上了归途。回味兴游西山，是一条步步通幽步步奇的碧绿路径，把碧鸡山、华亭山、太华寺、三清阁、龙门等雄奇仙境，牵在一起熔为一炉，构成了整个西山绰约多姿、风韵独绝的"睡美人"形象，让人流连忘返，不忍离别。

啊，秀丽的春城！

啊，迷人的西山！

1988 年 10 月 5 日

冬虫夏草名副实

辛未年暮春。经济特区深圳。

深圳国际商品博览会，人流如潮。数百家中外商客在这里展出了自己的王牌产品和商品。

作为与会的一个甘肃籍人，我自然特别注意来自西部的东西。我发现，许多外商和深圳商人围观"冬虫夏草酒""凉国春""雷台酒""松鹿曲"等各类酒品的展台，看着听着品着，啧啧称赞着。商人和行家尤其对冬虫夏草甚感兴趣，纷纷订货"冬虫夏草酒"。

这些酒品来自地处大西北的河西走廊东部的古凉州武威。

可能是出于对记者这个身份的信赖，注重货真价实的深圳和外地商人私下纷纷找我，了解"冬虫夏草"和"冬虫夏草酒"。我就把亲身经历的见闻告诉了他们……

那年，去青藏高原。

在海南藏族自治州，同行的诸多科普作家、记者在一个馆子聚餐，点了一桌子的牛羊肉、鸡、"青海湖鱼"等菜肴里，都有似动物又像植物的一种动植相兼的生物。馆子老板给大家介绍着这种名叫"冬虫夏草"的营养价值。

高原造访数日，膳食不离虫草。尤其是那牛粪火清炖的"雪鸡虫草""岩羊肉虫草"等佳肴，风味独特，极富营养，迄今令人难忘。一位藏族书法家赠我一幅字，亦是清代杰出文学家蒲松龄赞美虫草的诗句：

　　　　一物竟能兼动植，

冬虫夏草名符实。

青海人对虫草的如此厚爱之情，萌动了我们到高原深处采风，欲目睹弄清虫草是如何生长的念头。真巧，那时正值"虫变草"的季节。州府的官员满足了我们的愿望，我和大伙兴趣盎然地到了盛产虫草的农牧区。

时令已届初夏，但春风方拂高原。田野的冻土刚刚消融，到处可觅一种嫩绿的小芽蠢蠢欲动。陪同者介绍，这正是由"冬虫"头部长出来的"夏草"；到了寒天，"夏草"枯了，地下的"冬虫"则会活跃爬动起来，像春蚕一样。冬为虫，夏为草，因此而得名。每年只有一次采挖时机，在5月中旬至6月下旬，"雪融化到哪里，采挖虫草就到哪里"。

几天来，我不时仔细欣赏着已成为商品的冬虫夏草，其"玉体"粗壮丰满，色泽光亮，深黄透红，略带黑纹，形若小人参似的。翻了一些古籍获悉，虫草出产于青海、甘肃、四川、云南等省海拔三千至五千米的高寒山区草原，青海高原为主产地。自明代始，青海虫草就在国际市场享有盛誉，在日本、东南亚各国成为抢手的中国传奇珍宝。

听青海的专家介绍得悉，百余年来，青海虫草历来为我国创汇率最高的出口中药材之一。目前，每吨虫草在国际市场上的售价为七十万美元以上。而现在市场恶炒，虫草价疯涨，一根虫草就要三五十元人民币，成为物价上涨的佼佼者，很离谱。

冬虫夏草的珍贵在于其神奇的药用价值。古医书载，虫草味甘、性温、气香，能强筋养骨、秘精壮阳、补肺益肾，且补命门。古来是医家用于主治气喘咳嗽、盗汗、体弱、肺痨肾虚、腰酸腿痛、阳痿遗精等症的良药。现代医学测定，虫草含有虫草酸、蛋白质、脂肪，分别约为7%、25%、8.4%；含有游离氨基酸十二种，水解液氨基酸十八种，碳水化合物28.9%；还含有六碳糖醇、维生素B12、麦角脂醇、生物碱等成分。

医疗临床表明，虫草除古医书记载的作用外，对人体肠管的蠕动、子宫的收缩有一定的抑制作用，且对心脏有增强收缩之功，还是结核杆菌、肺炎球菌、链球菌、葡萄球菌的"克星"。

青海人善于利用自己的资源优势。他们借鉴明清宫廷保健药方，用虫草配制生产的虫草蜂王浆、虫草速溶茶、虫草精等保健佳品，风靡市场，很受消费者青睐。

回到兰州我想写篇东西，介绍一下奇妙的冬虫夏草，终因各类事务所赘而

"搁浅"。

是年底，西部盛传两则讯息：一是青海省出产的冬虫夏草今年继续成为该省出口创汇的拳头产品之一；一是甘肃武威酒厂生产的"冬虫夏草酒"，被第十一届亚运会组织委员会命名为亚运会标志产品，并在中国首届轻工博览会上获得"银质奖"。

冬去春来，日子飞逝。次年夏天，到历史文化名城古凉州武威采访，又闻省电台播送的"冬虫夏草酒"的新鲜事儿。

年逾古稀的武威铁路分局机务段退休工人段德俊，得了个怪病：手足冰凉，经常抽筋。有病乱投医，西医不灵，中药无效，电疗亦"爱莫能助"。老头有点绝望了。

不料，别人送来两瓶"冬虫夏草酒"，段德俊喝了，竟感到手足不凉了，抽筋次数减少了。老头乐了，买虫草酒喝了十多瓶，病症全然消失了。

"冬虫夏草酒"产生奇特功效的信息，不断在四处传播。我亲耳听了多人的叙说：

开了一辈子汽车的兰州退休工人戴鸿年，因终年劳累，得了腰酸腿痛、浑身疲乏的毛病，久治不愈。喝了"冬虫夏草酒"，渐好，坚持喝直至病痛全无。

武威市经委干部高登志、该市新鲜乡菜农贺长栋等人，喝了"冬虫夏草酒"，竟治好了四肢麻木、肾虚腰痛、失眠健忘等病症。

一些中老年人喝了"冬虫夏草酒"，感觉更富有青春活力了……

"冬虫夏草酒"，究竟是什么"灵丹妙药"？我到武威酒厂采访厂长杨生勇。这个谦和结实、面相慈祥的中年汉子，谈起他酷爱着的酿酒事业，和由他一手组织研制生产的"冬虫夏草酒"，颇为亢奋。

原来，"冬虫夏草酒"是一种三十五度的保健酒，具有抗病痛抗衰老的作用，还说"有抗癌的效果"。采用的基酒是该厂生产的松鹿牌优质白酒，用的虫草正是青海出产的名贵产品。除虫草外，还用了补肝益肾、养血明目的宁夏头等枸杞，行气止痛的珍稀药材沉香，固表补气的上乘黄芪等十多种中药材。其酒液芳香浓郁，酒药协调；味微甜丰润，醇厚柔爽；色呈枣红，鲜丽晶莹。

杨生勇说，目前，"冬虫夏草酒"已走出甘肃，走出西部，走向全国，走向海外。

不久又悉，该酒在第二届北京国际博览会上获得"银奖"。

冬虫夏草的神奇让人有点激奋。隔了又一载，经报社研究同意并上报甘青宁蒙四省区政府主管机构批准，由《中国西部发展报》面向全国举办了"全国冬虫夏草杯征文大奖赛"，历时六个月，取得巨大成功。金秋十月，报社举行颁奖典礼，全国人大常委会副委员长、著名社会学家费孝通和甘肃、青海、内蒙古等省区的主要领导莅临祝贺，并给获奖者颁奖。

这次征文的意义和作用，除既表示对中国传奇珍宝冬虫夏草的看重，也包含着对虫草青海主产地和"冬虫夏草酒"生产商家的祝贺，而最重要的是通过宣传西部各条战线上的优秀人物的先进事迹，大大促进和推动了大西部开发和建设的伟大事业。

啊，冬虫夏草，西部大自然的骄子！

1990 年 8 月 20 日

乌鞘岭脚下的"黄金城"

敦煌莫高窟，大漠月牙泉。雅丹魔鬼城，张掖彩虹山。酒泉锁阳城，武威雷台墓。祁连冰雪峰，河西绿千里。黄河羊皮筏，景泰有石林。临夏炳灵寺，天水麦积山。仙地扎尕那，天池官鹅沟。甘南大草原，夏河拉卜楞。陇东黄土塬，陇南百药乡。东西跨度一千六百公里，连通的是道路，畅通的是贸易，传播的是文化。大自然组合的"五线谱"，演奏着深沉悠扬、韵味美妙的"甘肃之歌"。

千里陇原，辽阔壮丽。钟灵毓秀，物产丰饶。五彩斑斓，风情万种。甘肃，是一个充满野趣和神秘浪漫的地方，丝绸之路必经之地，亚洲最火爆的旅游胜地，伏羲文化、轩辕文化、大地湾文化、先秦文化、石窟文化的发祥地。

甘肃，还有比较丰富的石油、煤炭、矿物、天然气，丰富的风能、太阳能等。一百七十多种的矿藏资源中，金矿引人注目。曾几何时，乌鞘岭的"黄金城"是别开生面的一处胜景。

杨柳夹道，峻峰千嶂，肥田沃野，草原茫茫。清晨，驱车从兰州往西驰骋，饱览一路旖旎的风光山色，约莫中午就可到达位于河西走廊东端的地势险要、隘路狭窄的门户屏障——天祝县境内的乌鞘岭。

乌鞘岭，古时是丝绸之路上的一个天然关口。向西是沟通西域的必经要道，向东是河西走廊通往长安的重要关隘，也是中原进入千里河西的第一道屏障。这里还是中国地理位置上极为特殊和重要的多个分界：是中国西部绿洲灌溉农牧区与东部农业区的天然分界线；是甘肃河西走廊与陇中高原的天然分界线；是东亚季风抵达的最西端，因而是季风区与非季风区的分界线；是"母亲河"黄河与河西走廊内流水系石羊河的分水岭，因而是外流河与内流河的分界线。

回眸历史，相传乌鞘岭曾是八仙之一韩湘子神游过的地方。历史告诉我们，乌鞘岭，是汉代特使张骞出使西域，少年英雄霍去病统帅十万铁骑征战漠北，高僧玄奘西出历经磨难取回佛教经典，民族英雄林则徐因禁鸦片被腐败的清政府流放远遣西陲，都经过的地方。

"大陆桥"兰新铁路必经之地的乌鞘岭，最高处海拔三千五百六十二米，四季白雪皑皑，春冬严寒自不待言，一旦入秋便冷气袭人。1956年，叶剑英元帅乘火车赴河西走廊视察途中，一路诗兴勃发，写下了脍炙人口、流传甚广的七首组诗《西游杂咏》。其中，列车路过永登，到达抓乌鞘岭东坡（诗人称为东滩）爬坡而上，他隔窗相望，见乌鞘群峰云遮雾罩，银装素裹凌空横卧，顿生豪情，赋诗《西游杂咏·永登》曰：

> 拔海二千七公尺，
> 昔日平番今永登。
> 车上东滩滩上望，
> 乌鞘白衣卧云天。

叶帅借雪比兴，诗中绝句"车上东滩滩上望，乌鞘白衣卧云天"，气势恢宏、磅礴大气，写出了乌鞘岭的崎险伟岸、迤逦壮观，诗作让人们耳熟能详。乌鞘岭东、西坡三千米以下的地方，便为生机勃勃的良田和牧场。也正是这个"乌鞘白衣"的天然水库，终年不断地向东西坡输送着雨雪水，养育着这里的庄稼、草原和牛羊。

谁会想到，在这"天苍苍，野茫茫，风吹草低见牛羊"的地方，竟藏匿着一座"黄金城"，就在乌鞘岭附近的双龙沟。

20世纪80年代，笔者曾来双龙沟采风。那时的所见所闻，迄今历历在目。"黄金城"顺着山沟绵延十余公里地带，房屋、帐篷、毛毯房、干打垒地窝子、围栏等，星罗棋布，形成的街市巷道纵横交错，来往的车辆行人川流不息，繁华热闹非凡；中心地带的商业服务、文化娱乐、医疗卫生、机械修理等网点，鳞次栉比，各业俱全，生意兴隆。数万采金人、经商者生息在这里，喧嚣声、汽车声、机械作业声，汇成了一首粗犷雄浑的"交响乐"，使这个山沟显得生气勃勃，气象万千。

双龙沟地下二十多米深处蕴藏着比较丰富的黄金，八十年代起被民间开发，异军突起，成为古丝绸之路上遐迩闻名的淘金场，1985、1986年曾是国内最大的采金点。那个时候，有三万五千多名淘金客登记注册在双龙沟淘金，共掘有四百多口采金井；各类服务业五百多家，数千人在这里从事第三产业，为人们提供服务。

黄金珍贵，来之不易。看看采金的过程，便知黄金是汗水的结晶。先掘挖成一口二十多米深的井，便进入了淘金工序，费力地把一筐筐沙土从井底吊上来，倒进淘金槽中用水淘洗。槽的底板上有十多条不等的一指宽的齿形凹沟，与水流方向形成垂直，随着流水淘洗，比重小的沙子、碎石和泥土不断被水冲去，比重大的石头和沙屑便留存于凹沟之中了，天然金沙金屑甚至是金块，则明显地暴露于其中。说起来容易，干起来艰难。淘金者头顶烈日或冒着严寒，汗流浃背地作业，一般要淘洗过几十筐沙子，淘金槽的凹沟里才积存一小撮闪亮的金砂。那些较大的金屑和金块不是轻而易举能够出现的。这种古老简单的淘金术并无什么深奥之处，力气、耐心和运气，是淘金人的"绝招"。

劳动总能孕育果实。双龙沟得天独厚的储金量总使淘金者劳而有获，并使一批人富裕起来。一般每个井口，由数十个农民自愿联合组成一个淘金组共同作业，一个生产季节下来，每人平均能收入人民币万元以上。据介绍，双龙沟所在的哈溪镇，仅1985年就有五百多名采金农民进入万元户行列。1986年5月7日，这个镇新民村的一个联合作业组喜逢良运，挖出一块重十点七公斤的金块，获得四十六万元的巨额收入，轰动了"黄金城"，使数万淘金者的劲头倍增。当然，昂贵的黄金也招引去不少投机商在那里非法收购倒卖。

土地和矿藏为国家所有。后来，经过整顿治理的"黄金城"，已不再成为个体淘金者和黄金自由买卖的发财之地。有关部门已组织起集体单位有计划地采金，为国家创收财富。双龙沟属于高寒区，采金的大好季节在立夏至霜冻这个时期。地冻之后，喧闹鼎沸的"淘金热"就转入低潮了。

阅读古诗词，可知淘金业发展历史悠久。出名的淘金古诗词不少，现今人们最为熟悉的是唐代诗人刘禹锡所作的《浪淘沙》九首之八："莫道谗言如浪深，莫言迁客似沙沉。千淘万漉虽辛苦，吹尽狂沙始到金。"还有唐代诗人王周的《淘金碛》："画船晚过淘金碛，不见黄金惟见石。犹恐黄金价未高，见得镃铢几多力。"

历史上的淘金业，向来是冒险家发财者跟风不衰的致富行当，中国众多金矿区也曾掀起过几度盛旺的淘金浪潮。还有众多的淘金者远涉千山万水，去海外如美国西部的富矿区淘金，旧金山据说就是被中国淘金工叫作"金山"而得名。

1991年6月5日

情注沙漠樱桃

1

庚午阳历年6月下旬。

地处西部河西走廊的中国历史文化名城武威。

凉州宾馆大酒楼。作为东道主的中国西部发展报社和甘肃武威酒厂，斯时斯地设宴款待前来大陆西部访问的台湾作家、诗人墨人先生。这位在兰新公路上被颠簸了五百多公里的文坛宿将，居然精气神依然旺盛，刚下汽车，风尘未洗，便兴致勃勃地来赴宴。那笔挺的身板、矍铄的神情，谁能想到他是位古稀老人啊！

> 渭城朝雨浥轻尘，客舍青青柳色新。
>
> 劝君更尽一杯酒，西出阳关无故人。

餐厅漂亮殷勤的服务员女孩，朗读了唐人王维送朋友去西域守护边疆的七言绝句《送元二使安西》后，给墨人先生敬上一杯武威酒厂生产的佳酿"冬虫夏草酒"。作为诗人的墨人一听，忽地站立起来，目光洋溢着赞赏之情，望着女孩接过酒杯说："有朗诵感，不错。这是千古传诵、脍炙人口的送别诗！"然后一饮而尽，"谢谢！"

女孩又斟满一杯当地出产的沙樱桃果汁。不料，他的随行人员客气地说："谢谢，先生不喝饮料，因为他不喜欢饮料里的任何人工添加剂。"

"沙樱桃果汁里没有任何添加剂。"我对果汁加工工艺了如指掌，忙向墨人先生介绍，"这是用野生植物白刺的鲜果制成的一种天然高级保健饮料，相当好喝的，请先生尝尝。"

墨人先生端起杯子，小心翼翼地呷了一点慢慢品着，半晌，又呷了一口品着……顷刻，面色严肃的老先生乐呵呵地喝起彩来："好喝！味醇爽口，毫无异味，果然是天然佳品！天然佳品！"随即，诗人朗诵出唐代诗仙李白七言绝句《客中行/客中作》的前两句："兰陵美酒郁金香，玉碗盛来琥珀光。"他朗诵得很有韵味，显然是借用古诗句赞美沙漠樱桃汁。此刻，他望了望敬酒的女孩。聪明的女孩立马领会其意，补充朗读了后两句："但使主人能醉客，不知何处是他乡。"

这是把酒吟诗、以诗交友啊！在一片掌声中，老先生一破常规，欣然连连喝着沙樱桃果汁。此时，他看着我道："请胡先生也吟诵一首诗如何？"我即刻领悟，这既是诗人的雅兴所至，也是出了一道考我的试卷。朗诵是艺术化的表演，我没一丁点的功底本事，然不能推脱，只能"死马当活马医"。我稍微思索，激情所开，朗读了诗仙李白的得意之作《将进酒·君不见》：

> 君不见，黄河之水天上来，奔流到海不复回。
> 君不见，高堂明镜悲白发，朝如青丝暮成雪。
> 人生得意须尽欢，莫使金樽空对月。
> 天生我材必有用，千金散尽还复来。
> 烹羊宰牛且为乐，会须一饮三百杯。
> 岑夫子，丹丘生，将进酒，杯莫停。
> 与君歌一曲，请君为我倾耳听。
> 钟鼓馔玉不足贵，但愿长醉不复醒。
> 古来圣贤皆寂寞，惟有饮者留其名。
> 陈王昔时宴平乐，斗酒十千恣欢谑。
> 主人何为言少钱，径须沽取对君酌。
> 五花马，千金裘，
> 呼儿将出换美酒，与尔同销万古愁。

墨人先生听完慈善地笑了笑："能熟练记住就不错，读得也很动情，基本上将诗意表达了出来，只是还差点音乐节奏感。"我说："差得远呢，先生点将，献丑而已。"接着，他话锋一转："我在台湾已三十多年不喝任何饮料了，到其他国家也从不喝饮料。因为饮料里总有人工添加剂，喝了不利健康。想不到大陆西部有这么好的饮料。我要把沙樱桃果汁推荐给我的太太、我的朋友，介绍到台湾市场去……"

我告诉他，大陆科学家最新获得的研究成果表明，冬虫夏草和沙樱桃都有防老抗癌的良好效果。冬虫夏草酒和沙樱桃果汁，是武威出产奉献给市场的新酒种和新饮料。

翌日，兴许是客人对"沙漠樱桃"特别喜爱的缘故，墨人先生饶有兴趣地参观了专门生产"沙樱桃果汁"的凉州野果食品厂。

厂家人员向客人神采飞扬地介绍着。

白刺，广泛分布中国沙漠沙荒区，因其果实形色酷似小樱桃，味酸甜清香可食，而得美名"沙漠樱桃"。自古以来，沙区百姓果粮药兼用。然而，在风沙王国里沉睡了千万年的沙漠樱桃，从"死神的瀚海"步入科研殿堂，继而走进工厂，变成为民造福的食品，却有着不寻常的经历。之前我了解，这个厂是采纳甘肃著名沙漠学家郭普先生提出的"重视利用野生白刺果资源的建议"，在全国沙区率先开发利用沙生植物白刺鲜果资源，于1986年10月建立的国有企业。如今，厂区建设初具规模，已形成年产沙樱桃果汁六百吨、加工白刺干果一百二十吨的生产能力。

1988年，营养丰富、独具特色的沙樱桃果汁，被甘肃省推崇送到中国首届食品博览会上，到会的营养学家、食品专家们亲口品尝赞不绝口，阅读了研发资料和化验数据等，经过综合评价、投票评选，沙樱桃果汁一举成为与沙棘饮料齐名的"天然高级饮料"，在市场推广开来而名扬华夏。

斯时，不禁又回忆起那次腾格里之行……

2

那是八十年代的一个秋天。沙天相连，浩瀚无际。

黄河之水奔腾不息。科学家呼吁，沙樱桃引人重视。省里的一行科学家和科技人员、政府部门管理干部、新闻记者和科普作家，汗流浃背气喘吁吁，跟着精神抖擞的著名治沙科学家郭普先生，深一脚浅一脚地跋涉在腾格里腹地，实地考察郭老推崇的"沙漠樱桃"。

来到与绿洲接壤的地方，却别是一番天地：绿色的树，绿色的草，千姿百态，各具风韵，一丛丛，一簇簇，一团团，一片片，盘踞着沙丘，阻滞着风害，控制着流沙，卫护着田园和农舍。我能认识的有沙枣、梭梭、胡杨、红柳、盐爪爪、沙打旺、黄矾松、骆驼刺、罗布麻、花棒等等。野生的、种植的，都是活脱脱、旺鲜鲜的！风沙在这些绿色"将士"面前，变得胆怯、老实，安然平静了下来。

"你们往那里看！"大伙顺着郭老的手势望去，只见远处出现一片红色盖顶的蒙古包般的植物，便急匆匆地奔了过去。

灿烂的阳光下，一丛丛挨着一丛丛的白刺包，匍匐丛生，枝干浓密，铺盖沙地，长势活旺异常。白刺包的表面，宛若燃烧着的一团团红色的、橘色的火焰，其实是白刺的果实，密密麻麻，挂在枝头，叫人望而生津。

"这就是野生灌木白刺包，它的果实就是沙漠樱桃，沙区老百姓也叫它酸胖，可以吃，大伙尝尝。"郭老乐融融地介绍。

大家都伸手采摘白刺果填进嘴里，甜酸而馥香，尝了还想吃。沙漠樱桃，真是名副其实！

随行的沙区农民向导介绍，白刺果可当野生水果吃；鲜果加点水揉搓后滤去种、皮，是上乘食醋；晒干磨成粉掺入面粉，可替代粮食；白刺果还是良药，既能健脾胃、助消化、治感冒，又可安神、解毒、下乳哩。

夜宿沙乡。奔波了一天的郭老，依然精神矍铄。我与他坐在院子里的一丛白刺包旁，一面欣赏着大漠深邃恬静、星光闪烁的苍穹，呼吸着带有"沙漠樱桃"的清香味的空气，一面倾听着郭老对开发沙漠生物资源的娓娓诉说。

原来，白刺是沙漠沙荒地区最适宜发展的优良防风固沙野生灌木之一。凡是一般沙生植物不宜生长或由于自然生态环境被破坏，而其它植物难以生息的地带，白刺都能成活繁衍。因此，它又有"沙荒地带的最后植物"之称。风沙愈打，它长势愈旺，枝干被埋于沙中后可萌发不定根，形成高二至三米、直径二至五米的大刺包。对于干旱不屑一顾的白刺，它的持水力特强，是一般沙生植物无法比拟的。白刺的种子秋天随风飘落入土，越冬至春萌发出苗，自行繁衍，泼皮易活；亦可人工播种栽培。

郭老叙述："白刺果有着极其珍贵的经济价值，如果将其开发利用，不仅能拓展沙区的脱贫致富门路，而且会造福于社会和人类。据测定，沙漠樱桃中含糖分33%，脂肪17%，淀粉11.1%；干果肉中含有十八种氨基酸；果肉、鲜原汁、果核中含有的微量元素分别为十七种、二十种和二十一种；含有丰富的维生素等成分；含有人体所必需的苏氨酸、缬氨酸、亮氨酸、苯丙氨酸、赖氨酸、异亮氨酸、蛋氨酸和色氨酸八种氨基酸，前五种含量高于沙棘果二至十倍。"

"目前，我国我省沙区的白刺果品种和数量资源是什么状况？"我问郭老。

"白刺是第三纪孑遗植物，全世界的沙漠区均有分布，已知的品种有十二种，我国沙区有八种，面积约达近百万公顷。在西北五省区沙区的白刺有泡果、小果、毛瓣、唐古特、大果五个品种。据我多年考察，甘肃省的白刺资源达十八万公顷左右，果产量约达三千多万公斤。可惜，这么丰富的生物资源长期以来自生自灭，大多白白浪费掉了。"

"百闻不如一见。这次，我约请大家来腾格里沙漠看看白刺的风采和它诱人的果实。"郭老恳切地说，"请新闻媒介能给予呼吁，请科普作家予以推介，以期引起有关领导机关的重视，尽快组织对白刺资源的考察和开发利用研究。我将上书省委、省政府领导同志，请求给予重视和支持……"

腾格里之行回来，我写了《治沙科学家郭普建议：重视开发我国的白刺果资源》的新闻，新华社播发了通稿，国内不少权威媒体都发表了。

不久，郭老的建议已被省上的领导采纳，甘肃省科委很快下达了"开发利用野生白刺果资源的可行性研究"课题，由郭普先生主持，省干旱造林研究中心、省分析测试中心、西北师范学院、武威地区林业勘察设计队、省科学院生物研究所等单位的科学家和科技人员参加，联合开展了科研攻关……

3

秋去春来，年复一年。

又是两年过去。当白刺再度萌发返青的季节，我应邀来到武威参加鉴定会。经过严格的科研评审，郭普研究员主持取得的"白刺资源开发利用的可行性研究"成果，得到与会专家们的一致赞赏，通过了省级科研成果鉴定。

当时，我参加鉴定会的采访笔记这样记载：

> 研究成果弄清了甘肃省沙区的白刺分布面积为十八万五千八百公顷。其中，民勤、古浪、景泰三县境内分布比较集中，面积为十六万

六千八百公顷；"沙漠樱桃"鲜果产量每年可达三千二百二十三万公斤。便于开发利用的鲜果资源亦在三县区域内，据测算每年可采集到一千六百四十六万公斤以上。

研究成果提供了沙漠樱桃的具体营养成分和多方面的利用价值，特别是药用价值相当惊人。经民间应用和科研证明，如经常将白刺果泡入开水中饮用，可预防或治疗伤风、咳嗽、头痛、发烧、静脉曲张等症和扩张冠状血管，疗养胃病；由于白刺果富含人体必需的多种氨基酸，长期食用其果制作的食品、饮料，可调节人体内代谢平衡，促进生长发育，有利于蛋白质互补，提高蛋白质的生理价值，尤其对老年贫血有预防效果；白刺果核中富含铜、铬、铁、锌、锰、硒等二十一种微量元素，进入人体会产生预防贫血，阻止过氧化物生成，提高胰岛素效力，抑制化学致癌物质和利于伤口愈合……

研究成果还对白刺资源的综合保护和发展，提出了具体可行的意见。

研究成果已在武威市推广应用。在郭普研究员的倡导和有关部门的支持下，该市创办了凉州野果食品厂，已研制生产出沙樱桃原汁、浓缩汁、果汁、果酱、香槟和汽水等系列天然保健饮料。

4

改革开放，筚路蓝缕。中国发生了巨变，西部发生了巨变。

开发利用白刺果资源，凉州野果食品厂是一个成就。然而，一个厂是无法"吃"掉河西地区采集到的全部沙漠樱桃的。沙漠珍宝的开发利用还远远不够。

不久前，我欣然收到郭普先生寄来的《白刺研究及其开发利用论文集》，集子收入了四十多位科学家撰写的三十四篇共二十多万字的论文，各有独到见解地对甘肃丰富的白刺果资源的开发利用，进一步提出了完整翔实的科学论述和依据。郭老还附有一封简函：

延清同志：

　　寄上油墨未干的《白刺研究及其开发利用论文集》，目的是想再度通过你的热情之笔，为沙漠樱桃的开发利用进一步鼓与呼！中国沙漠里有着无数珍宝。促进各级领导重视、人民群众大力开发利用，应当成为媒体宣传的重要内容。

安祺！

郭　普

1991 年 1 月 18 日于西沙窝

老科学家的殷殷嘱托，跃然纸上。

恰逢春风吹拂、沙生植物萌动之时，信笔写下这篇纪实文字发表于《中国西部发展报》，但愿能给读者特别是有关领导注入一点开发沙漠樱桃的意识。

啊，"沙漠樱桃"，中国沙漠珍宝！企盼人们进一步重视它的开发利用，最大限度地将它的自然优势转化为产品优势，继而再转化为经济优势，让它为人类造福。

1991 年 3 月 25 日

鸣沙山月牙泉游记

　　金风送爽的秋季，我们来自京沪津粤冀青陇等地的十多位作家、诗人、记者、艺术家、企业家等，在兰州聚集结伴，乘广东的友人企业家卓先生开来的中巴车往河西走廊驰骋而去。大伙早就相约，这次旅游，大的费用采用 AA 制，小的自理，专程直奔阳关造访敦煌，就是为一睹世界文化遗产莫高窟之芳容，领略绚丽的建筑、彩塑和壁画艺术和藏经洞珍贵文物，游览名闻天下的国家级风景名胜鸣沙山月牙泉。

　　车子风驰电掣，一路风尘仆仆，昼奔夜宿。友人们在欢声笑语中欣然旅行，

途经汉王朝设立的"西域四郡"之武威郡、张掖郡和酒泉郡，都有短暂逗留，第二天暮色苍茫时，抵达古西域最后一郡敦煌。当晚住进酒店酣甜入梦，解除了旅途劳顿。翌日清晨吃过早餐后，大家匆匆穿越浏览了街市景象，便迫不及待欲往离市区较近的鸣沙山月牙泉。

从汉代以来就吸引四方游客的"瀚海奇观"——鸣沙山月牙泉，在距离敦煌城南五公里处，巴丹吉林大沙漠和塔克拉玛干大沙漠的过渡地带。是乘车、骑骆驼还是徒步而去？朋友们围在街头热议了一番，很快达成共识：既然来到了大沙漠，路途也不远，不妨徒步体验一下无垠瀚海之道，接受一次"回归自然"的洗礼。市场就在街头。很快租赁了两峰骆驼，各自购买了新鲜葡萄、苹果、李广杏干、驴肉、泡儿油糕等敦煌水果、名吃和矿泉水，备足了吃的喝的。导游麻利地将大伙买的东西，妥妥当当安排好，全让"沙漠之舟"驮着。导游兼牵驼人，吆喝一声"走了"，便引道上路了。

有人提议："途中尽量体味一下瀚海的原始境界好不好？"

"好！"众口一片和鸣声。

"好嘞。"导游牵着骆驼走在前面，带着大伙拐来绕去，进入人迹罕至的荒芜沙漠区，绕沙丘，越荒漠，深一脚浅一脚地跋涉在烈日当空的浩瀚里，偶尔可见零零星星的人畜脚印窝。

时令正值仲秋，沙漠里温度很高。半晌，就感觉浑身发热，汗水便突突冒了出来。我左瞧右看众友，有的撑着伞遮阳，有的用纸扇取风，有的用杂志扇风，额头和眉宇间都流着汗水，时不时地擦着。

沙粒儿组成的"千军万马"，乘着不停地吹刮着的西北风的助力，汩汩地流淌着，遭遇曲折坎坷，雕镂成沙的山，沙的梁，沙的峁，沙的川，沙的海。相当一段沙漠路途，难见绿色，罕见人烟，大自然显得异常的枯燥、单调、冷漠、凄凉、严酷。

在荒无人烟的沙漠里，偶然见到一些植物，在恶劣的环境中顽强地生存着。枝叶为灰褐色，叶子退化呈小鳞片状的灌木梭梭，含笑勃发于强光下；茎秆为枣红色而叶为绿色，常被诗人赞美的灌木红柳丛，在秋风中欢舞不停；色泽黄不拉叽的禾本科草属植物芨芨草，稀稀落落扎成堆儿，纠缠盘绕，被风吹得摇曳着，自由自在，像在唱着情歌……

由于我早年曾在甘肃从事农业科技宣传工作、报界做科学记者，经常跑农村与沙区，多去农业生产和抗风治沙第一线，对沙生植物比较熟悉。所以，对在途中看到的这些植物，主动简单地给大伙做了介绍。

走着走着，在一片较为平坦的沙荒地，大伙看到长势像个小蒙古包，匍匐丛生，枝干浓密，铺盖沙地的灌木白刺包，浑身长满了刺，宛若"燃烧"着一团团橘红色的"火焰"，在阳光下熠熠生辉，散发着青春活力。没想到，除少数人，大多都知道，这是白刺开花后结的果实。它密密麻麻，挂在枝头，叫人望而生津。"白刺果名为沙樱桃，是野生水果，富含维生素和微量元素。"我盛情地说着，招呼朋友们采摘沙樱桃尝尝，"沙民叫它酸胖"。

大家都情不自禁地采摘着红艳艳的果实，填进嘴里。"沙樱桃酸甜而馥香""真好吃""好新鲜"，采摘着果子，不停地吃着，欢笑着，啧啧赞美着。

在城市里过惯优渥生活的人，偶尔在大沙漠严酷恶劣的自然环境里走一走，经历一下高温酷暑流流汗水，尤其是在"死亡之海"，目睹传奇般活着的沙生植物，那么新鲜生动，心灵受到感染，感触特别深邃，受到莫大的鼓舞，敬畏生命之情和抗热的劲头油然而生。大家谈论着体验，都觉得这次徒步一段沙漠路程很值得，兴味益然，感受至深，情绪高昂。

约莫行进了半个小时左右，大家汗水淋漓，多数人已气喘吁吁了。稍事休息，喝水吃东西。接着，砥砺前行，绕过了两个大沙丘，目光所及，已遥望到鸣沙山月牙泉了。不禁欢呼起来！多数人虽然没有来过鸣沙山月牙泉，但早都通过阅读报刊观看电视，大体领略过这奇妙的沙山沙泉风光，"山以灵而故鸣，水以神而益秀"的丰采。

此时，情不自禁的作家金先生兴致勃勃地吟诵了古人的一首诗：

> 一弯如月弦初上，
> 半壁清波镜比明。
> 风卷沙飞终不到，
> 渊含止水正相生。

这首描绘鸣沙山月牙泉的诗，韵味十足，耐人寻味。他讲道："据说，此为古人留传下来的描写鸣沙山和月牙泉绝景，最为逼真的诗。"我揣摩领悟着诗意：牙儿弯弯宛如弦上月，水清澈得比镜子还明净，而风沙却永远吹卷不到水中，泉里的水涌流不息永不停止。

"这是中国西部世界，一处罕见独特最奇妙的景观。"书画家郑先生说，《旧唐书》有记载："鸣沙山又名沙角山。天气晴朗，沙鸣有声，如雷轰响，闻于城内。"有位女士道：月牙泉，自中国汉朝起即为"敦煌八景"之一，得名"月泉晓彻"……

友人男女你一段他几句地谈论着，情趣横生，提振精神，不禁快步向目标而行。

到了神秘的鸣沙山脚下，大伙发现这里沙粒的颜色竟是五颜六色的。于是，纷纷捧起沙粒定睛细看，除土黄色沙粒外，还有白色的、黑色的、红色的和绿色的。真让人感到新奇和神秘！

沙面热浪袭人，无论男女老青都不示弱，争先恐后奋力登上二百多米高的沙山之巅，朋友们刚刚退去的汗水又"汹涌"泛起，感觉浑身发热，然兴致极高，欢乐感远超过劳顿感。

放目环顾，近处纵横交错的连绵沙山叠嶂清晰可见，远处错综交叉的缠绵峰峦则隐隐约约。沙山沙海，既像雷腾云奔般的飞驰群龙，又如桀骜不驯的无疆大海，被风驾驶着，浩浩荡荡，蜿蜒绵亘，在阳光下闪烁着耀眼的光芒。这景象，使我想到了余秋里先生的名作《文化苦旅》中的一段优美句子：

> 夕阳下的绵绵沙山是无与伦比的天下美景。光与影以最畅直的线条进行分割，金黄和黛赭都纯净得毫无斑驳，像用一面巨大的筛子筛过了。日夜的风，把风脊、山坡塑成波荡。

足下的鸣沙山，极像一条黄色蛟龙在瀚海游弋徘徊，滚滚沙流上下涌动；俯瞰山下，沙山底处一块大月牙形状的平地间，一泓清泉，形似月牙，碧水泛动，原来这就是月牙泉；泉旁树草绿茵，郁郁葱葱，似乎还有小雀在枝头欢飞嬉闹；泉旁绿荫掩映竖立着一片像庙堂般的古式建筑物。密密麻麻、成群结伙的游客，在月牙泉周围川流不息地涌动着。

蓦地，宛若敲鼓般的隆鸣声响起，在清净空旷的沙漠里飘荡，几近震耳欲聋。原来，这响声是无数游客滑山所引起，鸣沙山真是名声副实哦！顿时，友人立刻被这奇特的"沙漠交响乐"惊喜得兴奋不已！

我们坐卧下来，随着流沙滑下山去，响沙声好像为我们鼓掌和喝彩！诗人郭先生情不自禁，大声读出清代诗人苏履吉形容鸣沙山的绝句：

> 雷送余音声袅袅，
> 风生细响语喁喁。

大伙刚滑到鸣山沙底，操着粤腔的卓先生问道：“滑鸣沙山为啥会发声作响？这沙山间怎能生泉而不干涸？”

导游立马接过了他的话茬：“这是仙人留下的遗迹。”接着，导游给大伙讲了一个神话故事——

相传，很久很久以前，这里既没有沙漠也没有鸣沙山、月牙泉，而是被茫茫戈壁包围着的一块绿洲。有一年，天气大旱，井水干涸了，草木枯萎了，民不聊生，悲声四起。

人间的哭恸声飘向天际，被心地善良的白云仙子听到了。她拨开云雾一看，见凡间百姓处在危难之中，同情之心油然而生，不禁掉下泪来。谁知，她的泪珠滴落到人间，变成了一股清泉，救活了草木庄稼，拯救了绝望中的百姓。人们为感谢白云仙子的恩情，在泉边修了座菩萨庙。逢年过节，大伙都到庙里烧香献供，使得对面神沙庙里断了香火。

有天夜晚，神沙大仙偷偷摸摸地窜到清泉边作祟，喝了声“变”，绿洲附近的戈壁顿时变成了茫茫沙漠；说了声“起”，沙漠里立刻长起了座大沙山埋没了清泉。嫦娥仙子闻讯，把当天的月牙交给白云仙子去与神沙大仙比试见个高低。白云仙子来到菩萨庙前，放下月牙，顿时变成了一眼碧水粼粼的月牙泉，残暴的神沙大仙又卷沙埋泉。嫦娥仙子轻轻将长袖一甩，大风四起，把冲泉而来的流沙立马吹到了沙山顶。神沙大仙无奈，发狂怒吼，使得大沙山变成了鸣沙山；而月牙泉水旺清澈，直到现在。

这是一个多么令人动情的传说啊！其实，鸣沙山发声作响，是沙漠里的一种自然现象。因为，沙漠里的气温特高，尤其是在高温季节，沙面温度高达50℃以上，加之鸣沙山甚为陡峭，灼热的沙粒被人滑动，就会发出嗡嗡隆隆的响声。另外，这一带的沙粒原是祁连山含有一定数量的石英和云母的变质岩经河水冲积而成，沙粒大而硬，沙粒之间空隙较大，猛烈移动或受摩擦时，发出的声音则更响。正如古籍《敦煌录》所记载，鸣沙山“盛夏自鸣，人马践之，声震数十里。风俗端午日，城中子女皆跻高峰，一齐蹙下，其沙吼声如雷”。

至于月牙泉为啥不会干涸，科学家最早的也是多被学界认可的论断：由于它与当地的党河一脉相通所致；还因为泉水处于循环更替状态，水是不会腐坏的。从史籍记载可知，月牙泉长期独存于沙海之中已有两千多年的历史。

近些年来，对月牙泉水的来龙去脉，出现一些新的与此相近或者不同的看法和观点。窃以为，这是正常的学术见地现象，无关"瀚海奇观"大局。

我们兴高采烈地躺卧泉旁小憩。忽然，一股黑风卷过，霎时间，呼啸的风声骤起，山谷、沙坡间黄沙横飞，风沙蔽日，天空昏暗，游客们一片惊慌。这时，有位管理人员举着喇叭发出呼喊："山上的人快滑下来。"真奇怪，此时我们所处的月牙泉边竟风平浪静，沙尘不扬，果真是"沙挟风而飞响，泉边静而无尘"。仔细观察，只见沙山半坡的沙子只是向上卷去，却不向下流动。

沙漠的天气似小孩脸，喜怒无常。约莫一小时，风息了，沙落了，鸣沙山又高耸屹立，像被雕刻过一般，棱角分明。被游人滑下来的沙堆，早已无影无踪，显然被风卷到了山巅。

难道是嫦娥仙子拂袖了？游客们围住刚才那个发过喊声的管理者，请他介绍"泉边静而无尘"之谜。

他哈哈一笑，挥手解说道："这是大自然的杰作。你们再瞧瞧，南北两侧都是沙山，而月牙泉所处的山坳平地的形状，也是个大月牙形。正是这种特殊的地形和空气力学原理，风沙吹不到泉边来，只会向上旋卷，而不会涌下来埋没清泉。"原来，这就是"沙复山巅"之谜。

身临其境，观赏大自然恩赐予人类的这沙漠奇景，惊叹，陶醉，探险，新奇，醒悟……怎能不令人百感交集呢！

听景区管理部门介绍，历史上月牙泉曾经发生过几乎干涸的情形。星移斗转，地覆天翻，改革开放的春风吹到了鸣沙山月牙泉，这泓清泉早已恢复昔日的原貌与神奇。尤其是近些年，随着旅游产业的蓬勃发展，当地政府对风景名胜区不断加强建设和采取保护举措，增添了骑驼游、沙疗养、景区滑翔跳伞等时尚娱乐项目。"瀚海奇观"大放异彩，以更加新颖明媚的风姿迎接中外游客，永葆大自然馈赠给人类的独特奇妙魅力。

走进大沙漠，游览鸣沙山月牙泉，领略大自然鬼斧神工而成的旖旎风光，让人感悟至深：正是因为大自然的高低有无、沉浮进退、纵横曲直、正负阴阳、得失离合，才孕育修成了千形万象、千姿百态的多彩风韵之神，千奇百怪、千变万化的斑斓绝妙之光，彰显天地物情无远近、乾坤天道自分明的运动规律。

人，进入大自然深处，远离尘世的浮躁与喧嚣，欣赏天籁，接受洗礼，呼吸纯净、清新之气，灵魂感受淡泊、安恬之韵，荡涤思想尘埃，心扉走出荒芜，方能清明彻悟：草木生长没有穷尽，文化景象永恒存世。人比之自然万物和无垠艺术，简直太渺小、太无知、太无力、太无趣，有些人也太无情了。人要活得坦荡、活得舒心、活得健康、活得自由，就要认识自然、感恩自然、尊重自然、回归自然，必须顺应自然、热爱自然、和谐自然、守护自然。

2008 年 9 月

生物世界
SHENGWU SHIJIE

沙生植物的风韵与神威

千年不死的生命，千年不倒塑精神。

千年胡杨是英雄，千年不腐铸文明。

沙生植物英雄树胡杨，在瀚海大漠，英姿勃勃，拔山举鼎，威武雄壮，独树一帜，为世人所赞叹！

浩瀚无垠的沙漠，在人们心目中总是神秘莫测的。最令人不可思议的是，在干旱、贫瘠、严寒、狂风、沙飞等极为恶劣的自然条件下，沙生植物何以竟生长得郁郁葱葱、生气勃勃。

到了金色的秋天，你到沙漠里看看：那胡杨，红叶妖媚，势悍活旺；那梭梭，青枝繁茂，丛立沙丘；那红柳，枝柔花密，婀娜多姿；那花棒，嫩枝垂拂，繁花朵朵。再看罗布麻，白花漫漫；沙枣树头，果实累累。还有那白刺、沙打旺、沙米、霸王、沙芥、紫穗槐、臭椿等等，无不摇曳生姿，各具风韵。

沙生植物具有顽强的生命力，所以能在沙漠里健康生长。它们多半根系发达，生长迅速，萌蘖性强，植冠密集，因而特别能耐干旱、抗贫瘠和盐碱，适应高温和严寒，不怕风打沙埋。

就拿长势沧桑奇特、"千年不死树"胡杨来说，它绿色泛红，长得弯腰驼背、其貌不扬，但抗御风沙、干旱、严寒、盐碱的风骨十分强悍，"长着不死一千年，死后不倒一千年，倒下不腐一千年"，是使风沙恐惧、望而生畏的"常胜将军"，美名第一的长寿树种。它和"沙漠英雄树"梭梭，在全球沙漠区声誉远播，是我国乃至世界上天然优良、神威名震瀚海的治沙翘首树种。常被诗人赞美的红柳，种子借风飘落，天然下种，生长迅速，二至三年就可形成连片灌丛。在风沙活动强烈的地方，生长于低洼地的红柳，经常会被沙埋住。但是，"道高一尺，魔高一丈"，沙打柳更旺，成为防风固沙的红色屏障。

沙生植物不仅能防风固沙，造福人类，本身也是宝贵的财富。被沙区人民称为"沙漠姑娘"的花棒，浑身是宝。它的叶子是羊喜食的好饲料；枝条含有丰富的纤维，初生皮剥下便是麻，可搓麻绳、织麻布；种子能磨成面粉当粮食吃。素有"沙漠樱桃"之称的白刺果，营养丰富，味道酸甜可口，既是人们喜食的沙生水果，又是健胃安神的良药。沙枣木质坚硬，花纹美丽，可制作高级家具；沙枣果营养丰富，能酿酒制糖，支援出口。

1981 年 8 月 27 日《人民日报》

花中月老

不是人间种，移从月胁来。

广寒香一点，吹得满山开。

宋代杰出诗人杨万里赞美桂花的五言绝句《芗林五十咏·丛桂》构思新巧，诗意清新明畅、自然朴实，富有创意地把桂花"广寒香""满山开"的特色，描绘得淋漓尽致。

吴刚在"月宫"里砍伐银桂，玉兔在桂树下捣药，是家喻户晓的古代神话故事。毛泽东在《蝶恋花·答李淑一》中的词句"问讯吴刚何所有，吴刚捧出桂花酒"，用的就是这个典故。

有歌云："八月桂花遍地开。"其实，桂花多盛开于九月，"独占三秋压众芳"。那红的是丹桂，一树红霞，重葩叠萼；那黄的叫金桂，色艳绚丽，芳菲满目；那白的为银桂，如云似雪，清雅独格……

桂花，俗称木樨，又名九里香、月桂、花中月老，系多年生常绿灌木或小乔木。这九里飘香之树，在世界各地皆有它的身影，华夏是最适宜种植的故乡，川、滇、贵、粤、桂、湘、鄂、浙、琼、皖、赣、陕等地，都是它的安身立命之地。南方人特别喜欢桂花，杭州市还将它定为"市花"。

桂花树品种繁多，主要有"兄弟姐妹"四大家族。金桂，有金桂、球桂、金球桂、速生金桂、狭叶金桂、柳叶金桂、长柄金桂等；丹桂，有硬叶丹桂、朱砂丹桂、状元红丹桂、早红丹桂等；银桂，有九龙银桂、白洁银桂、柳叶银桂、玉玲珑银桂等；四季桂，有月月桂、四季桂、佛顶桂、日香桂、天香台桂等。桂桂各树一帜，花花独具特色。

　　桂花树终年枝叶繁茂，其花清雅高洁，秀丽而不娇；花香浓郁飘远，幽香而不冲。堪称"浓、清、久、远"，浓可透远，清能涤尘，传播久远。人们闻到其香，无不驻足吸盈，不忍离去。尤其在仲秋丛桂怒放时节，在皎月繁星下，把酒赏桂，花香扑鼻，无不神清气爽，悠然心醉！

　　桂花不仅是优美观赏植物，而且有广泛的实用价值。

　　我国食用桂花的历史非常悠久。屈原《九歌》云："援北斗兮酌桂浆""奠桂酒兮椒浆"，可见用桂花酿酒的年代已相当久远了。桂花与米面混合制成的桂花糕，鲜香宜人；桂花入茶，清馨扑鼻；桂花糖，更是人们喜食的上乘之品。

　　桂花入药，由来已久。《本草纲目》记载："辛温无毒，同百药煎孩儿茶作膏饼吃，生津辟臭，化痰，治风虫牙痛。同麻油蒸熟润发，及作面脂。"桂树根可治筋骨疼痛、风湿麻木等症；用桂花加工制作的"桂花露"，也能治多种疾病。

　　令人意想不到的是，奥林匹克运动会的优胜者所获的珍贵奖励品竟是桂枝。

　　桂花如此香艳芳华，效用利益如此宽泛，人们多种植桂花树何乐而不为？

1981 年 10 月 12 日《人民日报》

柳引春风无限情

依依袅袅复青青，勾引春风无限情。

白雪花繁空扑地，绿丝条弱不胜莺。

白居易的这首《乐府·杨柳枝》，写得何等传神、多么动情啊！寥寥二十八个字，把柳树婆娑轻扬、婀娜多姿的动人风姿和独特风格，描绘得绝妙无比。

春，是光明的象征，温暖的化身；而柳，则是泄露春光信息的使者，报告气候转暖的物候。当江河缓缓解冻、冰雪刚刚消融，大部分树种尚未苏醒萌动的时候，柳树便"捷足先登"，以泛绿滴翠的袅袅枝条，在大自然的舞台上首先轻歌曼舞起来。那拂动的柳枝仿佛在呼唤：春天开始啦！

柳，属杨柳科。本来，杨是杨，柳是柳，叫柳为"杨柳"，还有段历史故事哩。相传，隋炀帝喜欢观柳，他下旨开掘运河时，号召黎民百姓在沿河两岸广种柳树。后来，他出游到运河，听河水欢歌，看垂柳起舞，清流绿浪相映，景色煞是喜人，不禁心旷神怡！兴奋之余，挥动御笔写下"杨柳"两个大字，赐柳姓杨，嘉奖它美化环境、护岸固堤的功劳。其实，古代君臣偏爱柳者何止隋炀帝。左宗棠爱柳而又栽柳，更是流芳千古。"左公柳"迄今生息在大西北的古丝绸之路上。

柳，素有"美化环境的天使"之称。遮阳送爽，柳是天然伞、扇自不待言；吸收二氧化硫、氟化氢等有害气体，更是把"能手"。对于各种噪音它也能吸附，使之显著减轻。固沟护岸，防风固沙，柳为"强将"，当之无愧。

柳，更以"浑身是宝之树"名列林木前茅。当柳芽萌发之际，摘一撮泡茶，其清香雅味，顿时令人目明神驰。柳枝，可编织农家生产需用的耙簸筐篮。

柳皮，是造纸和人造纤维的好原料。枝、皮甚至连那满天飞舞的柳絮，都可入药，具有清心消火、退烧去毒、除痰防风的功效。柳叶，是羊喜食的新鲜饲料。一二岁的柳树就能割条，四五载即长得"四肢发达"，八九年后即可不断取材，用作建筑、矿柱、农具、家具、炊具和工艺品，皆为上乘材料。

人们喜爱柳，不仅仅在于它那婆娑轻扬、婀娜竞秀的身姿美，更重要的是"无心插柳柳成荫"，它那四海为家、见土就活的性格和不怕严寒、无畏风沙、抗御旱涝、耐盐制碱的脾气，令人敬佩。无论山川塬坡、沙漠戈壁、丘陵荒野，还是路旁河堤、庭院街头、房前屋后，都可"安家落户"。随意栽，无心插，即以一身绿色青春和蓬勃朝气问世。

柳的家族相当庞大，有三百多个"兄弟姐妹"，遍布世界各地。居住在我国疆土上的品种达二百多种，以垂柳、河柳、旱柳、杞柳、黄花儿柳、长叶柳为最多。

春来植树时，请君多插柳！

1982 年 2 月 25 日《人民日报》

高原之"舟"的神采

时下的服饰中，呢料大衣是服装款式的一道亮丽风景。多用于做高档大衣的首相呢、毛织品格子呢、人字呢、高花呢等呢料，多种多样，新颖别致，华贵典雅，尤以名贵的首相呢博得人们的青睐。

你见过首相呢吗？这种呢料不但光滑挺括、厚实轻软、保暖性好，而且具有防雨隔潮的功能，被人们誉为呢绒中的稀有珍品。1964 年，刘少奇主席出访巴基斯坦时，特赠巴基斯坦总统一块我国纺制的首相呢。当时，人们还以为这是极为珍贵的羚羊毛呢料哩，实际上是用中国牦牛毛和细羊毛合纺而成的特等双面大衣呢料。

牦牛，经过长期自然选择和自身适应成为世界原始牛中的优良品种，分布在海拔四千至五千米的高原上。我国牦牛占世界牦牛总头数的百分之八十五，大多生息在青藏高原。而甘肃天祝藏族自治县的白牦牛，是中国独有的稀世极少、闻名于世的半野生畜类，全世界仅出产于天祝境内气候特殊、风光旖旎的抓喜秀龙草原。

大草原一望无际、空旷辽阔，绿草如茵、牧草丰茂，花光璀璨、空气澄澈，自然生态环境特别适应白牦牛的生长。牛为中华文化塑造了勤劳勇敢、进取奉献的精神象征，而牦牛是数一数二埋头吃苦不计回报只取一口绿草，天生竭力付出的孺子牛精神的先锋创建者。

牦牛的身躯高大剽悍、豪放强壮，性格温顺、反应灵敏。自古以来就是藏族农牧民生活生产中不可或缺的依赖力畜。无论劳作躬耕还是负重驮运，比之其它耕畜，它更加吃苦耐劳，即使整天不停歇地干活，坚韧持久毫无疲倦之意。经过长时期的驯化锻炼，它的躯体能贮存一定的水分和营养，具有相当强的耐渴耐饥本领和抗病能力，更适应祁寒天气。在海拔三千多米、气温 –30℃以下的冰山雪原，牦牛负重一百多公斤的货物，安然若素，昂举坚蹄，步履踏实。可连续跋涉二三十天，一路上履冰卧雪，风餐露宿，即使雪霜盖身、冰凌结体，依然精神抖擞，锐气不减。因而，被人们誉为高原之"舟"。它通人性，忠诚和护佑主人，当主人乘骑它的时候，行走得平平稳稳；如遭遇严寒袭击，会让主人偎倚到它那毛茸茸的腹下，取暖御寒。

牦牛为人类作出的贡献远不止这些。它的肉和奶，富含蛋白质而名列肉奶食品前茅，香醇可口营养丰富，风味优佳别具特色，为人们普遍喜爱。用牦牛肉制成的特质肉干，用牦牛奶生产的优质奶粉，在国内外市场上都享有盛名。牦牛的皮是制革的上等原料，毛是藏族人制作帐篷、皮衣、口袋等物品的材料，成品好看大方，结实耐用。质地上乘、价格昂贵的名牌皮具箱包，非用牦牛皮不可。牦牛浑身无废物，其角、骨、蹄，在工业生产中大有用场，牛尾可出口。白牦牛的尾巴制成的毛掸，实用有力，独具一格，颇为稀贵。

曾几何时，牦牛饲养管理粗放，生长发育缓慢，一向是低产牲畜。现今，伴随着我国改革开放的深入和畜牧业高品质发展，兽医药科研水平的不断提高，牦牛的改良陆续取得新进展新成果。牦牛的持续发展，也给生产高品质的呢料提供了源源不断的优等原料。

写到这里，似意犹未尽。作者把写给白牦牛出产地的藏族人民的一首歌词《追求新生活的芬芳》奉献给读者：

> 抓喜秀龙大草原醉在春光里，
> 油菜花盛开祝福藏家如意吉祥。
> 白牦牛欢唱喜庆儿女的华诞，
> 碧绿草原欢乐的涟漪深情瞩望。
> 圣洁的爱情绝唱如天籁之音，
> 春风化雨细无声盈润人们心灵。
> 文明的馨香濡染优秀的民族，
> 情愫里装满追求新生活的芬芳。

1982 年 2 月 20 日《人民日报》

奇妙的空中"化肥厂"

好雨知时节，当春乃发生。

随风潜入夜，润物细无声。

这是唐代诗圣杜甫描绘春夜雨景、表达喜悦情感的五言律诗《春夜喜雨》的首联、颔联。把雨拟人化，首联"好"字启笔，"知"字传神，将"知时"的"好雨"刻画得活灵活现；颔联进而用"潜""润""细"三个字深邃描摹，"好雨"就好在万物复苏的"当春""潜入""润物"，且"细无声"地下了一场透雨。诗的韵味，实乃入木三分。

好雨润物，稼田受益。雨水，之所以能促进农作物生长，除了水分的滋养外，还因为天降的雨水富含诸多营养成分，其中就囊括氮肥。而这氮素化肥是由大自然的雷鸣、闪电、风雨"齐心协力"、缜密合作制造出来的。

我们知道，地球外面裹着一层又厚又密的大气层。大气，是看不见摸不着的宝贵资源，它向人类和动物提供用之不竭的氧气，同时贮存着植物生长所需要的取之不尽的氮气。春夏时节，作物盼雨。正是百般"热心"充当"红娘"的雷、电、雨，为氧气的"下凡"创造了机遇条件。雷、电发生之时，空中产生化学反应，致使高压云层的温度达摄氏万度以上，高温促成大气中的氮气燃烧，并和氧气浑然合成二氧化氮；倾盆大雨又把二氧化氮气体溶解为硝酸盐，随雨一同降落到了地面，为植物的生长提供了氮肥。同时，雷、电发生时，还会把空气中的部分氧气激变成为臭氧，而臭氧在空气中萦绕，能净化空气；雨水，又给空气洗了个痛快澡，把飞扬放荡的灰尘冲得干干净净。这是自然界依照自己的运动规律，酣畅淋漓地匠心独运，调动雷电、风雨进行演绎和嬗变的结果。

天气在打雷、放电、下雨的过程中，大自然的精灵在天地间精准运筹帷幄，大千植物世界充分汲取着自己需要的水分和养料。雷电风雨过后，苍穹晴空万里，格外蔚蓝清澈，空气尤为新鲜，万物竞相争荣，显得异常绚丽壮观。这时的大自然又为促进生物的蓬勃生长，保障"绿叶加工厂"的运转生产，提供了产生光合作用的良好光照条件。如此这般，使偌大的不可分割的山水林田湖草沙整体生态系统的环境维持平衡。城镇乡村遍处的树木花草生机盎然，葱茏葳蕤，姹紫嫣红，花团锦簇；田野庄稼长势蓬勃兴旺，稻麦果菜茶都为丰产丰收发掘着潜能……

"雷雨滚滚化肥来"，这是奇妙的空中"化肥厂"，无偿为农人"生产"氮肥。据计算，全世界每年由空中降落的氮素化肥达一千万吨以上。大自然就是这样，别具匠心地为人类创造利益。

1982 年 5 月 30 日《人民日报》

黄花含笑未忘忧

贻我含笑花，报以忘忧草。

莫忧儿女事，常笑偕吾老。

这是无产阶级革命家董必武先生题赠给夫人的一首诗，题为《连芝同志诞辰为小诗祝之》，情意尽在诗中。

诗中的忘忧草，就是俗称的黄花菜。它又叫金针菜，最早叫萱草。相传，它的这些雅号来自一个故事：当年陈胜挨饿讨饭，吃过一户姓黄的农家母女蒸的一碗萱草花。起义胜利后陈胜称帝。他想起当年黄家母女的解饥之恩，便把她们请来帝府。欢宴之中，陈胜请黄婆婆又蒸了一碗萱草花，谁知，他一尝便叫难吃。黄婆婆说："饥饿之时萱草香，吃惯酒肉萱草苦。"一句话羞愧得陈胜跪地便拜。陈胜把黄家母女留了下来，专门栽培萱草，并将萱草改名为黄花。因黄婆婆的女儿名叫金针，加之黄花菜形似针，人们又给它起了一个"金针"的美名。

其实，黄花菜不只是"忧"的时候香，就是在生活富足得可以"忘忧"的时候，吃它仍然是香的。因为它含有丰富的营养。据分析，每百克黄花菜含蛋白质十四点一克，各种维生素十一毫克，脂肪零点五克，粗纤维六点七克。还含有人体必需的糖、核黄素、胡萝卜素、尼克酸、硫胺素、铁、磷等物质。用黄花菜做的菜和羹，味香色美，是席上佳肴。

黄花古来是别具特色的观赏花卉，因其秆高叶茂，花开金灿绚丽，特别适宜瓶插。明代时，人们喜爱瓶插花卉，黄花为一秀。瓶插黄花置放于家中厅堂或主人书房，满屋增色生辉，非常宜人开心。

明代文学家、诗人袁宏道对插花颇有研究，被称为"插花鼻祖"。其插花诗作《瓶史》共十三章，讲述插花的方法及其道理和功效，在古代瓶花史上意义非凡。他专门赞赏瓶插黄花和推介插花艺术的诗写道：

> 朝看一瓶花，暮看一瓶花，
> 花枝虽浅淡，幸可托盆家；
> 一枝二枝正，三枝四枝斜，
> 宜直不宜曲，斗清不斗奢；
> 傍拂杨枝水，入碗酪奴茶，
> 以此颜萱斋，一倍添妍华。

用干黄花菜入药，有消炎止血、清热镇痛、利便消肿等功效；黄花的花粉清香飘溢，蜂盘蝶绕，是理想的蜜源植物；黄花的叶片可造宣纸；黄花菜能酿酒；黄花籽可榨取工业用油。

农家有谚："栽种作物，黄花最易。"黄花是多年生宿根植物，根系发达，适应性强，抗贫瘠，耐干旱，不怕寒暑，成活容易，栽种的当年就可收菜。自古以来，它就是我国广为种植的土特产品。主要产区有湖南邵东、陕西大荔、江苏宿迁和甘肃庆阳等地。

过去，人们种植黄花菜只能分株移植，现在，甘肃庆阳地区成功地进行了异花杂交育种和黄花籽育苗移栽试验，更便于种黄花了。

1983 年 1 月 23 日《人民日报》

走进牛肚里的"大夫"

新闻界有句行话："抓活鱼，一是新，二是奇，三是快。"我们抓了这条"生物世界的活鱼"，请读者随我们到真人真事的现场耳闻目睹。

故事发生在遐迩闻名的"奶牛村"——兰州市花寨子乡五里铺村。

党的十一届三中全会以来，这里的农民放开手脚奔富道，以奶牛发展快、产奶多、质量好而遐迩闻名。村子里有个年逾花甲的周宗老汉，是养牛专业户中的好把式。他养着十二头奶牛，年收入近万元，是全村数得着的富裕户。

不料，一向养牛有方的周老汉，碰到了大难题。他花二千元人民币买来的最能产奶的一头红花奶牛，1983 年 3 月 1 日不明不白地死了。老汉折了一头牛，丢了一笔不小的本钱，倒了一棵"摇钱树"，伤心极了！牛究竟得的啥症候？满腹疑虑的周宗，将牛开膛剖腹一看，竟是一截三寸长的钢丝从胃里穿过，刺破了牛的心脏。

老牛倌大体懂得牛胃的复杂。牛是反刍动物，它的肚子就是胃，由瘤胃、蜂巢胃、瓣胃和皱胃四个胃组成，前三个胃主要是贮存草料；为躲避敌害，再通过皱胃的"反刍"习性，使食物得以消化和吸收。而牛吃草料"囫囵吞枣"，极易咽下铁钉、铁丝之类的东西，伤害心、肺、肝等内脏。

兽医告诉周宗，这种病叫"牛创伤性网胃膜炎"，不好诊断又难治，死亡率高。老汉为此犯了心病，非常害怕其余的奶牛也得上这种绝症。消息传开，他的心病"传染"给了全村数十户养牛专业户，大家都惊慌不安，也使村里的奶牛场着了急。顿时，紧张空气笼罩了"奶牛村"。

没料到，"两个文明"建设吹拂的春风，给"奶牛村"送来了科技"及时雨"，驱散了社员们心头的愁云。3 月 5 日，中国农科院兰州中兽医研究所的科技人员闻讯赶到这里"救围"。原来，这个所攻关多年，取得的"牛创伤性网胃膜炎的诊断和防治"成果，正是取除牛胃中钢铁金属的"绝招儿"，方法简便，安全可靠。

在村部，何国耀、徐志赞、李志敏等科技人员，先向群众了解了这里牛、猪等家畜家禽常见病、多发病的情况，有针对性地给大家讲解了预防和治疗的知识和方法。他们还当场把研制出来的抗菌新药送给了大队的兽医人员。接着，老何拿出一个铅垂线模样的东西，给大伙介绍说："这种恒磁吸引器，可以把牛胃中的铁钉、钢丝吸出来！"在一旁的乡兽医王平插话道："报纸上介绍，这项成果在国内处于领先地位，在国际上也赶上了先进国家的水平。我到处联系也没买到这种吸引器，它可是件宝啊！"

副主任韩荣一听喜出望外，拉着老何就往周宗家走。俗话说：耳听为虚，眼见为实。不大一会时辰，周宗家的牛棚里，人围得里三层外三层，社员们瞪大眼睛要看个子丑寅卯。前后只两分钟工夫，老何把吸引器插入一头奶牛的口中，下到胃里又拉了出来，好家伙！上面吸附着一枚两寸多长的尖头钉子，还有锋利的三角铁片和许多铁渣，接着又连续做了六头牛，都神奇般取出了钢铁异物。大伙看着啧声一片，无不叫绝。周宗紧握着老何的手激动地说："你们搬掉了压在我老汉心上的一块石头啊！"

此时，村里的养牛专业户纷纷请科技人员到他们家去给奶牛查病治病。大伙惊喜地说："这个吸引器真是个进入牛肚子里的保健大夫哟。"

1983 年 3 月 28 日《人民日报》

此文与何东君合著

治沙能手沙打旺

沙打旺、沙打旺，风沙越打它越旺；

黄土高原扎下根，戈壁沙漠换绿装。

这是甘肃黄土高原的群众传唱的一首新歌谣。

沙打旺生在戈壁、长在戈壁，因其"风沙越打它越旺"而得名。风沙可以把它的种子卷到空中，但种子一旦落到地上，见一点水分就能萌动生芽，七八天时间就破土，不到一岁，就成了风沙中的铮铮铁汉；二三年后，一棵棵又粗又大的沙打旺便结成家族，丛生连片，葱葱郁郁。狂风袭来，它们抖动身躯哈哈笑；沙尘飞来，它们垫在脚跟，站得更高；暴雨倾泻，它们挺起茂密的叶片，保护住身下的泥土。凡有它生长的地方，土壤的冲刷减少 90%，水的流失减少 55%。

黄土高原上的旱魔是够凶残的了。但是，它也不是沙打旺的对手。沙打旺的根系深入土中四五米，土壤深部的水分、养分，它都能尽情吸吮。它的根部还长着一个个"氮肥厂"——根瘤菌，源源不断地生产着氮肥。科学试验的结果表明，只要是生长过沙打旺的地方，土壤的含氮量增加 30%。

沙打旺不仅忠心耿耿地为人类防风固沙，而且它的产草量及其营养价值，在牧草中也是佼佼者，既是优质的绿肥，又是家畜家禽的美味佳肴。据测验，三四岁的沙打旺，亩年产鲜草两吨左右，鲜草中含粗蛋白 4.8%、粗脂肪 1.87%、粗纤维 29.04%、氨基酸 9.31%。

过去，沙打旺繁衍后代，是在种子成熟后，驾着风沙四处安家。现在，这个为人类造福的功臣，被人们请上了飞机播种，它在黄土高原繁殖得更多了。

等到整个高原换上了绿装，生态实现了良性循环，贫穷变成了富裕，人们煮酒论英雄，谁也不会忘记这沙打旺。

沙打旺，象征着中华民族的正气：富贵不淫，贫贱不移，威武不屈。沙打旺的傲骨与竹子相比，真是异曲同工："千磨万击还坚劲，任尔东西南北风。"

1983 年 8 月 25 日《人民日报》

牧草之王

绝域阳关道，胡沙与塞尘。

三春时有雁，万里少行人。

苜蓿随天马，蒲桃逐汉臣。

当令外国惧，不敢觅和亲。

唐人王维的五律《送刘司直赴安西》告诉我们，那时紫花苜蓿随汗血马从西域大宛国引入中国。此后，它便在华夏辽阔的土地上繁衍后代，岁月已非常悠久。

牡丹，是因为它色彩鲜艳花样繁多，人们特别喜爱，成为"花中之王"；紫花苜蓿，则是由于营养丰富强壮牛羊，家畜尤为爱吃，被誉为"牧草之王"。

肥草多，牲畜壮。紫花苜蓿富含粗蛋白、维生素等成分，一公斤优质苜蓿干草的营养价值，相当于一公斤麸皮或零点五公斤高粱的养分。遐迩闻名的陕西关中驴、秦川牛和甘肃早胜牛，之所以成为牛、驴中的"强将"，与当地长期种植紫花苜蓿，供应它们"美味佳肴"是分不开的。

脾气随和，广结土友，喜温耐寒，不畏盐碱，是紫花苜蓿的秉性。春夏秋冬，皆可种植，单种、套种、复种，随人心愿。在西北干旱地区，春、夏种植为好。它入土四五天就问世，两三个月可长成八十至一百厘米高、茎叶发达的肥草。了不起的是，它具有像孙悟空那样砍掉一个脑袋又冒出一个脑袋的本领，割了长，长了割，一年可收三四茬。生长当年每亩可产鲜草三四千斤；三四岁时，年产草量达二千五百至四千公斤，甚至超万斤。

改土肥田，肥多粮多，紫花苜蓿是"能手"。它的根系入土十米以上，纵横交错，伸向四面八方，吸吮着养分。与小麦相比，它吸收的氮、磷多一倍，钾多三倍，钙多九至十一倍。它的根生长着许许多多的根瘤，每一个根瘤里面包含有几亿个根瘤菌，每个根瘤就是一个微型的"化肥厂"。难能可贵的是，紫花苜蓿的根系富于自我牺牲精神，能给土壤遗留下大量的有机质，分解后可变成高营养的腐殖质。据测定，一亩紫花苜蓿每年可以固定的氮素，相当于几十斤尿素化肥。三年生的紫花苜蓿地，每亩能遗留有机质根系一千五百公斤左右，使土壤的含氮量增长二点五倍以上。

就保持水土这一点而言，紫花苜蓿也敢于同沙打旺、红豆草比试一番。因为它对土壤一往情深，深广茂密的根系，像无数个"船锚"抓护着土壤，雨刷洪冲，牢牢不放。紫花苜蓿还是蜜蜂最亲密的朋友，它花期长、蜜源丰富，蜂拥而至，最被钟爱。

食用苜蓿食品，对人体具有良好的保健作用。它含有皂苷，能降低血液中的胆固醇和甘油三酯，消退动脉粥样硬化斑块；含有黄酮、异黄酮物质，可防止细胞病变，增强免疫力，有抗氧化、防衰老的功能。

1983 年 9 月 8 日《人民日报》

沙漠英雄树

　　在古老的诗句"天苍苍，野茫茫，风吹草低见牛羊"所描绘的地方，畅通铁路了。1958 年 8 月 1 日，绿皮火车在锣鼓震天响、百姓齐欢呼的庆贺声中，从银川起动驰骋。这是新中国建成的第一条穿越宁夏、内蒙古、甘肃三省区浩瀚大沙漠的包兰铁路。人们早就预料，这条铁路的安全会受到肆虐风沙的威胁。然而，未曾想到，是沙漠里的英雄树解除了人们的担忧。

　　说起沙漠英雄树，就要从发现英雄树谈起。包兰铁路，必须穿过我国第二个大沙漠——腾格里沙漠的中卫段。这里，沙山上一组一组新月形的沙丘，从西北向东南，每年前进一米地延伸。如果不设法把它挡住，黄沙就会埋没路基。怎么能阻止住黄沙呢？

　　未雨绸缪。早在 1956 年 2 月，一支由科学家组成的腾格里沙漠固沙造林研究队从北京出发了。然而，那时从甘宁交界地带的甘肃，到中卫的三千公里地段内，竟连一棵小草也很难见到。正当他们"山穷水尽疑无路"的时候，在当地沙区群众的帮助下，见到了一种枝叶为灰褐色，茂密挺拔、健壮魁梧的乔木梭梭，在沙漠中蔚然成林，犹如松柏，傲然屹立。这一发现，开阔了人们以草木治沙的视野。于是，国家投资，科学家组织和指导群众广植梭梭，挡风固沙。几年之后，便使包兰铁路上的列车在梭梭林密布的绿洲之中安然奔驰。梭梭这个名不见经传的野生植物，从此被西北干旱区的群众誉为"沙漠英雄树"。一首歌唱了好多年：

　　　　风沙狂我气昂昂，梭梭挽起铁臂膀。
　　　　沙尘暴逃得远远，包兰铁道一路畅。

　　为什么在风沙肆虐的沙漠里，梭梭能当上英雄呢？因为它有着坚强的性格和超凡的本领。它的种子发芽势极强，见一点水分就生根，二三年便青枝繁茂，长到一二十岁，仍血气方刚。它甚至"违反"乔木的"族规"，立起三四米高的身板，活脱脱一个"彪形大汉"！它知道沙漠里的水分极少，就把密密麻麻的根系，伸入深层尽情吸吮，然后让鳞片状的细小叶子用特有的"蜡装"，抑止水分的蒸腾。

　　梭梭在，黄沙躲得远远的。在长达五十多年的一生中，梭梭用身躯为人类防风固沙；与世长辞以后，它还以极佳的燃质，充当"沙漠中的活煤"。人妖颠倒时期，人们亏待过梭梭，刀砍斧斫，使它濒临绝迹。现在，人们采集它的种子，育苗栽培，帮助它从自生自灭的野生状态，步入子孙满堂的时期。可以相信，人们把梭梭当作朋友热忱相待，梭梭定会为人们作出更大的贡献！

1983 年 10 月 6 日《人民日报》

树中寿星活化石

卓越的无产阶级文化战士、著名诗人郭沫若以诗一般的语言写下的散文名篇《银杏》，深情地赞美"树中寿星"——银杏：

> 你是真应该称为中国的国树的呀，我是喜欢你，我特别的喜欢你。是因为你美，你真，你善。梧桐虽有你的端直而没有你的坚牢；白杨虽有你的葱茏而没有你的庄重。

在千姿百态的树种中，论起"长生不老"的寿星，的确要数银杏；数百年乃至千年的古银杏树，屡见不鲜。山东省莒县浮来山就有一棵银杏，已有三千多岁，至今生机勃勃。

人们称银杏为活化石，是因为大约两亿年前，银杏遍及世界各地。后来地球面临冰川时期，大部分地区的银杏被摧毁，变成了化石。只有我国和日本保存了一部分，绵延至今。

银杏名曰"杏"，却不是杏，因其果核叫白果，又称白果树。它是独科独属，其尊贵可想而知。在我国的二十个省区境内，都可以看到它那摩天峻拔、枝密叶茂的身影。当万物萌动的春天，它吐芽泛绿；在绿色郁葱的夏季，它扬花溢芳；到五谷成熟的金秋，雌株硕果累累。银杏，这个偌大树木群体中的寿星，在一生中并非简单地积累岁月，它把全身都贡献给了人类。它的果仁富有营养，能食用，也可入药。树叶是制取治疗心血管疾病药物的原料，又能做杀虫剂和稻田肥料。树干粗壮而端直，木质纹理细密，是建筑和雕刻的上等材料。

银杏虽然尊贵，但随和忍让，毫无娇气。它最喜爱浓厚肥沃、排水良好的水质土壤，在中性、酸性、石灰性的土壤里也能健壮生长。它生长十分缓慢，结果期也特别迟，常常是公公种下树苗，孙子才能收获果实，所以人们又叫它公孙树。我们的前辈倘若只顾当时的眼前利益，今天我们就很可能吃不到又香又嫩的白果了。我们吃了"公公"种的白果，自己也应该学习他们那种精神，不忘为我们的"孙子"种下银杏。这样，一代又一代，就会有尝不完的白果。

1984 年 6 月 27 日《人民日报》

生物界的"亲朋密友"

　　和睦相处，互相帮助，这是人类的美德。在生物界里，同样存在着互利互惠、相济共生的关系。不过，它们不是出自"美德"，而是为了自己的生存。

　　蛀木的害虫白蚁，本身没有分解木质纤维的本事，它只好与超鞭毛虫狼狈为奸，"请"它住在自己的肠子里，靠这个"同案犯"分泌一种酵素去分解木质纤维，从而达到双方满足食欲的目的。如果白蚁和超鞭毛虫不如此合作，彼此都不能生存。

　　蚜虫是作恶多端、危害农作物的大敌。而蚂蚁却把它奉为"座上宾"，并充当其"帮凶"。当蚜虫遇到天敌的时候，蚂蚁便相助掩护，使其逃匿；当蚜虫危害作物不慎摔下来的时候，蚂蚁会将其"搀扶"，再送上作物；蚂蚁的穴洞还常常是蚜虫的"招待所"和越冬场所。为什么蚂蚁对蚜虫如此殷勤呢？原来，蚜虫分泌排泄的一种有甜味的蚜蜜，是蚂蚁最喜食的"美味佳肴"。它们就是这样，以互惠的条件达成了肮脏的"交易"。

　　不同动物之间这种休戚相关、相依为命的关系，在生物生态学上叫作"互利共生"。假如两种动物虽和睦共栖，但只对一方有利，那在生物生态学上就称为"片利共生"。比如，有一种线虫，终年"寄居"在马的肠子里，有吃有喝有窝，好不自在痛快，而它对马的健康竟无什么损害。

　　在植物界同样有许多"亲密无间"的"朋友"。以农作物为例，洋葱和胡萝卜是最喜欢相邻的，它们发出的气味可以驱逐相互的害虫。大豆最欢迎在自己的地边有一行蓖麻给它充当"卫士"，因蓖麻的气味能使大豆的害虫金龟子不敢觊觎。蓖麻虽不能从大豆那里得到报酬，但毕竟没什么损失。

　　农人可利用作物的这种"互利共生"和"片利共生"，促进农业发展。

1983 年 7 月 21 日《人民日报》

吃不够的十里香枣

大西北秋天的旱漠地带，硕果飘香，浓味袭人，而最惹农家孩子们口馋的是则给德毛道沙枣。这种枣一果多色：鲜红的，金黄的，橘色的，洁白的。闻一闻清香扑鼻，吃入口甜蜜无比。

则给德毛道枣树，长在风沙弥漫的沙漠里。它的学名叫沙枣，沙区群众称其为"百岁寿翁"，别号小名有一串：香柳、银柳、桂香柳、十里香等，百姓最喜欢叫它的名是十里香。在十月金秋枣子成熟的时候，累累香枣挂满枝头，方圆十里都能闻到它飘荡缭绕的清馨味儿，在瀚海大漠最引人注目。瞧，那大白沙枣，色如白玉，果大肉肥，味甜如蜜；那牛奶头大沙枣，好似牛的奶头，色泽斑斓，馨香异常；那八卦沙枣，长得像荷包，果肉厚丰，色艳味浓；那羊奶头沙枣，形如羊的奶头，香嫩味淳，营养丰富。真叫人看不足、吃不够。去年秋天，一批外国专家来巴丹吉林沙漠考察，吃则给德毛道枣上了瘾，夸它为"中国沙漠珍果"。

人们称则给德毛道为"百宝树"，真是名副其实。农人们都说："家有百棵沙枣树，吃穿花用都不愁。"其枣是营养珍品，无氮浸出物占干果的71.4%，并含有淀粉18%左右，蛋白质8.5%，粗脂肪2.5%。果实既能鲜食，又可做糕点原料，还能用于酿造酒、醋、酱。五十公斤枣果粉，可酿造十二点五公斤白酒。牛奶头、羊奶头、八卦、大白等良种，每棵成年树年结果一般达五十公斤以上。它的花，清香飘十里，是优良的蜜源，鲜花中含芳香油0.2%～0.4%，从中可提取高级香料、香精；它的叶，养料优丰，是家畜家禽喜欢的青饲料之一；它的果、花、枝、叶，均可入药，对神经衰弱、烧伤、闭合性骨折和妇女白带等疾病，有显著疗效；它的木材，质地坚硬，花纹优美，是制作高级家具和雕刻工艺品的良材。宋代诗人杨万里赋诗夸曰："富沙枣木新雕文，傅刻疏瘦不失真。"吃枣剩下的核，穿制成别具华夏特色的门帘、窗帘等家用工艺品，出口东南亚，是外国人特喜爱的时髦用品。

雄赳赳气昂昂的则给德毛道树，在暑寒干旱、贫瘠盐碱等恶劣的自然环境中抗逆顽强地生长，傲然屹立在风沙前沿，抗风固沙、制服干旱、改良土壤是"勇士"，守护田园、村庄和铁路公路是"铁汉"，英雄强憾，特别称职出色，让人们很放心。植树实践证明，营造一条则给德毛道树的防护林，一般可降低风速三分之一左右，有效防护距离为树高的二十多倍；一亩防护林，可保护一百多亩农田免受风沙之害。由于它对风速的降低效能，可使土壤水分的蒸发量减少 15%～20%，空气相对温度提高 25% 左右，作物水分的蒸腾减少 25% 左右。则给德毛道树的根系发达，水平方向可伸展一百平方米左右，纵深达十米左右，持土固沙能力颇强。它的根部还长有根瘤菌，能提高土壤肥力。

种植则给德毛道树随意不难。它的理想属地，是西北和内蒙古沙区的荒漠和半荒漠地带，一般采用插条育苗、插秆造林和嫁接等无性繁殖方法，成活率高，长势良好。

1986 年 10 月 15 日《人民日报·海外版》

冬令补品热冬果

北风吹雪寒冽冽，一锅梨子一炉火。

冬令进补热冬果，吃上一碗暖心窝。

"来呀，热冬果！尝一口，吃一个，暖心窝，浑身的精气神哟！来呀，走过路过，不要错过！"

严寒季节，在北国兰州的夜市上，叫卖热冬果的词儿，声声高亢，字字脆亮，特别招人。来上一个热冬果咬上一口，蜜甜淳厚的果汁直涌喉口，清凉甘美，由不得你细品就会急不奈地吞进肚里，顿时来神。那滋味儿，实在是"只能意会，不可言传"。要说感受，就是还想再吃一个！

兰州冬果梨，除鲜吃、煮食外，蒸吃进补养身、治疗疾病，具有生津止渴、清心润肺、消炎降火、利尿解毒、润喉止咳等功效。那些"老咳嗽""老痰罐""老肺结核"，冬季若常吃"猪油冬果"，则大有裨益。其做法是：削掉梨皮，取洞掏核，放进一点生猪油和适量的贝母、冰糖等物，封口入笼，蒸上半小时左右即可食用。冬果梨的药补功效，明代《本草通玄》有记载："冬果梨之者，清六腑之热；热者滋五脏之阴。"

相传唐代时，太宗皇帝李世民最宠信的近臣之一、宰相魏征连日未上朝，皇上便命人去魏相府，询问其何不上朝？原来他的九旬老母患疾难愈，以孝道闻名天下的魏征因侍奉病榻而误上朝。翌日，魏征一上朝便跪拜皇上如实禀报：其耄耋老母喘咳不止，服药无效，焦急之中忘误上朝，恳请皇上治罪。太宗皇帝知情后并未责备他，还关切地询问其母病况，魏征回答昨天服用热冬果梨已有明显好转。有心的皇上记住了热冬果梨止咳的信息，后遇风寒感冒咳嗽，食用热冬果梨，果然有显著的疗效。满朝文武大臣闻之，凡得感冒仿效皆灵。自此，热冬果梨止咳的讯息便不胫而走，传遍天下，冬果梨的名声大噪。

兰州素有"瓜果城"之称，冬果梨是名列前茅的梨中佳品。兰州梨的品种甚多，有冬果梨、软儿梨、腊台子梨、苏木梨、大长把梨、小长把梨、鸡大腿梨、马奶头梨、吊蛋子梨、金甄梨、酸果梨等，尤以冬果梨和软儿梨为上乘，冬果梨为著名的"陇上八梨"之一。

冬果梨，属蔷薇仁果亚科，梨属，白梨系统。据史料记载，冬果梨在兰州的年龄已有三千多岁。清代康熙四十六年编著的《河州志》、康熙七十五年编撰的《兰州志》和清雍正六年编修的《甘肃通志》，都有介绍和赞誉冬果梨的记载。兰州冬果梨主要产地在市区和榆中、靖远、皋兰一带，尤以市城关区北园村、七里河区花寨子乡水磨沟和西园村出产的最为驰名。冬果梨十月中旬成熟，梨果似卵近椭圆形，皮极薄而呈黄色，有淡褐色斑点；冬果梨还有"公""母"之分，其蒂凹进者为"母"梨，凸出者为"公"梨。

兰州冬果梨中有一种罕见品种红冬果梨。这种梨在果皮黄色上覆盖着片状鲜红色，有的大部分果面呈现出红色，又红中透黄，绚丽异常。红冬果梨分布不多，在七里河区花寨子乡西园村有大片梨林。村里有独一无二的一棵二十多年树龄、双杆的红冬果梨树，硕果累累，梨质特别优良。

近些年来，党的富民政策加科学技术，使兰州冬果梨的生产、加工、销售"一步一层天"，成为市场上久盛不衰、千家万户喜爱的佳果。在兰州市场，四季都可买到冬果梨。冬果梨特别耐贮，梨下树后贮藏于普通窖窖内，到元旦、春节期间，冬果梨就很紧俏了。几乎家家户户都要买来自食，或待客送礼。冬果梨能放至来年五六月，其色味质不会变。

1987 年 2 月 7 日《人民日报·海外版》

犬吠报春福禄来

　　瑞雪兆丰年，蜡梅报春色。辞旧迎新岁，元旦喜来临。1982 年是农历壬戌年，素称狗年。狗年话狗，想到了李白的两句诗："犬吠水声中，桃花带露谈"——喜闻犬声水中来，桃花带露更艳丽，如此勾勒动植物相宜的美妙景致的神来之笔，唯有诗仙太白。

　　狗是最通人性的动物，是人类的忠实朋友。中国人养狗者不多，多与地域（含居住地相关规定）、职业、条件、环境的限制，甚至与个人的喜恶与性格有关。而外国人养狗却很普遍，人狗感情蜇深，家养一只狗如养了一个忠诚的卫士、孝顺的子女，能使唤派用场。这里讲一位属狗的友人给我讲过的流传较广的一个故事：有个意大利人养了一只名叫菲多的流浪狗，它非常忠实和服务于主人。在第二次世界大战期间 1943 年的一天早上，其居住地博尔戈圣洛伦佐，战火纷飞，敌机空袭，硝烟弥漫，街头一片混乱。菲多一如往常地护送主人到公交车站乘车去上班，它目送主人登车、主人回望，彼此依依难舍，直到车子开走，菲多才回家。傍晚，菲多照旧早早地去公交车站迎接主人，谁知它在车站眼巴巴地等了几个小时，看着一辆辆到站的公交车，一个个下车的人，直等到夜里公交车停运，主人也没有出现。菲多非常沮丧地回到家，那天夜里它不吃不喝不睡，牵挂惦记着主人，笃定第二天再去接它惦记的主人。然而，第二天仍然没有接到，第三天、第四天、第五天过去了，还是没有接到。菲多着急得掉下了眼泪。它满怀着期待，想主人一定会回来。就这样，它一天都没有短缺，日日等，天天接，春夏秋冬连续接了十四个年头。光阴荏苒，岁月如梭。到了 1958 年夏天的一天，老气横秋的菲多，依然在那个公交车站等候它的主人归来……这件事传播开来，不少人被感动了，男女老少，络绎不绝，都到这个公交车站去陪菲多，一起等待着它的主人。有的人给它送吃的喝的，有的人把围巾系到它的脖子上……

还有一件发生在我身边的事情。不久前的一天晚上，我的一个同事家里失盗。报警后，公安人员带着一只警犬很快赶来看现场，机敏的警犬东闻闻、西嗅嗅，之后便追踪而去，一个多小时便抓获了盗贼，悉数追回被盗走的财物。同事感激人民警察，也佩服警犬的神奇能耐。

具有奇特嗅觉功能的狗鼻子，一向以"神鼻子"在动物界著称。经过专业训练的军犬、警犬的鼻子，就更厉害一筹。狗的鼻子由于构造特殊，其鼻腔上部的嗅觉感受器官极为发达，约比人鼻子的嗅觉高六千倍，不可等闲视之。尤其是狗的鼻子可嗅觉出二百多万种不同物质的不同气味，通过气味追踪寻找特定的目标。狗鼻子对人的脚汗气中的脂肪酸，颇为敏感。一般，成人每天每只脚约分泌出十五立方厘米左右的汗液。其中，只要有千分之一的汗液气味透出，狗的鼻子就能闻到。那只警犬正是沿着盗贼留下的脚汗气味"路线"嗅逐而去，准确寻捕窃贼，速破其案。

狗，是人类最早驯养成功的家畜之一。狗的种类繁多，世界上约有百余种。古代的狗能捉鼠，现代的狗经过调教训练，更为进化。那信犬，传信送书，忠实可靠；那警犬，破案擒凶，守卫边防；那牧犬，勇斗豺狼，保护牛羊；那矿犬，透地探矿，嗅寻宝藏；那猎犬，智护主人，捕捉猎物。北极地区的拉拽犬，是当地的运输工具，可驾辕拉车拉动一百多公斤的货物；劳兰的救生犬相当智慧，曾在西班牙与牛厮斗；狗还是第一个乘人造卫星遨游太空的动物。

近些年来，随着仿生科学技术的不断发展，科学家们根据狗鼻子的构造，仿造出比狗鼻子灵敏千倍以上的"电子警犬"，用于各项事业，发挥着比狗鼻子更为神奇的作用。

1982 年 2 月 10 日新华社《经济参考报》

鸟禽在清明重返母亲河

> 栖栖失群鸟，日暮犹独飞。
> 徘徊无定止，夜夜声转悲。
> 厉响思清晨，远去何所依。
> 因值孤生松，敛翮遥来归。

晋代著名诗人陶渊明的诗词，多有飞鸟意象的作品。飞鸟，是诗人自我形象的化身，其常借"鸟诗"的强烈意象，渲染和烘托自己一生苦苦求索的心路历程。陶渊明通过这首《饮酒二十首》，观察"失群鸟"的实际生活，排解其虽心怀远大抱负而无法寻求用才之地的悲愤心情，却也真实地反映出当时大自然中哀怨无助的"失群鸟"，徘徊无居、孤独无依的悲哀凄惨困境。

曾经相当长的岁月，我们现实生活中的鸟禽，像陶渊明诗中描写的"失群鸟"的遭遇一样。过去的兰州黄河水域，是禽鸟栖息的理想属地。20 世纪 60 年代以后，随着工业发展和城市人口的增长，人们忽视保护环境，造成空气、水质严重污染，鸟禽日益稀少乃至绝迹。

近年来，由于加强自然生态环境的治理保护工作，特别是连年开展"爱鸟周"活动，大力植树造林，进行水、气净化，严禁捕杀鸟类，改善了自然生态环境，鸟禽终于回来了。

今天是 1984 年 2 月 4 日清明节，兴致勃勃的游人，聚集在兰州市区的黄河沿岸一带，尽兴观赏黄河水面上成群的候鸟水禽嬉戏游弋。这种已经一二十载不见的"人类益友"重返母亲河畔的美好景象，给甘肃省即将开始的一年一度的"爱鸟周"活动，增添了无限的诗情画意。

是日，人们看到了成群的棕头鸥、红嘴鸥等候鸟，看到了赤麻鸭、绿头鸭、白眉鸭、青头潜鸭等众多的水禽种群。在碧绿湍流的黄河水面和低空。那鸥鸟，时而盘旋轻舞，时而落岸鸣唱；那鸭群，时而漫游击水，时而入水擒食。它们在这里自由自在地玩耍嬉闹，举止安详泰然。

据研究鸟类的科学家观察，这批候鸟水禽是去年冬天陆续从异地飞来兰州的。它们度过了西北的严冬，估计要在这里定居下来了。

鸟儿安居，人自安乐。

1984 年 2 月 5 日新华社播发

千年神药落下神坛

甘肃陇南，既以瑰丽奇峻的风光山色闻名遐迩，更以丰富多彩的生物资源而堪称陇原宝地。名贵中药天麻，就是陇南大千植物世界的一个奇葩。

说起天麻，从千年的神药回归人间，成为凡人栽培的药材，有一段富于传奇色彩的经历。早先的坊间，曾流传着这样的民谣：

> 深山天麻真是奇，神仙播种地下生。
> 果实成熟见其踪，凡人无法能栽种。

这个神话，连明代著名药学家李时珍也无法解释。他虽在《本草纲目》中称其为"定风草"，阐明了它的药用价值，但却未能揭示天麻天然生长的规律。因此，千百年来，天麻的生息被蒙上了神秘而又玄奇的色彩。

近代科学开创的生物互利共生学，破解了植物相生相克的密码，揭开了天麻"神药"之谜。由于植物界生长习性特点、自生物质的不同等因素，彼此有亲密无间的"朋友"，会和谐相处，互利互惠，相得益彰；也有敌对冲突的"冤家"，则矛盾尖锐，相克争斗，两败俱伤。此外，还有些生物难以依靠自己的功能生长，只得寄生于别的生物，依赖剥削为生。如寄主乐善好施或甘心情愿，也能维系共生，安忧自担；反之，则诈取豪夺，强者吃弱。

天麻并非"神药"，是以寄主的身份侵吞寄生物的生物药材。由于它的种子只有种胚而无种乳，生长期无根，也没有绿叶，无法进行光合作用，因而自身没有营养源，是靠剥削侵吞蜜环菌为生。而这种剥侵，却使蜜环菌甘之如饴，选择天麻当作寄主。以依靠寄主生存的蜜环菌，常以栎、桦、榛、竹等树木的根和天麻的种子、块茎作为寄生栖息之"家"，还以为是"白吃白住"；难以预料，天麻却完全是为自己谋利的目的，每逢蜜环菌光临，总是"殷勤"地欢迎它长"住"下来，随它汲取营养。随后，择机悄悄地施放出一种化学物质，紧紧缠住蜜环菌，断其退路，然后不客气地将蜜环菌作为食物，慢慢地消受将其"吃掉"，把自己养得肥肥胖胖。正是由于长期侵吞蜜环菌的缘故，天麻原有的根系退化了，叶子也变成了难看的鳞片，并形成了自己特殊的生长规律：平时隐居于地下，只有它的块茎成熟时，才身不由己冒出像箭一般的一个黄红色茎秆，让识其药性的人辨认采收。

20 世纪 80 年代，我国科技界取得的最新研究成果表明，天麻生息除依靠的营养源蜜环菌外，还有一种叫共生萌发菌的真菌。在天麻种子萌发期是靠共生萌发菌提供营养，而在正常生长期则是蜜环菌供给营养。这就说明，天麻是共生萌发菌与蜜环菌共养滋生出的成果。

自从天麻的生长规律被人们完全弄清后，这味"神药"的面纱就被彻底揭开，从神坛回归大自然。它原本就是在山间天然生息的植物，当然可以人工培育且增产增收。天麻从深山密林来到村旁田野，或入住闲置的地下防空洞，公开生育繁衍着子孙后代。现今，种植天麻已成为药农们的科学致富之道。甘肃、陕西等省的天麻产区，都出现了一批培育天麻的能手。

天麻，含有维生素 A、天麻甙、香荚兰醇和多种生物碱，在药坛具有举足轻重的地位。它既有祛风镇痉、止痛提神、益气养肝、降低血压的功效，又可医治昏迷惊风、口眼歪斜、神经衰弱、肢体麻木等疾病。

1986 年 3 月 16 日新华社《经济参考报》

兔年呼唤"兔经济"

一元复始，辞旧迎新，人们欢庆兔年的降临。瞧，兔的邮票，兔的挂历，兔的年画，兔的中堂，兔的对联……这个小小的生灵，通过丰富多彩的艺术作品，闯入了 1987 年的元旦佳节，为人们的生活增添新的气息、新的色彩、新的乐趣。

其实，自古以来，活蹦乱跳的兔子就生息于人类的生活中，中国人对它的感情是深厚的，兔子的经济价值也是显而易见的。

现今发现的历代稀世文物，有不少是"兔宝"，或有兔的"遗迹"。商周青铜器上铸造的动物形象中就有兔的花纹，工艺考究，甚为精湛；河南洛阳北窑西周墓出土的文物中，最引人注目的是金属铸兔，机敏灵气，栩栩如生；云南晋宁石寨山出土的西汉中晚期的立兔铜杖头，更是富于动感，跃跃欲试；观赏河北出土的望都墓室壁画里的白兔，犹如闻其之声、呼之欲出之感；西晋越窑青瓷兔形水注，"人"字形嘴巴，竖耳短尾，四足屈缩做卧状，造型生动，十分逼真；西安出土的唐兔纽龙凤纹玉镇，兔形全跪，神志清醒，活灵活现；宋代崔白的杰作《禽兔图轴》，真是隋侯之珠，没石饮羽……这些兔物兔画，说明兔子在国人心目中的地位举足轻重，亦见证华夏养兔的历史相当悠久。

原本是利国利民的养兔业，在"十年浩劫"中，兔子也未能幸免，被当作"资本主义尾巴"割了。神州复兴，百业俱旺。党的富民政策引路，我国农村多种经营迅速发展起来，养兔业这个热门项目异军突起，方兴未艾。尤其是 20 世纪 80 年代以来，养兔已成为贫困地区脱贫致富的"希望产业"。纵观神州，传统养兔的华东地区愈加发达；华北、东北、中南和西南地区兔业不乏兴旺；过去很少养兔的西北地区也出现了后来居上的可喜势头。据有关部门统计，我国目前兔的饲养量已逾亿只。

兔子所以受到青睐，是因为人们都知道，它"浑身都是宝，作为真不小"。

兔毛，是高级纺织原料，我国生产的兔毛，色美柔软，光泽质优，保暖性强，畅销许多国家，在国际市场享有很高的声誉。每吨长毛兔兔毛出口可换取外汇一点五万多美元，一公斤兔毛可换回一百多公斤化肥或小麦。兔皮，是制裘造革的优良材料，我国出口的兔皮和兔皮制品，同兔毛一样在国际市场颇为走俏。兔肉，是高蛋白、低脂肪、营养性高、鲜嫩可口的肉食品，它的蛋白质含量高于猪、牛、羊肉，而脂肪含量却低于猪、牛、羊肉。用兔肉烹饪佳肴，由来已久。清代顾炎武《日知录》记载："宾客之设，不过兔首包鳖之类。"目前，我国的兔肉畅销国外市场，价格比出口猪肉高40%。据有关部门介绍，近年来我国商品兔肉、皮、毛，每年创汇逾亿美元。

除兔肉、毛、皮、毛外，兔的"下脚"也有大用场。兔内脏，是加工制药的原料；兔头、兔骨，是发展养貂、养鸡的好饲料；兔粪，是肥效高、肥力长的优质有机肥料。兔粪含氮2.3%，含磷2.3%，含钾0.8%，比猪、牛、羊、鸡、鸭等畜禽粪的肥效高得多。通常，十只兔一年排泄的粪便，可肥一亩田。农田施用兔肥，不仅增产显著，而且具有杀菌、防虫、压碱等效能。

发展养兔，投资小，不占地，用工少，见效快，收益多。据畜牧业专家介绍，一只母兔每年至少繁殖四窝，一窝可产四至八只小兔，小兔长到七个月后又可繁殖。按照正常生产规律，只要饲养得法，一对成年兔在一年内可繁殖子孙兔五百多只。一家农户如果每年饲养五六对成兔，出售子孙兔的兔毛、兔皮、兔肉和小兔的年收入，至少可达千余元。如饲养优质毛兔，其收益就更为可观。

兔年话兔，大力发展优质毛兔和开发兔肉市场，重视发展兔产业、兔经济的问题，应引起人们特别是政府有关部门的足够重视。目前，我国兔产品市场主要在国外，国内虽然形成一些专业化市场，但尚未打开局面。尤其是兔肉，由于多数人不食用兔肉的观念和习惯，在国内的消费微乎其微。这种状况已造成兔肉的生产能力低于加工贮藏能力，解决问题的关键在于加强宣传，扭转人们旧的思想观念，同时相关的管理工作和服务行业也要紧紧跟上。专家认为，还要重视建立和加强与千家万户相适应的兔良种繁育、疫病防治，以及完善兔肉加工、贮藏、销售一条龙的服务体系；食品部门应当普遍销售兔肉，饮食部门则要扩大兔肉烹调特色项目，恢复传统兔饪。总之，全力开拓兔肉市场迫在眉睫，以推动养兔业的兴旺发达。

1987年1月1日新华社《经济参考报》

家育一盆花果独秀

绿色植物走进了城市的千家万户，成为城里人进行立体绿化的新时尚。而盆栽葡萄这道优美的风景，在家养花卉和植物中，独具特色，煞是引人注目。

它，绿化居室，改善环境，收获果实，可谓一举三得。

盆栽葡萄，具有占地面积小、机动性强的特点，屋角、窗旁、阳台、屋顶等处都是它的栖身之处。栽培技术易于掌握，管理方便，生长发育较为迅速。它的苗木可以自行繁殖，并能引种他家，广泛推广。

盆栽葡萄，同样可以收获珠圆玉润、柔嫩多汁、营养丰富的果实。花盆直径为一点二市尺左右的二年生葡萄，一般每年可收获二点五公斤以上果实。如果管理栽培得好，产量最高可达八公斤。

盆栽葡萄首先要选择好良种。在我国各地，适宜盆栽的品种有葡萄园皇后、红玫瑰、莎芭珍珠、白香蕉、无核白、保尔加尔和巨峰等。育苗方法主要有三种，一种是冬春硬枝育苗法。过冬前在从田园、庭院的葡萄树上修剪下来的枝条中择取粗壮、活力强，有饱满芽眼的枝条，剪成五至八寸长的短枝，每枝应有三个左右的芽眼，把它埋入湿土，贮藏在温度0℃左右的地方越冬。翌年春天，把枝条取出插入盆中。外露一个芽眼，在20℃~25℃的条件下，过三十天左右，种枝条就会冒出苗来，生根成活。另一种是春季套盆育苗法。这是我国科技人员近年来试验成功的一种葡萄盆栽新方法。采用这种方法，当年可收获果实。再一种是夏季绿枝育苗法。在葡萄树三年以上的旺盛盆栽葡萄植株上，选择自然长有二至三个节的种条，打掉尖，除在种条最上端留一叶片外，其余叶片均打掉。十天后将种条剪下，插入盆里，外露部分保留一个芽眼和上面的叶片。苗盆放置在冷热适中的地方，过三十天左右，种条就可生根成活。

葡萄喜水，以满足耗水量为好。一般用生活用水即可，夏、秋多用雨水浇灌。平常灌水最好在傍晚，灌水后及时松土。

给盆栽葡萄施肥，应本着因需制宜、因肥施用、方法得当、数量适量的原则进行。在插栽种条或换盆时，可用充分腐熟的家禽粪、油饼等有机肥做基肥。直径一市尺左右的花盆，施家禽粪半斤左右，施油饼肥三两左右为好；将肥料弄成面状，掺土放在盆的下面。一般每年追肥二至三次，大约在五六月间各施一次氮肥，在八月施一次磷、钾肥；有机肥和无机肥，视需要搭配施之。施肥量，同样大的花盆，如用化肥或油饼肥，均二两为宜，用家禽粪四两即可；化肥可均匀撒在土壤表面，尔后松土、浇水；家禽肥、油饼肥按肥一份、水五份的比例配成液体，腐熟后的肥液再掺配十倍的水稀释，逐渐浇入盆中。

葡萄长势旺盛时，空气如不通透，不仅会影响生长，而且往往会发生病虫害。因此，应注意时常将盆栽葡萄放置在阳台、楼顶或院子里通风光照。

盆栽葡萄从成活到结果前是幼树，为使它适应盆内生长，应保证营养，促进其花芽正常分化和及早结果。对幼树进行精心修剪也很重要，在盆栽葡萄定植后的翌年或第三年结果前的夏季，只选留一条枝蔓，其余均剪除。留下的枝蔓长出十片叶后，打掉尖也叫摘心，连长连打，以抑制长高。打尖后，叶腋部位会发芽长出副枝条。待副枝条长出三片叶左右时，也打掉尖，同时摘除长出的卷须。落叶后到入冬前，再适当修剪一次，一般留枝蔓七至八节，将所余上梢剪除。结果后，还需进行修剪。头年结果的幼树，留五个左右结果枝，每个结果枝留一个果穗为好。当结果枝长出八片叶时应打掉尖，连长连打。这些修剪措施，是影响结果量和果实品质的关键一着，应不失时机地进行，切勿过早或过迟。对结果树上未结果的枝条，当长出五片叶时应打掉尖，以促枝条成熟和花芽形成，为次年结果奠定基础。结果树落叶后，对所有枝条均选留三个芽左右进行短梢修剪。翌年，再如法修剪。

1984 年 3 月 25 日、4 月 1 日《光明日报》

中国西部的珍禽异兽

莽莽昆仑，巍巍祁连，葱葱秦岭。

涛涛森林，苍苍草原，茫茫沙漠。

在中国西部腹地的这些神秘莫测的自然领地里，生息着一个庞大的野生动物王国。其中，朱鹮、大熊猫、金丝猴、秦岭虎、野骆驼等，是举世闻名的珍禽异兽。说起它们多方面的经济价值，人们大都熟晓，而对它们生活中的逸闻趣事，则就鲜为人知了。

"国宝"并非和尚

在动物园里看"住宅"，唯"国宝"大熊猫住得高档阔气；而它的食物却是不起眼的箭竹枝叶。大熊猫以箭竹为主食，没有竹叶，简直无法生存。它痛食一顿，可吃掉箭竹叶几十斤，难怪有人称它为"动物界的和尚"。

然而，如果你到大熊猫的故乡——陕甘川交界一带的生息地，仔细察访或了解一下就会哑然失笑：原来，大熊猫是个假和尚，它像佛门的济公一样，时常"酒肉穿肠过"。因为箭竹的叶子，除粗纤维含量多些外，蛋白质、脂肪和碳水化合物等养分的含量都很低，无法满足属食肉目的大熊猫健康发育的营养需要。在"国宝"的故乡流传着一句俗语："天上的斑鸠，地下的竹溜"，这"竹溜"就是箭竹林里的"流窜破坏犯"竹鼠，其肉质鲜嫩可口，营养丰富。大熊猫好口福，素来将其当作动荤之物。

竹鼠，也称中华竹鼠、普通竹鼠，是种杂食性小兽，属哺乳纲啮齿目竹鼠科，特能危害箭竹，穴洞多在竹林里。它居然敢祸害大熊猫的"粮仓"，无异于找死。大熊猫一旦发现其蛛丝马迹，便在鼠洞外捣腾，施展吓唬之能事，待它一出洞，便以迅雷不及掩耳之势，一跃而上，将其捕获，撕去鼠皮，食尽其血肉，方可罢休了结。这也是弱肉强食、颠扑不破的丛林法则。

"流浪汉"牧食活羊

流浪为生的秦岭虎，总是在秦岭的深山老林里逛呀逛呀，逛到哪儿吃到哪儿威风到哪儿。岩羊、牙獐、青鹿、黄鹿等草食动物，都是它的"美味佳肴"，其尤其喜欢活吞岩羊。

秦岭虎在旅途中的饮食相当规律，一日两餐，黎明、黄昏，不早不迟；同时十分讲究，食物须合胃口，吞吃活物，剩余即弃。这"百兽之王"在长期的旅途中发现，有些地方难以碰到合胃的食物。于是，便想出了贮备食物的招儿——"牧羊而食"。

岩羊常常结伴而行，秦岭虎就伺机俘获其群。它惯用的手段是，发现岩羊群，便猛然跃出，暴啸惊吓，致使群羊不敢乱动弹。如有个别胆壮的岩羊欲想逃遁，它就猛扑过去，将其咬得鲜血淋漓，吞下肚去，杀一儆百，惊吓得其余的岩羊老老实实，甘当"俘虏"。这个"流浪汉"逼其擒获的岩羊群随其而行，到寻觅不着食物的地方，便一个一个生吞"押"着的美味，好不痛快！

"苦行僧"一夫多妻

生息于新疆、甘肃荒漠地带的"苦行僧"——野骆驼，为寻水源、觅食物，总是辗转于风沙瀚海之中。它们集群而行，和睦相处，在漂泊中"团结"得蛮好。可是，一旦到了婚配时节，往往因竞选"新郎"、争当"新郎"而反目成敌，斗殴厮杀，一争高低。

原来，野骆驼是"一夫多妻制"。平常，雄雌群驼集结而生息。每年在一至四月冬春其婚配的旺季，一群中只择留一头最健壮厉害的雄驼留守，其余的则服服帖帖退避三舍，分头去寻找自己心爱的新"情侣"。如有不知趣的雄驼，欲赖下来争夺舒坦快活，其结果必然招致群起而攻之。尤其是在野骆驼发情交配期间，倘若两群骆驼相遇，双方领头的"新郎官"则会交锋恶斗。胜者，便占有两群中的雌驼为自己的"新娘"，真是"妻妾"成群；败者，甘愿认输，落荒而逃，再去寻觅新的雌驼。

这是何等奇异的婚配啊！

"娃娃鱼"垂钓有术

国家珍稀动物大鲵，因其鸣叫声酷似婴儿啼哭而俗称"娃娃鱼"，是现存于世的最大两栖动物。它，自由自在地生息于陕西、甘肃一些极为偏僻、人烟罕稀的深涧密溪之间。

大鲵在水中轻盈自如、敏捷灵活，而一旦到陆地，则行动笨拙、迟钝异常。使人意想不到的是，这"娃娃鱼"竟有垂钓的绝技。它是个"馋猫"，特爱吃零食，尤其喜欢吃一种名叫石蟹的小动物。而机灵的石蟹多隐身于溪中石缝之中，深居简出，防范严密。俗语说，"老虎还有打盹的时候"，石蟹也有弱点可乘。石蟹身长两只大螯，钳住东西往往不会轻易松开。大鲵就利用它这个特"犟"的弱点，使垂钓的套儿引其上钩，捕食其肉。狡猾的大鲵将自己分泌着腥味儿的尾巴尖悄悄地伸入石缝之中，送到石蟹跟前，诱它双螯来钳。一旦得手，便出其不意地施展回身术，猛扑石蟹，将其吃掉。当然，日久天长，石蟹家族已知大鲵祸心，虽提高了警惕，但还是时常上"娃娃鱼"垂钓之当，"丢兵折将"，后悔莫及。可是，它生就的犟劲惹祸的螯，难改呀！

1987 年 9 月 5 日《光明日报》

坚韧不拔的"瀚海之舟"

塞沙茫茫出关道，骆驼夜吼黄云老。

征鸿一声起长空，风吹草低山月小。

读元代诗人陈孚的《居庸叠翠》，让人领略古代的塞沙、骆驼、黄云、征鸿、风草、山月的自然景象，使我对骆驼这个了不起的畜种肃然起敬。

在没有火车、汽车难行的茫茫瀚海中旅行，最好的交通工具当数骆驼。乘骑上它，既平稳又舒适，能安然无恙地把你驮向目的地。

自古以来，骆驼就是瀚漠戈壁荒滩地带载人驮物的主要交通工具。由于长期的驯化锻炼，它已适应风沙作祟、寒暑无度的严酷生态环境，顽强机警，反应灵敏，性情温顺通人性，奔跑速度较快且有持久力，特别能耐饥渴，因而被人们誉为"瀚海之舟"。我熟悉的一些沙漠科学家，他们长期在大漠深处开展治理风沙的科学研究，经常乘骑离不开的骆驼，已产生了深厚的感情，都特别喜欢它。我听他们说过大致相同的话：对于一个终生致力于研究治理沙漠的人，不需要像骏马一样炫目而驰骋飞奔，而要默默无闻，像骆驼一样腰杆子硬腿肚子强，坚韧不拔，耐劳务实，砥砺前行。

据古籍记载，骆驼进化成熟于一百多万年以前，而驯化为家畜则在公元前二千年左右。现在，全世界有三十多个国家饲养骆驼，共有单、双峰驼一千五百万峰左右，主要分布在第三世界。以索马里、苏丹饲养的最多，其次为埃塞俄比亚和印度，再次为沙特阿拉伯、中国、蒙古和毛里塔尼亚。

我国约有单、双峰骆驼五十多万峰，主要分布在干旱缺雨、植被稀疏、人烟稀少、气候恶劣的西北、华北的荒漠和半荒漠地区。这些天苍苍、野茫茫的地域，共约一百一十万平方公里，占全国土地总面积的 10% 以上。在这些地带，骆驼不仅为农牧业和交通运输业提供源源不断的畜力和肥料，为人民生活、轻工业、医药工业和工艺业等，提供不可或缺的驼毛、驼乳、驼肉生活物食品和驼皮、驼骨、驼脏等原材料，还支援出口，换取外汇。而且，为军事行动提供汽车等运输工具所不能替代的便利。

由于骆驼长期在充满艰辛、艰难、艰险的逆境中生存，淬炼出倔强的脾气、坚韧的风骨和强悍的本领，已完全顺应炙热极旱、冷冻祁寒、飓风沙狂的恶劣自然环境，成为沙区百姓最忠实的朋友和生活助手。它从不挑食，不管是高粱、豆类等杂粮，还是沙漠里发涩生硬的沙生植物枝叶和枯草，都是它的美味佳肴。只要饱餐一顿，它就可以贮存大量的营养物质，供自身长时间吸收利用；它的驼峰崛起时，可装下二十五公斤左右的脂肪，在断"粮"良久乃至非常饥饿的情况下，才动用驼峰里的脂肪维持生命。骆驼一次能喝下一百公斤左右的水，不论是淡水、咸水、浑水乃至冰雪，都不嫌弃，其肌体特能贮水，浑身的红细胞内也能贮水。更奇特的是，骆驼能利用肝脏将尿反复循环，因而很少排尿，加之它的呼吸次数少，蒸发掉的水分不多，就更减少了水分的消耗。可以说，骆驼的肌体不仅是一座"粮库"，也是一座"水库"，在它吃饱喝足之后，可以几十天不吃东西，几个月不喝水。

骆驼对于风袭沙打不屑一顾，面对极冻冷寒更是毫无畏惧。原来，它的身体能调节温度，最高可升到 40℃，还有它那身"驼毛衣裳"保温御寒。当风沙滚滚袭来时，骆驼会依靠浓厚的睫毛，挡住风沙保护眼睛。因此，在风沙弥漫之时，骆驼的眼神极好，能看清路途。为防止沙石随风灌进鼻孔和气管，骆驼的鼻子里有一个挡风的"屏障"——瓣膜，风沙突袭时会关闭起来。

骆驼一般身高六七市尺，体长八九市尺。因身高腿长跨步大，空身行走时速可达十五华里左右。它的耐力极强，驮着东西可以不停蹄地行走三四个昼夜；它又是"大力士"，驮载负重可达二三百公斤。骆驼通人性，蛮有"人情味"，忠诚和护佑主人，当乘骑它的时候，会缓缓而卧，让人上背；当人在它背上沉睡时，它会平稳而行，使睡者舒舒服服入梦；当遇到风沙严寒的时候，它又会像"高原之舟"牦牛一样，温柔的腹下是人避风取暖的"港湾"。

1981 年 1 月 4 日《解放军报》

人类生命召唤蛋白质

开门七事吃为先，柴米油盐酱醋茶。吃喝什么怎样选，重视蛋白最紧要。

这是因为，蛋白质是人类生命的基础，不可或缺。

人们知道，构成人体组织的主要成分是结构复杂、种类繁多的蛋白质。肌肉里的蛋白质达 80% 以上，血液中达 90% 以上。如果人体的蛋白质不足，就会使人特别是儿童发育不良，严重缺乏时还会导致死亡。据统计，世界上每年大约死亡六千万人，由于饥饿或蛋白质严重不足、营养失调而造成的死亡者占 10% ~ 20%。

人体所需要的食物蛋白质，一是来自植物，二是来自动物；而动物蛋白质又来源于植物饲料，因而蛋白质的根本来源是植物。据科研调查，目前，世界蛋白质的 50% 以上来自禾谷类作物，16% 来自油料和块茎作物，15% 来自陆地动物，6% 来自鱼类，6% 来自蔬菜瓜果。

蛋白资源的研发迫在眉睫

20 世纪 70 年代以来，世界各国都高度重视食物蛋白质资源的研究和开发。现今国际上兴起蛋白质资源开发热如火如荼，最重要的原因是人类的粮食供应日趋紧张和食物蛋白质日益紧缺。世界人口激增，现已超过五十亿，预计到 21 世纪末将达七十亿。与此同时，出现的尖锐矛盾就是粮食供应愈来愈不足。

中国是世界蛋白质消费水平较低的地区。据联合国粮农组织的统计，1972

年至 1974 年期间，我国人均每日蛋白质摄取量为 61.7 克，比北美和欧洲地区人均每日蛋白质摄取量低 30 克以上。同时，另一个突出问题是，我国蛋白质消费中，动、植物蛋白质比例较为悬殊。在人均每日摄取 61.7 克蛋白质中，植物蛋白为 49.9 克，而动物蛋白仅为 11.8 克。动物蛋白含有人体需要的基本平衡的氨基酸，而植物蛋白则较缺乏氨基酸。

蛋白质消费水平较高的北美、欧洲等地区，食物中动物蛋白过高，也带来了相反的弊病：在付出高昂代价的同时，增加了人们患心血管病、肥胖症等疾病的可能性。

世界粮食、蛋白质供不应求以及蛋白质构成失衡的巨大压力，迫使人们根据自己的实际需要，寻求开发食物蛋白质资源的新途径。

大豆蛋白的领先地位

世界各国，开发食物蛋白质资源的途径，车之双轮，鸟之两翼，无非一是发展植物蛋白生产，一是发展动物蛋白生产。发展动物蛋白要付出高昂的代价，而动物蛋白的来源又必须依赖于植物。因此，各国科技界都在千方百计地潜心研究和大力开发植物蛋白资源。随着研究的推进，豆类作物被科学家看准，推崇为开发的"座上宾"，而蛋白质含量极高的大豆，成为择优发展的最理想的蛋白能源植物。

从物理、化学和营养学的观点具体分析，显而易见，大豆蛋白质是一种高价值的蛋白。大豆蛋白质含量达 40% 以上，含油量 20% 左右，含碳水化合物 35%；特别是其含有人体所必需的缬氨酸、亮氨酸、异亮氨酸、苏氨酸、色氨酸、蛋氨酸、赖氨酸和苯丙氨酸这八种氨基酸，含量不仅远高于其它植物食物，而且高于任何动物食物。加工后的大豆蛋白制品，其蛋白的含量就更高了。如脱脂豆粕含蛋白质 54，浓缩大豆蛋白含蛋白质 70，分离大豆蛋白含蛋白质高达 95。相比之下，肉、蛋、奶类食物就逊色多了，牛肉的蛋白质含量为 17.7%，瘦猪肉为 16.7%，鸡蛋为 14.7%，牛奶只有 3.3%。

生产大豆蛋白，要比生产其它植物蛋白和动物蛋白经济实惠得多。经研究，从猪肉、牛肉、鸡蛋、牛奶中提取 0.5 公斤蛋白质的成本，比从大豆中提取 0.5 公斤蛋白质的成本，分别高出 25 倍、17.6 倍、32.8 倍和 27.5 倍。

食用大豆蛋白质，还非常安全可靠。由于大豆含有丰富的磷、钙、铁等矿物质养料和多种维生素，尤其是脂醇和胆碱的含量高，所以不会造成疾患，且有利于预防血管硬化和肝脏脂肪化。

除了大豆之外，豌豆、蚕豆、扁豆、翼豆等豆类作物，蛋白质含量都很高，也是发展植物蛋白质的重要植物资源。所以，近些年来，众多科学家极力呼吁：继"绿色革命"之后，开展一场"豆类革命"。

有希望的蛋白资源新秀

随着科学研究的不断发展，人们还发现了众多的新型蛋白质资源。

植物叶蛋白，也是今后理想的重要蛋白质资源之一，而苜蓿最有价值和前途。据美国科学家测定，每英亩苜蓿可产 160～2800 磅粗蛋白，远远超过大豆700 磅、玉米 500 磅的粗蛋白含量。从苜蓿中分馏出的精蛋白可供人食用，苜蓿所含的必需氨基酸总量和比例基本上与鱼粉相同，甚至可做幼儿营养不良症患者的滋补佳品。分馏剩余的苜蓿残渣是优质蛋白饲料。

烟草、洋芋、甜菜、豆类、黄麻等作物的叶片，也都含有较丰富的蛋白质。当前，世界上有十多个国家正在加紧研究叶蛋白的利用。

从油菜籽饼、棉籽饼和豆类饼粕中提取蛋白质，又是一个重要途径。据测定，油菜籽饼平均含有粗蛋白 36% 左右，棉籽饼含粗蛋白 37% 左右。还有豆类饼粕的蛋白含量更为丰富。以大豆饼粕为例，可提取浓缩大豆蛋白、组织状大豆蛋白、纤维状大豆蛋白和大豆蛋白粉等。但是，从上述饼粕中提取蛋白质，脱毒问题比较难以解决，科学家们尚在攻关研究。

鱼、虾等水产品，蚯蚓、草蜢、沙蚕等低等动物，也是很有希望的动物蛋白资源。令人吃惊的是，科学研究发现，被人们公认为是害虫丑类的蝇、蛆，它们的身体竟是一个"蛋白质仓库"，其含量高达 53%，并含有各种必需氨基酸，是值得考虑科学开发的蛋白资源。朝鲜和美国开展养殖蝇蛆已有几年的历史，我国北京市有关部门也已开展了养殖蝇蛆的实验工作。

再一个有发展前途的蛋白资源，是利用细菌、酵母和微型藻类等单细胞或简单多细胞生物，生产单细胞蛋白。如甲醇细菌含蛋白质 80% 以上，各种酵母含蛋白质达 40%～60%。数量很大的各种生物废弃物，也是丰富的蛋白质资源。

如鸡粪含粗蛋白 28%；新鲜牛粪含粗蛋白 11.3%～22.4%；家畜血粉的干物质含粗蛋白 80.2%；家畜的蹄、角之类含角蛋白 85%；家畜家禽的骨、毛、皮、内脏等，均含有较多的蛋白质。

由此看来，世界上蛋白质资源是极为丰富的，它们正等待着人类的开发利用。科学的钥匙，已经和正在打开着蛋白质资源宝库的大门。

1981 年 5 月 27 日《经济日报》

春来颂牛

农人，田野，耕牛，天然合力辛勤耕作闹春耕，汇成了气势辉煌的"春光曲"，描绘出深情如诉的"田园诗"。

倘若要问，谁是"曲"和"诗"的"执笔"者？湮没无闻的耕牛当之无愧，指挥者当然是劳动精神的创建者——农人。

不久前，就牛年发展养牛业的话题，我访谈了甘肃省省长陈光毅先生。他强调，牛的精神，牛的风格，是中华民族的传家宝。人们夸奖勤勤恳恳、兢兢业业干工作的人，大都以"老黄牛"喻之。鲁迅"俯首甘为孺子牛"的名句和毛泽东"做无产阶级和人民大众的'牛'，鞠躬尽瘁，死而后已"的教诲，永远是国人的座右铭。省长说的这些话，已经"久违"了，令人耳目一新。

耕牛、肉牛、奶牛等，难以说清的种类及其特性和用途，千姿百态的憨智壮哉雄姿，构成了牛的庞大家族。作为呕心沥血、无私奉献的农家之宝，牛在我国农牧业生产和国人日常生活中，有着举足轻重的地位。

自古以来，既能竭力耕耘，又可负重驮运的北疆黄牛和南国水牛，是中国牛类中的翘楚英雄。敢为天下先的牛，远在唐代就驾辕拉车了。有唐代"诗魔"白居易的《卖炭翁》见证：

> 夜来城外一尺雪，晓驾炭车辗冰辙。
> 牛困人饥日已高，市南门外泥中歇。

历代文人骚客颂牛的诗词歌赋比比皆是，而最能描绘出牛的彻底献身精神的作品之一，宋代明将李纲创作、古传至今的《病牛》应在其中：

耕犁千亩实千箱，力尽筋疲谁复伤？
但得众生皆得饱，不辞羸病卧残阳。

年年代代花相似，代代年年牛亦同。时至今日，耕牛仍然是我国农牧民的主要生产资料之一。它们，白昼劳作，宅心仁厚竭尽全力，担当着人类的千钧重负；黑夜躺下，心静如水安之若素，躺卧在大地的怀抱。

如此日复一日，月复一月，年复一年。牛的平凡而渺小，却展现出伟大的品格、精神和力量。

牛的王国里还有众多的奇特品种，它们大多在国外。如靠近牛蹄处长有嘴巴的非洲"非罗隆多特牛"；牛尾巴可制作"牛尾烛"的圭亚那"灯牛"；宛若骆驼一般，颈背长有驼峰，可贮存养料，耐渴耐热力极强的非洲"驼牛"；头"戴"花"帽"，身"着"花"衣"，毛色无比绚丽的卢旺达"水花牛"；口吹雄风，可代作鼓风机之用的摩洛哥"吹风牛"；颈下长有能盛装许多水的大垂囊，可作为"小水库"，以浇灌田地的尼日利亚"息西牛"……

牛肉、牛奶的营养价值和经济价值高，人尽皆知。一吨牛肉罐头出口，可换外汇一千六百美元。

牛浑身是宝。它的全身是药，素有"中药房"之称。"中药之王"牛黄，能镇惊解毒、清心去热、化痰利胆，像岷山当归一样，是中医匹配药剂不可或缺的主药；壮阳补肾、健胃润肺，牛髓可显露"身手"；牛胆，有清肝明目、消肿解毒等功效，治疗黄疸型肝炎、痢疾等症，效果甚著；攻克肺结核、妇女产后贫血及夜盲症等，牛肝算是良药；益精补肾，可治五痨七伤、阳痿等症的牛肾，是患者的"益友"；牛脂，能治秃疮、疥癣等疾病；吐血、血崩等症，可不能小看牛骨灰。

牛毛、牛皮、牛骨，是工业生产不能短缺的原料。牛皮制品琳琅满目，是畅销商品，牛角制作的工艺品更是艺术之宝。就连牛粪，也是农家做燃料、土壤喜"食"的难弃东西。

人们言贬愚笨之人，常用"笨牛"二字。其实，牛非常聪明。牛的听觉和嗅觉都颇灵敏，耳朵宛如活动的"拾音器"，能向各个方向转动。因而，它荷犁躬耕、拉物载人，听人指挥，灵活自若。牛鼻尖冒出的汗珠，还具有分辨香花毒草、选择食物的"特异功能"。

值得指出的是，近些年各地虽大力倡导养牛，但多科学指导不力。特别是有些身在政府农牧部门的人，论吃牛肉、喝牛奶，争先恐后；说起养牛来则一窍不通。以其昏昏，使人昭昭。这种情形再也不能继续下去了！我们要高度重视养牛业，必须全民、集体、个体一起上，依靠科学，大养其牛！

1985 年 2 月 16 日《经济日报》

动物冬眠的秘密绝招

从冰蛇说起

说来真是妙趣横生。

在爱尔兰的冬天，居民们常常采拾来一种圆盘形的"白色花朵"，串起来作门帘，挡风遮寒。春来转暖之时，"白色花朵"竟一个个变成长条形动物，悄悄爬下来溜走了。原来，这种"白色花朵"是一种动物，名叫冰蛇。进入严冬后，便盘成一朵花，呼呼大睡，而被人们拾去做了门帘。这就是动物冬眠。

秋去冬来，草木凋零，风雪严寒，大地冰封。在自然界里，由于冷血动物不能调节自己的体温，部分温血动物调节体温的机能颇不健全。为了避免冻死，便施展冬眠的本领，以度过严冬。

秋天贮备足够养料水

在天高气爽的秋天，只要仔细观察便不难发现，准备冬眠的动物非常贪吃，身子养得膘肥体壮。原来，它们在体内贮存着大量的脂肪、蛋白质和碳水化合物等养分，同时还贮存着水分，以供冬眠时消耗。有些抗寒力低的动物，还能把贮备的水分在体内进行一系列化学"加工"演变，使水改变原有的物理性质，变成"结合水"。所以，即使气温降到 $-30℃$ 以下，身体也不会在冬眠期而遭受冻害。

人们不禁要问，一个漫长的冬季，动物体内贮存的养分足够消耗吗？答案是肯定的。这是因为动物在冬眠期，呼吸减缓，体温下降，中枢系统受到抑制，体内新陈代谢活动微乎其微，消耗的养分特少。如山鼠冬眠时，心跳由平时的每分钟八十次降到三次左右，体温由平时的 38℃ 降到 10℃ 左右，身体散发的热量仅是平时的十五分之一，它半年不吃不喝，也毫无关系；又如青蛙冬眠时，几乎不消耗养分，甚至连呼吸都可以中止，原来它的皮肤可以代替鼻子进行呼吸。

有些动物在冬眠期，"绝食"的时间十分惊人：鲫鱼为一百五十天；蝙蝠为一百八十多天；刺猬为二百三十多天；青蛙为四百二十天；乌龟为五百多天；鳄鱼为七百多天……

千姿百态的睡眠

那蝙蝠，在山缝岩隙或石洞暗窟，后足抓石，倒悬空中，垂头而睡；那鼠类，钻进地下巢穴，躺在保温舒适的"安乐窝"里，埋头而睡；那刺猬，卷成圆球，潜缩在洞中，闷头而睡；那冰蛇，或把长条身体盘成花朵，或直挺挺地躺着，冻结在冰天雪地，麻木而睡……

昆虫小动物，则选择温暖御寒的场所，蜷伏大睡；蚊蝇之类，钻在房屋顶棚或地窖、厕所的阴暗角落等处过冬；农作物昆虫，则潜藏在土壤深处、落叶下面、庄稼根茬和秸秆里面越冬；树木昆虫，大都躲进树木粗皮缝隙、翘皮、伤疤内度冬。

动物的冬眠本领，启示人们开拓了一门新的科学——生物低温学。国内外普遍采用的家畜家禽精液冷冻技术，就是这门学科取得的成果之一。可以预料，随着科学家们的刻苦攻关、攀登高峰，这门学科将会应用到更广阔、更高级的领域。

1982 年 12 月 20 日《科技日报》

实验鼠立下汗马功劳

杏山穴产耀灵鼯，猎网追风捕几何？

窜地捷如逃月兔，跳空亮比掷星梭。

松林溜粉宵还闲，雪窖争辉冷却过。

总为微名夸世宝，新来冠服借伊多。

清代诗人张劭的这首名作《银鼠》，描绘了子鼠敏捷如脱兔、聪亮似星梭的灵性智慧，同时也告诉人们，清代人的服饰中，银鼠皮轻柔、色美、温暖，制成的高档皮衣，豪华漂亮，独具特色，被视为"冠服""世宝"。因而，这银色"耀灵鼯"便成为猎网追捕的生财之物。

鼠，在十二生肖中体量最小，却出乎意外位列魁首，其实是鼠对应地支为"子"，天经地义。至于坊间传说，天庭分封十二生肖，居首者原本是孺子牛，而老鼠却智勇地站在了牛头上，因此博得喜爱夺得头筹，只不过是戏说而已。这个东西其貌不扬，东偷西窃，口碑甚恶，被臭骂为鼠目寸光、贼眉鼠眼、獐头鼠目，倒是实情。

放目看鼠类，银鼠皮因稀有名贵为人宠爱，而小白鼠乃有功之"臣"更被人尊重。白色小鼠即实验鼠，它是在中外科学史上不断创立功勋的精灵。

美国生物学家霍普与瑞士生物学家伊尔门齐，在生物学科学研究中，取得了震惊世界科坛、推动生物科学发展的"哺乳动物单性生殖"重大成果。这项成果为探索人体衰老、解开癌症之谜和进一步攻关免疫科学等当代重大医学难题，提供了卓有价值的信息和依据。在攻坚破难中，两位科学家呕心沥血、拼搏奋斗，付出了巨大代价；实验鼠甘心情愿充当实验角色，也立下了汗马功劳。

原来，正是科学家利用白色的、灰色的、黑色的实验鼠，采取细胞核移植的妙法，进行了数百次的实验而获得成功。

　　国际上授予在科学领域里作出杰出贡献的科学家的诸多奖项中，莫过于诺贝尔奖。而小小实验鼠也曾对获得过诺奖的科学家，作出过无私奉献和宝贵帮助。1975 年诺贝尔生理学或医学奖得主、意大利籍病毒学家雷纳托·杜尔贝科，其新贡献就是通过给小老鼠染上多种肿瘤病毒后，深入研究"发现肿瘤病毒和细胞的遗传物质之间的相互作用"。美国科学家最近公布，他们从实验鼠的唾液中提取出一种治疗没有外伤自愈能力和严重烧伤患者的特效药"神经生长素"，这种新药具有迅速镇痛止血、促进肌肉生长快速的功效。

　　科学研究证明，鼠的唾液确实是宝，说来令人神秘莫测。澳大利亚的科学家从鼠的唾液中，提炼出了一种具有奇特分离和促进生长功能的物质——"EGF"。实验证实，给羊注射十二毫克这种物质，不仅可使羊毛和羊体自动分离，而且会让羊体很快长出新毛。

　　值得一说的是，本文仅仅夸奖实验鼠，对那些危害生产和生活、被国家列为"四害"之一的鼠类，必须毫不手软地歼灭之。

　　　　　　　　　　　　　　　1986 年 5 月 30 日《科技日报》

田野和宅院的朝阳花

五谷飘香的金秋，既是硕果殷实的季节，更是灿烂美丽的日月。

在我国广袤辽阔的田野和万户千家的宅院，到处可见葵花亭亭玉立的身姿，它那金辉绚丽的花朵，笑靥媚颜的花盘，馥郁扑溢的芳香，给秋色增添了独具一格的风采和无限蓬勃的活力。

葵花的大号叫向日葵，别名转日莲、朝阳花等。顾名思义，概因其花盘始终向阳的独特风格而得名。由于葵花大都种植在田边地埂，故庄稼人又叫它"地头庄稼"。

葵花美，并非只在于它的外表，更重要的是它抗逆性强、适应性广的品格和为人类造福、无私奉献的精神，深得人们的喜爱。

农家有谚："万物生长有条件，唯独葵花很随意。"葵花抗旱耐涝，抗风耐寒，抗盐耐碱，祖国东西南北中，山川塬坡沟，均可种植；闲滩荒地，路边沟旁，房前屋后，地埂空角，都是它的栖身之地。它不挑拣土壤，不嫌弃条件，种则活，活则长。无论它生息于何处，都是万千植物群落中的独有景观，让人赏心悦目。

众多的油料作物中，葵花籽仁含油堪称"冠军"。它的种子含油率为21%～34%，子仁含油率为45%～55%，最高可达60%。以清亮、纯正、郁香为特色的葵花油，集丰富营养于一身，执经济价值之牛耳。食用调味，上乘优佳，可与芝麻油媲美。葵花油有较高的医用价值，所含亚油酸、脂肪酸等成分，对于降血压和胆固醇等疾病有较好的疗效。属于干性油类的葵花油，在工业生产中更可大显身手。用于制革，会使皮革坚牢耐用，光亮柔软；用作涂饰油料，具有不变黄色的优点；用其调制油漆、磁漆、肥皂、蜡烛等产品，能显著提高产量；加工人造牛油、糖果糕点等优质食品，葵花油是不可或缺的原料。

香喷喷的葵花籽，是人们普遍喜食的土特产品。葵花收籽剩余的花盘、茎秆、叶、根、种壳，乃至榨油后的残渣葵籽饼，均可综合利用，变废为宝。花盘含有较高的粗蛋白、粗脂肪等养料，煮熟发酵后是家畜家禽的"美味佳肴"；茎秆和皮是造纸、纤维板和人造棉的原料，茎秆又可做燃料，烧后的灰粉富含钾肥；叶、花、茎心和根，皆可入药，加工中草药；种壳是制作酒精、硫酸钾、碳酸钾、氯化钾、糠醛等的原料；葵籽饼既是制作味精、酱油的原料，又是家畜家禽的饲料，且是养分齐全的肥料。

葵花还是重要的蜜源植物。据测定，每千亩葵花一般可养蜂二百箱，产蜜万斤以上。

近年来，随着农村多种经营的发展，葵花已成为一种引人注目的经济作物。农业科学家加强对葵花的科学研究，在育种、栽培等方面取得可喜成果。这种"地头庄稼"已进入大田生产中。

金秋季节赏葵花，收获之时留良种。春来耕耘时，无论城乡"见缝插针"，多种一些葵花吧！

1980 年 4 月 23 日《工人日报》

虎踞龙盘今胜昔

"虎踞龙盘今胜昔，天翻地覆慨而慷"。人们依依惜别牛年，更向往虎气新岁，志在扬鞭奋蹄，登高驰远。因为，向我们走来的丙寅年，春意盎然，龙腾虎跃，是更富于魅力的年月。

用天干、地支配以生动形象的十二生肖做标志的六十年一循环干支纪年法，是我国古代灿烂文化的组成部分。那么，虎怎么会同"寅"结下不解之缘呢？原来，我们的先人发现，性情凶猛的老虎，暴啸猖獗往往在凌晨寅时即约三至五时。因而，当古人选定十二种动物来表示十二地支时，就把"寅"同虎相配一起了。

丙寅说虎，追溯起源，科学家对属哺乳类食肉目猫科的老虎，最早究竟出现于何时何地的研究，至今仍无定论。流行的一种说法是，西伯利亚的东北部是虎的发源地，继而慢慢迁往北部。最新的研究结果说，大约在亚洲大陆与一些岛屿分离之后，我国台湾、缅甸、印度等地才出现老虎，是由北方迁徙而去的。说虎是亚洲的特有动物，这是公认的观点。北起西伯利亚，南迄南洋群岛，生息着世界闻名的东北、朝鲜虎、巽打虎、高加索虎、巴里虎和苏门虎等八种虎的"兄弟姐妹"。

老虎曾广布于我国十多个省区，目前已较为稀少了。我国现存活的老虎有东北虎和华南虎，前者栖息于东北小兴安岭长白山一带，后者生活在华南诸省和贵州。华南虎是世界稀有的虎亚种之一，名列我国珍稀动物之列。科学家认为，野生华南虎国内仅存五十只左右，采取有效措施加以保护已迫在眉睫。

武松在景阳冈上打虎逞英雄的故事，在华夏脍炙人口；千家万户挂中堂，总喜爱一幅虎啸图。然而，说起真老虎来，难免使人闻虎色变。在动物园里，虎笼面前围拢的观众是不多的。老虎凶暴残忍，一点不假，由于老虎体内只有蛋白酶和脂肪酶，而没有消化植物性食物所必需的淀粉酶，因此它仅食肉类。山林里的大多数野兽，村屯中的家畜家禽，都是它的"美味佳肴"。旧时，老虎吃人，是常闻之事。据史料记载，1909 年，印度有八百九十多人葬身虎腹。

"南山北山树冥冥，猛虎白日绕林行。"藏身于深山密林、树丛草莽之中的老虎，其生活习性特点是，昼伏夜出，擅长跳扑，牙爪锋利。它勇猛机警，抗敌极少，活笼、陷阱之类，很难使它上当。雌虎孕期为一百零五天至一百一十天，一般一胎多产，达二至四仔甚至五至六仔。

动物界一个新亚种的形成，平均约需半个世纪。虽然时间漫长，且难题重重，但科学家们一直设想培育食草老虎，以改变它的食用习性。据报道，一种可使老虎吃素食的注射液已经面世。

虎年谈虎，笔者以为，效法老虎勇敢顽强、勇往直前的精神，对于发扬中华民族的精、气、神，进一步推进改革，发展科学事业，加速经济建设，是至关重要的。

1985 年 12 月 25 日《工人日报》

山色空蒙雨亦奇

千里莺啼绿映红，水村山郭酒旗风，

南朝四百八十寺，多少楼台烟雨中。

杜牧的这首七言绝句《江南春》，着笔莺啼、红花、酒旗、寺庙几个显见突出的景致，浅浅淡淡的几笔，把春天如画、蒙蒙烟雨的江南，描绘得惟妙惟肖。

烟雨由云来

"水光潋滟晴方好，山色空蒙雨亦奇。"对于蒙蒙烟雨，庄稼人总是怀有一种特殊感情，因为它是农作物发育生长的根本条件，风调雨顺，五谷丰登。那么，雨是怎样来的呢?

"天上无云不下雨。"蒙蒙烟雨，是由云演变而来。空气就像"流浪汉"一样，在空间飘荡流窜。当它受热时，体积便膨胀起来，密度减小，分量减轻，而向高空升腾;空间越高，气温越低，上升的空气气温必然逐渐降低，且渐趋于饱和;此时，多余的水汽就凝结成水滴、水晶，连片聚集密布于空便是云。雾和云的生成是同样的运动规律。所不同的是，雾常萦绕于地面，而云则"高高在上"。

云，又根据空间诸多的因素而变幻多端，生成各种不同的色状形态：有的宛如白衣仙女，翩翩起舞于苍穹；有的好像洁玉牡丹，盛开在蔚蓝天际；有的犹若飞禽走兽，肆意横冲直撞；有的如同黑色怪物，把高空搅得阴森诡异昏暗逼仄。不同的云状，汇集着大气中不同的水汽含量。

尤其喜欢向上移动蹿流的云块，当它们到达一定的高度，高空的低气温会致使它顶部的部分水滴凝结冻成冰晶，当冰晶与其它水滴碰在一起，又吸附水分不断地重叠冻结，使自然体积持续增重增大；达到一定程度时，冰晶反复与云层下部的水滴"拥抱结合"而吸附水分，愈往下降温度愈高，冰晶愈会消化成水滴，并继续吸附空间的水汽凝结沉重；如此这样，成为湍急水流且愈来愈烈，即是上升的强劲气流也已无力挽留住它，水流最终便离开空间，往下降落而成为雨，泼洒人间。

人工可降雨

在偏远落后、被科学技术遗忘的山坳僻乡，每当旱魔肆虐、农人盼雨无望时，总有一些装神弄鬼的人跳出来，大搞封信迷信、求"神"降雨乱折腾。尽人皆知，世界上并没有什么神仙，更不存在什么神能降雨。其实，只要运用科学技术，有物质条件，就可实施人工"耕云降雨"，战胜或缓解干旱。

的确，有时候天气似乎硬跟人过不去，天空常常浓云密布，却又偏不下雨，庄稼干渴枯萎，农人束手无策叫苦不迭。而在这种时候，应积极创造条件，尽可能地施用人工方法，促云落雨。

飘浮于高空的乌云，依其温度在0℃以下或0℃以上，且有冷云、暖云之区别。综上所述，人工降雨的妙法就是送假冰晶上天，迫使冷云降雨。计算瞄准高空体积持续增重增大的成片冰晶及搅和的浓重水汽，用飞机、火箭将"炮弹"发射上天，将假冰晶——碘化银微粒，或冷冻剂——干冰，送入空中吸附凝结于自然成片抱团的冰晶水汽之上，使之最大限度地加剧增大增厚增重；当这类冰晶的体积和重量达到一定程度时，必然下降成雨。据科研测定，一克碘化银上天，等于在空中营造了十万亿个冰晶。

对于暖云，则要向其播撒食盐、盐水或吸湿性极强的假冰晶一类材料，才能迫使云中水滴不断加重加大而落地为雨。另外，利用土炮猛轰乌云层，用强大的声波促使云中的冰晶与水滴"拥抱"结合，加速增大体积增添重量而离云而降，也是一种人工降雨的方法。

1982 年 4 月 28 日《农民日报》

水体农业前程似锦

自古以来，种庄稼离不开土壤。而现今，现代科学奇迹般创造出无土栽培技术，就为农业生产拓展了工业化发展的崭新前景。土地，不再是农作物唯一安身立命的栖身之地，水体农业便是我国农业科技界探索研创的新成果。

我来到中国科学院南京地理研究所苏州东太湖水体农业实验基地，耳目为之一新。欣然看到：青翠碧绿的黄瓜、芹菜、莴苣，姹紫嫣红的草莓、茄子、辣椒、丝瓜等，生长在浩渺波动的水面上，生气勃勃，十分惹人喜爱。使人感到惊喜异常而又妙趣横生的是，在这绿色的"田园"水面上，时而见有鱼类跳跃。原来，这水面的"地"下还是渔场。这就是充分利用湖泊水域资源，上种蔬果下养鱼的水体农业的生动现实，真是神话般的生物奇景，令人目不暇接。

多少年来，由于科学技术发展程度的局限，湖泊只能养鱼和种植水草类植物，而水面空间资源却被白白浪费掉了。无土栽培技术创造的水体农业，终于使水面空间不再"赋闲"；更实惠的是，水体作物产量高、质量好、省肥料，且不污染水质。

那么，绿色植物是怎样在水面"扎根"的呢？原来，植物的根扎在人造的"土壤"里。这类人造"土壤"有两种，一种是用竹条和聚苯乙烯硬质泡沫塑料制作成呈长方形、面积为一点五平方米的框，在框底的竹条上扎上稻草束，再在草束上移栽作物幼苗，便形成了能够长庄稼的"浮框式土壤"。然后，用绳索将浮框串成"土地"固定在水面上就行了。另一种是用蛇皮塑料布制成长六七十厘米、宽三四十厘米的袋子，里面装满聚苯乙烯泡沫塑料碎块，袋子外面扎若干个小孔，把作物幼苗栽在孔内，再将一个个袋子串联到一起，成为大片"土地"摆到水面，绿色植物就可以在这种"温床"上生长起来。

至于作物需要的氮、磷、钾肥料，可按照作物生长的需要，将化肥或农家肥一次性施入浮框稻草束或蛇皮塑料布袋里。

在上种蔬果的湖泊水面下，便可以发展"牧场"——种植适宜的水草，既为鱼类产卵、栖息和洄游创造良好的生活环境，又可培育水下"植被"，维持生态平衡。

水上农业前程似锦。可望在祖国广阔的广大湖泊水面推广开来。

1983 年 4 月 28 日《农民日报》

瑞雪捐躯兆丰年

时令进入严冬，大自然派来的白衣天使——玉质花容、晶莹柔情的六出雪花，宛如万千银装美女轻歌曼舞。纷纷扬扬的寒酥，洋洋洒洒，飘逸纷落，来到阡陌红尘，为"气象变幻曲"增添了一曲柔美动人的天籁乐章。

清晨或傍晚，在静谧无瑕的环境里赏雪，那份难得的温馨，那份独有的浪漫，那份怡神舒畅的心情，那份悠然自得的安乐，让人陶醉于纯粹圣洁的仙境之中……

古往今来，无数诗人词杰为雪感叹，以雪抒怀，写下了不少脍炙人口的千古绝唱。在他们的笔下，雪，或是真善美纯的化身；或是横征暴敛的象征；或是人间沧桑的比拟；或是苦难哀愁的形容……千首诗万首词中，唯有毛泽东以雪喻景、意境深邃的《沁园春·雪》，力透纸背、酣畅淋漓、丰茂无垠、元气淋漓。

大自然的巧手匠心，把雪花雕琢成各种不同的绚丽图案，有的像牡丹争艳怒放，有的似柳枝飘飘袅袅，有的如鹿角六出奇美，有的若星斗闪烁生辉……然而，尽管雪花纷姿异彩，但基本特征都是六角形状。因为，雪是飘荡在空中的水汽凝结在小冰晶上而形成的，小冰晶的分子是六角形的，水汽凝结都增长在冰晶的棱角上，所以它的六角形状是不会改变的。我们聪明智慧的祖先，远在两千多年前就发现了雪的形态。西汉学者韩婴在其《韩诗外传》就有确切地描绘："凡草木花多五出，雪花独六出。"

雪，为什么有时如鹅毛倾泻，有时似天女散花，而有时伴随冽风骤降呢？这是由于气温的高低、风力的大小不同所致。

雨水与雪花，都是从天而降，而雪"造福"尤胜一筹，是极其宝贵的自然资源，所以古来有"瑞雪兆丰年"一说。而有些人却"重雨轻雪"，应当深入地了解大自然，开阔科学视野，重视利用圣洁无瑕的白雪。

雪，给土壤送来了玉露，捎来在空中吸收的氨态氮和二氧化碳等养分，给田野增墒情添肥力，为农家来年耕耘奠定了良好的生态条件。

雪，替越冬庄稼盖上了"棉被"，保护冬小麦等农作物安全度过寒冷的冬天。

雪，为山峦原野和溪流江河湖泊补充了水源。

雪，能有效地消灭或减少农作物的越冬害虫。

雪，可净化空气，减少灰尘，扼杀病菌，消除了不少疾病，极有利于人体的健康。

雪，融化为露是优质软水，作为食用利健康，浸润籽种苗势旺。

雪，我赞美你的冰清玉洁，你在严冬降临人间，从来不贪名图利，只求欢欣雀跃。当人们收获秋实的时候，都忘不了瑞雪舍身捐躯兆丰年的丰功！

1983 年 10 月 3 日《农民日报》

美果硕果营养果之秘

对于富含营养的水果，除忌口的糖尿病人等不宜吃或选择适宜品种尽量少吃，还有极少数与生俱来不吃水果的人，绝大多数人都爱吃水果，且都有偏爱的品种。

被贬到广东惠州的苏轼，发现这里盛产的荔枝果，果形浑圆，硕大色美，味道极佳，营养独特，在岭南数一数二。他一吃便偏爱上瘾，一天竟能吃三百颗。于是，诗兴大发，汪洋恣肆，写下了直白清新的七言绝句《食荔枝》：

罗浮山下四时春，卢橘杨梅次第新。
日啖荔枝三百颗，不辞长作岭南人。

这个四川籍美食家，表白要"长作岭南人"，可见荔枝的诱惑力。

吃荔枝选新鲜优质的才好，且不宜多吃，"三个荔枝一把火"。当年，杨贵妃喜食荔枝，而京城距产地千里之遥，唐玄宗只能让岭南官员安排得力人手，快马加鞭，一路换马换人不停顿，以最快的速度将优质鲜美的荔枝送到京城皇宫，让爱妃吃上垂涎三尺的南方水果。

人吃水果大多有一种天然的习惯，即使是偏爱的水果，也会对"歪瓜裂枣"一类不屑一顾，除而弃之。选择质地优佳的水果颇有讲究。常言说，"脸蛋漂亮俊俏，未必心地善良"，这是指人；而水果却是"果形美、色泽佳、个头硕大，才味醇香甜"，此乃判断水果质量的重要标志。

那么，怎样才能培育出优质的美果硕果营养果呢？科学家已为人们提供了答案。

　　务息果树大有学问，关键在于掌握过硬技能的果农。首先要选择基因好、品质优、抗逆性强的良种，加上相配套的良法栽培，肥水光热等条件适宜，结出的果实必然上乘可口好吃。研究表明，细胞分裂和细胞体积膨大，是果实生长期的两个重要阶段。具体说来，就是果树开花前的花原始体形成期的细胞分裂数目的增多，开花坐果后发育期细胞旺盛分裂和细胞分裂停止后的不断膨大，是促使果实健康生长增加丰富营养成分、形成良好果状和个头硕大的决定性因素，在这些过程须保证果树所需要的足够蛋白质、碳水化合物等营养和水分。因此，应自始至终注重增强果树机体内的有机营养的生产和积累。夏秋时节，要加强果树管理，促使芽体充实饱满；果实采收后，不失时机地补施足够的有机肥料，让果树在秋后至越冬前将"体子"养得更加健壮，以促进花芽适时分化完善，有利于来年开花坐果前后细胞的新陈代谢正常分裂；在果实的膨大期，要按需及时追肥；保证果实整个生长期的水分供给，非常重要。值得注意的是，干旱天气影响果实的正常长势，容易造成果实小而狭长；而多雨天气，虽能使果实增大，却往往致扁果较多；久旱突遇多雨天气，则会导致裂果较多。这就要求果农因时因势制宜，顺应果实生长的实际需要，合时合理给水，排除水分不足或过多的不良因素。

　　叶片及光合作用是植物有机营养的加工制造者，粮食作物如此，各类果树亦然。果实、叶片的合理比例，一般为 1：20 至 1：25，如果叶片不足，应适量疏果；叶片面积的分布同样要合理，过于浓密重叠，可适当疏理，以保证充足的光合作用。病虫害、药害、气候灾害等，会造成果树叶片脱落，加强及时施措有效防治不可或缺。另外，在果树花期进行人工辅助授粉，以达受精良好；注意各类肥素的综合平衡，幼果期适时使用赤霉酸，慎用生长激素等；控制生长过旺的新梢等。总之，有利于促进果树结美果大果营养果的技术措施，都不可忽视。

1984 年 3 月 29 日《农民日报》

一夜清霜何处来

　　科学与愚昧，在于有知与无知。霜，这位默默无闻、为农业生产出力立功的"白衣战士"，却蒙受着巨大的冤屈。所谓的"霜冻"，实乃一大冤案。

　　一夜清霜何处来？不少人自然会想到"霜冻"，还从"二十四节气"中的"霜降"而意会，霜是从天而"降"的。天下雨、落雪司空见惯，而把霜也看成是天降的，实在是稀里糊涂不明真相。

　　"床前明月光，疑是地上霜。"连唐代大诗人李白作诗都比拟得恰如其分，天上明亮的月光洒在井边的栏杆上，仿佛地上泛起了一层白霜。霜是生成于地面的。

　　气象科学研究的结果，揭开了霜的"庐山真面目"，彻底平反了"霜降"的"冤假错案"：霜并非从天而降，而是在一定的气温条件下，接近地面的水蒸气演变而生成；霜与冻，完全是风马牛不相及的两码事。霜，是越冬庄稼的"朋友"；冻，则是冷这个祸害在作孽。

　　气象科学告诉我们，在太阳光的照射下，地表的水分不断蒸发，变成水蒸气飘浮于空中。每当深秋或初春的夜间至凌晨，当气温降至0℃以下时，大气中的水蒸气接触到地面或地面上的物体，低气层中的水汽达到饱和状态而发生凝聚，从而成为凝结于地面和植物表面的冰晶——霜。轻盈的冰晶，可以飘来飞去，进入地表物体的一切空间。所以，农人们常可在农具、瓦片等物体下面，或野外有棚遮挡的地面看到霜的踪影。

　　水蒸气变霜时会产生大量的热量。据测定，当温度在0℃时，一克水蒸气在凝结成霜的过程中，会释放出367.3卡热量。霜的浓度愈大，产生的热量则愈多。有了热量，自然会缓冲冷的袭击，使越冬作物减轻冻害。与此同时，白花花的霜宛如棉被一般，盖在庄稼的身上，还会起到保暖的作用。有些耐寒作物，就在这层"霜被"的保护下，发育生长着。

那么，冻害又是如何发生的呢？冻害是一种生物学现象，并非天气现象。它是在日平均气温在 0℃以上期间内，气温骤然疾速下降出现的低温冷冻，这种祁寒可致使农作物深受冻害甚至死亡。在发生冻害时，可能有霜，也可能无霜。一般，当夜间气温降到冰点以下时，冻害这个看不见摸不着的"敌人"，便不声不响地向植物界发动进攻，钻进植物细胞间隙中施展"冻术"，使一些植物细胞内的原生质脱水，生理功能受到严重破坏而"瘫痪"。这便是庄稼遭遇冻害的真相秘密。

所以，在这种气象变异情况下，农作物真正的"敌人"是低温而不是霜。当然，自古以来，人们相沿成习，习惯叫"霜冻"也无妨。只要弄清楚其科学道理，并懂得防治冻害的办法就行。

1985 年 3 月 20 日《农民日报》

以肥调水的秘诀

"庄稼一枝花，全靠粪当家"。这句农谚之意，人皆知之。现代农业科学又揭破了一个奥秘：作为绿色植物的"粮食"的农家肥，不仅是高效安全的氮、磷、钾有机肥料，能让农作物"充饥"，而且有"吸水"和贮藏水分的本领，可让天气干旱时的农作物应急"解渴"。正如农家新歌谣所言：

> 昔日只当粪是肥，而今方知能调水；
> 抗旱良法又一招，农家肥料不可少。

欲知农机肥料吸水的奥秘，还须从庄稼吸取水分养分的"胎盘"——土壤说起。土壤里的水分，主要来自雨水。我国北方地区的雨量较少，且降雨量多的时节多在七八月份，而此时并非农作物最需要水的时候。因此，许多地方在春、夏季节，土壤缺墒，很难满足农作物出苗和生长发育期间的水分需要。如何解决这个供需矛盾呢？农业科学告诉我们，在头年雨季，要尽可能地让土壤多蓄水保墒，做到"库存饱满，备之以待"；来年春夏，可为农作物供应充足水分，实现"任天干旱，自有水源"。而让土壤备足水分的诀窍，就是深耕疏松、精耕细作土壤，最大限度地提高土壤吃水、蓄水、保水的本领，使其中形成密密麻麻的"贮水库"，也就是土壤学所说的"团粒结构"。

然而，土壤的这种团粒结构单靠深耕细作是难以达到理想程度的，还须补进有机肥加以"调解"。科学研究表明，富含氮、磷、钾和不少微量元素的农家肥施入土壤，除产生肥土功效外，还具有让一些有机化合物缩合脱水，从而形成更加复杂的有机胶体的不凡能耐，这种有机胶体就是土壤学称之为"腐殖质"

的东西。它与土壤"拥抱结合"，可有效促使土壤团粒结构的完美形成，大大增强蓄水保墒能力。

　　真正形成完美团粒结构的土壤，雨天时的吸水性极强；而旱天时，其表层团粒干燥后，与之相邻的团粒之间的孔隙，宛如土中"国界"，阻隔了联系通道，使下层的水分无法再同表层干燥的团粒接触，也就减少了消耗蒸发。一般来说，连续三年精耕细作且施足农家肥的土地，要比光靠耕作而单施化肥的土壤，含水量高 50% 以上。

1986 年 8 月 18 日《农民日报》

巧为树木庄稼择佳邻

植绿树，栽鲜花，种芳草，来美化城市、装扮单位、粉饰学校、点缀家院，已成为时尚之风。

然而，植物界却常出现一些神秘莫测的事。有所学校，校园里有一片生机盎然的核桃树林。前几年的春天，师生们在核桃树之间的空地上栽种了苹果树，三四年过去，苗木成树，郁郁葱葱。谁知，正值开花结果之年，本来长势很旺的苹果树突然叶落枝垂，继而枯萎死亡了。大家无不伤感痛惜！

殊不知，这里面大有学问。

人与人之间，由于思想、脾性、爱好诸方面的差异，彼此有亲有疏；偌大的树木世界，因为各自生长的习性特点、产生的物质不同等因素，亦有"亲家"和"冤家"。这所学校的苹果树死去的缘故，就是受害于"冤家"：核桃树的根、茎、叶含有一种有毒的"核桃醌"，当苹果的根、茎、叶与其接触时，就会中毒，夭折身亡。

"相克树木情不投，若作近邻必伤身。"树木"冤家"的仇恨是不可调和的。如果在榆树旁种植葡萄，藤儿会爬得老高，果实也会结得一嘟噜一嘟噜的，但就是不会成熟。这是因为榆树散发的分泌物"克"葡萄所致。再如，柏树和梨树、接骨木和松树、榆树和栎树，都不可让它们交"友"做"邻"。否则，柏树散发的气味可使梨树患梨锈病而落花落果；接骨木散出的物质将抑制松树生长而影响尽快成材；榆树施放的分泌物会使栎树发育不良甚至凋萎。

情投意合的树木为伍，彼此"亲亲热热"，更相得益彰。拿檫树和杉树来说，这两个树种所含的元素、根系发育生长特点和抗御病虫害的能力，虽不尽相同，但却互惠其长，相避其短，各得其所，极有利于双方健康生息和改良土壤。牛尾松和柏木、枫香，侧柏与山杨、栾树、山毛桃，欧洲云杉同榛树、花椒树，都是相依为命、团结互助的好"近邻"。

还有些树木、草木共栖，虽只是一方受益，但却无害于另一方，亦会安然相处。如沙生植物肉苁蓉，由于自己没有叶绿素，不能制造养分，便把自己的根连接在沙漠"英雄树"梭梭的根系上，吸收其营养，靠剥削为生，梭梭则毫无"怨言"。

巧为树木择邻邦，这门科学千万忽视不得。

近些年，农业科学家时有温馨提醒："植物无声却有情，庄稼也有亲和朋。"因为，同人类异性寻求知己一样，生长在绿色大地上的农作物，同样企望能与个脾性相投、休戚相关的伙伴为"亲"做"朋"，以互帮互助获丰产。

拿小麦、玉米来说，它们喜欢与豆类作物"亲密相处"。在小麦、玉米田里间作或套种豆类作物，豆类的根瘤菌能给贪图肥分的小麦、玉米提供足够的"食粮"，促使小麦、玉米长得强壮，麦穗、棒子果实丰硕，无疑有利于丰产丰收；小麦、玉米的根系分泌出的有关物质，也有利于豆类作物的生长，使它们结实多而籽粒饱满。洋葱和红萝卜也是天生的一对"密友"，让它们做邻种植，自各发出的气味可彼此驱逐害虫，免受其害，且均能提高产量。农作物之间这种相得益彰的关系，在生物生态学上叫作"互利共生"。

还有一些作物，虽能和睦共栖，但只对一方有利，在生物生态学上叫作"片利共生"。如小麦乐与洋葱交"朋友"，大豆喜同蓖麻找"对象"，棉花爱和大蒜结"挚交"，甘蓝愿与西红柿做"邻居"。在麦、豆、棉田和甘蓝菜地边或田间，分别种一点洋葱、蓖麻、大蒜、西红柿，小麦的"敌人"黑穗病毒会被洋葱施放出来的气味所消灭，大豆的"侵略者"金龟子则让蓖麻的气味冲得落荒而逃，棉花的"死对头"蚜虫闻到大蒜味会遭到致命打击，危害甘蓝最甚的害虫菜白蝶绝不敢来侵犯。

"相克作物情不投，莫与冤家成婚配"，这方面的教训举不胜举。有个南方农民到甘肃探亲，发现当地有名的马铃薯良种"唐洋芋"产量高、品质好，粮菜兼用很好吃。当地的农民多在麦、豆田边地埂种植。他搞了些种子回去，也学着种在稻田的田埂地边，结果，虽然马铃薯的茎叶长得特别茂盛，但地下却不结果实薯块。缘由是，水稻离水不能长，马铃薯却怕水分多，显然是"乱点了鸳鸯谱"。马铃薯不仅怕水，而且喜欢"独居"一方，不喜欢其他作物与其相邻；尤其是不可将它与西红柿或南瓜种在一起，否则会使马铃薯病害严重，产量下降。芥菜和蓖麻同样不能"同居"而栖，不然，芥菜分泌出的物质会使蓖麻下部的叶子大量干枯死亡，造成严重减产。

1986 年 6 月 10 日《中国教育报》

色彩与色彩环境的妙用

在五花八门、博大精深的学问中，科技领域的知识，看上去深邃奥妙、不可捉摸，听起来极深研几、物穆无穷。其实，奥秘如一张薄薄的纸，一捅即破、茅塞顿开，让人立马知其然。科学就是简单，简单就是科学。

拿斑斓色彩来说。五颜六色，经过美术家精湛的画技，浓淡相宜，尽显其妙，使一幅幅丹青佳作展现出传神阿堵的艺术魅力。科学家在精心研究了色彩的物理特征，即色相、纯度、明度与色味、色感、色温及其构成的色彩环境，对人和生物的影响后发现，如果恰到好处地组合和运用色彩与色彩环境，必将在生产、工作和生活中产生不可估量的实用价值。

在自然生物界研究和利用色彩与色彩环境，其效能效益十分广阔。人们常常见到，当油菜盛开黄花和苜蓿怒放紫蓝花的时候，放蜂人总是把蜂箱一排排摆在空气清新流畅的田地边，蜜蜂熙熙攘攘，飞来飞去，采花传粉，酿蜜甚忙。原来，蜜蜂最喜欢黄色和紫蓝色的生物色彩环境。蜂农便投其所好，利用油菜的黄花和苜蓿的紫蓝花创造的天然色彩环境，促使蜜蜂与花朵"紧密合作"，让它们为多产蜂蜜尽情奉献力量。有的色彩环境，对危害庄稼的害虫有一定的防治作用。如在银色的塑料薄膜棚内育苗或种植蔬菜，很少有害虫作乱，这是因为害虫最惧怕银色，碰到银色便逃之夭夭了。

自然界的色彩环境，还直接为生物界提供必不可少的"色彩养料"。我们知道，植物是离不开阳光的。灿烂的阳光，提供了赤、橙、黄、绿、青、蓝、紫七色光，让庞大的植物家族吸收利用。有的作物还对某种色光有特别的"嗜好"，如甜瓜的生育最需要红色光即赤色光，用红色光多照射甜瓜，不仅能促进它的糖分和维生素 C 的成分特别丰富，而且可有效地催助甜瓜提前成熟早上市。

　　由此启示人们，让自己的视野走出生物界，进入人的生活领域。色彩与色彩环境，对我们的生活更是大有裨益。拿服色来说，烈日炎炎的夏季，穿着白色等浅色服装，可以反射日光，减轻阳光对人体的热辐射，同时在色感上也给人以清雅凉爽之感；冰天雪地的严冬，着深色服装，能够吸收热量，在色温上有安逸保暖、温馨舒适的效果。至于根据老少男女、个头高低、肥胖瘦小和职业工种等差异，既选择得体衣款，又挑选适宜的衣裳颜色，同样会使五颜六色增光放彩，各臻其妙。布置装饰房屋，色彩环境的思考设计也颇有学问。墙壁色、顶棚色、家具色、窗帘色、床围色、台布色等，根据自己的喜好，统筹考虑，搭配得恰到好处，显示出自然的别具匠心的艺术美，身居其间，悦目娱心，欢欣快乐，顿生青春活力，无疑给人的身心健康注入精神元素。由此说明，建筑、纺织、家具制造等商家，如果在房屋粉刷、布料染色、家具涂色等工艺上动脑子下功夫，充分发挥色彩与色彩环境的功能和作用，必然既可更好地为人民的生活服务，又能有力地促进经营增加效益。

　　举一反三，由此及彼。让我们的视角穿越得更开阔一点，把色彩与色彩环境的想象和应用得更广泛一些。实际上，人们在许多方面早已步入实践，让色彩与色彩环境发挥着效能、效益和效果。如在道路四通八达，人似潮、车如梭的城市，那闪烁着的红、绿、黄三色灯信号，指挥引导着车辆、行人的行动；再如，在救死扶伤的医院里，那医护人员身上的白色大褂无声地约束着伤、病员服从治疗，白色或淡绿色的墙壁和天花板无声地提醒人们保持肃静；又如，那建筑物中独树一帜的深绿色邮局门面，竖立于街旁道旁的深绿色邮筒，从远处就招引人们去办理要办的邮政事务或投递信件。还如，世界各国军队中的陆军服装，几乎全是绿色或黄色，这是因为军事上的特殊需要，部队在野外条件下行军、作战尤其是隐蔽，军服色和大自然的环境色彩浑然一体，可以起到掩护作用；海军的服装之所以是海水色，其道理和功能是同样的。

　　人是世间最聪明智慧的高级动物。我们相信，随着科学观念全方位地进入人的思维，人们将会更加广阔地妙用色彩与色彩环境，为发展生产、繁荣经济和自己的日常生活服务。

1986 年 7 月 26 日《中国教育报》

自然生物界的"科学家"

科技天地浩瀚无垠，学科林立，群英荟萃。科学家们取得的丰硕成果层出不穷，支撑着经济的高速发展，丰富着人民的生活，推动着整个社会不断进步。

敬畏自然，敬畏生命，首先要敬畏自然界有生命的一切生物。因为，生物是宇宙一切智慧的创造者；因为，在庞大的自然生物界，也有无数建功厥伟的"专家""学者"。生物界的"科学家"风起云涌，名不虚传。

植物界的地质"科学家"

神秘莫测的地层之中，沉睡着丰富多彩的矿藏。在广袤无垠的地球大地，哪里蕴藏着金属矿石矿物，是什么矿石矿物，储存量有多少呢？

勘探矿藏，地质科学家是行家里手。而生物界的绿色植物中，居然也有相当出色的"地质专家"。原来，草木植物的发育生长，不仅对氢、氧、碳、氮、磷、钾、钙、镁、硫、铁十大元素有特别的嗜好，而且对铜、钼、锰、锌、钴、钽、硒、硼等众多的微量元素也很喜爱，科学家已从植物的体内，找到了几乎所有的元素。当然，不同的植物所含的微量元素成分亦不尽相同。"植物三要素"——氮、磷、钾肥，可以人为地施入土壤；而众多的微量元素，在目前的条件下还不可能完全按需供给植物，这就要依靠草木自己的本领从土壤里吸收。因此，在千姿百态的植物大家族中，便涌现出能够聚集各种金属矿石矿物的植物种类。它们自然而然地成为"找矿专家"。

拿钽元素来说，因其稀有，加之它常常与铌元素"抱成一团"，难以分离提炼，在贵金属中就显得极为珍贵。而"牧草之王"紫花苜蓿，其体中富含钽元素。缘由是它特别喜欢钽，于是其发达的根系便拼命从土壤中吸取。难能可贵的是，它不但吸钽，还可将土壤中共生的钽和铌分离，只吸取钽而不吸取铌。这就说明，这个"牧草之王"，既是"吸钽高手"，又是"找矿能手"，在它生长的地层中，往往埋藏有钽矿或是有较为丰富的钽含量。

探矿实践已证实，要想找金银矿藏吗？去找忍冬丛、向荆、野蔷子生长茂盛的地方；铜矿何处有？嘿嘿，生长在海拔二百至三百米的山坡路旁，生机蓬勃的海州香薷在向人们"招手"哩；听见没有，车前草、堇果在呼唤，"我们这里有锌矿呀"；别忘了，艾蒿、石松兴旺生长的地方，往往埋藏着锰、铝矿；磷的富有之地，常常在丰茂的铃形花脚下；郁郁葱葱连片丛生的马齿苋生息之地，可能是汞的"仓库"……

沙飞风狂、干旱肆虐的沙漠、戈壁、荒滩，渴望智勇的草木种类去垦荒，能居住下来生活。然而，植物能否成活的关键在于水。在这类自然条件恶劣的地方，何处有水呢？地下水位有多深呢？

勘探水源，有不少的绿色植物也是相当出色的"水文学家"。在漫长的历史年代中，千姿百态的植物到处遨游、繁衍、生息，它们经过自然驯化和选择，适应了一定的气候、水文、土壤等自然条件，确定了适应自己生存的理想属地，从而"定居"下来。人们只要掌握了植物对生活环境——水、肥、光、热等所需求的条件和特点等，就能有效地获得和鉴别它们各自所在地带的天象气候和水文状况等信息。所以，许多植物"旗帜鲜明"地充当着水文科学家的有力助手。

马兰花、金戴戴、拂水茅等植物会告诉你，这里的地下水位为零点五至一米左右；甘草、芨芨草等植物会答复你，这里的地下水位为二至三米左右；铃铛刺、柽柳等植物会回答你，这里的地下水位为六至七米左右；红柳、梭梭、胡杨树等植物会报告你，这里的地下水位为五至十米左右。

动物界的"地质学家"

植物界的"地质科学家"身手不凡，动物界"地质学家"的高超本领，同样无比卓越。

人们想不到，为现代科学和人类生活立下显赫功绩的蜜蜂，还是借助紫花苜蓿采钽的"专家"。它采百花，酿甜蜜，其蜜中竟有贵金属钽。原来，它蜜中的钽正是来自"牧草之王"紫花苜蓿之花。据最新的科技资料介绍，蜜蜂采紫花苜蓿花而酿出的甜蜜，每一百四十公斤中可提取四百克金属钽。

提起蚂蚁，农人颇有点憎恨。因为它庇护扶助的蚜虫，是危害农作物的帮凶。可是，现代科学研究证明，蚂蚁也有贡献，它能寻找金矿。津巴布韦有个名叫比尔·乌艾斯特的科学家，从蚂蚁在一处地表较深处挖运出来的"建筑材料"中，发现了含金的矿粒，从而勘察寻找到了一个大型金矿。其实，蚂蚁找金子的本领，在公元前5世纪就有记载，印度沙漠地带的居民常常到蚂蚁窝旁拣金粒而生财。有个叫希罗多德的人，依据其情，在追踪蚂蚁密集发现金矿粒多的地方，发现了一座含金富矿。迄今，印度语还将"金粒"读成"蚂蚁"的谐音。

说来令人惊讶不已，为人们提供营养丰富、鲜嫩可口的肉与蛋的鸭、鹅，竟也身怀"炼金"的绝技。苏联有个农民从宰杀的一只鹅和一只鸭的胃内残余食物中，获得了二十五克金粒。科学家研究这一奇特事件得出依据：鸭、鹅需要经常食用一些矿石帮助消化体内的蚌壳螺蛳类食物，结果含金矿石粒也被带入，沙石易被磨碎排出体外，而金粒则难以磨碎被遗留在了胃中。这就是鸭、鹅"炼金"的奥秘。近些年来，一些国家、地区的机构，利用鹅、鸭寻找金矿大有所获。

具有奇特嗅觉功能的狗鼻子，一向以"神鼻子"在动物界而著称。狗鼻子约比人的嗅觉高六千倍，能感觉出二百多万种物质和不同的气味。在二百六十八亿个气体分子中的一立方厘米空气中，如含油酸分子达九千个，狗鼻子就能够嗅到。探矿科技人员便借助狗鼻子的"报告"，去寻找油矿。

生物界的"建筑大师"

巧手匠心的建筑科学家们，为人类创作出绚丽多姿不胜枚举的杰作。在庞大的生物界，同样有诸多技艺高超的"建筑大师"。正是它们，为建筑科学家充当着有力的"助手"，创造着奇迹。

运用现代先进的建筑科学技术和先进设备，人们在几天之内高速度盖起一栋高楼已不足为奇。但比起动物界的"建筑大师"——蜜蜂的建筑术来，就显得逊色了。一只蜜蜂用自己的蜂蜡，可在二十四小时内建造几千间"住宅"。那规格一致的蜂窝令人钦佩不已：体积似乎是按图纸筑造的，竟都是 0.25 立方厘米；底边三个平面的锐角也都为 70° 32′。更为奇特的是，它可利用的建筑科学价值独具特色：省材料，质地轻，强度好。蜂窝的这种结构优势，已被广泛应用于现代建筑和飞机制造方面。

农人皆知，蝗虫是粮食生产的凶恶害虫，但它却为现代建筑科学立下了功劳。国内外住宅设计中最时髦的扇形窗篷，就是模拟蝗虫翅膀扇子式张合原理设计的。住宅窗户上增加这种设施，既可避遭雨淋日晒之害，又使房屋建筑锦上添花，显示出独具一格的外形美。

首都北京的现代建筑数不胜数，但论屋顶结构，在众多建造技术中惹人注目的，要数火车站大厅古朴典雅的蛋壳式屋顶和工人体育馆奇巧绚丽的蛛网式屋顶。这两种屋顶，正是模仿蛋壳和蜘蛛网的结构而建造的。原来，蛋壳虽薄，但其弯曲的特殊结构有很强的支撑力。你不妨一试，取一鸡蛋，用两手手心顶着蛋的两头，合力挤压，是很难压破的。蜘蛛网的悬索结构，承受的张力也相当坚强。现在，蛋壳式、蛛网式屋顶已为建筑界所青睐。

千姿百态的植物家族，长期与大自然抗争求生存，形成了适宜各自生存环境的特殊形态。科学家悉心研究，从中发现了不少颇有能耐的"建筑大师"。不少禾本科植物都长着卷状或筒形的长叶子，它任风吹、被碰撞，是不易折断的，其奥秘就在于它那卷、筒的形态强度好，可抵御外力的"侵犯"。于是，禾本科植物叶子的这一奇特功能，被建筑师模拟运用于桥梁建造中。

生息在高山林区的松科优良树种云杉多为塔形，乃因长期受风袭所致。建筑学家研究了云杉的树形特点，模拟其抗风结构，在风速达每秒百米左右的山顶建立电视塔，解决了以往因自然环境恶劣，致使建塔不牢固的弊端。

动物界的"军事科学家"

你知道吗？当今，动物界的"军事科学家"为现代军事装备建设作出了杰出贡献。

翱翔于高空的鹰俯瞰大地，为什么能瞅清地面跳跃的小鸡和水里漂游的鱼类，而准确俯冲下来捕获呢？原来，鹰眼的两个中央凹面，近似球形，使其视野宽远；同时，中央凹面的每平方毫米有视锥细胞一百万个，约相当于人眼的七倍。因而，鹰眼要比人眼敏锐得多。鹰眼特有的这种"先天本领"，被科学家模拟研制出了"电光鹰眼"，安装到"战鹰"上，宛若给飞行员架设了"望远镜"和"显微镜"，侦察和捕捉地面目标，既迅速又准确。

无独有偶。科学家研究发现，地面上的小小青蛙竟能傲视蓝天，看清高空飞翔的雄鹰。更为奇特的是，青蛙只能看清活动中的物体，对于静止的东西它是视而不见的。想不到，大有奥秘的蛙眼也是一项重要的天然科技成果，科学家模仿其特殊结构研制出的"电子蛙眼"，威力更为神奇。把它安装在军用汽车和飞机上，可在战争的特殊环境中预测和避免碰撞，还能帮助"战鹰"及时发现偷袭而来的敌机等。

科学研究证明，在世界上已知的一百多万种昆虫，大多数都长有复眼；且昆虫的复眼愈大，小眼的数目就愈多，分辨功能也就愈强，这就说明昆虫的奇妙复眼大有科学利用价值。科学家们深入攻关，获得的模拟复眼成果，已成功地应用到军事、电子、医学等各个领域。

提起霸王项羽之死，人们大抵都知楚汉相争的故事。项羽败北，仓皇逃至乌江畔，见岸边万千蚂蚁组成"霸王自刎乌江"六个大字，赫然醒目，不禁大惊失色！项羽以为这是天意，昭示他死，遂拔剑自杀身亡。殊不知，此乃刘邦的谋士张良巧设机关，用蚂蚁喜食的饴糖、蜂蜜涂成字底，诱群蚁抢食成字，使颇信天命的霸王上当，甘心情愿而赴九泉。

这是古代战争史上巧用动物为"特种兵"的实例之一。现代中外军事研究机构都重视在战争中利用动物的特异功能，致敌惨败的战例比比皆是。

信鸽通信，军犬侦察，是人们熟知的动物"特种兵"。而说起海豚在海战中的巨大威慑作用，则鲜为人知。20世纪60年代，美国在某海域六十米的深水中，寻找到"阿斯克罗""天狮星"导弹头和启动车等，成为爆炸性军事新闻，而为此立下显赫战功的"英雄"便是海豚。美军训练有素的海豚，不仅能在打捞中一展连潜水员也自愧不如的特技，而且在侦察、通信、导航、救护中也显露非凡的本领。有条代号叫"间谍"的美军海豚，曾将微型探测仪巧妙地送到一艘苏军核潜艇底部，刺探到绝密军事情报。

古代军事史上，中国的"火牛奇阵"，印度的"大象骑兵"，法国的"狗护卫队"，都为动物参战写下过光辉的一页。但这些"动物兵"中的"大个"比起现今许多名不见经传的"小个动物兵"来，则相形见绌。美军训练有素的一支由八百万只蝙蝠组成的空投"部队"，在前不久举行的一次大规模军事演习中，准确及时地将定时燃烧弹投到攻击目标，使其毁于一旦。小巧玲珑的猴子，在一些国家的军队里是将士们钦佩的"爆破手"。因为猴子动作机敏快速，善于隐蔽偷袭，经过训练搞爆破确实得心应手。

让人瞩目的是，唱"哼哼歌"的猪，常唤"咩咩"的羊，会"跳舞"的蜜蜂等等，如今都成为某些军队中的"特种兵"了。

1987 年 7 月 25 日、8 月 1 日、8 月 7 日、8 月 22 日连载于《中国机械报》

弘扬禽鸟的文化价值

　　中国人喜欢禽鸟的历史悠久，成为中华民族的一种文化沉淀。千百年来，千姿百态的禽鸟闯入诗歌、小说、散文、音乐、舞蹈、戏剧、影视、武术、绘画、雕塑、工艺等各个艺术领域，其多姿多彩的美学价值和艺术感染力，给人类带来了无穷的艺术享受和精神力量，为丰富和传承华夏文明古国的灿烂文化立下了显赫的功绩。

> 关关雎鸠，在河之洲。
> 窈窕淑女，君子好逑。
> 参差荇菜，左右流之。
> 窈窕淑女，寤寐求之。
> 求之不得，寤寐思服。
> 悠哉悠哉，辗转反侧。
> 参差荇菜，左右采之。
> 窈窕淑女，琴瑟友之。
> 参差荇菜，左右芼之。
> 窈窕淑女，钟鼓乐之。

　　此为我国第一部诗歌总集《诗经》卷首篇：《周南·关雎》。周南，是先秦时代在黄河流域洛阳至江汉一带流传的一种民歌。把《关雎》放在《诗经》卷首，自古至今，学界各有其说。然其作首先描绘的是鸟，"关关雎鸠"，一种名叫关关的水鸟，成双成对嬉戏于"在河之洲"。从鸟的情趣到人的爱情，描述了一个真挚坦诚的男子，邂逅一个温柔优雅的淑女，一见钟情，百般暗恋和设想追求的情愫，缠绵悱恻。这首传世甚广的诗歌作品，鸟情人爱，浑然一体，诗意空灵，感人至深。对于《关雎》，孔子在《论语》第三篇《八佾》里评论："《关雎》，乐而不淫，哀而不伤。"意思是说，这首诗显示出欢乐并不放荡，有哀思而不悲伤。

《诗经》开篇描绘的是鸟与人，可见其人文和文学价值。

1984 年以来，黄河之畔的兰州市，久未晤面的候鸟水禽连年重返故地，在母亲河水面嬉戏游弋。鸟儿们欢乐极了！玲珑秀巧的体态，艳丽多彩的羽饰，婉转动听的歌喉，为大自然增添了无限的生机。科学家们高兴地说："人类益友"回来了，其作用和价值不可估量啊！

那么，禽鸟的价值究竟有多大呢？

一只杜鹃，每天能消灭长满毒毛的毛虫一百多条；一只啄木鸟，每天可吃掉杨树天牛三百多条；一只燕子，每天要捕获蝗虫七百多只；一只猫头鹰，一个夏季会吞下上千只老鼠，约相当于从鼠口夺回五吨粮食。诸如此类，不胜枚举。

禽鸟，还能传带植物花粉，嗜食废弃有机物，衔播草木种子，"监测"预报环境污染。方以类聚，不一而足。

这是禽鸟的生态价值。

说起禽鸟的科学价值，更加使人钦佩不已。"腾云驾雾"的飞机，是在禽鸟翅膀功能的启发下应运而生的。禽鸟所特有的生理功能，宛如视准、定向、探测、导航、控制、调节和生物力学、信息处理等方面的了不起的本领，启发科学家们开拓了一系列崭新的科学领域。比如，模拟鹰眼、鸽眼，制成的"电光鹰眼""鸽眼雷达"，在国防建设中大显神威。

禽鸟还有不容忽视的重要经济价值。我国现有的一千一百八十六种禽鸟，不乏"致富使者"。"动物人参"鹌鹑和野生鸭、鸡等类禽鸟的食用价值，鸬鹚、苍鹰等禽鸟的役用价值，乌骨鸡、金丝雀等禽鸟的药用价值，鲣鸟等禽鸟的造肥价值，鸳鸯、孔雀等禽鸟的观赏价值等，在经济建设中可谓"八仙过海，各显神通"。

禽鸟的价值如此广泛，归根究底还是文化人文价值。爱鸟护鸟，应当成为人类传承弘扬的文化美德。

1986 年 6 月 21 日《中国科学报》

甘甜醇香临泽枣

千里河西走廊，有万木遮天的祁连山森林，有绿荫连绵的林带林网，也有异香飘逸的果木林园。

走廊里天然和人造发展起来的林木大家族，为维护自然界的生态平衡，战胜和减轻自然灾害，竭力贡献；为了人民富裕幸福，无私地提供着丰硕的果品和丰富的木料、燃料、饲料及其它副产品。临泽红枣树，就是这个大家族中的佼佼者。

金秋时节，位于千里河西中部的绿洲临泽，色彩斑斓，楚楚动人：朵朵白云在湛蓝的天空中缓缓飘动，膘肥体壮的牛羊在绿茵茵的草地上追逐嬉戏，玉米、黄豆等秋庄稼随风摇曳，嫩绿、鹅黄、脂红的鲜果缀满枝头……

在这瑰丽多彩、硕果飘香的万千景致中，最招人惹眼的莫过于红艳艳、亮晶晶的红枣了。枣树在这里连片成林，房前屋后，旷野荒滩，路旁田埂，到处可见。临泽枣个头虽然不大，但以其色鲜、肉细、含糖量高、无虫蛀而闻名遐迩，鲜枣吃起来格外甘甜醇香，别有一番独特风味。

> 忆年十五心尚孩，健如黄犊走复来。
> 庭前八月枣梨熟，一日上树能千回。

吃了临泽枣，对唐代诗圣杜甫追忆童年时代爬树摘吃枣果趣事，在七言古诗《百忧集行》中写下这样的诗句，就不难理解。因为枣太诱人了。况且，杜甫作诗时其正栖居成都草堂，当个幕府仰人鼻息，生活处于穷困之中，不禁思旧笔流真情，苦中作乐而已。

　　枣的故乡在我国。枣树，是世界上仅有七种栽培历史超过四千年的果树之一。色、香、形、味俱全的红枣，在国人的心目中是幸福吉祥的象征。远在三千多年前，红枣就被作为祭奠的水果和馈赠亲友的礼品。当然，人们喜爱红枣，绝不仅仅因为它的果型美观，寓意深长，更重要的是它营养丰富，滋味隽美。临泽红枣更以独具一格的风味，名列前茅。

　　据测定，临泽鲜枣含糖 24%，蛋白质 1.2%，脂肪 0.2%，还含有钙、磷、铁等矿物质，百克枣肉中含维生素 C 高达三百八十至六百毫克，所含维生素 P 为果中之冠。大概是因为临泽红枣的营养价值很高的缘故，所以在古丝绸之路上广泛流传的民间传说中，有很多靠食枣羽化成仙的故事。

　　临泽红枣除鲜食外，还可以晒制干枣，加工制成蜜枣、熏枣、脆枣、酒枣等。临泽红枣还是重要的一味中药，其味甘性平，具有养胃、健脾、益血、强神的功效，系安中益气之良药，临床上多用于治疗脾胃虚弱、气虚不足、贫血萎黄、肺虚咳嗽、倦怠无力和失眠、过敏性紫癜、肝炎、高血压等症。枣花清香扑鼻，是优良蜜源；枣木质地坚硬，纹理细密，古代时就是做大车轮轴的好材料，现代制作精美家具和工艺品仍为上乘良材。唐代"诗魔"白居易在《杏园中枣树》中描写道：

> 人言百果中，唯枣凡且鄙。
> 皮皴似龟手，叶小如鼠耳。
> ……
> 君求悦目艳，不敢争桃李。
> 君若作大车，轮轴材须此。

　　白居易在诗中称道枣树自卑低调，默默无闻，不与桃李争高低，但其成材，就是大车轮轴，可负重致远。

　　临泽红枣的品质特别优良，得益于其树适应能力特强，耐寒耐旱耐盐碱耐贫瘠，是名副其实的"红枣之王"。而临泽位于河西走廊中段，是一块四周被沙漠戈壁包围的温带绿洲，气候干旱，燥热少雨，昼夜温差大。当地全年降雨量一百一十四毫米，蒸发量达二千三百多毫米，但具备较好的灌溉条件。枣树在这里生长，自然得天独厚，枣果质地上乘。

　　"桃三杏四梨五年，枣树当年就还钱。"临泽农家把种植枣树视为"摇钱树"，年年栽，岁岁种，全县早已成为千里河西的"枣树王国"了。临泽系列枣树多采用分株法，就是每年逢春三四月间，在距树干二至三米处挖宽三十五厘米、深五十厘米的长沟，切断枣根，每隔一米挖沟一条，在沟内施农家肥再覆土；到六月断根可生出根蘖，当年苗树生长高达一米以上，枝条迅速旺发开来，初秋即可挂果了。

1984 年第 6 期中国科学院《农村科学》

"沙生百草之冠"当属羊柴

荒漠草原长百草，羊柴当为草中王。

近些年来，随着我国西北种草业的发展，农业科技界给予沙生半灌木羊柴极高的评价，授予它"沙生百草之冠"的光荣称号。

来到西北干旱荒漠草原区，就可以看到极为壮观的羊柴群体。它体形硕大，分枝茂密，浓荫蔽目，丛生连片，宛若绿色屏障一般。风沙遇它退缩，家畜见它喜爱。仅在内蒙古草原及毗邻地区，羊柴的天然分布面积就达四百四十万亩。可见，羊柴被称为"沙生百草之冠"，当之无愧。

说起羊柴的生长优势，连"治沙能手"沙打旺也自愧不如。在荒漠戈壁和干旱草原地带，这位身高两米左右的草中"彪形大汉"，发达的"四肢"使地面覆盖度达75%以上，防御风沙的有效范围为株高的十倍，在逆境中顽强生息的本领一点也不比沙打旺逊色。相形之下，它比沙打旺有着早发、速生、寿命长的特点。在内蒙古干旱草原区的科学试验表明，同岁的羊柴、沙打旺，同在寒风料峭的四月中、下旬，羊柴萌发新枝达二十五厘米，沙打旺仅九厘米；刈割后，羊柴的再生能力也比沙打旺强。论寿命，沙打旺就更望尘莫及了。一般，"老沙"七八岁后便进入"老年期"了，而同龄的羊柴却正是青春妙龄之年，可活二三十载。

羊柴的安身立命之本，在于它练就了适应在恶劣环境中生长的本领。其主要特点是，它的根系发达，入土三四米深的主根，纵横交错的侧根，不仅使其身躯稳固，抵御住狂风飞沙的袭击，而且能吸吮足够的水分和营养。犹如"氮肥厂"的根瘤菌，永不停息地生产氮素，补充着地力。无论是50℃的高温，还是−35℃的严寒，它毫不理会；暴雨倾盆，好像给它注入了催化剂，越发生机勃勃。它脾性随和，广结草木兄弟，最喜欢与柠条、木蓼、黑沙蒿等相居为邻。在"朋友"们不便生息的不毛之地，它也能安营扎寨，独居生活，开辟新的家园。

作为优质牧草，羊柴有很高的营养价值。它的青草期长达半年之久。无论是新鲜枝叶、花、果实，还是干草，都是家畜喜食的"美味佳肴"，尤其是"沙漠之舟"骆驼四季适口的"食粮"。据分析，两年生的羊柴，干物质含粗蛋白20.4%，粗脂肪2.62%，粗纤维40.92%。一般，羊柴每年可放牧利用两次，刈割一次。刈割后，不能饲用的老枝，是上等薪柴，也是农家盖房、扎篱笆的材料。

无性繁殖，是羊柴繁衍后代的特点。据研究，三四年生的羊柴，主根下的地下横走根茎达十米以上，又能萌发大量新枝芽。初春时节，择其株丛郁闭的地方，挖出它的地下横走根茎，切成十五至二十厘米的小段，植入潮润土壤中，即能萌发，加速它无性繁殖的进程。羊柴还可采收种子播种，撒播、条播、点播、飞播，尽遂人愿。如今，由于人们掌握了它的生育特征，已使这位"草中王"从自生自灭状态，步入人工栽培、子孙满堂的鼎盛时期。

1985 年第 6 期中国科学院《农村科学》

"第二森林"的气宇与身手

现代科学技术，宛若独具慧眼的影视导演大师，常常将一些名不见经传的山边野草和末等植物，"起用"于四化建设的活剧中唱主角、显身手。

谁能料到，一向在盐碱地和烂泥中默默生息的芦苇，竟也被发掘出来，一举成名，获得"第二森林"的桂冠。这种昔日多被人们用作编席箔、苫屋顶、当燃料和沤肥料的植物，如今已成为织布、造纸、制药和化学工业的宝贝原料。

你瞧，姑娘们穿着的人造毛、人造丝衣服，多么绚丽漂亮啊！这些质地优良、结实耐穿的布料中，不少还是用芦苇制成的。原来，芦苇茎叶的纤维含量很高，仅次于棉、麻。五百公斤芦苇可产一百公斤黏胶纤维，相当于一百二十多公斤皮棉，能织五百米布。

凸版印刷纸、胶版纸、铜版纸、书写纸和吸湿性很强的高级卫生纸，过去一向是用木材做原料。因木料紧张，产品也就紧俏了。现时，芦苇的茎叶也可用来制造上好纸张。用芦苇茎叶做纸浆，得浆率达 40% 左右，成本低。每两吨半芦苇能生产一吨凸版印刷纸，相当于五立方米的优质木材；照此推算，一亩芦苇等于四亩针叶林木材。芦苇造纸剩余的废液也是宝，从中可提取胡敏酸、香料、黏合剂、塑化剂等多种化工产品，也可用来培养饲料酵母。因而，芦苇无愧于"第二森林"的美称。

用完了芦苇的茎叶，其根也不能扔掉。因芦苇根富含蛋白质和淀粉，可用来制酒和糖。作为一种中药材，芦苇根还漂洋过海，出国充当"贸易使者"哩。不过，它出口时已改名为"千金苇茎"。解热去毒、生津消渴、清肺止咳，是它独到的药效。

作为绿色植物，芦苇还是"环境卫士"。它有置大肠杆菌于死地、消灭水中的高分子物质和金属离子，消除污染和净化清洁水质的特殊本领。所以，凡是水中植物都喜欢与芦苇为邻，请它保护水质，维持养分平衡。至于盐碱、贫瘠、旱涝之类的自然敌人，都不是芦苇的对手。防风固沙，护堤固岸，身躯高大、根基牢固的芦苇，也算是一个"英雄好汉"。

随着芦苇身价的提高，它已成为农民致富的"使者"。一公顷即十五市亩土地，可收获干芦苇十吨，经济价值达五百至六百元。

栽培芦苇，不占农田，不需施肥，不用灭草，不费工时。冬春季节，把芦苇根茎埋入地下就行。春来转暖之时，只要有点水分，它就可萌发破土，生长起来，当年即可成为"彪形大汉"，创造财富了。

1986 年第 5 期中国科学院《农村科学》

造林兴盛则生态兴

　　绿色是盎然生命的象征，已成为优质万物的圭臬。敬畏自然，敬畏生命，最好的行为就是，从你我他做起，播种绿色，扩展绿色，守护绿色，捍卫绿色。

　　每年的 3 月 12 日是中国植树节。这一天，从党和国家领导人，到全国的普罗大众，无不身体力行，投入植树造林。一年之计，莫如树谷；十年之计，莫如树木。

　　植树节临，了解一下我国植树节的演变和世界各国的植树节日，更会发奋图强，为祖国山河多增添一抹绿色。

　　中国的植树节始于 1915 年，由中国近代民主革命的伟大先行者孙中山先生倡定为清明节这一天。北伐战争结束以后，为纪念作古的"国父"孙中山先生，改为以他的忌日——3 月 12 日为中国植树节。1930 年，国民政府又决定 3 月 9 日至 15 日为"造林运动宣传周"。新中国建立三十年后的 1979 年 2 月，全国人大常委会第六次会议再次确定，3 月 12 日为中华人民共和国植树节。

　　纵观世界各国，无不重视建立植树节来引导国民重视植树造林。截至目前，已有五十多个国家确定本国的植树节日。犹太人最早在上古时期就确定了植树节；美国也在一百多年前的 1872 年，决定每年 4 月的最后一个星期五为植树节。各国的植树节多是根据当地气候条件而定。排列起来看，一年四季每月都有。1 月有约旦；2 月有西班牙；3 月有中国、法国、北也门、瑞典等；4 月有美国、日本、朝鲜等；5 月有多米尼加、澳大利亚、加拿大等；6 月有缅甸、尼加拉瓜等；7 月有印度；8 月有巴基斯坦、新西兰等；9 月有菲律宾、泰国等；10 月有古巴；11 月有新加坡等；12 月有黎巴嫩、叙利亚等。尽管全球各国疆域的人的肤色、喜爱的服色等不尽相同，然追逐绿色、播种绿色却是完全一致的。心中有绿，则柳绿花红。

绿化面积、森林覆盖率的多少，是衡量一个国家生态环境质量好差和文明程度高低的主要标志之一。因此，世界各国都十分懂得利用植树节，激发本国人民的爱国热情，大规模地开展植树造林活动。朝鲜利用植树节开展丰富多彩的活动，组织人民扎扎实实地科学造林，成果非常显著。日本自 1950 年确定植树节以来的节日期间，举国官民都必须参加植树活动，连天皇也不例外。许多日本青年把婚期定在植树节，将造林劳动代作婚礼。目前，日本的森林覆盖面积已占国土的 68%。墨西哥"植树月"期间，每个公民都要参加十天的义务植树劳动。芬兰、美国、瑞典等国家，每年植树节都要组织大批林业专家和科技人员，深入植树现场，指导公众科学造林。

植树造林，是中华民族的传统美德。因此，我国人民视植树节为盛大节日，注重以多植树、植好树的实际行动，来纪念这个一年一度的节日。人们愈来愈深刻地认知，造林就是给自己造福，就是给子孙后代造福。造林已成为一种文化文明。造林兴则生态兴，生态兴则文明兴。

1987 年 3 月 12 日《兰州晚报》

人类破译动物语言的奇迹

　　人，有自己的语言；动物，同样有自己的语言。

　　那百鸟，欢声歌唱；那鸡鸭，啼鸣咕叫；那狗犬，声嘶狂吠；那虎豹，呼啸雷吼；那蝇蜂，嗡嗡声噪；那虫类，喧噪不已……千奇百怪，形形色色，都是动物的语言。科学研究表明，动物的语言多达数千种，就其种类远远超过人类的语言。

　　庞大世界，人类的语言不尽相同，动物的语言则更为纷繁复杂。

　　二八月的深夜，狗狐类动物常常嚎叫不已，像人啼哭一般，悲哀凄凉。原来，这个时期是狗狐的发情求偶期，嚎叫啼哭是它们"自我介绍"、寻求婚配的"发声语言"。大千动物世界，用于求偶、觅食、吵闹、报警、呼喊，以及表达喜怒哀乐等的"发声语言"，五花八门，丰富多彩。

　　一只蚂蚁发现了一大堆蚜虫粪便，这东西是蚂蚁家族最喜食的"美味佳肴"，它便去报告"父母妻小""兄弟姐妹"。它无声无息，同这个"拥抱"，与那个"接吻"，散发出一种气味，"通知"大家，来去穿梭，兴奋而又紧张地搬运"猎物"。这是动物的"气味语言"。

　　一只蜜蜂在一个地方，发现了一片芬芳飘香的油菜花或紫花苜蓿花源，便急速飞回"家"，给大伙翩翩起舞，同时变换不同的优美动作，告诉花源的方向远近。这是动物的"舞蹈语言"。

　　一对雄雌孔雀在"热恋"，它们不会说甜言蜜语，而是彼此展开炫耀五光十色的美丽丰羽，以此表示相爱之情。这是动物园的"色彩语言"。

　　一只蝙蝠在黑夜中，发现有一片"领空"的昆虫很多，便飞东飞西乱窜。其实，它在飞行中发出一种超声波，既能"通知"远处的同伴前来觅食，又能捕捉昆虫。这是动物的"超声语言"。

研究和破译千奇百怪的动物语言，有一定的科学价值。这门长期被科学家攻关的科学叫生物声学，并获得可喜的成果。如研究动物的"超声语言"，发明了"千里眼"——雷达；研究动物的"气味语言"，人工制造出特殊气味，可冲淡或搅乱害虫发出的气味，破坏它们猖獗的繁殖能力等。由此可见，破译和利用动物的各种语言，能造福于人类。

对动物的语言，人类能否通过破译而与其"对话"呢？这在过去被认为是神话的事，如今昆虫科学家已在对昆虫语言的研究利用方面开创了先河。现研究弄清，昆虫的化学"信号语言"，是它们发出的各类激素，如性外激素、追踪外激素、结集外激素、警告外激素等。只要破译了昆虫各种激素的奥秘，就能与其"对话"，继而将有害昆虫"歼灭"。

拿害虫梨大食心虫来说，它对果树生产危害极大，过去难以防治。这是因为，具有"隐身术"的这个害虫，喷农药碰不着它，天敌难逮住它，农人对它有点束手无策。而破译了其求婚的化学"信号语言"即性外激素后，它就成为易于消灭的"瓮中之鳖"。办法很简单，将掺有药剂的水或洗衣粉水盛在容器内，放置在果园中，把从雌梨大食心虫身上取来的性外激素信号涂在纸卡上，制成"录音带"，挂在离容器两三厘米处的上方。当其雄虫听到"录音带"发出的求偶"信号语言"，便纷纷情切切地飞来"应婚"，碰在纸卡上，就会掉进容器内而丧命。

科学家已成功地人工合成了昆虫性外激素等多种信息激素，供农人利用与昆虫"对话"，消灭害虫非常有效。如人为地制造杀灭害虫的细菌、病毒环境，施放某种"信号语言"，把害虫引诱进入其中，致使它们感染生病，然后再将它们诱往别处去传染给同伙，达到消灭其群体的目的；在某种害虫繁殖期，巧妙地施放性外激素的"信号语言"，吸引它们盲无目标地乱窜，使雄性害虫找不到"妻子"，让雌性害虫寻不着"丈夫"，破坏它们难以"求偶婚配"，也就无法繁衍后代等。

1986 年 6 月 13 日、20 日《西安晚报》

科苑揭秘
KEYUAN JIEMI

"知时鸟"年的玄妙与美妙

知时之鸟报晓奥秘

勃然奋励向我们走来的2017年，是农历丁酉年，春风得意的鸡年光临人间。在博大精深的中华文化中，雄鸡是受宠的"德禽"，被称为"知时鸟"。

今天是2月3日启春日，乍暖还寒。而沉浸在佳节里的金城兰州的三百一十七万市民，还有包括我在内的说不清数量的游客，早就恭候着"立春"这个节气，感谢它"恪尽职守"，如期把虽还不甚明媚但毕竟是轮回的春天，送回到大西北，送给了期待着万物复苏、醉心春色的人们。

节前来兰州，是日已明显感觉到之前寒气和干燥的减弱，感受到丝丝缕缕的几许清新的春意，柔柔和和的几许舒爽的春风，温温馨馨的几许怡情的春光。

天文这门科学，真是深奥莫测，人们深感意外和惊奇。按照紫金山天文台出版的权威《中国天文年历》显示，2017年立春的精确时间为2月3日23时34分，而百年来在2月3日立春则极为罕见。据天文资料显示，20世纪百年中的立春日，只有2月4日和2月5日；而21世纪百年里的立春日，却只在2月3日和2月4日。上一个立春日，是距今一百二十年前的1897年的2月3日；下一个立春日，是四年后的2021年的2月3日。这就告诉我们，本世纪在2月3日立春，已不再稀罕。

这是我国传统历法中的"一年两头春"现象。2017年的"鸡头"有一个立春，"鸡尾"还有一个立春；两个立春日，换算成阴历，则是2017年农历正月初七和腊月即十二月十九日，都在农历鸡年。因此，2017年的农历共有384天。

酷爱绿色天然之美

大自然的诗，最早是绿色开笔；大自然的歌，首先是绿色扬声；大自然的画；始初是绿色挥洒；大自然的爱情，最早是绿色耕耘。

妩媚春光，柔情春色，和煦春风，浪漫春情。荡漾起生命复苏的绿意涟漪，吹拂着融和舒柔的绿波情愫，唤醒了草木萌动的绿色活力，启迪人们在"知时鸟"年的绿情憧憬。

春象蔓发，万物萌动，日盛一日，生机勃然。植物世界葱葱郁郁，绿叶竞秀乃至姹紫嫣红，百花纷呈潇洒风流，粉墨登场接踵而至，把整个人间、偌大世界装扮得花团锦簇，绚丽斑斓。

赤橙黄绿青蓝紫，大自然的七色，加上牛顿科研所证实的"阳光是由七种颜色的光混合而成的白色"，共为八色。

人们各爱其色，而我喜欢绿色，酷爱绿叶，更崇尚绿叶精神。

因为，绿色是大自然赐予万千植物的遗传之色，生命之色，青春之色，永恒之色。

因为，绿叶是植物天地的天然之美，本色之美，纯真之美，品格之美。

因为，绿叶精神是人类气度之伟，灵魂之伟，道德之伟，人文之伟。

因为，绿色、绿叶、绿叶精神，给予了人类太多太多的不可或缺的东西。

泄春天使杨柳韵律

在中国辽阔无垠的北方大地，春天最早到来的绿意、绿芽、绿叶，大多是杨柳依依之绿。如果说鸡是"德禽"，那么柳就是"德木"。

杨柳，是植物界泄露春光的天使，报告气候转暖、植物复活的物种。当江河缓缓解冻、冰雪起始消融，大部分草木尚未苏醒萌动的时候，旷达不羁的杨柳便捷足先登，以泛绿滴翠的袅袅枝条，在大自然的舞台上率先轻歌曼舞起来。

那舞动的柳枝、飞腾的柳絮，仿佛向人类呼唤：春天开始啦，光阴似金噢。

谁说不是，一寸光阴一寸金，寸金难买寸光阴，珍贵光阴哪里寻，一年之计在于春。

千丝万缕、婀娜多姿的柳枝，更富有诗意的风韵，欢舞的倩影，无畏早春冽风的"刚的禀赋"。所以，自古至今，中华民族的文杰诗豪，描绘妩媚春色、善弄杨柳韵律的大家名流尤多，不少雅士骚客写春颂春情有独钟，都传承下来以杨柳为偶像的韶华名篇。

唐代有两位知名度很高的南北诗杰，人们并不陌生。一位是素有"清谈风流"之誉的南方人贺知章，一位是雅号为"醉吟先生"的北方人白居易。我对两位名士的"柳诗"，熟烂于胸，常赏不够。

让我们先品赏贺知章的《咏柳》——

> 碧玉妆成一树高，
> 万条垂下绿丝绦。
> 不知细叶谁裁出，
> 二月春风似剪刀。

《咏柳》开笔，就以杨柳像"一树高"的"碧玉"一般，来比喻赞赏泄春的"天使"——多情浪漫的"依依袅袅"的杨柳枝，宛如碧绿玉石般的剔透隽永之美，真是神来之笔。"妆成一树高"，挂满珍珠般翠叶的嫩枝"万条垂下"，宛如细柔飘动的"绿丝绦"，鲜活生动地刻画出葱翠袅娜、蓬勃生机的青春杨柳，所展现的大自然最精妙的美好绚丽。那么，这千丝万缕的"绿丝绦"奇景，是谁巧手裁剪出来的呢？原来是高超灵巧、独具匠心"似剪刀"的二月春风的杰作。诗意之绝妙，真是新颖别致，富含独特的韵味。

再让我们嚼味白居易的《杂曲歌辞·杨柳枝》——

> 依依袅袅复青青，
> 勾引春风无限情。
> 白雪花繁空扑地，
> 绿丝条弱不胜莺。

《杂曲歌辞·杨柳枝》长达三十二句，这是其中的四句。杨柳依依、婀娜多姿，含情脉脉、袅袅荡漾，勾引来春风为之吹拂，使其摇曳起舞、风姿绰约，展现出独领风骚的无限风情；柳絮在春风中像白雪繁花一般，飞空飘舞、翻滚扑地，细嫩的柳枝轻弱得禁不起一只黄莺驻足……寥寥二十八个字，把柳枝、春风、柳絮动人的风姿神韵，描绘得活灵活现、传神动情。诗情意境，绝妙无比，引人入胜。

唐代二杰咏柳，别无二致。杨柳好美，春色奇美！杨柳文化特美，春色文化神美！创造杨柳文化、春色文化的诗人，揭示的人文艺术超美！

早仲暮春各臻其妙

美妙之春，又分早春或孟春、仲春和暮春。有"早春勃发，仲春劲发，暮春厚发"之说。尽管各地"三春"时令的迟早及物候现象不尽相同，但大体表现是相对一致的。

随着"立春"这个节气的降临，冰封江河开始解冻，土壤表皮日消夜冻，杨柳萌动渐显绿意，便是早春时令来临的信息。

"春天孩脸，喜怒无常"，气候变化多端，冷暖很不稳定。飘雪之时似冬归，常常是"忽如一夜春风来，千树万树梨花开"，黏性很强的春雪挂满枝头，犹如梨花绽放。这种诗情画意的奇妙景象，是大自然匠心神工营造奉献给人类的神籁自韵的春色。

"春色满园关不住，一枝红杏出墙来。"杏桃柳次第始花，苹果树含苞欲放。燕舞呢喃屋檐下，人欢马叫闹耕耘。这种春意渐浓的物候景象，乃春天进入仲春时节的标志。此时的春色韵律，更是耐人寻味。

霜雪断绝，遍地花开，杨柳吐絮，蛙类啼鸣，林木叶茂，绿油油的麦苗苗壮生长，便是暮春时令的主要物候表现。此时夜晚，在花园、河畔、林荫和田野间悠然漫步，清风拂面，花香弥漫，流水欢唱，月光如银。"此山此水入胸怀，此时此身何处来？"令人心旷神怡，浑身舒畅。

人们总盼望着美丽的春天慢些走吧。然而，光阴的脚步怎能阻挡？当布谷鸟叫了的时候，暮春便结束了，时令则要进入夏天，炎热将渐行渐近……

人和生物都喜欢美妙的音乐

这是《青海日报》科学副刊的编辑约我写作的一个题目。

人们皆知，音乐是反映人类生活情趣和情感的一种高雅艺术。无论是声乐音乐还是器乐音乐，旋律响起，就会吸引人的精神、兴趣和情感进入美妙的艺术氛围之中，从而获得美好的享受、感染和陶冶。凡是喜欢音乐的人，必然追求时尚的情操，提升自己的生活品位和质量，愈加热爱生活。科学研究表明，音乐旋律的"促生声波"，既可影响和调节人精神的激奋与镇静、情感的愉悦与消沉、思维的理智与冲动；又能通过听觉和视角的器官"进入"人体，影响和"营养"内脏器官，对人体健康、延年益寿大有裨益。

科学家研究音乐对生物的影响，也取得新的成效。说来非常有趣，音乐旋律产生的"促生声波"，对于植物、动物，同样会发生奇妙的作用。如果经常在白菜、萝卜、甜菜等蔬菜地里播放音乐，或给西红柿、南瓜等作物套上"耳机"，放送超声波刺激，会促使蔬菜速生快长，提高产量和品质。如果时常让猴、鸡、牛、羊等动物"欣赏"音乐，猴子会变得更加聪明伶俐；鸡会比平常长肉快、产蛋多；牛、羊也会膘肥体壮，奶量增加。

生物也喜欢"听"优美的音乐旋律，这是近年法国、英国、苏联和美国等国的科学家研究的新发现，这门科学被称作"声生物学"。获得的成果说明，音乐的优美旋律所产生的"促生声波"，对于植物、动物同样是一种"促生营养能量"。植物、动物细胞在声波的刺激作用下，能够转化为生物的化学能。而且，植物、动物竟然与人类一样，是不喜欢"听"杂乱无章的噪音，因为噪音对它们的生命同样有害无益。这项新兴科学的研究目前仍处在初期阶段，正在深入推进探索。

收到青海日报社寄来的报纸，发现该报在 1981 年 2 月 27 日刊发了这篇短文。

谨防建材混凝土"癌症"

谈癌色变。看过这个题目，兴许使你愕然：癌症是人体的不治之病，建筑材料混凝土也会患这种绝症？

是的。不同的是，建材混凝土"肿瘤"早已被人们所认识而征服了。不过，这方面的科学技术尚未普及到的地方，人们对它仍然是一筹莫展，毫无办法。近些年来，有些农村建筑队，由于不懂得防治建材混凝土"癌症"之法，结果酿成祸端，造成巨大的经济损失。

混凝土为啥会得"癌症"呢？要说清楚这个问题，还须把时光倒退到 1940 年。那时，美国某地建造了一座高达九十二米叫作派克坝的混凝土拱坝，落成后甚为壮观。没料到，两年后坝面鼓起了一个个"包块"，随之出现了纵横交错的裂缝。对此，工程技术人员深惑不解，无能为力，眼睁睁地看着大坝倒塌崩溃了！相继，类似混凝土工程因生"癌"而毁的事件，又相继发生了几起。消息传播开来，搞得建筑界惶惶不安！

于是，科学家们攻关研究混凝土"癌症"防治这个课题。起初，对在混凝土中起"骨料"作用、占 70% 的沙砾石料，是毫不怀疑的，认为这些自然石料不会发生化学变化。经过反复"诊断"，居然发现问题就出在沙砾石料上。原来，沙砾石中混有硅质岩石，它与水泥中的碱"结合"后会产生化学反应，而生成类似水玻璃的硅酸钠（钾）凝胶腐体。这种凝胶腐体很不"安分守己"，它具有吸收大量水分的魔力，能使自己的"身体"膨胀起来，比原来增大 24% 左右。这样，它产生的膨胀力，就会使混凝土滋生"包块"，达到一定的程度就会挤破乃至裂缝，渐而使工程遭到致命破坏。因此，在采用沙砾石料时，一定要严格检验清除工作，防止鱼目混珠，避免硅质岩石混入。容易产生碱活性反应的岩石，除硅质岩石外，还有火山岩、变质岩等。

对任何事物的探索不可能一劳永逸。随着建筑科学研究的深入，人们又发现了混凝土生癌的新因素：沙砾石料中的碳酸盐岩类岩石与水泥中的碱一旦结合，也会产生化学反应而生成叫作滑石的东西，亦能吸水膨胀滋生"包块"，置混凝土工程于死地。从此，科学家把凡是能与水泥中的碱产生化学反应，会吸水膨胀使混凝土起包、裂缝的物质，叫作"活性骨料"；把这种化学反应称为"碱—活性骨料反应"。

混凝土发生"癌变"的规律告诉人们：碱是祸首。因此，搞混凝土建筑，为防止出现"碱—活性骨料反应"，除过严格把关，清除沙砾石料中的硅质岩石、碳酸盐岩类岩石等物质外，还应选用低碱水泥。如办不到时，可在水泥中掺点"治癌药物"——35% 的粉煤灰、烧黏土、矿渣、沸石等混合材料。这些物质可减冲水泥中的碱性，有效制止"碱—活性骨料反应"的发生。

现代建筑越来越发达，我感到这个问题重要。写了这篇短文，很快就被《经济日报》在 1983 年 5 月 16 日采用了。

化害为利的裂纹技术

新华社内参刊发了我采写的《魏庆同首创全新的裂纹技术理论和研发应力断料机》后,《科技日报》约我写作了此文。

20 世纪 80 年代初期,新的事物、新的奇迹在丝绸之路上层出不穷,迸发着四化的魅力。化害为利的裂纹技术,便是一桩轰动国内科技界的成果,它的研发创造者是甘肃工业大学教授、中年科学家魏庆同先生。为此,我通过采访以为,这项新技术大有可为,便给新华社写了内参,被该社仅供高层领导参阅的《动态清样》采用。我国著名空气动力学家、工程控制论创始人之一、中国科学院院士、中国工程院院士,为"两弹一星"创立功勋的科学家(后来的"两弹一星功勋奖章"获得者),时任中国科协主席钱学森先生阅后批示:"多少年来,对断裂力学的研究都是考虑裂纹的破坏作用,没有想到还能利用这种效应来发挥积极的作用。魏庆同同志现在走出了第一步,他的这个思想很重要,就是变害为利。"

说起裂纹,机械界都知道这是一大灾星。飞机高空失事,高压容器爆炸,大型船舶沉没,桥梁涵洞断塌,不少重大事故都是因为裂纹的"超应力"招致。然而,对神秘莫测的"超应力"的客观认识,人类经历了一个漫长的岁月。1919 年,位于美国马萨诸塞州波士顿的一座高十五点二米、直径二十七点四米的巨型钢制贮罐,一声巨响而裂毁,造成重大人身伤亡和经济损失。为此,有人断言是爆炸物所致。六年以后,科学家做出准确判断:"作案者"是裂纹"超应力"。尔后几十年,由于"超应力"这个机械大敌作恶,使世界各地许多浩大而耗费巨资修造的建筑工程、设施毁于一旦。

当一个自然性的灾害出现之后，往往会孕育一门新的学科。这种灾难性的裂纹事故，激起了有志之士的科研精神。1921 年，"断裂力学之父"、英国科学家格里菲斯开创先河，提出断裂力学公式理论推导以后的三十年间，各国科学家竞相探索，逐步形成了一整套包括防止裂纹破坏、控制裂纹失稳扩展、确保构件安全等在内的断裂力学理论，其核心问题是"安全设计"。

原始森林火灾的发生，使我们的祖先从防火学会了用火；人们从被动地治理洪水之害，学会了能动地利用洪水之利，用其发电变成了能源。为什么不能变裂纹之害为利呢？魏庆同应用自然辩证法，以东方科学家独有的敏锐洞察力，对裂纹理论进行反思和研究后指出：被裂纹破坏的物体自然断裂过程，是能够模仿并人为控制全过程的；可以人为地制造裂纹源，主动地引裂、诱裂和促其快速失稳扩展，实现定向断裂。继而，他率领团队经过多年潜心研究，将自己的理论变成了现实，首创出全新的裂纹技术理论——同过去众多科学家主攻的裂纹力学的"安全设计"相反，他们研究的方向是，借助于辩证思维的杠杆，转化到同它本来目的的相反路径：从防止裂纹之害转化为利用裂纹之利；从对断裂的控制，转化为有控制的断裂；从有控制的断裂转化为有意制造裂纹，促其失稳而实现定向断裂，把裂纹的破坏作用转化为有利效能。从而，他们把握了裂纹固有的二重性，合乎逻辑地制造了断裂力学的分化，在与加工技术的结合上开拓出新的技术领域，并开始在机械加工甚至其他加工作业中获得应用。1982 年，魏庆同主持研制的第一台应力断料机诞生了。采用这台机械，可对任意强度、塑性、韧性的金属材料和非金属材料进行人为切口，促其产生"疲劳裂纹"再进行分割，耗能低、效率高，可广泛用于采石、采矿、军工、爆炸等一切需要分离固体连续界面的加工领域。

1983 年，这项重大科研成果，获国家机械部科技一等奖和甘肃省科技进步一等奖。国内科技界认为，魏庆同创新的裂纹技术和应力断料机，在国内外均属首创，是一项了不起的创造发明。如今，裂纹技术已应用于生产，取得显著的经济效益。

1983 年 6 月 8 日

秋夜凉风起，清气荡暄浊

　　"秋夜凉风起，清气荡暄浊"，这是魏晋诗人张协所作《杂诗·秋夜凉风起》中的两句。诗意言简意赅，描绘的是空气的作用。

　　风风火火的空气，袅袅婷婷的空气，影影绰绰的空气，悠悠忽忽的空气，沸沸扬扬的空气，浩浩荡荡的空气……

　　空气，是指地球大气层中的混合气体物。因为地球有强大的吸引力，空气体积的80%，都聚集在地球距离地面十五公里的范围内。

　　看不见、摸不着的空气不可或缺，对人类的生活和生产活动影响极大，是我们取之不尽、用之不竭的能源大宝库。

　　如果把空气比作一个家，这个家有十个"兄弟姐妹"。它们的性格脾气、本事能量都不尽相同。

　　老大叫氮气。它占空气总体积的78%。人们知道，氮气是众多生物合成的主要原料，没有氮气，生物的合成便成了一句空话。蛋白质是生物的主要成分，而氮又是氨基酸的主要成分。化肥是农作物喜食的"粮食"，作为这个"家庭"中的老大——氮气担当重任，总是不遗余力地为人类所有的"化肥厂"，源源不断地提供着原料，就连每一株豆科植物根部的小型"化肥厂"——根瘤菌，氮气也都满足其需要。威力无穷的炸药，为国防建设、矿山开发、劈山造田、修筑道路等立下了汗马功劳。然而，正是氮气默默无闻地为炸药制造贡献着不可或缺的原料。

　　老二名氧气。它占空气总体积的21%。说起老二，人们就更为熟悉，人和整个动物界离开它是不能生存的。呼吸离不开氧，生活、生产也离不开氧。如生活、生产用火，没有氧气就不能点燃；工业生产中搞气割、气焊等，没有氧气就难以进行；航空、潜水、登山等工作者和抢救缺氧的病人，没有氧气则更不行。

老三是二氧化碳。仅占空气总体积的 0.04%。由于它对人体有害，人们对它很反感；但它对于植物，却丝毫不可缺少。植物的光合作用没有二氧化碳做原料，就无法制造养分和碳水化合物，庄稼就不能丰产丰收，树木也难以长大成材或结出果实。工业生产中没有二氧化碳，好多产品也无法制造出来。

老四为氢气。小朋友们对它则并不陌生，都知道那种能升到空中的氢气球里装的就是氢气。它是制造盐酸等重要化工产品的原料，还可用作气焊、气割各种金属材料。

空气之家，还有六个较小的"兄弟姐妹"：氙、氖、氩、氦、氪、氡，是稀有气体。它们所占空气的比重极微，仅占总体积的 0.934%。它们的性格孤僻，比较懒惰，过去很少为人类的生产、生活所利用。近些年来，随着科学技术的不断发展，它们也显露头角，开始为人类做贡献。如宇宙航空事业、激光科学研究和有关电灯器具的制造等，都开始利用和发挥它们的潜在威力。

除十个兄弟姐妹外，空气中还有水蒸气、杂质等物质，体积为 0.002% 左右。

《春城晚报》的编辑致函说，你这个讲空气的题目很雅致，读者反映不错。文发该报 1984 年 3 月 18 日。

在乌鲁木齐感悟气味学

　　游览新疆省会乌鲁木齐，无论繁华街头还是深街背巷，地方小吃应有尽有。最诱人的当数烤羊肉串，遍布各处。卖羊肉串的个体商贩不一定都懂得什么叫气味学，但他们却晓得"货卖一张皮，质量赢顾客"，争相烤烧出优佳各异的羊肉串的色、味、形，吸引招揽顾客，食客们无不喜吃尝遍。

　　气味奇妙大有学问。现今，已成为一门新兴的边缘科学，推而广之，被应用于各个领域。

　　在气味学的"大千世界"里，林木花草的馨香有着奇特效果，是最被重视和利用的气味。在华夏各地，均有远近闻名的花园工厂、学校和单位，在这类良好的生态环境内，树木郁葱、苍翠欲滴，花草竞秀、清香扑溢。人们身处清新宜人的氛围之中，劳动、工作和学习的疲惫一扫而光。科学研究表明，青枝绿叶和彩色花卉分泌出的杀菌素和芳香物，对人体循环系统的疾病有一定的防治作用，还可保护视力。至于绿色植物所具有的吸尘、消声、降温等作用，则是广为人知。

　　在商品生产世界，气味学也可大显身手。国内外的广大食品行业，都很重视气味学的推广应用。在国外，气味学还被广泛运用于轻工业生产，如香味衣服、香味电扇、香味雨伞、香味纸张、香味墨水等，不一而足。据说颇受市场青睐，已压倒无香味的同类产品。

　　气味学还能为医疗服务。将艾叶、白芷、苍术和雄黄等中药制成烟熏剂，利用其药的气味，杀灭结核、伤寒、白喉等病菌，在古医书中就有记载。迄今，中医诊断疾病仍注重气味。如猩红热患者散发有蜂蜜气味，肠道病患者散发有食蒜气味，鼠疫患者散发有面包气味等，都是医生诊病确诊必考的因素。

在现代农业科技中，气味学也一展宏图。不同动物寻食、报警、集结、求偶等等，都有其神秘莫测的化学"信号语言"。如有些昆虫相互求偶，是通过发出"气味语言"，施以性引诱而联络交配的。科学家们破译并掌握了这种"气味语言"，可人工配制和施放类似的气味，招引害虫前来自投罗网，予以歼灭。

现代侦破技术中，还能将罪犯罪证的气味贮藏保存一两年，加以利用。

想到悟到，在旅程中写了这篇东西，寄给了《乌鲁木齐晚报》，该报 1984 年 3 月 28 日采用。

风的颂歌

风啊，你吹吧，

轻轻地撩起我的头发；

风啊，你吹吧，

让我和春天说句话，

吹开了心灵的窗口，

理想在春风中升起……

著名歌唱家关牧村以风抒情、缠绵动听的歌声，把人的情思带进了美好理想的意境之中，使人在陶醉中发奋图强，扬起生活的风帆远航。

和煦染绿的春风，凉爽驱暑的夏风，催熟硕果的秋风，严寒励志的冬风，一年四季"树欲静而风不止"。

高深莫测的风，来无踪，去无影，究竟源于何因呢？

屈原的弟子，战国一代谋臣、著名诗人宋玉，有次随伴楚襄王游览宫院，一阵风起吹凉爽，楚王痛快不禁，脱口而出："快哉此风！"宋玉乘机议论风生，借谀而讽，由谀喻风，口创而成情思委婉的讽谏名作《风赋》。这篇斌体散文并非为描写风而作，而是通过描摹君主享受齐天洪福的"雄风"、平民只能承受侵害腐体的"雌风"，借以对王公贵族的骄奢侈靡与黎民饥寒交迫做强烈对比，揭露君王奢华在天堂、草民煎熬在地狱的两极分化和社会不公。

宋玉在《风赋》中描写，大自然的风是这样形成的：

夫风生于地，起于青蘋之末，侵淫溪谷，盛怒于土囊之口。缘泰山之阿，舞于松柏之下，飘忽滂，激怒。雷声，回穴错迕。蹶石伐木，梢杀林莽……

这段文字的意思为，逆风在大地上生成，从青蘋水草的末梢兴起，渐而卷入山溪峡谷，在大山洞之口怒吼。沿大山弯曲狂啸，在松柏之下疯狂乱舞，怒吼咆哮如雷鸣，疾暴飓烈猖獗。击石折木，劲杀林草，冲掠肆虐，气势昂扬……

古人宋玉驾驭风骚、以诗为载，不愧为一代名流，然而谈论科学，则非内行。风，既不是"生于地"，也非"起于青蘋之末"。简言之，风源在于阳，产生于大气的运动。

我们知道，酷热的阳光是透过地球外裹着的上千公里厚的大气层照射到地球表面来的。这种"热透"造成空气升温膨胀，引起大气层内部气温、气压的变化，从而形成气流，使大气处于永不休止的运动中。这种气流运动便是风。气流运动愈烈，风力则愈大。由此说明，风能是太阳能的一部分。据科学家测算，阳光给地球送来的能量，有 1.5%～2.5% 转化成为风能。

风为能，自古以来就被劳动人民认识和利用。风帆送船，风车提水，风车推磨，风车吹粮，借风打碾，风筝飞天……古人的这些创造，至今沿用于人们的生产和生活中。

然而，对于风的作用，只有现代科学才做出了全面准确的结论：风，是一种取之不尽、用之不竭的再生能源，是自然界仅次于柴薪的主要能源。据科学家估算，地球上每年约可利用的风能达二百亿千瓦，其中我国的风能达一点六亿千瓦。目前，在世界范围内能源紧张短缺和环境污染日趋严重的情况下，风能的研究、开发和利用，愈来愈受到人们的重视。

风，是生命的源泉——水的输送者。它飞驰于陆地和海洋之间，调动着神奇的"天兵天将"——空气分子源源不断地送来水汽，再经气象因素"巧手匠心"地加工，变成雨、雪、雹、霜、露，降落内陆，使荒岭泛青、田园茁壮，使高山披银、冰川冻成，使瀑布欢歌、河流奔腾……

风，是"寰球同此凉热"的调节者。它奔忙于地球各处，把赤道的酷热疏散冲淡，给这里留下凉气爽意；替高纬度地区送去温暖热量，冲缓减轻那里的严寒冻冷。

风，是帮助植物传递"爱情"、促使"联姻"的"月下老"。它流荡于田野、林间、花丛之中，给植物传播花粉，为十万多种植物充当"红娘"，使之传宗接代；它还帮助人们把不易收集的杨柳、红柳、沙打旺、榆树等草木种子，播送到荒野空地，使之萌动，发育生长，繁衍后代。

风，是植物保护环境、净化空气的有力助手。它把植物产生的氧气吹拂到四面八方，让人们享用；把青枝、绿叶、花卉散发的芳香物、杀菌素、萜稀化合物，运送到空气中，"杀伤"病毒和细菌；把人畜呼出的二氧化碳和城市产生的各种废气，回送给植物吸收利用。

风，是用之不尽的自然动力。它吹帆推船，使得万吨巨轮劈水破浪；它吹动风车，提来清流浇灌良田；它吹得风力发电机运转，给千家万户送去光明……

风，是滔滔大海的朋友。它驾驭着海水定向流动，形成了"自东向西、西折返东"的规律性"洋流"，从而调节着海水的盐分和水温，使海中生物得以健康生息。

风，自古至今是军事上借助的有力"武器"。借风袭敌、乘风火攻等取胜的古今战例，比比皆是。聪明智慧过人、通晓天文地理的中国古代军事家诸葛亮，借风火烧赤壁的故事，世代相传，家喻户晓。

我国的风能资源十分丰富。西北、内蒙古、华南沿海、华东等地区的大部分区域，年均风速每秒达三米以上，是自然资源中得天独厚的骄子。新中国成立三十多年来，科技界在风能科学研究和利用方面，取得了可喜成绩。20世纪60年代，改革了传统风车，研制成功并推广了风力提水机；70年代，研制成功并推广了风力发电机；80年代，开展的风能技术研究、重点地区风能资源的勘探和小型家用风力发电机的研制，获得一系列成果，使风能惠及华夏各地的广大农区、牧区和山乡偏僻村落，以及边防哨卡等处。

然而，风能科技的推广还远远不够。科学研究表明，倘若在地处西北的河西走廊地区，普遍安装使用已研制成功的"TD-10型风力发电机"，每台机组年发电量可达两万度，用于提取地下水，常年能灌溉四百亩左右土地或草场。如果在每平方公里安装五六台风力发电机，将使戈壁荒漠披上绿装，千里河西无疑会变得更加美丽富饶。

风，为人类创造财富，也会带来灾难。台风引海浪，会把巨轮葬入海底；黑风引尘暴，会把村庄、城镇吞没；恶风引暴雨，会使江河决堤，洪水泛滥……然而，只要有科学的态度，人们是完全能够驾驭和约束风、防治风害的。改造自然、治理风害的实践证明，有两条办法永远行之有效：一是运用现代化气象观测手段，掌握风的活动规律，扬其长避其短，防患于未然；二是植树造林，营造绿色生态屏障，阻碍减弱风害。

　　著名科学家钱学森曾语重心长地指出："我总觉得我国对风能不敏感！"写本文的心愿在于，盼望人们"敏感"地认识和利用风能，重视和治理风害，让风能为现代化建设大显身手！

　　应《科普文艺报》之约而作。

1984 年 12 月 10 日

动物的睿智防卫手段

当人身安全受到威胁和侵犯，迫不得已时，总是要奋起防卫的。动物也是如此，它们的防卫手段可谓既勇敢又巧妙，更使人类所敬畏。

蜥蜴的防卫手段是舍尾保命。追忆曾到地处河西走廊北部巴丹吉林沙漠里的我国第一座沙生植物园采访时，仔细观察过在园区生息的野生动物。依稀记得，在一个沙丘上发现有几只蜥蜴，不禁想验证一下它的防卫手段。当它们受惊四散仓皇奔逃之时，我紧盯住一只追了过去，眼看就要追上，想不到它的尾巴突然断了下来。瞬间，我本能地停步观看，只见断下的尾巴伤处流有血迹，断尾竟还活蹦乱跳。等我的思绪明白过来时，无尾的蜥蜴早已跑得无影无踪了。由此可见，蜥蜴在危机之时，为了活命确实会采用断尾防卫的"绝技"。

癞蛤蟆，人们总觉得它笨拙迟钝，呆头呆脑，一定软弱可欺吧？其实不然。它确有了不起的防卫"绝招"。如有"敌人"向它侵犯，它那布满全身的疙瘩会分泌喷射出一种毒液，轻者使敌麻醉，重者致敌毙命。这就是动物的排毒防卫手段。

身体像个大橡皮袋子的墨鱼，大家在海洋动物园才能看到这种软体动物。当它被"敌人"追捕的时候，不慌不忙，一边沉着应战，一边拼命逃跑，在敌人紧逼面临被危害的紧急关头，墨鱼有跃出水面、腾空而起，能飞翔一阵子的本领；或者在宽阔合适的水面，疾速打开身上的"弹药库"——墨囊，喷射出墨汁般的液汁，把周围的海水染成黑色，致使追敌看不清而丢失目标，当敌人再度四处寻觅它的时候，墨鱼早已在黑色海水的掩护下，逃遁得毫无踪影。所以，它还有个"乌贼"之名。这便是动物的染色防卫手段。

在危急关头，牺牲自己，保全集体，这是人类的美德，而动物也有这种自我牺牲的精神。稀有动物斑马，就是杰出的代表。如果一群斑马受到凶敌追逐不能摆脱时，总有一匹毅然回首迎战，或拼死格斗一场直至丧生，或凄叫一声愤然猛撞硬物而亡，以牺牲自己、延缓时光的英勇无畏行为，掩护群体安全脱险，真是让人类无比敬畏。这是群聚动物的牺牲防卫手段。

1985 年 6 月 27 日

拯救人类生命的新曙光

这是《科技日报》副刊编辑与我电话互动交流的一个问题。就我了解掌握的典型案例，写作此文，以飨读者。

访谈多个科学家和在有关科研单位查阅资料，获得不少信息。其中，具有科技、新闻双重价值的一个信息是：在美国加利福尼亚州，有一具被冷冻起来的人体，在 –196℃的低温中已保存了二十个年头。这是世界上的第一个冷冻人，他是一位科学家。当初，他发现身患癌症后，便毅然决然将自己冷冻起来。冷冻前，他嘱托同事，待医学攻克癌症时再解冻救治他。这位外国人不甘心死亡、拯救自己生命的愿望，为探索医学奥秘而甘于牺牲的精神，真是坚定而又可贵。

其实，追求健康长寿，是人类的共同愿望，因此也是现代医学科学执着进取的首要课题。利用冷冻技术来延续生命、拯救生命，是科学家最感兴趣的研究项目。于是，一门叫作"低温生物医学"的科学便水到渠成，应时而生。

将人体冷冻若干年后将其解冻，生命能否复苏？除上面说及的这具冷冻人体外，医学科技界迄今还尚未有过整个人体冷冻和复活的实验。当前，科学家开展的仅是动物活体冷冻复活和人体某个器官冷冻保存的探索。据报道，金鱼、猴子等动物的活体冷冻复活研究已有成功事例。人的活体冷冻复活的课题，科学家首先在基础理论研究方面取得了答案。我们知道，人体生死的临界温度是27℃，这是因为低温会导致细胞质中残留水或细胞外面的水冻结，体积膨胀，造成细胞膜破裂，致使细胞死亡。这就说明，人体活体冷冻后能否复苏的关键，在于让活体细胞不受损害，而避免损害的途径便是在极低温度中速冻，并在细胞中加入甘油或葡萄糖等保护物质。这样，细胞内外的水分就不会冻结，而成为保护细胞长眠的"玻璃态"。在这种科学理论的指导下，活细胞的冷冻保存技术实验取得了突破性进展。自三十二年前冷冻精子的成功应用以后，冷冻受精卵发育而成的婴儿，已于 1984 年 4 月在澳大利亚问世。现时，活细胞冷冻技术已涉猎血液、肿瘤、骨髓等细胞方面。

"科学有险阻，苦战能过关。"科学家们坚持不懈，巧手匠心、执着探索，将冷冻技术推进到了活器官方面。人体的血管、皮肤可冷冻保存，骨头、骨骼也能冷冻保存，供人体移植使用。心脏、肝脏、大脑这些高级器官，能否冷冻保存呢？科学家们用老鼠、兔子、狗等动物进行的实验，已取得可喜的效果。

讳莫如深的低温生物医学，已显露出拯救人类生命的新曙光，这就是利用冷冻技术这个"新式武器"，同死亡作斗争。

1985 年 8 月 20 日

并非模糊的模糊数学

《中国教育报》近日转给我一封读者来信，写信者的核心意思就一句话：什么叫模糊数学？

没有确切外延标准的概念，是司空见惯的。诸如"某影片好看极啦""某家真阔气""那个人真胖""那座山真高"等。这里所说的好、阔、胖、高，都是人的大脑对于客观复杂的现象所做的推理判断，也就是没有确切外延标准的概念。

这种没有确切外延的概念，就叫作模糊概念。这种很难被传统数学和计算机所模拟，无法用普通集合论来表达的模糊概念，1965 年被美国著名控制论专家扎德教授奠基为"模糊集合"。简单地表述，一组精确的数字，如果能满足构成一定的集合论，则就可表达一个模糊集合论，这就沟通了模糊集合与精确集合之间的关系。这就是扎德构造的模糊集合论的思想方法的具体化，也就导致这种模糊集合论成为精确经典数学的一个分支学科。这种新型的边缘学科"模糊数学"应运而生后，近些年来，模糊数学的研究风起云涌而盛极一时，颇使学术界所瞩目。

我们进行模糊数学研究，绝非不要精确的具体数据。而是要通过研究人脑思维对形形色色的复杂事物进行模糊鉴别、判断、决策的特点，找出可用数学描述的自然语言，移植于计算机，从而提高自动化水平。当今，模糊数学研究已创立了模糊识别、模糊聚类、模糊程序、模糊决策等一系列具有特色的方法，并已进入到模糊现象的禁区中，取得喜人成果。模糊数学能够处理解决"亦此亦彼"的事物现象，比经典数学只能处理"非此即彼"的事物现象自然要高出一筹。这就打破了数学禁地，为生物学、气象学、地质学、医学、社会学、管理学、心理学等昔日难于数学化定量化的学科，提供了数学描述工具及自然语言，并且可以变成机器所能接受的计算方法语言。

我国科技界在模糊数学的研究方面捷足先登，取得的成果已应用于农业、林业、遥感、气象、地质、公安、心理等方面，处于几个领先国家行列之内。

我写作了如题短文，1986 年 5 月 23 日刊发于《中国教育报》。

大自然神奇的彩虹及其它

在兰州少年宫当老师的朋友，由衷地邀请我去给小朋友们讲讲自然科学知识，说"一个下午，两个半小时左右吧"。我感到不能拒绝便答应了。然自然科学知识浩若烟海，不知道讲什么，该怎样讲，才能让小朋友们感兴趣有收获，心里无底。我想，"车到山前必有路"。

这天下午，雨后天晴，彩虹临空。我的心情格外美好，也格外淡定。

这是个较大的房屋像是教室，坐着约有百余位小朋友。我微笑着放目一扫，问小朋友们："愿意听自然科学方面的哪些知识？"并且征求孩子们的意见："请大家思考好问题，举手提问，我来回答，怎么样？"他们齐声回答："好！"一个"好"字让我吃了定心丸。于是，当我说了一句请大家提问后，约有二三十个孩子举起了可爱的小手。我瞅准一个坐在中间举手的女孩子，望着她点点头说："小朋友，你来提问。"

她站起来，发出嫩嫩的声音："叔叔，天空的彩虹是怎样产生的？"显然是彩虹出现在今天午后的天空，她看见留下了印象，就提出了这个问题。

我打手势，让孩子坐下。便讲了起来。

虹

今天午后，雨过天晴，高空碧蓝，大地青翠，彩虹映日，格外妖娆。小朋友们都看到了吧？

"看到了！"孩子们整齐响亮地回答。

"赤橙黄绿青蓝紫，谁持彩练当空舞？"孩子们，这是已作古的领袖毛泽东爷爷创作的词《菩萨蛮·大柏地》中的两句词，非常生动形象地描绘了大自然的神奇现象——彩虹的绚丽壮观景色。

那么，彩虹是怎样形成的呢？简单地说，这是气象中的一种光学现象。在晴天红日之时，大家做个小小的实验就明白清楚了。含一口水，迎着太阳喷出去，水在空中形成浓密的小水滴，当光线被水滴折射和反射，空中就会显现圆形的七色人造小彩虹。

小朋友们，彩虹出现在有阳光下雨之时或雨过天晴之后。这个时候空气中充满着大大小小的水滴，喷射的阳光触及水滴而会折射和反射，当角度合适，空中则会呈现出绚丽多彩的赤、橙、黄、绿、青、蓝、紫七色光谱，形成今天我们见到的临空圆形彩虹。有的时候，在特殊的条件作用下，天空还会显现两道彩虹，甚至三道、四道彩虹，那更是美妙绝伦的自然景色，在气象学中被称之为霓。

彩虹，有早虹、晚虹之分。由于彩虹是"日照雨"所致，所以虹的位置，总是出现在与太阳相反的方向。因而，早虹在西面，也称西虹；晚虹在东面，也称东虹。中午时辰，因太阳高、角度大，则是不会出现虹的。

彩虹，自古以来就是预报气象的"晴雨表"。小朋友们，气候的变化，总是从西向东发展的，西边有虹，证明西边正落雨，雨水极会向东边推进过来；东边有虹，说明东边下雨或雨后空中有水滴。按照气候向东发展变化的规律，西边的天气一般是不会再变的。因而，气象谚语有"西虹雨来临，东虹天气晴"之说。

小朋友们，关于"天空的彩虹是怎样产生的"这个问题，我就回答到这里。大家听懂了吗？

顿时，一片"听懂了"的回答声之后，又响起了一片掌声。

我赶紧打手势说："今天我来是同小朋友们一起学习的，从现在开始不要再鼓掌啦。"

现在，大家举手提问……

没有想到，两个半小时多一点时间，孩子们提出的问题，除月球是天文学知识问题外，其它的都是气象学知识问题。可能这也是一种"羊群效应"吧。我把小朋友们提问和我的回答依序记录如下。

月

小朋友们，我们每每在中秋佳节之夜，高挂在天空的月亮圆圆，皎洁，清晰，明亮，向大地洒射着银白色的光芒。在这个万家团圆、亲情相融，欣赏婵娟、谈笑风生的美好日子，想想你与爸爸妈妈相聚相偎在一起，"举头望明月，低头思故乡"，品尝月饼，嬉闹欢笑，赏心悦目，怡然自得，真是惬意悠然哦！

"叔叔，婵娟是月亮里面的漂亮姐姐吗？"一个小朋友问道。

我回答，婵娟，在古时候多用来形容女子的姿态美好。婵娟也是月亮的一个别称，在这里是指月亮。

我接着讲道，孩子们，我们的肉眼所看到的明月，实际上是一个万籁俱静，没有水源和绿色生命，酷暑严寒、千疮百孔的荒芜不毛之地。

月亮的大名，叫月球，它是围绕地球旋转的一个球形天体，是在太阳系中体积位列第五的卫星。月球与地球，是相距最近的天体。它们的形状相似，"年龄"相仿，约为四十六亿多年；平均距离为三十八万四千四百零一点三七七公里，最近距离为三十五万六千四百公里。月球自转的周期与围绕地球旋转的周期相等，都为二十七点三日。

月球"明亮"的缘故，是它反射了太阳光的现象，月亮本身不会发光。明月当空之时，我们隐隐约约看到的所谓"吴刚伐桂""玉兔捣药""嫦娥梳发读书"，都是幻影，是月球表面的山脉和洼地构成的远视阴影。

月球的吸引力极其微薄，因而吸留不住浮动的大气。没有大气，就没有水源，也就没有任何生命的存在；没有大气，就不能保温调温，也就不能抗御宇宙陨石袭击的横祸，加之月球震动、火山活动等种种灾难，以及太阳强烈的紫外线照射等，月球便成为荒凉萧瑟之地。不过，登上月球的科学家，已经找到了多种氨基酸。

在秋季，由于我国大部分地区的气候冷热适中，地面温度的水平和空气都比较稳定，且空气中的水汽含量极少等因素，这样就形成了万里无云天晴朗、秋高气爽看得远的好天气。每当八月十五中秋时，往往是圆月皎洁格外明亮。

雹

小朋友们，冰雹，也是大自然的一种气象现象。因为冰雹是一种自然灾害，人们又称它为"气象杀手"。我们知道，自然界有江河、湖泊、湿地和海洋。经过太阳光长时间的照射和热晒，海洋和陆地上的水就会蒸发，水分子就会源源不断地飘荡到空中，许许多多的水分子相聚凝结到一起，就会形成湿度非常高的云朵和云层。在夏季的天空生成了一种积雨云时，则会产生冰雹；然而，空中有积雨云并非都会降雹，只有形成"冰雹云"的积雨云，才会落雹。用科学语言来表达，当空中的"冰雹云"厚度达一万米，云体底部温度在20℃以上，上部温度在0℃以下时，就会形成下为水滴、上为冰粒、中间为冰水混合的"鬃积雨云"；随着云体内气流的翻滚，冰晶和水滴不断地"拥抱"结合，使冰晶增大增重，当其体积重量达到气流托不住它的时候，便成为冰雹从空中降落下来。

冰雹的直径，一般在五至五十毫米之间，大的直径可达十多厘米至几十厘米。在一些重雹灾区，会有核桃、鸡蛋般大的冰雹降落。总之，夏季天降冰雹，会对农业生产和人民的生命财产安全，造成极大的危害。

小朋友们，随着气象科学研究的不断发展，冰雹是可以预测预报的。"早凉午热湿气大，乌云打架冰雹下""天有骆驼云，必然降冰雹"，这些农谚比较准确地概括了降雹前的天气现象。落雹前的天气，往往晴朗无云，突然变化，霎时乌云罩天，寒气滚滚袭来；云层较厚，云底较低，翻卷跌宕的乌云中，常夹杂有金黄和红色的云丝，多伴有闪电和沉闷的雷声。

"炮箭打云头，冰雹可回头。"防治冰雹，可用土火箭、土炮和气象火箭、高炮等。当"冰雹云"出现时，可对准云头发射炮、箭轰打，高空爆炸造成的剧烈振动，会扰乱、抑制冰雹的形成。造炮箭的炸药中加入有关催化剂，能促使冰雹核溶解，变雹为雨，化害为利。防治冰雹的长远大计，在于种草种树，增加植被。"草木郁蔽，雨多雹少"，就是这个道理。

孩子们，清楚地明白冰雹的形成、降落和对人类的危害，以及怎样预防和减少冰雹的危害，是一门学问。要多看看通俗易懂的科普知识。

雾与雾霾

"寒轻市上山烟碧，日满楼前江雾黄。"小朋友们，这是唐代诗人杜甫的组诗《十二月一日三首》中描绘冬天景色的两句诗。诗歌表达的意思是，山村飘散着袅袅青烟，与橘黄的山色和天空的蓝色交织在一起，给人以一种苍碧的感觉；在阳光照射下，楼前的江面飘逸着乳白的雾气，呈现出一种黄色。诗句将山村炊烟徐徐与江上雾霭茫茫的景色，勾勒得浑然一体、栩栩如生。

冬日的清晨，弥漫萦绕的雾，宛若银绸轻舞、白烟飘荡，给大自然披上了一层神秘的色彩。

雾从何而来？在大气层稳定且水分充足的情况下，当接近地面的空气冷却至一定的程度，空气中的水汽便会凝结成很细微的水滴悬浮于空间，"联手"成"障"为雾气，造成地面水平的能见度下降，这种天气现象便是雾。而雾，大多出现于春冬时节。这是因为，在昼夜温差大的春冬，白昼空气中容纳的大量水汽，一到夜晚便随着气温骤降而凝结成直径约千分之一厘米的小水滴，密集于低空，此时便雾气沉沉，让人看不清楚远方和物体。

小朋友们，你们在阅读有些读物和观赏有的戏剧表演时，会有"拨开迷雾见太阳"这样的话句，将雾比作邪恶和障碍的化身。其实，这种说法和比喻，既不够科学也欠公平。

在生态环境优佳的情况下，雾，是预报气象的"使者"。农谚说："薄雾飘散是晴天，浓雾不收雨来临。"雾，常常出现在冷高压中心附近，而高压中心是下沉的气流。晨雾，如随着阳光的升起而散去，当日将是朗朗艳阳天；反之，若雾气愈结愈重而不散，阳光照射而不透，说明这是下雨的先兆。

你们知道吗？

雾，是阻碍低温冻害，保护农作物的"益友"。当寒夜凌晨气温降到冰点以下，冷冻会严重危害农作物，如果碰到浓聚的雾气，必然受到抵御，冻害则会大为减弱。所以，科学家受此启发，研究出施放人工雾来防治低温冷冻危害农作物的方法，已在许多国家推广。

雾，是军事上借助的屏障和"武器"。诸葛亮利用雾天，搞"草船借箭"的故事，国人皆悉；第一次世界大战期间，德军利用人工雾招致英国大批坦克误入布雷区，惨遭失败的战例，广为人知。

雾，还为科学家攻破重大难关，作出过贡献。19世纪末叶，带电粒子的发现比道尔顿的原子论学说高出一等。然而，带电粒子的运动轨迹，当时还是一个难以揭破的奥秘。1894年冬，苏格兰的每天清晨总是浓雾弥漫，正在这里休假的英国科学家威尔逊，受到雾的启发，发明了"云雾室"。他在其间装置了饱和空气进行科学实验，意想不到，奇迹般弄清了带电粒子的运动轨迹。这一重大成果的取得，使他成为1927年诺贝尔物理学奖的得主。

孩子们，既有功，也有过，这是任何天气现象都有的特点。雾，也会给人类带来灾难。大雾天气，给车辆运行、飞机飞行、轮船航行，带来巨大的困难；浓雾笼罩，常常使工业密集区的有害气体难以消散，造成空气污染，给人们的健康造成威胁或危害。1962年伦敦发生的浓雾事件，招致数万人患病，七百五十人死亡。然而，只要加强预报，并进行科学防范，雾害是可以避免或减轻的。

那么，何为雾霾？科学研究表明，雾霾的产生，主要是由于人为因素造成的生态环境污染，加之多雾天气所致。人为造成雾霾有多个主要来源：土壤尘埃、煤炭、生物质燃烧、垃圾焚烧，还有汽车尾气、工业污染和二次无机气溶胶等。来自地面的这几种有害气体，骤集飘荡于空中，如遇雾天必然与雾"拥抱结合"，当天长日久达到严重程度时，便形成极大地危害人体健康的雾霾。

目前，雾霾天气仅在极少数地方发生过。随着经济迅速发展和人民生活水平的不断提高，必须加强宣传教育，不断增强人们的忧患意识和环保意识。要使民众认识到，每个人都是环境污染的受害者，往往也是环境污染的无知或有知的制造者。保护环境，要从我做起，从娃娃抓起。高度重视治理环境污染，如改变产业结构和能源结构，努力转变高排放、高污染、高能耗的生产方式；提高传统能源的使用效率，引导千家万户降低家庭有害气体的排放，注重科学消费、科学生活；大力发展可再生能源产业等。各行各业、广大民众都要高度自觉，齐心协力，杜绝雾霾天气的发生或最大限度地减少发生。

孩子们听我回答雾与雾霾的问题，纷纷提出，雾霾的知识比较深，好些名词听不懂，如：什么叫"二次无机气溶胶"？

我回答说，这就说明学习科学的重要性和持久性。不过你们还小，随着年龄的增长和文化水平的提高，应不断地学习增加各种科学知识。还要根据自己的实际情况，缺乏什么、喜欢什么、需要什么知识，就学习和补充什么知识。

"二次无机气溶胶"，简单地说，指人们不讲科学或愚昧无知，排放到大气中的所有气态或颗粒态的污染物质。

1986 年 5 月 28 日

沙尘暴的真相

　　近些年，沙尘暴冷不丁就逆袭而来。狂起罗布泊，横扫大面北，肆虐腾格里，沙尘罩千里。黑风呼啸，卷沙掀浪。飓风疾旋，飙沙劈面。厉风如刀，飞沙若弹。苍穹昏暗，遮天蔽地。沙尘滚滚，暴戾恣睢。半个中国都遭殃，城乡人民吃苦头。

　　追古溯今，惊心动魄。沙尘暴是一种危害极大的自然灾害。

　　唐代时的西域，曾发生过罕见的沙尘暴。唐代边塞诗人岑参的诗篇《走马川行奉送封大夫出师西征》便是明证："君不见走马川行雪海边，平沙莽莽黄入天。轮台九月风夜吼，一川碎石大如斗，随风满地石乱走。""将军金甲夜不脱，半夜军行戈相拨，风头如刀面如割。"诗情告诉人们，当年在新疆的走马川一带，在战事险象环生、艰苦卓绝，天气狂风怒吼、飞沙走石的情势下，将军受命出师，骑战马率大军，行程于天山主峰与伊塞克湖之间雪海边的大沙漠里，九月的黑夜暴风咆哮，卷起的黄沙直飞云霄，其大如斗的石头被猖獗的飓风吹得满地乱滚，其险恶气势与"君不见黄河之水天上来"难分伯仲；而唐军将士却无所畏惧，以扭转乾坤的浩然气势，迎着如刀割面一样的冽风，顶着飞沙滚石的袭击英勇前行。正可谓"沧海横流，方显英雄本色"。作为边塞诗人的岑参，不禁激情飞扬，纵笔渲染，挥毫写下如此奇丽壮美、音律神妙的诗篇，赞赏唐军将士大无畏的英雄气概。20 世纪 70 年代，甘肃河西走廊中西部沙荒区也曾爆发过一次蔽天罩地的沙尘暴，祸及绿洲城镇和人民，损失极为惨重。

　　在西方国家，也曾爆发过骇人听闻的沙尘暴。历史上，由于美国过度开发西部，大肆焚烧草原，盲目开荒垦地，导致 1934 年 5 月爆发了震惊世界的沙尘暴。这场强悍沙暴，从土地被破坏严重的西部凶猛刮起，迅速蔓延开来，形成一条东西长二千四百公里、南北宽一千五百公里、高三公里的极强风沙暴浪，连续多天猛烈横扫美国三分之二的国土，强悍的沙尘风暴把三亿多吨土壤卷进大西洋，毁掉了美国四千五百万亩耕地。1980 年 4 月 24 日晚，发生于亚洲西南部伊朗沙漠地带的沙尘暴灾害，让世人所注目和惊骇。当时美国为营救被伊朗扣留的"人质"，派出八架"海马"直升机去伊朗执行"秘密行动"，孰料天公不作美，飞行途中的沙漠地区掀起了沙尘暴，铺天盖地的黑风沙石，把空中王牌"海马"刮得晕头转向。结果，"秘密行动"彻底告吹不说，还坠毁两架"海马"。

昔日，当人们还弄不清沙尘暴产生的原因时，这种自然灾害蒙着一层神秘的色彩。神鬼论者说，"黑风是苍天显灵""沙尘暴是妖怪作怪""不可抗御"。而今，科学家已揭破沙尘暴的起因。

原来，极其干旱高温的沙漠地带，年降雨量极少，一般至多十几到几十毫米。有些特别干旱的沙漠区，年降雨量仅几毫米。盛夏时，沙面高温达 50℃～80℃，而冬季的沙区又严寒异常。每逢春夏季节，暖流来临，使得大气低层的"冷气垫"悄然消失。如此会造成冷热气流剧烈"拥抱"交换，对流极盛；达到一定程度，这种冷热对流形成的风力超过沙粒重量，直至几十倍、上百至数百倍时，沉睡地面的沙粒就会腾空而起，在空中肆无忌惮地狂舞旋转起来。这种旋转速度十分惊人，每秒可达二三万转速。强劲的气流升力，使大量的尘、沙、干土粒飞旋天空，愈飞愈高，愈转愈急，愈刮愈黑，形成了昏暗的黑色世界和沉厚浮尘。沙暴几个小时，或是一天几天，或是十多天不等。这就是沙尘暴形成的过程。

沙尘暴所袭之处，其强劲的万钧冲力势不可当，摧毁破坏力可想而知。另外，沙尘暴会严重干扰现代通信业。由于沙粒在空中飞旋急转的运动，相互剧烈摩擦生电，形成一种巨大的不规则电荷运动。电荷愈多，流速愈快，"电流"愈强，会产生变化异常的磁场，致使架空线路两端产生感应电压，从而严重干扰有线和无线电通信。同时，对中波、短波和超短波电台、电视转播、卫星通信、雷达等亦有干扰影响。科学家研究认为，如果新疆的塔克拉玛干大沙漠发生强烈沙尘暴，就会影响整个西北地区的通信，其后果不堪设想！

溯源寻根，现今沙尘暴之殇，主要是在相当长的历史时期内，人类违背人与自然和谐共生的规律，过度生产性活动，过度开垦土地，过度砍树伐森，过度放牧草原，污染空气水源，严重破坏植被，灭绝诸多物种，糟蹋生态资源，导致气候异常，危害生态环境，造成自然生态系统失衡，沙漠、沙地、沙漠化加剧。这是不可否认的事实。

沙尘暴之谜的揭破，为人们积极防御提供了科学依据。从长远来讲，要汲取历史的沉痛教训，弘扬科学求实、苦干进取的精神，在沙区大力植树种草，努力改善生态环境。如果绿色覆盖了沙漠，沙尘暴则难以轻易发生。事实上，我国不少沙区绿洲，由于植被覆盖率高，风沙危害已被控制或显著减轻。就是在浩瀚无垠的大西北沙漠，也涌现出了进行沙生植物基础理论研究、培养农民治沙技术人员、为治沙造林提供优良品种、开展群众性的科学实验和科普活动的几座沙生植物园，让人们刮目相看的生态典范标杆。在那些仍旧荒芜的沙区，对沙尘暴应加强预测预报，特别要注意春夏多发季节，尽可能及早采取防治措施，努力减轻危害程度。同时，加强科研和防范，消除沙尘暴天气对通信的干扰，也是至关重要的。

1986 年 6 月 26 日

人"死"而复生的奥秘

大千世界，常常发生一些神乎其神、扑朔迷离的事儿。

1986年3月16日，《贵州日报》刊发的一则新闻称：该省惠水县委办公室干部龙文泽死了十三年的儿子，突然回家来了。这消息很快轰动遐迩，传播四方。人们惊诧不已，这究竟是怎么回事呢？

细阅新闻报道明白：1973年4月6日，龙文泽三岁的男孩"死亡"后，埋葬在城东南山坡上。数小时后，墓穴被揭开，孩子"尸体"不翼而飞，留下了一个难解之谜。原来，孩子被埋葬后不久，复生活了过来，放声啼哭，恰好被路过的一个农人发现，他扒开墓穴，救出了孩子。这位风格高尚的农民把孩子带回家养了十三年，后几经周折，终于找到了孩子的生身父母，使他们亲骨肉得以团圆。

其实，此事并非绝无仅有。人"死"后几小时、几天苏醒复活的事，总有所闻，并非新鲜事。

人总是要死的，这是人类新陈代谢不可抗拒的规律。现代医学告诉我们，人的死亡，有一个缓慢而较复杂的过程。经过濒死期（死亡开始）、临床死亡（心跳停止、呼吸终止），至最后人体"司令部"的最高级部位中枢神经系统尤其是大脑皮层完全缺氧，整个肌体进入无法恢复的状态，即进入生物学死亡，也就是人的真正死亡。即使进入生物学死亡后，尸体的有关器官和组织，如内脏器官和上皮、结缔、肌肉组织等，仍有存活能力，还能持续一段时间。

"死"人还阳，并非真死，而是假死。即人的生命机能——心跳、呼吸、脉搏只是极其微弱，不易被觉察的一种假死现象。从表面现象看，活人的那种反射和知觉功能没有了，脉搏摸不着了，心音也听不见了。据医疗记载，这种假死现象多见于人中毒、水淹、寒袭、触电及刚刚降世的婴儿等。同时，假死现象可以延续几十分钟、几小时甚至几十小时不等。如果对假死者做 X 光透视、心电图等医疗手段的检查，就会发现其生命仍然存在。一些假死者，往往被认为是"命归西天入黄泉"，亲属痛哭流涕办后事。想不到过了若干时间，"死"者又活了过来，便被看作是"'死'人还阳"。殊不知，这是假死者自然复苏而已。如果懂得这些道理，对那些假死者采取及时得力的抢救措施，是可以促其活过来的。当然也有一些假死者，自身没有自然复生的能力，又得不到及时救治，是会转化为真死的。

1986 年 7 月 24 日

无知酿成的婚姻悲剧

真是无独有偶。正当电影《野山》上映之际，我去市计生委采访，无意中获得一件某区街道发生的一桩类似影片中主人公灰灰与桂兰的离婚案。所不同的是，离婚的原因并非如灰灰、桂兰那样，对生活的追求不同而导致的感情破裂，而是不懂科学所铸成的爱情悲剧。

悲剧发生的起源是，这个街道办事处的工作人员中有一对年轻的夫妻。其中，性格脾气相似于桂兰的女子，热情帮助同街道一个勤奋学习烹饪技术开小吃店，自主就业的男青年，个别爱嚼舌头的人便编织流言蜚语。但女子的丈夫是相信妻子的。这对恩爱的夫妻在有了一个孩子一年后，商量决定绝育。当丈夫做了结扎绝育手术后，没料到，在三个月头上，妻子却又怀孕了。消息传开，非议甚至诽谤四起，丈夫相信了不愿相信的"事实"，以妻子"乱搞"为由提出离婚。女子受到冤屈，但又蒙冤说不清楚，只好忍痛立马跟丈夫去民政局办了离婚手续，且去医院做了人工流产。

了解这个女子品行作风的街道办事处主任也是位女性，心里替她鸣不平。但她在丈夫做结扎手术两个月后而怀孕，却又是难以辩驳的事实。这位有头脑的主任思忖，还是找专家请教请教。她来到医学院找到一位认识的专讲妇科课程的教授，把这件离婚案的前前后后向她谈了。专家听后笑了笑说："这是普通的常识，男子做结扎手术后四个月内仍需采取避孕措施，否则妻子是很容易怀孕的。"接着，教授给她讲了一些生理方面的医学知识。

原来，男性做结扎绝育术，是将输送精子的管道切断扎死，阻断其通路，使性生活时射出的精液中没有精子，达到不致女方怀孕的目的。但是，男子做了结扎手术后，输精管道里往往残存有精子。科学研究表明，残存的精子能继续存活三十至一百二十天。所以，在结扎后四个月内仍需要采取避孕措施，才能将藏匿下来的精子完全排除干净。另外，如果手术医生粗心误扎，或输精管切除过短，或结扎过紧造成输精管破损，或输精管畸形等原因，都会造成绝育无效，仍能使妻子怀孕。最后，教授挺认真地说："这也难怪，不懂得这些医学科学常识的男人，往往会产生误会，使自己的妻子蒙受冤屈，甚至导致家庭破裂。这几年来，在计划生育工作中，由于忽视普及这个问题的医学知识，造成的沉痛教训是很深刻的。"

好心的主任立即回单位，给那个男性工作人员谈了，并让他赶紧去医院做检查。检查结果说明，他的结扎手术是成功的，而他的输精管里至今仍残存有少量精子。一切真相大白，他欲想"破镜重圆"。主任说，那就要看人家愿意不愿意。信息传播开来，舆论反转。大家说，无知的科盲害死了自己哦！

这的确是一个需要普及的医学常识。我记录了这个真实的故事，文章很快被北京出版的杂志《大众健康》1986年第7期刊出。

霜叶红·落叶情·叶归根

秋风丝丝凉，秋叶纷纷落。在秋叶飘零之时来到昆明出差，我在该市五华区的一个偌大院落约等个友人，看到许多可爱的小朋友在大自然的秋景中玩耍，捡着各种美丽的落叶。看到近处有个小女孩，好奇地问她身边的一位年轻女士："妈妈，枫叶为什么这样红？"她妈妈若有所思，回答："一叶知秋，肯定是有科学道理的。"

那孩子好像有点失望。

我看在眼里，顿时有悟，科普要从娃娃抓起，从秋天树木落叶这类自然小事开始。于是，我在昆明抽空给《春城晚报》写了这篇揭秘秋叶的知识散文，该报采用连载了几次。

霜叶为何红

金风萧瑟的深秋，含苞欲放的菊花令人着迷，艳丽欲滴的红叶更使人陶醉。满树的丹丹霜叶，层层叠叠，妩媚多姿，为秋色平添了一道美妙绝伦的景观。

自古以来，晚秋绚丽的红叶，为诗人高怀逸兴地摄取，豪荡思致地称颂赞叹，留下了诸多脍炙人口的佳作。晚唐诗人杜牧的《山行》，把赏心悦目的悠悠远山、飘逸白云、深处人家、枫林红叶，相糅融合在一起，构思精巧别致，诗意酣畅淋漓，真是动人心魄：

> 远上寒山石径斜，白云生处有人家。
> 停车坐爱枫林晚，霜叶红于二月花。

然而，只有满怀豪情的无产阶级革命家的犀利笔锋，才能慷慨激昂地寄寓于红叶崇高而深刻的思想情感：

> 西山红叶好，霜重色愈浓。
> 革命亦如此，斗争见英雄。

喜吟陈毅元帅的这首诗情澎湃万千的《题西山红叶》，令人深感大自然的秋色分外壮美，更觉革命者的生活无比充实。

到了深秋时节，有些树木的叶片鲜红如血，有些树种的叶子却灿灿靓黄。这是为什么呢？科学为此揭秘：这是因为，树叶的细胞中含有叶绿素、花青素、叶黄素和胡萝卜素等多种色素。正是这些像奇妙的魔术师一样的不同色素，使树叶在不同的季节变换着不同的颜色。在春、夏，树叶中的叶绿素含量多，更新速度快，叶片便千篇一律地保持着青翠碧绿之色。到了深秋，随着气温的下降尤其是落霜以后，叶绿素衰竭很少产生，以至形成停滞，而气候条件却非常利于其他色素的生长，树叶则随之变幻无常。枫、柿、乌桕等树的叶片，由于花青素的大量形成，变成了艳丽的红色；而梧桐、杏、白蜡等树种，因其树叶里所含的胡萝卜素、叶黄素等成分增多，就变成了灿美的乳黄色或烂漫的黄色。

落叶情之由

秋冬交换时节，冷风飕飕，树叶纷扬摇曳，纷争脱枝飘落。树木落叶这一平常的自然现象，同样包含着颇为有趣的科学道理。

木本植物有常绿树和落叶树两类。春天发芽开花，夏季碧绿繁茂，秋冬叶凋枝枯，这是落叶树的生理过程。"秋风扫落叶"的景象，尽管给人以凄凉衰败的感觉，然而却是树木适应生态环境、守护营养，利于抗御旱情、安然越冬的一种十分必要的生理现象。

通过光合作用制造养分、进行呼吸和蒸腾水分，是树叶的主要功能。然而，时至深秋，由于气温和土壤温度逐渐降低，雨水逐步减少，树木根系吸收养分的作用渐而减弱，叶片的生理功能也显著衰退。在这个时候，它不但不能像夏季那样加工制造养分，反而还要消耗一定的养分，蒸腾一定的水分。从落叶树木生长的生理角度来说，秋冬的树叶便成为无用的多余之物。叶片脱落以后，树木可以减少养料的消耗，避免在水分来源减少的情况下，由于叶片蒸腾失水而造成的旱象，使树的根系、枝条和整个身躯保存较多的营养，而度过漫漫寒冬，为来年勃发生机奠定基础。可见，大自然对树木叶片的"处理"，是颇为聪慧睿智的。

那么，深秋至初冬，树叶为什么会脱枝而落呢？树木飘零落叶的生理现象是极为复杂的。有许多树叶在脱枝前，叶柄基部与枝条连接处，会生出一层特殊的细胞层，这种细胞比之其他的细胞小，且之间空隙较多；细胞的胞壁为木栓质，会使水分断流，致使叶片缺乏养分，逐渐地趋于干枯。这层细胞层也叫"离层"，到了一定时候，叶片只靠叶柄脆弱的一丝之力与枝条连接，经风一吹，叶柄就会与枝条分离断裂，纷纷扬扬地飘然而落。而树叶脱枝后，由于木栓质保护着断痕，可避免树内养分向外流失。看，大自然又安排得何等精微巧妙啊！

当秋叶着地时，人们如果稍加留意观察，就会发现树叶多为阴面即背面朝天。原来，一般树叶的阳面与阴面各有一层表皮，表皮中间为叶肉；靠阴面表皮的叶肉里，细胞叶绿体少，组成既不规则且很疏松、空隙大，造成了空气多、比重小；而靠阳面表皮的叶肉里，则细胞叶绿体多，组成严密紧凑且空隙小，这就造成了空气少、比重大。因此，树叶阳面较重，阴面较轻，着地时多是阳面靠地，阴面向上。

叶归根为肥

"落叶归根"这句话，常被人们用来形容思故归乡之情。桃李不言，树木同样渴望自身脱落的叶片能予归根。

林木枝枯叶落，休眠越冬，这是落叶树木的生理特点。"落叶归根"，却是树木自行施肥的一种本能。然而，人们爱护树木却往往不懂得让落叶归根。你瞧，在城市，清洁工人总是把树下的落叶当作垃圾打扫掉了；在农村，农民总是把树下的落叶当作燃料扫走了。殊不知，扫去的却是树木的"粮食"。

肥料，是庄稼不可缺少的"食料"，同样是树木不可或缺的"食料"。而人们长期养成的习惯，栽树从不施肥。那么，林木需要的肥料从何而来呢？一是落叶腐肥；二是带根瘤菌的树根自己造肥；三是根系吸肥。

落叶腐肥，是树木重要的肥源。这是因为，大多数落叶树木叶片的重量，达全株生物量的 15%～20%。落叶积于树根周围，最好埋于树根土境，腐熟成有机质肥料，被土壤充分吸收，改善其通气性、蓄水保肥性等物理性状，可为树木来年生长备足丰富的氮、磷、钾等营养。拿灌木紫穗槐来说。一棵三年树龄的紫穗槐，年采叶量至少二千公斤，含氮素二十六点四公斤，磷素六公斤，钾素二十五点八公斤，其肥效相当于施入硫酸铵一百三十公斤，过磷酸钙三十公斤，硫酸钾三十一点六公斤，人粪尿八百公斤。紫穗槐的叶子可制造如此丰富的肥料，既可肥地养己，又能施惠"四邻"。让落叶归根，何乐而不为？

当然，增添树木养分，单靠秋冬落叶远远不够。应根据不同的树种对肥料的需要，在夏季树叶茂盛旺季，人工采叶埋青腐肥；将叶多树种与非多叶树种、固氮树种与非固氮树种的叶片混交，会起到调剂肥源余缺之效。如为经济建设提供用途广泛的不干性油类的油茶树，喜欢土层深厚肥沃的土壤，将它的叶片与紫穗槐的叶子混交，是难得的"佳配姻缘"。夏时采集紫穗槐绿叶埋青沤肥，必然让油茶树倍受裨益。据测定，如这样做，可在三至十五年内，使混交林油茶树产油籽量，比平常提高一倍以上。紫穗槐与马尾松、沙棘与油松、柏木与桤木，都是可做"亲朋近邻"、受惠叶肥的混交"盟友"树种。

1986 年 8 月

心灵窗户的守护神

　　眼泪，总被人看作是弱者的象征。其实，人的眼睛除睡眠期外，其余时间总是"泪水细流永不断"，只不过人在非哭的情况下，产生的眼泪微乎其微，不易被察觉罢了。因为，一个人在八小时内，眼泪的流量仅为 0.25～0.5 毫升。

　　诗人把眼睛比作"心灵的窗户"，将眼泪喻为"心灵的泉水"。正是这种"泉水"，为保护"窗户"的明亮，充当着守护神。英国作家查尔斯·狄更斯在小说《苦海孤舟》中，借笨伯先生之口说："哭可以打开肺腑，洗涤面孔，锻炼眼睛，温抚脾气。所以，放声哭吧。"可见，这位外国作家懂得护眼医道，知晓泪水守护眼睛的功能。

　　科学研究表明，眼睛是人的内心世界与外部世界的感情交汇点，其整个活动安排得相当精巧。人在一分钟内平均眨眼十六次，眨眼虽能抵挡沙粒、尘灰等外来之"敌"侵入作乱，却对有些非常细微的脏污物显得"束手无策"。而对这类狡猾潜入藏匿到内眼角处的"不速之客"，泪腺则会大显身手，施放出"细流"——眼泪，把它们冲洗掉。有的时候，即使尘粒等东西偶然"入境"，在眼中"惹是生非"，如滋生细菌、病毒之类，也不要紧。泪腺会能动地启大"闸门"，增多泪液分泌量，稀释、冲掉异物或发挥杀菌抗病毒的作用。这是因为，泪液中还含有抗菌物质和抗体。

　　眼泪中含有浓度较高的蛋白质。它们流动、分布在角膜表面，形成一层泪液膜，使之本来凹凸不平的角膜变得非常平整，从而增强了角膜的光学性能。角膜需要的氧气，也是泪液供给的。眼泪中还含有亮氨酸——脑啡肽复合物和催乳素，这是两种对人体有害的化学物质，而人通过哭泣流泪，能将它们排出体外。所以，碰到亲友或小孩哭啼，不用过于担忧，偶然哭一下，也有益处。

另外，人体中还含有对眼睛有害，高于血清三十倍的锰，也无须紧张，过多的部分会随着人排尿、解便和出汗而排泄掉。人体这个自然体，如同大自然一样，一切都安排得井然有序，精妙绝伦。有许多看不见的"手"，在守护着人的健康，而人是看不见的。

总之，眼泪同人体中存在的其他物质一样，过多过少都不行，平衡最好。泪水过多，除影响视力外，由于频繁擦眼会引起结膜炎、睑缘炎等症。泪多之因，常为泪道下段阻塞所致。其症状，老觉眼内燥热难受，看视困难。长久下去，会造成角膜结膜变态，发展下去会严重影响视力，甚至造成失明。因此，发现眼泪过多或过少，都要重视，及时诊治，切切不可粗心大意。

1987 年 2 月 5 日

科学揭破千古之谜

广袤博大的自然界，为人类留下了许多珍贵稀有的生物资源；勤劳智慧的祖先，为我们留下了丰富多彩的文化遗产和众多宝贵的科技成果。然而，有不少文化、科技、生物宝藏，只留下了神秘莫测的现象、形态、图案和物种等等，却没有遗留或揭示这些宝藏的科学依据，这就给近代和现代科学家们留下探索千古之谜的重任。

这是我接受的《科技日报》副刊编辑交给的又一个调研写作题目。

近年来，我国科技界陆续传来几则破解千古之谜的佳音。

举世闻名的东方艺术宝库——敦煌莫高窟的彩塑、壁画，构思新颖奇特，气势宏大壮观，形象栩栩如生。历经千秋岁月，其色泽为何艳丽如初，依然熠熠生辉呢？化工部涂料工业研究院和敦煌文物研究所公布的科研新成果，轰动了中外艺术界与科技界：他们从窟内十一个朝代的四十四个洞窟里，分别提取了白、红、蓝、绿、黑色及变色颜料，总共二百九十三个样品，采用 X 射线法和 X 射线荧光分析法等现代先进科学手段，反复测试分析后确认，古代画师采用的颜料，除极少数红色和黄色为有机颜料外，其余全都是无机物，且多为天然矿物颜料；加之彩塑、壁画长期藏在石窟内不受阳光照射得以保护的因素，从而永葆色泽艳丽而不变。这一成果，无论对深入研究我国颜料发展史，还是保护莫高窟艺术的色彩永久不变，提供了颇有价值的依据。

又一轰动国内艺术界和科技界的重要成果是，江苏一位教师进行科技攻关，破解了河北承德避暑山庄文津阁前人工造月之谜。阳光高照、朗朗晴空之下，波光粼粼的湖面上，清晰可见一轮明月，日影西移它不移，光源变幻它不变。古代科学家运用人工造月技术建造的这一奇观，自古以来被称为"水上神月"。

二百多年来，人们望其"月"而着迷但又不得其解。江苏盐城工业专科学校的讲师胡仁祚，运用反差成因原理，悉心研究它的成因，不仅揭破了其技术端倪，而且在制作复现模型的基础上，大胆突破人工造月技术采用的立体造型的局限性，改变光路系统，创造出了比避暑山庄人工造月更为复杂、无比神奇的"嫦娥奔月"和"犀牛望月"两个景象。这项人工造月复现技术成果，正在被推广应用于我国现代化的旅游宾馆和名胜园林之中。关于胡仁祚揭示的古代人工造月技术和他首创的人工造月复现技术的具体原理，当然是科技机密，属于保护之列。

物以稀为贵。神州国宝、"活化石"大熊猫，其所以珍贵，主要是因为它繁殖能力极差，颇为稀少。其繁殖率为何极低，是若干年以来科学家探索的国宝之谜。四川大学生物系讲师冯文和，在成都动物园的配合下，经过精心研究，终于揭破这个"秘密"：由于大熊猫作为低等动物繁殖特征的卵泡所决定的。原来，在正常情况下，大熊猫的卵泡总数虽然达四五百个，但有的卵泡单独存在，有的卵泡则重叠在一起甚至成块存在。由于卵泡众多、营养分散，往往造成一般只有一两个成熟，甚至有时连一个成熟的也没有。这样，就常常难以使雌性大熊猫受孕而无法怀"仔"。如何解决这个难题，是现代科学家们继续破坚攻难的课题。

日新月异的现代科学技术，必将揭示更多的古代之谜。

1988 年 3 月 22 日

附　录
FU LU

【附录一】

抗战波涛中一朵传奇浪花

——荐读《腾格里传奇》

唐达天

　　长篇小说《腾格里传奇》的作者是我的乡亲胡延清，早年的新闻同行，神交已久的知己挚友。作为高级编辑、资深媒体人，他北战南征数十年，先后担任省级、新华社系统两家报纸和两家刊物的总编辑，坚守媒体，践行使命，文字一生，编辑一生。延清兄在闲暇之余喜欢写散文、杂文、纪实、小品、故事、短篇小说，早年作品纵横中央级主流媒体和省市数十家报刊。1989 年他加入中国科普作家协会，也是甘肃省作家协会会员，曾陆续出版多部散文集、科普读物等作品。

　　陡然间，延清兄笔下冒出了一部长篇小说，作为专业写作的我有点惊讶。依稀记得，2016 年夏天我们在珠海见面时，他说"脑子里有个幽灵"，并给我讲过一个简略的故事梗概，我随口说"你把它写出来"。殊不知，翌年秋他退休后，真的一气呵成写了出来。其实，这是他一生笔耕、编辑文字、记录时代的同时，积累生活、沉淀思想，蕴蓄创作力厚积薄发的一部作品。奇巧的是，《腾格里传奇》与我的长篇小说《双排扣》，在作家出版社不期而遇同时出版。早年我曾出版过一部中篇小说集《腾格里悲情》，"传奇""悲情"写的都是腾格里的故事，说明我俩都"爱沙"，离乡背井数十年，用文学回报桑梓的深情心心相印。

　　他花费十七个月的时光，改完二稿后，发给我细看过。感觉这部作品整体框架布局、故事脉络和细节设计都不错，内容驳杂纷纭，情节奇崛突兀，悬念性、知识性强，彰显他文字犀利、华彩、深邃的散文化风格，挺好看的。我大胆提了一些意见和建议。他又集中五个月的时间，用心用情用功，修改加工润色，最终定稿。

"青春岁月是人生最珍贵美妙的韶华时光。这是一对芳华男女主人公圣洁爱情、光彩生命的回忆，也是一群忠义之士烈血丹心、英武壮美的记录。"——这是高度概括的"作者题记"。

历史是最好的教科书，也是最好的老师。这部书叙说的故事，宛如发生在抗战汹涌波涛中一朵别样的浪花，主旋律旨在铭记历史、缅怀先烈，珍爱和平、警示未来。作品立体化地显现了民国时期大西北色彩斑斓的历史画卷。主要勾勒出在抗战的大背景下，发生于横跨美国与中国大西北腾格里沙漠之间，纵穿西凉、西兰、西宁、西安与东北哈尔滨等城市地域，一系列扑朔迷离、波澜起伏、感天动地、震撼人心的传奇爱情、传奇拼搏、传奇战斗。其中，主要描述的是男女青年主人公上官英杰、蓉儿在抗战时期所经历的一系列跌宕起伏的传奇故事，让人感受历史大潮的翻卷，独有心曲的吟哦。

爱情是文学创作永恒不朽的主题。几多烟雨星辰，几多暗香芳华。作品主要塑造和讴歌了大爱至美、大德至纯的知性女子蓉儿与气宇轩昂、献身科学的青年科学家上官英杰，在苦难中萍水邂逅、激情燃烧灵肉相融，真诚结成连理之爱，立下嫁娶的婚约誓盟的有情人，历经百折千回的悲欢离合，饱受煎熬的人生磨难，最终却难成眷属的凄惨悲剧。一首爱情绝唱凄美哀婉、荡气回肠，一对芳华生命风华绝伦、华彩极致；蓉儿在抗战胜利的最后一天壮烈牺牲，上官英杰一生奉献治沙大业终身未娶。情节设计周折奇异，叙述描绘细致入微，意蕴深厚强烈，极富浪漫主义色彩。这场悲剧令人扼腕长叹，唏嘘不已！

浓墨重彩描摹蓉儿的大爱大情，有三场戏写得出神入化极其精彩。

一场是裸救人命。上官英杰到腾格里沙漠历练，突遇暴戾恣睢的沙尘暴，被冽风飓浪卷飞剥光衣服，横冲直撞、乱碰磕砸而遍体鳞伤，幸运地掉进蓉儿躲灾的穴窖里，已奄奄一息，命在旦夕。聪颖貌美、爱德至纯的蓉儿，凭借母性所决定的"博爱之圣"的善良天性，甘心情愿、坦荡无邪，在十多个日日夜夜里，不惜牺牲自己的清白而实施"裸救"：用纯真炽烈的体热和圣洁丰沛的母乳（因她在一个多月前生下亡夫留下的遗腹子，孩儿夭折，奶水很足），倾情输送热量和活力，终于把他从死亡边缘拉了回来……蓉儿的坦荡挚情令人动容，正如作者在书中所发感慨："完完全全是伟大母性、善良天性之裸，大爱无疆、拯救生命之裸！纯纯粹粹的圣洁唯美之裸，光明高尚之裸！"这对素昧平生、患难相逢的芳华男女，在短暂的一个月内，昼夜耳鬓厮磨，呼吸相闻相息，肌肤相偎相依，灵肉相融两情相悦，终结连理之爱，共盟鸳鸯之誓，完全是必然之结果。

这场爱情戏本来着笔就细、深、重，缠绵悱恻。作者针对作为科学家的男主人公还是造诣颇深的书画家这个特征，在这场热恋戏里又精心设计了上官英杰给蓉儿深情讲述他于拉丁美洲的波多黎各自治邦旅游期间，在波多黎各国家博物馆欣赏出自德国画家鲁本斯之手、闻名于世的油画《西门与佩罗》：极具生动地描绘了作为女儿的佩罗，为拯救英雄父亲的生命，敞怀托着乳房给蹲监的西门喂乳的动人情景，通过绘画艺术刻画出人性与博爱的光芒。此时，蓉儿也回味了在西兰读书时，曾在西兰艺术博物馆欣赏过这幅油画的临摹作品，还创作过留在记忆里的散文《为〈西门与佩罗〉而歌》，给心上人朗读了出来，形成强烈渲染，彼此真切的感同身受，达到了艺术与感情的浓烈共鸣，一幅裸着身子的蓉儿用手托着乳房给自己喂奶的中国画构思亦跃然上官英杰的心灵。临别时，他用柴草烧成的黑灰做墨、野生植物果汁做颜料，在一块布料上一气呵成绘就了《蓉儿与英杰》的中国画，作为礼物留给了爱人。这些情节喷发着男女主人公深沉爱情的芳馨韵律。责编和终审成全作者的美意，把鲁本斯的彩色油画收入了书中，给读者增添了有审美价值的美术作品。

另一场是怒斥土匪。浴火重生的蓉儿参加了工作，成为地下党西凉南镇医疗所的护士长，随负责人去西宁营救红军西路军蒙难将士，英勇投入街头枪战，乘吉普激战中蓉儿被飞车甩到路旁；幸被马家军中的好人当作枪战的无辜受害者，救往马公馆医疗所治伤；她的伤愈前脚离开马公馆，后脚就遭遇医疗所恶徒与土匪头子勾结暗算，被抢掳到牛头山匪窝逼其做压寨夫人。蓉儿毅然决然以死相抗，大义凛然愤懑怒斥土匪头："你是痴心妄想！我是一个有六岁女儿的母亲，我丈夫上官英杰在美国留学，学成归来我们就会团聚。""我一个堂堂正正的女子，有美好的未来，向往幸福的生活，不想这么早就死去使我的爱人悲痛欲绝，但也绝不会用自己的清白和贞节，去换取生存而苟且肮脏地活着。我岂能与你这个双手沾满鲜血、恶贯满盈的土匪头子结为夫妻？"岂料峰回路转，蓉儿的一席话，宛如她手中的匕首深深刺痛了土匪头马七的心灵，极大地震撼了他，在千钧一发之刻，他抢先挡住了她插向自己心脏的利刃。显而易见，是蓉儿的刚烈气节与忠贞，感动土匪头放弃了邪念。最终在蓉儿的规劝下浪子回头，选择光明投奔共产党。

再一场是吟诗而逝。蓉儿在惨遭日特毒手、遍体血肉模糊的虎口之厄，直至生命的最后一刻，还苦心孤诣地给爱人留下一份"告别礼物"：竭力凝聚最后尚存的一丝微弱意识和气力，缓慢而又深沉地在心灵深处吟诵惊艳了中国诗坛千年的绝品爱情诗《上邪》，表达了她与古代坚贞烈女一样的心灵绝唱：除非巍峨高山消逝夷为平地，奔腾江水干涸枯竭断流，严寒冰冬雷鸣暴雨如注，酷热夏日暑消皑雪飘飞，天地相合聚并衔接，像这五种不可能发生的事情一样，她对上官英杰的倾心爱慕至死不渝。真是感人魂魄，潸然泪下！

　　而小说主要描绘和颂扬的是，围绕男女主人公的爱情故事这条主线，与之紧密相关的中心事件——发生于肉苁蓉村，波及镇番、西凉、西兰、西宁、哈尔滨地域内波谲云诡、险恶复杂的抗日斗争。趁烽烟乱世，狡黠诡诈的日军特高课间谍头子土肥原，亲自策动和直接指挥，派遣其高徒、貌艳阴毒的美奈芳子为头目的"西北狼"特工小分队，辗转大西北侦察选定腾格里沙漠腹地，美奈芳子与汉奸屠非装扮成商人夫妻，潜入渺无人烟、极为隐蔽的肉苁蓉村，继而聚集队伍入村，秘密开展"犬狗狼活体细菌武器"试验，待成功后妄图残害我大西北军民。秀外慧中的蓉儿及其养父、英雄铁骨的沙乡商人牛富贵，联手热爱和平的反战人士程强，与日特汉奸展开了英勇睿智的一系列斗争。尤其是在牛氏族亲沙民不明真相的情况下，女日特为掩护罪恶活动而转移视线，抓住蓉儿怀孕一事造谣中伤，煽动封建世俗助纣为虐，孤胆女子蒙受巨大压力和屈辱却不折不挠，进行智慧周旋和抗争，使美奈芳子深感"这块骨头难啃"。牛富贵被日特密捕押往哈尔滨数月后英勇就义，特高课煞费苦心筛选严训，甚至修容"制造"了与牛貌相神似的顽徒横田丑二，派其来到村里假冒族长蒙蔽村民危害更甚，这个色魔还伺机欲强暴蓉儿。敌我力量悬殊，正邪殊死搏斗；事件曲折变化多端，情节离奇纷繁复杂。直至蓉儿在骁勇善战的程强保护下冒死逃往西凉，闯入国民党区党部举报了敌情，西陇省抗战高层接报后高度重视，调派西凉独立团迅速出兵，歼灭日特小分队，使其罪恶阴谋被彻底挫败。而后，驳杂事态急剧向纵深演化推进，一波三折，连绵起伏，惊心动魄……

　　伴随中心事件深邃发展而顺其自然出场了次要人物——上官英杰的父母，忠诚信仰、丹青名家的共产党人王丹青与浩然刚正、坚守气节的国民党军将领上官武；治沙救民、奉献牺牲的科学家郭普世与拼搏自救、驱赶贫困的沙乡铁汉村长程实；智谋超群、英勇善战的地下党卧底、国民党军独立团团长胡彪与学养深厚、赤胆忠心的地下党西凉南镇医疗所所长廖诚等。一群有血有肉、有思想有信念的忠义之士，演绎出一幕幕无畏强暴、无惧权势、无怯艰难的残酷战斗、拼搏事件、生存逸事，烈血丹心，英武壮美。

作品彰明较著穿透人心的，还有一股对沙漠土地的眷恋深情与为之呼喊的强烈心声，一种对治理和改变荒芜沙漠面貌的希冀热望与为之奋斗的精神力量。这就是作者精心勾勒、雕琢塑造的上官英杰和郭普世两个饱满鲜活的科学家先锋人物，他们与处于悲惨贫困之中的沙民同命运共呼吸，那种迫切渴求国家、社会和广大民众对沙漠及沙荒面积占中国 10%（时下达 13%）的领土不再漠视的真切认知，紧迫期待让沙漠这个沉眠数百年的"睡狮"苏醒，变为国家和全民族同心勠力科学治理的自觉行动。

作者笔触刻意镌刻的两个科学家灵魂人物重于生命的"治沙情结"，感人至深。他们的家庭出身、经济条件、感情世界与生活道路等状况迥异，然而酷爱沙漠学业、坚守治沙大业砥志笃行的热血情怀，执着追求让沙漠变绿洲而无私奉献的牺牲精神，心里装满沙民、与沙漠相守终生的优秀品德，却如出一辙。尤其是深雕细描的他们认识和对待发生在艰难困苦生活中或父母儿子、岳父女婿之间，或夫妻、情侣之间，那一幕幕水火难容、催人泪下的"矛盾故事"——言行相悖的摩擦、思想抵触的冲突、观念相左的交锋，以及大爱与私念的博弈、婚变情爱的演绎，无不真实、客观地显现出先锋典型人物光华亮丽的人格情怀和操守气节。

小说是生活积累与升华、沉淀与思考的文学。作者曾在省农业科学院工作多年，沉入沙漠科研前沿摸爬滚打，早年在《人民日报》发表、新华社播发的中国治沙科学家在巴丹吉林沙漠创建第一座沙生植物园等重要成果报道，引起世界沙漠学界的关注；作为多年的科学记者，曾深入沙漠腹地，采写在祁寒酷暑的沙漠风口浪尖苦研征战卓有成就的郭普、施及人等多位科学家的通讯；作为科普作家，曾多年潜心创作取得喜人成果。正是作者多年的科学磨砺与知识积累、深化人物原型和深度思考，激发现实主义精神和浪漫主义情怀投入创作，悉心提炼生活积累的文学元素，挖掘作品比较丰厚深沉的灵魂内质，显现出"通过语言、文字去行动"，追求文学的精神情怀与责任担当。可以说，作品尖锐深邃地为人们留下沙漠与国家、沙漠与国土、沙漠与社会、沙漠与人民、沙漠与文化一系列需要思考、深省和亟待探索的重要命题。

作品在多姿多彩的历史和语言画面中，还涉及诸多人物，有领袖伟人也有溃败党魁，有帝王将相也有先贤名流，有精英翘楚也有狗苟蝇营，有军旅枭雄也有封建军阀，有达官显贵也有草根百姓，有警察局长也有土匪草寇。敷陈的史、人、事，描写的地、景、物，抒发的情、感、言，皆与抗战时期发生的重大事件和小说中心故事有着千丝万缕的联系，栩栩如生，流金溢彩。

总之，作品站在现代追寻历史，以深邃宽广的视角、独到有力的笔触，讲述奇特精彩的故事，着力刻画多面复杂、善恶相生的人性，从丰饶而纷乱的史实中提炼民族精神和时代精神。整体布局紧凑，故事悬念迭现，人物形象生动，时代语感强，语言文采斐然。着力细致的情节描写、情愫抒发和情感升华，从而彰显出一幕幕风与沙滋生、灵与肉交融、血与泪演绎的人生之梦、人心之歌、人性之剧，护射出人学、文学、科学、书画艺术学、军事学、史学之光。

2020 年 7 月 1 日《文艺报》
（作者为专业作家，中国作家协会会员）

【附录二】

一片丰茂绿茵的散文田地

—— 读胡延清散文集《人事文情》感怀

傅乐平

　　赏读胡延清的散文集《人事文情》，风韵隽永的清新书香扑面而来，温馨文字浸润着心扉。这是继看过他的长篇小说《腾格里传奇》之后，续读文友的又一部作品。

　　首先，品赏《人事文情》的自序《春天回望》《相思沙漠》两篇抒情散文，思若泉涌扣人心，言有尽而意无穷。前文感怀文字人生，挥洒淳朴雅致、富含哲理的语言，洋溢真切激昂、细腻深沉的情愫，张弛有度地勾勒出坦荡朴实的花甲心路历程，叙发了家国情怀与理想信念的孜孜追求，也透出云淡风轻、宠辱不惊的精神境界；后章情系桑梓沙乡，描绘风沙荒芜、无垠瀚海的自然天性，讴歌沙漠人的吃苦耐劳、治沙人的坚韧睿智和沙生植物的傲骨本色，褒奖他们和它们的精彩生命为人类创造无穷的精神力量和物质财富，昭示出沙漠嬗变绿洲的人文愿景。行云流水般的文字间，弥漫着浓郁幽深的文学情韵。

　　书卷缱绻，葳蕤生香。吸引着我拨冗赏读完这部揭橥于新华社、《人民日报》《人民日报·海外版》《光明日报》《经济日报》《解放军报》《经济参考报》《工人日报》《农民日报》《科技日报》《中国教育报》《中国青年报》等主流媒体，洋洋洒洒的六十万优雅文字、林林总总近二百篇以散文为主的篇章结集的作品。或追忆感怀、学贤敬长，或讴歌英杰、传承文明，或借人喻物、读史悟感，或诠释科学、触景生情，形成的印象深刻而又感奋：世事洞明皆学问，人情练达即文章。

作为文字一生的媒体人、加入中国科普作家协会三十多年和甘肃省作家协会会员的文友长兄，这是他热爱人民、扎根生活、领悟文学，笔蘸感悟人生的真谛，用心用情用功，挥斥方遒、激扬文字，播撒文化良种、文学芳华、艺术馨香、科学真谛，耕植思想真知、精神修养、情感境界、知识元素，展现出久经修养的文化底蕴和文学风韵，富有时代气息的创作生命力。《人事文情》真切记录了他生命历程中几多流金溢彩的人、事、文、情，也足见一片丰茂绿茵的散文田地。桃李不言自成蹊，最是书香韵味长，整部作品充满了真善美的正能量。

习近平总书记寄予文艺工作者深切厚望："人民的需要是文艺存在的根本价值所在。""胸中有大义、心里有人民、肩头有责任、笔下有乾坤。"纵观读过作者的包括《人事文情》的多部散文集，细品有温暖的人与事、情与感，体味有真情的善与美、灵与魂，作品无不孕育产生于激情燃烧的生活，展现出其一脉相承的秉持"人民的需要"而写作的理念。

早年，他创作的文学审美与科学思维交汇相融、人文景观与自然景观交相辉映、博雅知识与横生情趣融合会通的二十四万多字、一百三十三篇散文小品结集的《瀚海探秘》，即将由兰州大学出版社付梓之际，时任中央政治局委员胡乔木听了新华社一位同志的介绍，看了作者发表于《人民日报》的数篇散文后，不轻易题字的这位"中共中央一支笔"，在百忙之中挥毫题写了书名奖掖勉励作者。

与作者素昧平生，曾出生入死经历枪林弹雨、指挥过无数次抗日战斗的老革命，在新中国担任过青海省委第一书记、甘肃省委书记等职、时任甘肃省政协主席的老领导，驾轻就熟擅长创作悲壮激荡、传奇色彩的大部头战争题材的力作如长篇小说《王若飞在狱中》和《凯歌》等多部诗集而饮誉文坛的老作家、诗人杨植霖先生，花费多日阅读《瀚海探秘》的全部文章惊喜不已，即兴赋二十句长诗《题〈瀚海探秘〉》评价："瀚海轻笔遍地香，无人问津聚金场。胡君探秘沙打旺，小块文章寓大纲。探秘虽非万宝囊，书中尽是好风光，谁能沿此穷追去，管教频添建设忙。"老作家觉得意犹未尽，又作序《小品大趣》，即被《科技日报》发表。序文写道："作者凭借文字之功底，游笔于深奥的科海之中，集文学、美学、科学于一体，熔艺术性、趣味性、技术性于一炉，形成了自己独出心裁、清新隽永的风格。大漠戈壁、自然奥秘、生物矿藏、名胜古迹、风土人情、土特产等，在他的笔下秀丽脱俗、形象鲜活，纯情匠意、亲切动人，妙趣横生、雅俗共赏。""读来若醍醐灌顶，甘露洒心，令人神醉！这些深刻揭示了生命真谛的散文小品，驱散了人们的认识谜雾，吹响了向沙漠瀚海科学进军的号角。"

正是《瀚海探秘》这部"难得西部小珍品"（杨植霖语），亦让时任甘肃省委书记李子奇动情题词，寄托瞩望。这部书问世后获得读者尤其是沙区群众的喜爱，翌年在"第二届向全国妇女儿童推荐最佳优秀图书活动"中被评为"优秀图书"。

解放思想、勇于创新的深圳经济特区，由经济高效增长、积攒发展能量的佳境，迈向高新科技腾飞的崭新时代。调来这里工作了多年的作者，倾听人们渴望学习高新科技知识的呼声，毅然倡议撰写一部散文笔触、文学科学融合且内容丰富翔实的《高新科技知识干部读本》。他的策划得到了中国工程院院士、著名光电子学家、时任深圳大学光电子技术学院院长牛憨笨教授，无线电管理专家张俊焕和解放军文艺出版社资深文学编辑、诗人、文艺评论家殷实等人士的赞同支持，且参与鼎力合作。在短短几个月时间内，胡延清作为第一作者和他人合著，创作完成了三十四万字的读本。中国科学院院士、"两弹一星"功勋奖章获得者，时任全国人大常委会副委员长周光召欣然题写书名，我国资深科学家、中国科学技术协会副主席刘恕研究员作序推介，解放军文艺出版社出版后即被深圳市委市政府主办的读书月组委会在卷帙浩繁的书籍中选为必读书之一。读者反映，这部读本科学魅力交织文学韵味，读来使人既增长知识又心悦神怡。

笔锋回转，悉心品味《人事文情》，这是一部有血有肉有筋骨的散文作品，原创性特色突出，笔触舒卷自如，内容丰沛多彩，文字清新悦目，引人入胜很耐读。

不乏珍贵厚重、蕴含深邃的回忆抒情散文。回忆过往多年间，与毛泽东的女婿、航空航天大学教授孔令华，深情缅怀领袖、深入探究毛泽东的大科学观和发掘描述的鲜为人知、极富研究价值的伟人读书尤其是笃学自然科学，潜心求证学问的动人片断，从而做出一系列重要思想、理论论断和重大决策的珍贵史料，以及作者学习探索所表达的认识见解和学术见地的散文；回眸在党的十一届三中全会召开的背景下，在甘肃省武威黄羊镇街头听几个农民倾吐心音并深入访谈，借用马克思的名句"问题就是时代的声音"开笔，反映大西北农民阶层的实际生活景况和他们在改革开放主旋律的三中全会精神感召下，急迫渴望各级领导带头解放思想、带领广大农民脱贫致富的强烈期待，以及作者沉浸于历史与现实交织之中勃发的思考，经新华社渠道送中共元老、时任甘肃省委第一书记宋平引起高度重视，批示印发给正在举行的省委扩大会议，同时被《人民日报》《中国青年报》配以评论发表所引起反响的散文随笔；回顾四次深入访问著名社会学家费孝通，近距离倾听国学泰斗的深刻演讲，彼此敞开心灵窗扉促膝交谈，所揭示的费老最早提出西部大开发的前卫战略思想和展现一代宗师身体力行作出突出贡献的散文等作品。这些叩动人心颇有价值的篇章，凝聚了作者对历史、社会、时代和文化的思考，具有深沉丰富的思想内涵、意境深远的文学笔触魅力。

亦有浓彩重墨、讴歌典范的纪实抒情散文。有深度发掘描写的深圳市委市政府坚持改革开放、敢闯创新，率领千千万万的拓荒牛，一步一层天、步步攀高峰，将昔日小渔村建设发展成为现代化大都市的旷世奇迹纪实作品；有着力刻画政界要人、书法名家方毅用自己的书法作品奖掖科技功臣与甘肃省委书记顾金池多年间在每月工资中拿出钱救助农家贫穷少年读书的惜才爱民情怀的作品；有满腔热情讴歌"人民艺术家"刘文西，科学家刘有成、黄文魁、孙智泰、吕福海和企业家王传福等标杆精英，砥砺前行、追求卓越，建勋立功、无私奉献的感人精神风貌的作品；有细腻描绘治沙科学家和沙区人民，为科学治理、改造利用大西北浩瀚无垠大沙漠而创建闻名于世的重大成果我国第一座沙生植物园等作品。这些富于时代感、审美感和韵律感的篇章，富含人文思想和艺术营养，彰显出作者刃笔文学，歌颂时代精神和先锋典范的文采。

还有触目感怀、寄托情操的景物抒情散文。优雅文字描摹的中国西部世界山水风物、风俗民情、名胜古迹和经济社会嬗变彰显新风貌的壮美画卷；娴熟技巧勾勒的涉猎天、地、生、数、理、化六大基础学科和现代高新科技，以及以西部生灵为题材的绚丽美篇；用采访采风而获的典型生活事件创作的让人感奋受益的独特妙章。走笔清新流畅，叙情怡然自如，读来如沐春风，令人既心旷神怡又开阔视野。可窥作者长期洞察探究西部风貌的文化沉淀，学研自然科学和基础科学的不浅功力。有些篇章虽是"昨日黄花"，然而今阅读依然若鲜，栩栩如生。

"我有自己的肉体生命。文字一生又孕育成长拥有一个文字生命。文章千古事，得失寸心知。一篇篇文字宛如一株株自己养育的花儿小草，借助文学春雨和艺术养分的滋润，装扮着文字生命一点一滴的绿，一丝一缕的神。哪怕花草凋萎干枯，也留下了文学精神不灭的些许见证，让自己梦魂牵绕啊！"这是近日我与作者会面交流调侃时，他感慨倾吐自心扉的几句话。细品嚼味，他深爱着自己的文字生命。的确，他的散文作品，能静水流深润物细无声地进入读者的心里，洗礼心灵又愉悦精神，可获得颇多启迪和裨益。

2021 年 8 月 11 日《文艺报》

【附录三】

我心归处在瀚海

——《腾格里传奇》故事梗概

　　作家出版社 2020 年 1 月出版的胡延清创作的长篇小说《腾格里传奇》，主旋律旨在铭记历史、缅怀先烈，珍爱和平、警示未来，弘扬伟大的抗战精神。故事波谲云诡，情节驳杂纷纭，立体化地展现出民国时期大西北色彩斑斓的历史画卷，让人仿佛能听见各色人物脉搏的跳动。"青春岁月是人生最珍贵美妙的韶华时光。这是一对芳华男女主人公圣洁爱情、光彩生命的回忆，也是一群忠义之士烈血丹心、英武壮美的记录。"男女主人公，一群忠义之士，他们的心归处在瀚海。故事梗概如下。

　　公元 1945 年的暮春。男主人公上官英杰生机勃勃地出现在"一湾碧水，两岸青山"的旧金山的旖旎风光里。

　　二十八岁的科学家上官英杰留美八年事业有成。回国前夕，他依依不舍最后一次去旧金山海湾听涛，当发现有人跳海的危急关头，挺身而出跃水搏击海浪，挽救了跳水轻生的西方女子，随后又机警自如地应对杀他的黑枪袭击而幸免于难。他心神镇定但百思不得其解："是什么人、为什么要暗杀我？"

　　上官英杰的父亲上官武系国民党军队坚定抗战、功勋卓著的高级将领；母亲王丹青是"大西北经济界艺术界双栖双馨的一匹黑马"，而暗为地下党西陇省委敌工部部长。长时期内，夫与子都不知其妻其母的真实身份。

　　上官英杰回国后路过西安家门而不入，直奔大西北的西陇省西凉而来。因他别离八载朝思暮想、渴望重逢团圆的爱人蓉儿，就居住在那里北缘腾格里沙漠深处的肉苁蓉村。

在美国一直洞察中国时局的上官英杰，挚情热爱祖国和人民，骨子里充满正义感。他先在西凉街头，看到国民党警察以"莫须有"的罪名追捕小学青年老师时，睿智营救使其脱身。后来，上官英杰应邀到国民党西凉督察区党部书记长谭海府上做客，听其言谈涉及的此事是他亲眼所见，不禁慷慨陈词，为年轻的小学老师只因唱了《没有共产党就没有中国》这首歌，就被定罪"宣传赤化"而要逮捕力作辩解，严斥国民党当局"鸡蛋里挑骨头罗织罪名，给人的思想定罪，这是哪里的王法？"顿时，现场气氛僵持，老谋深算的谭海知之其父上官武是蒋总裁器重的国军上将，抗战功勋显赫且位高权重，认为上官英杰无非是在美留学期间，听了亲共人士对蒋总裁和党国的偏颇非议而蒙受影响而已，便强压心里怒气，主动下台阶淡化了事……

几个月后，这个骨子里绝对反共、忠诚蒋家王朝的州官谭海，却被国民党当局革职，"莫须有"地定罪"吹捧共党首脑"而被捕。原来，源于他请赞赏的"贤侄"、国军上将上官武的儿子上官英杰，捉刀为西凉当局包括他的两位主要官员撰写的谒拜中华民族人文始祖的祭文《西凉苍生祭黄帝陵文》中，使用骈体文叙述历史事实，有"毛泽东祭"之句，谭海审稿时已删除，但却阴错阳差、被不知情的西凉督察区行政专员马驰明安排将原文送到报馆见了报，结果祸起萧墙被追罪责。这是蒋介石对内实行政治统治的一个缩影，滑稽可笑而又极其讽刺意味。

上官英杰进入腾格里沙漠去肉苁蓉村的途中，在荒芜的瀚海惊喜地发现一片绿洲——有沙旱生植物林、绿化树木林和果树经济林三层茂盛林木形成的"绿色长城"，包围着一个村舍和良田。经仔细观察和听取程实村长的介绍，原来这个名为西沙窝子的村子，是治沙救民的科学家郭普世规划，带领沙民艰苦卓绝奋斗了十四个年头，用血汗创造的奇迹。郭普世热血染大漠献出了生命，给沙村留下了整个春天而自己却从未收获一缕春风。这个治理风沙的典型样板，深深感染和激励上官英杰这个同样立志终身治理祖国瀚海的青年科学家的心灵，对郭普世肃然起敬。

当夜，上官英杰住在西沙窝子村客栈，梦幻中噩梦与美梦交织，八年前的情景历历可数……

学业优秀、获得国立金陵大学沙漠专业学士学位的上官英杰，决计舍弃被分配到国立科学院沙漠研究所工作之机会，笃定赴美留学继续深造，归来后再投身科学治理祖国沙漠的事业。他离国前到腾格里沙漠历练，突遇百年罕至陡然降临的沙尘暴，被冽风飓浪卷飞剥光衣服，横冲猛撞、乱碰磕砸而遍体鳞伤，幸运地掉进了肉苁蓉村族长牛富贵的与村名同名的养女，也是其病逝儿子遗孀肉苁蓉躲灾的穴窖里。奄奄一息，命在旦夕。聪颖貌美、爱德至纯的蓉儿，凭借母性所决定的"博爱之圣"的善良天性，不惜牺牲自己的清白而"裸救"：用纯真炽烈的体热和圣洁丰沛的母乳，倾情输送促热促醒促活的热量和活力，终究把他从死神手中拉了回来。在沙尘暴持续肆虐的一个月内，这对在苦难中萍水邂逅的芳华男女，昼夜耳鬓厮磨，呼吸相闻相息，肌肤相偎相依，激情燃烧灵肉相融两情相悦，真诚结成连理之爱，立下了嫁娶的婚约誓盟。

他们患难相遇生痴情、苍天眷顾结姻缘的凄美爱情，极富百折千回、悲欢离合的传奇色彩。梦萦魂牵、忠贞不渝，催人泪下、荡魂摄魄！正如八年前他们别离时，肉苁蓉赠给上官英杰的诗言：

> 我们犹如两片沙漠，
> 瀚漠茫茫天地之间。
> 彼此是心中一棵树，
> 天各一方遥望碧绿。
>
> 我心中绿树永郁葱，
> 你心中绿树长苍翠。
> 任尔风沙凶悍弥漫，
> 相守绿树地久天长。

这对情侣离别后的八年间，他们承载痛苦万状的相思煎熬和情感折磨。万里相思万里情，心灵磁场传情愫，仅仅依赖潜意识的第六感通灵思念之情……

故事回转。就在蓉儿含泪送别上官英杰不久，日特魔爪伸进了地处腾格里腹地的渺无人烟、极为隐蔽的肉苁蓉村。在狡黠诡诈的日军特高课间谍机关头子土肥原的策动和指挥下，以貌艳阴毒的美奈芳子为头目的"西北狼"特工小分队潜入沙村，妄图胁迫牛富贵族长为他们所用，秘密进行"犬狗狼活体细菌武器"的试验计划。

半年多后，在日军大本营驻地哈尔滨特高课间谍总部的秘密据点，土肥原听取从腾格里潜伏地赶来的美奈芳子向他密报计划的进展实况，并进一步策划推进。原来，日特除选中地处腾格里沙漠深处隐蔽安全、有诸多有利条件的肉苁蓉村作为试验基地；更看准在村子内外具有特殊身份、地位和影响的"老西北"、肉苁蓉村族长、牛氏商号老板牛富贵，软硬兼施胁迫他以掩护隐藏日特小分队，利用所谓的合作商业项目做幌子实施罪恶计划。

日特实施的这项计划的核心内容为：在肉苁蓉村驯养严练像士兵一样能够听从指挥，杀勠力强悍的日本军犬、中国犬狗和捕捉的野狗野狼，后续再进行把日本731秘密部队在人体试验成功的致命细菌病毒注入犬狗狼的试验。试验的终极目标是，致命细菌病毒注入犬狗狼体内，使带菌活体有一定时日的存活期，让它们成为攻击性、传染性、毁灭性极强的新型细菌活体武器。整个试验获得成功后，这个基地便成为秘密生产细菌活体武器的工厂，日军便可派遣无数像"西北狼"一样神奇的特种小分队，由基地给他们配备犬狗狼细菌活体武器，在国共两党割据的大后方，实施惨无人道的突袭军政首脑机关、军队和残害百姓的特种军事行动。据日寇间谍特务机关专家的研究评估，只要放出带有致命细菌病毒的一只犬、一条狗、一匹狼，就会严重传染乃至摧残毁灭一片人、一群畜禽、一个村庄、一支部队，甚至一个地方。

这真是灭绝人性、极端残忍，令人恐怖至极的罪恶大阴谋！

在美奈芳子的密报中，当土肥原得知有个叫上官英杰的大学生到沙区历练遭遇沙尘暴灾害，掉进牛富贵族长儿子的遗孀蓉儿独身躲灾的穴窖。两人发生了恋情，沙尘暴停息其离开回到西安，后去了美国留学；其父是驻陕八百里秦川的国民政府军委会直属西安独立师上将师长上官武。此刻，他倏忽想到，1933年日军大举进攻中国长城沿线被中方称为"长城抗战"的战役中，正是上官武率领死硬抗日的国军强悍部队抵抗，这个"双枪双刀战神"让日军胆战心惊。那时，特高课多次派出高级杀手潜入战区暗杀他均未得手。此时的土肥原转瞬间重燃复恨之火：那次没能杀掉你，现在就父仇子还。当天，他即给蛰伏在美国要害部门做事的双面间谍B07高级特工发出命令：查寻密杀在美留学生上官英杰。因当时B07奉命一直在南欧执行任务，七年后他返美查寻良久找到目标，在上官英杰居住地远处用阻击枪射击毒弹，见人倒地又补射多弹，自以为目标毙命。由此，上官英杰离美前遭遇毒手之谜终于揭晓。

抗日烽火在肉苁蓉村燃烧起来。铁骨爱国的牛富贵和秀外慧中的蓉儿，与日特汉奸展开了险恶复杂的睿智抗争。牛富贵被日特密捕，押往哈尔滨数月后英勇就义；特高课派遣精心选拔又经专门训练和整容、与牛富贵貌像神似的特务顽徒横田丑二，来到村里假冒族长蒙蔽村民，以掩护日特的罪恶活动，其嘴脸虽被蓉儿识破，但为保护避免全村人受害却不能揭破真相；蓉儿怀孕生下女孩，难以向族亲乡民释怀，被怀疑与人"苟且私通"，饱尝日特为转移视线造谣中伤蒙骗沙民，以及封建世俗助纣为虐的讥讽唾骂伤害。她的内心世界极度痛苦不堪，但她坚强地生活着，伺机逃出去举报敌情。

孤身奋战的蓉儿发现，蛰伏牛氏商号的管家程强是日特，但他思想叛逆、反战强烈，坚守不干祸害中国军民的事情，蓉儿便时常开诚布公地劝导他站在中国人民一边，潜移默化促使程强思想日渐变化倾向抗战；程强与女日特头目一伙周旋抗争，当蓉儿多次面临危难之际，他利用美奈芳子暗恋自己的"软肋"，出手营救都获得成功，保护蓉儿躲过了敌人的暴珍和糟蹋；最终美奈芳子恼羞成怒，率领小分队、煽动村民围捉他们，身手不凡的程强带着蓉儿机智逃出村子，支持和护卫蓉儿闯入西凉区国民党党部举报了敌情；日特头目美奈芳子及其同伙对外对内无所不用其极的罪恶行径刺痛程强深刻反思，加之蓉儿往昔对他的耐心教诲生效，他的思想发生质变而觉醒，终究打开积郁已久的心结，驱散心中的阴霾，在行动上彻底反叛日特组织，坚定地站在抗战一边。

西凉独立团出兵，除美奈芳子逃脱，日特小分队倾巢覆灭，罪恶阴谋被彻底挫败；不料国民党西陇省党部书记长李向群被日特美奈芳子色诱俘虏且贪生怕死，指令释放了在刑场枪口之下的横田丑二；两个日特恶魔虎视眈眈，肉苁蓉为躲避仇恨报复，陷入颠沛流离的艰难处境中。正义邪恶之间的殊死搏斗，一波三折接着一波，连绵起伏，惊心动魄……

秋光飞驰，韶华如驶。邪恶终有恶报，仓皇逃窜的美奈芳子在列车上被她暗恋的程强飞刀血刃，罪有应得。黔驴技穷的横田丑二却隐蔽得越来越深，这个假冒牛富贵一直在肉苁蓉村守株待兔，妄图血腥报复，不达目的决不收兵。

凤凰涅槃、浴火重生的蓉儿，在西凉南镇参加了工作，担任了地下党医疗所的护士长，与她姐弟相称的程强也在所里当司机。她和程强随地下党负责人廖诚去西宁执行营救红军西路军蒙难将士的任务，英勇投入莫家街旅馆、街头枪战。在敌我力量悬殊的激战中，蓉儿被飞车摔甩到路旁，幸运地被马家军上校、军纪处处长马云天所救送进马公馆医疗所治伤，以至受到其表兄、马步芳的儿子、国民党八十二军军长马继援的太太、出身书香门第的汉族才女张训芳，以及马云天太太、医疗所医生李彬等人善良的关怀；吉人天佑又多灾多难，蓉儿伤愈刚离开马公馆就遭医疗所食堂管理员与土匪头子马七勾结暗算，被抢掳到牛头山匪窝逼其做压寨夫人。乘马七强行操办婚礼之际，气宇轩昂的蓉儿决然毅然打算以死相争，愤懑怒斥土匪头，不料感动了马七，在千钧一发之刻，他抢先挡住了她插向自己心脏的利刃……

蓉儿暂留在了土匪窝。趁在牛头山期间，她给马七的女儿哺育爱心和文化的同时，像过去力促程强净化心灵转变立场那样，语重心长地对他循循善诱晓之以理，规劝曾经在抗日战场杀过鬼子的马七，不要沉沦下去而改邪归正投向光明，带领土匪武装投奔共产党，奔赴抗战前线。浪子回头金不换，马七终究迷途知返，然时光倏忽已过去了两年。而此时的程强早已加入了中国共产党，去了延安投身于革命军队……

时光倒回到上官英杰深夜酣睡于西沙窝子村的梦境中。他遭西凉镖局镖头苏虎派来跟踪的歹徒重棒击昏被绑架，装在大麻袋里头枕着一块砖头躺在木轱辘马车上，行进于腾格里沙漠道往西凉而去。身怀武功绝技、昏睡醒来的上官英杰愤怒发功，麻袋破裂而出，又施手掌断砖之功，吓得绑匪张皇失措，不得不老实交代，原来苏虎绑架劫持上官英杰欲想强迫他当乘龙快婿。他怒斥未予计较，却意外从绑匪之口获得蓉儿六年前出走，早已不在沙村的信息。

上官英杰返回西凉幸运邂逅老学友、时任国民革命军西凉独立团团长胡彪，但尚不知胡还是地下党卧底。无意间上官英杰悉知，在关键时刻蓉儿举报日特被一举歼灭，她立大功成英雄等实情。随之，他们千寻万觅查找蓉儿，却杳无音讯。

假牛富贵真日特横田丑二，为借力寻找报复目标，放风有人在西宁莫家街看见过蓉儿；胡彪将计就计当机立断与上官英杰奔赴西宁寻找抗日英雄，得到了青海与西宁抗战政军警机关的协助，尤其是西宁市警察局局长马魁给予了尽心尽力的支持帮助。原因在于，除了马魁的敬业精神之外，还有他在西凉一中当老师的外甥女谭淑对上官英杰一见倾心产生了单相思，给马魁来电话称上官英杰是她男朋友，叮嘱他全力为其办事所故。胡彪、上官英杰和马魁他们，实施周密举措，千方百计查寻蓉儿，亦没有一丁点儿蛛丝马迹……

真是千呼万唤始出来。蓉儿刚离开土匪窝送走去西凉寻找共产党的马七，匆忙来到西宁莫家街参加过战斗的地方想看一看再回西凉，竟意外发现西宁官方颁布寻找她的布告而惊喜万分，因上面有出自上官英杰手笔的她的画像，便知道他来到了西宁，且强烈感觉他就在莫家街一带。鬼使神差，蓉儿与上官英杰果然在街头马路两边，彼此目光透过人头攒动的空间相望泪崩，一对有情人苦苦等待了撕心裂肺的漫漫八载岁月，突然间在街头眼光相对而重逢，不禁悲喜交加。难以自控的上官英杰，过分激动误闯马路上肃然经过的行刑警车队而被抓走，使他们的这次团圆机遇失之交臂……

而同时同地，日特横田丑二雇佣的歹徒也潜伏在莫家街。他们残暴的行动步步诡异，伸向了激情万分而忘却警惕的蓉儿，苦难的她终落魔爪，让人痛心疾首……

啊，一首爱情绝唱凄美哀婉、荡气回肠，一对芳华生命风华绝伦、惨遭不测。他们的坚贞爱情如此曲折饱受磨难，令人扼腕长叹，百感交集！

这个漫长的故事，伴随着风雨飘摇、哀鸿遍野的纷繁乱世，男女主人公的命运，与一群粉墨登场的正反人物行为走向、抗日烽火风云变幻紧密相连，与枪林弹雨般的搏杀激战、日特内部的交易与恶斗纵横交错，波澜起伏、扑朔迷离的事件连连。最终围绕女主人公的生与死，事态向纵深演化推进，进入云谲波诡、险象环生，驳杂纷纭、奇崛严峻的情势之中……

人们急切关注的是，面临错综复杂的喜危交织局面，扣人心弦的男女主人公的爱情故事怎样延续，有情人能否终成眷属？他们尤其是肉苁蓉的命运最终如何？悬疑重重，藏有玄机，揪着读者的心灵。无不为上官英杰和蓉儿的悲惨命运担忧，自然会产生种种遐思、猜想甚至假设，欲知结果。

那就请读者阅读完这部折射出人学、文学、科学、书画艺术学、军事学、史学之光，一幕幕风与沙滋生、灵与肉交融、血与泪演绎的人生之梦、人心之歌、人性之剧，便有分晓。

【附录四】

《腾格里传奇》的人物和人物关系

一、男女主人公

上官英杰，在中国高等名校获学士学位，留学美国先在两所高等名校攻读再度获学士和硕士、博士学位，后在科研机构攻关获得丰硕成果，学成回归报效祖国的青年科学家。肉苁蓉的未婚夫，国民党上将师长上官武、地下党西陇省委敌工部部长王丹青夫妇之子。肉苁蓉牺牲后他一直未娶。新中国成立后在大西北沙漠征战一生，治沙科学界泰斗，中国科学院院士，民主人士。

肉苁蓉（蓉儿），国民党旅长与女大学生相好怀孕，被亲生父母遗弃的私生女，女子中学毕业的高才生，知性女子，上官英杰的未婚妻，抗日英雄。腾格里沙漠肉苁蓉村族长、牛氏商号掌柜牛富贵的养女，病逝儿子的遗孀。其从肉苁蓉村逃出，到西凉闯入国民党督察区党部举报日特潜伏沙村的敌情后，就业于地下党西陇省委秘密直属的西凉南镇医疗所（流落红军救助站），任护士、护士长，后参加革命。抗战胜利之日无畏牺牲。

二、主要人物

牛富贵，祖籍为西陇省西北部腾格里沙漠肉苁蓉村，出生于陕西省西安市。

肉苁蓉村族长，牛氏商号掌柜，肉苁蓉的养父，英勇就义的抗日英雄，直接深刻影响肉苁蓉成长的人。其接受过良好教育，曾在国民党东北张作霖部队服兵役。退役后在西陇省西兰市经商近二十年，"西陇滋补王"商号掌柜；因拒绝为日本人做事，为躲避日特汉奸威逼迫害，举家迁往腾格里沙漠肉苁蓉村。

上官武，国民政府军事委员会西安直属独立师上将师长，上官英杰之父。赫立战功的国民党著名抗战将领。长城抗战期间，让日本鬼子闻风丧胆的"双枪双刀战神"；抗日战争胜利后，率领独立师起义奔赴延安。其父人生对其子人生影响甚大。

中华人民共和国成立后担任大军区司令员直至退休，八十八岁辞世。

王丹青，地下党西陇省委敌工部长，上官英杰之母及书画艺术启蒙和传授人。其公开身份为西陇省西兰市王丹青画廊总经理，著名书画艺术家。新中国成立后曾任省委副书记，后辞职当专业画家，九十九岁离世。

胡彪，国民革命军西凉独立团上校团长，地下党西陇省委的卧底，上官英杰中学大学时期的老学友。作为指挥员之一，独立团突击队歼灭潜伏在肉苁蓉村的日特"西北狼"小分队、彻底粉碎特高课策划实施的阴谋计划的功臣。为寻找抗日英雄、上官英杰的未婚妻肉苁蓉，呕心沥血下了功夫。新中国成立后历尽沧桑，三起三落，官至军长，与艺术家妻子度过金婚后去世。

郭普世，沙漠科学家，国立科学院沙漠研究所研究员。其舍弃去英国过富足生活而妻离子散，丢掉在南京高楼大厦端的铁饭碗，义无反顾跑到腾格里沙漠西沙窝子村，自立治沙应用科研课题，在风沙一线与贫穷沙民艰苦卓绝拼搏奋斗植树造林十四年，直至热血洒染大漠，使一方沙漠变成绿洲，让一村人脱贫过上好日子。传奇巨变的丰硕成果，成为中国沙漠学文化的地标。上官英杰在实地目睹耳闻，认为他是沙漠科学界真正的大智大勇大强者，在腾格里沙漠不仅制造了物质奇迹，而且创造了精神奇迹、人格奇迹。郭的事迹对他颇有教益和影响，决定在这里继续其未竟的事业，开创治理沙漠的新时代。

程强（日本名小林清秀），反战人士，土肥原指令美奈芳子选拔长期蛰伏大西北、智勇双全的特工，肉苁蓉村牛氏及商号聘用管家。美奈芳子的暗恋者，曾数次挺身而出拯救肉苁蓉脱离危险。其由保持"中立"到反叛日特组织，掉转枪口投入抗战行列过程较长，终究在肉苁蓉长期劝导和廖诚等共产党人的深刻影响下，自觉投身革命事业，加入中国共产党，到延安成为共产党军队的优秀指挥员。

三、次要人物

　　廖诚，地下党西陇省委直属西凉南镇流落红军救助站负责人、医疗所所长，坚定坚强的革命者，优秀出色的学问家。肉苁蓉的领导、走向革命的引导人。其善于在艰难困苦的环境里，擅长调动人的热情，给人注入精神力量的地下党基层组织领导者。后来成长为地下党西陇省委组织部长。

　　程实，西沙窝子村村长。在沙漠科学家郭普世指引下，团结率领全村沙民坚韧不拔艰苦奋斗、植树造林，在大西北沙漠竖起了人进沙退、沙漠变绿洲的鲜艳标杆。其坚韧不拔的志气、骨气和奋斗精神对上官英杰很有影响，选定他作为治沙合作伙伴。

　　上官苁蓉，上官英杰与肉苁蓉的女儿。长大成人、攻读学业，清华大学艺术系毕业，先后在美、法留学，获艺术学博士学位，回国后在清华大学担任教授，终身未嫁，孑然一身。

　　马七，西宁附近牛头山的土匪头子。其原为马家军的副连长，当逃兵后拉起杆子占山为王，"不在近处杀人越货，只在远方抢劫富商地主"。其妻早殁，遗下六岁女儿，托在马公馆医疗所食堂当管理员的拜把兄弟为他介绍"俊俏有点文化的女子"续弦，事成谢赏大洋一百。管理员发现在所治疗的肉苁蓉是个读书看报有文化的美女，便与马七精心设套，在她离所当天抢上了山，逼其当"压寨夫人"。肉苁蓉宁死不从，慷慨训斥匪首，欲自杀的危急时刻被马七救于利刃之下，并悔过请求宽恕。后肉苁蓉给其女教认字学文化的同时，对他灌输爱国和做人之理，说服其认清前景改邪归正，带领武装投靠共产党投身抗战。两载春秋，春风化雨，滴水穿石，水到渠成。最终其心悦诚服接受她的劝导，安排好女儿，带着二十几号兄弟投奔共产党。

　　马魁，民国西宁市警察局局长，谭淑的舅舅。胡彪说他"是一个深谋远虑、经验丰富的专家局长，更是一个很仗义讲义气的善心之人"。胡彪、上官英杰在西宁寻找肉苁蓉期间，马给予真心实意的支持和帮助。

　　马云天，国民党八十二军司令部军纪处处长，马步芳之子、八十二军军长马继援的表弟。肉苁蓉与程强随廖诚等乘中吉普在西宁救护西路军将士战俘，与马家军相继发生激烈院战街战，飞车行驶于重重路障之中，造成强烈颠簸蹦跳，她被弹起摔出车外落在了人行道，头身受伤昏迷。被驱车寻查枪战内情的马云天发现而救，送到马步芳公馆医疗所，妥善安排住所医治直至伤愈。

苏娟，后易名醒婵，西兰市王丹青画廊画师，西凉镖局镖头苏虎之女。上官英杰与其邂逅两次作评价："一个善良而优秀的女子，只有理解其在不善良的环境中坚守和保持善良，才能认可她的善良和优秀。"由于苏娟心里对上官英杰暗生好感告诉了其母，促使其父苏虎抢姑爷酿成大丑闻。其后参加革命，与胡彪结成连理。

谭淑，西凉一中自然与科学教研室主任，国民党西凉督察区党部书记长谭海的女儿。其一见上官英杰便倾慕钟情，"单头热"爱上了他。然其又感悟爱是彼此双方情投意合之美，爱情之花绝不会一方独放。一厢情愿不成爱，甚至是痛楚的。最终放弃暗恋。

土肥原贤二，时任日本陆军中将，特高课间谍总部机关长。其审定批准在中国大西北实施"建立和试验细菌病毒犬狗狼活体武器计划"，亲自在日军特高课、梅机关等间谍特务机构选拔文韬武略、骁勇善战的特工高手和"中国通"，组建"西北狼"特工小分队，派遣潜伏于腾格里沙漠肉苁蓉村，让其得意高徒美奈芳子挂帅掌控，授予指挥决策权，全权负责操作计划实施。日特小分队与其单线联系。

美奈芳子，"西北狼"特工小分队队长，军衔大佐，有"皇军之花"之称。出身特工世家，且继承了土肥原衣钵，貌美阴毒、心狠手辣的"中国通"特务头目。在中国大西北"建立和试验细菌病毒犬狗狼活体武器计划"，就是她策划获得土肥原赞赏并缜密修订批准实施。其与汉奸屠非假以夫妇身份，以办驯狗场名义，率领小分队潜伏于肉苁蓉村。

横田丑二，土肥原派来的精通华语中文，经过严训整容，相貌年龄个头话语神色与牛富贵酷似的日特，冒名顶替牛富贵，充当牛氏族长、商号掌柜。其身份最初只有美奈芳子知情，后她为讨好程强将其身份透露给了他。假牛富贵欺骗蒙蔽了除肉苁蓉以外的全村人和牛氏商号人员。这个连他的上司美奈芳子都认为是"满脑满腹的坏招损招恶招""杀人不见血的狠毒阴毒歹毒""惨无人道的魔鬼恶棍禽兽"，先后亲手残暴地杀害了抗日英雄牛富贵、肉苁蓉，制造了杀死英雄父女的千古大罪。

屠非，铁杆汉奸，日特小分队队长助理，颇获美奈芳子赏识。前为国民党东北张作霖部队某军军犬驯养场副场长、首席教官。"九一八"事变后，出卖良心和灵魂认贼作父，投靠日寇死心塌地为敌人效力。牛富贵服兵役时，是其手下的一个出色驯犬员。

李向群，国民党西陇省党部书记长，位高权重、腐化透顶的封疆大吏。美奈芳子用色相与其达成释放横田丑二的交易，当军统西陇站处决日特的最后时刻，其派人追到法场高喊"枪下留人"，送上他放人的手谕，横田丑二被当场释放，等于承认他是真牛富贵。这就使其无所畏忌、丧心病狂地寻机报复肉苁蓉，最终得逞。

谭海，国民党西凉督察区党部书记长，蒋家王朝的忠实信徒。其欲通过胡彪和上官英杰结识国民党中央军上将上官武，发展一个上层关系。上官英杰应邀到谭府做客，无意中耳闻他早先目睹的"警察追捕小学教师"这件事而感慨陈词，使谭难堪甚至产生疑惑；后又应谭之意，上官英杰代笔为其和督察区行政专员马驰明写了祭祀黄帝的祭文，文中提及的"毛泽东祭"四个字被谭删掉，却未通知马而被安排原文登报，最后酿成自己被高层罢官被捕的后果。

马驰明，西凉督察区行政专员，西凉镖局镖头苏虎的黑后台、保护伞。看其心语便知其魂："当官有权不用过期作废，不敛财搂钱玩女人享受荣华富贵，做官干什么？我这个专员也不就是一靠自己见风使舵投机钻营，二靠苏虎多年没少花银子帮衬弄到手的。"其为帮助在西安国民党军队当排长的犬子升官发财，亲自出马上门找上官英杰的父亲上官武将军欲行贿攀高枝，结果碰壁败北。

苏虎，西凉镖局镖头。民国早年西凉道长官的乘龙快婿，苏娟之父。往年与当地官匪暗地勾结，沆瀣一气，恶贯满盈；抗战时期与潜伏腾格里沙漠的日特勾结，狼狈为奸，充当鹰犬。

小胡子，原为西凉镖局苏虎镖头的师爷。先充当苏虎的绑匪，率人在西沙窝子村客栈深夜打昏和绑架了上官英杰；后做横田丑二的鹰犬，在西宁莫家街旅馆抓走了肉苁蓉。

图书在版编目（CIP）数据

灵魂之歌 / 胡延清著 .—北京：作家出版社，2022.3

ISBN 978-7-5212-1813-8

Ⅰ . ①灵… Ⅱ . ①胡… Ⅲ . ①散文集—中国—当代 Ⅳ . ① I267

中国版本图书馆 CIP 数据核字（2022）第 036565 号

灵魂之歌

作　　者：胡延清

责任编辑：张　平

装帧设计：意匠文化·丁奔亮

出版发行：作家出版社有限公司

社　　址：北京农展馆南里 10 号　　　邮　　编：100125

电话传真：86-10-65067186（发行中心及邮购部）

　　　　　86-10-65004079（总编室）

E-mail:zuojia @ zuojia.net.cn

http://www.zuojiachubanshe.com

印　　刷：三河市北燕印装有限公司

成品尺寸：170×240

字　　数：650 千字

印　　张：38

版　　次：2022 年 3 月第 1 版

印　　次：2022 年 3 月第 1 次印刷

ISBN 978-7-5212-1813-8

定　　价：78.00 元